MENACE PRIMALE

L'EXODE

TOME 1

M.A. ROTHMAN

Traduction par
FLAVIEN VUILLARD

Primordial Press

TABLE DES MATIÈRES

À tous ceux qui s'en vont hardiment là où personne ne s'est aventuré avant...

Je tiens à remercier tout spécialement :

Le Dr. Charles Liu, professeur d'astrophysique. Je lui sais tout particulièrement gré de m'avoir permis de rester relativement honnête du point de vue de la physique, et aussi de m'avoir suggéré le titre de ce livre.

Le lieutenant John Grimpel, du NYPD. Merci d'avoir patiemment répondu à mes questions sans fin concernant les méthodes et les procédures policières au NYPD.

Je tiens enfin à remercier le Dr. Harold « Sonny » White, du Centre spatial Johnson de la NASA, ainsi que le Dr. Miguel Alcubierre, pour m'avoir inspiré les éléments scientifiques clés de ce roman.

CHAPITRE UN

— Docteur Radcliffe, je me demandais si vous pourriez jeter un coup d'œil aux données de mon dernier recensement. Je viens juste de les obtenir. Il y a un truc qui cloche.

Carl, une des nouvelles recrues de 2066, se pencha au-dessus du bureau de Burt, l'air perplexe – ce qui n'avait rien d'étonnant, compte tenu du fait qu'il avait été engagé moins d'une semaine plus tôt.

— Avez-vous parlé à Jake Parrish ? s'enquit Burt sans même lever les yeux. C'est lui qui tient à jour la base de données pour tous les objets géocroiseurs.

— Il a pris un congé sabbatique.

— Je l'ignorais, dit Burt en consentant enfin à lever les yeux de sa propre pile de données de recensement astronomique.

Il prit le formulaire de Carl, nota l'expression inquiète de la nouvelle recrue et soupira. Bien qu'il n'eût que cinquante ans, Burt avait développé une fâcheuse tendance à se renfrogner quand les gens lui faisaient perdre son temps. S'efforçant de ne pas manifester son agacement, il pesa soigneusement ses mots.

— Que voulez-vous dire exactement par « quelque chose qui cloche » ? Pourriez-vous être un peu plus spécifique ?

Carl hésita un instant, avant de poser deux imprimés sur le bureau de

Burt. Il pointa du doigt une image issue d'un des observatoires et expliqua :

— Eh bien, comme vous pouvez le voir, j'ai pris cette image de surveillance hier.

Burt se pencha sur l'image, et lut d'abord le texte décrivant une comète, son emplacement, ses dimensions approximatives. Mais sous le texte se trouvait une image sombre ne montrant rien de plus que le vide de l'espace.

— J'inspectais la zone où la comète Kowalski C/2011 S2 était censée se trouver, mais je n'ai rien vu dans le champ visuel du système d'imagerie.

Carl posa le doigt sur la deuxième image et ajouta :

— Ici, vous pouvez voir la même région, sauf que cette fois je me suis servi du satellite Hubble2 : et il n'y a rien, là non plus.

Burt sentit l'exaspération monter en lui, tandis qu'il se tournait vers le terminal qui se trouvait à sa droite. Il était impossible qu'un objet large de plusieurs dizaines de milliers de kilomètres disparaisse purement et simplement. Il entra le nom de la comète et la date de la veille. Les données s'affichèrent devant ses yeux : forme irrégulière de l'objet, composition chimique, trajectoire et position estimée. Il jeta un coup d'œil à l'imprimé et compara les coordonnées. Elles correspondaient. Il souffla de frustration, et rendit le papier au jeune chercheur confus.

— Ça n'a aucun sens, dit Burt. Montrez ça au Dr. Patel, et demandez-lui de revérifier votre information.

Le jeune chercheur écarquilla les yeux en entendant le nom de Neeta Patel.

Burt eut les plus grandes difficultés à réprimer un sourire. Neeta Patel était comme lui l'une des responsables de département au sein du *Jet Propulsion Laboratory* – le laboratoire de recherche sur la propulsion par réaction de la NASA, plus connu sous son sigle JPL – et elle avait la réputation d'être encore moins patiente que lui.

— Dites au Dr. Patel que c'est moi qui vous ai demandé de voir cela avec elle, ajouta-t-il en faisant signe à Carl d'y aller.

Le jeune chercheur au physique massif tourna les talons et sortit du bureau en traînant les pieds.

On n'apprend jamais mieux que de ses propres erreurs, songea Burt. Et Neeta serait un grand professeur. Elle expliquerait au petit nouveau où il s'était trompé, et ne prendrait pas de gants pour le faire. Une leçon que Carl n'oublierait pas de sitôt.

Il laissa échapper un petit gloussement, mais son amusement retomba aussitôt qu'il se retourna vers le tas de paperasse qui envahissait son bureau.

— Je hais les congés sabbatiques.

— Tu *quoi* ?

Bouche bée, Burt fixait Neeta, assise de l'autre côté de son bureau. La trentaine bien sonnée, de longs cheveux noirs, elle portait un jean et un sweat à capuche orange et noir estampillé du logo CalTech, le célèbre institut de technologie de Californie. Il ne travaillait avec elle que depuis quelques années, mais il la considérait déjà comme une des personnes les plus brillantes qu'il ait jamais rencontrée.

Neeta se renversa contre le dossier de sa chaise et se frotta les yeux avec le talon de ses mains.

— Je suis d'accord avec lui. Ce type que tu m'as envoyé avec sa comète « disparue », permets-moi de te dire qu'il a oublié d'être idiot celui-là.

Son accent britannique ravissait les oreilles de Burt.

— J'étais justement en train d'essayer de trouver la raison d'une anomalie avec une autre comète quand il est venu me trouver. Burt, il se passe un truc. Quoi, exactement ? Je n'en sais rien. Tout ce que je peux te dire, c'est que j'ai élargi la zone de surveillance pour ces deux objets géocroiseurs, et je les ai retrouvés dans des endroits totalement différents.

— Tu les as retrouvés dans des… ?

Burt s'interrompit, fronçant les sourcils en réfléchissant à ce que Neeta était en train de lui expliquer.

— Ça n'a pas de sens. Les chances pour que quelque chose ait heurté une des comètes et l'ait déviée de sa trajectoire sont presque infinitésimales, bien que cela reste une possibilité. Mais *deux* géocroiseurs déviés de leur trajectoire ? Se peut-il qu'ils soient entrés en collision l'un avec l'autre ?

Neeta secoua négativement la tête, ses longs cheveux oscillant d'avant en arrière.

— Aucune chance. Leur plan orbital n'a pas changé depuis la dernière fois que nous avons vérifié leurs positions.

— Je n'ai pas besoin de te dire qu'il faut que nous comprenions ce qui s'est passé. C'est notre boulot.

— Tu crois que je ne le sais pas ? fit Neeta en balayant la remarque d'un geste de la main. J'ai déjà mis plusieurs personnes sur le coup. Elles surveillent cette zone pour voir s'il y a d'autres déviations de trajectoire imprévues. Ça risque de prendre un peu de temps, parce que nous ne disposons pas d'un accès 24-24 au télescope ou au satellite. Pour ne rien arranger, ces comètes se trouvent bien au-delà de l'orbite des planètes, autour du nuage de Oort.

Burt appuyait ses coudes sur son bureau quand son téléphone sonna. Il plaça son écouteur sans fil dans son oreille. Aussitôt, une voix de femme résonna bruyamment dans sa tête.

— *Docteur Radcliffe ?*

— Oui, c'est lui-même.

— *Ici Anita Wexler, l'assistante du Dr. Phillip Johnson. Le docteur m'a demandé de vous organiser un rendez-vous avec lui en personne, ici, à Washington, à votre convenance mais au plus tôt. Quand pourrai-je envoyer une voiture vous prendre ?*

Du bout du doigt, Burt donna une tape sur son écouteur, mettant l'appel en mode silence. Il se pencha un peu plus au-dessus de son bureau et murmura :

— Pourquoi diable le nouveau directeur de la NASA pourrait-il vouloir me rencontrer en privé ?

Neeta haussa les épaules.

— C'est à moi que tu demandes ça ? *Tu* devrais peut-être poser la question.

Burt donna de nouveau une tape sur son écouteur.

— Anita, est-ce que demain matin pourrait convenir ?

— *J'en suis sûre. Je vois qu'il y a un vol au départ de l'aéroport international de Los Angeles à 8 heures demain matin. Je m'arrange pour qu'une voiture passe vous prendre chez vous à 5 heures, au plus tard. Ça vous convient ?*

— C'est parfait.

— *Très bien, docteur Radcliffe. Je vous réserve une place sur ce vol. Un chauffeur vous attendra à l'arrivée.*

Elle mit fin à l'appel. Burt baissa les yeux et regarda le jean et le T-shirt qu'il portait.

— J'imagine que je vais devoir rentrer à la maison et m'assurer que j'ai quelque chose de décent à me mettre.

Jon Stryker enfila son coupe-vent, observa brièvement son reflet dans le miroir de la chambre, et ratissa du bout des doigts ses cheveux châtain foncé.

Pas mal pour un flic de trente-quatre ans avec deux gosses qui vit avec sa sœur.

— Et merde, qu'est-ce que je raconte ?

Il n'était que 6 heures du matin. Il traversa le couloir et entra dans la chambre de ses gosses ; il entendit Emma, six ans, ronfler doucement dans son lit.

Il sourit. « La voleuse de couverture » : c'était le surnom de sa cadette, parce que parfois, durant la nuit, elle volait les couvertures sur le lit de son frère. C'est ce qu'elle venait encore de faire visiblement. Elle s'était glissée en-dessous, en plus de sa propre couette épaisse, et ronflait joyeusement.

Il tourna son regard vers le lit d'Isaac. Le garçon, âgé de huit ans, dormait lui aussi, vêtu d'un pyjama en flanelle. Il serrait dans ses bras son vieil ours en peluche. Il ne paraissait pas le moins du monde perturbé par l'absence de couvertures. Il allait pourtant hurler sur la voleuse dès qu'il se réveillerait et s'apercevrait du chapardage.

Stryker leur envoya un baiser à tous les deux ; puis il referma la porte de leur chambre et sentit l'arôme du café frais.

Il laissa son nez le guider jusque dans la cuisine, où il vit sa sœur et son ex-femme à la table du petit-déjeuner, tenant chacune un mug fumant.

Voir son ex lui causait toujours un choc. À chaque fois qu'il voyait le visage d'elfe encadré de tresses blondes de Lainie, son esprit le ramenait au moment où il avait reçu les papiers du divorce alors que son unité se déployait à l'étranger.

Quatre années s'étaient écoulées, mais la blessure n'avait pas cicatrisé. Le fait qu'elle soit toujours aussi éblouissante n'aidait pas non plus.

Il se pencha, planta un baiser sur la joue de sa sœur, et fit de même avec Lainie.

— Hé oui, je suppose qu'on est samedi, hein ?

Lainie arqua un sourcil et lui décocha un petit sourire en coin.

— Qu'est-ce que je ferais là autrement ? J'emmène les gosses chez mes parents pour le week-end.

Elle désigna du pouce la sœur de Stryker.

— Jessica me tenait au courant des résultats des enfants à l'école.

La sœur de Stryker enseignait dans une prestigieuse école privée du centre de Manhattan, non loin de Times Square où il patrouillait habituellement. Les enfants avaient de la chance de pouvoir y être scolarisés sans frais grâce au travail de sa sœur, une opportunité dont Stryker lui serait à jamais redevable.

Jessica fit un geste pour prendre la cafetière à moitié pleine.

— Je l'ai fait fort ce matin, si tu en veux un peu.

Il jeta un coup d'œil à sa montre et secoua négativement la tête.

— Merci, mais je n'ai pas le temps. On m'a collé une nouvelle recrue à former aujourd'hui ; il faut que j'arrive tôt au poste.

— Tu rentres bien pour 16 heures ? Tu m'as promis de m'aider à accrocher tous les trucs dans ma classe.

— Je serai là.

Stryker attrapa ses clés sur le plan de travail de la cuisine et se tourna vers Lainie :

— Attends-toi à ce qu'Isaac crie sur sa sœur au réveil. Emma lui a encore chipé ses couvertures.

Elle sourit. L'espace d'un instant, Stryker revit la femme qu'il avait épousée quatorze ans plus tôt.

Il se caparaçonna contre son sourire lumineux, et s'efforça de se souvenir à quel point ils s'en voulaient mutuellement. Elle avait toujours détesté qu'il doive se mettre en danger pour gagner sa vie, et lui avait honni le fait qu'elle ne parvienne pas à respecter son choix de carrière.

Mais ils avaient eu des enfants. Ils avaient l'un et l'autre des responsabilités… sinon l'un envers l'autre, du moins envers Emma et Isaac.

Stryker adressa un dernier salut aux deux femmes, avant de tourner les talons et de s'en aller vers ce qui s'annonçait comme une nouvelle journée tranquille au NYPD.

C'était une fraîche matinée de printemps. Stryker arpentait les trottoirs du quartier de Midtown, le centre de Manhattan.

Il avait passé sa vie entière dans ce quartier, et il avait vu tant de choses changer depuis qu'il était gosse. Midtown était depuis toujours une Mecque touristique, avec ses lieux emblématiques situés dans un mouchoir de poche – Times Square, l'Empire State Building ou encore la gare de Grand Central.

Mais Stryker était nostalgique d'une certaine atmosphère new-yorkaise plus authentique, avec ses coups de klaxon et ses moteurs ronflants, tous ces bruits depuis longtemps disparus, en particulier depuis que la municipalité avait recours à des algorithmes d'optimisation de circulation à travers le système AVR imposé à toutes les voitures dans les limites de la ville. Les véhicules étaient presque tous électriques désormais, et équipés en série dudit système, lequel sauvait un nombre considérable de vies en conduisant les « navetteurs » de banlieue d'un point A à un point B en toute sécurité, tandis que la circulation s'écoulait en toute fluidité. Tout cela n'empêchait pas Stryker de trouver que New York était étrange sans ses rues bloquées, ses sirènes, et ses résidents braillant dans les embouteillages.

— Hé, Jonny, lui lança une femme à la voix rauque depuis le trottoir d'en face. Tu montes te détendre un peu ?

Stryker tourna la tête et vit la jeune femme, une petite brune belle comme le jour qui pouvait avoir dix-neuf ou vingt ans. Il traversa la rue et secoua la tête en s'approchant d'elle. Elle portait une robe rouge moulante qui soulignait ses courbes aguicheuses.

Il l'avait déjà vue des centaines de fois près de Times Square, mais ici, dans Madison Avenue, elle ne racolait pas sur son carré de bitume habituel.

Il sentit son parfum au jasmin, tandis qu'elle lui souriait d'un air espiègle.

Il jeta un coup d'œil à sa montre et dit :

— Écoute Sheila, il n'est pas 7 heures du matin, et c'est le week-end. Les gens dorment encore. Rends-moi service : si vraiment tu veux faire de la retape, fais-le sur Times Square, ou mets-la en veilleuse quand t'es dans le secteur.

Sheila vissa ses poings sur ses hanches et fit un pas glissé en avant.

— Ce n'était pas un non, ronronna-t-elle.

Stryker lui mit le cadran de sa montre sous le nez.

— Je prends mon service dans trente minutes, chérie. Désolé.

Il se détourna et secoua la tête d'un air consterné. Plus rien n'était comme avant. Sheila était une gosse du quartier ; il l'avait vue grandir. Bien que la prostitution fût de nouveau légale en ville, les îlotiers comme lui s'efforçaient d'encadrer au mieux la pratique. Après tout, cette ville c'était aussi la sienne, et ses gosses jouaient ici.

Il tourna à droite dans la 35ᵉ Rue Est et marcha d'un bon pas. Il passa devant l'Empire State Building, longea « Koreatown» et traversa Garment District, le quartier de la mode, où se trouvait le poste de police de Midtown South.

Il rejoignit les vestiaires, où une dizaine d'autres officiers se préparaient à prendre leur service de jour. Il ouvrit son casier, prit son uniforme et commença à se changer.

— Hé, Stryker, t'as su pour hier soir ?

Il regarda Brian Decker, qui s'observait dans un miroir.

— Non, qu'est-ce que j'ai manqué ?

— Jenkins et McCullough ont dû balancer du OC sur une bande de cinglés qui manifestaient dans le hall de l'hôtel Hyatt.

— Aïe, fit Stryker. Combien de personnes manifestaient ?

— Une bonne dizaine, je crois.

Stryker enfila son gilet en kevlar et secoua la tête. L'OC – ou oleoresin capsicum – était le mélange gazeux au poivre rouge utilisé dans les sprays de défense. Il avait rarement eu l'occasion de s'en servir au cours de ses quatre années sur le terrain.

— Contre quoi ils râlaient, au juste, tu le sais ?

Fixant toujours son reflet dans le miroir, Decker tapota doucement sur ses joues et laissa échapper un bâillement sonore.

— Non, Sharon à l'accueil m'a donné les grandes lignes, c'est tout.

Après une dernière vérification pour s'assurer notamment que son arme était bien en place dans son holster, Stryker suivit les autres officiers hors du vestiaire, attrapa au passage une tasse de café et se prépara pour l'appel.

Burt n'avait jamais eu de raison de rencontrer l'ancien directeur de la NASA, et voilà qu'il se retrouvait dans le bureau du nouveau, Phillip Johnson. L'homme avait été placé récemment à la tête de presque vingt mille employés civils. Burt ne comprenait toujours pas pourquoi on lui avait demandé de rencontrer en tête à tête celui qui était probablement le patron de son patron... ou peut-être même le patron du patron de son patron. Difficile d'en être sûr tant l'équipe de direction jouait au chamboule-tout avec l'organigramme de la NASA.

Johnson se leva. Burt en fut aussitôt impressionné. L'administrateur mesurait quinze centimètres de plus que lui, qui faisait déjà plus d'un mètre quatre-vingts, et l'homme, tout en muscles, devait peser dans les cent quinze ou cent vingt kilos.

— Bon sang, Radcliffe, vous avez l'air plus tendu qu'une corde de banjo. Asseyez-vous, dit-il avec un fort accent du Sud, qui surprit quelque peu Burt.

Ce dernier s'assit dans un des deux fauteuils en cuir installés devant le bureau, et dit, en s'efforçant de maîtriser sa nervosité :

— Docteur Johnson, j'ai pris le premier avion dès que votre assistante a appelé, mais j'avoue que je ne suis pas sûr de comprendre la raison de ma présence ici.

Johnson se pencha au-dessus de son bureau et sourit, ses dents blanches contrastant étonnamment avec son teint mat.

— Burt, j'irai droit au but. Je viens d'approuver votre nomination au poste de nouveau directeur du Programme de recherche d'objets géocroiseurs. Vous serez sous la supervision du directeur du JPL, mais je veux recevoir également une copie de tous vos futurs rapports de situation.

Burt se sentit pâlir brusquement. Il cligna des yeux, doutant d'avoir bien entendu :

— Mais, monsieur, pourquoi moi ? Je crois que...

Johnson se mit à rire.

— Vous vous souvenez de ce programme informatique d'apprentissage bayésien sur lequel vous avez travaillé ? Ces généraux qui cherchaient un nouveau moyen de sortir les soldats du terrain militaire. Épargner des vies et tout ça.

Burt fixa l'homme un long moment, s'efforçant de comprendre de quoi il parlait. Puis :

— Monsieur, c'était il y a plus de vingt ans. J'ai tourné la page le 18 décembre 2045 exactement, et je suis passé à autre chose. Je m'en souviens très bien. Il s'agissait de déployer un système informatique sur le modèle de la machine de Turing. Mais qu'est-ce que ça a à voir avec le fait que vous vouliez me nommer nouveau directeur de programme ?

Johnson tambourina du bout des doigts sur son bureau et hocha la tête d'un air solennel.

— J'étais colonel dans l'armée ; je menais des recherches à l'USAWC, l'école militaire de Carlisle à ce moment-là. On m'a chargé d'évaluer certaines de vos créations. C'était brillant, permettez-moi de vous le dire. Franchement, ça a fichu une trouille monstre à beaucoup d'entre nous. J'ai lu un de vos papiers universitaires sur ce qu'il pourrait advenir si les ordinateurs étaient chargés de gérer des choix de vie ou de mort. Je me souviens parfaitement de l'avertissement que vous donniez dans cet article. « Et si les machines finissaient par se dire que l'on peut se passer plus facilement de nous que d'elles-mêmes ? »

Johnson se renfonça dans son fauteuil et passa une main sur son crâne rasé de frais.

— Bref, j'ai parlé au directeur du JPL, et il m'a donné une liste de candidats potentiels pour le poste dont nous parlons. Quand j'ai vu votre nom sur cette liste, je n'ai pas cherché plus loin.

Burt entrouvrit de nouveau la bouche, jusqu'à ce qu'il se rende compte qu'il devait avoir l'air d'un idiot devant son patron.

— Merci, monsieur, dit-il. Je ferai de mon mieux.

— Attendez, j'ai quelque chose à vous remettre.

Johnson fit glisser sur son bureau une petite carte mémoire.

— Elle est cryptée. Vous seul pourrez lire son contenu en lieu sûr ; vous y trouverez tout ce qui concerne DefenseNet. La présidente a demandé à la NASA de reprendre ce projet en main ; pour cela, des fonds supplémentaires vous seront alloués. Burt, c'est votre bébé maintenant, vous comprenez ?

— DefenseNet ? Nous parlons bien de cet ensemble de satellites géosynchronisés destinés à aider à la détection et à la destruction d'astéroïdes entrants ?

Burt s'était levé. Johnson l'imita et fit le tour de son bureau ; il posa son bras épais en travers des épaules de Burt et le raccompagna jusqu'à la porte de son bureau.

— C'est exactement pour cette raison que j'ai accepté que nous nous en occupions ; parce que je savais que notre Programme de recherche d'objets géocroiseurs recoupait parfaitement ce projet. Et en tant que directeur de ce programme de recherche, *vous* étiez tout désigné pour le job.

La porte s'ouvrit automatiquement à leur approche. Johnson donna une tape sur l'épaule de Burt, et ils se serrèrent la main.

Puis le directeur de la NASA lui désigna une double porte au bout du couloir.

— Cet espace là-bas est une ZICS. Vous avez au moins cinq heures avant votre vol retour. Pourquoi ne pas profiter de cet endroit ?

— Une ZICS ?

— Une zone d'information compartimentée sensible.

L'administrateur pointa du doigt la carte mémoire que Burt tenait dans sa main.

— Vous y trouverez un lecteur sécurisé qui vous permettra de commencer à cogiter sur votre nouvelle mission. Vous trouverez également une ZICS dans les locaux du JPL ; il est probable que vous n'ayez jamais eu à l'utiliser, c'est tout.

Il donna une dernière tape sur l'épaule de Burt, tourna les talons et regagna son bureau, la porte coulissante se refermant derrière lui.

Burt fixa la carte plastifiée grande comme la paume de sa main, et qui portait en rouge l'hologramme « Top secret ».

Comment ai-je bien pu me laisser embarquer là-dedans ?

Quelques heures après son retour en Californie, Burt passa la tête dans le bureau de Neeta et demanda :

— Tu as regardé les plans du projet DefenseNet que je t'ai envoyés ?

Neeta fit un geste dans le vide avec sa main droite, et son ordinateur de bureau projeta une image de la Terre avec deux douzaines de satellites interconnectés orbitant doucement autour. Elle le fixa à travers le globe semi-transparent flottant entre eux, et répondit d'un ton sarcastique :

— Nan, je me suis dit que j'y jetterais un coup d'œil quand je n'aurais rien de mieux à faire.

Puis elle secoua la tête, désigna la Terre en suspension devant elle et aboya :

— Évidemment que je me suis penchée dessus ! Tu crois que je me tournais les pouces en t'attendant ?

Elle appuya sur l'interrupteur rouge fluo projeté dans le coin inférieur gauche de l'hologramme, et l'image disparut.

Burt jeta un regard à l'ordinateur.

— Bon, je vois que tu as au moins commencé à modéliser le réseau. C'est génial. Ce que je ne comprends pas, c'est pourquoi les satellites sont interconnectés. Tu en connais la raison ?

— Malheureusement non. Je ne me suis guère occupée de ça quand j'étais à la Fondation internationale pour la science. Je m'en tiens donc aux données que tu m'as communiquées. Pour réellement connaître le pourquoi, il aurait fallu pouvoir interroger David Holmes, l'ancien directeur de la fondation, mais si je ne me trompe pas, il est mort – ou alors il se cache quelque part au fond d'un trou si profond qu'il serait illusoire de chercher à l'en débusquer.

Burt soupira en réfléchissant au problème.

— Ces plans sont incomplets, ou du moins certaines parties n'ont aucun sens. J'ai bien lu les notes qui mentionnent des ancrages d'ascenseur spatial, mais nulle part je n'ai vu fait mention de câbles ou je ne sais quoi. Et puis, de toute façon, quel besoin y aurait-il d'avoir des connexions câblées vers les satellites ? Bon sang, tout ce qu'il faut, c'est équiper chacun de ces satellites de rangées de panneaux solaires pour pouvoir charger les batteries embarquées et faire fonctionner les lasers. Toutes les autres communications peuvent se faire par ondes radio.

Neeta fronça les sourcils en secouant la tête.

— David était loin d'être idiot. Il n'aurait pas conçu quelque chose sans avoir un but précis en tête.

Appuyé contre le chambranle de la porte, Burt plissa les yeux en croisant les bras sur sa poitrine.

— Franchement, c'est ce qui me rend nerveux dans ce projet. Je crois qu'on peut le construire et le faire fonctionner, mais est-ce qu'on va construire ce qui était prévu ? Qu'avait-il réellement en tête ?

Soudain, les lumières de la pièce se mirent à clignoter en rouge. Burt et Neeta se tournèrent aussitôt vers le moniteur de l'ordinateur qui affichait une alerte PHA, pour géocroiseur potentiellement dangereux.

— Et merde ! s'exclama Neeta. Je n'ai pas le temps de m'occuper d'un PHA.

Burt lut le texte de l'alerte et secoua la tête.

— Distance minimale d'intersection d'orbite A. 00 ? Quelqu'un va passer une sale journée.

— Non, sans blague !

Neeta balaya d'une main le texte sur l'écran pour le projeter en l'air ; puis elle se mit à pianoter sur le clavier.

— J'ignore ce que c'est, mais ça a deux cents mètres de large, et les ordinateurs donnent à cette chose dix pour cent de chance de nous heurter.

Burt évalua en silence ce dernier chiffre tandis que Neeta continuait d'entrer des commandes sur son clavier.

— Si nous parlons d'une roche dure, voyageant à environ quinze kilomètres par seconde, avec un angle d'insertion d'approximativement quarante-cinq degrés, nous devrions avoir une catastrophe de quatre cents mégatonnes s'il nous heurte. Une grande ville rayée de la carte, voire un petit État. Voilà, je l'ai : quatre cent trente mégatonnes. Bon, n'oublions pas qu'à soixante-et-onze pour cent, la surface du globe est composée d'eau. Si cet astéroïde tombait au milieu de l'océan, eh bien… le tsunami qui en résulterait ne serait probablement pas aussi dévastateur.

Jetant un coup d'œil à l'horloge murale, Burt réprima difficilement un bâillement.

— Tu es d'astreinte ce soir, alors avant de partir, assure-t…

— Burt, je sais ce que je dois faire, coupa Neeta.

— Je sais que tu le sais, dit-il en haussant les épaules. Mais tu me connais, j'ai besoin de certitudes.

Elle le fusilla du regard un bref instant et dit d'un ton offusqué :

— Dès que nous aurons mis fin à cette discussion, je réunis l'équipe et je leur demande de localiser ce PHA, et aussi d'essayer de découvrir pourquoi il n'est pas sur notre liste. D'après les calculs des ordinateurs, il faudra un an à ce géocroiseur pour entrer dans notre orbite, autrement dit bien avant que nous puissions activer DefenseNet. Ceci étant dit, je mets tout le monde sur le coup. En espérant qu'il s'agisse d'une fausse alerte.

— Merci, Neeta, dit Burt en s'autorisant enfin le bâillement qu'il avait difficilement réprimé. Appelle-moi si tu as besoin de moi.

Il tourna les talons. Neeta appuya sur une touche de l'interphone et dit :

— Jenkins, Hsiu, Smith et Peterson, je vous attends dans mon bureau. On a un PHA non identifié qui réclame notre attention.

CHAPITRE DEUX

Burt sentit un long frisson lui parcourir l'échine tandis qu'il fixait le haut-parleur sur sa table de nuit. La tonalité qui emplissait l'espace de la chambre cessa aussitôt qu'il raccrocha, plongeant la pièce dans un étrange silence.

— Je viens de parler au ministre de la Défense, marmonna-t-il pour lui-même d'un air hagard. Je n'en reviens pas.

Son cœur tambourinait dans sa poitrine, tandis qu'un flot d'adrénaline affolait encore son métabolisme.

La tablette PC qu'il venait de projeter accidentellement sur le sol affichait une nouvelle alerte rouge provenant du JPL.

Il se pencha, ramassa la tablette et fit défiler la longue liste des alertes entrantes.

Le téléphone sonna à nouveau, et le fit sursauter.

Le répondeur s'enclencha immédiatement, mais Burt entendit la voix paniquée de Neeta s'écrier avec son fort accent britannique :

— Burt, nom de Dieu, décroche ! Aux dernières nouvelles, le directeur du Programme de recherche d'objets géocroiseurs, c'est toi ! Tout le monde devient cinglé ici. Hanford vient d'envoyer…

Il appuya sur la touche de prise d'appel.

— Neeta, tiens-toi prête. Je passe te prendre dans dix minutes.

Assis dans l'avion en face de Neeta, Burt boucla sa ceinture. Vêtue d'un tailleur jupe gris cendré et d'un chemisier assorti qui seyait à son teint mat, elle apparaissait posée et professionnelle, malgré une discussion animée tout le long du trajet de Pasadena à la base aérienne d'Edwards.

— Neeta, ce qui m'ennuie le plus, ce n'est pas le nombre d'alertes que nous avons reçues ; c'est pourquoi elles nous arrivent brusquement. Je vais être franc avec toi : quand j'ai reçu le premier rapport d'Hanford, j'ai trouvé ça ridicule. Se peut-il qu'un virus ait endommagé tous nos systèmes ? Ça paraît peu probable ; alors qu'est-ce que tout ça signifie ?

La façon qu'avait Neeta de tirer nerveusement sur ses longs cheveux noirs rassemblés en une natte épaisse, en disait long sur son état d'esprit.

— C'est à croire que l'univers lui-même est devenu dingue, pas vrai ? articula-t-elle d'une voix légèrement tremblante.

Burt acquiesça, fixant celle qui était son commandant en second ; son bras droit.

— C'est bien vous, les Britanniques, qui avez inventé cette idée de garder son flegme en toutes circonstances, non ? Toi et moi, c'est ce que nous devons faire : garder la tête froide. Si nous restons calmes, les autres ne commettront pas d'erreurs, et nous non plus. On ne peut pas se le permettre, tu es bien d'accord ?

Neeta prit une grande inspiration et opina du chef.

Les lumières diminuèrent d'intensité dans la cabine quand le jet privé se mit à rouler sur la piste. Il ne fallut que quelques secondes pour que Burt se sente plaqué contre son siège comme l'avion décollait de la base d'Edwards et prenait la direction du nord. Burt regarda par le hublot et vit la file ininterrompue des phares de voitures au sol. Il venait justement de subir la circulation encombrée de Los Angeles au petit matin. Il grommela :

— On est en 2066, on a des colonies sur la Lune, on est capables de guérir la sclérose en plaques, et pourtant les urbanistes de L.A. ne sont pas foutus de résoudre les problèmes d'embouteillage de la ville… incroyable !

Une image en 3D de leur plan de vol leur apparut à hauteur d'œil, tandis que la voix du pilote résonnait dans les haut-parleurs de la cabine :

— Docteurs Radcliffe et Patel, le complexe d'Hanford ne possède pas de piste d'atterrissage ; nous nous poserons donc sur la base commune de Lewis-McChord. Il est actuellement 5 heures 30 ; nous devrions atterrir dans approximativement deux heures. Un hélicoptère vous attendra sur la base pour vous conduire à Hanford. Le ciel est dégagé le long de la côte Ouest ; ce vol s'annonce des plus calmes.

La tension liée au décollage et à l'anticipation du vol vers l'État de Washington retombée, Neeta, les doigts encore crispés sur les accoudoirs de son siège, se désola d'un ton teinté de frustration :

— J'ai encore du mal à croire ce qu'Hanford nous signale. Il y a de quoi douter, non ? En même temps, difficile de ne pas prendre en considération les données qu'ils nous ont transmises ; et dans ce cas, on voit mal comment cela pourrait être une erreur. Toute cette situation est…

Elle s'interrompit, et prit une grande inspiration.

Burt sentit ses oreilles se déboucher comme l'avion virait doucement ; il déglutit péniblement au moment où l'appareil se stabilisait.

— Bon, essayons d'y voir clair, dit-il. Comment est-il possible que nous ayons brusquement non pas un, deux, mais des centaines de corps stellaires fonçant vers nous depuis les confins du système solaire ? Comment a-t-on pu ne pas voir venir une chose pareille ?

— J'aurais dû le voir, dit Neeta en secouant la tête. La plupart de ces objets voyagent à des vitesses énormes ; admettons que nous soyons passés à côté des plus petits, mais nom de Dieu, une de ces alertes concerne un géocroiseur de plus de cent cinquante kilomètres de large.

— Neeta, toi et moi sommes au moins aussi bons que les données qu'on nous a transmises. Je ne te reproche rien ; alors, ne te reproche rien non plus. C'est juste que je n'arrive pas à comprendre comment tout cela peut arriver aussi brusquement.

Exhalant un souffle tremblant, Neeta appuya sa tête contre le dossier de son siège.

— Au rythme où ce truc voyage, nous avons quoi… trois cents jours avant que cette saloperie ne nous détruise ? Je déteste dire cela, mais c'est probablement pire que ce que nous imaginons, parce que pour le moment, compte tenu de la distance, on ne peut pas encore savoir à combien d'objets plus petits on a affaire. Même si nous réussissons à mettre en place DefenseNet dans les six mois, ce ne sera peut-être pas suffisant.

Burt plongea son regard dans les yeux inquiets de Neeta et soupira.

— Voyons le bon côté des choses : on a déjà le financement et l'approbation du ministère de la Défense pour accélérer le déploiement de DefenseNet. Tu as déjà parlé à notre équipe au JPL, pas vrai ?

— Je leur ai déjà assigné leurs missions, confirma Neeta. Ils commencent sans attendre à tester les lasers de DefenseNet. Mais j'ai peur de ce qu'on va découvrir à Hanford. Ça ne peut pas être une coïncidence que, juste au moment où nous détectons ces objets en approche, les collègues d'Hanford se mettent à parler de perturbation d'ondes de gravité dans le même secteur spatial. Il se passe un truc là-bas... J'aurais sûrement dû...

— Neeta, cesse de te faire des reproches, la morigéna Burt. À ce stade, inutile de se perdre en conjectures ; concentrons-nous sur les faits, et rien que les faits. C'est le but de notre déplacement dans ce trou perdu, non ? Si un nuage de débris se dirige vers nous, il y a forcément une raison logique à ça.

Burt se recala au fond de son siège et ferma les yeux.

— Repose-toi un peu, dit-il. On va avoir une longue journée.

Il était presque midi quand Burt descendit de l'hélicoptère et embrassa du regard l'horizon bistre et désertique. Comme les pales du rotor soulevaient des nuages de poussière cuivrée qui voilaient le paysage, il chercha le regard de Neeta et lui désigna d'un petit mouvement du menton le bâtiment bas qui se profilait à bonne distance. Le bourdonnement électrique du moteur de l'hélicoptère baissa en intensité tandis que Neeta descendait d'un bond de la cabine. Elle répondit au signe de Burt, baissa la tête et courut au petit trot en direction du bâtiment principal de l'Observatoire d'ondes gravitationnelles par interférométrie laser, plus connu sous l'acronyme LIGO.

Pendant que Neeta réglait les formalités à l'intérieur, Burt resta dehors pour fumer une cigarette, balayant du regard les quelque quatre-vingt kilomètres carrés de désert entourant le site d'Hanford. Il ne put s'empêcher de songer combien tout irait bien s'il n'avait pas l'impression de porter le poids du monde sur ses épaules. Au loin, des jeeps transportant des militaires patrouillaient aux abords des limites du site, tandis que des soldats de la police militaire gardaient chacune des entrées du bâtiment. Quatre heures plus tôt, sur ordre du ministère de la Défense, le site avait été fermé, et des troupes de la base commune de Lewis-McChord avaient convergé vers l'observatoire pour le mettre en isolement.

Burt tira une dernière bouffée de sa cigarette, la laissa tomber sur le gravier et l'enfonça avec le talon de sa botte de cow-boy.

— Foutue clope ! lâcha-t-il en fixant le mégot encore fumant, maudissant son addiction à la nicotine qui ne faisait qu'accentuer la tension du moment.

Grognant de frustration, il se dirigea à grands pas vers l'entrée du bâtiment en parpaing, et montra son badge au soldat en treillis de combat lourdement armé qui montait la garde.

Le « MP » au regard d'acier prit le badge et compara la photo au visage à l'air hagard de Burt. Puis, il déclipsa un scanner rétinien portable de sa ceinture et le plaça devant l'œil droit de Burt.

— Docteur Radcliffe, veuillez ne pas bouger s'il vous plaît.

L'instant d'après, un voyant LED vert s'alluma sur le scanner. Le soldat hocha la tête. Il rendit son badge à Burt et s'écarta. Burt entra dans le bâtiment aux couloirs silencieux qui abritait la salle de contrôle du LIGO. Depuis sa conversation avec le ministre de la Défense, une dizaine de personnes seulement étaient autorisées à pénétrer ici, exclusivement des scientifiques chevronnés bénéficiant tous d'accréditations spéciales. Aucun autre pays n'avait encore rompu le silence, mais Burt savait déjà que des observatoires en Allemagne et en Autriche notamment avaient détecté le même événement. Tous allaient arriver à la même conclusion une fois les données analysées. Si le grand public venait à apprendre ce qui se passait, ce serait le chaos.

Il traversa les couloirs aux tons beiges et à la vague odeur de renfermé, avant de rejoindre la salle de contrôle. Il était comme un ours sorti trop tôt d'hibernation, et sa mauvaise humeur ne fit que s'accentuer quand une odeur âcre de pop-corn brûlé lui parvint aux narines en entrant dans la salle. Il secoua la tête en repérant un sachet de pop-corn à moitié ouvert posé à côté d'un four à micro-ondes hors d'âge, des grains carbonisés se déversant du sachet.

La pièce d'environ six mètres par douze ressemblait étrangement à celle dans laquelle il avait passé les dix dernières années, au laboratoire de recherche sur la propulsion par réaction de la NASA, à Pasadena. Pourtant, au lieu de la tranquille énergie concentrée qu'il s'était attendu à trouver ici, il vit Neeta et un autre ingénieur se disputer bruyamment à propos des observations réalisées par le laboratoire.

— Nom de Dieu, comment ça vous avez eu un écho radar dans ce secteur il y a trois mois sans en référer à qui que ce soit ?

Neeta était comme un cumulo-nimbus prêt à exploser face à l'ingénieur du LIGO, qui avait facilement une tête de plus qu'elle et pesait certainement le double de son poids.

— Docteur Patel, je crois que vous ne comprenez pas ce que j'essaie de vous expliquer.

Les joues rouges, le scientifique se détourna du regard menaçant de Neeta et pinça les lèvres en pianotant durement sur le clavier du terminal qui se trouvait devant lui. Après quelques secondes, il désigna du doigt l'écran mural principal, qui afficha un graphique en forme de signal sinusoïdal daté de trois mois auparavant.

— Nous avons détecté une anomalie gravitationnelle dans la même direction générale il y a quatre-vingt-dix jours, mais, conformément à notre protocole, nous n'avons alerté personne parce que nous n'avons pu obtenir une confirmation indiscutable des autres sites…

— Eh bien, permettez-moi de vous dire que votre protocole est merdique, Steve. J'aurais dû être prévenue. Vous vous rendez compte de ce à quoi nous avons affaire ?

Burt jeta un coup d'œil au badge à clip fixé sur la poitrine de Steve, et reconnut son nom : il était l'ingénieur en chef du site d'Hanford. Il se tourna vers lui, s'éclaircit la gorge et dit :

— Neeta a raison. Nous aurions dû être prévenus. Pourquoi n'avez-vous pas pu confirmer l'information ?

Steve se retourna en vrillant le buste et, l'air inquiet, fixa Burt, qui prenait place sur une des chaises pivotantes.

— Docteur Radcliffe, nous n'avons pas pu confirmer la localisation avec nos seuls relevés. Le signal était faible ; pas de quoi nous inciter à la confiance. Le LIGO australien était à l'arrêt forcé pour des opérations de maintenance, et l'observatoire de Livingstone n'avait capté qu'un signal encore plus bref et faible. Les premiers relevés fiables dont nous disposons datent de cette nuit, vers 3 heures du matin.

Les sourcils de Neeta se joignirent en même temps qu'elle se renfrognait.

Elle allait ouvrir la bouche, quand Burt leva la main pour interrompre ce qui avait déjà des allures de bagarre stérile avec le personnel local. Neeta la boucla en continuant de fulminer intérieurement, tandis que Burt attrapait un élastique qui traînait sur une table à portée de main. Il rassembla ses cheveux longs en queue de cheval, parfaitement conscient de ce qu'il pouvait y avoir d'atypique, pour quelqu'un dans sa position, dans le fait de porter une queue de cheval, le col de chemise ouvert, un jean et des bottes de cow-boy. Il avait beau avoir la cinquantaine et un poste à responsabilités, il se croyait encore jeune ingénieur.

— Écoutez, Steve, ce qui est fait est fait, dit-il, mettant de côté sa frustration personnelle et son ressentiment envers l'équipe du LIGO. J'ai reçu votre notification par e-mail ce matin ; voilà pourquoi Neeta et moi sommes ici. Qu'avez-vous pour nous ?

L'ingénieur pianota nerveusement sur le clavier de son terminal, et un des moniteurs muraux afficha une série de signaux positifs récents que l'observatoire avait détectés.

— Docteur Radcliffe…

— Appelez-moi Burt.

— Burt, le LIGO a enregistré des milliers de sources d'ondes de gravité ces dernières années. Nous ne détectons ces ondes gravitationnelles que lorsque des masses considérables accélèrent brusquement, et causent une perturbation dans l'espace-temps. Un peu comme un caillou qui viendrait troubler la surface calme d'un étang ; nous sommes capables de détecter la plus petite ondulation…

— Steve, je connaissais toutes ces conneries bien avant que vous ne preniez votre premier cours de math. Donnez-moi juste les détails techniques.

L'ingénieur cligna des yeux.

— Désolé, monsieur. Euh, comme vous le savez probablement, les ondes de gravité que nous recevons sont produites généralement par la fusion de systèmes binaires ; une collision entre des étoiles à neutrons, par exemple. Elles peuvent aussi être causées par le « jet » d'une étoile tournant autour d'un trou noir. Mais d'une manière générale, ces ondes de gravité nous parviennent assez rarement. C'est arrivé peut-être une dizaine de fois au cours de la dernière décennie, et jamais nous n'avons réellement pu savoir ce qui les causait. Pourtant, à 2 h 53 cette nuit, nous avons enregistré plus d'une dizaine de trains d'ondes de gravité…

— Et vous avez vérifié auprès des autres observatoires et confirmé la cause de ces vagues ? enchaîna Burt en se penchant vers le scientifique, qui le fixait d'un air défait.

— Oui, monsieur. Nous avons procédé à une triangulation avec deux autres sites, en nous concentrant sur le même quadrant de l'espace, et…

Il inclina la tête vers Neeta.

— … à la demande du Dr. Patel, j'ai contacté la NASA. Ils nous ont fourni un canal sécurisé pour pouvoir utiliser les satellites IXO 2. Je viens tout juste de commander aux satellites de diriger leurs détecteurs à rayons X vers la source des ondes de gravité.

Il pressa plusieurs touches sur son clavier. L'écran mural principal afficha un compteur de temps ; en dehors de cela, il était aussi noir qu'un tableau de classe immaculé.

Burt se redressa et fixa l'image vide sur l'écran de cent pouces de diagonale, tandis que Neeta, d'une voix calme cette fois, demanda :

— Steve, à quand remonte le dernier front d'ondes de gravité que vous avez détecté ?

— C'était il y a environ quinz….

L'ingénieur regarda un des moniteurs muraux et pointa du doigt une lumière clignotante provenant d'un flux vidéo en direct relié à un des détecteurs du site.

— Attendez, un déphasage s'est produit sur le laser !

Il regarda autour de lui tandis que le front d'ondes de gravité apparaissait sur tous les écrans de la salle de contrôle.

— Nous enregistrons une nouvelle vague de signaux !

Burt se leva, passa à côté des ingénieurs rassemblés autour du terminal, et fixa l'écran principal. Il regarda le flux vidéo montrant l'image en interférométrie laser sur l'écran mural situé le plus à gauche. Il savait que la lumière vacillante du flux vidéo signifiait que les installations avaient été frappées par une perturbation gravitationnelle qui déphasait temporairement un des bras de l'interféromètre laser.

Retenant leur souffle, tous regardèrent vaciller les images des différents écrans. Certains moniteurs montraient l'intensité des ondes de gravité ; d'autres affichaient les données en provenance des autres sites d'observation de type LIGO.

Burt se concentra sur l'écran principal ; tous fixaient le moniteur, sur lequel s'affichait la noirceur et le vide. Plus rien ne paraissait exister autour.

Et soudain, un point blanc apparut.

Au milieu de tout ce noir, un petit point lumineux prit vie. Burt sentit son cœur s'emballer.

Il pointa du doigt le moniteur et se tourna vers les scientifiques regroupés autour des terminaux quatre mètres plus loin.

— Là ! Est-ce un résultat positif des détecteurs à rayons X ?

Steve actionna les touches de son clavier et entra une série de commandes.

— Je vérifie, monsieur…

Burt s'approcha des scientifiques rassemblés, tandis que les données brutes défilaient sur l'écran principal. Neeta pointa une des colonnes.

— Là ! s'écria-t-elle. On a un résultat positif. Les satellites ont bien détecté quelque chose.

Burt fixa le point lumineux solitaire sur l'écran noir ; il savait ce qu'il avait devant les yeux, mais il avait besoin de plus de données ; de plus de temps.

Un ingénieur courut jusqu'à une poubelle et soulagea son estomac, le bruit douloureux du rejet intestinal résonnant dans la salle de contrôle. Tous ceux qui étaient présents dans la salle étaient des scientifiques hautement qualifiés, des experts dans leur domaine. Tous avaient compris ce qu'ils venaient de détecter aux confins de leur propre système solaire.

Burt essuya nerveusement la sueur sur son front, et annonça :

— Tout ce que nous pouvons faire, c'est attendre d'autres signaux. Il faut qu'on sache quelles sont ses dimensions – sa trajectoire. Combien de temps nous avons.

— Monsieur ? l'interpela un ingénieur tremblant en levant les yeux vers lui. Qu'est-ce qu'on peut faire ?

Le frisson qui parcourut l'échine de Burt n'était pas dû à la climatisation. Ce fut comme si la Faucheuse l'avait frôlé, à la recherche de sa prochaine victime. Il connaissait les conséquences de leur découverte. Les rayons X n'étaient produits que par des événements associés à de très hautes températures. Des matières chauffées par des champs gravitationnels d'une puissance inimaginables étaient la cause de ces émissions.

— Pour le moment, concentrons-nous sur la collecte de données. Nous ne savons même pas encore quelle direction il va prendre.

Burt soupira, s'affala sur la chaise la plus proche et attendit. C'était la seule chose qu'ils pouvaient faire, tous autant qu'ils étaient.

Burt pria pour que la cause des rayons X ne se dirige pas dans leur direction. DefenseNet avait été conçu pour traiter la menace des astéroïdes entrants. Il existait bel et bien des moyens de les contrer, pour peu que l'on en ait le temps. Même pour un géocroiseur de la taille de la Lune, quelque chose pouvait vraisemblablement être fait. Il leva les yeux vers le point impossible à ne pas voir, qui contrastait avec la noirceur de l'écran, et il sentit sa gorge se serrer.

Plus les minutes passaient, plus il se disait que ce qu'il fixait sur l'écran signait déjà leur fin à tous. Ils allaient être engloutis par l'appétit vorace, insatiable, d'un tourbillon de la mort interstellaire.

Un trou noir.

Plusieurs heures s'étaient écoulées ; Burt faisait les cent pas dans un des couloirs de l'Observatoire d'ondes gravitationnelles, s'efforçant de mettre de l'ordre dans ses idées. L'existence, désormais avérée, d'un trou noir aux confins du système solaire expliquait bien des choses. Les trous noirs tournoient à des vitesses incroyables ; bien que la plupart des gens les voient comme des espèces d'aspirateurs géants engloutissant voracement tout ce qui se trouve à leur portée, la plupart ne comprennent pas qu'ils font cela maladroitement, en quelque sorte ; la déformation gravitationnelle autour des trous noirs a parfois pour effet de projeter en périphérie tout ce qui devrait être englouti.

Burt sentit son estomac se serrer à cette seule pensée.

— Prions pour que cette chose passe simplement son chemin, marmonna-t-il pour lui-même. Alors peut-être aurons-nous une petite chance.

Puis il se figea en entendant la voix de Neeta, qui lui parvint depuis un des bureaux proches :

— Je vais bien, maman. Je voulais juste entendre ta voix. Embrasse papa pour moi.

— *Princesse ?* fit une voix d'homme rieuse dans le haut-parleur du bureau. *Ça fait tellement longtemps que nous ne t'avons pas vue. Comment vas-tu, mon ange ? Est-ce qu'un garçon t'a brisé le cœur ?*

— Papa, j'ai trente-sept ans. Je ne laisserai personne me briser le cœur. Je suis mariée à mon boulot, tu le sais très bien.

Burt se sentit légèrement coupable d'écouter la conversation privée de Neeta. Elle ne parlait jamais d'autre chose que de son travail, si bien que le simple fait d'imaginer qu'elle avait une famille avait quelque chose d'étrange.

— *Et si tu me laissais t'aider à trouver un mari convenable, hein ? Peut-être qu'il est temps, et…*

— *Rajesh Patel !* s'écria une femme derrière lui. *Cesse de harceler notre fille. Elle trouvera quelqu'un et elle nous donnera des petits-enfants quand elle sera prête pour ça, et pas avant.*

— Papa, je t'aime, mais je dois te laisser maintenant. Je vous embrasse tous les deux. Ne vous inquiétez pas si vous n'avez pas de nouvelles de moi pendant quelques temps ; ce sera juste que mon travail ne me laisse pas une minute. Je vous aime très fort.

— *Nous t'aimons aussi, chérie*, lui assura chaleureusement sa mère, sa voix résonnant à des milliers de kilomètres de là.

Un brusque silence succéda à la conversation. Presque aussitôt, Neeta sortit du bureau et tressaillit sous l'effet de la surprise en tombant sur Burt dans le couloir.

Elle essuya rapidement les larmes sur son visage. Burt la fixa ; il ne connaissait pas cet aspect de la personnalité de sa collègue.

Il ignora les larmes et lui demanda :

— Ça te dirait qu'on aille prendre un café ?

Neeta acquiesça d'un hochement de tête, tandis que Burt tournait les talons pour se diriger vers la salle de pause.

Burt fixa le grand écran central de la salle de contrôle et soupira. On y voyait à présent près d'une centaine de points lumineux, répartis sur le pourtour d'un large cercle noir. Chaque point représentait ce qu'on appelait le dernier souffle d'un objet, lequel subissait les hautes températures du trou noir et se retrouvait fractionné en particules subatomiques, avant d'être englouti.

Il dirigea un pointeur laser rouge vers les bords du cercle et regarda l'ingénieur au visage blême qui avait pris le contrôle du terminal.

— Donnez-moi une largeur, lui demanda-t-il. Je veux savoir à quoi nous avons affaire.

Il ferma les yeux et écouta cliqueter les touches du clavier, jusqu'à ce que l'ingénieur annonce d'une voix tremblante :

— Monsieur, le diamètre de « l'horizon des événements » semble être d'environ trois kilomètres.

Burt fut surpris par la taille annoncée. Il y avait un peu plus de cent ans de cela, trois célèbres physiciens avaient établi la limite de Tolmann-Oppenheimer-Volkoff, qui correspondait à la masse maximale théorique que pouvait avoir une étoile à neutrons. Il fit le calcul mentalement, et se représenta exactement ce à quoi ils avaient affaire.

— Une déchirure du tissu de l'espace de plus de trois kilomètres de large… c'est pas beau, ça ?

Un des scientifiques, un homme entre deux âges à la tignasse rousse éclatante, demanda :

— Mais, monsieur, comment est-ce possible ? On est bien en-dessous de la limite de TOV, n'est-ce pas ?

Burt le lui confirma d'un hochement de tête.

— D'une demi-masse solaire environ, si mes calculs sont bons.

Il jeta un regard à Neeta, qui opina du chef.

— Je confirme, dit-elle.

Soudain, son téléphone portable vintage vibra dans sa poche. Il le sortit et jeta un coup d'œil à l'affichage du numéro : son frère.

— Oh non, c'est vraiment pas le moment, marmonna-t-il en remettant le téléphone dans sa poche.

Puis il releva la tête et s'adressa aux personnes présentes dans la salle.

— Une demi-masse solaire, hein ? Mes amis, voilà qui semble expliquer pourquoi personne n'a rien détecté jusqu'à présent. Sa lentille gravitationnelle a empêché cette chose de nous laisser le moindre indice visuel, et lui a permis de nous surprendre. Nous avons manifestement affaire à un trou noir primordial. Une entité née durant l'enfance de l'univers, à une époque où les températures et les pressions permettaient encore de telles créations. Cette chose n'est guère différente – elle n'est surtout pas moins dangereuse – que les trous noirs dont nous avons tous entendu parler durant nos études. Mais c'est la première de son genre que nous détectons – à moins qu'il soit plus juste de dire qu'elle est la première qui nous découvre.

Il jeta un coup d'œil aux points lumineux sur l'écran. Il savait qu'à chaque fois qu'un point apparaissait, les satellites le localisaient.

— Les ordinateurs ont-ils déjà confirmé une trajectoire ? Est-ce qu'on a une vitesse ? demanda-t-il.

L'ingénieur posté à son terminal regardait bouche bée les données défiler sur son écran. Il paraissait tétanisé. Neeta le poussa et prit la relève.

— Nous avons une trajectoire confirmée, annonça-t-elle. Cette chose se dirige vers le centre de la galaxie.

Neeta entra une nouvelle série de commandes sur le clavier, avant de se renfrogner davantage.

— Je crains que nous ne nous trouvions sur sa route.

Ces quelques mots suffirent à faire comprendre à Burt que le destin de la planète était scellé.

Il sentit un grand calme l'envelopper, comme un linceul qui étoufferait toute émotion.

D'une voix sereine, il demanda :

— Combien de temps avons-nous ?

— Docteur Radcliffe, à la vitesse où ce trou noir progresse, et si sa trajectoire reste la même, nous avons 345 jours avant qu'il ne traverse notre orbite.

— Lancez un compte à rebours, dit Burt, qui savait que cela signifiait enclencher le décompte de la fin de l'humanité.

Puis, comme obéissant à un sombre et irrépressible sens du devoir, il se leva et s'adressa à Neeta :

— Je vais avoir besoin de toi. Nous allons devoir expliquer ce qui se passe à l'actuelle administration, là-bas, à Washington ; et il va falloir le faire en personne. Ils voudront savoir quelles sont les alternatives possibles.

Il claqua des doigts pour avoir l'attention de tous.

— Personne n'est autorisé à dire un mot de ce qui se passe une fois franchi la porte de cette salle. Continuez la surveillance, tous, et tenez-moi au courant du moindre changement.

Neeta s'approcha de lui, affichant un air perplexe.

— Des alternatives ? murmura-t-elle. Je ne comprends pas. Quelles alternatives ?

L'idée même était presque risible. Même si la vie sur Terre résistait à l'assaut de dizaines d'astéroïdes tueurs, rien n'avait la moindre chance de survivre si un trou noir venait à traverser l'orbite terrestre.

— Ne t'inquiète pas, dit Burt. C'est moi qui parlerai.

Il ouvrit la porte de la salle de contrôle, tourna la tête et regarda Neeta par-dessus son épaule.

— Dire que nous sommes sur le point d'annoncer à la présidente des États-Unis qu'il nous reste à tous moins d'un an à vivre.

CHAPITRE TROIS

Chuck Rehnquist se pencha au-dessus de sa console et observa à travers le hublot l'équipe minière qui travaillait à enfoncer des pylônes stabilisateurs dans la surface rocheuse de l'astéroïde. Dans les environnements à faible gravité, les pylônes aidaient à maintenir une pression basse pour les forages exploratoires. C'était une des parties les plus dangereuses de l'exploitation minière de l'astéroïde, et en dépit des scanners et des protocoles de sécurité en tous genres, ils n'étaient jamais à l'abri d'un incident quelconque. Quelques semaines plus tôt encore, tout allait bien quand un des pylônes enfoncés dans un point faible d'un astéroïde de plus grande taille avait fait éclater ce dernier en deux, un peu comme un tailleur de pierres précieuses fend un diamant. Chuck ne comptait plus le nombre de montagnes larges de plusieurs kilomètres flottant dans l'espace dans lesquelles ils avaient foré ; il savait qu'ils n'étaient jamais à l'abri d'une mauvaise surprise. Et dans l'espace, ces surprises-là étaient souvent mortelles.

Pressant sèchement une des touches de sa console de communication, il hurla à ses hommes :

— Peters ! Kennedy ! Cross ! Attention à ne pas recommencer ce qui s'est passé sur 1-Hutchinson. Sondez le sol avec le géoradar avant d'attaquer la surface.

— *N'ayez crainte, patron. Je n'ai pas envie non plus que ça se repro-*

duise. Me retrouver à flotter dans l'espace parce qu'un foutu astéroïde se fend en deux sous mes pieds, non merci !

Une lumière rouge clignota sur le bureau de Chuck, lui signifiant que la station minière venait de recevoir une transmission depuis la Terre.

Il pianota sur le plateau tactile du bureau, et aussitôt l'alerte fut projetée devant ses yeux en trois dimensions. Le texte écrit en rouge était le signe que le message était d'importance.

**** ALERTE D'URGENCE DE LA NASA ****

Toutes les stations d'exploration spatiale et leur personnel sont rappelés.

Retour immédiat sur orbite terrestre demandé sous le protocole d'urgence X-55. Tout autre priorité est annulée.

Confirmez réception.

— Bordel, mais qu'est-ce qui se passe ? grommela Chuck en appuyant sur le symbole interphone de sa console.

— *Qu'y a-t-il, chef ?* répondit l'officier scientifique.

— Jennifer, allez vérifier ce qu'est le protocole d'urgence X-55. Nous venons de recevoir une alerte : la NASA rappelle tout le monde.

— *Bien reçu. Donnez-moi une seconde.*

Chuck effleura une autre touche sur sa console de communications et cria dans le micro :

— Les gars, laissez tomber ce que vous faites, et ramenez-vous ici avec la navette. On a une urgence.

— *Mais on a déjà mis en place deux des pylônes, et...*

— Ramenez vos culs ici tout de suite, c'est un ordre. Même si vous aviez découvert un filon d'or, je vous dirais la même chose : rappliquez ici, immédiatement ! Compris ?

— *Compris.*

— *Monsieur ?* fit la voix de l'officier scientifique dans le haut-parleur intégré à la console. *Le protocole X-55 correspond à un problème critique de nature non-spécifiée, mais qui nécessite le retour du vaisseau et de son contingent dans l'orbite de la Terre sous deux cent soixante-dix jours.*

Chuck serra les dents et grommela :

— Bordel ! C'est pas génial, ça ?

Il venait de comprendre qu'avec leur cargaison actuelle, l'équipage pouvait dire adieu aux primes pour ce voyage.

— *Monsieur, vous ne comprenez pas. La Terre se trouve de l'autre côté du soleil pour nous ; ce message nous est parvenu grâce à un relais. On ne peut pas respecter le délai demandé. Dans le meilleur des cas, il nous faudrait deux fois le temps requis pour regagner l'orbite terrestre.*

Chuck exhala un soupir de frustration et appuya la paume de ses mains sur ses tempes.

— Jennifer, combien de temps faut-il pour que notre transmission parvienne jusqu'à la Terre, et que nous recevions une réponse de la NASA ?

— *Environ trente minutes, et cela dans les deux sens ; donc, je dirais une heure environ pour obtenir leur réponse.*

— Très bien. Assurez-vous que les mineurs fassent bien ce qu'on leur a demandé, et essayez de parler aux ingénieurs. On ne fera rien avant que j'aie une confirmation de la NASA, mais nous devons nous préparer au pire ; autrement dit être prêts à dégager d'ici.

— *Je m'en occupe.*

Chuck se pencha en avant et se mit à répondre sur son clavier tactile au message de la NASA.

— Ils veulent que nous fassions *quoi* ?

Chuck n'en croyait pas ses oreilles.

Avec l'équipage au grand complet rassemblé dans la pièce qui faisait office à la fois de salle à manger et de salle de réunion, Jennifer, l'officier scientifique de quarante-trois ans, relut pour les vingt-deux personnes présentes la dernière réponse envoyée par la NASA.

— Que nous abandonnions immédiatement tout chargement inutile, y compris tout le matériel de minage. Et que nous déployions les panneaux solaires principaux et secondaires pour augmenter notre puissance de propulsion. Nous devrons être à 95 % de nos capacités.

— Seigneur ! s'exclama Chuck. Larguer toute notre charge utile ? Nous avons amassé 1,5 million de tonnes métriques de minerai de haute qualité, et ce sont des centaines de millions de dollars d'équipement qu'il va falloir laisser derrière nous !

— Sans compter qu'ils veulent que nous abandonnions des parties entières de ce vaisseau, s'emporta un des mineurs.

Chuck fixa Jennifer et lui demanda :

— Est-ce que les ingénieurs à qui vous avez parlé vous ont expliqué pourquoi ils nous demandent de revenir dans ces conditions ? Il faut qu'ils aient une sacrément bonne raison pour décider une chose pareille ?

Jennifer secoua la tête.

— Je leur ai posé la question trois fois ; ils ne m'ont pas répondu.

— Est-ce qu'on sera seulement revenu là-bas à temps ?

— Non. D'après leurs calculs, dans le meilleur des cas, il nous manquera quatre-vingt-dix jours. La NASA dit qu'elle travaille avec ses meilleurs techniciens pour trouver d'autres moyens d'accélérer notre retour. Ils sont focalisés sur ce délai de deux cent soixante-dix jours.

Poussant un soupir de frustration, Chuck s'écarta de la table et annonça :

— Bon, très bien, les gars, vous avez entendu la dame. Au boulot, tout le monde.

Puis, s'adressant à un des ingénieurs de fret :

— Placez une balise sur le minéralier. Je veux pouvoir retrouver cette foutue cargaison quand nous reviendrons par ici.

Il scruta en silence l'obscurité de l'espace à travers le hublot.

Bon sang, mais qu'est-ce qui se passe ?

Tournant à droite dans la 42ᵉ Rue Est, Stryker respira une odeur de viande grillée provenant d'un des stands halal au coin de la rue. Il se dirigea vers une entrée d'immeuble d'apparence assez banale, une quinzaine de mètres plus loin ; des gens en sortaient ou y entraient sans discontinuer.

— C'est la gare de Grand Central, expliqua-t-il à son jeune équipier, Kevin. T'es déjà venu ici ?

Kevin Taylor, une nouvelle recrue âgée de vingt-cinq ans, secoua la tête.

— Nan, j'en ai entendu parler. Je viens de l'État de Washington. Tous nos trains circulent en surface, ou en aérien.

Stryker franchit l'entrée du terminal ferroviaire, et, précédant son équipier dans le hall immense, il balaya l'espace d'un large geste et dit :

— Voilà une partie de ma tournée habituelle.

Sans perdre un instant, il fit visiter l'endroit au jeune Kevin.

— Ce grand hall a été construit au début des années 1900. Il fait grosso modo quatre-vingt-dix mètres sur trente, et comme tu peux le voir, le plafond culmine à une quarantaine de mètres.

Stryker leva la tête et pointa du doigt la fresque astronomique géante qui recouvrait le plafond.

— Mon grand-père m'a raconté que dans les années 1980, ce plafond était devenu presque tout noir à cause des gens qui fumaient ici. Quand ils l'ont restauré en 1996, ils ont laissé un petit rectangle noirci que tu peux voir là-bas, si tu regardes bien. Ça donne une bonne idée de l'état pitoyable dans lequel il était.

Stryker continua d'avancer en direction des guichets, et conduisit Taylor vers les quais.

Comme ils se frayaient un chemin à travers la marée humaine qui confluait doucement vers le hall principal, Stryker jeta un regard à son jeune équipier et sourit :

— Tu as de la chance, il est 11 heures du matin ; la gare est presque vide.

— Ouah, ça, c'est la gare « vide » ?

Taylor regarda devant et derrière lui, cherchant à prendre la mesure de la foule des navetteurs qui circulaient autour d'eux.

— Là, c'est vraiment rien, lui assura Stryker en riant. Tôt le matin et en fin de journée, c'est la folie ici. Il y a des voyageurs partout, et c'est à ce moment-là qu'on a le plus de problèmes.

— Quel genre de problèmes a-t-on ici ?

— Rien de bien méchant. Des gosses qui volent à la tire, un mendiant qui devient un peu trop agressif ; les gens veulent porter plainte. Rien de très sérieux, quoi.

Taylor parut légèrement nerveux ; sa main se porta naturellement à son ceinturon équipé.

— Quelle est la pire situation que vous avez connue ici ? Celle qui a demandé une intervention vraiment sérieuse ?

Le nouveau système de ventilation de la gare se mit à bourdonner en même temps qu'un train approchait. Stryker respira l'air froid et piquant, et haussa les épaules.

— En cinq années dans la rue, je peux compter sur les doigts d'une main les fois où j'ai dû me servir de ma lacrymo ou de mon Taser. Jamais eu besoin ici.

— Vous n'avez jamais tiré sur personne ?

Stryker se tourna vers son jeune équipier à l'air inquiet, et répondit :

— Non, je n'ai jamais tiré sur personne dans le cadre du boulot.

Un vieux souvenir fusa aussitôt dans son esprit ; il remontait à dix ans. Il avait bien tué quelqu'un, mais c'était à une autre époque ; en un autre lieu. Et sous un autre uniforme.

— Kevin, garde bien à l'esprit ce que je vais te dire : dans presque tous les cas, la présence d'un officier en uniforme suffit à empêcher qu'une situation ne dégénère. C'est pour ça que nous patrouillons, et que nous faisons en sorte d'être vus. Ça évite bien plus de problèmes que tu ne l'imagines.

Taylor hocha la tête, mais il continuait d'afficher un air mi-inquiet mi-hagard, presque comme s'il s'attendait à ce que quelqu'un surgisse de nulle part et les attaque.

Stryker lui désigna un passage latéral et dit :

— Par là. Terminons cette ronde. On ira manger un bout après.

« Appel à toutes les unités, on signale un 10-50 à l'angle de la 47e et de la 7e. »

Stryker baissa le volume de sa radio et s'assit en face de son jeune équipier. Il avait choisi pour déjeuner le restaurant qu'il préférait dans le quartier.

L'air perplexe, Taylor l'imita et baissa à son tour le volume de sa radio.

— On ne devrait pas répondre à cet appel ? demanda-t-il.

— Nan, c'est un 10-50. Ce n'est pas criminel. Un touriste quelconque aura fait une crise d'agoraphobie ou un truc dans le genre.

Un arôme de café frais flottait dans la salle de restaurant. Stryker fit signe à la serveuse.

— Et puis, on a prévenu qu'on était en pause déjeuner, termina-t-il de rassurer la jeune recrue. Si tu n'y prends pas garde, tes rondes risquent de t'empêcher non seulement d'aller manger, mais même d'aller pisser, et ça jusqu'à ta retraite. Par contre, si l'appel concerne un 10-30, *là* on se bouge le cul dare-dare.

La serveuse arriva à leur table et sourit. Stryker la connaissait bien ; mais il ne l'avait pas vue depuis plusieurs jours. Il regarda son visage, et ne put s'empêcher de remarquer l'aspect luisant de sa peau étrangement débarrassée d'une bonne partie de ses rides. Probablement un de ces produits de raffermissement miracle vendus sous le manteau, et qui faisait fureur à New York.

— Salut, mon chou. Comme d'habitude ?

— Salut, Janice. Oui, un café noir et un de ces pains vanillés danois, ce sera parfait.

Elle se tourna vers le petit nouveau et s'efforça de lire le nom inscrit sous son badge.

— Et qu'est-ce que vous prendrez, officier Taylor ? lui demanda-t-elle.

Taylor regardait dans le vide, l'air absent.

Stryker claqua des doigts sous son nez.

— Hé, il y a quelqu'un ? fit-il.

— Je n'ai pas faim, répondit le jeune policier d'un ton distrait, presque agacé.

— Comme vous voudrez, fit Janice.

Elle tourna les talons, et revint moins d'une minute plus tard avec un mug de café noir fumant et une pâtisserie, qu'elle posa devant Stryker.

Taylor sortit de sa poche de chemise un petit sachet en papier et le déposa à côté du café de Stryker.

— C'est un édulcorant cent pour cent naturel. Vous devriez essayer.

Il inclina la tête vers le sucrier doseur en verre et les autres édulcorants artificiels sur la table.

— C'est bien meilleur que ces cochonneries. Ces trucs-là vont vous tuer.

— J'apprécie l'attention, dit Stryker.

Mais il repoussa le sachet vers son jeune équipier, porta le mug à ses lèvres et but une gorgée.

— Je le préfère sans sucre, de toute façon, dit-il.

Il agita un pouce en direction de la vitrine et demanda :

— Alors, cette première journée, quelle impression ?

— J'ai trouvé que c'était très calme. Je m'attendais à plus d'action, je l'avoue. C'est toujours comme ça ?

— Ils racontent souvent un tas de salades à l'académie ; du coup, les bleus s'attendent à des poursuites sans fin. Non, c'est une journée ordinaire. Comme je te l'ai dit, notre seule présence suffit à désamorcer la plupart des situations.

Stryker mordit dans sa pâtisserie, se leva et pointa du doigt la carte du menu toujours posée sur la table.

— Tu devrais prendre quelque chose pour te caler un peu ; on n'aura probablement plus l'occasion de faire une nouvelle pause jusqu'au changement de service. J'arrive tout de suite ; un besoin urgent.

Quand Stryker revint des toilettes, Taylor regardait à travers la vitrine, concentré sur le flot des piétons dans la 7ᵉ Avenue.

— Tu n'as rien commandé ?

Le jeune policier secoua la tête sans cesser de regarder dehors.

Stryker allait engloutir le dernier morceau de sa pâtisserie quand sa radio crachota doucement :

« Appel à toutes les unités disponibles dans le quartier de Broadway et de la 7ᵉ. 10-34 en cours. Un officier demande des renforts. Une dizaine de manifestants ou plus. Je répète : 10-34 en cours. Un officier demande des renforts à hauteur de Broadway et de la 7ᵉ Avenue. »

— Merde !

Stryker se leva d'un bond et appuya sur un bouton de sa radio.

— 201, je suis à deux rues de l'endroit. Je me rends sur place.

Il chercha le regard de la serveuse.

Elle acquiesça d'un hochement de tête et désigna la porte d'un petit mouvement du menton. Il reviendrait régler l'addition plus tard.

— Allons-y, Taylor. C'est parti !

Le jeune policier, qui avait paru regretter le manque d'action, ne parut pourtant pas ragaillardi par l'appel. Il montra du doigt la pâtisserie et demanda :

— Vous ne terminez pas ?

Stryker sentit monter en lui un élan d'exaspération.

— Grouille, grommela-t-il.

Stryker sortit précipitamment du restaurant, Taylor lui emboîtant le pas avec un temps de décalage. Il prit à gauche dans la 7ᵉ Avenue et courut vers le nord tandis que des sirènes retentissaient et que des cris montaient, de plus en plus perceptibles.

— Écartez-vous ! ordonna-t-il en se frayant un chemin à travers la foule qui encombrait les trottoirs.

En arrivant à hauteur de la 44ᵉ Rue Ouest, il repéra une masse humaine formant un cercle autour d'un véhicule fumant.

Des émanations nocives de caoutchouc brûlé empestaient l'air.

Stryker attrapa sa radio :

— 201, je suis sur place. 10-84 en cours. Une vingtaine de manifestants. La rue est bloquée. Une voiture est en train de brûler. Je demande du renfort et l'intervention des pompiers.

— *10-4, 201. Des renforts sont en route. Les pompiers aussi.*

Taylor se tenait à côté de Stryker. Il souriait.

— Qu'est-ce qu'on fait ? demanda-t-il.

— On se contente d'attendre et de regarder pour le moment. Les renforts arrivent.

Les pneus avaient été lacérés et brûlaient. Un des manifestants, qui portaient comme les autres une espèce de robe blanche tachée de sang, grimpa sur le toit de la berline fumante.

Autour de la voiture, les autres entonnèrent une sorte de chant monastique, tandis que l'homme sur le toit levait un mégaphone.

— *La fin des temps approche ! Tout le monde comprend-il bien ce que cela signifie ? Les ténèbres s'abattront sur nous, et seuls les fidèles survivront !*

Taylor s'avança vers l'homme qui parlait et jeta un coup d'œil par-dessus son épaule gauche.

— Jon, êtes-vous croyant ?

— Si je suis quoi ?

L'homme qui prêchait depuis le toit du véhicule fumant pointa un doigt en direction de la foule.

— *Les infidèles qui veulent empêcher la fin des temps sont des païens. Ce n'est qu'à travers l'obscurité que nous verrons la lumière de notre Seigneur. Ceux qui voudraient arrêter la progression des ténèbres doivent être éliminés.*

Stryker balaya du regard l'endroit que l'homme pointait du doigt, et il sentit son sang se glacer.

Au milieu de la foule, il repéra quelqu'un vêtu d'un uniforme de police taché de sang gisant au sol.

Son pouls s'accéléra brutalement. Il appuya sur le bouton de sa radio et s'écria :

— 201, 10-85 ! 10-85 ! Officier à terre. Demande renforts immédiats !

À quelques rues de là, les sirènes hurlaient, tandis que l'homme sur le toit de la voiture se servait de son mégaphone pour couvrir le bruit :

— *Même si je marche dans la vallée de l'ombre de la mort, je ne crains aucun mal, car Tu es avec moi.*

À cet instant, une voiture de police arriva, rampe de signalisation en marche. Les hommes qui entouraient la voiture fumante se précipitèrent aussitôt vers elle.

Stryker sentit un flot d'adrénaline se déverser dans ses veines.

Une brique vola depuis la foule et s'enfonça dans le pare-brise de la voiture de patrouille.

Les gens hurlèrent et se mirent à courir, tandis que Stryker décrochait son spray lacrymogène de sa ceinture, en priant pour que les renforts arrivent.

Soudain, il sentit comme une aiguille s'enfoncer dans le bas de son dos, et il vrilla le buste.

Son Taser à la main, la jeune recrue affichait un air bestial tandis qu'il appuyait sur le bouton d'impulsion électrique de l'arme qu'il venait de diriger contre le dos de Stryker.

Ce dernier tressaillit en entendant le cliquetis caractéristique ; 50 000 volts passèrent à travers les deux fils conducteurs qui le reliaient au Taser.

Il ne sentit pas ses muscles convulser. Mu par un brusque élan de rage, Stryker réussit à lever sa bombe lacrymogène. Il envoya un jet de mélange gazeux au poivre au visage de Taylor, suivi d'un violent coup de pied dans les genoux du jeune policier, qui tomba à terre.

— Non, s'écria ce dernier en luttant contre les effets du gaz lacrymogène qui lui brûlait les yeux. Vous n'arrêterez pas ce qui arrive !

Il se releva et, le visage grimaçant, donna un coup de pied à l'aveugle à Stryker, qui l'esquiva d'un bond.

Le jeune policier porta alors la main à sa ceinture, et ce fut comme si le monde ralentissait brusquement.

Les battements de son cœur tambourinant à ses oreilles, Stryker regarda Taylor ôter la sangle de retenue de son arme de service.

— Non, hurla-t-il, alors que le jeune policier tirait son pistolet semi-automatique de son étui.

Taylor n'eut pas le temps de tenir Stryker dans sa ligne de mire ; ce dernier fit feu le premier.

Pour la première fois depuis qu'il avait quitté l'armée, Jon Stryker venait de tuer un homme.

Un deuxième coup de feu retentit, provenant cette fois de l'arme de Taylor, dont la tête fut projetée en arrière sous la puissance de la balle de Stryker.

Ce dernier sentit la vibration sourde de la tête du jeune policier et de son arme heurtant simultanément l'asphalte.

Après la fusillade, tout parut arriver en même temps.

D'autres officiers du poste de police de Stryker débarquèrent en nombre. Certains interrogèrent des témoins directs ; d'autres aidèrent à former un cordon de sécurité autour de la scène. L'équipe médico-légale arriva enfin et se mit à collecter les preuves matérielles.

— Stryker, comment ça va ?

Stryker leva les yeux vers le lieutenant Malacaria et haussa les épaules.

— Je ne sais pas ce qui lui a pris. Il a été normal toute la journée, plutôt de bonne humeur, et d'un seul coup il est devenu complètement cinglé.

— Écoutez, Jon, on a suivi du poste ce qui se passait en temps réel. Les images de la caméra-piéton étaient parfaitement claires. C'est une chance que ce Taylor n'ait pas réussi son coup. Un des fils, manifeste-ment, n'a pas fait son office.

— Ma veste m'a sauvé la mise. J'ai senti une piqûre, mais je n'arrive pas à comprendre ce qui lui est passé par la tête – pourquoi il s'en est pris à moi. Je croyais qu'à l'académie, ils détectaient ce genre de profils limite, et qu'ils s'en débarrassaient.

Malacaria haussa les épaules.

— Je ne sais pas quoi vous dire. Nos gars vont se pencher sur tout ça, et essayer de comprendre ce qui s'est passé. Il est mort, mais par chance, il n'y a pas d'autres victimes. Eric Johnson, le premier arrivé sur les lieux, a été atteint par une pierre et poignardé, mais il s'en sortira.

Il donna une tape sur l'épaules de Stryker, et ajouta :

— Écoutez, je suis là pour vous prévenir que vous êtes au repos forcé pour le moment, le temps qu'ils bouclent l'enquête…

— Mais…

— C'est juste une formalité. Croyez-moi, personne ne va vous chercher des poux dans la tête. Juste quelques jours de congé ; profitez de vos gosses en attendant, et revenez lundi. Si vous avez besoin d'un soutien psychologique, ou de quoi que ce soit…

— Lieutenant, je n'ai pas besoin de voir un psy. Je vais bien.

— Tant mieux. Reposez-vous, c'est tout. Le capitaine vous appellera probablement dans la soirée pour prendre de vos nouvelles. Vous voulez que quelqu'un vous raccompagne chez vous en voiture ?

— Non, je vais me débrouiller. Il faut que j'aille régler l'addition de mon déjeuner au restaurant, de toute façon.

Stryker serra la main du lieutenant et de deux ou trois autres officiers ; puis il franchit le ruban jaune et prit la direction du restaurant.

Le restaurant était calme quand il entra. Janice lui fit signe en lui décochant un sourire.

— Salut, mon chou ; tout est resté sur la table comme tu l'as laissé. Je te sers du café frais ?

Stryker jeta un coup d'œil à la table et s'en approcha, se demandant si un peu de caféine lui ferait du bien. Il était peut-être déjà assez remonté comme ça.

Il avait l'impression que quelque chose lui électrisait la nuque.

Il était à cran. Son organisme n'avait pas encore régulé son taux d'adrénaline. Ses sens étaient toujours en éveil ; il se sentit soudain mal à l'aise en balayant la salle du regard. Il n'avait pas ressenti cela depuis sa dernière patrouille à l'armée, celle après laquelle la moitié de son escouade était rentrée au pays dans des sacs mortuaires.

Rien ne paraissait avoir été déplacé sur la table. Le mug à moitié vide était toujours là ; idem pour la pâtisserie à moitié mangée.

Il écarquilla les yeux en serrant les dents.

Puis, il se tourna vers Janice et lui demanda :

— Quelqu'un d'autre s'est installé à cette table ?

Elle secoua la tête et répondit :

— Non. Je n'ai servi personne dans cette partie de la salle ; ça a été très tranquille depuis que tu es sorti précipitamment.

Stryker appuya sur le bouton de sa radio et dit :

— 201 à répartiteur. J'ai besoin d'une équipe de collecte de preuves. 43ᵉ Rue et Broadway.

— *Bien reçu, 201. Des unités se trouvent dans le secteur.*

L'air interrogateur, Janice demanda :

— Qu'est-ce qui ne va pas ?

— Probablement rien, répondit Stryker en fixant son repas à moitié mangé. Mais pour le moment, laissons cette table exactement comme elle est.

— D'accord, dit-elle en haussant les épaules, avant de se retourner pour aller accueillir un client.

Stryker serra les poings, furieux, tandis qu'il fixait la petite cuillère posée à côté de son mug de café froid maintenant.

Il y avait des taches de café fraîchement séchées sur la cuillère.

Il tenta de se remémorer le déroulé de leur bref déjeuner.

À aucun moment il n'avait touché sa cuillère. Il en était certain.

— Qu'est-ce que Taylor a bien pu mettre dans mon café ?

CHAPITRE QUATRE

Quand Burt et Neeta atterrirent sur la base d'Andrews, un membre des services secrets leur attribua une voiture d'état-major, leur exposa les procédures de sécurité, et donna à Burt les instructions nécessaires pour activer le système de navigation préprogrammé afin que le véhicule les conduise jusqu'à l'entrée privée de la Maison-Blanche. Le SUV sentait le cuir neuf. En regardant la jauge de charge de la batterie, Burt s'aperçut qu'elle était au plus bas. Il vit le soleil percer à travers les nuages, et se prit à espérer que le panneau solaire absorbe assez d'énergie pour les conduire à destination.

Le système de navigation n'empêcha pas qu'ils se retrouvent pris dans les bouchons sur la I-395. Burt souffla, agacé. La voiture ne progressait presque plus. Le trajet, qui n'aurait dû prendre que vingt minutes, s'éternisait.

Il jeta un regard à Neeta, assise à côté de lui à l'avant sur le siège passager, minuscule silhouette enfoncée dans l'imposant fauteuil en cuir.

— Vous avez ce genre d'embouteillages à Londres ?

Neeta secoua négativement la tête.

— Quand j'ai été en âge d'avoir mon permis de conduire, le Parlement avait déjà rendu obligatoire le système AVR sur tous les véhicules, mais sans tomber dans les excès paranoïaques qui semblent avoir pris le pas sur tout le reste, ici, aux États-Unis. En Angleterre, nous faisons tout simplement confiance à nos systèmes informatiques.

— L'AVR. Le routage automatisé des véhicules, fit Burt d'un ton dédaigneux. Ce truc nous complique la vie plus qu'il ne la facilite, du moins tel qu'il est conçu.

Neeta le regarda.

— Vous avez beau jeu de vous plaindre ici ! L'AVR est bien une invention américaine, non ? Cela fait presque trente ans qu'il est déployé chez nous, dans les îles britanniques. Mais s'il y a un endroit où il devrait faire ses preuves, c'est bien ici.

Burt haussa les épaules.

— Je suis de la vieille école. Je n'ai pas vu les bénéfices de ce système. Ils avaient promis qu'il réglerait tous les problèmes de circulation, et cinq ans après, regarde où nous en sommes, se plaignit-il en désignant le flot de voitures devant eux.

— Ça, c'est parce qu'il a été déployé en imposant par exemple des distances de sécurité entre les voitures complètement déraisonnables, fit valoir Neeta. Les ordinateurs ont un temps de réaction optimal ; rien à voir avec le temps de réaction humain. Votre système est complètement dingue.

Burt regarda devant lui, conscient que Neeta avait raison. L'écart de deux voitures et demie imposé à tous les véhicules était stupide. Quelqu'un avait dû se dire que cela ferait une belle photo aérienne, toutes ces voitures alignées avec régularité, mais le résultat était là ; l'écoulement du trafic était catastrophique, au bout du compte.

Burt sentit son téléphone portable vibrer dans sa poche, en même temps qu'un haut-parleur dans la voiture prenait le relais en vocal : « *Appel entrant. Carl Radcliffe. Répondre : oui ou non.* »

Burt soupira et échangea un regard avec Neeta.

— Je réponds si ça ne te gêne pas, dit-il. Il a déjà essayé de me joindre, mais j'ai dû rejeter l'appel.

— Vas-y. Mieux vaut maintenant que pendant que nous parlerons à la présidente, dit Neeta en réprimant un petit sourire.

— Oui, dit Burt d'un ton énergique en réponse à la question du système téléphonique de la voiture.

Aussitôt, des rires d'enfants emplirent l'habitacle du SUV.

— *Burt, tu es là ?*

— Salut Carl. Qu'y a-t-il ?

— Hum... c'est l'anniversaire des jumeaux. Ils n'arrêtent pas de demander quand est-ce qu'oncle Burt va venir.

Burt grimaça et éprouva un petit pincement au cœur, tandis que Neeta le fixait d'un air impénétrable. C'était la première fois qu'il allait manquer l'anniversaire des garçons depuis leur naissance, six ans plus tôt.

— Bon sang, Carl, je suis tellement désolé. Je ne suis pas en ville pour le moment. J'aurais dû…

— Oh, c'est dommage, mais je comprends. Écoute, Jenny et moi avons à la maison une ribambelle de gosses qui courent partout en semant le chaos.

— Merde, Carl, je suis désolé, je t'assure…

— Non, ne t'inquiète pas, fais ce que tu as à faire. T'en fais pas. Je dirai aux gosses que tu leur revaudras ça. Oh, nom de Dieu, j'en vois un qui distribue des bourre-pif un peu partout. Je dois te laisser.

— Souhaite-leur un…

L'appel fut coupé. Burt ne put s'empêcher de s'imaginer l'air déçu de ses neveux. La gorge serrée, il déglutit péniblement.

— Tu ferais un excellent papa, lui fit remarquer Neeta sans cesser de le fixer.

Burt secoua lentement la tête et soupira.

— Ces gosses, c'est presque comme si c'étaient les miens.

— Ça ne me regarde probablement pas, mais pourquoi n'es-tu pas marié ? Pourquoi n'as-tu pas de gosses à toi ?

La voiture avança de quelques mètres ; la circulation était toujours aussi compliquée.

Burt prit une grande inspiration, laissant remonter en lui des souvenirs douloureux qu'il avait préféré taire durant plus de vingt ans.

— J'ai été marié. Elle est morte d'une forme agressive de cancer du sein. On le lui a diagnostiqué deux mois après notre mariage. Elle est morte six mois plus tard.

Neeta en eut le souffle coupé ; elle se couvrit la bouche avec la paume de sa main.

— Oh, Burt. Je suis désolée.

Il secoua la tête.

— C'est arrivé il y a longtemps maintenant. Je me suis jeté à corps perdu dans le boulot. Quant aux enfants, j'avoue que je regrette un peu de ne pas laisser quelque chose de moi en héritage quand je ne serai plus là.

C'est un peu pour ça qu'on fait des gosses, non ? Pour laisser une petite partie de soi… derrière soi.

L'image de ses neveux lui traversa de nouveau l'esprit ; puis il jeta un regard à Neeta et sourit.

— Puisqu'apparemment la fin de tout ce qui nous entoure est proche, je pourrais te retourner la question, non ? Pourquoi ne t'es-tu pas mariée ? Pas envie de laisser une part de toi en héritage ?

— Tu plaisantes ? souffla Neeta. Je suis une vraie garce, et je suis la première à l'admettre. Qui accepterait de se coltiner quelqu'un comme moi ?

— Ah ! fit Burt en riant. Disons plutôt que tu fais tout pour que l'on *croit* que tu es une vraie garce !

Il reporta son attention sur les voitures devant et grommela :

— Bon, on n'arrivera à rien en suivant comme des moutons.

Il appuya sur la touche de commande manuelle auxiliaire d'urgence.

— Qu'est-ce que tu fais ? s'écria Neeta.

Souriant d'un air matois, Burt changea de file et quitta la I-395 par la sortie Maine Avenue ; puis il écrasa la pédale d'accélérateur.

— Je vais te montrer comment on s'y prenait au bon vieux temps.

Neeta poussa un petit cri aigu ; elle posa les pieds sur le tableau de bord, se cala, et enfouit sa tête entre ses genoux.

Burt se mit à rire.

— Neeta, je t'assure que ça va bien se passer. Ne stresse pas. Tu fais bien confiance au modèle de circulation londonien, non ? Je t'assure, quand j'ai vu *tous* vos feux passer au vert en même temps et des centaines de voitures franchir les intersections à presque cent kilomètres à l'heure, j'ai bien failli faire dans ma culotte.

— Oui, mais les ordinateurs gèrent tout ! Je leur fais confiance pour faire en sorte que les voitures se croisent sans se toucher. Permets-moi de ne pas avoir la même confiance dans ta conduite ! répliqua Neeta en gardant la tête baissée et en refusant de lever les yeux.

Voyant qu'elle était sincèrement effrayée, il tendit le bras et lui tapota doucement l'épaule.

— Ne t'inquiète pas…

— Garde tes mains sur ce foutu volant !

Burt sourit et se concentra sur la route.

— N'oublie pas que le système AVR continue de prendre en compte notre voiture. Même si je fais une connerie, les autres voitures m'éviteront. Allez, sois confiante !

Ils se retrouvèrent un peu plus tard dans les couloirs souterrains de l'aile ouest de la Maison-Blanche, emboîtant le pas à Driscoll Matthews, le conseiller à la sécurité nationale, pour rejoindre la fameuse « situation room », la cellule de crise. Burt regarda Neeta qui se triturait nerveusement les mains. S'il avait eu un peu plus de jugeotte, il aurait été au moins aussi nerveux qu'elle.

Driscoll s'arrêta. Le regard de Burt fut attiré par la cravate rouge de l'homme, qui contrastait avec son costume noir à fines rayures et ses chaussures vernies.

Burt prit soudain conscience que ses propres vêtements n'étaient pas à la hauteur de la situation, mais il avait oublié sa veste de costume chez lui la veille, et il n'avait pas eu le temps de récupérer quoi que ce soit avant de s'envoler pour Washington. Il n'avait pu qu'emprunter une affreuse cravate à motif cachemire à un membre du personnel de la Maison-Blanche. Il s'efforçait à présent d'oublier qu'il portait toujours un jean et des bottes de cow-boy.

Le conseiller à la sécurité nationale leur désigna un panier posé ostensiblement sur un buffet étroit.

— Veuillez laisser vos téléphones portables ou tout autre objet électronique dans le panier, s'il vous plaît. Ils ne sont pas autorisés en salle de crise.

Burt fouilla dans sa poche pour y attraper son vieux portable à touches, tandis que Neeta ôtait avec précaution son oreillette téléphone et la déposait dans le panier.

Quand Burt déposa à son tour son téléphone dans le panier, Driscoll leur demanda :

— Vous êtes prêts ?

Burt et Neeta échangèrent un regard. L'estomac noué, Neeta acquiesça tout de même d'un rapide hochement de tête.

Le conseiller à la sécurité nationale s'avança de quelques pas et poussa une porte en bois au bout du couloir, qui donnait directement dans une grande pièce.

— Directeur Radcliffe, docteur Patel, bienvenue dans la salle de crise de la Maison-Blanche. Installez-vous à la table ; prenez un fauteuil. La présidente sera là d'un moment à l'autre.

La pièce sentait légèrement l'encaustique et le cuir. Burt remarqua immédiatement un petit nombre de personnes déjà assises autour de la grande table de conférence en bois qui dominait le centre de la pièce. Des moniteurs de télévision occupaient une grande partie des murs, avec quelques photos d'événements historiques. Burt nota qu'il y avait un sous-main noir sur la table devant chacun des douze fauteuils en cuir. Sur chaque sous-main était posé un carton pré-imprimé, avec respectivement un nom et un titre inscrits des deux côtés. Il ne reconnut aucune des personnes présentes, mais Dieu merci, les noms imprimés allaient l'aider à éviter de faire une bourde. Précédant Neeta jusqu'à la place qui leur avait été assignée, il tira le fauteuil de cette dernière et prit place à côté d'elle.

Quelqu'un renifla bruyamment. Il se retourna et vit Greg Hildebrand marcher d'un pas raide derrière lui ; une odeur entêtante d'eau de Cologne lui chatouilla les narines. Hildebrand s'arrêta, posa une main sur l'épaule de Neeta et dit, d'une voix nasillarde qui rappela à Burt celle du rat Templeton dans le film d'animation *Le petit monde de Charlotte* :

— Patel, il paraît qu'on est dans la merde jusqu'au cou, et qu'on doit te remercier de nous le faire savoir ?

Neeta roula de grands yeux et secoua la tête.

— Greg, j'ai toujours aimé ton usage châtié de la langue anglaise. De toute évidence, il se passe des choses qui exigent l'avis d'experts, mais ce n'est certainement pas la raison de *ta* présence ici.

Greg renifla avec dédain en gagnant sa place à l'autre bout de la table, juste à côté du siège réservé à la présidente.

Neeta regarda Burt et murmura :

— Que fait-il ici ?

Burt se pencha vers elle et, couvrant en partie sa bouche, il répondit à voix basse :

— Il est le conseiller scientifique en chef de la présidente, et il dirige le Conseil consultatif scientifique. On peut parier que c'est à lui que la présidente demande un deuxième avis. Les autres sont certainement des militaires, des chefs d'état-major des armées, ou des membres du Conseil national de sécurité.

— J'avais une plus haute opinion de la présidente avant que tu ne me dises ça, s'offusqua Neeta.

— Tiens ta langue, l'avertit Burt.

Il jeta un regard à la photographie de la présidente, Margaret Hager, à l'autre bout de la pièce. Bien qu'il ne partageât guère ses idées politiques, il ne pouvait s'empêcher d'admirer ce qu'elle avait réussi à faire à l'âge relativement jeune de cinquante-trois ans. Elle pouvait notamment s'enorgueillir d'avoir été la première femme à commander une unité des Forces Spéciales. Après avoir pris sa retraite de l'armée, elle était devenue une star de la scène politique ; et à présent, élue présidente, elle était à la tête de la plus puissante nation de la planète.

Une planète menacée d'extinction à courte échéance.

Soudain, une porte s'ouvrit au fond de la pièce, et une voix grave annonça :

— Veuillez vous lever, dit le sergent d'armes. Margaret Hager, présidente des États-Unis d'Amé…

— Épargnons-nous les formalités d'usage, coupa Hager d'une voix à la fois féminine et pleine d'assurance. Si j'ai bien compris ce qui se passe, l'heure n'est plus au protocole.

Un sourire se dessina sur le visage de Burt tandis que, du haut de ses un mètre quatre-vingt, la blonde Margaret Hager encourageait impatiemment tout le monde à s'asseoir.

— Très bien. Je veux la vérité pure et simple. À quoi avons-nous affaire ?

Burt s'éclaircit la gorge et se leva.

— Madame la Présidente, je vais tâcher d'être concis…

Les yeux marron foncé de la présidente brillaient d'une teinte plus sombre que celle de la table de conférence en noyer. Burt n'avait aucun mal à imaginer Hager aboyant ses ordres à une escouade de soldats. C'était le genre de femme qu'il valait mieux éviter de sous-estimer. D'un air lugubre, elle résuma ce que Burt avait passé les cinq dernières minutes à expliquer.

— Si je comprends bien, vous êtes en train de nous dire que, même si par miracle nous réussissons à éviter ou à faire exploser ces astéroïdes qui se dirigent vers nous, nous sommes quand même foutus à cause de ce petit trou noir qui se dirige lui aussi droit sur nous ?

— Ce trou noir n'est peut-être pas immense, mais sa masse équivaut tout de même à la moitié de celle de notre soleil, crut bon de clarifier Burt. La distorsion gravitationnelle nous détruira certainement, mais même si elle ne le fait pas, elle plongera dans le chaos l'ensemble du système solaire. Les impacts et les explosions qui en résulteront signeront notre fin de toute façon.

— Nous sommes doublement foutus, quoi. C'est ça ?

La présidente jeta un regard à sa droite.

— Très bien. Hildebrand, vous avez quelque chose à dire ?

L'air sombre, Greg Hildebrand ajusta sa cravate. Il venait de feuilleter le rapport de Burt et Neeta. Il leva les yeux vers sa patronne et répondit :

— Je… j'ai bien peur, sur la base du rapport des docteurs Radcliffe et Patel, et d'après plusieurs sources indépendantes qui m'ont confirmé les faits au cours de la dernière heure, qu'il n'y ait pas grand-chose que nous puissions faire. L'objet qui se dirige vers nous ne peut pas être dévié ni détruit. Ce qui se passe se situe au-delà de ce que n'importe lequel d'entre nous aurait pu imaginer…

— Tout ça, c'est des conneries, et tu le sais parfaitement, Greg, tonna Neeta, narines dilatées et regard lançant des éclairs.

— Neeta ! siffla Burt, abasourdi.

Hildebrand retourna à la jeune femme un regard furieux, mais avant que la situation ne dégénère, la présidente lui intima le silence en levant la main. Puis elle regarda Neeta et dit :

— Expliquez-vous.

Les yeux écarquillés, Burt regarda Neeta se lever et s'éclaircir la gorge. Il n'avait aucune idée de ce qu'elle allait dire. Il en était terrifié d'avance.

— Madame la Présidente, commença-t-elle. Il se trouve qu'il y a quelqu'un qui a déjà réfléchi à cette catastrophe imminente, et cela durant presque dix ans, jusqu'à ce que votre conseiller scientifique s'occupe activement de le faire taire et de le révoquer de ses fonctions à la FIS, la Fondation internationale pour la science.

— Neeta, c'est une déformation complète de ce qui s'est réellement passé ! s'indigna Greg Hildebrand en se levant et en se penchant sur la table. Holmes travaillait sur un tas de conneries, et il a admis de surcroît avoir échangé des informations avec le Chef suprême de la Corée du Nord. Il a dépensé des milliards sur le budget alloué à la FIS pour un projet illusoire.

Les poings vissés sur les hanches, Neeta secoua la tête avec une expression de dégoût.

— C'est incroyable. Des dizaines de millions de spermatozoïdes, et ce que ton père a pu produire de mieux, c'est toi. Pathétique.

— Très bien, ça suffit, arbitra la présidente. Vous vous connaissez, tous les deux ? Si c'est le cas, passez outre vos petits conflits personnels, et dites-moi de quoi on parle, au juste.

Neeta s'arracha au regard furieux d'Hildebrand et se concentra sur la présidente.

— Je suis désolée, Madame la Présidente. Oui, nous nous connaissons. Nous étions tous les deux au CalTech. J'ai terminé deuxième de ma promo. Je me souviens parfaitement de Greg. Disons seulement qu'il n'a jamais pu accepter que j'aie obtenu de meilleurs résultats que lui, et surtout qu'il détestait Dave Holmes, le type qui a terminé major de notre promo.

— Attendez une minute, fit la présidente en plissant les yeux. Holmes ? Le petit génie qui a obtenu le prix Nobel de physique à seize ans, ou quelque chose comme ça ? C'est de lui dont vous parlez, tous les deux ?

— Dix-neuf ans, mais oui, madame. Je m'en prends à Greg parce qu'il a tout fait pour que Dave soit viré de la Fondation. J'ignore comment Dave était au courant, mais il y a dix ans déjà, il m'a dit que quelque chose de terrible allait arriver cette année…

— Aux dernières nouvelles, les Nord-Coréens sont nos ennemis, persifla Hildebrand, rouge de colère.

— Bon sang, Hildebrand, ça suffit ! s'agaça la présidente en tapant du poing sur la table. Je me fous de savoir si c'est Satan en personne qui nous a communiqué l'information. Manifestement, Holmes a vu juste, ou nous ne serions pas ici à discuter du sort de l'humanité. Essayons tous d'être un peu plus adultes, mettons de côté les vieilles rancœurs, et parlons du présent.

Elle releva la tête et demanda :

— Directeur Radcliffe, docteur Patel, où se trouve notre petit génie ? Il me paraît évident qu'il devrait être présent à cette réunion, à moins que l'un d'entre vous ait une idée brillante pour nous sauver collectivement de la catastrophe ?

Burt sentit son estomac se nouer de nouveau.

— J'ai bien peur, dit-il, que nous n'ayons guère de bonnes solutions alternatives. Et pour ce que j'en sais, le Dr Holmes a disparu peu de temps après la crise financière qui a frappé la Fondation internationale pour la science.

Il se tourna vers Neeta et arqua un sourcil interrogateur, l'air de lui demander si elle avait d'autres informations à divulguer.

Neeta soupira.

— Où est Dave ? Sincèrement, je l'ignore. Tout est parti à vau-l'eau il y a un peu plus de quatre ans, à l'époque où j'étais encore directrice de programme adjointe à la FIS…

— Que s'est-il passé exactement ? voulut savoir la présidente. Je n'ai pas été informée de la situation ; aucun problème concernant la FIS ne m'a été signalé depuis ma prise de fonction.

Neeta, assise de nouveau, se pencha en avant.

— Dave supervisait tout à la Fondation, mais il s'occupait surtout d'un projet qu'il avait baptisé « Changement de lieu ». J'étais donc directrice de programme adjointe, mais même moi je savais peu de choses de ce projet. Il m'a appelé juste après avoir présenté à Greg la justification des dépenses prévues.

Elle désigna du doigt Hildebrand, qui cligna rapidement des yeux en réponse.

— Greg venait d'être nommé pour des raisons politiques conseiller scientifique auprès du département de la Défense. À l'époque, le département supervisait pour une large part le financement de la FIS. Bref, Dave m'a appelée pour me dire que les choses se passaient très mal, et qu'il ne serait pas surpris s'il était viré. Personnellement, j'ai mis ses inquiétudes sur le compte de la paranoïa, mais il s'est trouvé que ça a été la dernière fois que j'ai eu de ses nouvelles. C'était il y a quatre ans.

Burt plissa doucement les yeux en surveillant les réactions des uns et des autres aux propos de Neeta. Les conseillers militaires paraissaient perplexes ; la présidente fronçait les sourcils d'un air préoccupé, tandis qu'Hildebrand, l'air pâle, affichait une expression proche du dégoût.

Margaret Hager regarda ce dernier, qui leva les mains et secoua la tête, l'air de dire : je n'ai absolument rien à me reprocher.

— Je me souviens parfaitement de la dernière fois où je lui ai parlé, reprit Neeta. Dave était agité. Il parlait de complots, de scientifiques nord-coréens, et faisait toutes sortes de prédictions plus folles les unes que les autres. Dire que c'était l'homme à qui le monde avait confié l'avenir de la recherche scientifique ! Ce qui arrivait était ridicule. Tout ce que je sais, c'est qu'il a été placé en observation au département de psychiatrie de l'hôpital militaire Walter Reed, et qu'il s'en est échappé peu de temps après. Je n'ai aucune idée de l'endroit où il peut être.

La présidente fit un tour de table du regard.

— Quelqu'un sait où se trouve notre scientifique rebelle ?

Burt secoua négativement la tête, et nota que toutes les autres personnes présentes dans la salle affirmaient l'ignorer également.

Expirant bruyamment, la présidente fronça les sourcils.

— Bon, je vais vous dire ce que je ne vais *pas* faire. Je ne vais *pas* paniquer le peuple américain, ni le reste du monde, avant d'y être obligée. Et quand je dis « obligée », c'est réellement que je n'aurai plus d'autre choix.

Elle se tourna vers Greg Hildebrand.

— Je veux que vous rassembliez les plus grands esprits de ce pays. Informez-les de tout ce qui concerne Indigo. Je veux entendre parler d'alternatives, de plan d'urgence. Je me fiche de savoir combien cela coûtera ou quels sont les risques. Je suis prête à financer n'importe quel groupe de réflexion indépendant qui pourrait nous tirer d'affaires. Je veux que nous sachions quelles options s'offrent à nous dans l'immédiat. Est-ce que je me suis bien fait comprendre ?

Hildebrand hocha la tête.

— Compris, dit-il. Je rassemble nos meilleures scientifiques. Je ferai tout ce que je peux pour vous proposer une réponse.

L'air sombre, la présidente Hager se tourna vers le reste des personnes présentes.

— Vous avez tous été informés concernant Indigo. Mais à présent, motus et bouche cousue. Et je veux que chacun d'entre vous se mette sur les traces de ce David Holmes.

Elle agita un doigt en regardant successivement tous les directeurs d'agence gouvernementale assis autour de la table.

— Je me fous de savoir s'il est dans un bordel en Thaïlande, ou hébergé dans le grenier d'un ami. Je veux qu'on le trouve et qu'on le ramène pour pouvoir discuter des possibilités que nous avons peut-être encore, parce que pour le moment, l'avenir n'est pas radieux. Est-ce que j'ai été assez claire ?

Un concert de « Oui, Madame » ou « Oui, Madame la Présidente » résonna dans la salle de crise.

Margaret Hager se leva, et ajouta avec gravité :

— L'espoir, c'est ce qui meurt en dernier, dit le proverbe. Souvenez-vous bien de cela.

Puis elle tourna les talons et quitta la pièce.

— On parlera dans l'avion, murmura Burt à Neeta.

Le jet privé accéléra en prenant de l'altitude, avant de s'incliner doucement sur la droite pour rejoindre leur première escale : Los Angeles.

— Au fait, qu'est-ce que c'est que ces conneries à propos de la Corée du Nord et de Holmes, soi-disant au courant d'une catastrophe à venir ? demanda Burt, assis à côté de Neeta. J'ai l'impression que tu en sais bien plus que tu ne l'as laissé entendre, là-bas.

Neeta, les mains crispées sur les accoudoirs de son siège, et souffrant encore du mal de l'air, répondit :

— Je ne suis pas certaine que Dave ait confié ça à qui que ce soit d'autre, mais quand il m'en a parlé, même moi j'ai cru qu'il perdait la boule. Il prétendait que la Corée du Nord était capable de lire l'avenir, et qu'elle l'avait fait.

— Il *quoi ?* fit Burt en fronçant les sourcils.

— Je sais, je sais ; dit comme ça, ça paraît dingue, mais avec le recul, en considérant ce qu'on sait aujourd'hui, je me rends compte que c'était plausible. Officiellement pour étudier les limites du nuage de Oort, la Corée du Nord a lancé il y a presque trente ans une série de sondes spatiales – un peu sur le modèle des sondes Voyager, lancées dans les années 1970. Dave a dit qu'un des satellites a vu notre avenir.

— Est-ce qu'on a une trace de lancements par la Corée du Nord à cette époque ?

Neeta hocha la tête et ferma les yeux tandis que le jet virait sur l'aile.

— Après la disparition de Dave, quand plus rien n'a été comme avant, j'ai vérifié justement. Il y bien eu plusieurs décollages depuis la Corée du

Nord à cette époque-là, mais les cargaisons étaient toutes officiellement des satellites de télévision…

— Un beau mensonge, ça ne fait aucun doute, souffla Burt. En dehors des généraux et du Chef Suprême, peu de Nord-Coréens pouvaient regarder la télévision, sans même parler d'avoir accès à Internet.

— J'ignore quel genre d'information Dave et les Nord-Coréens ont pu partager. Tout ce dont je me souviens, c'est de cet étrange commentaire à propos de notre avenir. Peut-être qu'une de ces sondes a fini par être absorbée par le trou noir, et que c'est ce qui a poussé Dave à tout plaquer.

L'avion traversa une zone de turbulence. Neeta se mit à respirer plus profondément, les mains toujours fermement arrimées à ses accoudoirs. Burt trouva qu'il y avait quelque chose de touchant dans sa peur irrationnelle de voler. Il ne lui connaissait pas une telle vulnérabilité ; c'était la première fois qu'il en était témoin. Il lui tapota doucement la main gauche.

— Burt, tu es certain que cet avion est sûr ?

Il sourit.

— Tout va bien. Je te le jure. C'est un C-37A, équipé de cellules d'alimentation à haute capacité. Il a un rayon d'action de 11 000 kilomètres. Donc, pour un vol Andrews-Los Angeles, crois-moi, tu n'as rien à craindre. Pour en revenir à cette histoire de Corée du Nord… comment Holmes a-t-il bien pu nouer une relation avec ces gens-là ? Ce pays reste un État paria, à la traîne technologiquement, et qui n'entretient pas depuis longtemps de bonnes relations avec notre gouvernement.

L'avion fut secoué par une nouvelle turbulence. Neeta saisit la main de Burt et l'écrasa littéralement dans la sienne. Elle prit une grande inspiration et réussit à articuler :

— Ce n'est qu'une supposition, mais je sais que Dave s'était lié plus ou moins d'amitié avec un étudiant coréen qui se faisait appeler Frank. Je l'ai connu moi aussi ; il était extrêmement brillant. Dave et lui discutaient de concepts de physique théorique, qui me passaient personnellement par-dessus la tête à l'époque. Des années après que nous avons tous obtenu notre diplôme, j'ai vu quelqu'un aux infos qui ressemblait exactement au Frank que nous avions connu. Son père venait de mourir ; alors, Frank – le type avec qui j'avais suivi des cours au CalTech – est brusquement devenu le chef suprême de la Corée du Nord.

— Tu es sérieuse ?

— Qu'est-ce que tu crois ?

Burt appuya sur une commande de son siège et l'inclina légèrement.

— Bon, est-ce que tu as la moindre idée de ce sur quoi travaillait Holmes ? Ça pourrait nous aider. Parce que je ne vois absolument pas ce que nous allons pouvoir faire. Il n'existe rien, à ma connaissance, capable d'affecter un trou noir, hormis quelque chose d'aussi massif. Je ne sais pas pour toi, mais personnellement je n'ai rien de tel dans ma manche.

Neeta inclina son siège à son tour et ferma les yeux.

— Je ne connais que des bribes de son travail, et encore, rien qui fasse sens pour moi. Mais si quelqu'un peut trouver un moyen de nous sortir de là, c'est bien Dave, crois-moi. Je n'ai connu personne qui méritait autant que lui d'être qualifié de « savant ». Quand il parlait de son domaine d'expertise, et qu'il essayait de m'expliquer ce qu'il faisait, je me faisais l'effet d'être la dernière des idiotes. Je n'avais jamais connu ça avec personne d'autre.

— Une idée de l'endroit où il pourrait se trouver ?

— J'ai bien quelques idées que nous pourrions explorer, mais il s'agit de pures hypothèses.

— Des hypothèses ? releva Burt. C'est toujours mieux que ce qu'on a, c'est-à-dire rien.

CHAPITRE CINQ

Les moteurs de la navette lunaire vrombirent. Dave fut plaqué durement au fond de son siège tandis que le vaisseau se propulsait violemment dans l'espace en quittant la surface de la Lune. Jetant un regard par le hublot de la soute, il vit le rover lunaire stationné à quelques mètres de là. Remarquant que deux des propulseurs horizontaux du véhicule étaient endommagés, il laissa échapper un bougonnement de frustration. S'ils ne parvenaient pas à les réparer, toute la mission de lancement tomberait à l'eau.

Débouclant son harnais, il fit un pas en avant et fut immédiatement plaqué contre le sol, incapable de résister aux force g qui s'exerçaient sur la navette. Il poussa un grognement, se redressa légèrement et rampa vers le rover largement modifié, et stationné à côté d'une énorme bobine de graphène, le ruban de nanotube de carbone qu'ils s'apprêtaient à déployer.

Durant des années, le graphène avait été la substance chérie des chercheurs scientifiques. Beaucoup plus solide que l'acier, et présentant d'excellentes propriétés conductrices à la fois de chaleur et d'électricité, le graphène était devenu un composant incontournable de la recherche scientifique, et avait permis de nombreuses avancées. Mais Dave avait depuis longtemps dépassé la phase des recherches. Pour lui et pour tous les autres sur les colonies lunaires, le graphène était devenu un élément vital.

Dûment équipé de sa combinaison spatiale, et luttant contre les forces omniprésentes, Dave parvint à regarder sous le rover.

— Les propulseurs arrière ont été endommagés, mais je crois que je peux faire la réparation. »

— *Monsieur Carter*, fit la voix désincarnée du capitaine de la navette dans les écouteurs de son casque, l'appelant par le nom que Dave utilisait depuis son arrivée sur la Lune quatre ans plus tôt, *êtes-vous certain d'être qualifié pour une telle réparation ?*

Dave roula de grands yeux en ouvrant un des coffres à outils de la soute. Il y récupéra un pied-de-biche et le glissa dans l'ouverture de la soupape.

— Tiens bon, ma jolie, grommela-t-il en faisant pression sur la barre, s'efforçant d'ouvrir la soupape en faisant levier, le métal récalcitrant gémissant du même coup.

Maudissant sa négligence, il se morigéna :

— J'ai dû faire atterrir ce foutu machin trop durement sur un affleurement rocheux, et tordre cette saloperie.

Dans son casque, il entendit le pilote renâcler dédaigneusement. Bégueule, suffisante, toujours à regarder les mineurs de haut, il connaissait bien la femme qui pilotait le vaisseau. Elle ne s'adressait jamais à personne en termes grossiers, mais son ton condescendant avait le don de le rendre cinglé.

Lentement, la soupape commença à céder, sa bouche béante laissant finalement apparaître l'ouverture de la turbine de propulsion. Dave posa le pied-de-biche, scruta l'intérieur de la soupape et grogna. Un morceau de roche lunaire était coincé à l'intérieur. Il allait devoir le récupérer, mais cela allait exiger qu'il démonte partiellement le propulseur.

Il attrapa un tournevis, se glissa sous le rover et entreprit de démonter les premiers éléments. Toujours plaqué au sol par les forces gravitationnelles, le simple fait de lever les bras était un effort. Ses gants épais également ment rendaient presque impossible toute motricité fine, en particulier l'utilisation du tournevis.

— Cette saloperie de réparation serait bien plus facile si je n'avais pas à porter ce costume de clown.

— *Monsieur Carter, vous êtes conscient que c'est pour votre propre sécurité, n'est-ce pas ?*

La sueur lui coulant dans les yeux, Dave voulut s'essuyer le front, avant de se rendre compte aussitôt de la stupidité de son geste. Il se défoula en réponse à la remarque faussement concernée de la voix émanant du poste de pilotage.

— Oh, lâchez-moi un peu, vous voulez bien ? Je ne suis pas tranquillement assis à appuyer sur des boutons une fois de temps en temps, moi. Il se trouve que certaines personnes travaillent réellement ici, vous savez ?

— *Le chef Hostetler m'a prévenu que vous êtes du genre grincheux. Je vais donc ignorer vos commentaires, et continuer de faire mon boulot. Continuez donc de faire le vôtre, d'accord ?*

Un grésillement parasite résonna dans les écouteurs de Dave.

— *Ah, ces mineurs ! C'est typique. Je ne sais pas pourquoi je perds mon temps à leur parler. Des gougnafiers sans éducation, tous autant qu'ils sont.*

Dave se rendit compte, non sans un certain amusement, que le pilote avait dû laisser par inadvertance son micro ouvert.

Cela faisait quatre ans qu'il s'était coulé dans la peau d'un mineur de la colonie lunaire. Il reconnaissait volontiers être devenu un peu plus frustre depuis qu'il avait cherché à se confondre avec le reste des ouvriers, mais c'était l'unique moyen qu'il avait trouvé à la fois pour faire avancer ses plans, et pour s'assurer qu'on ne le retrouverait pas. Seul Jeff Hostetler, le chef des opérations de la compagnie minière, savait qui il était réellement – le même Hostetler qui avait démissionné d'un poste de haut rang au sein de la Fondation internationale pour la science, pour protester contre le renvoi de Dave quand les ennuis de ce dernier avaient été rendus publics.

Chassant la sueur de ses yeux d'un battement de paupières, il continua son travail, conscient que cela allait lui prendre des heures.

Dave attrapa une lime à métaux et la frotta doucement sur un des propulseurs fraîchement réassemblés. C'est lui qui avait eu l'idée de se servir du rover pour faciliter le déploiement des ascenseurs spatiaux, et jusqu'à présent, cela avait parfaitement fonctionné.

Les propulseurs verticaux de la navette avaient cessé depuis longtemps leur accélération, et la navette tournait comme une toupie. Ce faisant, elle récréait artificiellement la gravité de la Lune.

Après avoir inspecté le reste du rover et l'avoir remis en parfait état de marche, Dave se mit à abraser méticuleusement les marques de brûlure sur les propulseurs. Bientôt, il sentit les forces G faiblir, le pilote ralentissant le tournoiement de la navette.

— *Monsieur Carter, nous approchons de l'altitude requise de 88 000 kilomètres au-dessus de la surface lunaire. J'ouvrirai les portes de la soute dans approximativement cinq minutes.*

— Bien reçu, répondit Dave en se relevant et en accrochant son harnais de sécurité à l'une des boucles en métal du plancher de la soute.

Tandis que les propulseurs de la navette arrêtaient le tournoiement et stabilisaient le vaisseau, Dave ressentit l'inconfort nauséeux familier qui allait de pair avec la disparition de la gravité artificielle, et l'apparition de l'apesanteur. Les semelles magnétiques de sa combinaison spatiale à présent activées, il marchait à la manière de la créature de Frankenstein, luttant pour mettre un pied devant l'autre tandis qu'il se dirigeait vers la bobine géante de ruban de graphène. Cette bobine haute de trois mètres et large d'un mètre aurait facilement pesé plusieurs tonnes sur terre, mais grâce à l'absence de gravité, Dave était capable de la faire tourner facilement sur son axe et d'attraper la tige de métal fixée par fusion à l'extrémité du ruban.

Il tira lentement sur la tige et regarda le ruban gris semi-transparent se dérouler derrière lui. Tirant l'extrémité du ruban vers le rover, il fit passer la tige de métal et environ soixante centimètres du ruban dans une ouverture située au-dessus du rover. Il abattit aussitôt son poing ganté sur un bouton situé à côté de l'ouverture ; cette dernière se referma automatiquement, fixant l'extrémité du graphène au rover.

Il laissa courir ses doigts le long du ruban d'apparence fragile. Il était difficile d'imaginer que quelque chose d'aussi fin puisse facilement faire monter ou descendre des objets de plusieurs tonnes. C'était pourtant le principe même de l'ascenseur spatial.

Pour la compagnie minière, le réseau d'ascenseurs spatiaux devait servir à acheminer du fret vers la surface lunaire, ou depuis celle-ci, de manière à ce que les navettes en orbite n'aient jamais à alunir réellement. L'explication était plausible, mais ce n'était pas la vérité. La vérité, personne n'aurait pu la croire.

La voix blasée du pilote annonça :

— *Évacuation de l'air de la soute dans trois… deux… un…*

Soudain, une alarme se déclencha dans le casque de Dave. Tandis que l'air s'échappait de la soute, le ruban se mit à voleter. Dave se pencha au-dessus du rover et vérifia ses réglages.

— Hé, pilote, avez-vous détecté l'indicateur à infrarouge à la surface qui doit guider automatiquement le rover ?

— *Oui, bien sûr. Il émet son signal sur la bonne longueur d'ondes. On est sur 1033 nanomètres.*

Dave agrippa le rover par une de ses poignées et fit avancer le véhicule en apesanteur jusqu'au-dessus de la trappe de la soute encore fermée.

Il fixa le ruban de graphène arrimé au rover, suivit du regard le film transparent qui le reliait à la bobine géante, puis hocha la tête d'un air approbateur.

— Le rover est aligné avec la bobine, dit-il. Je suis prêt ici.

Il recula de quelques pas pour s'écarter des portes de la soute, tandis que les signaux d'avertissement jaunes clignotaient autour de lui.

— *Bien reçu. Ouverture de la soute dans trois…*

À travers les semelles de ses bottes, Dave sentit la vibration causée par le déverrouillage des portes ; il les regarda s'ouvrir. Le rover flottait au-dessus, dans le vide, sa programmation s'activant automatiquement. Utilisant ses propulseurs verticaux, l'engin descendit doucement, guidé par la balise à infrarouge fixée à la surface lunaire.

Le ruban se déroula de plus en plus vite à mesure que le rover se propulsait vers la surface du satellite naturel.

Juste au moment où il commençait à s'inquiéter de son propre transport, Dave sentit une autre vibration secouer la navette et sourit.

— *Monsieur Carter, votre transport vers la surface vient de s'arrimer.*

Se dirigeant vers le sas, Dave se représenta le rover opérant sa descente contrôlée, accélérant de plus en plus avec le long ruban qui formerait la base du futur échafaudage de l'ascenseur spatial. Il était conscient de l'enjeu que tout cela représentait pour tous ceux qui se trouvaient dans les colonies lunaires. Toutes ces choses qu'il mettait en place allaient constituer bien plus qu'un simple moyen de transporter du minerai, entre autres, depuis la surface de la Lune ; elles étaient conçues pour leur sauver la vie à tous à brève échéance.

CHAPITRE SIX

Comme il se redressait brusquement en position assise, Yoshi sentit son cœur battre plus fort dans sa poitrine. Il papillonna des paupières pour tenter de chasser le sommeil de ses yeux, et sentit le vaisseau trembler au moment où les propulseurs s'allumèrent, les plaçant derrière l'orbite de Titan, le plus grand satellite naturel de Saturne. Les manœuvres inhabituelles étaient devenues plus fréquentes, les pluies d'astéroïdes se multipliant. Ces dernières ravageaient la surface de Titan et causaient de violents éclats de lumière en frappant la surface de Saturne.

Mais ce n'étaient pas les vibrations du vaisseau qui avaient réveillé Yoshi ; c'était l'implant dissimulé dans sa tête qui envoyait des décharges à travers son système nerveux, l'alertant sur le fait qu'il était sur le point de recevoir un message de la Fraternité.

Il regarda par le hublot au-dessus de sa couchette. Il avait beau être en poste sur la Station scientifique de Matsuhita depuis presque six mois, il était toujours aussi émerveillé chaque fois qu'il voyait Saturne, la géante gazeuse jaune-orangé, avec son système d'anneaux si caractéristique.

Depuis son départ de la Terre, Yoshi n'avait pas reçu le moindre communiqué de la Fraternité ; mais il n'en attendait pas particulièrement non plus. Il ne voyait pas quelle raison justifierait de lui envoyer un signal à lui, qui se trouvait à des centaines de millions de kilomètres, mais le picotement qu'il venait de ressentir était la preuve qu'il se trompait.

Il balança ses jambes hors de la couchette et se mit à prier en silence. Moins d'une minute plus tard, une voix que lui seul pouvait entendre résonna dans sa tête :

« Frère Watanabe, l'heure est venue.

« La fin des temps est proche, mais souviens-toi, aux ténèbres succédera la Grande Lumière. Il y aura ceux qui redoutent ce qui arrive, et les fidèles qui, eux, sauront que l'obscurité qui approche fera place à la gloire du Seigneur.

« Frère, tu es béni entre tous. Nous recevons des signes indiquant que notre foi va être mise à l'épreuve. Mais en laissant se dérouler sans entrave l'épreuve divine, en manifestant la foi que, nous le savons, tu possèdes, le Tout-Puissant te fera connaître Sa présence.

« Cette épreuve nous arrive sous la forme du vide. Une obscurité totale qui signera la fin des incrédules. Mais pour les fidèles, c'est l'heure de l'Éveil ; le moment de devenir les Premiers Témoins de la glorieuse présence de Dieu parmi nous. »

Yoshi sentit son cœur s'accélérer. L'excitation qu'il ressentait face à ce qui allait advenir était presque incontrôlable.

Être Témoin, c'était tout ce que la Fraternité promettait depuis des temps immémoriaux.

« Frère Watanabe, prends garde. Si tu ne manifestes pas ta foi en notre Seigneur, si tu recules face à Son épreuve, alors Il saura que tu as renoncé à Sa confiance. Dès lors, les ténèbres du vide se répandront dans ton âme et la chasseront à jamais de l'Arbre de Vie. Dieu te tournera le dos si tu ne lui montres pas ta foi. Ne laisse personne vouer ton âme immortelle à la perdition. S'il y a des croyants avec toi, tu es libre de partager avec eux l'heureuse nouvelle, mais pour les païens, il ne peut y avoir qu'un destin.

« Gagne le titre de Premier Témoin, et laisse ton âme chanter à jamais.

« Tu sais quoi faire.

Le picotement de l'implant s'estompa, mais les mots de la Fraternité continuèrent de résonner en lui. Dans un brusque élan de ferveur, Yoshi récupéra le couteau qu'il gardait caché dans un tiroir de sa commode.

Il embrassa délicatement la lame et sourit en fixant les symboles japonais que son père y avait gravés, et qui formaient un mot unique : *vertueux*.

D'un geste preste, il fit tournoyer le couteau, le rattrapa et serra le manche entre ses doigts.

Après six mois passés avec ces gens, il savait qu'aucun d'entre eux n'était croyant. Jamais ils ne deviendraient des Témoins. Ils essaieraient d'échapper aux ténèbres, et, ce faisant, ils s'attireraient la colère divine.

Il savait ce qu'il lui restait à faire.

Face au poste de commande de l'administrateur, Yoshi était tout à l'exaltation des puissantes forces invisibles qu'il savait à l'œuvre autour de la station spatiale.

Cela faisait deux jours qu'il avait reçu le message de la Fraternité. Des dizaines de messages audio émanant de la JAXA, l'Agence d'exploration aérospatiale japonaise, étaient arrivés à la station spatiale. N'obtenant pas de réponse, l'agence avait continué d'essayer de rappeler le vaisseau, mais Yoshi avait systématiquement ignoré ces appels.

Soudain, la console d'ordinateur de l'administrateur relaya un signal d'alarme. Yoshi jeta un coup d'œil à l'écran et gratta les éclaboussures de sang séché qui l'empêchaient de lire le message.

**** ALERTE D'URGENCE DE LA NASA ****

Toutes les stations d'exploration spatiale et leur personnel sont rappelés.
Retour immédiat sur orbite terrestre demandé sous le protocole d'urgence X-55. Toute autre priorité est annulée.
Confirmez réception.

Écœuré par le message, Yoshi secoua la tête, et, s'adressant solennellement à l'ordinateur indifférent, il dit :

— Je n'abandonnerai jamais mon Seigneur. Seule notre foi indéfectible le fera marcher à nouveau parmi nous. Tout le reste n'est que le chemin de la damnation.

Jetant un coup d'œil par-dessus son épaule, il vit le corps recroquevillé d'un des ingénieurs.

— Aucun blasphème contre notre Seigneur ne sera toléré.

Yoshi s'était sanglé sur le siège de l'administrateur. La station spatiale avait beau être sur le point de se disloquer, il cuirassait sa foi en puisant dans tout ce qu'il possédait de force d'âme. Des étincelles volaient dans la cabine de pilotage, et le bruit du métal froissé était assourdissant, mais ce n'était rien comparé à ce que Yoshi voyait à travers le portail.

Titan, la lune autour de laquelle la station spatiale orbitait, avait quitté elle-même l'orbite de Saturne. La lune, qui traînait la station dans son sillage, filait à présent dans le vide sidéral.

Émerveillé et incrédule, Yoshi se faisait spectateur de l'indicible.

— C'est comme si le doigt de Dieu me poussait sur un chemin déjà tracé. Je vais où Tu me guides.

À quelques centaines de kilomètres seulement, l'ancienne lune de Saturne volait en éclats.

Les fragments grands comme des montagnes de Titan tourbillonnaient dans le vide de l'espace.

Il n'y avait pas d'étoiles, juste l'obscurité. Pourtant, la station spatiale se précipitait de plus en plus vite autour de ce vide, un peu comme l'eau d'une baignoire, en s'évacuant, tourbillonne autour de la bonde.

Priant pour apercevoir un signe, Yoshi regarda Titan se fractionner en morceaux toujours plus petits.

La station spatiale était attirée de plus en plus près. Le gémissement du métal s'intensifia ; un des bras de la station se détacha, comme propulsé par une explosion.

Toutes les lumières clignotèrent et s'éteignirent. La trépidation devint de plus en plus forte. Yoshi éprouva une sensation vertigineuse ; c'était un peu comme de plonger du haut des montagnes russes, tandis que la station était emportée dans l'anneau tourbillonnaire invisible.

Un deuxième bras fut violemment arraché de la structure principale. Yoshi en avait le souffle coupé ; l'euphorie s'était emparée de son esprit.

La station tournoyant rapidement autour du vide mystérieux, les ténèbres commencèrent à s'illuminer.

Des éclats de lumière scintillante formèrent un étincelant miroitement traversant le cœur du puissant maëlstrom.

Les forces G étaient bien trop écrasantes pour que Yoshi puisse même respirer, mais intérieurement, son esprit chantait à tue-tête tandis qu'il regardait l'obscurité s'éclairer d'une merveilleuse irisation.

Emporté au milieu du chaos assourdissant, Yoshi s'écria dans un dernier souffle :

— Je crois !

Au même instant, la station se désagrégea et disparut dans la gueule béante du trou noir.

CHAPITRE SEPT

Dave sauta par-dessus une petite crevasse sur la surface lunaire, tandis que d'autres ouvriers mettaient en place le dernier des panneaux solaires de la ferme solaire d'Alpine Valley. C'était le plus vaste réseau électrique solaire jamais installé sur la Lune ; il promettait la production de plusieurs dizaines de gigawatts.

— *Carter*, fit la voix forte du directeur de la mine dans le casque spatial de Dave. *Si l'on veut s'en tenir au programme, il faudra connecter Alpine Valley au chauffage diélectrique demain. Comment ça se présente ?*

Dave promena son regard sur le champ de panneaux solaires ; tous paraissaient parfaitement alignés. À moins de quinze mètres de la ferme solaire se trouvait un câble d'alimentation qui n'avait pas encore été connecté aux panneaux.

— Il semble bien qu'on en aura terminé aujourd'hui. Encore une petite dizaine de panneaux à installer, et on raccordera l'alimentation…

Soudain, un éclair de lumière blanche parut jaillir de la surface lunaire à plusieurs centaines de mètres de là, suivi presque immédiatement d'une demi-douzaine d'éclats lumineux presque aussi aveuglants. Le sol se mit à trembler violemment ; Dave manqua de perdre l'équilibre. Une voix grésilla dans les écouteurs de son casque :

— *Bon Dieu, mais qu'est-ce que c'est ? Un séisme ?*

Le cœur battant à tout rompre, Dave fit signe aux ouvriers de rester derrière tandis qu'il se déplaçait à grands bonds vers le point d'impact le plus proche.

— Nous essuyons des chutes de météores !

Poursuivant sa course, Dave ralentit soudain, tandis qu'une pluie d'excrétas – pierres grosses comme le poing ou petits cailloux – se mit à tomber tout autour de lui.

— *Merde, tout le monde va bien ? Des dégâts ?*

Dave actionna le commutateur de son unité de communication pour joindre l'équipe technique sur la surface lunaire :

— Comment ça va, là-bas ?

— *Pas de blessés. Mais, Carter, si vous parlez au directeur, dites-lui qu'on a un boulot de dingue, ici, à la ferme solaire. Il y a des débris partout ; il va falloir tout nettoyer. On dirait bien également qu'il y a plusieurs panneaux endommagés ; il va falloir effectuer des tests de diagnostic. Tout ça va nous retarder d'au moins douze heures sur le programme prévu.*

— Compris, dit Dave.

Il revint sur la fréquence de la base lunaire, les yeux rivés sur la dépression circulaire d'une quinzaine de mètres de large qui creusait le sol lunaire. Des petits débris rocheux continuaient de rouler sur les côtés du cratère d'impact.

— Tout le monde va bien, annonça-t-il en s'efforçant de dissimuler son inquiétude. Les dégâts sont mineurs ; ils ne devraient pas causer plus d'une journée de retard.

Le visage en sueur, il recula, s'éloigna du cratère et leva les yeux vers l'espace. Les impacts de météorites n'étaient certainement pas une coïncidence. C'étaient les prémisses de la tempête météoritique qui allait se produire dans les mois à venir.

Dave se redressa d'un bond dans son lit, manquant de pousser un cri de terreur, son cœur battant à tout rompre, encore sous le choc des images de l'explosion catastrophique qui l'avait sorti de son sommeil agité. Clignant des yeux, il chercha à se remémorer les détails de son cauchemar. En vain ; ses souvenirs s'étaient évanouis comme la volute de fumée montant de la flamme éteinte d'une bougie. Son cœur continuant de cogner dans sa poitrine, il se souvint brusquement qu'il avait oublié de se faire affecter à l'équipe de forage du soir. Il était bien trop perfectionniste, bien trop obsédé par sa volonté de tout contrôler pour les laisser relier sans lui les tubes échangeurs de chaleur à la ferme solaire d'Alpine Valley.

Appuyé sur ses coudes, il bâilla et jeta un coup au réveil sur sa table de chevet. De son lit, il regarda à travers la fenêtre fixe épaisse de quinze centimètres, et vit la Terre juste au-dessus de l'horizon, telle une gemme bleue familière se découpant sur le fond noir de l'espace. Et une fois de plus, l'angoisse assombrit son esprit. Il sentit sa poitrine se serrer ; il avait l'impression d'être en train de se noyer, de chercher désespérément une dernière respiration qui ne viendrait jamais. Il agrippa les draps du lit et lutta pour reprendre haleine ; la tête lui tournait. Il ferma les yeux et s'intima l'ordre de se détendre, sachant qu'il n'y avait rien d'autre à faire. Lentement, il sentit les muscles autour de sa poitrine se détendre ; il respira l'air stérile, progressivement. Il aurait tellement voulu que tout soit différent.

Cela faisait presque une décennie qu'il était au courant de la catastrophe à venir. Il avait l'impression, sans réellement vouloir l'admettre, d'avoir vieilli bien trop vite depuis. Il ratissa du bout des doigts sa coupe afro ; il n'avait pas encore de cheveux gris, mais il sentait bel et bien le poids de ses vingt-neuf années. Au fond de lui, il doutait de vivre assez longtemps pour voir sa chevelure se couvrir de gris. Il avait fait tout ce qui était en son pouvoir, conscient toutefois que cela ne suffirait peut-être pas.

À l'époque où il vivait sur Terre, il était devenu le plus jeune directeur de la Fondation internationale pour la science. La même année, il avait été récompensé par le prix Nobel de physique, à « l'âge vénérable » de dix-neuf ans – soit juste un an après avoir obtenu son deuxième doctorat à l'Institut de technologie de Californie. À ce moment-là, la presse scientifique lui prédisait un aussi grand destin que celui d'Einstein.

Personne ne croyait plus cela à présent. Il était tombé en disgrâce ; les portes de la FIS s'étaient fermées. La plupart des gens qui avaient entendu parler de lui à l'époque l'avaient probablement oublié ; mais cela ne le dérangeait pas. Il n'avait jamais cherché la gloire – c'était même tout le contraire. Il avait essayé de sauver le monde et avait échoué misérablement.

On était à présent le 5 avril 2066. C'était le quatrième anniversaire de son arrivée sur la base lunaire Crockett, et du début de sa nouvelle vie.

Les cauchemars récurrents d'explosions accrurent cette fois son inquiétude que les ouvriers ne bousillent tout le travail accompli en reliant le chauffage diélectrique aux panneaux solaires. Il soupira et balança ses jambes hors du lit.

Il était fatigué ; il avait besoin de plus de sommeil, il en était conscient, mais il ne pouvait prendre le risque que sa dernière chance de survie soit compromise par la négligence de quelques personnes. Aucun des mineurs de la colonie spatiale n'était au courant du danger qui approchait.

Il ne pouvait empêcher ses pensées de le ramener à l'opération minière tandis qu'il se mettait en tenue. Il passa en revue mentalement chacun des risques qu'avaient les mineurs de bousiller quelque chose, littéralement de manière catastrophique.

Il frissonna en marmonnant :

— Les coupleurs d'énergie thermique – s'ils ne se connectent pas convenablement…

Traversant à pied le tout nouveau dôme géodésique large de quatre cent cinquante mètres, Dave cligna des yeux pour y voir à travers les nuages de poussières flottant dans l'environnement à faible pesanteur. Il entendit les grognements des ouvriers déployant des efforts intenses avant même d'apercevoir ces derniers.

Tandis qu'il s'approchait du bord intérieur de l'enceinte, à l'opposé de l'entrée, le voile de poussière s'éclaircit, et il vit deux équipes en plein travail. L'une s'occupait de forer un nouveau trou dans la surface lunaire, tandis que l'autre guidait lentement dans un trou déjà foré un tube en métal en augmentation constante. Ce tube faisait office de radiateur diélectrique, dont le seul but était de générer de la chaleur à partir d'une source d'énergie électrique.

Le contremaître, qui était aussi un des hommes les plus âgés, regarda dans la direction de Dave. Il essuya avec son bras son visage crasseux couvert de sueur, et s'écria :

— Carter, qu'est-ce que tu fous ici ? Tu ne prends pas ton poste avant trois ou quatre heures, alors à moins que tu n'aies envie de te mettre au boulot, vire tout de suite ton cul de notre espace de travail !

Dave leva une main et continua de s'approcher.

— Je viens donner un coup de main. Où voulez-vous que je me rende utile ?

Le contremaître haussa les épaules d'un air amusé, et lui désigna une grosse pile de tubes de forage.

— Soulage un peu Doran avec ces tubes, là-bas.

Dave saisit un des tubes en métal d'un diamètre de trente centimètres sur deux mètres de long, le souleva en grognant, et enfila l'extrémité dans une portion de tube dépassant du trou. À l'aide d'une grosse clé en métal, un deuxième ouvrier trapu vissa la moitié supérieure du tube dans le sens des aiguilles d'une montre, relia les deux pièces et s'écria :

— On graisse !

Un des membres de l'équipe badigeonna le tuyau d'une épaisse pâte grise servant de conducteur thermique, tandis qu'un autre tirait d'une bobine géante une feuille de graphène transparente, large d'un mètre, et l'enroulait autour du tube.

Le contremaître cria :

— Veillez bien à m'enrouler ce graphène comme il faut, ou vous allez apprendre qui je suis ! Ce truc est censé chauffer la roche souterraine à plus de mille degrés. Je ne veux même pas imaginer ce que dirait le patron si la conduction thermique ne se faisait pas comme prévu !

Tandis que le tube s'enfonçait en tournant lentement dans le trou à l'aide d'un treuil de forage hydraulique, un des hommes continuait de le badigeonner en même temps que la bobine déroulait le graphène. Dave attrapa un nouveau tube, le souleva au-dessus du tube protubérant, et l'opération se répéta d'elle-même.

Il ne fallut pas plus de quelques minutes pour qu'il soit trempé de sueur. Le travail était éreintant, mais il parvint à trouver une sorte de sérénité et de satisfaction dans la répétition monotone des gestes. Cela faisait presque quatre ans maintenant qu'il enchaînait ces gestes techniques, aux côtés de la plupart des ouvriers présents, lesquels étaient loin de se douter que c'était lui en réalité qui avait inventé le procédé permettant de piéger l'énergie solaire excédentaire et de la stocker sous forme de chaleur dans les profondeurs du sol lunaire.

Pour eux, il n'était qu'un mineur anonyme, un ouvrier parmi d'autres qui se tenait plutôt sur son quant-à-soi, d'une manière générale, mais qui était assigné au forage de temps à autre par le directeur d'exploitation.

La pile de tubes échangeurs de chaleur finit par diminuer. Quand le dernier fut descendu dans le trou, le contremaître agita un bras et cria :

— On ferme ! On est au fond. Préparez le câble électrique, et reculez, tous !

Dave, avec deux hommes, soulevèrent un gros câble électrique relié aux rangées de panneaux solaires toutes proches. Bien que la pesanteur fût six fois moindre que sur Terre, le câble pesait plus de cinq cents kilos. Il avait arrêté de tenir le compte des muscles qu'il avait fait souffrir au cours des dernières années, à traîner des câbles semblables à la surface de la Lune.

Il s'était placé devant le câble, avec les autres ; ils travaillaient de concert, tout en fluidité. Ils saisirent l'extrémité de l'énorme câble électrique ; Dave pilotait leurs mouvements tandis qu'ils amenaient le câble à hauteur du tube échangeur diélectrique.

Le contremaître hurla un avertissement :

— Alignez-moi ce câble proprement, ou je vous vire à coups de pied dans le cul, tous autant que vous êtes.

Souriant sombrement, Dave grogna :

— Okay, les gars, encore un peu plus près…

Soudain le câble se connecta au tube échangeur en produisant un « *thunk* », un bruit métallique signifiant que le champ électromagnétique autour de l'extrémité du câble avait scellé automatiquement le raccordement.

Dave entendit le bourdonnement familier signifiant que des dizaines de gigawatts circulaient dans le tube long de douze kilomètres. Il laissa échapper un soupir de soulagement.

Le contremaître s'écria :

— Jenkins et Stevens, occupez-vous de sceller le haut du trou. Les autres peuvent aller se reposer. Beau boulot. Ce sera tout pour aujourd'hui, mais nous avons encore des tas de forages à réaliser avant que ce contrat soit terminé. Carter, n'oublie pas qu'il te reste encore quelques heures à faire avec l'équipe suivante.

Dave essuya la sueur de son front avec sa manche, puis, d'un hochement de tête, il fit signe au contremaître qu'il l'avait entendu.

Un des hommes qui enveloppait le graphène regarda d'un air inquiet la bobine presque vide, et dit :

— Monsieur, nous venons juste de recevoir un plein chargement de tubes chauffants, mais nous allons être à court de graphène.

— C'est ce que j'ai vu hier déjà, oui, confirma Dave. Je vais en parler à Hostetler.

Le contremaître pointa un doigt vers lui, l'air sérieux.

— Carter, je te conseille de t'assurer que le chef Hostetler comprend bien la situation, ou je te promets des heures sombres. La dernière chose dont nous avons besoin, c'est d'un retard qui foutrait tout notre planning de forage en l'air.

L'épuisement que ressentait Dave était plus fort que son inquiétude. Il salua l'équipe d'un geste et laissa échapper un bâillement. Il tourna les talons pour aller prendre une bonne douche et retourner dans son lit douillet, conscient qu'une longue discussion avec son ami l'attendait.

Comme Dave se glissait furtivement dans son lit, Bella se tortilla en s'enroulant dans les draps et en se collant contre lui. Il regarda son visage à la peau claire, ses lèvres pleines et ses cheveux roux flamboyants ; elle était ce dont tout homme rêvait – mais elle était fragile ; d'autres avaient préféré l'expression « mentalement instable ». Lui savait qui elle était : un génie, doué d'une intelligence que lui-même avait du mal à cerner. L'ironie de tout cela était qu'il l'avait rencontrée en unité psychiatrique, à l'hôpital militaire Walter Reed. Ils y avaient passé tous les deux de durs moments.

Du bout des doigts, il lui caressa délicatement la joue, sans la tirer de son sommeil. Il n'avait pas l'impression que cela faisait quatre ans qu'il l'avait rencontrée ; pour lui, c'était hier.

Pour tout le monde, en tant que directeur de la Fondation internationale pour la science, Dave était celui qui avait réussi à dilapider des milliards de dollars. Il savait pourtant ce qu'il faisait. Il avait gardé ses projets secrets jusqu'à ce qu'il n'ait plus d'autre choix que de les révéler. Il s'était douté que personne ne comprendrait la gravité de la situation à laquelle le monde était confronté ; et pourtant, leur unique chance était qu'il agisse préventivement, même s'il ne pouvait prouver ce qu'il savait ; du moins à l'époque.

Quand finalement il avait dû, contraint, expliquer ce qu'il faisait et pourquoi aux responsables de Washington, ces derniers avaient paniqué. Était-ce qu'ils ne le croyaient pas, ou bien qu'ils ne *voulaient pas* le croire ? Quoi qu'il en soit, ils n'allaient pas le laisser continuer, quels que soient les enjeux. Dave avait fini par renoncer à se répéter ; ç'avait été comme s'ils étaient sourds à tout ce qu'il leur racontait, alors il s'était tu, délibérément. Il ne les supportait plus. Pendant plusieurs semaines, il s'était désintéressé de son propre sort, et de celui du monde. Quand ils l'avaient pressé de leur donner des détails sur ce qu'il avait fait, et sur les raisons qui l'avaient poussé à entrer en communication avec la Corée du Nord, tout ce qu'ils avaient obtenu de lui, c'était son silence. Après tout, aucun d'entre eux ne le croyait, ni ne le comprenait, quand il disait la vérité sur tout, absolument tout. Il avait compris qu'il était inutile de parler à ces imbéciles du gouvernement, qu'il avait même fini par soupçonner de racisme, tant leurs questions étaient orientées. Comment se pouvait-il qu'un jeune noir qui avait grandi en famille d'accueil soit plus intelligent qu'eux ? Malgré son éducation humaniste, Dave avait connu des moments où rien ne lui aurait fait plus plaisir que de savoir ces gens voués à un sort atroce.

Après des semaines d'interrogatoires, durant lesquelles ils n'étaient pas parvenus à lui tirer un seul mot, ils avaient décidé de l'enfermer dans un établissement psychiatrique contrôlé par le gouvernement. C'est comme cela qu'il avait échoué à Walter Reed, un endroit d'ordinaire réservé aux militaires en activité ou aux membres de leurs familles.

C'est là également qu'il avait aperçu pour la première fois Bella, assise dans un coin du centre d'activité. C'était une grande pièce d'environ cent cinquante mètres carrés, aux murs jaune sale, et équipée d'un tas de chaises, de quelques tables, et de beaucoup d'espace libre pour se déplacer. Il n'y avait qu'une porte, surveillée par un garde à l'air blasé, mais les patients étaient libres d'aller et venir durant la journée.

Bella restait seule. C'était une jolie jeune femme d'à peine vingt-cinq ans ; pourtant, personne ne faisait particulièrement attention à elle. La plupart des patients présents se comportaient d'ailleurs à peu près comme elle, même si quelques-uns jouaient aux cartes ou bavardaient.

Mais Dave ne se sentait aucune envie d'aller vers les autres. Il les ignorait, assis lui aussi dans son coin, perdu dans ses pensées cauchemardesques de fin du monde. Pourtant, quelque chose l'intriguait chez la jeune femme assise à l'autre bout de la salle.

Au début, il se contenta de lui décocher quelques regards, mais assez vite, il finit par la fixer, à l'observer attentivement, oubliant peu à peu ses obsessions apocalyptiques. Son esprit se perdit dans les beaux yeux verts au regard intense. Il scruta la crinière rousse, le teint de porcelaine ; elle était splendide. Un détail intriguant le frappa : elle tenait bien serré un livre écorné, qui ne la quittait jamais, semblait-il.

Le livre paraissait la suivre partout. Il ne l'avait jamais vue l'ouvrir, mais elle ne s'en séparait jamais.

Le troisième jour de son hospitalisation, Dave vit une infirmière entrer dans la salle d'activité et administrer des médicaments à un patient. Comme elle tendait un médicament à ce dernier, Dave entendit distinctivement la jolie voix claire de la rousse.

— Trente, trente-trois.

L'infirmière regarda à sa droite, croisa le regard de la jeune femme, et sourit.

— Oui, Jane, il est presque l'heure de manger.

Dave cligna des yeux, l'air ébahi. Un des patients assis à côté de lui émit un petit gloussement dédaigneux et souffla :

— Pfft. La cinglée ne s'exprime qu'en nombres. Je me demande ce que 69 veut dire dans son langage.

La plaisanterie fit rire quelques personnes autour d'eux.

Dave se leva, ne voulant pas être trop près des autres, ni regagner sa chambre non plus, équipée d'un simple lit d'hôpital et d'une chaise. Il balaya la salle du regard, cherchant un endroit où se mettre à l'écart. N'en trouvant pas, il jeta un coup d'œil à l'intrigante jeune femme, et avant de comprendre ce qu'il faisait, il se retrouva à marcher dans sa direction.

Le voyant approcher, elle se renfrogna et le fusilla du regard. Il s'assit à côté d'elle. Elle dit :

— Neuf, deux cent quinze – quatre, huit.

Dave la fixa sans comprendre. Il jeta un regard au livre qu'elle tenait, mais elle le serra contre sa poitrine et quitta la salle d'un air agacé.

Il fallut plusieurs jours à Dave pour résoudre l'énigme ; la clé, c'était son livre. Une vieille édition de *Bilbo, le Hobbit,* dont il avait réussi à se procurer un exemplaire également à la bibliothèque aux rayonnages clairsemés de l'hôpital.

Il le lut de la première à la dernière page, et découvrit que le code qu'il s'efforçait de déchiffrer était à la fois simple et d'une difficulté extrême. Il nécessitait d'avoir mémorisé chaque mot du livre, ainsi que la place de chaque mot.

Par chance, Dave possédait une mémoire eidétique presque parfaite ; aussi, se souvenant de ce que la jeune femme avait dit à l'infirmière – trente, trente-trois – son esprit tomba sur le mot « nourriture », le trentième mot de la page trente-trois.

Quand elle avait dit « Neuf, deux cent quinze – quatre, huit » alors qu'il se tenait à côté d'elle, elle lui disait clairement : « Éloignez-vous »

Sourire aux lèvres après avoir percé le secret de la jeune femme, il quitta sa chambre. L'infirmière qui assurait la permanence de la salle de garde jeta un regard dans sa direction, mais ne l'arrêta pas ni ne prit la peine de lui demander où il allait. Après tout, il était le « génie qui avait perdu l'esprit et s'était réfugié dans le mutisme ».

Il examina les noms des patients inscrits sur les petits encadrés blancs à l'entrée de chaque chambre, et trouva finalement une « Mlle X » sur l'un d'entre eux.

Il frappa doucement à la porte, bien qu'elle fût entrouverte. Il n'était pas certain de la trouver dans sa chambre. Il entendit un bruit de chasse d'eau, et quelques instants plus tard, la beauté rousse sortit de la salle de bains, vêtue d'une chemise de nuit blanche en coton défraîchie. Ses yeux verts lui décochèrent un regard furieux. Elle grogna :

— Douze, cent soixante-neuf.

Sortez !

Dave secoua la tête, et lui adressa son sourire le plus innocent.

— Deux, cent quatre-vingts quatorze – quatre, cent-quatre-vingts dix-huit – dix-huit, cent cinquante et un ?

— Peut-on parler ?

Elle cligna des yeux, bouche bée.

Dave continua de lui parler, quoique de manière hésitante, en phrase chiffrée. Trouver les mots et leur place dans le livre n'avait rien de naturel, mais il y parvenait.

— Je trouve que vous êtes spéciale.

L'esquisse d'un sourire se dessina pour la première fois sur les lèvres de la jeune femme. Elle fixa Dave, et lui signe de s'asseoir.

Il sentit un délicieux frisson lui parcourir l'échine. Il ne se souvenait pas d'avoir ressenti cela depuis le collège ; il devait lutter à présent contre la timidité qui l'avait tellement bridé durant ses jeunes années. Il s'assit sur son lit, croisa les jambes, et se mit à déverser un flot ininterrompu de nombres.

Dave détacha ses yeux de Bella endormie, et promena un regard sur leur logement. Les « quartiers », relativement confortables, mesuraient quatre mètres cinquante sur trois, et consistaient en un lit, un petit bureau et une grande commode pour ranger leurs vêtements. Tout le reste sur la colonie lunaire était communautaire. C'était une vie simple, mais qu'il espérait voir durer le plus longtemps possible.

Il frissonna. L'évent d'aération au plafond s'était mis à cliqueter, diffusant dans la pièce un air à température contrôlée. L'air de la base lunaire Crockett était inférieur de quelques degrés à la température qu'aurait souhaité Dave, mais il en comprenait la raison ; c'était même sur la suggestion de Bella qu'il avait convaincu les responsables du site d'abaisser la température à dix-huit degrés dans toute la colonie. Moins ils utiliseraient d'énergie au quotidien, plus ils en stockeraient dans les profondeurs du sol lunaire jusque-là inerte.

La jambe gauche de Bella passée par-dessus sa taille, il se recala dans le confort de son lit et soupira de contentement. La chaleur de la jeune femme lovée contre lui était quelque chose qu'il n'avait jamais osé imaginer dans sa jeunesse. Il s'était toujours projeté dans un avenir où il vivait seul. Bella ne l'intimidait pas ; c'était tout le contraire : sa présence le réconfortait. Elle ne le considérait pas comme un type bizarre, ni même comme une sorte de déité intellectuelle insondable. En fait, c'était lui, Dave, qui était en admiration totale devant elle. Pour lui, elle était une merveilleuse énigme. Une énigme qu'il avait acceptée tout simplement, sans se sentir obligé de la percer à jour.

Toute la vie de Bella était entourée d'une aura de mystère. Elle n'avait aucun souvenir d'avant son entrée à l'hôpital psychiatrique ; il n'était jusqu'à son identité et son langage qu'elle n'avait perdus dans quelque recoin obscur de son esprit. N'ayant plus d'identité, elle s'en était créé une nouvelle. L'unique femme nommée dans le livre qu'elle transportait partout comme une planche de salut pour son humanité perdue, était Belladonna Touque ; c'était donc le nom qu'elle s'était choisi. Dave sourit et l'embrassa doucement sur le front ; elle dormait toujours. Songeant avec amusement au nain à la barbe rousse du *Hobbit,* il dit :

— Heureusement que tu n'as choisi de t'appeler Glóin.

Dave jeta un coup d'œil au réveil digital sur la table de chevet et ferma les yeux. Il lui restait encore deux heures avant de devoir retourner travailler.

Il avait mis en place un réseau d'alliés sur la base lunaire, des personnes en qui il avait une totale confiance à la Fondation internationale pour la science déjà, et quelques autres. Il y avait tant à faire, et si peu de temps pour le faire.

Allongé sur son lit, il ressentit physiquement le poids de la culpabilité dans sa poitrine, et éprouva une fois encore des difficultés à respirer. Il savait qu'il n'avait pas le choix s'il voulait sauver les vies de ceux qui étaient présents sur la base. Des années plus tôt, à l'époque où il croyait encore être capable de sauver la planète, il avait dépensé une fortune colossale pour stocker ce dont ils auraient besoin sur Terre. Mais à présent qu'il savait qu'il n'était plus possible de sauver la Terre, il avait besoin de récupérer ces stocks pour pouvoir sauver la Lune.

Il ferma les yeux, et pria en silence pour les milliards de personnes vouées à une fin tragique ; il aurait tellement voulu que les choses soient différentes.

CHAPITRE HUIT

Déjà habillée, Bella observa son reflet dans le miroir et hocha la tête d'un air satisfait. Adepte des tenues confortables, elle avait enfilé son ensemble pantalon gris et chemise « baggy », sa tenue le plus discrète ; celle qui attirait le moins l'attention. Elle détestait que les gens la regardent ; elle trouvait cela quelque peu déshumanisant. Elle se faisait l'effet d'être un monstre de foire.

Elle reporta son attention sur Dave, qui enfilait sa tenue de travail. Bien que la chambre fût plongée dans une demi-pénombre, elle vit ses muscles s'arrondir et tressaillir sous sa peau couleur chocolat. Il était d'une constitution moyenne quand elle l'avait rencontré, mais contrairement à la plupart des gens qui travaillaient en apesanteur, il s'était étoffé en largeur du fait de tout le travail manuel qu'il accomplissait.

L'idée de devoir toucher des gens, ou pire, d'être touchée par d'autres personnes, révulsait Bella. Elle en avait des frissons. Elle savait que ce n'était pas normal, mais en dépit de tous ses efforts, elle n'avait jamais été à l'aise en présence d'autres personnes. Jusqu'à ce qu'elle rencontre Dave.

Le temps passé avec lui avait fait naître chez elle un sentiment de bien-être qu'elle n'aurait jamais imaginé possible avec un autre être humain. Avec un sourire, elle s'approcha de lui et laissa courir le bout de ses doigts le long de son dos nu. Elle avait beau avoir gardé en elle quelque chose du monstre de foire, elle pouvait toucher Dave et ressentir ce que cela faisait d'être « normale ».

La plus grande partie de sa vie passée était entourée de mystère ; elle ne se souvenait de presque rien de ce qui avait précédé son réveil à l'hôpital quatre ans plus tôt. Quand elle avait rencontré Dave, tout avait changé ; et cela allait bien au-delà du fait d'avoir dû réapprendre à parler pour se faire comprendre des autres. Elle avait senti qu'à travers lui, il lui serait possible de retrouver quelque chose de son humanité perdue. Elle n'en était pas moins consciente qu'aujourd'hui encore, il y avait chez elle quelque chose de fondamentalement différent.

Caresser Dave lui faisait du bien intérieurement. Cela lui paraissait naturel, alors que tout contact physique avec d'autres personnes l'obligeait à une lutte intérieure qui confinait à la nausée. Il lui arrivait souvent de se sentir coupable. Elle voyait bien dans les regards l'inquiétude qu'elle suscitait quand elle se dérobait devant eux. L'idée même de frôler quelqu'un pouvait la faire frissonner de dégoût, alors que caresser Dave, c'était comme d'écouter une musique agréable. Cela l'excitait.

Être avec Dave l'aidait à renouer le contact avec le monde qui l'entourait ; et ce lien lui manquait aussitôt qu'elle le perdait. Elle avait essayé de prendre ses distances avec lui par le passé, mais elle n'y était pas parvenue. Tout allait bien tant qu'elle était avec lui. Elle avait besoin de lui. Il arrivait même qu'elle l'aide à faire des choses auxquelles il n'avait pas pensé tout seul. Ils étaient bien assortis ; ils se complétaient.

Dave se tourna vers elle et lui sourit tandis qu'il boutonnait sa chemise.

— Tu es prête ?

Bella se rapprocha de lui, laissa courir ses doigts de long des bras de Dave, et ressentit une pointe d'appréhension en lui demandant :

— C'est le grand jour ?

Il lui fit un clin d'œil, l'enlaça par la taille et l'embrassa sur la joue.

— Ça va bien se passer, fais-moi confiance.

Ils sortirent de leur chambre. Bella resserra l'étreinte de sa main autour de la grande main calleuse de Dave. Elle lui avait toujours fait confiance et, avec le temps, elle avait appris quels mots avaient un effet magique sur lui ; les mots qui le détendaient, le faisaient se sentir mieux. Elle pencha la tête, l'appuya sur l'épaule de Dave et lui murmura :

— Je t'aime.

La cacophonie provenant de la cafétéria empêcha Bella de se concentrer. Elle s'assit à côté de Dave sur un des bancs vides. Face à eux, de l'autre côté de la table, se trouvait Jeff Hostetler, le chef des opérations des colonies lunaires. Dave se pencha en avant et murmura à son ancien collègue de la Fondation internationale pour la science :

— Jeff, je sais qu'on est en retard sur le forage, mais ce qu'on fait ne servira à rien si nous ne récupérons pas d'autres bobines de graphène. Et il ne s'agit pas seulement des ascenseurs. Sans graphène supplémentaire pour les conducteurs thermiques, nous creusons pour rien.

Hostetler, la cinquantaine bien sonnée, visage buriné, affichait un air inquiet.

— Ce que je ne comprends pas, c'est pourquoi il faut que ce soit toi qui t'en occupes. Je vois bien que tous ces guignols du gouvernement sont emballés par les minerais que nous avons découvert ici, et je peux comprendre le pourquoi des ascenseurs spatiaux que nous avons installés. Mais pour le reste… je suis dans le flou le plus total. Je ne comprends pas la moitié de ce que nous faisons ici, en particulier l'accumulation thermique. Je te fais confiance, tu le sais, mais il y a des gens à qui je dois des réponses. J'ai vraiment besoin que tu m'aides, que tu me guides pour cette partie des opérations, parce que si quelque chose tourne mal, je n'aurais pas la moindre foutue idée de ce qu'il faut faire. Pourquoi ne peux-tu pas envoyer quelqu'un d'autre ?

Bella fixait le chef des opérations ; elle vit son air paniqué, et se demanda ce que cela faisait d'avoir aussi peur. Elle vit aussi que Dave le regardait d'un air apitoyé, qu'il ressentait pour lui une espèce de compassion grandissante. Pendant longtemps, elle avait essayé de décrypter les différentes émotions qu'éprouvait Dave, mais c'était comme si elle n'était pas faite pour les partager. Soit les gens l'excitaient, comme le faisait Dave, soit elle avait l'impression qu'ils la vidaient de son énergie. Elle ne comprenait pas les autres ; elle n'avait pas les clés qui le permettaient.

— Jeff, il faut que ce soit moi qui y aille parce que l'endroit où j'ai planqué ces trucs est équipé d'un verrou biométrique réglé sur moi et moi seul.

Dave sourit et fit signe à Hostetler de s'approcher davantage ; leurs visages n'étaient plus qu'à quelques centimètres l'un de l'autre.

— Écoute, toute cette opération est très simple. Nous avons des centaines de kilomètres carrés de film photovoltaïque répartis de ce côté de la Lune, qui stockent de l'énergie pour nos besoins. Comme tu le sais, cela représente des centaines de fois ce dont la base a réellement besoin pour ses opérations. Le surplus est stocké sous forme d'énergie thermique dans le sol lunaire.

— Dave, je ne suis pas stupide, je comprends tout cela. Idem pour ces centaines de groupes de batteries que nous avons déjà, avec assez d'énergie stockée pour des années d'opérations. Nous les avons placés comme tu l'as demandé, à intervalles réguliers autour de la circonférence de la Lune. Ce que je ne comprends pas, c'est ce que tu comptes faire avec encore plus de ruban de graphène. Pourquoi a-t-on besoin d'autant d'énergie ? Pour ce que j'en sais, on a balancé au cœur de ce gros rocher l'équivalent de presque mille ans d'énergie nécessaire au bon fonctionnement de la base lunaire. Et il faudrait continuer ? Pourquoi ? Comment diable allons-nous être capables d'utiliser cette énergie, et dans quel but ? Qu'est-ce que tu as en tête ? Tu ne songerais pas par hasard à terraformer la Lune ? Donne-moi des réponses. Que faut-il que je dise pour justifier tout ça quand on m'interroge ?

— Fais-moi confiance. Tout cela obéit à un grand plan, mais je ne peux pas encore te le dévoiler.

Dave désigna du doigt le mug de café tiède d'Hostetler. Puis il pencha la tête vers le générateur thermique au bout de leur table.

— Jeff, fais-moi plaisir, réchauffe ton café à cent-quatre-vingt degrés.

Se souvenant d'une des premières leçons de Dave à l'époque où ils étaient arrivés sur la colonie lunaire, Bella sourit. Elle savait ce que Dave s'apprêtait à montrer Jeff.

Privée de tous ses souvenirs d'avant son réveil à l'hôpital, Bella n'avait même pas celui d'être allée à l'école, mais cela ne l'avait pas empêchée d'apprendre. Dave avait pris le temps de lui expliquer les notions les plus basiques, qui l'avaient d'abord laissée perplexe. Mais il n'avait eu à les lui expliquer qu'une fois. Elle se souvenait encore clairement des presque quatre années passées à cette même table à écouter Dave lui expliquer le fonctionnement et le rôle d'un magnétron, des micro-ondes, des moteurs à énergie ambiante, et également le pourquoi de leur présence sur la Lune.

Elle avait présumé que c'était ainsi que tout le monde accédait au savoir. Elle se souvenait de chaque seconde depuis l'instant de son réveil à l'hôpital, de chaque phrase qu'elle avait entendu prononcer ; elle pouvait les répéter mot pour mot. Cela avait été un choc pour elle d'apprendre que ce n'était pas le cas pour la plupart des gens.

Dave désigna de nouveau d'un geste l'appareil en métal en forme de caisson posé au bout de la table.

Hostetler posa son mug sur le générateur thermique, régla le bouton sur cent-quatre-vingt degrés et appuya sur « start » sur le panneau de commande. La lumière s'alluma immédiatement à l'intérieur de la boîte, tandis que le mug tournait lentement.

— Comme tu le sais, ces générateurs thermiques ne sont pas nouveau. Ce sont des objets familiers à présent. Augmenter la température consiste simplement à exciter les molécules de ton café, afin qu'elles accumulent de la chaleur. Des capteurs de température à infrarouge disent à la machine quand se couper…

— Dave, l'interrompit Hostetler en lui décochant un sourire en coin. Je suis un peu plus vieux que toi, et je sais comment fonctionne un micro-ondes.

Le générateur bipa. Bella remarqua la vapeur montant de la tasse de café chaud à présent.

— D'accord, Jeff. Maintenant, abaissons la température de ton café à quarante degrés.

Le chef des opérations fronça les sourcils, perplexe, mais il s'exécuta. Il appuya de nouveau sur « start ». Aussitôt, Bella entendit un souffle d'air à l'intérieur du générateur.

— À l'époque où nous étions tous les deux à la Fondation, nous avions un générateur assez semblable à celui-là. Comme tu le sais, l'idée de réchauffer quelque chose à l'aide d'un tel appareil remonte à plus de quatre-vingts ans ; et puis, quelqu'un a décidé d'être intelligent. Jusqu'a-lors, l'idée de refroidissement au laser n'était utilisée qu'en physique quantique. Il a fallu qu'un scientifique se brûle la langue en buvant son café pour qu'il se pose la question suivante : « Si je peux abaisser la température d'un atome unique presque à zéro, pourquoi ne pourrais-je pas faire la même chose pour réduire la température de mon café ?

Le générateur bipa. Dave récupéra le mug de café, colla son doigt dans le liquide et sourit :

— C'est glacé.

— Oui ? fit Hostetler en fronçant de nouveau les sourcils tandis que Dave essuyait son doigt sur sa serviette de table. Où veux-tu en venir, exactement ?

— Eh bien, il y a presque dix ans de cela, j'étais assis dans mon bureau à la Fondation, et je venais de me brûler la langue avec un café trop chaud. Soudain, je me suis posé la question suivante : refroidir quelque chose demande beaucoup d'énergie ; ne pourrions-nous pas à la place exploiter l'énergie cinétique latente ? C'est alors que j'ai commencé à penser au moteur à énergie libre de Nikola Tesla. À l'époque où il avait proposé cela, les sciences des matériaux n'étaient pas capables de faire ce qu'il fallait. Mais avec les avancées des cent cinquante dernières années, j'ai décidé de tenter le coup à mon tour. Grâce à la conductivité thermique du graphène et à des moteurs à haut rendement, j'ai pu mettre au point quelque chose qui marche.

Jeff Hostetler ouvrit de grands yeux, l'air d'entrevoir ce qui se dessinait.

— Oh, laisse-moi deviner : tu as l'intention d'utiliser le noyau lunaire à la façon d'une sorte de batterie géante ?

Bella n'eut pas besoin de voir Dave hocher la tête pour savoir qu'Hostetler avait raison.

Le chef des opérations se pencha davantage.

— Mais bon sang, à quoi pourrait bien nous servir une telle puissance ?

Dave pinça les lèvres. Bella vit qu'il n'était pas encore prêt à partager leur secret.

— Jeff, tout ce que je te demande, c'est de me croire et de me faire confiance. Nous allons avoir besoin de la plus infime partie de cette énergie, et même d'encore plus que cela.

Il regarda Bella.

— Pas vrai ?

Elle savait exactement quelle quantité d'énergie avait été stockée, et quelle déperdition en surface et dans l'espace ils ne pourraient éviter. Elle calcula une nouvelle fois malgré elle le temps qu'il restait entre l'instant présent et la date de départ prévue.

— Nous avons accumulé depuis le début dix mois de réserves thermiques avant que la bulle n'éclate, dit-elle. Il nous faudra encore travailler au moins neuf mois.

Dave agita un pouce en direction de la jeune femme.

— T'entends ça, Jeff ? Il n'y a pas une minute à perdre.

Hostetler se renversa contre le dossier de sa chaise, l'air déconcerté.

— La bulle ? releva-t-il.

Dave secoua la tête et referma ses mains autour de celles du chef des opérations.

— Fais-moi confiance. Nous devons continuer comme prévu. J'ai besoin que l'équipe m'aide à récupérer le reste du matériel. Il ne nous reste que huit mois avant que les choses ne commencent à aller réellement de travers.

Hostetler soupira et serra fermement la main de Dave dans les siennes.

— D'accord. Je te suis. Je sais qu'il y a un tas de choses que tu ne me dis pas, mais je suis sûr que c'est pour une bonne raison. Promets-moi seulement qu'il sortira quelque chose de bien de tout cela.

Leurs mains jointes, Dave se releva avec Hostetler, et lui donna une tape sur l'épaule avec sa main libre.

— Je peux te promettre une chose : tous ceux qui sont ici ont infiniment plus de chance que tous les pauvres bougres restés sur Terre.

Un tiraillement de culpabilité traversa l'esprit de Bella en songeant au destin de la Terre. Elle se repassa mentalement ce que Dave lui avait décrit, et la vision de la Terre volant en éclats dans le vide sidéral lui causa un long frisson d'effroi.

Ils allaient tous mourir en bas. Elle ne souhaitait pourtant la mort de personne, pas même de ceux qui avaient croisé son chemin et l'avaient rendue malheureuse. Elle aurait tellement voulu qu'une autre fin soit possible.

CHAPITRE NEUF

Assise sur une chaise au milieu du Bureau ovale, Margaret Hager fixa d'un air d'attente Greg Hildebrand, qui prenait place en face d'elle sur un des canapés.

— D'accord, Greg, je vous écoute. Qu'est-ce que les plus grands esprits de ce pays préconisent comme solution au problème Indigo ?

Le conseiller scientifique ne put dissimuler un certain embarras tandis qu'il tirait une feuille de papier d'une poche de sa veste. Il s'éclaircit la gorge et répondit :

— Madame la Présidente, j'ai réuni une vingtaine de nos plus brillants chercheurs scientifiques, et nous avons passé ces cinq derniers jours, pratiquement sans interruption, à essayer d'élaborer les plans d'une solution alternative raisonnable, compte tenu du peu de temps qu'il nous reste. Nous avons échafaudé plusieurs scénarios, mais... aucun d'entre eux n'est idéal.

La présidente s'agita impatiemment.

— Épargnez-moi la langue de bois, d'accord ? Et venez-en au fait.

— Eh bien, la première solution implique notre flotte de navettes. Nous en avons trente en service, toutes capables de loger jusqu'à quarante personnes durant six mois. L'idée, c'est de lancer ce millier de personnes ou un peu plus hors de la zone de danger, avant la catastrophe ultime...

— Et puis quoi ?

— Eh bien, rien. C'est tout. La suite, j'imagine, dépendra de ce qui restera après le passage du trou noir. Mais étant donné la probabilité que la Terre disparaisse totalement, j'ai bien peur que les réfugiés à bord des navettes n'aient nulle part où aller…

— C'est absolument ridicule ! gronda Margaret Hager, révulsée par cette perspective. Ils auront le double plaisir de voir tout le monde mourir, avant de mourir de faim à leur tour. J'espère que vous avez mieux que ça à me proposer.

— Il y a une autre possibilité, acquiesça d'un hochement de tête Hildebrand. Mais là encore, c'est loin d'être l'idéal.

Il prit une grande inspiration et consulta la feuille qu'il tenait serrée dans sa main.

— Certains des scientifiques ont émis l'hypothèse qu'il serait possible de dévier la Lune de son orbite en disséminant à sa surface un très grand nombre de moteurs-fusées. Grâce à ses nombreuses installations, la base lunaire existante pourrait être autosuffisante et assurer la survie de plus d'un millier de personnes.

Hager pinça les lèvres.

— Admettons. Quels sont les risques ? Vous avez dit : il *serait* possible. Alors, quoi ? C'est réalisable, oui ou non ?

— Eh bien, il y a eu beaucoup de discussions, d'arguments échangés, autour de la question de la puissance des moteurs-fusées. Pourront-ils faire le travail ? Les scientifiques évaluent cette possibilité à dix pour cent, si nous avions les moteurs adéquats. Or, nous ne les avons pas, et rien ne dit que nous réussirons à les produire dans le temps qu'il nous reste. Enfin, même si nous y parvenions, il reste le risque que le trou noir ne finisse par détruire le soleil, ou qu'il résulte de l'interaction du soleil avec le trou noir des explosions en chaîne, auquel cas tous nos efforts seraient inutiles.

La présidente secoua la tête, se recala au fond de sa chaise et fronça les sourcils.

— C'est tout ? Ce sont là tous les choix qui s'offrent à moi ?

— Eh bien, l'unique autre option est quelque chose que je ne voulais même pas évoquer. Il y a assez de tunnels souterrains à travers le pays pour que des millions de personnes y descendent. Cela les sauverait probablement des impacts qui frapperont la Terre, mais en fin de compte, cela n'empêchera pas le trou noir de nous engloutir, ou de voir notre orbite déviée et finir par mourir gelés.

— C'est un choix encore plus ridicule que les autres, siffla Margaret Hager en balayant l'idée d'un revers de main. Si je comprends bien, vous êtes en train de me dire que nous n'avons aucun choix valable à part essayer de retrouver le Dr. Holmes, notre petit génie, en priant Dieu pour que le Dr. Patel ait raison, et qu'il ait un plan pour nous sortir de là ?

Hildebrand laissa échapper un petit ricanement, et s'exclama :

— Il n'y a aucune chance pour que Holmes ait une réponse au problème Indigo…

— Nom de Dieu, Greg ! coupa sèchement Hager. On dirait que vous ne *voulez pas* qu'il y ait une solution.

Elle se pencha en avant sur sa chaise et pointa un index résolu sur Hildebrand.

— Je me fous de savoir ce qu'il peut y avoir de personnel entre vous deux. Je veux que vous dépassiez ça, et que vous aidiez à le retrouver. Est-ce que je me fais bien comprendre ?

L'air sombre, Greg opina du chef.

— Parfaitement bien, répondit-il.

— Vous pouvez disposer, dit Margaret Hager en levant brièvement la main, l'estomac noué.

Hildebrand à peine sorti du Bureau ovale, Margaret Hager se tourna vers le vieil homme qui était resté assis en silence dans un coin de la pièce, en observateur.

— Doug, je veux un bilan de situation complet pour Indigo. Je veux connaître les profils de toutes les personnes impliquées. Évaluation psy, formation, antécédents. Je veux savoir qui sont ces scientifiques à qui j'ai affaire.

Se levant d'un bond, le septuagénaire encore leste acquiesça d'un hochement de tête, et annonça d'une voix grave et rocailleuse :

— Je m'en occupe immédiatement.

Il sortit du bureau d'un pas décidé, tandis que la présidente Hager levait les yeux au ciel en priant silencieusement pour qu'un miracle se produise.

— Madame la Présidente, nous avons déjà déployé la Garde nationale, mais comme je le disais, je ne vous poserais pas la question au nom de mon État si je ne pensais pas que c'était nécessaire. Ces manifestations mobilisent tous nos effectifs, et je crains que nous n'ayons un vrai mouvement de panique à gérer, difficilement maîtrisable, dans pas longtemps.

Le haut-parleur fit silence un instant dans le Bureau ovale, tandis que Margaret Hager tentait de prendre la mesure du ton utilisé par le gouverneur de New York.

Il était très inquiet.

Elle leva les yeux et regarda son chef de cabinet assis en face d'elle, de l'autre côté du bureau. Il affichait un air impénétrable.

La présidente s'appuya contre le dossier de son fauteuil en cuir, et ferma les yeux.

— Écoutez, Bill, je parlerai au Secrétaire d'État pour qu'il vous envoie des hommes en renfort. Quelqu'un recontactera votre bureau pour vous préciser quelles seront les prochaines étapes. En attendant, il nous faut maintenir la paix, quoi qu'il en coûte.

— J'ai entendu parler de manifestations également en Caroline du Nord, qui ressemblent apparemment beaucoup à ce que nous connaissons ici. Y a-t-il quelque chose que je devrais savoir ?

— Il ne se passe rien de particulier, Bill, mais nous vous aiderons. Le temps de raccrocher, et je fais en sorte que des actions concrètes soient entreprises pour vous aider. Y a-t-il autre chose ?

— Non, madame, et merci.

La présidente mit fin à l'appel et fronça les sourcils en fixant le vieil homme assis face à elle.

— Doug, la situation est en train de nous échapper.

— Eh bien, oui, répondit ce dernier dans un murmure, il est probable que ces événements se répètent ailleurs. Voulez-vous que je vous arrange un entretien avec les autres gouverneurs ?

— Oui, sans tarder. Tâchons de garder l'essentiel sous silence pour le moment, mais je veux les rencontrer tous en même temps et leur dévoiler ce à quoi nous sommes confrontés. Certaines décisions drastiques vont s'imposer.

— Je vais trouver un endroit sûr pour la rencontre, dit Doug. Autre chose ?

— Je veux parler à Walt. Nous allons avoir besoin de lui pour tenter d'étouffer tout cela. Vous me suivez ?

L'homme aux cheveux gris se leva, opina du chef, et sortit du bureau sans ajouter un mot.

Margaret Hager fronça les sourcils et marmonna :

— Indigo a dû fuiter, certainement.

CHAPITRE DIX

Stryker regarda Emma, sa fille de six ans assise à la table en face de lui, cartes de Uno en main et visage impassible.

— Alors, tu as choisi ?

Elle sortit le bout de sa langue au coin de sa bouche, concentrée sur ses cartes ; puis, souriant sournoisement, elle posa un « + 4 » sur la pile des défausses.

— Désolée, papa. Je ne peux pas te laisser gagner.

Grognant de manière théâtrale, Stryker piocha quatre cartes tandis qu'Isaac, son fils de huit ans, pointait un doigt vers sa sœur en demandant :

— Quelle couleur ?

— Bleu.

Isaac soupira sèchement, déçu, en prenant une carte, puis une autre, et encore une autre.

— Crotte ! s'exclama-t-il en posant encore une carte.

— Isaac, surveille ton langage…

— Mais, papa, ce n'est même pas un gros mot.

Le garçon plaça finalement un « deux » bleu sur la pile des défausses.

— C'est serré, je n'aime pas ça.

— Uno ! s'écria Emma en posant un joker.

La porte d'entrée s'ouvrit au même moment. Stryker vit Lainie qui rentrait, pile à l'heure.

— Maman ! s'écria Emma de sa voix haut perchée qui résonna dans la maison. Je suis sur le point de gagner au Uno !

La fillette se tourna vers son père et lui montra son « joker ».

— Je choisi bleu encore, dit-elle.

— Attends, tu n'as pas encore gagné, répliqua Isaac. J'ai plus d'un tour dans ma manche.

Stryker posa une carte bleue « Passe ton tour ».

— Papa ! gémit Isaac.

Souriant triomphalement, Emma posa un dernier « +4 » et s'écria :

— J'ai gagné !

— Félicitations aux gagnants comme aux perdants, se réjouit Lainie en entrant dans le salon. Maintenant, montez dans vos chambres et descendez vos sacs de voyage. Papy et mamie disent qu'ils ont eu de la neige hier soir, alors si nous arrivons assez tôt, peut-être que vous pourrez en profiter.

Stryker sourit, tandis que les gosses montaient l'escalier en courant, tout excités à la perspective d'aller passer le week-end chez leurs grands-parents.

Lainie s'affala sur la chaise qu'Isaac venait de quitter, et sourit.

— Comment ça va, toi ?

Stryker haussa les épaules. Le parfum du gel douche au lilas de Lainie lui caressa les narines.

— Je fais aller. Et toi ? Du boulot à la compta ?

Elle roula de grands yeux et se mit à rire.

— Si j'ai du boulot ? On est en avril. Je *croule* sous le boulot.

Entendre Lainie rire fit remonter en lui de tendres souvenirs qu'il s'efforçait d'oublier.

— Destination les Poconos, ce week-end, c'est ça ?

— Oui, mes parents ont loué une cabane dans le massif. Papa a prévu une sorte de barbecue avec les enfants. Je crois qu'ils vont faire griller des guimauves.

Fronçant légèrement les sourcils, elle demanda :

— Tu sais quelque chose concernant ces manifestations qui ont commencé la semaine dernière ? J'ai entendu dire qu'un flic a été abattu ou poignardé, je ne sais pas trop.

— Ça a été grossi par les médias. Ce n'était pas si grave, mentit Stryker.

Il n'aimait pas lui mentir, mais elle ne comprendrait probablement pas. *Lui-même* n'était pas sûr de comprendre ce qui était arrivé. Tout ce qu'il savait, c'était que l'on avait mis un produit quelconque dans son café – probablement dans son mug pendant quand il était allé aux toilettes.

On sonna à la porte. Stryker se leva d'un bond et alla ouvrir.

Un coursier le salua, et dit :

— J'ai une lettre en recommandé pour un certain lieutenant Jonathan Stryker.

Stryker fixa l'enveloppe sans marques extérieures, et signa le bordereau d'accusé de réception.

Il retourna dans le salon, ouvrit l'enveloppe et en sortit plusieurs feuilles dactylographiées.

— Oh, merde.

— Qu'y a-t-il ? demanda Lainie.

Il survola le contenu du texte et fronça les sourcils.

— L'armée vient de me réactiver.

Lainie se leva, l'air inquiet.

— Qu'est-ce que ça signifie ?

— Eh bien, on dirait que je vais devoir reprendre du service, mais c'est bizarre. Ils ne me réaffectent pas dans mon unité de réserve habituelle. Je suis affecté à la 504ᵉ, sur la base de Lewis-McChord.

Il sentit un petit frisson lui électriser la nuque. Qu'est-ce qui pouvait bien justifier qu'on lui demande de se présenter au bataillon de la police militaire de l'État de Washington ?

— Je suis censé être là-bas dans les deux jours. Il doit y avoir une crise quelconque. Je peux te demander un service ?

Lainie afficha un visage de marbre, prit une grande inspiration et demanda :

— Quoi ?

— Je ne sais pas combien de temps je vais être parti ; est-ce que ça t'ennuie de rester ici avec les enfants ? Jessica et toi, vous vous entendez bien, pas vrai ?

Lainie lui décocha un regard furieux.

— Voilà pourquoi on s'est séparés, Jon. À cause de ce genre de chose.

Elle regarda en haut de l'escalier ; les enfants se disputaient en criant pour une broutille quelconque.

— Il faut que j'aille aider les enfants à se préparer.

Elle donna un petit coup de poing sur la poitrine de Stryker, et dit en serrant les dents :

— C'est toi qui leur expliques que tu vas devoir t'absenter. Je ne m'en mêle pas.

— D'accord, je m'en charge. Mais est-ce que tu peux…

— Oui, coupa-t-elle, j'apporterai une partie de mes affaires après le week-end.

Elle le regarda, toujours en colère, et pointa un doigt vers l'étage.

— Va leur dire. Et quand ils auront fini de pleurer, j'arrangerai les choses comme je peux… comme d'habitude.

L'estomac noué, sous le regard exaspéré de Lainie, il se tourna vers l'escalier. Il était vraiment en-dessous de tout.

Par le hublot passager de la navette lunaire, Dave vit le soleil projeter sa lumière rasante à l'ouest, au-dessus de Cap Canaveral. La navette venait juste d'atterrir. Il ne fallut que quelques minutes pour que la navette marque l'arrêt complet et que tout le monde se prépare à sortir. Quand la porte s'ouvrit finalement, Dave prit l'escalier mécanique qui descendait sur le tarmac. Là, il savourait la brise tiède et salée qui soufflait de la côte. Contrairement à l'air hautement filtré et débarrassé de toute odeur qui circulait dans les colonies lunaires, cet air-là sentait l'océan. Même les effluves d'ozone qui flottaient autour de la navette lui rappelèrent l'odeur de chlore de la piscine publique de New York, qu'il fréquentait quand il était gosse. Il murmura pour lui-même :

— Ces odeurs m'ont tellement manqué.

— J'aurais aimé me souvenir d'avoir déjà senti cela, regretta Bella dans un soupir.

Dave l'enlaça par la taille tandis qu'ils quittaient l'ombre de la navette. Il n'était pas revenu sur Terre depuis quatre ans. Il avait beau avoir fait régulièrement des exercices de musculation sur la Lune, il sentit intensément son propre poids tandis qu'il traversait à pied les quelques quatre cent mètres qui séparaient la navette de la porte d'arrivée.

— Bella, pas de « mal de terre » ? Comment ça va le changement de poids ?

Elle secoua négativement la tête et écarta une mèche de cheveux qui lui tombait sur le visage.

— Non, je ne me sens pas trop grosse, si c'est ce que tu veux dire.

Dave allait protester, mais elle lui donna un coup de coude et sourit.

— Je me moque de toi, lui dit-elle. Je me sens bien. C'est juste un peu bizarre de passer d'une dizaine de kilos sur la Lune à plus de soixante ici, mais c'est bien pour ça que tu m'as fait porter ces ceintures lestées là-haut, non ?

— C'était important. C'est la seule manière de conserver sa densité osseuse et de ne pas s'atrophier là-haut.

Comme ils n'étaient plus qu'à quelques mètres des portes d'arrivée, un homme rejoignit en courant au petit trot la file des passagers qui venaient de débarquer. Il portait un badge de la FIS. Il s'approcha de Dave et lui fit signe de s'arrêter.

— Joshua Carter, puis-je voir vos papiers d'identité s'il vous plaît ?

Dave acquiesça d'un petit signe de tête et tendit son faux passeport à l'homme au visage rougeaud et à la silhouette grassouillette.

La Fondation internationale pour la science ne se mêlait pas d'ordinaire des questions d'immigration, mais depuis que la base lunaire avait été établie presque vingt ans plus tôt, le transport vers la Lune, et inversement, était entré dans leur champ de compétences. L'officier de la FIS qui contrôlait son passeport dit :

— Monsieur Carter, vous devez avoir des amis haut placés, parce qu'on m'a demandé de vous trouver et de vous faire franchir immédiatement le contrôle douanier, vous et les personnes qui vous accompagnent.

Il jeta un coup d'œil à Bella et aux autres membres de leur équipe.

— Puis-je voir également les pièces d'identité des autres personnes ?

Bella et les quatre autres membres plutôt costauds du service de sécurité tendirent à l'homme leurs passeports, tandis que les autres passagers de la navette franchissaient les portes d'arrivée.

L'officier de la FIS passa un scanner à main sur les passeports. Les secondes s'écoulèrent ; le scanner affichait une lumière verte à chaque passage. L'officier hocha la tête, mais juste au moment où il rendait à Dave son passeport, il se figea, plongea son regard dans le sien et afficha brusquement une expression de stupeur.

— Bordel de merde, c'est vous !

Dave tressaillit, un frisson lui glaçant l'échine. Soudain, l'homme bredouilla :

— J'ai toujours cru en vous, même quand ils disaient… bref, peu importe. Monsieur, c'est un honneur.

Avant que Dave n'ait le temps de répondre, l'homme s'éclaircit la gorge, rendit aux autres leurs passeports et demanda :

— Avez-vous des bagages à récupérer ?

— Non, officier Kirkpatrick, répondit Dave. Nous voyageons léger aujourd'hui.

L'officier de la FIS parut surpris, puis il regarda son badge sur lequel était inscrit son nom. Il sourit, hocha la tête, et leur fit signe de le suivre.

— Je vais vous faire emprunter l'aile diplomatique. Personne ne vous verra. De là, je vous conduirai ensuite à votre destination.

— Officier Kirkpatrick, l'important est surtout que vous gardiez pour vous ce que vous savez…

L'officier se retourna brusquement, et, le regard plein de détermination, dit :

— Je jure sur mes enfants que j'emporterai dans la tombe la nouvelle de votre présence ici. J'avoue seulement que je me sens mieux maintenant que je sais que vous êtes là. J'ai une totale confiance en vous ; je sais que vous essaierez de faire ce qu'il y a de mieux pour nous tous. Monsieur, si je puis permettre d'ajouter cela, de nombreuses personnes vous soutiennent et vous ont toujours soutenu à la FIS, quoi qu'on en dise.

Dave posa une main sur l'épaule de l'homme et la serra doucement.

— Vos paroles me touchent. Merci. Plus vite nous aurons terminé ce que nous avons à faire ici, mieux ce sera.

L'officier Kirkpatrick hocha brièvement la tête, se retourna et se dirigea, plein d'allant, vers la porte qui donnait dans le terminal des arrivées.

Tenant la main de Bella tandis qu'ils lui emboîtaient le pas, Dave sentit le poids de la culpabilité peser sur ses épaules. Il savait quel sort attendait l'officier Kirkpatrick et l'ensemble des habitants de la Terre. Il en éprouvait un certain sentiment de honte, dont il n'arrivait pas à se départir complètement.

Il n'allait rien pouvoir faire, malheureusement. La Terre était condamnée.

Balayant du regard la plage déserte de Rum Cay, une île isolée des Bahamas, Dave sonda l'obscurité tandis que le reste de l'équipe débarquait du bateau à moteur. Une douce brise tropicale charriait avec elle les parfums de l'océan, tandis que le bruit des vagues déferlant sur la grève se mêlait aux cris perçants d'une nuée de mouettes. Les oiseaux étaient agités, peu habitués manifestement à voir leur site de nidification dérangé de nuit par des envahisseurs humains.

Levant les yeux vers la nuée bruyante, Dave murmura :

— Désolé de vous réveiller, les gars, mais on n'a pas le choix.

Il était presque minuit ; la Lune à son premier croissant diffusait juste assez de lumière pour que Dave repère le sombre bâtiment, au loin.

Bella s'accrochant à son bras, il fit signe aux hommes de le suivre tandis qu'il laissait derrière lui la petite jetée en bois et commençait à crapahuter pour franchir la digue de sable.

Après quelques minutes d'ascension, un entrepôt de forme carrée apparut au sommet de la colline. Dave le trouva plus grand qu'il n'en gardait le souvenir ; le mur le plus proche mesurait presque trente mètres de long. Repérant une entrée latérale, il guida les autres jusqu'à une porte en métal qui paraissait sous-dimensionnée comparée à la hauteur du bâtiment. Le stuc imitation pierre qui recouvrait les murs extérieurs agissait comme un camouflage durant la journée, mais sous cette fine couche, il savait que l'entrepôt était construit comme une forteresse.

Les entrepôts de la Fondation étaient presque tous situés dans des endroits isolés. Quand Dave avait commandé leur construction, il avait veillé à empêcher d'éventuelles intrusions. Les murs en béton armé abritaient pour des millions et des millions de dollars de matériel, mais ce n'était pas le coût en soi qui l'inquiétait. La plupart des gens ignorait totalement que le destin du monde reposait sur le fait que ce matériel stocké par la FIS dans des entrepôts disséminés un peu partout dans le monde, soit disponible. La différence était qu'à présent, ce matériel allait servir à sauver, non pas la Terre, mais la Lune.

Ouvrant un petit boîtier rectangulaire étanche fixé au montant métallique de la porte, Dave accéda à un digicode sur lequel il entra une longue séquence de nombres. Un voyant lumineux vert s'alluma, suivi immédiatement d'un cliquetis de serrure. La porte glissa sur ses gonds bien huilés, et des réglettes fluorescentes à l'ancienne fixées au plafond s'allumèrent en clignotant.

Jetant un regard par-dessus son épaule, Dave fit signe à tout le monde de se rapprocher.

— Allons-y. Réglons ça rapidement.

La lumière s'intensifiant dans l'entrepôt, les derniers recoins d'ombre s'éclairèrent soudain. Le bâtiment contenait de longues rangées de caisses en bois mystérieusement étiquetées. Des centaines de caisses sur lesquelles on pouvait lire l'inscription : « FIS – BT10000 ». Des batteries de 10 000 ampères-heure. Ces batteries industrielles à haute capacité avaient été conçues pour DefenseNet.

Dave eut un petit sourire en coin en songeant à DefenseNet. Tout le concept n'avait été qu'une ruse, dont il s'était servie pour berner les autorités gouvernementales. Tout le monde pouvait comprendre que l'on ait besoin de détruire ou de dévier un astéroïde entrant menaçant la Terre. Bien que la plupart des composants dont il avait besoin pour traiter le vrai danger imminent fussent plus ou moins les mêmes, jamais il n'aurait obtenu l'approbation gouvernementale pour ce qu'il projetait en réalité. La solution ultime dépassait l'entendement de ces gens, et leur capacité à l'accepter.

Il traversa l'entrepôt d'un pas rapide, à peine conscient des bruits de pas de ses compagnons qui le suivaient diligemment. Au fond de l'entrepôt, ils se retrouvèrent face à un mur en acier brossé. Balayant du regard la surface métallique, Dave hocha la tête ; il savait ce qui se cachait derrière. Il avait construit cette chambre forte pour y abriter certains composants clés qui s'étaient avérés si difficiles à produire en grande quantité.

Il leva les yeux, puis promena son regard sur les plaques de plafond insonorisées – ou plutôt en travers de treize d'entre elles, exactement, qui lui servaient de repère. De cette position, il baissa les yeux, reporta son regard sur le mur d'acier, et fixa un point précis juste devant lui. Il apposa ensuite ses mains sur le métal froid et ressentit un petit picotement électrique tandis qu'un rayon de lumière verte sortait du mur. Fixant le scanner éblouissant de clarté, il resta immobile jusqu'à ce qu'il ressente un « clic » sous sa main.

Dans un soupir de soulagement, il exerça une légère pression sur le mur en métal. Lentement, la porte lourde d'une demi-tonne pivota, révélant une autre pièce, et surtout ce qu'il était venu chercher.

Des bobines géantes de rubans de graphène étaient empilées du sol au plafond. Jusqu'à ce qu'il développe un moyen de le produire massivement, le graphène n'était fabriqué qu'en petites quantités.

Il jeta un regard par-dessus son épaule et contempla, derrière Bella et les hommes, la collection de batteries ultraperfectionnées, de générateurs et de moteurs disséminés dans tout l'entrepôt. Contrairement au graphène, qui demandait des années de fabrication – et dont il ne pouvait se permettre de perdre la moindre quantité – le reste du matériel pouvait être remplacé assez facilement.

Il désigna d'un geste les précieuses bobines, et dit :

— Les gars, prenez-en soin. Maniez-les comme si votre vie en dépendait.

— *Elle* en dépend, ajouta aussitôt Bella.

Le criaillement des mouettes aux premières lueurs de l'aube paraissait provenir de toute l'île, tandis que Dave regardait les bobines du précieux graphène sortir de l'entrepôt les unes après les autres. Bien que le ruban fût plus solide que l'acier, il ne pouvait prendre le risque de l'endommager en roulant les bobines sur le terrain accidenté de l'île. Les hommes les portaient lentement jusqu'au bateau, titubant sous le poids de chacune d'elles.

L'horizon à l'est commençait juste à s'éclaircir. Le matin n'était pas loin ; ils devaient accélérer le mouvement.

Dave rentra de nouveau dans l'entrepôt, passa à côté de Bella et rejoignit la réserve intérieure. Il fronça les sourcils en voyant les nombreuses bobines de graphène restantes.

— On dirait bien qu'il reste encore la moitié du stock ici.

Il tourna un regard vers Bella, qui se tenait près de la porte ; il vit surtout ses cheveux roux ébouriffés et ses yeux verts.

— Est-ce suffisant pour ce que nous avons à faire ?

Hésitant à peine, elle acquiesça d'un hochement de tête et répondit :

— Je pense que oui.

Soudain, les lumières s'éteignirent, plongeant l'entrepôt dans l'obscurité.

— Mais qu'est-ce que… ? s'écria Dave, se disant que quelqu'un avait dû éteindre les lumières par accident.

Il attrapa aussitôt la main de Bella, et chercha à gagner la sortie. À tâtons, il suivit une des rangées de caisses en bois empilées au milieu de l'entrepôt. Distinguer des nuances dans l'obscurité était difficile.

— Nom de Dieu, ou bien les panneaux solaires sur le toit ne fonctionnent pas, ou les batteries qui sont censées éclairer cet endroit ne sont pas…

À cet instant, Bella poussa un cri. Sa main échappa à l'étreinte de Dave, et il sentit brusquement quelque chose le frapper sur l'arrière du crâne.

Ses jambes se dérobèrent sous lui, en même temps que des mains le rattrapaient par les bras. Il perdit connaissance.

CHAPITRE ONZE

Margaret s'assit sur le canapé où, bien qu'épuisée, elle sourit d'un air doux-amer en regardant son fils de trois ans, George, courir dans le Bureau ovale en poussant des petits cris, exubérant comme peuvent l'être les enfants de son âge. Depuis que les scientifiques l'avaient informée du danger qui menaçait le monde, elle faisait de terribles cauchemars de villes livrées au chaos et à la mort. Les nuits blanches se succédaient. Ils avaient fêté le troisième anniversaire du petit George, mais elle ne pouvait s'empêcher de penser qu'il n'en connaîtrait probablement pas d'autre.

Le petit garçon vint se percher sur le canapé à côté d'elle, tenant son livre préféré sur les animaux. Margaret, la gorge serrée par l'émotion, se mit à tourner tranquillement les pages avec lui, lui montrant les images, nommant tout d'un ton rassurant. Après des années de traitement contre l'infertilité, elle avait fini par accepter de n'avoir jamais d'enfant. Et puis, George était arrivé.

Aujourd'hui, elle ne s'imaginait pas vivre sans lui. Son seul regret était que son grand-père, dont le petit George portait le prénom en souvenir, ne soit plus de ce monde et auprès d'elle. Elle pouvait presque sentir sa présence dans la pièce, son regard bienveillant posé sur eux.

Elle ébouriffait en souriant les cheveux bruns du petit garçon, quand son attention fut attirée par la présence d'un agent du *Secret Service* à l'entrée du Bureau ovale. Il appuya brièvement sa main sur son oreille, hocha la tête, et fixa Margaret Hager.

— Madame la Présidente, Doug Fisher et les hauts responsables que vous avez convoqués sont dans le bâtiment.

Elle acquiesça d'un hochement de tête.

— Dites à Brenda de les faire entrer dès que possible.

Elle leva un doigt pour retenir l'agent, embrassa le petit George sur le haut du crâne, et murmura :

— Va avec l'agent King. Il va te conduire jusqu'à papa. Je monterai plus tard jouer avec toi.

Sans un mot, George lui donna un petit baiser sur le nez, avant de rejoindre docilement l'agent King, qui lui prit la main et l'emmena hors du bureau.

La porte à peine fermée, elle se rouvrit. Doug Fisher et son chef d'état-major entrèrent, suivi de deux autres personnes qui affichaient un air lugubre.

— Bonjour, Madame la Présidente…

— Le jour n'est pas si « bon » que ça, ronchonna Margaret Hager. Aux dernières nouvelles, on est toujours foutus, tous autant que nous sommes.

Elle leur désigna les autres canapés du bureau.

— Épargnons-nous les politesses d'usage, et allons à l'essentiel.

Tandis que les chefs de cabinet s'asseyaient, la présidente concentra son attention sur Doug Fisher. Petit, ridé, il affichait pas loin de soixante-quinze printemps, mais en dépit de son âge et de sa taille, il avait conservé le dynamisme de la jeunesse ; quant à sa voix grave, elle paraissait appartenir à quelqu'un qui avait deux fois sa corpulence. Il entretenait des liens profonds et de longue date avec le Capitole, et connaissait tout le monde ou presque à Washington. Pour Hager, il était précieux ; il la tenait au courant des faits et gestes des personnes qui comptaient, en dehors de son cercle rapproché.

Leurs regards se croisant, il hocha brièvement la tête et jeta un coup d'œil à son petit carnet à travers ses lunettes de lecture perchées sur le bout de son nez.

— Jim, quels sont les résultats de la discussion avec les autres pays concernant Indigo ?

L'attention de Hager se porta sur James Arroyo, son secrétaire d'État moustachu, occupé lui aussi à passer en revue ses notes sur Indigo, le nom de code donné à la catastrophe à venir.

— Madame la Présidente, j'ai parlé aux principaux représentants de l'Allemagne, du Royaume-Uni, de l'Australie et de la République populaire de Chine. Tous ont été mis au courant concernant Indigo, et ce qui nous attend. Pour le moment, tous s'attachent à verrouiller autant que possible l'information dans leurs pays respectifs, en espérant que les scientifiques trouveront une solution.

Margaret se tourna vers Kevin Baker, assis face à elle dans un vieux fauteuil victorien. D'une beauté désarmante, Baker était le directeur de la CIA, une des rares personnes à occuper ce poste après avoir opéré sur le terrain, en tant qu'officier. Il pouvait s'enorgueillir d'avoir servi l'Agence durant trente années déjà. Contrairement à Arroyo, qui était en charge des relations diplomatiques, Baker s'occupait de la collecte de renseignement à l'échelle internationale.

— Kevin, la FIS est restée muette, j'imagine ? Indigo a-t-il fuité ailleurs ?

— Toutes nos ressources sous surveillance sont restées silencieuses concernant Indigo, répondit immédiatement Baker sans consulter ses notes. Les scientifiques qui sont au courant ne laissent rien transpirer, et j'ai procédé à toutes les vérifications auprès du centre de données de la NSA dans l'Utah. Résultat : nous n'avons intercepté aucune communication inhabituelle.

— Tant mieux, approuva Margaret Hager en soupirant, tandis qu'elle se recalait au fond de son fauteuil. Je n'ai pas besoin de vous dire ce qui se passerait, messieurs, si la nouvelle d'Indigo devenait publique.

— Excusez-moi, Madame la Présidente, intervint Walter Keane, le ministre de la Défense. Savez-vous quand nous en saurons plus sur les possibilités qui s'offrent à nous ? Notre pays possède la plus grande force militaire qui soit, mais avec Indigo, il est difficile de faire des projections sans plus de données…

— Walt, faites-moi confiance, l'interrompit Margaret Hager en levant la main. Je comprends où vous voulez en venir, mais pour la quinzième fois, je n'ai pas encore les informations que vous demandez. Nous n'avons pas encore un ennemi désigné à combattre.

Keane ouvrit la bouche pour répliquer, mais Doug ne lui en laissa pas le temps :

— Pardonnez-moi, mais il serait sans doute bon d'entendre ce que nos services de renseignements intérieurs ont à dire.

Hager se tourna vers la frêle Karen Fultondale, assise à sa gauche, directrice du FBI et responsable du renseignement intérieur.

— Karen, qu'est-ce que le FBI a à nous apprendre concernant les principaux acteurs d'Indigo ?

Fultondale ouvrit un grand classeur posé sur ses genoux et laissa courir un doigt sur ses notes.

— Madame la Présidente, j'ai épluché les dossiers des personnes concernées. Je commencerai par Greg Hildebrand. Nous avons un dossier étonnamment fourni sur lui, puisqu'il a occupé plusieurs postes dans différents gouvernements au fil des années. Nous disposons d'un profil psychologique détaillé. M. Hildebrand est un narcissique profond, sûr de sa propre importance. Il est ambitieux, et doté d'un fort sentiment de légitimité. Ces traits de caractère, conjugués à certains accès de violence conjugale, ont contribué à l'échec de ses trois mariages, lesquels l'ont eux-mêmes obligé à se déclarer en faillite personnelle. Ses accréditations sont actuellement en passe de lui être retirées.

Hager soupira, et moulina l'air avec sa main pour faire signe à Fultondale de continuer. Hildebrand était un ami de la famille ; elle détestait entendre raconter comment il fichait sa vie en l'air.

La directrice du FBI passa à l'onglet suivant dans son classeur, et poursuivit :

— Il est vrai que David Wendell Holmes a été placé en détention préventive sous les ordres de M. Hildebrand. Quelques semaines plus tard, le Dr. Holmes a réussi à s'échapper avec l'aide d'un autre patient – ou plutôt d'une patiente.

— Qui était cette patiente ? voulut savoir Hager, sa curiosité piquée au vif.

La directrice du FBI soupira en fronçant les sourcils.

— Nous ne savons presque rien d'elle. Elle est la fille du général Albert McMillan, l'ancien directeur de la branche de recherche clandestine de la DIA, l'Agence du renseignement de la défense. Environ six mois avant son évasion avec le Dr. Holmes, elle se trouvait en voiture avec ses parents, quand ils ont été victimes d'un tragique accident de la circulation. Le général McMillan, ainsi que sa femme, sont décédés dans l'accident, tandis que leur fille est restée dans le coma durant presque six mois. Son dossier médical indique qu'en se réveillant du coma, elle est restée incapable de communiquer, et très instable sur le plan émotionnel. Nous ignorons absolument où ils peuvent se trouver depuis leur évasion.

La présidente arqua un sourcil.

— Apparemment, notre bon docteur a trouvé un moyen de communiquer avec cette jeune femme. Parlez-moi maintenant de notre illustre directeur du Programme de recherche d'objets géocroiseurs, également chargé de restaurer le programme DefenseNet. Je l'ai trouvé particulièrement discret lors de notre première rencontre. Que dit son dossier ?

— Madame la Présidente, je suis surpris que vous n'ayez pas entendu parler de lui, intervint le ministre de la Défense. Il a failli plonger L.A. dans le noir par son invention incontrôlable. Radcliffe est l'homme qui a inventé le premier ordinateur de turing.

— De turing ? releva Margaret Hager, qui avait cependant l'impression d'avoir déjà entendu ce terme.

Walter Keane se pencha en avant, appuya ses coudes sur ses genoux, et hocha la tête.

— Une machine capable de penser par elle-même. Ce qui s'est passé, c'est que quelqu'un est entré par effraction dans le labo au beau milieu de la nuit. L'ordinateur a détecté l'intrusion et a réussi à verrouiller toutes les issues tout en alertant la police…

— Ça me paraît plutôt une bonne manœuvre…

— En apparence, oui, réagit Keane avec un petit sourire en coin. Mais quelque chose dans le protocole s'est emballé. Quand la police est arrivée pour cueillir le cambrioleur, cette foutue machine n'a pas voulu déverrouiller l'accès au labo. Et quand les flics ont tenté de forcer l'entrée, cette chose a absorbé le courant de tout le bâtiment, mettant les circuits en surcharge. Il a fallu que l'administrateur municipal coupe l'électricité à douze rues à la ronde, en plein centre de L.A., pour que l'ordinateur soit mis hors d'action et que l'on puisse remettre de l'ordre dans tout ça.

— D'accord, c'est un petit génie de l'informatique, résuma Hager en réprimant un petit sourire à la pensée du chaos occasionné.

Elle se tourna vers la directrice du FBI.

— Karen, qu'avez-vous sur lui ?

— Madame la Présidente, nous n'avons que très peu de choses en termes d'évaluation psychologique concernant le Dr. Radcliffe. Néanmoins, il a fait l'objet d'une observation étroite depuis qu'il a pris la tête du Programme de recherche d'objets géocroiseurs de la NASA. Il a un double doctorat en science informatique et en astrophysique ; il est très méthodique et réfléchi. D'après les entretiens que nous avons eus avec ses confrères ou ses subordonnés récents et plus anciens, il semble faire preuve de pondération et se montrer respectueux avec ses collègues. Évidemment, il a des penchants pacifistes. Depuis l'incident de L.A., il a écrit de nombreux articles concernant l'usage pacifique de l'intelligence artificielle. Il a fait également de son mieux pour détruire la technologie informatique qu'il avait inventée, craignant que l'on en détourne l'usage, et déclarant que c'était la plus grosse erreur de sa vie. Le département de la défense l'a approché par le passé, pour le recruter dans le but de lui faire développer certains aspects de son programme d'intelligence artificielle, mais il a refusé de rencontrer qui que ce soit voulant lui parler de cela.

Margaret leva un doigt, et Karen Fultondale s'interrompit. La présidente pinça les lèvres en réfléchissant à ce qu'elle venait juste d'entendre ; dans la pièce, le silence devint plus aigu, chacun attendant qu'elle dise ou fasse quelque chose.

— Et la scientifique qui l'accompagnait ? Elle travaille avec lui sur ce Programme de recherche d'objets géocroiseurs ?

— Oui, Madame la Présidente. Le Dr. Neeta Patel est assurément l'un de nos meilleurs scientifiques. Elle était également chef de département à la FIS, sous la supervision directe de Dave Holmes...

— Le même Holmes que nous recherchons ?

Fultondale hocha la tête.

— Le Dr. Patel n'a pas la reconnaissance qu'elle mériterait, parce qu'elle a travaillé dans l'ombre du Dr. Holmes.

Soudain, on frappa bruyamment à la porte du Bureau ovale. Une des portes intérieures s'ouvrit, et un membre du Secret Service entra précipitamment.

— Je suis désolé de vous interrompre, Madame la Présidente, mais vous avez demandé à ce que l'on vous tienne immédiatement informée s'il y avait du nouveau concernant le Dr. Holmes... Nous venons juste de recevoir un appel d'un bureau local en Floride. M. Hildebrand l'a retrouvé ; on le ramène en ce moment même à Washington. Ils devraient atterrir sur la base d'Andrews dans quatre heures.

Margaret Hager se leva d'un bond. Elle ressentit une brusque montée d'adrénaline ; son cœur s'accéléra. Une note d'espoir, enfin. Elle se tourna vers son chef de cabinet, le pointa du doigt et lui ordonna :

— Rassemblez tout le monde. Je veux tous les conseillers à la sécurité nationale en salle de crise avant même que cet avion n'atterrisse. Veillez également à ce que les principaux acteurs du Programme de recherche d'objets croiseurs soient présents.

— Mais, Madame la Présidente, bredouilla Doug Fisher. Je sais que le Dr. Radcliffe est sur la côte ouest…

— Écoutez-moi bien, reprit Hager en serrant les mâchoires. Faites ce qu'il faut, c'est tout.

Elle jeta un regard à Walter Keane.

— Même si vous devez mettre notre bon docteur à bord d'un jet ravitaillé en vol, ça m'est égal. Faites en sorte qu'il soit là, et vite ! Est-ce que je me fais bien comprendre ?

Les deux hommes assurèrent la Présidente que oui. Et tandis que, d'un geste de la main, elle envoyait chacun vaquer à sa tâche, elle sentit un frisson lui parcourir le bas du dos.

L'air sombre, elle contempla les jardins de la Maison-Blanche par les fenêtres du Bureau ovale.

Et si le Dr. Holmes n'avait pas de réponse à la hauteur du danger qui menaçait ?

CHAPITRE DOUZE

En arrivant à la base de lancement de Cap Canaveral, Neeta se souvint vaguement de la conversation qu'elle avait eue avec Dave Holmes des années avant qu'il ne laisse fuiter la moindre information indiquant que la Lune faisait partie d'un plan secret. *« Neeta, c'est bien plus compliqué que vous ne le pensez. Avec ce projet, « Changement de lieu », je dois résoudre un problème lié à un gros satellite naturel... »* Elle n'avait jamais su de quoi il parlait exactement, et il n'en avait jamais plus fait mention. Si Dave était encore dans les parages, il devait vivre depuis longtemps sous un nom d'emprunt ; il était donc inutile d'essayer de le chercher sous son vrai nom dans les registres passagers de la navette lunaire. Il n'était pas stupide au point de permettre que l'on remonte aussi facilement jusqu'à lui. Elle était convaincue que si le gouvernement ne l'avait pas encore retrouvé, c'était soit qu'il était mort, soit qu'il se cachait dans un endroit si isolé que personne ne songerait à aller l'y chercher. Un endroit du genre de la Lune, mais il n'y avait là-haut qu'une exploitation manière dirigée par une bande d'ouvriers frustres. Difficile d'imaginer Dave Holmes là-haut...

Elle respira l'air tiède et salin de la côte floridienne, et s'assit dans le salon extérieur avec une dizaine de personnes attendant toutes de retourner sur la Lune. La plupart étaient des mineurs qui repartaient travailler après être revenus quelques jours sur Terre pour retrouver leur famille et leurs amis.

Elle reporta son attention sur la navette, qui se trouvaient à quelques centaines de mètres seulement, et autour de laquelle s'affairaient du personnel de maintenance occupé aux vérifications de sécurité d'avant vol.

Par-dessus le brouhaha des conversations des mineurs, des grondements de véhicules lourds approchant le long de la côte toute proche attira l'attention de Neeta. Un convoi de véhicules de transport militaire arrivait par la route de la plage. Elle le regarda se diriger vers un gros avion militaire qui attendait sur la piste, prêt à décoller.

Le convoi s'arrêta à une quarantaine de mètres de l'avion, dont le bruit des réacteurs couvrait tout autre son. Des soldats descendirent des véhicules, paraissant obéir à une personne en civil, qui les dirigeait vers l'appareil.

Neeta se pencha en avant, et vit un autre homme, également en civil, sorti d'un des véhicules et traîné vers l'avion. Elle se leva d'un bond. L'homme était manifestement inconscient, mais ce n'était pas ce qui avait fait se redresser brusquement Neeta, ni ce qui l'avait poussé à courir en direction du convoi.

L'homme, noir, lui avait instantanément fait penser à son ancien patron. Tandis qu'elle se rapprochait des soldats en courant, ces derniers tirèrent également d'un des véhicules couverts une femme aux cheveux roux qui se débattait violemment tandis qu'ils la traînaient à son tour vers l'avion.

Neeta n'était plus qu'à quelques dizaines de mètres maintenant. Tandis que les soldats portaient l'homme en haut de l'escalier mobile d'embarquement, Neeta s'entendit crier par-dessus le sifflement des réacteurs de l'avion qui dégageait une odeur proche de l'ozone : *Dave !*

Elle arrivait à proximité d'un des véhicules militaires quand un soldat lui agrippa le bras et cria :

— M'dame, vous n'avez pas le droit d'être ici. Veuillez retourner à…

— Vous ne comprenez pas…, s'écria-t-elle en cherchant à forcer le passage pour rejoindre son ami

— Dave !

— Neeta Patel, fit une voix nasillarde familière. Mais que diable fais-tu ici ?

Neeta regarda sur sa gauche, et reconnut Greg Hildebrand, qui affichait un air mi-étonné, mi-moqueur.

— Greg, tu as trouvé Dave ! Est-ce qu'il va bien ?

Hildebrand éluda la question d'un geste et se tourna vers le soldat.

— Gutierrez, veillez à ce que cette fille qui accompagne Holmes, cette cinglée aux cheveux roux, soit séparée de lui. J'arrive tout de suite.

— Greg, laisse-moi venir avec vous ! implora Neeta. On m'a demandé à moi aussi de le retrouver. Je veux juste lui parler, voir s'il va bien.

Hildebrand fronça les sourcils.

— Tant qu'il n'y a pas de confusion sur *qui* a réussi à le retrouver, je ne vois pas d'inconvénient à t'emmener. Je sais que tu es fan de ce type ; j'espère seulement que tout ça sert à quelque chose. Je ne vois pas comment on pourrait se sortir de cette situation, même en consultant l'illustre David Holmes, mais bon.

Il regarda Neeta, puis la zone d'attente d'où elle avait l'air d'avoir couru.

— Si tu as besoin de récupérer quelque chose, c'est maintenant. On décolle dans deux minutes ; alors, dépêche-toi.

Le dernier soldat du convoi grimpa les marches de l'escalier d'embarquement de l'avion-cargo, tandis qu'un employé de la base de lancement responsable de l'embarquement désigna sa montre d'un geste pour indiquer qu'il était sur le point d'éloigner l'escalier mobile. Neeta leva un doigt vers l'homme en mettant le pied sur la première marche de l'escalier en métal. Elle cria dans son téléphone, en espérant être entendue par-dessus le bruit des réacteurs :

— Burt ! Hildebrand a réussi à trouver Dave ! Nous sommes à Cap Canaveral, et je rentre à Washington avec lui. Tu m'entends ?

Elle couvrit ses oreilles. La connexion était mauvaise ; elle entendait à peine la voix de Burt.

— *Neeta, j'ai été alerté à ce sujet par la Maison-Blanche. Je vous rejoins là-bas. J'arriverai à Andrews dans deux heures.*

— Comment est-ce possible ? Tu n'es pas à L.A. ? Il y a plus de trois mille kilomètres ?

L'homme en charge de l'escalier fixa Neeta en fronçant les sourcils. Il lui fit signe de continuer de monter et d'embarquer, ou bien de redescendre.

Lentement, elle grimpa les marches, grimaçant en essayant d'entendre ce que disait Burt malgré les bruits parasites.

— *Quand la présidente décide que tu seras là à temps, il y a des chances pour que tu le sois. Je suis en train d'enfiler une combinaison de vol...*

Les grésillements s'intensifièrent tandis que les compresseurs des turboréacteurs électriques sifflaient plus fort. L'homme au pied de l'escalier cria quelque chose qu'elle n'entendit pas. Les paroles de Burt lui parvinrent par bribes :

— *... un avion de chasse... supercroiseur... ravitaillement en vol.*

— Ravitaillement en vol ?! Tu veux dire qu'ils utilisent du carburant de type kérosène ?

Le sifflement des réacteurs baissa d'intensité un instant ; la connexion fut meilleure aussitôt.

— *Neeta, tout ça était courant il y a cinquante ans. Aucun des appareils à propulsion électrique actuels ne peut couvrir cette distance à pleine vitesse. Bref, je serai à Washington comme prévu. Je...*

Une brusque surtension statique mit fin à la communication. Neeta termina de grimper rapidement les dernières marches, en priant : « *Seigneur, j'espère que Dave aura des réponses à nous donner.* »

Neeta s'agrippa aux accoudoirs de son siège comme l'avion accélérait brutalement sur la piste. La cabine pressurisée lui procura une sensation d'inconfort, et la brusque prise d'altitude la fit frissonner. La panique s'empara de son esprit ; elle luttait pour la maîtriser. Jusqu'à la semaine précédente, elle ne se souvenait pas avoir eu peur en avion, mais, sans qu'elle en comprenne la raison, tout avait changé. Elle souffrait à présent du mal de l'air, sous une forme aiguë.

L'intérieur de l'avion-cargo était dégagé au maximum, tout à fait comme elle s'était représenté un avion de transport militaire. Elle était assise dans le fond de l'appareil avec Dave, sur une rangée de sièges qui paraissait avoir été boulonnée au sol à la dernière minute. Cinq mètres devant eux, sur les côtés de la cabine, une dizaine de soldats étaient assis sur des strapontins qui rappelèrent à Neeta ceux qu'utilisaient les hôtesses de l'air dans les avions civils. Il y avait également un compartiment fermé derrière lequel se trouvaient certainement le cockpit et les pilotes. Elle ne voyait pas Hildebrand. Elle se dit qu'il ne voulait probablement pas se retrouver au milieu de simples soldats. *« Greg, tu étais déjà un crétin à l'université »*, songea-t-elle en secouant la tête, avant de s'agripper de plus belle à son siège comme l'avion opérait un brusque changement de direction.

Un rayon de soleil pénétra par un des hublots et anima l'intérieur de l'appareil, tandis que l'avion virait sur la gauche, s'inclinant selon un angle extrême pendant quelques secondes, avant de se remettre à l'horizontale et de prendre la direction du nord.

Pour oublier le stress qui lui nouait l'estomac, Neeta concentra son attention sur Dave, assis en face d'elle, bras et jambes sanglés à son siège. Le soldat qui l'avait accompagnée à sa place lui avait donné des instructions strictes, en particulier de ne pas toucher aux liens de Dave, en précisant que c'étaient « les ordres de M. Hildebrand ».

Neeta trouva cela plutôt étrange, compte tenu du fait que Dave était justement l'homme qui avait peut-être le sort du monde entre ses mains, mais l'inimitié qui existait entre Hildebrand et Dave n'était pas nouvelle. Pourquoi cela aurait-il changé avec les années ?

Dave était toujours inconscient. Neeta trouva inquiétante l'épaisse compresse de gaz imbibée de sang fixée sur le côté de sa tête. Il était différent de l'homme dont elle avait gardé le souvenir. Certes, il n'avait jamais été frêle, mais à sa connaissance, il n'était pas non plus du genre à faire de la musculation. Or, l'homme qu'elle avait devant elle en imposait physiquement. Les muscles de son cou étaient impressionnants, tout comme son torse et ses bras. Il avait davantage l'air d'un ouvrier agricole rompu au travail des champs, que d'un scientifique de premier rang, lauréat du prix Nobel.

Elle en était là de ses réflexions quand un immense sentiment de tristesse l'envahit. Elle se pencha en avant et, la gorge nouée, déglutit péniblement.

— Dave, je suis désolée que vous deviez subir ça, murmura-t-elle, presque pour elle-même. Ils ont fini par vous retrouver ; je jure que…

Elle s'interrompit en le voyant battre des paupières et émettre un grognement.

— Dave !

Elle sentit son cœur s'accélérer. Elle tendit le bras et lui tapota le genou. Il cligna des yeux, et regarda autour de lui d'un air hagard.

— Dave, c'est Neeta. Neeta Patel. Vous vous souvenez de moi ?

Il parut soudain comprendre ce qui se passait. Il tendit le cou et chercha à voir derrière lui.

Il s'écria :

— Bella ! Bella, où es-tu ?

Neeta se pencha davantage et lui demanda :

— Bella, c'est cette femme rousse qui était avec vous…

Dave reporta son regard sur elle et lui demanda d'un ton plein de colère :

— Où est-elle ? Elle a besoin de moi.

Neeta se renfonça au fond de son siège, l'air peiné en regardant Dave prendre la mesure de ses liens et tenter de tirer dessus. Les veines de son cou et de ses avant-bras se renflèrent. Il n'arrêtait pas de crier le nom de Bella en même temps.

Neeta déboucla sa ceinture et se leva, juste devant lui.

— Je vais voir si je peux faire quelque chose, murmura-t-elle. Je reviens tout de suite.

— Greg, pourquoi ne laisses-tu pas Dave voir cette personne, Bella ? demanda Neeta à Hildebrand, qu'elle avait rejoint devant la porte du compartiment avant.

Quelqu'un avait dû avertir Hildebrand que Dave avait repris conscience, parce qu'il avait littéralement déboulé du compartiment avant, claquant la porte derrière lui.

Dave continuait de crier le nom de Bella. Hildebrand ricana d'un air sarcastique.

— Et c'est de ce type dont on dépend ? Quelle blague ?

Neeta le fixa d'un air furieux en se mettant juste devant lui, l'empêchant de voir Dave.

— Greg, je te parle ! Explique-moi ce qui se passe. Pourquoi Dave est-il en train de paniquer à cause de cette fille ?

Elle pointa la porte du doigt.

— Elle est là-dedans ?

Hildebrand acquiesça d'un hochement de tête.

— Oui, mais elle a clairement un problème. Je crois que c'est avec elle qu'il s'est échappé de l'hôpital psychiatrique.

Il tourna les talons et fit signe à Neeta de le suivre.

— Jette un coup d'œil par toi-même.

Il ouvrit la porte et fit signe au soldat qui montait la garde du compartiment avant.

Neeta entra. Le soldat ferma aussitôt la porte derrière elle. L'avion était bien plus grand qu'elle ne l'imaginait. Il y avait de nombreux autres strapontins alignés le long des parois ; mais son attention fut attirée par la femme qui se tenait à genoux au milieu du compartiment, se balançant d'avant en arrière. Ses cheveux ébouriffés formaient comme un nuage rougeâtre autour de sa tête.

Neeta s'approcha d'elle, lentement. Hildebrand l'avertit :

— Elle est cinglée. Ne t'approche pas trop. Elle balance facilement des coups de pied et des coups de poing.

Neeta hésita un instant ; puis, elle mit ses mains en porte-voix autour de sa bouche et cria :

— Bella ? C'est votre nom ?

L'espace d'un instant, le balancement cessa. La femme regarda Neeta, baragouina une sorte de long charabia, puis reprit son rapide mouvement de balancier.

Neeta cligna des yeux, mais, passé l'instant de surprise, elle se rendit compte que ce que la femme venait de crier n'était pas du charabia, mais une série de nombres.

— Mais qu'est-ce que… ? murmura-t-elle pour elle-même.

— Je te l'ai dit : elle est cinglée.

Neeta détacha son regard de la femme et se tourna vers Hildebrand.

— Si je comprends bien, Dave était avec elle quand tu l'as trouvé. Alors, pourquoi ne pas la laisser rester près de lui si ça peut les calmer tous les deux ?

Hildebrand secoua farouchement la tête.

— Ça, jamais de la vie ! J'ai pour mission de ramener Holmes. (Il désigna Bella du pouce.) Miss Foldingue ne fait pas partie de l'équation.

Neeta prit une grande inspiration, puisant dans ses maigres réserves de patience pour ne pas se mettre en colère.

— Greg, je sais que tu essaies de bien faire, mais réfléchis une minute, tu veux bien ? Dave est attaché à son siège, ficelé comme une dinde de Noël. Il n'ira nulle part. Quel mal y aurait-t-il à faire en sorte que deux soldats accompagnent cette fille de manière à ce que Dave la voie ? Je ne l'ai jamais vu aussi furieux. Il perd les pédales.

— Raison de plus pour que je ne fasse rien.

Le soldat déverrouilla la porte du compartiment. Neeta comprit le signal : il était temps pour elle de ressortir. De toute façon, elle n'arriverait à rien avec Greg Hildebrand.

Assise en face de Dave, Neeta tapota l'oreillette de son téléphone portable et murmura :

— Téléphone… signal.

— *Il n'y a aucun réseau disponible actuellement,* répondit la voix préenregistrée de son portable.

Elle savait que la probabilité d'avoir un signal était presque nulle à leur altitude de croisière, mais elle se devait d'essayer.

— Téléphone, appel, Burt Radcliffe.

— *Il n'y a aucun réseau disponible actuellement. Voulez-vous conti-nuer d'essayer ? Si oui, à quelle fréquence ?*

— Oui… fréquence… une minute.

— *Confirmé.*

Neeta fixa Dave, visage figé dans une grimace de colère. Ses yeux étaient fermés, mais elle savait qu'il était éveillé. Elle avait réussi à lui soutirer quelques grognements affirmatifs confirmant que la jeune femme rousse était bien la Bella qu'il appelait désespérément, mais en dehors de cela, il refusait de répondre à la moindre question. Elle se souvenait de l'avoir déjà vu frustré, mais jamais en colère – elle n'aurait jamais imaginé qu'il était capable d'exprimer cela avec une telle force. Elle avait eu tort.

— Dave, j'ai cherché à vous aider, mais Hildebrand n'a rien voulu entendre. Je vous promets d'essayer de tordre tous les bras possibles pour avoir l'attention de quelqu'un qui pourra vous aider.

Dave ouvrit les yeux, battit des paupières, et la fixa. Le coin de ses lèvres se releva légèrement, dessinant ce qui ressemblait à un petit sourire.

— Vous avez toujours été une brute, Neeta. Ravi que vous n'ayez pas changé.

CHAPITRE TREIZE

Burt regarda l'homme qui l'avait piloté à travers le continent se dresser d'un bond sur son siège, et descendre l'échelle du cockpit jusqu'au tarmac tel un singe-araignée. Burt, au contraire, sentit le poids de la cinquantaine ralentir chacun de ses mouvements tandis qu'il détachait les fixations de sa combinaison anti-g, s'extrayait maladroitement du cockpit et s'évertuait à descendre l'échelle en évitant autant que possible de se tuer en tombant.

Il parvint finalement à faire ses premiers pas sur la piste. Le pilote s'approcha de lui, posa une main sur son épaule et sourit.

— Pas trop courbaturé ?

Visière relevée, Burt regarda le jeune pilote, qui lui avait déjà ôté son casque.

— Courbaturé ? Vous rigolez ? J'ai l'impression d'être passé sous un rouleau compresseur. Je dois être contusionné des hanches au bout des orteils. J'espère ne plus jamais avoir à enfiler un de ces glorieux engins de torture.

— Vous allez très vite récupérer, ne vous inquiétez pas. Cette sensation d'oppression que vous avez ressentie n'avait qu'un but : faire affluer assez de sang vers votre tête pour que vous ne perdiez pas connaissance. Mais j'ai fait en sorte que vous n'encaissiez pas trop de G ; ç'aurait pu être bien pire.

Burt secoua la tête en fonçant les sourcils, tandis qu'il s'efforçait d'ôter la mentonnière de son casque.

Le jeune pilote se tourna vers le bâtiment en béton au bout de la piste.

— Docteur Radcliffe, je crois que votre comité d'accueil est arrivé, annonça-t-il.

Burt regarda vers l'est et aperçut un SUV noir qui roulait à grande vitesse dans leur direction. Un gyrophare bleu sur le tableau de bord paraissait signaler un véhicule de police, ou peut-être du *Secret Service*.

En quelques secondes, le SUV arriva à leur hauteur et s'arrêta brutalement. Un homme en costume et cravate noirs – la tenue habituelle des agents du *Secret Service* – en descendit prestement du côté passager. Il s'adressa aussitôt à Burt :

— Docteur Radcliffe, la présidente m'a demandé de vous conduire directement à la Maison-Blanche.

Burt lança son casque au pilote, qui l'attrapa adroitement.

— Major Sanchez, je ne crois pas que j'aurai besoin de ça à nouveau. Merci de m'avoir conduit ici en un seul morceau.

— Quand vous voudrez, monsieur, fit le pilote en le saluant avec bonhomie.

L'agent du *Secret Service* escorta Burt jusqu'au SUV et lui ouvrit la portière. Burt grimpa dans le véhicule. Une odeur de cuir neuf flottait dans l'habitacle. L'agent ferma la portière et remonta à l'avant. Burt se pencha et demanda au chauffeur :

— Combien de temps avant d'arriver ?

— Monsieur, à cette heure de la journée, en temps normal, il nous faudrait une heure et demie, mais bouclez votre ceinture. Nous avons un « routage prioritaire » sur le système AVR. J'espère donc que nous pourrons être sur place en une trentaine de minutes.

Burt appuya sur le bouton de ceinture de sécurité, et la sangle passa d'elle-même en travers de sa poitrine jusqu'à ce qu'il entende le « clic » familier. Le SUV bondit en avant, et, quelques secondes plus tard, se faufila dans la circulation à une vitesse folle. Burt sentit son cœur battre plus fort et émit un petit grognement mi-fataliste, mi-désapprobateur.

Ils n'étaient plus qu'à cinq minutes de la Maison-Blanche. Le signal de priorité d'urgence assurait au SUV de pouvoir franchir tous les feux rouges sans marquer l'arrêt, tandis que les véhicules s'écartaient devant eux. Ils franchissaient une intersection à pleine vitesse quand le téléphone portable de Burt vibra dans la poche de la combinaison de vol qu'il portait toujours. Il se saisit de l'appareil, et prit l'appel, mais tout ce qu'il entendit, ce fut des bruits parasites.

Il jeta un coup d'œil à l'écran et reconnut le numéro de Neeta.

— Neeta, tu m'entends ? Tu es toujours en vol ?

Une série de grésillements se fit entendre ; et soudain, il y eut un silence.

— Neeta ? Neeta, tu es toujours là ?

— *Burt, tu m'entends ?*

— Pas en continu, mais je t'entends, oui.

— Je suis encore dans l'avion, mais je crois qu'on amorce la descente. Dave est ici ; il a besoin d'aide. Il s'inquiète du bien-être d'une femme qui l'accompagne, et dont Hildebrand l'a séparé. Je n'ai aucune idée de pourquoi il fait ça, à part pour être fidèle à sa réputation d'abruti. Dave était inconscient quand ils l'ont mis dans l'avion ; il a une plaie à la tête. Il est furieux de la manière dont on le traite. Je lui ai dit que j'essaierais de contacter quelqu'un qui pourrait l'aider.

— Neeta, je vais bientôt rencontrer la présidente. Je te jure que je vais lui parler de…

Un grésillement assourdissant se fit brusquement entendre, et la communication fut coupée.

Burt se pencha, regarda au loin à travers le pare-brise, et vit la Maison-Blanche se profiler devant eux, tandis qu'une file se dégageait devant le SUV.

Le lieutenant Jon Stryker promena un regard scrutateur sur le parking du Centre commercial de South Hill, où les chalands ralentissaient le pas en regardant le spectacle inhabituel qui se déroulaient devant leurs yeux.

Après tout, ce n'était pas tous les jours que quarante membres de la 66ᵉ compagnie du corps de police militaire se trouvaient rassemblés dans un espace public, vêtus de leur uniforme de combat et armés jusqu'aux dents.

Environné par le bruit de la circulation de South Meridian, l'artère principale de la petite ville, Stryker prit une grande inspiration et s'adressa aux quatre escadrons alignés devant lui.

— Le commandant nous a chargés de venir grossir les rangs de la police locale. Vous avez tous eu droit à un briefing, alors n'oublions pas pourquoi nous sommes ici. Hier, le gouverneur de l'État de Washington a mis publiquement la population en garde contre le danger que représentent les dernières manifestations violentes. Il ne veut pas que ce qui est arrivé dans les autres États arrive ici.

« Nous sommes présents ici, à Puyallup et dans les villes environnantes, parce que les forces de police locale ont fait état de manifestations inhabituelles dans le comté. Nous sommes ici pour leur prêter main forte et maintenir la paix, pour empêcher que la situation ne devienne incontrôlable. C'est tout. Tout le monde a-t-il bien compris quelle est notre mission ?

— Hou-ah ! s'écrièrent à l'unisson les quarante soldats.

Stryker se tourna alors vers les trois sergents qui se tenaient au garde-à-vous devant leurs brigades respectives.

— Lopez, Carlson et Johnson : concentrez vos brigades sur les secteurs de South Hill et Graham. Voyez entre vous comment maximiser votre présence sur le terrain.

Il pointa un doigt dans leur direction pour souligner son propos :

— Soyez intelligents. Pas moins de deux hommes par patrouille. Concentrez-vous sur les secteurs à forte circulation, comme ce centre commercial et les grandes places le long de Meridian. D'accord ?

— Oui, monsieur, fut la réponse immédiate des trois hommes. Stryker se tourna ensuite vers le sergent qui commandait la brigade spécialisée dans l'investigation criminelle.

— Cohen, j'ai besoin que votre équipe travaille avec les enquêteurs du bureau du shérif du comté de Pierce. Ils ont plusieurs pistes concernant l'identité de ces personnes ; ils auront besoin d'aide pour suivre leurs traces. S'il y en a parmi nous qui essaient d'organiser des attentats terroristes, ce sera à vous de vous en charger. On m'a signalé de l'activité ce matin en limite de notre secteur. Je me rends à présent auprès du chef de la police d'Orting pour voir ce qui se passe. Que tout le monde surveille ses arrières ; gardez les yeux ouverts, et vos radios allumées. Des questions ?

Un « Non, monsieur » simultané résonna sur le parking du centre commercial.

— Rompez ! cria Stryker.

Stryker regarda la cheffe Mia Sterud de la police d'Orting étudier les papiers qu'il lui avait remis. Ils étaient dans son bureau.

Le teint mat, les cheveux noirs, les yeux en amande et les pommettes hautes, tout en elle rappelait ses origines amérindiennes. Il était difficile de lui donner un âge ; trente, peut-être trente-cinq ans, évalua-t-il. Sans son air sévère, elle aurait été particulièrement séduisante.

Elle renifla bruyamment et lui rendit la copie des ordres écrits qu'il avait reçus.

— Lieutenant Stryker, pardonnez-moi, mais je ne vois pas ce que votre présence ici peut nous apporter. Ce n'est pas comme si vous connaissiez la région, ou ses habitants.

— Cheffe, j'ai pour mission de patrouiller dans la région de Puyallup, Graham, Orting et South Hill avec les hommes de la police militaire sous mon commandement. Nous ne sommes là que pour une chose : fournir de l'aide à vos officiers. Par ailleurs, j'ai reçu un rapport signalant un incident survenu dans cette ville il y a deux jours ; quelqu'un aurait incité les habitants à la révolte. Pouvez-vous me dire ce qui s'est passé ? Je dois remettre un rapport à ce sujet.

La cheffe Sterud se réadossa au fond de son fauteuil et pinça les lèvres.

Stryker ne put s'empêcher de remarquer que sous son épais gilet pare-balles et son uniforme, elle paraissait toute mince.

— Lieutenant, je ne sais pas qui vous a renseigné, mais ce qui s'est passé ne mérite sans doute pas autant d'intérêt. Il est vrai que quelqu'un a causé des troubles près du lycée.

— Quel genre de troubles ?

— Ce n'était qu'un vieux vagabond qui s'est mis à haranguer la foule en tenant un discours religieux. Il faisait toutes sortes de sombres prédictions tirées de l'Apocalypse, mais il était inoffensif. Il a juste effrayé quelques personnes, qui nous ont appelés pour voir si nous pourrions le calmer.

Stryker ressentit un petit frisson en entendant parler de prêche à caractère religieux. Cette dimension mystique, apocalyptique, était un trait commun de presque toutes les manifestations délibérément cachées aux médias.

— Et alors ?

— Et alors quoi ?

— Vous l'avez calmé ? Qu'avez-vous fait de ce vagabond ?

— Rien, dit-elle en secouant la tête. Il n'était déjà plus là quand un de mes hommes est arrivé sur place. Et avant que vous ne me posiez la question, non, je n'ai pas particulièrement cherché à le suivre, ou je ne sais quoi. Tout ce qu'il avait fait, c'était brièvement perturber la tranquillité des lieux, rien de plus.

Sterud s'interrompit un instant, fixant Stryker.

— Lieutenant, nous sommes une petite ville d'environ 8500 habitants. Je ne dispose que d'une poignée d'officiers qui se relaient ; autrement dit, je n'ai jamais plus de deux ou trois personnes en service au même moment. Croyez-le ou non, poursuivre un vétéran dans les bois où il se terre depuis plusieurs décennies probablement, se trouve tout en bas dans ma liste de priorités.

— Écoutez, je comprends parfaitement. Pouvez-vous me montrer où vous pensez que ce type se trouve ? J'aimerais le retrouver pour en savoir un peu plus.

La cheffe Sterud se leva de son bureau et s'approcha du mur sur lequel se trouvait un grand poster représentant une vue aérienne de la région d'Orting. Elle plaça un doigt sur l'image d'un bâtiment.

— Vous voyez ici ? C'est le lycée. Et là, à quelques centaines de mètres au nord-est, c'est la rivière Puyallup. Derrière se trouve une forêt dense. Il vit dans les parages, isolé. Personne ne faisait réellement attention à lui, jusqu'à cet incident. Jusque-là, il n'avait jamais posé de problème.

— Si vous pouviez m'indiquer l'endroit le plus précisément possible, je le trouverais. J'ai juste quelques questions à lui poser. Rien d'autre.

Sterud pencha la tête sur le côté et le fixa en fronçant les sourcils.

— Vous êtes sérieux, n'est-ce pas ?

— Bien sûr que oui.

— Mais qu'est-ce que… oh, non, ça ne fait rien.

Elle jeta un coup d'œil par-dessus son épaule, attrapa un coupe-vent portant dans le dos l'inscription *Orting PD*, et dit :

— Allons-y.

— Je croyais que…

— Vous ne le trouverez jamais tout seul. Et si c'est tellement important que l'Armée a jugé bon de vous envoyer dans ma ville, je ne me vois pas vous refuser mon aide.

Elle récupéra un trousseau de clés dans un tiroir de son bureau et pointa du doigt la porte ouverte.

— Allons-y.

Une forte odeur de pin imprégnait l'air tandis que Stryker penchait la tête pour passer sous une branche et s'enfonçait dans la forêt de conifères. Mia Sterud le précédait le long d'un sentier escarpé qui montait à travers les arbres. Stryker jeta un coup d'œil à son appareil de cartographie numérique, et vit qu'ils se trouvaient près de quatre-vingts mètres au-dessus de la rivière qu'ils avaient traversée.

Le souffle court, il s'efforçait de suivre l'agile cheffe de la police, qui paraissait grimper sans effort, et savait surtout contourner habilement les obstacles qui se dressaient devant eux.

— Vous avez dit que ce gars était un vétéran. Que savez-vous de lui, au juste ?

Sterud leva les yeux vers l'endroit où le soleil traversait la canopée, et corrigea l'angle de son ascension.

— J'ignore son vrai nom, mais tout le monde en ville connaît le Vieux Rick. D'après la rumeur, il a combattu en Irak au début des années 2000. Ce qui est sûr, c'est que je ne l'ai jamais connu autrement que vivant dans la marginalité.

— Depuis combien de temps êtes-vous dans la région ?

— Depuis toujours. Ma famille est implantée par ici depuis plus longtemps que je ne saurais dire.

— Vous faites partie de la tribu Pew-all-up ?

La cheffe se tourna vers lui et sourit.

— Je suis impressionnée. Hormis les natifs du coin, la plupart des gens massacrent la prononciation du nom « Puyallup ».

— Je me suis entraîné, reconnut Stryker. Alors, y a-t-il autre chose à savoir à propos de Rick ? Il doit avoir pas loin de quatre-vingts ans s'il a servi en Irak.

Sterud enjamba un tronc couché.

— On l'aperçoit en ville toutes les deux semaines environ. Il fait un saut à la banque, achète quelques provisions, et il repart comme il est venu.

— J'imagine qu'il perçoit une pension, d'invalidité ou autre. C'est sans doute grâce à ça qu'il peut faire quelques achats.

La cheffe pointa du doigt la pente escarpée qui se dressait devant eux, et dit :

— Sa cabane, si on peut l'appeler comme ça, se trouve un peu plus haut sur cette colline.

Stryker s'arrêta à côté de Sterud et fixa l'endroit ombragé qu'elle venait d'indiquer, mais tout ce qu'il voyait, c'était une sorte de saillie broussailleuse.

— Je ne suis pas sûr de voir quoi que ce soit d'ici, dit-il.

— Non, ce n'est pas facile. Je sais que la cabane est là uniquement parce que mon frère et moi avons chassé le chevreuil par ici ; nous sommes tombés dessus par hasard, un jour, il y a longtemps de cela. Le vieux a dû nous entendre arriver à l'époque ; il nous a poursuivis en gueulant comme un putois dès qu'on s'est approchés.

Sans prévenir, Sterud mit ses mains en porte-voix autour de sa bouche et cria :

— Rick, vous êtes là-haut ?

La voix de la cheffe se répercuta en écho à travers les arbres. Stryker grimaça. Il aurait préféré qu'elle ne fasse pas cela. Ils auraient eu une chance d'approcher le bonhomme sans prévenir.

— Il est vieux. Peut-être qu'il n'entend plus aussi bien, conjectura Sterud en se remettant à grimper.

Stryker la suivit de près. Il finit par apercevoir la cabane au milieu des arbres, comme noyée dans la végétation mouvante. Les murs étaient recouverts d'oxalide, et se dressaient telles des extensions naturelles du sol forestier.

Une brise légère soufflait. Un rayon de soleil traversa la canopée et illumina l'entrée de la cabane.

La cheffe Sterud fit un pas de plus vers la porte.

Stryker se lança sur elle.

Il la saisit par la taille et, tel un rugbyman faisant un placage, la souleva de terre.

Ils tombèrent à la renverse et dégringolèrent dans la pente, tandis que la bombe explosait.

Stryker sentit le souffle de l'explosion dans son dos ; il en eut la respiration coupée, tandis qu'il protégeait Mia Sterud avec son corps en rentrant la tête.

Il sentit un éclat s'enfoncer dans son épaule ; il grimaça. Une lourde planche de bois s'écrasa à quelques centimètres de son visage. Le cœur battant, il agrippa la cheffe Sterud par le bras et, malgré la douleur, la hissa sur son épaule et s'éloigna le plus vite possible de la cabane.

Il la déposa derrière un arbre et s'agenouilla près d'elle, tandis que des débris continuaient de pleuvoir tout autour d'eux.

— Comment avez-vous su ? lui demanda-telle en se redressant contre le tronc.

— J'ai vu une lumière briller à côté du fil-piège juste au moment où vous alliez mettre le pied dessus.

Stryker examina son épaule droite.

— Vous saignez !

Il hocha la tête.

— C'est superficiel. Je ne sais pas ce qui m'a touché, mais j'y ai laissé un lambeau de chair, on dirait.

— Oui, vous êtes bien amoché.

Elle se pencha vers lui, attrapa son gilet pare-balles et en retira quelque chose.

Une bille d'acier.

Stryker secoua la tête.

— J'aurais dû voir le danger plus tôt.

Sterud fixa la bille d'acier dans le creux de sa main.

— Vous m'avez sauvé la vie ! souffla-t-elle.

Elle tourna la tête et regarda la cabane, les yeux écarquillés.

— Mais pourquoi diable a-t-il…

— Il n'a pas envie d'avoir des visiteurs apparemment.

Stryker appuya sur une touche de sa radio, mais rien ne se passa.

— Merde, l'émetteur est foutu.

— J'ai les oreilles qui bourdonnent.

— Ouais, moi aussi, j'ai un orchestre de sonneurs de cloche qui joue à l'intérieur de mon crâne.

Il remarqua que la cheffe se frictionnait le cou.

— Hé, cheffe, ça va ?

— Oui, fit-elle avec un petit rire nerveux.

Elle brossa les feuilles de ses cheveux mi-longs, et se remit debout.

— Merci encore. Nom de Dieu…

Elle fixa la cabane à moitié démolie et frissonna.

Stryker était encore tendu, tous ses sens en alerte. L'odeur de brûlé le ramena momentanément en un autre lieu, un autre temps.

Il avait vu de quoi sont capables les engins explosifs improvisés.

— On a eu de la chance, dit-il simplement.

Mia Sterud pointa du doigt les restes de la cabane.

— Il y a des débris fumants là-bas. On ferait bien de neutraliser ça.

Stryker la regarda et lui fit signe de rester en retrait.

— Laissez-moi vérifier le périmètre d'abord.

— Mais s'il y a un autre…

— Je vais faire très attention. Ne craignez rien.

Tandis qu'il s'approchait des restes fumants, il entendit la cheffe parler dans sa radio :

— Meredith ? Contactez le Département de police du comté de Pierce. J'ai besoin de leur équipe de déminage. C'est urgent. On a un problème ici.

Le Département de police du comté de Pierce finit par appeler l'équipe de neutralisation des explosifs de l'armée, qui entreprit activement de sécuriser la zone et de recueillir des preuves.

Tandis que les techniciens sécurisaient les abords de la cabane, Stryker se penchait sur le cadavre du vieil homme qui gisait à l'intérieur. L'homme portait un T-shirt sans manche crasseux, un pantalon de treillis et des chaussures de randonnée.

L'odeur aigre de la mort flottait dans l'air, tandis que Stryker scrutait les restes épars de ce qui avait été les « quartiers » où logeait le vieil homme.

— Il est mort dans l'explosion ? demanda Mia Sterud, qui se tenait dans l'entrée de la cabane partiellement détruite.

Les mains gantées de latex, Stryker écarta la barbe grise broussailleuse du « vieux Rick » et chercha à lui prendre le pouls. Il remarqua un curieux tatouage dans son cou ; un sablier, semblait-il.

— Non, aucune chance. Il est froid. Il est mort depuis au moins trente-six heures, si ce n'est plus.

— Comment pouvez-vous être aussi précis ? lui demanda Sterud en s'approchant et en s'asseyant sur ses talons.

Stryker serra la cuisse de l'homme et hocha la tête.

— Ses muscles sont flaccides. Sur un cadavre, les muscles commencent à se raidir au bout de quelques heures ; et puis le corps perd sa rigidité, trente-six à quarante-huit heures après la mort. Puisque son corps est froid, c'est qu'il est mort depuis plusieurs heures ; et étant donné que ses muscles sont redevenus inertes, ça signifie que la mort a eu lieu il y a trente-six heures au moins.

Ni le visage ni les vêtements ne paraissaient porter de marques particulières. Stryker souleva le bras droit du vieil homme. Des ecchymoses bleuâtres apparaissaient en-dessous.

— Regardez ces bleus sous le bras, tout le long ; ils correspondent à la surface de peau en contact avec le sol. J'en déduis que le corps n'a pas été bougé depuis qu'il est mort.

Il se pencha en avant, souleva les paupières et remarqua des points rouges sur le blanc des yeux.

— Intéressant.

— Qu'y a-t-il de si intéressant ? voulut savoir Sterud.

Scrutant les sombres recoins du fond de la cabane, Stryker remarqua un sac en plastique qui traînait au sol. Il ôta ses gants en latex, sortit son téléphone portable de sa poche et passa aussitôt un appel.

Le téléphone sur haut-parleur, la sonnerie résonna dans la cabane. Quelqu'un décrocha rapidement.

— *Quoi de neuf, Stryker ?*

— Monsieur, j'ai besoin d'une équipe du médico-légal ici. J'ai un mort qui présente des signes d'hémorragie de type pétéchiale. Je vois un sac en plastique à proximité, et tout ça ne me paraît pas normal.

— Merde. Bien reçu... J'ai vos coordonnées GPS. Je vous envoie tout de suite des techniciens avec un kit médico-légal complet. Oh, et Stryker, des échos me parviennent de la hiérarchie. Je ne sais pas ce qui se passe là-haut, mais ça s'agite comme dans un nid de frelons qu'on vient de déranger. Tout ce que nous trouvons doit être expédié à l'USACIL, sans exception. Gardez les yeux bien ouverts, et tenez-moi au courant.

— Comptez sur moi, capitaine.

Stryker mit fin à l'appel et regarda Mia Sterud, qui le fixait de ses grands yeux marron foncé.

— Quoi ? fit-il.

— Je n'ai pas compris la moitié de ce que je viens d'entendre, avoua-t-elle. Un sac en plastique ? L'USACIL ?

Ne voulant pas déranger davantage la scène de crime, Stryker lui fit signe de le suivre à l'extérieur de la cabane.

— Ce que j'ai expliqué n'a rien de si pointu. C'est très connu en science médico-légale. Notre bon vieux Rick a du sang dans les yeux ; plus précisément dans le blanc des yeux. Ce sont ces petites taches rouges que j'ai remarquées. Elles traduisent une forme de stress. La cause peut-être une forte toux, un vomissement, une asphyxie… une strangulation. Ce sac en plastique me paraît n'avoir rien à faire ici. Alors ça plus ça, forcément, je m'interroge…

— Vous croyez qu'il a été tué ?

Stryker haussa les épaules.

— Je l'ignore. C'est pour ça que j'ai demandé l'intervention d'une équipe du médico-légal. Ils vont probablement transporter le corps, et tous les indices qu'ils pourront recueillir, à l'USACIL, afin de tirer tout ça au clair.

— L'USACIL ?

— Oh, pardon… le Laboratoire d'investigation criminelle de l'Armée, une sorte de version militaire de Quantico. C'est là-bas que l'Armée envoie tout ce qu'elle a à faire analyser.

— Monsieur ?

Stryker jeta un regard par-dessus son épaule, et vit un des gars de l'EOD, l'équipe de neutralisation des explosifs, s'approcher, tenant un sachet en plastique contenant ce qui ressemblait à des fragments de bombe.

— Qu'y-a-il, sergent ?

— Nous avons trouvé un autre engin explosif de l'autre côté de la colline. Un dispositif artisanal à base de C4, déclenché par un détonateur. Nous l'avons neutralisé. D'après les fragments du premier explosif que nous avons retrouvés, il s'agit d'un engin jumeau.

— Avez-vous terminé de ratisser le périmètre ?

— Nous avons passé les lieux au GPR. Le radar n'a rien révélé ; pas de pièges enterrés. Nous avons également balayé la zone au laser sur une centaine de mètres pour être certain qu'il n'y avait pas d'autres dangers.

— Un GPR ? Un balayage au laser ? interrogea la cheffe.

— Oui, m'dame, répondit le sergent. Nous nous servons d'un radar pénétrant pour rechercher des explosifs de type mines. Nous n'avons rien trouvé, mais ce n'est pas une surprise, puisque toute cette zone n'est qu'un till glaciaire. Trop difficile de creuser dans ce type de roche. Quant aux dispositifs hors sol, nous avons utilisé des lasers verts qui permettent de détecter facilement n'importe quel fil de déclenchement notamment.

Stryker hocha la tête d'un air approbateur.

— Beau boulot. Veillez bien surtout à ce que tous les travaux d'analyse soient confiés à l'USACIL. Prévenez votre équipe.

— Oui, monsieur. Ce sera fait.

— Vous pouvez disposer, sergent.

Stryker se tourna vers la cabane et s'interrogea d'un air sombre :

— Comment diable ce vieux bonhomme a-t-il pu se procurer du C4 ?

Burt avait du mal à croire à quel point sa vie avait changé au cours des dernières semaines. D'ordinaire, ses journées étaient plutôt banales, divisées entre les quelques cours qu'il dispensait au Caltech, et son travail au JPL, le laboratoire de recherche sur la propulsion par réaction de la NASA, dans le cadre du programme de recherche d'objets géocroiseurs. Et voilà que le monde était promis à l'anéantissement, et qu'il se retrouvait, lui entre tous, assis sur un canapé dans le Bureau ovale, à deux mètres de la présidente des États-Unis.

Cette dernière se pencha en avant, le fixa du regard et demanda :

— Le Dr. Holmes a été blessé ? C'est ce que le Dr. Patel vous a dit ?

— Tout ce que je vous rapporte, je le tiens d'une conversation d'une trentaine de secondes avec elle alors qu'elle était encore en vol, mais elle a bien dit qu'il avait reçu un coup à la tête et qu'il avait été inconscient. Et elle a réclamé de l'aide, de toute urgence.

Burt détestait faire état d'une situation dont il n'avait pas pu prendre lui-même la mesure, mais dans ces circonstances, il n'avait guère le choix.

La présidente serra les dents, les muscles de sa mâchoire tressautant nerveusement.

— Hum, Madame la Présidente, pourriez-vous vous assurer que Neeta – je veux dire le Dr. Patel – accompagne le Dr. Holmes dès qu'ils seront ici ? Elle est la seule qui le connaisse bien, en dehors d'Hildebrand, mais franchement, je ne vois pas Hildebrand s'entendre avec lui.

— Ils ne devraient pas atterrir avant une demi-heure, marmonna la présidente.

Elle se tourna sur sa droite et regarda le vieil homme aux cheveux gris assis dans un des fauteuils

— Doug, contactez le pilote pour le transport du docteur Holmes, et faites en sorte que le problème avec Hildebrand soit réglé. Quand ils atterriront, veillez également à ce que l'on conduise le Dr. Patel en salle de crise, ainsi que le Dr. Holmes.

— Compris, Madame la Présidente, répondit Doug Fisher en se levant prestement et en filant vers la sortie.

Margaret Hager reporta son attention sur Burt.

— Docteur Radcliffe, j'ai demandé à vous rencontrer pour une raison bien précise. Mais avant d'y venir, j'ai besoin de m'assurer que vous comprenez bien ce qui se passe. Malheureusement, nous pensons que certains aspects d'Indigo ont fuité vers des individus peu recommandables. Je ne sais pas exactement ce qui a fuité, mais nos services de renseignement ont intercepté des messages radio ou vidéo d'un groupe religieux considéré comme une secte, et qui se fait appeler la Fraternité des Justes.

Elle tendit le cou et demanda d'une voix claire :

— Centrale d'archives, diffusez le fichier BR13.

— *Reconnaissance vocale confirmée*, fit une voix désincarnée dans un haut-parleur de plafond.

Aussitôt, une image holographique apparut au milieu de la pièce, montrant une dizaine de silhouettes vêtues de robes, qui ressemblaient étonnamment à des moines de l'époque médiévale.

L'une d'elle s'avança et ôta sa capuche.

Burt écarquilla les yeux, fasciné et choqué à la fois par l'image de cet homme aux traits séduisants, albinos aux cheveux blancs et au teint d'albâtre contrastant vivement avec son habit de moine en toile marron grossière. L'œil rosâtre et vif, l'homme avait tout du fanatique zélé. Il sourit, s'approcha de la caméra, et commença son discours avec un fort accent des pays de l'Est.

Gloire à vous, mes frères. Le temps est venu. Dieu, dans son infinie sagesse, a voulu que l'heure du Jugement se présente dans nos vies – oui, cette heure est venue, mes frères.

Le ton était inquiétant, mais il captivait ; il avait quelque chose d'impérieux. Burt n'avait pas de mal à imaginer comment certains pouvaient s'y abandonner.

Ceux que ma voix parvient à atteindre, ne laissez pas les mensonges des faux dirigeants ébranler ce que vous savez être la parole du Dieu véritable. Car ils essaieront.
Il est dit dans la Bible :
« Je ferai paraître des prodiges dans les cieux et sur la terre,
Du sang, du feu, et des colonnes de fumée.
Le soleil se changera en ténèbres, et la lune en sang, avant l'arrivée du jour de l'Eternel, de ce jour grand et terrible.
Alors quiconque invoquera le nom de l'Eternel sera sauvé. »
Même la présidente des États-Unis, cette païenne, a entrevu l'arrivée de notre Seigneur. Les prophéties bibliques vont se réaliser, et nous devrons combattre tous ceux qui s'opposent à la volonté de notre Seigneur.
Allez, mes frères ! Combattez la tyrannie des païens. Nous devons les arrêter, ou puisse Dieu avoir pitié de nos âmes.

Margaret Hager regarda Burt et soupira.

— Ce message est diffusé en boucle, un peu partout. D'après nos renseignements, que ce soit sur le plan ethnique ou culturel, ces fanatiques appartiennent à toutes les couches de la société. Il va être très difficile de les éradiquer. Nous avons bloqué et détruit des milliers d'émetteurs de par le monde, mais nous savons que ce message parvient tout de même à certains des adeptes de la Fraternité ici. Vous n'imaginez pas combien de bombes ont été désamorcées, ni combien d'attaques ont été déjouées. Ces cinglés croient réellement que tout se passera bien si nous laissons le ciel tomber sur la Terre. Pour eux, cela fait partie du plan de Dieu. Je ne sais pas pour vous, mais moi, je n'ai pas l'intention de céder au fatalisme si quelque chose peut encore être fait pour éviter la catastrophe.

Burt secoua la tête et grimaça en fixant l'endroit où l'hologramme était apparu.

— Ces types sont dingues. Avoir des croyances est une chose, mais se suicider en emmenant avec soi le reste de l'humanité… ?

— J'ai bien peur que cette Fraternité ne devienne un danger de plus en plus grand, souffla Hager.

Mal à l'aise, Burt demanda :

— Vous ne m'avez pas montré ça en espérant que j'aurais une solution à vous proposer, n'est-ce pas ?

La présidente eut un petit sourire. Elle secoua négativement la tête et répondit :

— Non. J'ai un département qui s'en occupe. Je voulais juste que vous soyez conscient de ce qui se passe en coulisses.

Elle pinça les lèvres et fixa Burt en silence pendant quelques secondes.

La gêne le disputa à l'appréhension dans l'esprit de Burt. C'était comme si elle se demandait si elle devait lui laisser un répit ou lui gâcher définitivement la journée.

— Docteur Radcliffe, reprit-elle finalement, j'ai lu votre dossier, et j'aimerais vous demander d'endosser une responsabilité qui risque de vous déplaire beaucoup. Mais je n'ai pas d'autre choix…

CHAPITRE QUATORZE

Bouche bée, Neeta regarda Hildebrand s'écrier :

— C'est sûrement une erreur !

L'escortant autant qu'ils le traînaient, deux soldats le firent passer dans le compartiment avant, tandis qu'un troisième s'approchait de Neeta.

— Docteur Patel, dit-il, je suis le sergent de section Williams. On m'a chargé de vous informer que M. Hildebrand est relevé de son commandement pour cette mission, et qu'il sera aux arrêts jusqu'à ce que nous atterrissions à Andrews, et que je le remette entre les mains des autorités compétentes. On m'a demandé également de vous informer que, jusqu'à ce que les roues de cet avion touchent la piste, c'est vous qui commandez.

D'un geste du pouce, il désigna derrière lui les autres soldats, assis le long des parois de l'appareil.

— En cas de besoin, les gars et moi vous aideront dans tout ce que vous demanderez, dans les limites du raisonnable.

Clignant des yeux, sous le choc, Neeta regarda Dave, qui paraissait tout aussi stupéfait.

Les paroles du sergent finissant par faire leur chemin dans son esprit, elle se redressa soudain, et, presque tremblante, elle pointa du doigt les liens de Dave.

— Sergent Williams, voulez-vous s'il vous plaît ôter les liens du docteur Holmes ?

Le sergent jeta un coup d'œil derrière lui. Son index et son majeur en V, il pointa ses propres yeux, puis Dave ; aussitôt, trois soldats se levèrent prestement, leurs sièges produisant un bruit métallique en se rabattant violemment contre la paroi. Le sergent Williams sortit d'une de ses poches un petit objet en métal en forme de clé.

Les soldats se rapprochèrent derrière Dave, mais Neeta leva la main et se pencha vers son ami.

— Dave, je ne sais pas ce que Greg a pu raconter à votre sujet, mais visiblement ces gars sont nerveux à l'idée que vous puissiez faire quelque chose de dingue, s'ils vous ôtent ces liens.

Elle posa une main sur son genou et lui demanda :

— Ça va aller, n'est-ce pas ?

Dave jeta un regard derrière lui et vit les soldats qui formaient une sorte de mur. Il se retourna et fit un clin d'œil à Neeta.

— Je suis toujours le rat de laboratoire que j'ai toujours été. Hildebrand est la seule personne qui a du souci à se faire à mon sujet.

Il serra les poings, faisant saillir de nouveau les veines de ses avant-bras.

Le sergent s'agenouilla pour défaire le premier lien qui enserrait les jambes de Dave, avant de marquer un temps d'arrêt. Il leva un regard oblique vers Dave et lui sourit d'un air méfiant :

— Monsieur, indépendamment de mes sentiments personnels sur la question, je ne peux pas vous autoriser à faire du mal à M. Hildebrand.

— Compris, sergent, obtempéra Dave. Je serai sage.

Le sergent termina de lui ôter ses liens. Dave renifla, regarda Neeta et lui demanda :

— Et Bella ?

Neeta se leva, lui prit doucement l'avant-bras, sourit et l'invita à la suivre.

— J'espérais justement que vous pourriez faire les présentations.

Neeta regarda Dave et Bella se tenir délicatement les mains, silencieux, comme s'ils communiquaient sans avoir besoin de parler. Elle n'avait jamais vu Dave sous ce jour. Elle n'était pas certaine d'avoir jamais vu quelqu'un faire preuve d'autant de prévenance et de tendresse envers une autre personne.

Elle sentit une étrange bouffée de chaleur se répandre dans sa poitrine, une impression totalement inédite, sur laquelle elle aurait été bien en peine de mettre des mots. Voir ces deux-là se manifester un tel attachement lui procurait une émotion indéfinissable, qui, sans qu'elle comprenne bien pourquoi, fit surgir brièvement dans son esprit l'image de Burt.

De toute évidence, l'éviction d'Hildebrand ne pouvait qu'être le fait de Burt, qui avait dû réussir à convaincre la présidente Hager.

— Merci, lui murmura-t-elle, bien qu'il ne fût pas là.

Dave se tourna vers elle et lui décocha un sourire éclatant de blancheur, qui contrastait avec sa peau noire. Puis il vint vers elle, suivi par Bella, qui lui tenait le bras.

— Neeta, j'aimerais vous présenter ma douce moitié.

Un tendre sourire illumina le visage de Bella. C'était une très jolie jeune femme, aux yeux verts hypnotiques, presque incandescents.

— Neeta, voici Bella. Bella, je te présente Neeta Patel. C'est une brillante chercheuse, qui a un vrai talent pour les mathématiques complexes.

Neeta lui tendit la main, mais Bella fit aussitôt un pas en arrière, une expression douloureuse déformant son visage.

Dave se tourna vers elle et la rassura :

— Tout va bien. C'est une bonne amie. Tu peux lui faire confiance.

L'air déterminé, Bella parut rassembler alors tout son courage et tendit lentement la main à Neeta, qui s'approcha avec précaution, se souvenant du balancement d'avant en arrière de Bella et de ses paroles incompréhensibles.

Timidement, elle lui toucha finalement la main, sans savoir quelle réaction la jeune femme allait avoir.

Bella écarquilla les yeux et lui sourit d'un air candide.

— Je trouve que vous êtes une belle personne, Neeta Patel.

Neeta cligna des yeux, se demandant où était passée la jeune femme hystérique qui lui avait crié des nombres en guise de réponses.

À cet instant, la voix du pilote résonna dans la cabine :

— *Veuillez regagner vos sièges, s'il vous plaît. Nous approchons de notre destination. Nous devrions nous poser dans moins de dix minutes.*

Dave se dirigea vers les sièges à l'arrière de l'appareil, entraînant Bella à sa suite. Neeta suivit, dans un état proche de l'hébétude. Toutes sortes de pensées se bousculaient dans son esprit, dont une interrogation lancinante : pourquoi l'image de Burt ne cessait-elle soudain de revenir la hanter ?

— Neeta, vous ne comprenez pas, dit Dave avec force. C'est impossible. À ce stade, la Terre est fichue. Notre seule chance est de regagner la Lune avec le graphène que j'ai réussi à stocker.

L'avion amorçait sa descente, tandis que la frustration de Neeta atteignait des sommets. Dave affichait cet air entêté qui lui disait clairement qu'il avait arrêté une décision, mais cette fois elle n'était pas prête à l'accepter.

— Nom de Dieu, Dave ! Comment pouvez-vous tenir un discours pareil ? Je peux vous garantir que la présidente est prête à signer n'importe quel chèque, à faire tout ce qui est en son pouvoir, pour sauver tout le monde. Tout ce dont elle a besoin, c'est de votre aide. Vous comprenez ?

Dave secoua la tête et soupira.

— Je comprends parfaitement. C'est *vous* qui ne comprenez pas…

— Alors expliquez-moi ! s'écria Neeta, ses narines dilatées par la colère. Il va falloir ôter vos œillères et vous mettre à penser à sauver la Terre, parce que je suis certaine que personne ne sera autorisé à retourner sur la Lune.

Dave se recala sur son siège et pinça les lèvres, le regard de Bella oscillant entre lui et Neeta.

Soudain, les paroles de Dave trouvèrent un écho dans son esprit : « *Notre seule chance est de regagner la Lune avec le graphène que j'ai réussi à stocker* ».

— Vous avez parlé de graphène. Pourquoi est-ce si important ?

— C'est la clé de tout, et ce n'est pas quelque chose que la présidente peut faire apparaître d'un claquement de doigts ! Il n'y a rien de plus compliqué à produire en grande quantité.

Neeta ne put s'empêcher de sourire, entrevoyant soudain une lueur d'espoir.

— Dave, je me souviens bien vous avoir entendu évoquer ce sujet du graphène et de sa production à l'époque où nous étions à la Fondation. Je savais que c'était un élément clé de votre travail, même si j'ignorais tout de ce travail. Et si je vous disais qu'avant de quitter la FIS, j'ai réussi à convaincre le nouveau directeur de continuer de fabriquer ce truc en grande quantité ? Je lui ai parlé il y a six mois, et il m'a demandé ce que j'allais bien pouvoir faire de milliers de kilomètres de ruban de graphène.

Bella donna un petit coup de coude à Dave et murmura :

— S'il y a une possibilité, tu dois essayer de les sauver.

L'expression de Dave passa de la frustration à la surprise. Il tourna un regard vers Bella, et ses traits se décrispèrent soudain. Puis, fixant Neeta de nouveau, il marmonna :

— Il y a peut-être une possibilité…

Le sergent au volant du Humvee appuya sur l'accélérateur, obligeant Stryker à agripper les poignées de maintien.

Lancé à pleine vitesse sur la route défoncée, le véhicule militaire occupait la tête d'un convoi de quatre autres Humvee transportant des soldats lourdement armés.

Stryker voyait à peine les lumières bleues clignotantes des rampes de signalisation des SUV de la police qui ouvraient la route, tant le nuage de poussière qu'ils soulevaient derrière eux était dense. Le convoi filait sud-est, parallèlement à la rivière Puyallup.

Le sommet enneigé du Mont Rainier se profilant à l'est, à une dizaine de kilomètres devant eux, Stryker ajusta le micro de son casque et dit :

— On y est presque, les gars. La route devrait disparaître d'ici un kilomètre environ ; ça va secouer un peu plus. Souvenez-vous, la cheffe Sterud est aux commandes ; nous sommes là uniquement pour que la situation ne devienne pas incontrôlable.

Il bascula sur la fréquence de la police et demanda :

— Cheffe, d'autres consignes avant que nous ne rencontrions ces gens ?

— *Que tout le monde garde son sang-froid, et tout se passera bien*, répondit Mia Sterud d'un ton plein d'assurance.

Après tout, le campement de la milice se trouvait sur l'ancienne réserve indienne de la tribu Puyallup, et la moitié de ces gens étaient probablement ses cousins lointains.

— Compris, mais n'oubliez pas que si nous débarquons là-bas comme nous le faisons, c'est pour une bonne raison…

— *Message bien reçu, lieutenant. Je tiens juste à vous rappeler que ces types sont bien mieux armés que la plupart des civils, et qu'ils sont plutôt du genre nerveux. Je ne veux pas que quelqu'un prenne une balle, ni que ça explose autour de moi. J'ai encore les oreilles qui bourdonnent après l'explosion de cette satanée cabane.*

— Croyez-moi, aucun d'entre nous ne veut ça non plus. Soyez prudente.

Il changea de canal, tandis que le véhicule de tête de la police ralentissait, et le convoi tout entier derrière lui.

— Bon, nous approchons des limites du campement de la milice. Les unités Alpha, Bravo et Charlie – vous sortirez avec moi. Delta, vous vous positionnez en surveillance. Sergent Cohen, dites à un de vos hommes de prendre le .50, juste au cas où. Bien reçu, tout le monde ?

Un concert d' «affirmatif » retentit dans les écouteurs de Stryker, tandis que le Humvee marquait l'arrêt.

Stryker descendit du véhicule, tenant son fusil d'assaut. Il courut au petit trot rejoindre la cheffe Sterud devant, au bout du chemin de terre.

Scrutant le périmètre, il vit deux hommes en tenue de camouflage sortir de la forêt. Ils portaient tous les deux à l'épaule des fusils automatiques de type AR, et en travers de la poitrine des ceintures contenant des dizaines de chargeurs.

— Mia, bon sang, mais qu'est-ce qui se passe ? demanda l'un des deux en désignant Stryker et les soldats déployés derrière lui.

Mia regarda Stryker et s'avança vers l'homme qui avait pris la parole.

— Lieutenant Stryker, laissez-moi vous présenter Billy Sterud.

— Sterud ? Un parent ?

Billy fit un pas en avant et tendit la main à Stryker.

— Frère aîné, répondit-il.

Stryker lui serra la main et hocha la tête en le voyant froncer les sourcils.

— Pas étonnant, dit-il. Mêmes mimiques.

Billy laissa échapper un petit ricanement amusé, et lui sourit brièvement. Puis, son regard allant de sa sœur aux soldats, il réitéra sa question :

— Alors, qu'est-ce qui se passe ?

Mia sortit une photo de sa poche et la montra à son frère.

— J'ai déjà vu ce gars traîner par ici avec tes copains. Le lieutenant a quelques questions à lui poser.

Billy jeta un coup d'œil à la photo. À sa réaction, Stryker comprit qu'il le connaissait.

— Jamais vu ce type.

— Billy…, grogna Mia.

Billy soupira et regarda la photo de plus près. Nouveau froncement de sourcils.

— C'est Raven Miller. Vous avez un mandat, ou un truc comme ça ?

Stryker sortit d'une poche de sa veste de combat une copie d'un mandat fédéral, et le lui tendit.

— Monsieur Sterud, je suis venu pour lui poser quelques questions, rien de plus. Personne n'a d'ennuis pour le moment, mais nous avons eu quelques incidents sur lesquels nous enquêtons.

Billy lui rendit le document et haussa les épaules.

— Écoutez, lieutenant, Raven était bien ici, mais plus maintenant. Vous pouvez jeter un coup d'œil, mais il n'y a rien à trouver.

L'oreillette de Stryker grésilla soudain.

— *Lieutenant, nous avons un homme à neuf heures, à environ cinquante mètres, qui se cache dans les broussailles. Il y en a un autre à trois heures, même distance. Ils sont tous les deux armés de fusils braqués dans votre direction. Nous les avons tous les deux en ligne de mire ; vous n'avez qu'à nous donner le signal.*

Jetant un bref coup d'œil à sa gauche, puis à sa droite, Stryker aperçut les miliciens retranchés.

— Bien reçu, dit-il. Tenez-vous prêts.

— Billy, est-ce que tu sais où il peut être ? demanda Mia.

— Non, et franchement, je n'ai pas envie d'en dire plus que ça.

Il fixa Mia et ajouta :

— Tu aurais dû appeler. Tu te serais épargné le déplacement.

Puis, à Stryker :

— Désolé, lieutenant, mais je n'ai aucune envie d'aider des militaires ; vous nous avez baisés assez souvent comme ça, mon peuple et moi. Vous avez convaincu ma sœur de vous aider, à ce qu'on dirait, mais je ne suis pas elle.

Stryker prit une grande inspiration et plongea son regard dans les yeux de l'homme.

— Monsieur Sterud, je n'irai pas par quatre chemins avec vous. Je ne suis pas venu pour le plaisir. Pour dire les choses clairement, j'ai des questions qui attendent des réponses, et il me faut ces réponses. Si je suis là, c'est parce que ce pays a été frappé par une série d'actes terroristes. Peut-être en avez-vous entendu parler aux infos.

Billy Sterud plissa les yeux.

— Peut-être bien, admit-il. Mais qu'est-ce que ça a à voir avec nous ou Raven ?

— Je l'ignore encore. Je suis une piste, c'est tout, et elle me conduit ici. J'ai des tas de questions, et trop peu de réponses. Ces salopards ne s'en prennent pas seulement à des flics ; ils ont posé des bombes qui ont tué des gosses innocents. Je me suis dit que votre sœur étant flic, vous seriez peut-être enclin à nous aider.

Mia intervint :

— Une des personnes que nous recherchions il y a moins de deux jours a posé une bombe. Le lieutenant Stryker m'a sauvé la vie.

Billy Sterud écarquilla les yeux en fixant sa sœur.

— Quoi ? Raven n'aurait jamais…

— Pas Raven, mais quelqu'un d'autre.

Billy secoua la tête et se tourna vers Stryker.

— Écoutez, je ne sais pas ce que vous attendez de nous. Aucun d'entre nous n'a jamais cherché à tuer des flics, et encore moins des gosses. Tout ce qu'on veut, c'est qu'on nous foute la paix.

Stryker sortit un calepin de sa poche.

— Ce gars, Raven, est un suspect, rien de plus. Vous, ou l'un de vos gars ici, pourriez peut-être répondre à quelques questions à son sujet ? Qui il est, où il est allé, où il se dirige d'après vous ; s'il a des tatouages, des habitudes, s'il a eu un comportement inhabituel ces derniers temps.

Billy fixa le sol durant plusieurs secondes, avant de relever et de hocher la tête.

— Très bien. Je ne le connais pas plus que ça, mais certains ici en savent un peu plus que moi à son sujet.

Il se retourna, leva un bras, et le fit tournoyer exagérément en guise de signal.

— Monsieur, nos cibles dans les bois sont en mouvement. Ils avancent.

Billy jeta un coup d'œil par-dessus son épaule et croisa le regard de Stryker.

— Suivez-moi, vous et vos hommes, dit-il.

Stryker échangea un regard avec Mia. Elle opina du chef d'un air rassurant. Il appuya sur le bouton de son émetteur radio et dit :

— Delta, gardez l'œil ouvert. Nous entrons sur zone pour recueillir des renseignements. Il est 11 h 00. Si nous ne sommes pas de retour à 13 h 00 ou si vous n'avez pas de nouvelles de nous, vous connaissez les ordres.

— Bien reçu. 13 h 00.

Mia emboîta le pas à son frère. Stryker suivit avec le reste de l'équipe ; bientôt, la pénombre des bois les enveloppa.

Un feu de camp brûlait au centre de la clairière. Stryker, assis sur une souche, écoutait attentivement un des miliciens qui connaissait le suspect, Raven.

L'homme avait la petite soixantaine, une barbe poivre et sel en bataille qui dévorait la moitié de son visage, et s'exprimait avec calme, malgré la dizaine de soldats assis au milieu du campement.

— Je ne sais pas où Raven est allé, dit-il, mais je peux vous dire qu'il agit bizarrement depuis deux semaines.

— Bizarrement ? C'est-à-dire ? voulut savoir Stryker.

— Eh ben, il est parti pendant un mois environ ; pour nous autres, c'est pas tellement inhabituel. Personnellement, j'ai de la famille dans l'Idaho, et il m'arrive de leur rendre visite durant plusieurs mois d'affilée même. Mais Raven était pas du genre famille. Un beau jour, on ne l'a plus vu, et puis il est réapparu après plusieurs semaines, et là, il n'était plus le même. Il s'est mis à se comporter de manière bizarre. Il a commencé à dire qu'il avait vu la lumière, et à parler religion, à nous sortir un tas de conneries.

Les vingt miliciens rassemblés autour du feu de camp acquiescèrent d'un air approbateur, comme s'ils avaient fait la même expérience avec l'énigmatique Raven.

Billy Sterud, qui paraissait être un des chefs de la milice, s'éclaircit la gorge et demanda :

— Jeb, tu es celui d'entre nous qui a le plus discuté avec lui. Qu'est-ce qu'il a dit exactement ?

Le vieux Jeb haussa les épaules.

— J'ai pas beaucoup d'éducation religieuse ; les seules fois où j'ai entendu prononcer le nom de Jésus Christ, c'est quand mon père m'appelait en hurlant depuis le porche de la maison. Mais Raven était intarissable sur Dieu et toutes ces conneries. Il disait qu'il arrivait, qu'il fallait avoir la foi.

Jeb sortit un énorme couteau Bowie de l'étui qu'il portait à la taille.

— Il a pas bien aimé quand je lui ai dit que la seule foi que j'avais, c'était dans ce cure-dent, ajouta-t-il en souriant.

Stryker se pencha en avant et se gratta le menton.

— Raven est entré dans nos radars parce qu'on nous a signalé qu'il prêchait la fin du monde et incitait les gens à se soulever contre les mécréants. A-t-il demandé à certains d'entre vous de faire cela ?

— Ouais, affirma un des hommes. D'après lui, le gouvernement essaie de semer le désarroi et la peur parmi les croyants. Il voulait que nous prenions les armes pour nous battre, mais j'ai jamais bien compris contre qui il voulait se battre au juste.

Un autre dit :

— Il m'a demandé si je voulais me joindre à lui pour mener la guerre contre les païens. Je lui ai dit que pour moi, tout ça, c'était du charabia, et qu'il frappait à la mauvaise porte.

D'autres encore témoignèrent du même message général, tandis que Stryker prenait des notes.

— Bon, si je comprends bien, résuma-t-il, Raven est parti quelques temps, et en revenant il s'est mis à parler religion. Est-ce qu'il a dit où il était allé ? Ou quelqu'un a-t-il remarqué autre chose d'intéressant ?

— J'ai remarqué qu'il avait un nouveau tatouage, dit un tout jeune milicien. Je lui ai fait remarquer, mais il n'avait pas l'air chaud pour en parler.

— À quoi ressemblait ce tatouage ?

— C'était deux triangles inversés, posés l'un sur l'autre. Un truc assez bizarre. J'ai vu ça un jour où il a ôté sa chemise ; il y avait ces marques rouges toutes fraîches sur sa poitrine.

Stryker se souvint du tatouage qu'il avait vu sur le cadavre du vieux Rick à la cabane. Il ramassa une branche qui traînait et traça en creux sur le sol un sablier schématisé.

— Quelque chose comme ça ? demanda-t-il.

— Ouais, c'est ce que j'ai vu.

Stryker sentit un frisson lui parcourir la nuque.

— L'un d'entre vous l'a-t-il entendu dire où il allait ?

La plupart des hommes secouèrent négativement la tête.

— Il est juste revenu, avant de disparaître il y a deux jours, dit Jeb. Possible qu'il revienne, parce qu'il a laissé sa malle fermée à clé.

— Il a laissé des choses ici ?

— Personne ne fouille dans les affaires des autres, intervint Billy.

Striker se releva et demanda :

— Pouvez-vous me montrer où est cette malle ?

Billy pinça les lèvres, prit une grande inspiration, et se leva à son tour.

— Suivez-moi, dit-il.

Ouvrant de grands yeux, Stryker suivit le groupe en direction d'une vaste grotte qui s'ouvrait à flanc de colline.

Mia Sterud, qui marchait à côté de lui, pointa l'entrée de la grotte et lui demanda :

— Vous savez ce que c'est ?

— Une grotte ? répondit-il.

Elle rit et secoua la tête.

— Non, gros malin. Il s'agit en réalité d'un tunnel de lave. Une coulée volcanique qui a laissé cette cavité en refroidissant il y a très longtemps. Il y en a tout un tas par ici.

Ils entrèrent dans la grotte, et des lumières s'allumèrent, illuminant la cavité haute de plus de cinq mètres. Plusieurs dizaines de couchettes étaient réparties le long de l'abri naturel.

Le vieux Jeb fit signe à Stryker en s'avançant vers un des lits en métal ; puis il désigna la malle, une cantine métallique, posée au pied.

— C'est la place de Raven. C'est son lit.

Stryker s'agenouilla devant la cantine d'environ un mètre de large, et examina son cadenas. Il y avait un système à combinaison devant, et une serrure à l'arrière. Il jeta un coup d'œil par-dessus son épaule et demanda :

— Quelqu'un a la combinaison ?

— Aucune idée, mais j'ai ça, dit Billy en tendant à Stryker une clé passe-partout en bronze. Ça devrait l'ouvrir.

Et en effet, un rapide tour de clé suffit. La serrure s'ouvrit, mais à peine Stryker eût-il ôté le cadenas qu'il sentit une sueur froide lui glacer l'échine.

Le long du couvercle de la cantine, il venait d'apercevoir un reflet cuivré. Apparemment, un fil de cuivre dénudé à peine visible reliait le couvercle à la partie inférieure de la malle.

Il se retourna lentement vers les soldats qui l'avaient suivi à l'intérieur de la grotte, et demanda :

— L'un d'entre vous serait-il formé au déminage, par hasard ?

— Moi, répondit le vieux Jeb. Sergent Jeb Macintyre. MOS 89D, libéré des obligations militaires en 2045. Pourquoi ? Vous pensez que Raven a piégé sa propre cantine ?

— Oui, dit-il.

— Merde, grommela Jeb en fixant la malle. Je n'ai pas de perceuse ni de caméra de trou d'épingle pour regarder à l'intérieur. Et vous ?

— Non, nous n'avons rien apporté de ce genre.

Stryker fixa la malle à son tour, se demandant s'il n'était pas paranoïaque.

Le vieux Jeb se retourna et cria à deux des miliciens qui se trouvaient à l'entrée de la grotte :

— Tyler, va me cherche Betsy à l'armurerie. Jeff, prends le sac avec les accessoires.

— Betsy ? releva Stryker.

— Vous allez voir.

Quelques minutes plus tard, Stryker entendit un bruit de chenilles crissant sur le gravier, et vit un robot démineur à l'ancienne entrer lentement dans la grotte. Les deux hommes suivaient Betsy ; l'un tenait une télécommande, l'autre un grand sac à dos à l'épaule.

— Bon Dieu, d'où sortez-vous ce truc ?

Le vieux Jeb sourit d'un air penaud et haussa les épaules. Il attrapa le lourd sac à dos et en sortit un long bras métallique.

Sous le regard intrigué de Stryker, l'ancien membre d'une unité de neutralisation d'engins explosifs remplaça avec assurance une des parties du robot par le bras mécanique qu'il venait de récupérer. Stryker se dit que le vieux Jeb avait probablement volé ça à l'occasion d'un inventaire quelconque avant de quitter l'armée.

Il le regarda se saisir de la télécommande, puis jouer avec les manettes.

Le robot avança lentement d'avant en arrière, étendant ou repliant son nouveau bras métallique.

— Bon, très bien, que tout le monde sorte de la grotte, dit Jeb.

Tous sortirent du tube de lave aménagé et reculèrent jusqu'à l'orée du bois.

Stryker se pencha par-dessus l'épaule de Jeb, tandis que le vieil homme fixait l'écran vidéo intégré à la télécommande de Betsy en fronçant les sourcils.

— Okay, c'est bon, dit-il finalement. Betsy a saisi la poignée droite de la cantine.

— Tu vas la traîner à l'extérieur de la grotte ? demanda Billy Sterud.

— Pardi ! C'est exactement ce que j'essaie de faire. Le fait est que j'aimerais bien qu'il me reste un lit dans lequel pioncer ce soir. Si cette malle doit exploser, je préférerais que ce soit dehors.

Billy opina du chef, tandis que Jeb ramenait en arrière les manettes de la télécommande.

Le haut-parleur de celle-ci faisait entendre un bruit de raclement, tandis que Betsy traînait la malle à l'extérieur.

Jeb laissa échapper un gros soupir.

— Bon, en tout cas, le dispositif de mise à feu, s'il y en a un, n'est pas sensible au mouvement, c'est déjà ça, dit-il.

La malle arriva bientôt au niveau de l'entrée, puis sur le gravier à l'extérieur de la grotte.

Stryker continuait de suivre l'opération sur le petit écran de la télécommande.

— Très bien, dit Jeb. Il est temps de voir ce qu'il y a dans cette boîte.

Il actionna différentes manettes de contrôle, le bras métallique se remettant en mouvement. Puis il souffla sur ses doigts, les frictionna et dit :

— Bon, quand faut y aller…

Lentement, la pince métallique de Betsy se referma sur l'auberon du fermoir et le souleva.

— Le fermoir est dégagé, commenta Jeb.

La pince saisit alors le bord du couvercle de la malle. Et juste au moment où Jeb actionnait la manette, le moniteur devint blanc.

Le sol trembla en même temps que la détonation de la puissante explosion se propageait vers la forêt.

Bien qu'ils fussent à une centaine de mètres de l'entrée de la grotte, Stryker sentit la vague de chaleur le traverser comme une onde, avant qu'un nuage de fumée n'arrive sur eux.

— Ce fils de pute ! lâcha furieusement Billy, tandis qu'une pluie de gravier leur tombait dessus.

Mia regarda Stryker; elle avait l'air hagard.

— Cette explosion aurait pu tuer tout le monde dans la grotte.

Stryker cligna des yeux dans la poussière pour y voir clair, le regard tourné vers la grotte.

— À quel genre de meurtrier obscène est-ce qu'on a affaire ?

CHAPITRE QUINZE

Ce n'est que lorsque Bella avait repris connaissance à l'hôpital, et après que les infirmières lui eurent expliqué qu'elle avait eu un accident de voiture, que sa vie avait retrouvé du sens. Elle savait que quelque chose clochait chez elle ; quelque chose n'était plus là. C'était presque comme si elle avait cessé de croire qu'elle était humaine. Tout le monde paraissait posséder une humanité, naturellement – mais ce sentiment-là, inné, lui avait échappé jusqu'à ce qu'elle rencontre Dave.

C'était avec lui qu'elle avait commencé à ressentir quelque chose qui s'apparentait à la normalité. Pourtant, dans l'avion, quand elle avait été séparé de lui, quelque chose en elle s'était fermé. Le monde avait cessé d'exister ; tout ce qui l'entourait n'était plus qu'un vaste chaos indéchiffrable, comme avant sa rencontre avec Dave.

Elle tourna un regard vers lui. Bien qu'il restât silencieux concernant sa blessure au côté de la tête, elle savait que cela le tracassait. Avec les années, elle avait appris à lire en lui ; elle était presque capable de dire à quoi il pensait ; alors que le reste du monde continuait de la déconcerter.

Elle lui tint le bras tandis qu'ils traversaient le couloir en parpaing bien éclairé ; elle sentait à travers la peau de Dave à la fois son énergie et sa nervosité. Un petit groupe d'agents du *Secret Service* en costume noir les escortèrent à travers les couloirs souterrains, jusqu'à l'aile ouest de la

Maison-Blanche. Quand ils arrivèrent devant la porte de la salle de crise, l'un des agents se retourna et leur désigna un petit panier.

— Nous sommes arrivés. Veuillez déposer vos appareils électroniques dans ce panier avant d'entrer, s'il vous plaît.

Bella regarda Neeta ôter son oreillette, la placer dans une petite enveloppe en papier, et écrire son nom dessus. Un des agents fixant d'un air interrogateur Dave et Bella, Dave secoua négativement la tête et marmonna :

— Il y a des années que je n'ai plus de téléphone portable. Je ne suis peut-être pas un expert en technologie cellulaire, mais même moi je sais qu'il est facile de déjouer les détecteurs actuels et d'éviter d'être tracé.

Il renifla en jetant un regard à Neeta.

— Ou du moins, je le croyais.

Comme l'agent ouvrait la porte de la salle de crise, Neeta jeta un regard par-dessus son épaule et dit :

— Dave, j'ai comme l'impression que vous allez devoir être un peu plus facilement joignable à partir de maintenant.

— Mouais, sourit Dave, je n'ai pas trop envie de revivre cette journée. Toutes ces conneries de roman de cape et d'épée, ça va bien deux minutes.

En entrant dans la grande salle de réunion aux murs lambrissés, Bella se sentit mal à l'aise face à tous les regards qui se tournaient dans sa direction.

Une voix au fond de la pièce s'éleva au-dessus des autres :

— Neeta, je vous en prie, faites entrer le Dr. Holmes et…

— Bella Holmes, dit Dave, assez fort pour être entendu de tous dans la salle, tandis que Bella se faisait toute petite derrière lui.

Neeta les précéda en longeant un côté de la salle, désigna un homme du doigt, se retourna, et murmura :

— Voici Burt Radcliffe, dont je vous ai parlé.

Dave sourit d'un air avenant et serra la main de l'homme de grande taille aux cheveux grisonnants ramenés en queue de cheval.

— Docteur Radcliffe, je ne saurais vous remercier assez d'être intervenu comme vous l'avez fait…

— Allons, ce n'était vraiment rien. Appelez-moi Burt…

Le visage de Burt afficha aussitôt un air sombre.

— Ce que ce salopard vous a fait est totalement inacceptable, dit-il en pointant du doigt la compresse collée sur le côté du visage de Dave.

— Est-ce que ça va ?

— Oui, ça va.

Dave balaya le problème d'un geste et se tourna vers Bella. Elle savait ce qu'il allait dire avant qu'il ne le fasse, et, devinant combien cela allait être désagréable pour elle, elle grimaça.

— Burt, laissez-moi vous présenter ma douce moitié, Bella.

Il glissa un bras autour de ses épaules, sachant qu'elle était toujours embarrassée et hésitante quand elle rencontrait de nouvelles personnes.

Burt lui tendit la main. L'espace d'une seconde, elle la fixa, puis leva les yeux, mais elle fut incapable de déchiffrer l'expression de son visage, et quelque chose en elle reculait à l'idée de le toucher. Elle regarda Neeta, qui lui sourit pour l'encourager.

Retenant son souffle et s'attendant au pire, elle s'arc-bouta et toucha sa main.

Au contact de sa peau, une étrange chaleur la traversa. Et soudain, elle eut l'impression de pouvoir déchiffrer les expressions de Burt. Il paraissait triste. Non, pas triste, mais on lisait de la douleur sur son visage – une profonde solitude aussi, à laquelle elle s'identifia immédiatement.

Elle fixa son visage anguleux. Il n'était pas rasé et sale. La plupart des femmes l'auraient probablement trouvé quelconque, mais ce ne fut ce qu'elle vit. Son cœur se mit à battre plus fort, et elle ressentit de nouveau cette impression de chaleur dans le haut du corps. Elle lui sourit.

— Vous êtes une belle personne, Burt Radcliffe. Je suis contente de vous connaître.

Burt cligna des yeux, comme abasourdi, regardant sa main, déclenchant l'hilarité de Dave.

— Burt, vous n'imaginez pas quel compliment c'est, venant de Bella. Elle a parfois du mal à entrer en relation avec les gens, mais je vais vous dire…

Il se pencha et planta un baiser sur la joue de Bella.

— … par certains côtés, elle est plus brillante que nous tous réunis.

Soudain, le claquement répété d'un marteau sur du bois capta l'attention de toutes les personnes présentes.

Une porte latérale de la salle de crise s'ouvrit, et une voix grave annonça :

— Veuillez vous lever pour la présidente des États-Unis, Margaret Hager.

Bella sourit en regardant Dave faire les présentations auprès de la vingtaine de personnes présentes dans la salle. Il était dans son élément, et son appréhension l'avait complètement quittée après que Margaret Hager avait annoncé officiellement que non seulement Burt Radcliffe remplacerait Greg Hildebrand au poste de conseiller scientifique en chef auprès de la présidente, mais qu'il représenterait de surcroît le gouvernement fédéral sur la scène publique pour toutes les questions scientifiques. Les présentations se terminant, toutes les personnes présentes dans la salle se virent remettre des copies d'un rapport fraîchement imprimé. Les yeux de Bella furent aussitôt attirés par les grosses lettres rouges des mots présents en haut et en bas de la première page :

TOP SECRET – INDIGO

Pendant que Dave continuait de parler, elle tendit le bras et ouvrit le dossier relié. Elle avait toujours adoré les mots imprimés. Ils lui parlaient comme s'ils cherchaient à lui communiquer un sens profond. C'était comme si chaque mot existait en soi, tout en formant des motifs qu'elle prenait plaisir à démêler ; comme s'ils contenaient des messages cachés qui échappaient à la plupart des gens.

Feuilletant le dossier, elle vit les mêmes mots d'avertissement écrits en rouge sur chaque page. Il y avait également de nombreux graphiques statistiques matérialisant des croisements d'orbite terrestre. Une large partie du dossier était consacrée à la cartographie des champs de débris connus entre la terre et le trou noir en approche. Des pages et des pages de nombres étaient associées à chaque carte, à chaque ligne du rapport documentant un objet répertorié dans le SRCI, le Système de référence céleste international – sa trajectoire, sa masse estimée, et sa vélocité.

Dans son esprit, les cartes n'étaient pas des images plates imprimées. Elle se représentait au contraire un déploiement d'objets entrants en trois dimensions traversant l'espace.

Elle avait vu Dave jouer au billard dans une des salles de détente de la base lunaire, et il lui avait toujours expliqué que l'apesanteur rendait le jeu bien plus difficile. Les erreurs étaient amplifiées ; il fallait un « toucher » bien plus délicat et précis que sur Terre. Pour Bella, le trou noir tourbillonnant qui menaçait le système solaire, c'était un peu comme la bille blanche au billard ; il allait cogner et emporter une multitude de cibles de tailles variables, à cette différence près, en l'occurrence, qu'il n'y avait pas de table pour retenir le tout sur une surface plane. Tout se produisait au contraire dans un vaste réseau tridimensionnel.

Elle se souvenait de tout ce que Dave lui avait enseigné à propos de la masse corrélée à la pesanteur, et comment un objet influençait ceux qui se trouvaient à proximité. Au fil des années, elle avait appris les complexités du « moment cinétique » et de la théorie du chaos, qui paraissaient s'appliquer en particulier aux champs magnétiques et aux forces gravitationnelles en jeu autour des trous noirs.

Elle était douée pour se concentrer sur quelque chose, comme ce rapport qu'elle avait sous les yeux, mais une partie d'elle-même ne pouvait s'empêcher de prêter attention à ce qui se passait autour d'elle. Quand la conversation abandonnait les platitudes pour quelque chose de plus sérieux, elle reléguait dans un recoin de son esprit les considérations que lui inspirait le rapport.

— Excusez-moi, docteur Holmes, dit Walter Keane, le ministre de la Défense, en agitant l'épais rapport qui se trouvait devant lui. Nous sommes reconnaissants aux docteurs Radcliffe et Patel de nous avoir fourni ceci, mais je ne crois pas trahir la pensée de la plupart d'entre nous en disant que nous sommes loin d'être des spécialistes en astrophysique, ou quelle que soit la nature du danger qui nous menace. Je ne suis qu'un vieux militaire qui essaie de comprendre à quoi nous sommes confrontés, et ce que nos troupes peuvent faire pour aider. Pourriez-vous s'il vous plaît, bon sang, nous expliquer exactement ce qui se passe, d'une manière compréhensible par nous tous, et nous dire ensuite quels plans vous envisagez éventuellement pour nous sortir de ce pétrin ?

Sans laisser à Dave le temps de répondre, la présidente reporta son regard sur lui et dit :

— Et j'aimerais savoir aussi, d'après ce que m'ont expliqué les docteurs Patel et Radcliffe, comment vous avez pu prévoir il y a plus de neuf ans la présence de cette chose qui nous menace, alors que le monde n'avait pas la moindre idée de son existence. C'est une question qui me taraude depuis un moment maintenant. Je déteste devoir y faire allusion, mais qu'est-ce que la Corée du Nord a à voir avec tout ceci, si toutefois un lien existe bien ?

Dave eut un petit sourire et répondit :

— Avec tout le respect que je vous dois, Madame la Présidente, il me semble entrevoir dans cette question quelque chose des préjugés et de la paranoïa de Greg Hildebrand – même si je comprends le sens de vos préoccupations, étant donné la position qui est la vôtre.

Margaret Hager allait répliquer, mais cette fois, c'est Dave qui leva la main et ne lui en laissa pas le temps.

— Permettez-moi de m'expliquer. La question mérite une réponse. Je suis un scientifique, nous savons tous cela – mais nous autres, scientifiques, avons parfois des sources d'inspiration peu conventionnelles. Je pense à Newton et à sa fameuse pomme, ou à ces innombrables scientifiques inspirés par les auteurs de science-fiction. Quant à moi, je me suis laissé guider par un rêve – ou plutôt, une série de rêves, ou de cauchemars, comme on voudra. Imaginez que des images s'imposent si vivement à votre esprit qu'elles vous réveillent au beau milieu de la nuit. L'image de la Terre désintégrée, avalée par un trou noir géant. Toutes les personnes que vous connaissez, vos parents, vos enfants, vos amis, vos voisins – tous ceux que vous aimez – balayés, réduits à néant.

Bella promena un regard circulaire dans la salle. Tous les visages affichaient la même expression de terreur. Le tableau apocalyptique de Dave devenait soudain réel pour chacun d'entre eux.

Il leva un doigt, le pointa vers l'assistance et poursuivit :

— Je vais vous dire : quand vous faites ce même rêve pendant des semaines, vous finissez forcément par vous interroger, et vous vous mettez à étudier le problème. On dit souvent que la nécessité est mère de l'invention... bref, je me suis concentré sur le problème qui me hantait ; je suis fait comme ça. Et c'est à cette époque-là qu'un vieil ami de l'université m'a appelé pour m'annoncer une nouvelle étonnante. Quand j'étais à l'université justement, il y avait un étudiant sud-coréen que je ne connaissais que sous le nom de « Frank ». Il était brillant, un vrai savant. Certains font des recherches aujourd'hui sur des choses dont nous parlions déjà il y a dix ans. Bref, ce n'est qu'après que nous ayons obtenu nos diplômes et suivi chacun notre voie, que j'ai appris que « Frank » était en fait le fils du chef suprême de la Corée du Nord – il est devenu par la suite le dirigeant de ce pays, et l'est toujours, si je n'ai pas manqué quelque chose. Il nous arrivait de discuter, Frank et moi. Voilà près de dix ans, il m'a parlé d'une sonde spatiale que son père avait lancé.

— Une sonde spatiale ? relava la présidente.

— Oui. D'après ce qu'il m'a dit, son père était obsédé par l'exploration spatiale. Il y a trente ans, il a envoyé des sondes destinées à atteindre les limites du système solaire, par-delà les planètes qui nous sont familières, vers les nuages de débris qui entourent ce système. Je n'ai aucune idée de ce que son père espérait trouver, mais une de ces sondes a renvoyé une série de signaux anormaux. Frank m'en a fait part après que je lui ai juré de garder ces données secrètes. Il avait besoin d'aide pour interpréter l'information ; cela m'a pris des semaines, mais j'ai fini par comprendre de quoi il retournait.

— L'ensemble des données que j'analysais était le dernier message d'une sonde spatiale en train de disparaître dans un trou noir. C'est à ce moment-là que nous avons compris qu'une terrible menace existait, et qu'elle était incroyablement proche. J'avais du mal à estimer sa vitesse exacte et sa trajectoire, mais j'étais certain d'une chose : nous n'avions pas plus de dix ans avant que ce trou noir n'entre dans notre orbite. J'ai compris alors que ce dont nous discutions, Frank et moi, devait nécessairement dépasser le plan théorique ; il nous fallait désormais inventer un prototype. Ma quête date de cette époque : comment déjouer le destin fatal promis par le plus puissant objet de l'univers.

Dave se leva. Bella était consciente de l'énorme effort qu'il fournissait pour organiser ses pensées, tandis qu'elle-même se livrait mentalement à un jeu de billard compliqué en trois dimensions.

— Voilà à quoi tient cette histoire de Corée du Nord. Ce n'est rien de plus, et je n'ai pas d'autres détails intéressants à donner. Je poursuis donc mon exposé… Il y a environ dix ans donc, j'ai commencé à réfléchir au problème qui nous occupe. Certaines des idées dont Frank et moi avions discuté m'ont aidé à remonter jusqu'à un article vieux de soixante-dix ans écrit par le physicien théoricien Miguel Alcubierre, dans lequel il parlait de bulles de gravité. J'ai réfléchi alors à cette déformation en vague de l'espace-temps…

Il s'interrompit un instant, craignant d'être soudain trop technique et de perdre son auditoire.

« *Fais simple* », se morigéna-t-il silencieusement.

L'air sombre, il se mit à marcher lentement de long en large.

— Avant d'en venir à ma solution, permettez-moi de vous parler brièvement de l'espace et du danger auquel nous sommes confrontés. Nous avons tous vu des images de planètes et d'astéroïdes. Nous savons que la beauté est présente dans l'univers ; mais il s'y trouve également des dangers qui dépassent notre imagination. Me croirez-vous si je vous dis qu'il existe des objets dans l'espace dont le diamètre n'excède pas une quinzaine de kilomètres, mais qui pourtant, où que vous vous trouviez dans un rayon de cent cinquante kilomètres, auraient la capacité de vider vos cellules sanguines de tout le fer qu'elles contiennent, tant leur champ magnétique est intense ? Le fait est que de telles choses existent bien. On appelle cela des magnétars. C'est ce qui peut se produire quand une étoile géante, vers la fin de sa vie, s'effondre sur elle-même. Quand cela arrive, sa gravité est si forte qu'elle absorbe, écrase, toute la masse de l'étoile. Les atomes eux-mêmes n'y résistent pas, et ne laissent que des neutrons derrière eux.

Dave jeta un coup d'œil à une desserte sur le côté sur laquelle se trouvait du café. Il ramassa une petite cuiller et la montra à l'assistance.

— Une simple cuiller d'une de ces choses pèserait des milliards de tonnes.

Il jeta la cuiller au milieu de la table de la salle de crise. Elle rebondit bruyamment, attirant l'attention de tous.

Avec une tension calculée dans le ton de sa voix, Dave reprit :

— Mais ce n'est rien comparé à un trou noir. La gravité y est si forte que même les neutrons sont réduits à néant. Au centre du trou noir tournoyant se trouve concentrées des forces gravitationnelles qui défient l'imagination. Tout ce que la gravité de ce montre céleste parvient à attraper sera soit rejeté aux confins de la galaxie, soit englouti et ajouté à sa masse. C'est le sort qui nous attend. Notre planète sera soit avalée toute entière, soit rejetée dans les profondeurs glacées de l'espace interstellaire. La bonne nouvelle, si je puis dire, est qu'il y a peu de chances que nous vivions cette expérience, parce qu'avant cela, nous serons bombardé d'astéroïdes dont les impacts dévasteront la surface de la planète, ce qu'ils auront mille fois la puissance de faire.

Dave se tourna vers Bella et pointa du doigt le rapport qu'elle avait sous les yeux.

— Combien de temps avant que les premiers objets n'entrent dans l'orbite terrestre ?

— Deux-cent soixante-seize jours, répondit Bella avec assurance.

Pendant que Dave expliquait les dangers de l'espace, elle avait terminé son calcul mental version billard en trois dimensions, le trou noir devenant la bille blanche et les 114 483 objets consignés dans le rapport les obstacles sur son chemin, dont une bonne partie seraient propulsés directement vers la Terre.

Neeta, bouche bée, se tourna vers Bella.

— Comment parvenez-vous à ce résultat ? lui demanda-t-elle en feuilletant les premiers paragraphes du rapport. On m'a demandé de ne pas inclure ce nombre. Je ne devais le rapporter que verbalement. De plus, il a fallu trois jours à nos ordinateurs pour modéliser les interactions potentielles entre tous les objets listés dans notre recensement des corps astraux.

— L'estimation de Bella est-elle juste ? demanda Dave.

Neeta le fixa les yeux écarquillés.

— Parfaitement juste, mais je ne vois pas com….

— Souvenez-vous : je vous ai dit que Bella était bien plus intelligente que nous tous réunis.

Il regarda Bella et lui fit un clin d'œil.

— Je n'ai pas exagéré, dit-il.

Emplie d'un sentiment de satisfaction, Bella se renversa contre le dossier de son confortable fauteuil en cuir, et s'efforça d'afficher un air détaché, presque indifférent. Quand les gens se rendaient compte de ses capacités, ils prenaient généralement leurs distances, ce qui ne la dérangeait absolument pas. Dave lui avait expliqué un jour que la plupart de ceux qui avaient ce genre de réaction étaient en réalité intimidés par les personnes qu'ils ne comprenaient pas. Il en avait lui-même fait l'expérience.

Dave s'appuya légèrement sur le haut du dossier du fauteuil de Burt, et demanda doucement :

— Croyez-vous que nous pourrions avoir une étude plus détaillée de tous les objets, quelle que soit leur taille, qui se trouvent entre le trou noir et nous ? Cela nous aiderait à nous faire une image plus précise du temps qu'il nous reste.

Burt acquiesça d'un hochement de tête.

— Une dizaine des meilleurs observatoires du monde travaillent déjà à plein temps à faire ce relevé, mais pour des questions de sécurité, nous avons dû limiter les accréditations.

— Docteur Holmes, intervint Margaret Hager, nous ne pouvons pas prendre le risque que la nouvelle d'Indigo se répande plus que ce n'est déjà le cas. Nous créerions une situation de panique générale.

— Je comprends, dit Dave.

Il se redressa et reprit :

— Je sais que j'ai pu vous paraître désinvolte en vous décrivant notre extinction prochaine, mais il y a de l'espoir. J'ai appris au cours du vol qui m'a conduit ici que certains éléments clés que j'avais commencé à préparer à l'époque où j'étais à la Fondation internationale pour la science, ont continué d'être fabriqués et stockés comme je le souhaitais… avant que je ne disparaisse pendant quelques années.

Il se tourna vers Neeta et ajouta :

— Nous devons tous beaucoup au Dr. Patel, qui a réussi à convaincre certaines personnes à la Fondation que je n'étais pas complètement cinglé.

Bella sourit en notant l'air amusé de Dave.

— J'imagine que je ferais bien d'expliquer à quoi les milliards de dollars que je suis censé avoir dilapidés étaient destinés à l'époque, et comment il était prévu qu'ils servent à sauver notre peau.

L'air grave, il posa les mains sur les épaules de Burt et Neeta, et échangea un rapide regard avec toutes les personnes présentes dans la salle, pour s'arrêter finalement sur la présidente, qu'il fixa intensément.

— Qu'est-ce qu'une personne raisonnable fait quand son quartier devient brusquement un endroit dangereux, et que des voisins hostiles, de surcroît, s'installent juste à côté de chez elle ?

— J'imagine qu'elle peut déménager, répondit la présidente d'un ton hésitant.

Dave eut un grand sourire.

— Exactement.

Il se tourna vers l'assemblée et expliqua :

— Ce système solaire va devenir un endroit peu fréquentable une fois que ce trou noir sera dans les parages ; alors, c'est exactement ce qu'on va faire avant que les ennuis ne commencent vraiment. Vous, moi, la planète entière, nous allons tous déménager.

CHAPITRE SEIZE

Presque tous restèrent bouché bée après avoir entendu Dave discourir. Il leva la main, comme pour amoindrir le choc qu'il venait de causer. Après tout, ce n'était pas tous les jours que quelqu'un vous expliquait que vous alliez prochainement devoir quitter le système solaire.

— Je sais que ça paraît complètement fou, dit-il, mais je vais m'expliquer. J'ai tout de suite eu la conviction que rien ne nous permettrait de dévier un trou noir de sa trajectoire. Rien. Dès lors, quelle solution restait-il ? La seule qui avait un sens était de ne plus être sur son chemin.

Un homme au fond de la salle objecta aussitôt :

— Mais nous n'avons pas assez de fusées ni de carburants pour aller je ne sais où. Nous n'avons pas…

— Je sais que nous n'avons pas les moyens de transporter tout le monde hors de la planète, l'interrompit Dave, balayant le commentaire d'un geste de la main. Souvenez-vous : je vous ai dit que j'étais hanté par les images de notre destruction. Je me suis penché de près sur cet article vieux de soixante-dix ans, à propos de… appelons ça une bulle de gravité. Pendant des semaines, j'ai réfléchi au problème, avant de trouver brusquement la solution. Elle ne se trouvait pas dans cet article, mais c'est bien lui qui m'a mis sur la bonne voie.

Dave s'approcha de nouveau de la desserte appuyée contre un des murs, ramassa une fraise sur un des plateaux, et la leva pour que tout le monde la voit bien.

— Imaginez que je puisse injecter une énorme quantité de puissance dans un disque formant un anneau autour d'un objet… disons autour de cette fraise. Je précise que nous parlons là d'une quantité d'énergie considérable, bien supérieure à ce que vous imaginez probablement. En faisant cela, je pourrais envelopper cette fraise dans une bulle qui me permettrait littéralement de déformer la structure de l'espace. Imaginez que vous puissiez contracter l'espace devant cette bulle, et au contraire le distendre derrière – et donc faire avancer cette fraise à travers l'espace lui-même.

Il s'interrompit un instant ; tous les regards étaient rivés sur lui. Beaucoup affichaient un air perplexe, voire carrément désorienté.

Dave pinça les lèvres, cherchant une analogie qui lui permettrait d'expliquer ce sujet immensément complexe à son auditoire.

— Bon, oubliez l'espace un instant. Imaginez juste que cette fraise se trouve dans une bulle, un peu comme lorsque l'on est sous l'eau, à bord d'un sous-marin. Si je modifie la manière dont une partie de l'énergie est utilisée pour créer la bulle, elle se mettra à bouger dans la direction que j'ai choisie, comme si j'avais un moteur. Sauf qu'au lieu d'un moteur physique, il s'agit d'un moteur fonctionnant grâce aux forces gravitationnelles qui nous entourent.

Il tint la fraise devant lui et se mit à marcher avec elle.

— Mais si vous vous déplaciez à bord d'un sous-marin comme cette fraise se déplace, vous ressentiriez des modifications sur le plan dynamique. Vous vous sentiriez accélérer ou ralentir. Pourquoi ? Parce que votre sous-marin est affecté par la gravité environnante ; vous sentez que vous vous déplacez contre son propre mouvement. Maintenant, imaginez que cette fraise se trouve à l'intérieur d'une bulle de gravité. À part voir des choses se déplacer autour, elle ne ressentirait pas son propre mouvement parce qu'elle serait isolée de la gravité terrestre. Si votre sous-marin se trouvait dans une telle bulle, je pourrais vous lancer à travers la pièce sans que vous *ressentiez* quoi que ce soit, alors même que vous verriez du mouvement tout autour de vous. Et pas plus que vous ne ressentiriez une accélération, vous n'auriez pas davantage l'impression de vous arrêter brusquement.

Avec sa main droite, Dave souleva plus haut la fraise et la laissa tomber dans son autre main.

— Sachez que j'ai réussi à modéliser exactement cette expérience dans mon laboratoire à la FIS il y a presque neuf ans.

Il regarda la fraise dans sa main gauche et eut un petit sourire en coin.

— Sauf que lorsque j'ai lâché la fraise, elle n'est jamais tombée. Imaginez une fraise comme celle-ci flottant dans l'air.

Il la lança à Bella.

— Pour toi, ma belle.

Surprise, elle mit ses mains en coupe et réussit à la rattraper.

— J'ai poursuivi mes expériences. Des accéléromètres piégés à l'intérieur de la bulle n'ont enregistré aucun changement, quelle que soit la vitesse de déplacement que j'imprimais à la bulle.

Dave se dirigea vers une des portes et cogna sur son cadre en bois.

— Je touche du bois ; c'est comme ça que j'ai prévu de nous sortir de là. Nous allons avoir besoin d'une quantité d'énergie phénoménale. D'après mes calculs, cela va nécessiter soixante-quinze pour cent de la production d'énergie totale du monde. En recourant aux mêmes mécanismes, nous serons capables d'envelopper la Terre du même type de bulle que celui de la fraise.

Dans la salle, presque tout le monde se mit à parler en même temps.

— Un peu de silence, fit une voix forte dans un coin de la salle, et tout le monde se tut immédiatement.

Le vieil homme à la voix forte hocha la tête en regardant Margaret Hager et sourit.

— Madame la Présidente.

Étonnamment, alors qu'il venait de dévoiler à toutes les personnes présentes dans la salle un secret qu'il gardait jalousement depuis presque une décennie, Dave ressentait un grand calme. Il regarda la présidente des États-Unis ; elle affichait un air résolu.

D'une voix ferme, elle déclara :

— Il va falloir prendre des mesures drastiques pour faire en sorte que nous n'utilisions que vingt-cinq pour cent de l'énergie disponible actuellement.

Burt, qui était assis à la droite de la présidente, se pencha vers elle et dit :

— Madame la Présidente, je crois que contraints de choisir entre l'extinction de l'humanité toute entière et la nécessité de faire des sacrifices pour avoir une chance de survivre, les hommes auront la sagesse d'opter pour la deuxième solution.

La présidente arqua un sourcil dubitatif.

— Souvenez-vous de ce dont nous avons discuté. C'est vous qui serez chargé d'expliquer au monde tout ce bazar.

Burt roula de grands yeux et lança un regard à Dave, l'air de dire : *Regardez dans quel pétrin vous m'avez fourré.*

— Madame la Présidente, reprit Dave, croyez-vous qu'il me sera possible d'avoir accès à un labo, de préférence mon ancien labo ? J'ai besoin d'expérimenter plusieurs choses avant que nous ne déployions réellement de quoi échafauder cette bulle de distorsion.

Margaret Hager se tourna vers Burt.

— Pouvez-vous y veiller ?

Burt hocha la tête, tandis que Dave lui donnait une tape sur l'épaule.

— Nous devons nous mettre au travail immédiatement. Je sais que Bella a précisé tout à l'heure que nous avions environ neuf mois avant les premiers impacts, mais cela signifie seulement que nous devons nous mettre en route deux mois avant pour être hors de danger.

Margaret Hager réclama alors l'attention générale :

— J'aurais peut-être dû commencer par-là, même si tout le monde ici bénéficie d'un accès aux informations sensibles. Je ne devrais donc pas avoir à rappeler cela, mais je le fais tout de même. Aucun d'entre vous n'est autorisé à dire quoi que ce soit à qui que ce soit concernant notamment ce que vous venez d'entendre. Chacun d'entre vous sera briefé individuellement sur ce qu'il doit faire. Clairement, des actions ont déjà été enclenchées, comme le stockage de rations d'urgence, mais il va y avoir encore beaucoup à faire dans différents domaines, et cela dans des délais extrêmement courts.

— Madame la Présidente, l'interpela Walter Keane, le ministre de la Défense. Il me semble que la question de la sécurité du Dr. Holmes revêt une importance nationale – et même internationale. Tout ceci, à un moment, va devenir public, et nous devons nous prémunir contre le risque que certains esprits dérangés pourraient faire courir à quelqu'un d'une importance aussi capitale. Dois-je prendre des dispositions pour assurer la sécurité du Dr. Holmes ?

Dave s'assit et réfléchit à ce qui venait d'être mis en avant. Bien qu'ayant disparu depuis des années, il ne lui était pas apparu que quelqu'un puisse réellement vouloir lui faire du mal. Il savait qu'Hildebrand était l'abruti responsable de sa fin de carrière, mais il ne s'était jamais imaginé pouvoir être la cible de quelqu'un d'autre.

— Merci, Walter, pour ce rappel, dit Margaret Hager d'un air approbateur, mais j'ai déjà parlé au *Secret Service*, qui va veiller de près à la sécurité des D^{rs}. Holmes, Patel et Radcliffe.

Elle regarda Bella, lui sourit et ajouta :

— Et je vais m'assurer que les agents qui veilleront sur le Dr. Holmes soient tout aussi vigilants concernant Mme Holmes.

— Madame la Présidente, j'aimerais me mettre au travail immédiatement. Il y a tellement à faire. Croyez-vous que…

— Je comprends parfaitement.

Tout le monde dans la salle de crise se leva en même temps que Margaret Hager.

— Docteur Radcliffe, quoi que le Dr. Holmes ait besoin, veillez à ce qu'il l'ait. Je vous donne les pleins pouvoirs.

Puis, s'adressant à toutes les personnes autour de la table :

— Je suis certaine que chacun de vous aimerait poser un tas de questions au Dr. Holmes. Mais je vais être très claire : rien ne doit perturber le travail de nos scientifiques. Le docteur Radcliffe a heureusement accepté de devenir mon conseiller scientifique en chef, mais il est bien plus que cela. C'est avec lui que chacun d'entre vous devra s'entretenir pour savoir ce qu'il peut faire de plus utile.

Elle se tourna vers un homme à la grosse moustache.

— Jim, j'ai besoin que mon ministre des Affaires étrangères contacte, eh bien… tout le monde. Il va devoir se montrer convaincant. C'est ce qui s'appelle avoir du pain sur la planche.

Burt se pencha vers Dave et arqua les sourcils.

— Dave, vous et moi allons devoir parler d'un tas de choses si je veux pouvoir répondre à toutes les questions dingues qu'on ne va pas manquer de me poser.

Dave acquiesça d'un hochement de tête, son esprit anticipant déjà lesdites questions et les réponses qu'il allait devoir fournir.

Burt se tourna alors vers Neeta et dit :

— S'il te plaît, occupe-toi de procurer à Dave un téléphone portable ; ça rendra ma vie infiniment plus facile.

Réfléchissant à tout ce qu'il avait à faire, la tâche prioritaire lui parut être le lancement d'un réseau d'ascenseurs spatiaux, afin de pouvoir échafauder la mise en place de la bulle de gravité géante. Créer des ascenseurs spatiaux sur la Lune, où la gravité est six fois moindre que sur Terre, avait réussi. Il n'avait toutefois pu réaliser qu'une tentative, avant de décider de se réfugier dans la clandestinité. Mais l'heure n'était plus aux coups d'essai ; il fallait que cela marche d'emblée.

— J'espère seulement que cette fois-ci le câble d'amarrage en graphène ne cassera pas.

CHAPITRE DIX-SEPT

Retenant son souffle avec les autres membres du Conseil de sécurité, Margaret Hager fixa l'image vidéo projetée au-dessus de la table de conférence de la salle de crise. Jupiter apparaissait en grand, avec sa surface marbrée découpée sur la toile noire de l'espace. Environ toutes les minutes, un embrasement blanc éblouissant se produisait à sa surface. Les couches supérieures de l'atmosphère de la plus grande planète du système solaire se chargeaient de ce qui ressemblait à une série de petites cicatrices circulaires – un peu comme si, songea curieusement la présidente, Jupiter était atteinte d'une forme grave de rubéole.

Walter Keane pointa l'image du doigt et dit, d'un ton sinistre :

— Voilà ce qui nous attend.

En même temps que le flux vidéo, un scientifique, dont Margaret Hager avait déjà oublié le nom, se mit à commenter la scène sur une ligne sécurisée depuis l'observatoire du mont Palomar, en Californie.

— *Madame la Présidente, ce que vous voyez est une partie du premier grand nuage de débris entré dans l'orbite de Jupiter. Chacune des explosions que vous voyez est l'équivalent de 150 000 mégatonnes de TNT.*

— Seigneur ! s'exclama Keane. Un seul de ces débris suffirait à nous balayer tous.

Au même instant, un éclat de lumière blanche apparut du côté droit de l'écran vidéo. La voix désincarnée du scientifique annonça :

— Ganymède, une des lunes de Jupiter, vient d'être frappée…

L'éclat lumineux diminuant, Margaret Hager remarqua un amas de roches brillantes paraissant dégringoler du point d'impact.

— Les spectrographes font apparaître ce qui semble être des parties du cœur exposé de Ganymède. Nous allons devoir procéder à de plus amples analyses pour déterminer la taille de l'objet qui a frappé cette lune de Jupiter, mais il semble bien que Ganymède ait été détruite.

La présidente sentit un frisson lui parcourir l'échine devant le spectacle de la dévastation qui se déroulait sous ses yeux.

— Palomar, à quelle distance se trouve cette première vague ?

— Au rythme où elle se déplace, elle devrait entrer dans notre orbite dans environ deux cent quarante-cinq jours.

Margaret Hager s'agita sur sa chaise, se tourna vers son chef de la sécurité et lui fit signe d'approcher.

Le responsable du *Secret Service* s'exécuta. Il se pencha vers elle.

— Où est Holmes en ce moment ? lui demanda-t-elle dans un murmure.

Sans hésitation, l'agent lui répondit :

— Il se trouve au siège de la FIS, à Ithaca, dans l'État de New York. Je crois qu'ils sont en train de faire des essais.

— Prévenez-les que je serai sur place demain. Je veux voir par moi-même ce qu'ils font.

— Bien, madame. Je prends toutes les dispositions nécessaires.

Margaret Hager ressentait une tension dans chacun des muscles de son corps tandis qu'elle traversait les couloirs du siège de la Fondation internationale scientifique à Ithaca. L'idée que le sort du monde reposait sur une solution non seulement qu'elle n'avait jamais vue, mais de surcroît qu'elle avait du mal à comprendre, la mettait sous pression. Elle était prête à accepter certaines choses aveuglément, mais *cela*, elle avait besoin de le voir de ses propres yeux.

Au bout d'un grand couloir en béton sombrement éclairé, une double-porte s'ouvrit, et Margaret Hager reconnut la haute silhouette de Burt Radcliffe, qui farfouillait dans les poches de sa blouse blanche.

Il la vit entrer et écarquilla les yeux.

— Madame la Présidente ! J'ignorais que vous étiez déjà arrivée.

Il jeta un rapide coup d'œil au paquet de cigarettes qu'il tenait à la main, et, l'air penaud, le remit au fond de sa poche.

— Bienvenue au laboratoire d'analyse environnementale de la Fondation.

— Burt ! appela une voix de femme depuis le couloir.

Neeta arriva en trombe et manqua trébucher dans l'entrée. Elle portait plusieurs blouses blanches drapées sur son bras droit.

— J'étais censée te prévenir que le *Secret Service* a appelé et…

— Laisse-moi deviner… la présidente est arrivée, s'esclaffa Burt.

Il attrapa les blouses blanches et les tendit à Margaret Hager et à sa sécurité rapprochée.

La présidente enfila sa blouse et suivit les deux scientifiques, qui franchirent une porte donnant dans une salle aux dimensions imposantes. Margaret Hager en prit la mesure du regard ; elle était immense. L'éclairage du plafond se trouvait à une bonne dizaine de mètres du sol, mais chaque centimètre du labo était éclairé. La salle devait faire presque mille mètres carrés.

Burt désigna du doigt le mur du fond, où la présidente Hager remarqua la présence d'une grande porte en métal circulaire.

— C'est la chambre environnementale dans laquelle nous faisons des simulations spatiales. Il est possible d'y reproduire les conditions de l'espace en y faisant le vide, et en élevant – ou au contraire en abaissant – la température, selon les nécessités de l'essai programmé.

Il fit respectueusement signe à Margaret Hager de le suivre et dit :

— Vous arrivez juste à temps pour assister au test de tension du graphène que le Dr. Holmes est en train de conduire.

La présidente Hager traversa la salle, ses talons moyens claquant sur le sol en béton tandis qu'elle fixait le bas du corps de quelqu'un qui travaillait sous ce qui ressemblait à une grosse presse hydraulique. Entre elle et la presse se dressait une série de grands panneaux transparents montés sur roues, et vraisemblablement installés à des fins de protection. Grognant bruyamment, l'homme qui se trouvait sous l'appareil se dégagea rapidement . Elle reconnut immédiatement Dave Holmes. La sueur perlait sur les côtés de son visage, et il tenait dans sa main droite une grosse clé en métal d'une soixantaine de centimètres.

Il adressa un étincelant sourire à la présidente, poussa sur le côté un des panneaux transparents, et s'approcha.

— Je suis ravi que vous soyez là. Nous sommes sur le point de savoir si les nouveaux rouleaux de graphène vont pouvoir nous aider ou non pour l'échafaudage dont nous avons besoin.

Il hésita, essuya les paumes de ses mains sur sa blouse de laboratoire, et serra la main de Margaret Hager.

— Désolé, j'ai les mains moites, mais je ne voulais prendre aucun risque. Je m'apprête à opérer un test sur une tension de plus de quarante tonnes. Une simple erreur pourrait avoir de graves conséquences immédiates.

Il se tourna vers Neeta.

— Pouvez-vous aller voir comment s'en sort Bella avec le rechargement des condensateurs ? La présidente est là à présent ; nous en avons besoin rapidement.

Neeta acquiesça et se dirigea rapidement vers une des six sorties de la chambre environnementale.

Margaret Hager s'approcha de l'appareillage d'essai que Dave était en train de régler. Cela ressemblait à une longue table en acier avec de grosses pinces en métal de chaque côté ; une sorte de long piston était fixé à chaque pince.

— Alors, dites-moi un peu ce que vous préparez ici.

Dave écarta un autre panneau protecteur et se dirigea tranquillement du côté droit de la table.

La présidente Hager remarqua pour la première fois qu'un film transparent fixé entre les pinces s'étirait sur toute la longueur de la table. Dave tapota le film, qui produisit un curieux son, comme s'il était en bois.

— C'est du graphène, expliqua-t-il. C'est l'une des substances les plus légères et les plus solides que nous connaissons, et elle possède tout un tas de propriétés étonnantes. Toutefois, une seule de ces propriétés nous intéresse pour le moment : sa résistance à la traction.

Margaret Hager laissa courir ses doigts le long du film transparent, et pianota dessus avec ses ongles. Elle n'aurait jamais imaginé que quelque chose qui ressemblait au film alimentaire dans lequel il lui arrivait d'emballer des sandwiches, pût être aussi étonnamment raide.

— C'est tellement fin, dit-elle. Est-ce réellement solide ? Jusqu'à quel point ?

— Eh bien, c'est justement ce que nous allons découvrir, dit Dave en reculant de quelques pas, encourageant la présidente à faire de même.

Margaret Hager alla se poster derrière les écrans protecteurs, où une vingtaine de personnes s'étaient déjà regroupées pour assister à l'expérience.

Dave remit tous les panneaux en place et expliqua :

— Il est toujours aussi difficile de fabriquer du graphène en grande quantité tout en maintenant une bonne qualité. Vous connaissez le dicton : une chaîne n'est pas plus forte que son maillon le plus faible. On pourrait dire la même chose du graphène que nous utilisons. La force du matériau tient à la qualité de sa fabrication, et ce que nous testons est un échantillon formé de plusieurs couches de graphène prises en sandwich dans une matrice. Alors, bien que nous tolérions quelques imperfections dans le processus de fabrication, j'ignore si ce que nous avons fait est assez bon sans procéder à un test de résistance à la rupture. Il y a plus de quatre ans que je n'ai plus fait ce genre de test ; la dernière fois, le test avait échoué d'ailleurs. Enfin, pas complètement échoué. Disons qu'il était suffisant pour une utilisation en gravité plus faible, sur la Lune, mais pas assez pour ce dont nous avons besoin ici, sur Terre.

Burt se pencha vers la présidente Hager et lui précisa :

— Neeta dit qu'ils ont beaucoup amélioré la fabrication depuis.

Il lui tendit des lunettes de sécurité et un protège-oreilles ; le même genre de protection que ce dont elle se servait au stand de tir.

— Votre attention, tout le monde, dit Dave d'une voix forte. Ouvrez bien les yeux et les oreilles. Nous allons commencer.

Margaret Hager enfila son équipement de sécurité. L'écouteur à l'intérieur de son casque cliqueta, et elle entendit distinctement le bruissement des gens autour d'elle.

Dave se tourna vers elle.

— Quand ce film cassera – et croyez-moi, il cassera – le bruit sera aussi fort qu'un coup de feu.

Il récupéra une télécommande dans sa blouse, et commença un compte à rebours :

— Trois… deux… un…. On y va !

Il appuya sur une touche de sa télécommande. Aussitôt, le bruit des pompes hydrauliques se mettant en action se fit entendre. Fixant la table, tout ce que vit Margaret Hager, ce fut les pinces s'écartant légèrement l'une de l'autre. Jetant un coup d'œil à la télécommande de Dave, elle remarqua qu'elle comportait un affichage ; les nombres augmentaient rapidement.

— 9000… 20 000…. 40 000… 65 000 kilos de résistance à la traction, cria Dave.

La présidente remarqua un bruit étrange, comme une plainte, provenant de la table. À l'instant même où Dave cria « 80 000 kilos », il y eut un grand « bang », le bruit de la détonation se répercutant en écho dans la chambre environnementale.

Un nuage de fumée apparut au milieu de la table. Margaret Hager vit immédiatement les restes du film transparent pendre au bout de chacune des pinces. Elle se tourna vers Dave et lui demanda :

— Alors, c'est un succès ou un échec ?

Dave sourit et leva le pouce.

— Nous avions besoin d'au moins 50 000 kilos de résistance à la traction. Ce graphène est qualifié ; il satisfait parfaitement aux impératifs d'Indigo.

Devant le soulagement manifeste de Dave, la présidente s'autorisa à se détendre un instant, ce qui ne l'empêchait pas de se poser les mêmes questions qui la tracassaient déjà en arrivant. Et elles ne concernaient ni la résistance du graphène, ni la mise en œuvre de ces soi-disant ascenseurs spatiaux ; c'était l'usage qui allait en être fait qui la terrifiait.

— Docteur Holmes, pouvez-vous me monter cette… bulle de gravité dont vous avez parlé ? Je sais que vous l'avez décrite, mais j'avoue que j'ai encore du mal à imaginer à quoi cela pourrait ressembler. Et puisque notre avenir dépend du bon fonctionnement de cette chose à grande échelle, j'aimerais réellement la voir en action.

L'air pensif, Dave ôta ses lunettes de protection et hocha la tête.

— Madame la Présidente, je crois que je peux arranger une démonstration qui vous impressionnera.

— Les condensateurs sont à pleine charge. Nous sommes prêts. C'est quand vous voulez, dit Neeta, sa voix grésillant dans le mini-haut-parleur que Burt tenait à la main.

La lumière baissa. Margaret Hager entendit soudain un fort bourdonnement résonner dans le laboratoire géant.

Burt approcha son téléphone de sa bouche et dit :

— Je te reçois fort et clair, Neeta. Dave vient de dérouter l'énergie vers l'électroaimant. Nous sommes prêts ici. Tu peux l'apporter maintenant.

— *J'arrive.*

Burt s'avanca jusqu'à l'extrémité d'une longue bande de peinture jaune qui courait sur le sol du laboratoire long d'une centaine de mètres et le divisait en deux.

— Madame la Présidente, permettez-moi de vous expliquer ce dont vous êtes sur le point de faire l'expérience ; c'est assez fantastique.

Il lui montra la bande peinte au sol.

— Sous cette ligne peinte, dit-il, se trouve un électroaimant incroyablement puissant. La Fondation l'a utilisé pour toutes sortes d'essais. Aujourd'hui, il va nous servir à lancer, en quelque sorte, cette expérience.

Une des portes s'ouvrit soudain sur la droite du labo. Margaret Hager eut alors l'étrange vision d'un large fauteuil rembourré que Bella et Neeta roulaient dans sa direction. Le fauteuil comportait un grand cerceau en bois fixé horizontalement. Elle allait demander de quoi il s'agissait au juste, quand la voix de Dave résonna sur sa gauche :

— Excellent. On dirait bien que nous sommes prêts.

Il tenait une tablette PC munie d'une longue antenne. Il désigna du doigt l'extrémité de la ligne jaune et ajouta, en parlant du fauteuil :

— Très bien. Mettons-le en position de départ.

Margaret Hager remarqua que le cerceau en bois entourant le fauteuil y était fixé à l'aide de trois rayons en bois, qui laissaient l'avant du siège accessible pour qui voulait s'y asseoir.

Dave se tourna vers elle et étendit le bras gauche vers le fauteuil.

— Madame la Présidente, si vous voulez bien vous glisser sous ce cerceau et vous asseoir sur le fauteuil… Je vais vous expliquer ce que nous allons faire.

L'agent du *Secret Service* intervint aussitôt :

— Madame la Présidente…

Mais cette dernière balaya l'objection d'un geste.

— Je ne tiens pas à ce qu'on me sermonne avec des questions de protocoles. Pas maintenant. Je vais le faire.

Elle se tourna vers Dave et demanda :

— Êtes-vous certain qu'il n'y a aucun danger ?

— Tout à fait certain, Madame, confirma Dave avec un sourire. J'ai déjà pratiqué ce test d'innombrables fois. Il est absolument sans risque. Pour tout dire, à cette échelle, c'est même plutôt amusant.

La curiosité de la présidente était piquée au vif. Elle se glissa sous le cerceau de bois à l'avant du fauteuil, et s'assit confortablement.

Dave pointa du doigt les pieds de Margaret Hager.

— Si cela ne vous ennuie pas, je préférerais que vos pieds ne dépassent pas. Pouvez-vous vous asseoir jambes croisées, ou…

— Comme ça, ça va ? demanda-t-elle en ramenant ses pieds sous elle avant de se recaler au fond du fauteuil.

Elle trouvait un peu gênant d'être assise d'une manière aussi désinvolte en public.

— Parfait.

Dave s'agenouilla devant le fauteuil et désigna du doigt le cerceau de bois.

— Comme vous pouvez le voir, il ne s'agit pas d'un fauteuil normal. Imaginez qu'il représente la Terre et que vous représentez l'humanité. Les rayons qui tiennent ce cerceau en place représentent, eux, les ascenseurs spatiaux que nous allons installer, et le cerceau lui-même représente la circonférence de la bulle de gravité que nous allons créer. Vous remarquerez qu'aussi bien les rayons que le cerceau sont enveloppés d'un mince film de ce même graphène dont nous venons de tester la résistance. Ce ne sont pas les rayons qui vont vous déplacer. Ils tiennent simplement l'anneau en place, lequel va créer la bulle de gravité, et c'est cette bulle qui va servir de véhicule.

Margaret Hager se pencha, caressa la surface lisse du bois et acquiesça.

— Notre démonstration se fera en trois étapes. D'abord, je vais activer l'électroaimant dissimulé sous la dalle en béton. Il va soulever ce fauteuil juste assez pour que la bulle de gravité se forme tout autour. Ensuite, il se trouve qu'il y a des batteries à très haute capacité sous ce fauteuil sur lequel vous êtes assise. Ces batteries, que j'ai conçues moi-même, ont la propriété de pouvoir stocker de formidables quantités d'énergie, et de pouvoir, à la demande, se décharger rapidement. Nous en aurons besoin, parce que même à pleine charge, cette démonstration ne durera pas plus de quarante-cinq secondes. J'activerai la bulle à distance, et tout en restant assise, vous ressentirez certainement une curieuse sensation d'apesanteur. Une seule chose : quoi qu'il se passe, n'essayez pas de vous lever. Vous allez expérimenter ce que c'est que de voyager à l'intérieur de cette bulle.

— Vous êtes vraiment certain qu'il n'y a aucun risque ? s'assura une dernière fois la présidente, l'estomac serré. Vous dites que j'aurai l'impression de flotter ; est-ce que ça signifie que nous serons tous en apesanteur quand vous activerez cette bulle de gravité autour de la Terre ?

— Dave m'a fait vivre ça ce matin, intervint Burt derrière elle ; c'est sans danger, et c'est une expérience mémorable. Et non, nous ne serons pas en apesanteur quand cette expérience se déroulera réellement, à grande échelle. La gravité terrestre opérera toujours, comme c'est le cas aujourd'hui.

Dave hocha la tête d'un air approbateur.

— C'est exact. Mais dans cette expérience, étant donné que vous serez isolée des effets de la gravité qui existe en dehors de cette bulle, vous ressentirez une sensation d'apesanteur pendant que la bulle sera active.

Margaret Hager se cala au fond du siège, agrippa les accoudoirs et prit une grande inspiration.

— Je suis prête, dit-elle. Continuez seulement de me parler pendant que l'expérience se déroulera.

Dave recula de quelques pas, récupéra sa tablette PC et balaya sa surface du doigt.

— J'active l'électroaimant…, commenta-t-il.

La présidente sentit le fauteuil se soulever légèrement.

— Tout va bien ? demanda Dave.

— Oui, continuez. Je crierai si j'ai un problème.

— D'accord. J'active maintenant la bulle. Vous allez percevoir un bourdonnement ; il est dû aux rayons qui transportent l'énergie nécessaire pour créer l'effet bulle.

Une faible vibration se fit ressentir sous le fauteuil. Margaret Hager se sentit soulevée légèrement du coussin d'assise. C'était comme de partir du sommet d'un grand huit.

— J'ai coupé l'électroaimant ; vous flottez en ce moment dans l'air, isolée des effets de la gravité terrestre. Quand je déplacerai la bulle, vous ne ressentirez aucune sensation de mouvement. Je manipule en ce moment-même ce qu'on appelle l'espace-temps. Imaginez, si vous voulez, que vous êtes sur une feuille en caoutchouc. Je vais rétrécir l'espace devant vous, et au contraire distendre l'espace derrière vous, en même temps. Cela va vous faire avancer.

« Je sais que nos yeux peuvent nous tromper parfois, alors pour apprécier pleinement cette expérience, je vous conseille de fermer les vôtres une seconde.

Margaret Hager le regarda ; Dave hocha la tête d'un air rassurant. Elle ferma les yeux et dit :

— D'accord, mes yeux sont fermés.

— Ouvrez-les maintenant, cria presque aussitôt Dave, mais sa voix parut étrangement lointaine.

Quand Margaret Hager rouvrit les yeux, elle resta muette de stupeur. Elle ne les avait fermés qu'une seconde, n'avait rien senti, et voilà brusquement que le Dr. Holmes se trouvait à plus de cinquante mètres de là. Elle sentit son cœur battre plus fort et sourit.

— Madame la Présidente, êtes-vous prête pour le voyage de retour ? lui cria Dave.

— Oui ! répondit-elle.

Et en une fraction de seconde, le monde parut défiler à une vitesse folle autour d'elle. Elle ne ressentit pourtant aucune accélération ; à peine eut-elle brièvement une sensation de vertige. Son cœur battait toujours aussi fort ; Dave continuait de lui parler. Le fauteuil toucha de nouveau le sol.

Tandis que Burt l'aidait à en descendre, elle se sentit un peu faible sur ses jambes, mais elle était tout à l'enthousiasme de l'expérience vécue.

— Je n'arrive pas à y croire…. Enfin, si, au contraire, je veux dire, j'y *crois*.

Elle se tourna vers Dave, tandis que tout le monde se rassemblait autour d'elle.

— Vous êtes sûr de pouvoir reproduire cela à l'échelle dont nous avons besoin ?

Dave regarda Neeta. Elle hocha la tête.

— Madame la Présidente, nous ferons tout ce qui est en notre pouvoir pour cela. Tant que nous avons les matériaux et l'énergie nécessaires pour alimenter l'anneau, cela devrait bien se passer.

Margaret Hager sourit et posa une main sur l'épaule de Dave.

— J'ai confiance en vous. Mon travail consiste maintenant à

convaincre tous les autres pays. Vous aurez tout ce dont vous avez besoin. Quand tout cela sera fini, le monde vous devra une fière chandelle.

Dave secoua la tête.

— C'est un effort d'équipe, comme c'est presque toujours le cas. Et puisqu'on parle de ça…

Il se tourna vers Neeta et lui demanda :

— Croyez-vous que vous pourriez m'aider à inventorier les matériaux nécessaires pour le réseau d'ascenseurs spatiaux ? Je me demande si ce nouveau lot de graphène sera réellement suffisant.

Neeta regarda Burt, qui hocha la tête et dit :

— Neeta, fais ce que tu as à faire, aucun souci. Je gère tout le reste en attendant.

— Très bien, conclut Margaret Hager, nous allons tous être très occupés à faire des choses que nous n'avions pas l'habitude de faire. Là-dessus, je vous dis au revoir à tous.

CHAPITRE DIX-HUIT

Burt s'enfonça à grands pas à l'intérieur du tunnel souterrain en béton. La porte qu'il venait de franchir se referma automatiquement derrière lui. Le bruit du métal frottant contre le métal résonna sombrement à travers le tunnel. Une serrure claqua sourdement, scellant l'entrée.

Deux hommes en costumes noirs l'attendaient au bout du tunnel. Ils ressemblaient en tous points aux deux autres qui l'avaient conduit là à bord d'une fourgonnette noire sans fenêtre. Il savait seulement qu'il se trouvait dans un ancien abri nucléaire situé sous Manhattan. Il avait d'abord cru que les hommes faisaient partie de la sécurité rapprochée de la présidente, mais il soupçonnait à présent qu'ils appartenaient à une autre branche gouvernementale. La plupart des agents du *Secret Service* qu'il avait rencontrés jusque-là s'étaient montrés plutôt amicaux, mais ces types-là étaient… différents.

L'un d'eux s'approcha, tenant à la main un détecteur de métaux de sécurité, du même genre que ceux utilisés dans les aéroports.

— Veuillez lever les bras sur les côtés, docteur Radcliffe.

Burt tenta d'apercevoir quelque chose par-delà le bout du tunnel, mais tout ce qu'il vit, tandis que l'agent lui passait le détecteur le long du corps, c'était un mur en acier brossé. Il n'y avait apparemment ni porte ni rien qui permette de penser qu'il était possible d'aller au-delà.

— Est-ce qu'une rencontre est prévue *dans* ce tunnel ? demanda-t-il.

L'agent continua son travail de détection avec une lenteur qui paraissait exagérée, sans prononcer un mot.

Burt s'était vu expliquer qu'il allait devoir briefer certaines personnes dans un lieu tenu secret, mais il n'avait pas réalisé jusqu'à quel point le mot « secret » pouvait être compris littéralement.

L'agent au visage de marbre qui l'avait passé au détecteur se tourna finalement vers son équipier, et lui adressa un petit hochement de tête.

— Il n'a rien.

L'agent qui se trouvait près du mur appuya sa main contre la surface en métal. Aussitôt, une lumière verte s'alluma sous sa paume et auréola sa main, suivie d'un bruit métallique.

Il fixa alors Burt et lui dit :

— Ce lieu n'existe pas, et cette rencontre n'a pas lieu non plus. Les personnes à qui vous allez parler ne sont pas ici, et même si vous savez de qui il s'agit, vous l'avez déjà oublié. Est-ce que je me fais bien comprendre ?

— Bien sûr. Aucun problème.

Burt sourit, trouvant tout cela un peu exagéré. Après tout, qui que ce soit qui l'attende ou ait prévu de le retrouver ici, cela ne pouvait guère être plus impressionnant que de travailler directement avec la présidente des États-Unis.

S'attendant à voir une porte en métal s'entrebâiller, il écarquilla les yeux de surprise quand le mur en métal épais d'une trentaine de centimètres descendit dans le sol, jusqu'à y disparaître complètement.

Les agents lui firent signe d'avancer. Il franchit le « mur », ou plutôt le haut de mur, de niveau avec le sol, et l'entendit remonter aussitôt derrière lui, le laissant dans l'entrée d'une grande pièce circulaire d'une quinzaine de mètres de large creusée dans la roche. Une immense table noire en U dominait le centre de la pièce, autour de laquelle se trouvait une trentaine d'hommes et de femmes.

Au bout de la table, au milieu du U, un homme d'un certain âge à l'allure distinguée se leva à son entrée et dit, avec un fort accent britannique qui résonna dans la pièce comme dans un amphithéâtre :

— Bienvenue, docteur Radcliffe.

Il désigna d'un geste la chaise vide installée au centre de la pièce.

— Je vous en prie, asseyez-vous. Je suis sûr que vous vous demandez pourquoi vous êtes là exactement, et pourquoi tant de secret. Nous avons nous aussi beaucoup de questions concernant ce que votre gouvernement a baptisé « Indigo ».

Burt sentit sa gorge se serrer en entendant l'homme dire « votre gouvernement ». Il scruta les visages et les vêtements des personnes assises autour de la table. Ils paraissaient étrangers, tous. Leurs tenues, leurs coiffures, et jusqu'à l'accent de l'homme qui venait de s'adresser à lui. Que se passait-il ? Comment étaient-ils au courant pour Indigo ?

On lui avait dit qu'il devrait mettre au courant de la situation un groupe de politiciens. Il se demanda s'il avait bien compris. Qui étaient tous ces gens ?

— Docteur Radcliffe, permettez-moi de dissiper les inquiétudes que vous pourriez avoir, reprit l'homme à l'accent britannique. Votre présidente sait que vous êtes ici, et elle serait ici elle-même si nous n'avions déjà eu le privilège de nous entretenir avec elle.

Burt ne savait plus que croire, mais il s'avança lentement jusqu'au fauteuil en cuir pivotant qui se trouvait au centre de la pièce et demanda :

— Où sommes-nous exactement ? Est-ce pour cela que je suis ici ? Pour vous informer de la situation ? Avant cela, j'aimerais vraiment savoir…

Il balaya la salle d'un grand geste du bras.

— … ce qu'est tout cela, et qui sont tous ces…

Il s'interrompit soudain au beau milieu de sa phrase ; il venait de reconnaître l'homme à l'accent britannique.

— Hum, monsieur… ne seriez-vous pas le Premier ministre britannique ?

Un sourire se dessina sur le visage du vieux gentleman. Burt comprit qu'il avait vu juste.

— Docteur Radcliffe, cette réunion n'a pas de nom particulier. Nous nous rencontrons dans les périodes importantes, et nous le faisons de manière clandestine, pour des raisons à la fois politiques et de sécurité.

Burt ouvrit la bouche pour poser une question, mais le Premier ministre leva la main pour l'en dissuader.

— Pardon, docteur Radcliffe, mais avant de commencer, j'aimerais vous raconter une petite histoire qui, je l'espère, vous aidera à comprendre ce que nous attendons de vous. Sachez en tout cas que tout ce qui se dit dans cette salle reste confidentiel.

Burt trouvait la situation assez surréaliste. La voix feutrée à l'accent britannique du Premier ministre, lui donnait l'impression de jouer un rôle dans un vieux James Bond.

— Docteur Radcliffe, il y a eu un moment, pas si lointain, où les nations se sont trouvées à deux doigts de la catastrophe. Une grande partie des citoyens du monde a des croyances religieuses, et c'est très bien ; cela ne pose pas de problème. Bien que je rechigne à l'admettre, je crois moi aussi en une puissance supérieure. D'aucuns prétendront que la religion a fait plus de mal que de bien, c'est un autre débat.

Il appuya ses mains devant lui, sur la table, se pencha en avant et poursuivit d'un ton sinistre :

— Le grand public n'en a jamais rien su, mais à une date pas si ancienne, trois États possédant l'arme nucléaire ont perdu le contrôle de leur arsenal, tombé entre les mains de fanatiques religieux de l'intérieur. Lors de chacun de ces trois incidents, ces fanatiques avaient un point commun : ils étaient tous mus par le désir de précipiter la fin du monde, et ce faisant, ils croyaient que la main de Dieu agirait à leur côté. Heureusement, les forces de sécurité de chaque État ont réussi à éviter la catastrophe annoncée et à reprendre le contrôle de la situation.

La première pensée de Burt le ramena à l'image holographique que lui avait montrée la présidente, concernant la Fraternité des Justes. Était-ce au même groupe de fanatiques que le Premier ministre faisait allusion ? Il essaya de se souvenir de ce qu'il avait pu entendre aux infos concernant des émeutes religieuses, et soudain un détail lui revint en mémoire.

— Attendez une minute, je me souviens d'une série de funérailles de chefs religieux survenues en même temps, il y a une dizaine d'années il me semble. Ça a tout de même fait grand bruit à l'époque, mais je croyais qu'ils étaient tous morts d'une crise cardiaque ou…

— Oui, coupa le vieil homme. Mais ne parlons plus du qui et du comment. Il nous suffit de savoir que le problème a été réglé – rapidement et sans éveiller de soupçons. Ce n'est qu'après ces incidents que les chefs des pays dotés de l'arme nucléaire ont compris que nous courions tous le même risque de voir notre sécurité menacée par ces groupes de fanatiques. Ces sectes suicidaires existent toujours un peu partout dans le monde ; elles comptent des millions de fidèles. Nous autres, nations civilisées, ne pouvons pas permettre qu'elles sèment de nouveau le chaos.

Burt se souvint de l'image du moine albinos incitant ses « frères » à

« combattre la tyrannie des païens », et il frissonna à l'idée que ces fanatiques puissent être des millions de par le monde.

Le Premier ministre désigna ses pairs installés à sa droite et à sa gauche.

— Chacun de nous, dans nos pays respectifs, neutralisons ceux des membres de cette secte qui posent le plus de problèmes. Nous veillons à ce qu'ils n'aient aucun moyen de faire pression sur nos gouvernements. Nous limitons également leur réussite dans les affaires. Nous garantissons ainsi la sauvegarde du reste de l'humanité.

Burt opina du chef. Curieusement, rien de tout ceci ne le dérangeait. Il n'était pas particulièrement religieux, mais surtout il ne voulait pas accélérer la main de Dieu de quelque manière que ce soit.

— Monsieur le Premier ministre, dit-il, si vous êtes au courant pour Indigo, pourquoi suis-je ici ? Pourquoi me dire tout cela ?

— Eh bien, la réponse à cette question est très simple, répondit le Premier ministre en se recalant au fond de son fauteuil et en désignant d'un geste vague les autres responsables présents. Nous voulons que vous compreniez pourquoi ce groupe existe. Vous devez savoir que nous luttons contre une part significative de notre société, contre des gens prêts à croire à peu près n'importe quoi dans certaines circonstances. Les implications d'Indigo nous ont fait nous interroger. Il nous est apparu clairement que si la vérité était connue du grand public, nous aurions une catastrophe à l'échelle planétaire. Toutes ces sectes suicidaires n'attendent qu'un prétexte de ce genre, un signe venu d'en-haut, pour semer le chaos.

Le Premier ministre regarda rapidement les autres et ajouta d'un ton grave :

— À présent, nous pouvons écouter ce que vous avez à nous dire.

Confortablement assis dans son fauteuil, Burt le fit rouler légèrement en arrière pour s'assurer qu'il voyait bien tout le monde et inversement. Puis il s'éclaircit la gorge et commença :

— Je suis certain que vous savez tous qu'un trou noir est l'un des plus dangereux…

Burt remerciait le ciel d'avoir passé presque deux journées complètes à parler avec Dave des fondements et des implications scientifiques de sa solution. Après plus de deux heures de discussion détaillée avec les repré-sentants des trente-quatre nations présentes, il était complètement vidé. Il avait l'impression d'être à son procès et d'en avoir terminé avec l'interro-gatoire du procureur. Il avait dû répondre à toutes sortes de questions, envisagé les choses sous tous les angles possibles et imaginables. Le débat avait même donné lieu à des échanges assez vifs entre les chefs des diffé-rents pays, jusqu'à ce que le Premier ministre ramène le calme à l'aide d'un marteau en bois sorti on ne savait d'où.

En guise de conclusion au débat, Burt comprit seulement que d'autres discussions devraient avoir lieu, et que chaque pays enverrait un représen-tant de sa propre communauté scientifique, avec des instructions de son gouvernement.

Quand, les débats clos, tous se levèrent pour se diriger vers une table pleine de nourriture et de rafraîchissements, le Premier ministre britan-nique s'approcha de Burt et lui donna une petite tape sur épaule en lui souriant d'un air complice.

— Docteur Radcliffe, je tiens à m'excuser pour ce que nous venons de vous faire vivre. Je sais combien ce doit être éprouvant pour vous d'avoir affaire à des politiciens tout juste capables d'écrire correctement le mot « physique ». La plupart d'entre nous sommes habitués à faire preuve de pragmatisme, à garder la tête sur les épaules.

Burt secoua la tête en souriant à son tour.

— Ne vous inquiétez pas. J'ai connu bien pire. Je me souviens d'un proverbe appris à l'époque où j'étais étudiant : « La politique n'est pas l'art du possible, mais celui de rendre possible ce qui est nécessaire. »

Le vieux gentleman hocha la tête d'un air approbateur.

— Oui, c'est assez juste, je suppose. Quoi qu'il en soit, vous vous êtes parfaitement maîtrisé, et je ne tarirai pas d'éloges à votre sujet auprès de Margaret.

Jetant un coup d'œil à la table sur laquelle se trouvait un grand plateau à thé en argent, le Premier ministre posa une nouvelle fois la main sur l'épaule de Burt et dit :

— Je ne sais pas pour vous, mais personnellement j'ai besoin d'une bonne tasse de thé pour calmer mes nerfs durement éprouvés.

Juste au moment où le vieil homme vrillait le buste pour se servir, Burt sentit une petite tape dans le milieu de son dos. Il se retourna et vit un petit homme d'origine asiatique qui le fixait avec intensité.

— Oh, bonjour.

Burt reconnut immédiatement le petit homme entre deux âges au léger embonpoint qui était assis à l'une des extrémités de la table en U. Il n'avait pas dit un mot, tandis que les autres en étaient presque à se crier dessus.

— Avez-vous une question ? lui demanda Burt.

— Radcliffe, arrangez-moi une rencontre en privé avec Dave Holmes. Dave et moi sommes de vieux amis.

Burt cligna des yeux, interloqué.

— Euh, je n'ai pas autorité pour organiser des rencontres avec le Dr. Holmes. J'ai bien peur que vous ne deviez pour cela contacter la présidente elle-même, à moins que vous… je suis désolé, je ne veux surtout pas paraître grossier, mais qui êtes-vous ?

Le petit homme pencha la tête sur le côté et sourit.

— Parler à votre présidente risque d'être difficile. Disons que mon administration et la sienne ont quelque mal à communiquer. Quand vous verrez Dave, dites-lui que Frank voudrait lui parler des convertisseurs d'énergie.

Comme par réflexe, Burt recula d'un pas. Il n'était pas certain si l'homme à qui il parlait avait toute sa raison. Mais soudain, le nom de Frank éveilla quelque chose dans son esprit.

— Frank ? Comme le Frank de Corée du Nord – le même Frank qui est allé à l'université avec le Dr Holmes ?

Dans un brusque élan d'enthousiasme, Frank se mit à applaudir avec jubilation.

— Alors, il vous a parlé de moi ? Il doit savoir que j'ai fait des progrès sur le projet dont lui et moi avions discuté.

Soudain, il agrippa le haut du bras de Burt et approcha son visage du sien.

— Il *faut* que je lui parle.

Haussant les épaules et s'écartant pour échapper à l'étreinte de l'homme, Burt recula de nouveau, tandis que Frank écarquillait les yeux de surprise. Chef suprême dans son pays, il n'était probablement pas habitué à ce que ses interlocuteurs ne soient pas intimidés et totalement soumis en sa présence.

Il se pencha de nouveau vers Burt et murmura d'une voix rauque, dont le ton avait quelque chose de désespéré :

— Il y a encore plus que cela, mais je ne peux pas vraiment en parler ici.

Il jeta un coup d'œil nerveux par-dessus son épaule.

— Et l'information que je possède… j'ai besoin de la confirmer ; parce que ça semble fou. Voilà pourquoi il faut que je lui parle. Dave a toujours été excellent pour désembrouiller les choses. Il est doué d'une intelligence exceptionnelle.

— Croyez-moi, je comprends, acquiesça Burt. Dave est extrêmement brillant. Je rapporterai notre discussion à la présidente, et je verrai ce que je peux faire. Je ne peux pas vous promettre plus.

Le chef suprême de l'État paria soupira.

— C'est important. Dites à Margaret Hager que je fais tout ce que je peux pour que mes généraux se comportent comme l'exige la situation.

Là-dessus, le chef suprême tourna les talons et se dirigea vers la table couverte de mets délicats et de gourmandises aux saveurs cosmopolites.

La nouvelle de la menace à laquelle le monde devait faire face s'était répandue parmi les grands dirigeants de la planète, mais par une sorte de petit miracle, elle n'avait pas encore fuité dans le grand public. Burt avait toujours entendu dire qu'il n'existait pas de secrets gouvernementaux ; que les gens ne pouvaient s'empêcher de parler tôt ou tard de leurs « secrets » justement. Manifestement, ce n'était pas toujours le cas.

Il prit une grande inspiration, et emplit ses poumons de la vague odeur de renfermé qui imprégnait l'amphithéâtre. Il se tenait sur l'estrade de l'auditorium de Fort Meade, dans l'État du Maryland, un ancien poste militaire de l'Armée des États-Unis. Quelque cent cinquante scientifiques avaient pris place dans la salle. Burt sentait que son estomac faisait des siennes, sans qu'il sache si c'était à cause du petit déjeuner trop gras qu'il avait pris à l'hôtel, ou parce qu'il était sur le point de dévoiler dans le détail aux plus grands scientifiques du monde, ses pairs, la manière dont ils comptaient faire face à la plus terrible menace que notre Terre avait jamais eue à affronter.

L'auditoire apparemment au grand complet, il se pencha en avant et tapota son micro en balayant la salle du regard.

— Bonjour tout le monde, commença-t-il. Je suis ravi de reconnaître quelques vieux amis dans cette salle, et tout autant de rencontrer tous les autres pour la première fois. J'aurais évidemment préféré que ce soit dans des circonstances moins graves.

S'efforçant de maîtriser sa nervosité, il prit une autre grande inspiration et agita doucement les épaules pour en chasser la raideur.

— Vous êtes tous au courant de la menace à laquelle nous devons faire face. Vous avez également juré d'en garder le secret ; de la même manière, ce qui sera dit dans cette salle devra rester dans cette salle. Cette réunion a deux buts. Le premier est de vous expliquer comment nous allons pouvoir agir face à ce qui a été décrit dans le rapport qui vous a été remis. Mais il est temps également pour nous tous de discuter des implications de ce qui est en train de se passer, et d'envisager ce qu'il conviendrait éventuellement de faire en plus. Chacun d'entre vous devra pouvoir conseiller son pays respectif.

Quand la nouvelle d'Indigo finirait par devenir publique, ce serait ces mêmes scientifiques qui seraient chargés de l'expliquer à leurs compatriotes ; s'ils en étaient incapables, ces derniers cèderaient forcément à la panique. L'enjeu était trop important pour qu'il rate sa présentation.

— Pour commencer, je me dois de préciser que ce que je suis sur le point de décrire, a été conçu par le Dr. David Holmes. Ceux d'entre vous qui ne le connaissent pas personnellement, ont au moins entendu parler de lui, j'en suis sûr. J'aimerais qu'il soit là, mais il travaille en ce moment même à mettre en œuvre ce dont je suis venu vous parler à sa place.

Un des scientifiques au premier rang, un vieux monsieur aux cheveux blancs, se leva et fit remarquer d'une voix forte :

— Docteur Radcliffe, décider de manière unilatérale du sort du monde, sur la base de croyances nouvelles ou d'éléments de compréhension nouveaux, appelle la plus ferme objection. Ce n'est pas ainsi que fonctionne la science.

Burt, qui avait prévu qu'il ferait face à ce type d'opposition, secoua la tête et répondit :

— J'entends votre objection, mais vous semblez oublier notre histoire. Les avancées scientifiques se produisent souvent inopinément. Des vérités que l'on croyait comprises et admises depuis longtemps, volent brusquement en éclats face à des données empiriques contradictoires. C'est ainsi que fonctionne la science, et vous le savez.

« Jusqu'à la fin du dix-neuvième siècle, le monde scientifique croyait en une substance distincte de la matière appelée l'éther luminifère, censé transmettre les ondes lumineuses. Et puis un jour, en 1905, un homme nommé Albert Einstein a balayé toutes les croyances de la communauté scientifique avec sa théorie de la relativité restreinte.

— Ce que le Dr. Holmes a démontré comme possible est selon moi tout aussi important que ce qu'a fait Einstein avec sa théorie de la relativité restreinte, puis générale.

Sachant que ce qu'il allait expliquer allait créer la controverse, Burt prit une fois encore une grande inspiration, et se promit de ne pas grimacer, quoi qu'on lui oppose comme argument.

— Ce que je suis sur le point de décrire est extrêmement compliqué. Certaines des choses dont nous allons parler vont ébranler tout ce que nous tenons pour vrai. Croyez-moi, je parle en connaissance de cause. Je suis comme vous ; je veux dire que par notre formation académique, nous sommes du genre à soulever un tas de questions, à débattre, notamment des publications de nos pairs. Je suis navré de vous le dire : nous n'avons plus ce luxe.

Un grand murmure parcourut l'auditoire, et une femme se leva dans le fond.

— C'est complètement fou, s'écria-t-elle. Il n'y a rien qui ne puisse être débattu ; rien n'est compliqué à ce point. Si c'est si difficile à expliquer, c'est peut-être justement que cela manque de fiabilité.

Le murmure dans la salle frisa le brouhaha.

Burt pinça les lèvres, prêt à relever le défi de convaincre son auditoire.

— Je n'ai jamais dit que je ne pouvais pas expliquer l'option choisie. J'ai juste dit qu'un certain nombre d'entre vous aurait du mal à l'accepter. N'oubliez pas que les concepts les plus simples peuvent être en réalité d'une complexité inouïe. Je vais vous en donner un exemple.

« Je sais que certains d'entre vous ne sont pas familiers de la physique, mais je ne doute pas une seconde que vous savez la différence qu'il y a entre la puissance et l'énergie. La puissance s'exprime en watts. L'énergie, en revanche, qui est en quelque sorte la quantité de travail fourni en un temps donné, se mesure en watt-heure. On peut donc dire par exemple qu'un watt de puissance, maintenu durant une heure, équivaut à un watt-heure d'énergie. C'est simple, n'est-ce pas ?

Beaucoup dans l'assistance le fixaient d'un air impassible ; d'autres manifestaient de l'agacement.

— J'entends ceux d'entre vous qui se disent : « On est en cours de rattrapage, ou quoi ? »

— Je prends cet exemple pour vous montrer comment quelque chose de simple peut être bousillé quand trop de personnes débattent de ce qui fonctionne déjà, plutôt que d'avancer. Par exemple, l'énergie d'une batterie n'est pas exprimée en watt-heure, mais en ampère-heure, ce qui bien sûr signifie que vous devez multiplier l'ampérage par le voltage pour obtenir des watts-heure. Simple là encore, je suppose.

« Vous vous dites peut-être que vous savez ce qu'est un BTU, la fameuse « British Thermal Unit », ou l'unité anglo-saxonne d'énergie, qui équivaut à 1055 joules. Pourquoi 1055 joules ? Eh bien, parce que c'est la quantité de chaleur nécessaire pour élever d'un degré Fahrenheit la température d'une livre anglaise d'eau. Et si je vous disais que les Britanniques avaient également quelque chose baptisé « Board of Trade Unit », également connu sous l'acronyme BTU ? C'était un kilowatt-heure, ce qui, vous me l'accorderez, est bien différent de l'unité thermique britannique dite aussi « BTU ». Cette forme de BTU n'équivaut pas à 1055 joules, mais à 3,6 mégajoules.

« Attendez, ce n'est pas fini ! En Inde, un kilowatt-heure s'appelle simplement une Unité. Un million d'unités équivaut à un gigawatt-heure, un milliard d'unités à un térawatt-heure, et cetera.

« Bref, tout cela pour dire que nous avons le don de foutre en l'air le moyen d'exprimer, entre nous, des concepts souvent très simples.

« Vous êtes tous chargés non pas de débattre de la nature de la menace à laquelle nous devons faire face, ni de la solution qui a été retenue pour la contrer, mais des ramifications de cette solution et de la manière dont chacun de vos pays doit se préparer. Vos compatriotes attendent que vous les guidiez. Si vous êtes incapables de leur expliquer ce dont je vais vous parler, chacun d'entre vous portera la responsabilité du chaos inévitable qui ne manquera pas de s'ensuivre dans vos pays respectifs.

Burt balaya du doigt son auditoire.

— Croyez-moi, si vous n'arrivez pas à convaincre vos compatriotes que tout ira bien, ce *sera* le chaos. Cela fera de vous ou bien le sauveur de votre nation, ou bien le responsable de son marasme intérieur.

— Pour vous aider tous à réussir, je vais passer les deux prochaines heures à parler de ce que le Dr. Holmes a découvert. J'entrerai dans des notions de physique, et vous rappellerai que l'heure n'est déjà plus aux débats sur la possibilité que cela fonctionne ou non. Vous apprendrez que j'ai vu, de mes propres yeux, un prototype en action. Cela marche. Fin des débats.

Sans laisser à quiconque le temps de soulever une objection, Burt se pencha tout près du micro et ajouta :

— Si vous avez une question qui vise à clarifier un détail, posez-la – mais pour le reste, je n'accepterai pas que quiconque ralentisse cet exposé. Nous n'avons plus le temps. Nos vies à tous sont en jeu. Si vous ne vous sentez pas capables d'écouter ce que j'ai à dire, vous pouvez repartir avec un résumé des procédures prévues à remettre au chef de votre gouvernement. Suis-je assez clair ?

Une main se leva au milieu du troisième rang. Burt fit signe à l'homme qu'il l'écoutait.

— Pardonnez-moi, docteur Radcliffe, dit l'homme. Je ne suis pas physicien, contrairement à nombre d'entre vous. Je ne prétendrai donc pas comprendre tout ce dont vous vous apprêtez à parler. Néanmoins, je suis climatologue, et chercheur en océanographie. Quand nous aurons étudié les aspects mécaniques de la solution proposée, allons-nous en envisager concrètement les conséquences et comment nous y préparer au mieux ? Je pense déjà à certains points qu'il serait bon de soulever.

Burt laissa échapper un grand soupir, qu'il n'avait pas eu conscience de retenir ; il sourit à l'homme.

— Oui, bien sûr. Nous discuterons ensuite des questions d'ordre pratique. Je resterai aussi longtemps qu'il faudra pour cela. Je veux simplement que vous ayez tous au moins une compréhension globale de la solution, de manière à pouvoir l'expliquer quand l'heure sera venue de la rendre publique.

Il jeta un coup d'œil à la pendule murale et, soulagé de ne pas rencontrer plus d'opposition, il reprit :

— J'ai commencé cet exposé en rappelant que la science, parfois, peut être prise à contre-pied, et changer brusquement de cap. Eh bien, c'est exactement le tour que lui a joué le Dr. Holmes.

« Le concept de masse négative, l'isolement de la gravité, le mouvement par-delà la vitesse de la lumière ; c'est de tout cela dont il va être question. Ce qui relevait de la science-fiction est devenu un fait scientifique intangible. Tout comme le concept de l'éther, il va nous falloir abandonner nombre de nos certitudes. Plus que jamais, le moment est venu d'étudier la place de l'humanité dans l'univers.

Burt fixa un petit micro portatif à sa chemise et remonta ses manches. Il s'approcha d'un gigantesque tableau blanc derrière lui, se saisit d'un feutre noir effaçable, et commença à dessiner l'image de la Terre, ainsi qu'un réseau d'ascenseurs spatiaux autour de la ligne de l'équateur.

— Commençons par les détails de l'expérience que nous vivrons quand l'anneau de distorsion sera activé. Nous verrons ensuite les théories qui ont conduit à la solution.

Assise sur le canapé du Bureau ovale, Margaret Hager examinait le rapport de sécurité, tandis qu'un projecteur holographique fixé au plafond diffusait au centre de la pièce l'image du ministre de la Défense. Sa voix rauque résonnait dans les haut-parleurs dissimulés dans les murs.

— *Madame la Présidente, nous avons toutes les raisons de croire que les cellules terroristes ne communiquent pratiquement pas entre elles, mais qu'elles reçoivent des signaux d'une autorité centrale.*

— C'est ce que j'ai compris en lisant ce rapport, Walter. Que sont au juste ces signaux ? Comment fonctionne ce réseau de communication ?

La présidente vit Walter Keane tourner une page du rapport et s'éclaircir la gorge.

— *Nos analystes de l'USACIL ont réussi à extraire un implant de l'un des terroristes morts. Selon eux, il s'agit d'un implant très sophistiqué, un récepteur « large bande », qui couvre une large plage de fréquences.*

Keane s'empara d'un autre document et lut :

— *Le récepteur n'est pas plus grand qu'un grain de riz. Il a été codé pour utiliser l'activité électrique du corps à la fois comme antenne et comme source d'énergie. Le récepteur est capable de détecter des signaux avec étalement du spectre, et parce qu'il est logé dans la membrane tympanique du sujet, il a la capacité de traduire des signaux en stimulus auditifs.*

Sourcils froncés, l'air préoccupé, Margaret Hager fixait en silence l'image fantomatique de l'ancien général.

— Si je comprends bien, reprit-elle finalement, nous avons des terroristes équipés d'implants qui leur permettent de recevoir le flux global des communications terroristes, aussi bien que les messages qui leur sont personnellement adressés ?

— *En effet, Madame la Présidente, c'est ce qu'il semble. Ils ont recours à une technologie de pointe.*

— Seriez-vous en train de suggérer qu'un État soutient ces salopards ?

— *Non, Madame, je n'en ai aucune preuve pour le moment. Mais la CIA travaille à le vérifier.*

— D'accord. Qu'avez-vous d'autre sur ces terroristes ?

— *Chez tous les suspects capturés, nous avons trouvé la même marque distinctive : un sablier tatoué. Nous ne connaissons pas encore sa signification précise, et aucun des suspects n'a encore parlé. Mais nous passons l'image dans nos systèmes informatiques pour voir s'il en sort quelque chose ou non.*

Tournant la dernière page du rapport, Margaret Hager tomba sur le portrait-robot d'un suspect qu'elle reconnut aussitôt.

— Et notre ami albinos ? Que pouvez-vous me dire à son sujet ?

— *Au domicile d'un des suspects, une de nos équipes a réussi à extraire un échantillon ADN d'une lettre manuscrite rédigée dans une petite ville du sud de la Roumanie. Grâce à nos tout derniers ordinateurs d'analyse ADN, nous avons pu reconstituer sa structure faciale. Bien entendu, l'âge, la coupe de cheveux ou une cicatrice éventuelle ne sont pas représentés, mais l'image a été immédiatement envoyée pour de plus amples analyses à nos services de renseignement.*

Margaret se pencha en avant sur le canapé et scruta le dessin. L'hologramme montrait une tête en rotation du suspect, sa peau d'une blancheur de craie, ses sourcils pâles, ses cheveux blancs implantés haut sur son front. Elle ne put réprimer un petit frisson.

— Que sait-on de lui ? Est-ce le meneur ou juste un sous-fifre ? Les ordinateurs qui planchent sur l'ADN peuvent-ils nous fournir des empreintes digitales ?

— *J'ai posé les mêmes questions. On ne sait pas encore qui est ce type, ni quel est son rôle exactement au sein de l'organisation terroriste. Quant aux empreintes, il ne faut pas y compter. Les ordinateurs sont incapables de nous les fournir.*

Posant le rapport sur le canapé, Margaret Hager se frotta les yeux et fixa l'image flottante de Walter Keane.

— Autre chose ?

— Non, Madame. Nos cinq corps d'armée sont sur le terrain pour aider les forces de police locales dans chacun de nos territoires. Jusqu'à présent, nous avons réussi à contenir ces terroristes, et, sur vos ordres, nos troupes spéciales cherchent à remonter à la tête de l'organisation.

— Walter, nous devons pouvoir compter encore sur nos forces militaires pour maintenir l'ordre, en particulier sur nos côtes. Veillez-y.

— Entendu.

— Merci, Walter.

Le flux vidéo s'interrompit. Margaret Hager se renversa contre le dossier du canapé, son esprit tournant en roue libre.

Elle ratissa ses cheveux blonds du bout des doigts, et se tourna vers son chef de cabinet, assis dans un coin de la pièce, écoutant en silence.

— Doug, mettez-moi en communication avec le ministère de la Justice. Je dois trouver un moyen légal de brouiller toutes les communications aériennes que ces terroristes pourraient utiliser. Ça signifie que les stations de radio et autres pourraient devoir cesser d'émettre ; mais évidemment, je ne veux pas que l'Union pour la défense des libertés civiles ou le Congrès me tombent dessus. Ce qui est certain, c'est que nous allons devoir prendre des mesures drastiques si nous voulons garder le contrôle de la situation.

Le vieil homme remonta ses lunettes sur son nez et acquiesça d'un hochement de tête.

— Je vais passer quelques coups de fil et essayer d'organiser ça aujourd'hui en fin d'après-midi.

La présidente se massa les tempes du bout des doigts, luttant contre la nausée qui menaçait de lui faire rendre son petit déjeuner.

L'estomac noué, elle murmura pour elle-même :

— Les décisions que je suis en train de prendre vont-elles nous sauver, ou au contraire nous détruire ?

CHAPITRE DIX-NEUF

À la première session conjointe du Congrès jamais organisée à huis-clos, il n'y avait absolument aucun spectateur ni aucun personnel non-essentiel dans les galeries publiques ou dans les chambres elles-mêmes. Tout ce qui était dit l'était dans la confidentialité réservée aux questions de sécurité nationale. Burt venait de terminer de parler durant presque une heure sans interruption ; il était nerveusement épuisé.

Il regarda une partie des 535 membres élus de la nation s'extraire en traînant les pieds de ce qui ressemblait à des bancs en bois dans une vieille église ; pas le genre de sièges que l'on s'attend à voir dans l'un des plus illustres bâtiments du Capitole.

Tandis que certains des sénateurs et des membres du Congrès formaient des files derrière les micros installés là pour la séance de questions-réponses, Burt prit une grande inspiration en se préparant à répondre aux questions les plus farfelues. Après tout, ces hommes-là n'étaient pas des scientifiques.

Quand il avait dévoilé la menace du trou noir, l'auditoire avait immédiatement réagi. Burt s'était rendu compte à ce moment-là qu'une grande partie de l'assistance ignorait tout d'Indigo. Durant son exposé, le président de la Chambre avait dû se servir de son foutu marteau en bois une bonne dizaine de fois pour restaurer l'ordre.

Soudain, un grand silence se fit dans la Chambre comme la présidente faisait son entrée. Contrairement à ce qui se passait lors des tribunes publiques ou lorsqu'elle faisait son discours annuel sur l'état de l'Union, elle traversa la salle et, sans même que le président de la chambre ou le sergent d'armes n'annonce officiellement sa présence, elle alla s'asseoir directement à moins de trois mètres de Burt.

Elle lui adressa un clin d'œil rassurant, tandis que le président de la Chambre se levait derrière lui pour lui demander :

— Êtes-vous prêt pour les questions, docteur Radcliffe ?

Burt opina du chef. Le président frappa trois fois avec son marteau, et dit dans son micro :

— Mesdames et messieurs les membres du Congrès, je compte sur vous pour rester disciplinés et maintenir le décorum. Ceci étant précisé, le Dr. Radcliffe, conseiller scientifique spécial de la présidence et directeur du programme de recherche d'objets géocroiseurs, est prêt à répondre à vos questions.

— Docteur Radcliffe, fit une voix féminine qui résonna dans la salle.

Burt leva les yeux et repéra une femme noire d'un certain âge qui se tenait devant l'un des trois micros.

— *Si ce trou noir est si petit, comment savez-vous qu'il nous heurtera ? N'y a-t-il pas une chance pour qu'il passe à côté de notre planète sans causer le moindre problème ?*

— Excellente question, dit Burt en hochant la tête d'un air approbateur. Je conçois qu'il peut être difficile d'imaginer que quelque chose qui ne mesure que quelques kilomètres de large puisse avoir un effet aussi dévastateur, mais c'est pourtant le cas. Nous sommes actuellement à 150 millions de kilomètres du soleil, et pourtant sa gravité est si forte qu'elle parvient à garder notre planète bloquée en orbite. Il y a des planètes bien plus lointaines, situées à des milliards de kilomètres dans l'espace, qui sont pareillement influencées par le soleil, et bloquées dans une orbite due à la gravité du soleil.

« Imaginez que ce trou noir a presque trois-quarts de la masse de notre soleil. La même masse qu'une étoile entière, notre soleil, contenue dans quelque chose d'aussi minuscule. Que croyez-vous qu'il arriverait si une autre étoile traversait par hasard notre système solaire ?

Burt marqua un temps de pause pour laisser la vision faire son chemin dans les esprits.

— Le chaos, voilà ce qui arriverait. Non seulement ce trou noir a la même influence gravitationnelle que n'importe quelle autre étoile, mais il faut imaginer de surcroît qu'il tourne sur lui-même comme une toupie – et cela à une vitesse prodigieuse. Alors, qu'arriverait-il si une étoile qui tourne comme une toupie déboulait à travers notre système solaire ? Eh bien, je vais vous le dire. Il y a deux possibilités dont l'issue, je peux vous l'assurer, est plus ou moins la même : soit tout ce qui s'approcherait de trop près de cette étoile-trou noir serait aspiré et détruit ; soit tout ce qui se trouverait plus loin autour serait projeté à travers l'espace interstellaire et gèlerait rapidement, y compris notre planète.

« Donc, pour répondre précisément à votre question, nous n'avons pas besoin d'être frappé par ce trou noir pour qu'il soit un problème. Et pour tout dire, le problème est déjà là. Je n'en ai pas parlé tout à l'heure, mais nous faisons déjà face à des questions embarrassantes posées par des astronomes qui ne sont pas au courant pour Indigo, et ignorent la nature du désastre qui se prépare. Saturne, qui est bien plus près du trou noir, est sortie de son orbite. En fait, cela nous affecte déjà tous. La trajectoire de notre orbite autour du soleil s'est légèrement déplacée. C'est comme si un bras de fer s'était d'ores et déjà engagé entre le soleil et cette menace primale que nous appelons un trou noir. Malheureusement, il n'y aura pas de gagnant si nous ne faisons rien.

L'assistance observa un silence de mort durant quelques secondes, jusqu'à ce que le président de la Chambre annonce :

— La parole est maintenant donnée au sénateur Hoffman, du grand État du Connecticut.

Burt tourna son regard vers ledit sénateur, un grand brun qui se trouvait tout à fait sur sa gauche.

— *Docteur Radcliffe, commença-t-il d'une voix éraillée, je préside la Commission des finances. J'ai déjà posé cette question à plusieurs reprises, sans obtenir la moindre réponse de l'administration. J'espère que vous pourrez m'apporter vos lumières cette fois. Il me semble que le financement de cette grandiose solution dont vous nous avez parlé, n'ait jamais été présenté au Congrès. Certes, vos prédictions catastrophistes impliquent la nécessité d'agir vite ; pour autant, depuis quand se passe-t-on de l'aval du Congrès pour financer de telles mesures d'urgence ?*

L'homme prit soudain un ton plus agressif :

— *Bon sang, docteur, le Congrès a une responsabilité de supervision.*

Toutes ces actions que vous entreprenez doivent être évaluées, priorisées. J'exige une explication, et la promesse que de telles choses ne continue-ront pas en dehors de toute procédure légale.

Burt inclina la tête en fixant le politicien. Il y avait quelque chose d'ahurissant dans son intervention.

— Excusez-moi, monsieur Hoffman...

— *Sénateur Hoffman, je vous remercie. Je suis un membre élu su Sénat des États-Unis.*

— Très bien. Pour toute réclamation, il vous faudra vous adresser au directeur de la NASA, mon supérieur direct, ou à la présidente des États-Unis, à qui je rends également directement des comptes. Toutefois, compte tenu de la situation dans laquelle nous nous trouvons tous, êtes-vous sérieusement en train de nous demander de donner la priorité des décisions à votre commission ?

Burt ne put réprimer un éclat de rire.

— Pardonnez-moi, mais combien, parmi les membres de votre commission, sont experts en astrophysique ? Combien sont des experts reconnus en science des matériaux et en astronomie ? Comb...

— *Docteur Radcliffe, tout ceci n'est pas un sujet de plaisanterie. Ou bien vous décidez de nous consulter afin de nous permettre de remplir nos obligations électorales, ou nous supprimerons tout simplement le finance-ment de votre programme. Je suis certain qu'aucun d'entre nous ne souhaite en arriver là.*

Aussitôt, la salle se mit à bruire, l'auditoire se mettant à débattre anar-chiquement de la question. Le président de la Chambre donna plusieurs coups de marteau, et hurla :

— Du calme ! Je demande du calme !

Burt regarda Hoffman en clignant des yeux. L'intervention du politi-cien le laissait sans voix.

Soudain, il sentit une tape sur son épaule droite, et fut surpris de voir la présidente Hager se tenir debout à côté de lui, sourcils froncés. Elle couvrit le micro avec sa main, se pencha vers lui et lui murmura :

— J'avais le pressentiment que cela arriverait. D'autres pays ont connu des problèmes similaires. Tout va bien.

Elle fit signe à Burt de s'asseoir à la place qu'elle venait de laisser ; elle jeta un coup d'œil derrière elle, et hocha la tête.

Le président de la Chambre donna un coup de marteau avec une telle force que Burt crut un instant qu'il l'avait cassé en deux.

— Mesdames et messieurs les membres du Congrès, j'ai le très grand privilège et l'honneur de vous annoncer l'intervention de Madame la Présidente des États-Unis.

Margaret Hager tapota son micro et se tourna vers le sénateur Hoffman.

— Madame la Présidente, c'est…

— Taisez-vous, imbécile.

Elle regarda une femme qui se trouvait à côté de l'estrade et lui murmura :

— Coupez leurs micros.

Puis :

— Quand j'ai eu le privilège d'être élue présidente, poursuivit-elle, je savais à quoi je m'engageais. Et je ne parle pas d'embrasser des bébés, de gracier des dindes, ou de signer des lois. Je savais qu'il y aurait des crises, et qu'il me faudrait les traverser. J'imaginais aussi des catastrophes naturelles, et des bras de fer avec le Congrès, y compris pour des broutilles. Mais je vais être honnête : pas un instant je n'ai imaginé devoir m'inquiéter d'un risque d'annihilation de l'espèce humaine.

« Aucun d'entre nous ne pouvait prévoir un tel évènement. Les Pères fondateurs qui ont signé la Constitution n'ont laissé aucune consigne pour faire face à un tel scénario cataclysmique. Néanmoins, ils ont bien anticipé le besoin d'un leadership fort en période de révolte, d'invasion, ou quand la sécurité publique est menacée. Ils savaient que cette responsabilité incomberait à une personne et une seule : le – ou la – présidente.

« Le désir insensé du sénateur Hoffman de mêler la politique à l'enjeu de la survie de l'espèce humaine est l'exemple même du moment où un chef d'État *se doit* d'intervenir pour couper court à ces stupidités, et permettre à ceux qui sont réellement en capacité d'agir pour le bien commun de le faire, à l'exemple du docteur Radcliffe.

— Ceci étant dit, je n'ai absolument aucun autre choix que d'invoquer, comme c'est mon droit, l'article 1 de la section 9 de la Constitution. Je veux dire qu'à compter de cet instant, je suspends l'ordonnance d'habeas corpus, et déclare la loi martiale.

Burt regarda, les yeux écarquillés, les portes de la Chambre s'ouvrir et des dizaines de soldats en arme entrer et se poster le long des murs. Il tourna un regard vers la présidente, et vit qu'elle affichait un air profondément déterminé. De toute évidence, elle savait qu'une telle éventualité était susceptible d'arriver ; elle avait tout préparé.

— Veuillez s'il vous plaît placer en détention provisoire par mesure de protection le sénateur Hoffman, ordonna-t-elle en le désignant du doigt.

Deux soldats s'approchèrent au petit trot du sénateur, le saisirent par les bras et l'escortèrent, tout gesticulant et hurlant, hors de la Chambre.

— Par cette déclaration, je suspends les opérations de toutes les commissions du Congrès. Nous n'avons plus besoin d'elles. Nous serons bientôt tous soumis à un couvre-feu et à un processus de relocalisation. Oui, même moi. Nous discuterons de tous les détails plus tard, mais j'aimerais que vous tous ici fassiez dorénavant votre priorité d'une seule chose : le maintien de l'ordre public.

« Dans les mois à venir, nous connaîtrons de nombreux troubles. Nous aurons donc plus que jamais besoin que vous communiquiez avec vos électeurs et mainteniez le calme. La dernière chose dont nous avons besoin, ce sont des émeutes dans les rues, mais croyez-moi : tout trouble à l'ordre public sera traité de la manière la plus dure qui soit.

« Y a-t-il quelqu'un ici qui se dit qu'il ne pourra pas satisfaire à ces exigences ? Parlez maintenant, et je contacterai le gouverneur de votre État afin que vous soyez remplacé et que vous puissiez rentrer chez vous. Toutefois, si je découvre que l'un d'entre vous trahit notre cause ou travaille contre l'intérêt du peuple, ce sera la prison pour une durée indéterminée.

Burt fixa l'océan de visages qui s'étendait devant lui ; tous étaient comme statufiés. De toute évidence, aucun n'avait la moindre envie de donner l'impression de vouloir contredire leur présidente.

— Bien, approuva Margaret Hager. Ceci étant dit, je tiens à vous faire la promesse solennelle qu'une fois le danger passé, je rétablirai ce qui était avant, et cela sans compromission. Croyez-moi, je ne me réjouis pas d'avoir à prendre ces décisions.

Elle se tourna vers Burt et, sans parvenir à dissimuler tout à fait un sourire, lui demanda :

— Êtes-vous prêt à répondre à d'autres questions ? Je suis certaine que le débat sera plus constructif à partir de maintenant.

Burt opina du chef. La présidente s'approcha plus près du micro et dit :

— J'espère que vous saurez oublier la position indéfendable du sénateur Hoffman. La plupart des personnes présentes dans cette Chambre sont bien plus raisonnables, et je considère nombre d'entre eux comme des amis personnels, qui me sont chers. Ils vont avoir besoin de votre aide pour pouvoir expliquer la situation à leurs administrés.

« Vous avez la parole.

CHAPITRE VINGT

Neeta observait Dave qui examinait une des ancres spatiales de DefenseNet. Il s'agissait d'un caisson en métal géant qui pesait facilement cinq tonnes, et était prêt à être déployé. Dave tenait à vérifier le laser et le reste de la charge utile. Il souleva une des trappes de visite pour inspecter l'intérieur et demanda :

— Le laser développe six mégawatts, c'est bien ça ?

Neeta hocha la tête.

— C'est ça, confirma-t-elle. Les ingés de la FIS ont réussi à concevoir un modèle fiable une fois en orbite. Si nous avions besoin de dévier un astéroïde entrant, nous serions capables de développer une puissance coordonnée de deux cents mégawatts.

— Ça ne suffira pas, prévint sombrement Bella, qui se tenait appuyée contre le mur de la réserve. Vous pourrez détruire les petits objets, mais les plus gros vont poser problème. Même si vous dirigiez aujourd'hui l'ensemble des lasers sur un astéroïde entrant – large, disons, de trente kilomètres – tout ce que vous réussiriez à faire, ce serait de décaper une partie de sa surface ; sa trajectoire en serait à peine affectée.

— Elle a raison, Neeta, dit Dave. Qui plus est, même si les lasers de DefenseNet fonctionnent sur le papier, et qu'ils nous permettent de faire comprendre au grand public ce que nous faisons, ils ne répondent pas à nos besoins immédiats. Nous ne disposons pas du temps nécessaire pour les rendre efficaces contre une partie de ce qui arrive ; quant à leur efficacité contre le trou noir, vous et moi savons qu'il n'y a rien à en attendre.

La trappe de visite ôtée, Dave examina les composants lourds de plusieurs tonnes fixés à l'intérieur de l'ancre spatiale.

— Et la batterie ? Est-ce qu'elle est capable d'encaisser des baisses de puissance en provenance du sol sans interrompre les opérations laser ?

— Si nous devions avoir une perte de puissance de ce genre, la batterie aurait toujours assez d'énergie stockée pour maintenir une puissance laser maximale durant une demi-journée probablement. Je ne crois pas que nous ayons besoin de plus que ça.

Dave lui lança un petit regard en coin, celui qu'il lui réservait quand elle disait quelque chose d'inhabituellement irréfléchi.

— De toute façon, nous avons un autre but plus immédiat. Au fond, je me fous complètement du laser. Il n'est là que pour justifier tout le reste. Un laser, les gens peuvent comprendre. Quant à ce que nous faisons réellement, inutile d'entrer dans le détail. Vous vous souvenez de ce que j'ai dit en salle de crise ? Nous allons avoir besoin de canaliser presque soixante-dix pour cent de toute la puissance disponible sur Terre à travers ce qu'il est convenu d'appeler des ascenseurs spatiaux, mais peu importe le terme. On est loin, très loin du compte, avec une puissance laser de six mégawatts ! Si des lasers avaient suffi, nous les aurions placés en orbite avec d'immenses panneaux solaires pour stocker l'énergie nécessaire à leur fonctionnement, et basta. Non, au total, c'est trente térawatts de puissance que nous allons diriger vers l'anneau connecté à l'extrémité des rayons des ascenseurs.

— Ouah, je n'imaginais pas…

Neeta fit un rapide calcul mental.

— Si nous avions trente-six ancres comme celle-là en orbite au-dessus de nous, et que vous aviez besoin d'alimenter l'anneau grâce à ces batteries, je doute que vous puissiez tirer de celles-ci toute la puissance dont vous avez besoin, je veux dire assez vite. Et même si c'était possible, elles se videraient en quelques secondes, fit remarquer Neeta, les yeux écarquillés, en se représentant un anneau d'énergie scintillant entourant la Terre. De toute façon, je ne vois pas comment ces batteries pourraient supporter un tel flux d'énergie. Elles brûleraient, tout simplement.

Dave lui décocha un sourire malin.

— Ne vous inquiétez pas, j'ai demandé à ce qu'on transporte ici certaines petites choses que j'ai conçues sur la base lunaire où j'ai passé ces dernières années dans la clandestinité. Elles vont aider à faire basculer et canaliser l'énergie directement vers ce que j'appelle l'anneau de distorsion. Soit dit en passant, j'ai obtenu de bien meilleurs résultats pour créer une bulle stable en tirant l'énergie directement d'une batterie plutôt qu'en utilisant le réseau électrique.

Neeta frissonna.

— Brr, je ne veux même pas imaginer ce qui arriverait si, alors que nous nous déplaçons à très grande vitesse, cette bulle cessait brusquement de fonctionner.

— C'est pour cela que nous avons les batteries, répondit Dave. Même si un ou deux rayons à la fois faisaient brutalement défaut, la puissance générée par les autres suffirait à maintenir active la bulle de gravité. Je ne veux évidemment prendre aucun risque, pour les raisons que vous avez pointées.

Il remit en place la trappe métallique de l'ancre spatiale.

— Tout me paraît en ordre. Montrez-moi ce qui a été fait avec les bobines de graphène. Parce que si nous ne pouvons pas envoyer cet engin dans l'espace, tout ce que nous faisons est inutile.

Sous le regard de Dave et Bella, Neeta fouilla dans le meuble-classeur d'un des bureaux dédiés aux archives du siège de la Fondation internationale scientifique. Cela lui prit quelques minutes, mais elle trouva finalement le dossier contenant les échantillons de production qu'elle avait approuvés juste avant son départ pour la côte Ouest et sa prise de poste à la NASA. Elle tendit à Dave une des feuilles de graphène que la FIS n'avait pas cessé de produire depuis son départ.

— Si vous regardez cet échantillon de près, vous verrez qu'il est plus épais que le graphène obtenu avec les méthodes de production que vous avez utilisées pour créer votre premier graphène. Nous avons découvert comment fabriquer des feuilles plus épaisses tout en préservant ses propriétés de conductivité thermique et électrique, et sans rien perdre de son intégrité structurelle.

Dave agita en l'air la feuille translucide, avant de l'observer sous la lumière intense d'une lampe posée sur un bureau derrière lui.

— De quelle quantité disposons-nous déjà ? demanda-t-il. Peut-on accélérer la production ?

Neeta feuilleta le dossier, examinant l'inventaire fait au sein des nombreux entrepôts de la FIS disséminés à travers le globe.

— Je dirais que nous avons environ 1,100 000 kilomètres de graphène, sous forme de bobines géantes – le tout prêt à être déployé.

Dave laissa échapper un profond soupir et grommela :

— Ce n'est pas suffisant. Nous allons avoir besoin de presque 1,600 000 kilomètres si nous voulons placer un ascenseur spatial tous les dix degrés parallèlement le long de l'équateur.

Neeta fronça les sourcils, consciente qu'il avait fallu presque trois ans pour créer ce qu'ils possédaient déjà en stock.

— Êtes-vous certain qu'il nous en faut autant ? Je vais passer quelques coups de fil et voir ce qu'on peut faire.

La voix habituellement calme de Bella se fit entendre, mais cette fois le ton trahissait une profonde inquiétude.

— Il nous faut 1,300 000 kilomètres de ruban pour les trente-six ascenseurs spatiaux situés chacun à 37 000 kilomètres de la Terre, et approximativement 270 000 kilomètres pour relier ensemble les ancres spatiales.

Dave lui sourit chaleureusement, tendit le bras, et lui caressa la nuque.

— Comme Bella vient de le faire remarquer, et si je sais encore compter, 1,300 000 plus 270 000, ça nous fait bien 1,600 000 kilomètres, ou quasiment. Si nous ne parvenons pas à réunir assez de graphène, nous pouvons toujours essayer d'espacer les ascenseurs de manière à en avoir moins, mais je ne suis pas sûr que ces changements d'angles aient la même efficacité en termes d'énergie déployée…

— Ça suffit, nous ferons fabriquer ce qu'il faut, d'une manière ou d'une autre, maugréa Neeta.

Elle tapota son oreillette et dit :

— Appel, Dr. Radcliffe.

Elle attendit un moment que son téléphone lance la communication. Une sonnerie… deux… Burt prit finalement l'appel.

— *Oui, qu'y a-t-il ? Je me rends à une réunion avec plus de généraux que je n'aurais jamais cru en voir de toute ma vie.*

— Burt, on a un problème, lui annonça-t-elle. Il nous manque environ trente pour cent du graphène nécessaire pour Indigo. Je ne crois pas que nos chaînes de production actuelles aient les capacités de combler cette différence, et il ne nous reste que cinq mois…

Dave donna une tape sur l'épaule de Neeta, secoua la tête et corrigea dans un murmure :

— Quatre mois… nous avons besoin d'un peu de temps pour tester les connexions de l'ensemble des stations et…

— Bon, je corrige, Burt : nous n'avons que quatre mois. Peux-tu nous aider ?

— *Je m'occupe de ça dès que je sors de cette réunion. Envoie-moi les détails par e-mail. N'oublie pas de m'indiquer où se trouvent les usines de production susceptibles de faire le job. Je veillerai à en faire leur priorité. En attendant, continue d'aider Dave à déployer Indigo, et laisse-moi m'in-quiéter de te procurer ce dont tu as besoin. Bon, je dois te laisser ; envoie-moi tout ça.*

La communication fut interrompue. Neeta se tourna vers Dave et hocha brièvement la tête.

— Nous aurons ce qu'il nous faut, lui dit-elle.

L'air sombre, Dave glissa un bras autour de la taille de Bella et la serra doucement contre lui.

— Je vais m'occuper des modifications sur les ancres spatiales, et nous pourrons les déployer. Neeta, pouvez-vous essayer de voir comment se passent les choses au niveau de l'alimentation en énergie de l'ensemble des stations d'ancrage terrestres ? Vous le savez, sans énergie, tout ce que nous faisons est inutile.

Neeta soupira ; elle savait que Dave avait raison, mais cela ne l'empê-chait pas de détester le fait que sa vie était devenue aussi compliquée. Travailler avec Dave lui rappela de nouveau ce que signifiait, en termes de pression, le fait de travailler avec quelqu'un qui possédait un intellect et une énergie apparemment sans limites.

Œuvrer aux côtés de Burt et du reste de l'équipe au JPL lui manquait.

— J'ai reçu un appel du secrétaire d'État et du directeur du Départe-ment de l'Énergie. Les connexions entre les différents systèmes de réseau d'énergie nationaux et les relais électriques de base sont d'ores et déjà opérationnels, mais je revérifierai tout cela.

Dave afficha cette expression qu'elle ne connaissait que trop bien, celle qu'il avait quand son esprit tournait à mille à l'heure et qu'il perdait patience avec tout le monde autour de lui.

— N'attendez pas. Vérifiez tout ça maintenant. J'ai une navette à prendre ; je veux pouvoir m'y mettre le plus tôt possible. La première station située au sud d'ici se trouve à la sortie de Quito, la capitale de l'Équateur. Je veux tester les connexions en chemin. S'il doit y avoir des points de rupture, c'est là que ça se passera.

— Très bien. Le temps de trouver une ligne sécurisée quelque part dans ce bâtiment, et je m'y mets tout de suite, dit Neeta.

Comme elle quittait le bureau, suivie de près par Dave et Bella, elle se prit à appeler silencieusement de ses vœux le retour de l'heureux temps où tout ce dont elle avait à se préoccuper, c'était de rechercher des objets géocroiseurs.

<hr>

Neeta, Dave et Bella étaient arrivés sur la base aérienne de Mariscal Sucre, à Quito, en Équateur. Neeta s'était attendue à ce que la chaleur soit accablante, mais au lieu de cela, c'était l'altitude qu'elle avait eu rapidement du mal à supporter. Quito s'élevant à une altitude de 2850 mètres, l'air était frais, mais le faible taux d'oxygène lui avait vite causé une terrible migraine.

On leur avait réservé une suite privée multi-chambres dans un hôtel plutôt chic. Tandis que Dave s'étendait sur le programme qui les attendait, Bella était partie dormir, pendant que Neeta, affalée dans un fauteuil, priait pour que sa migraine disparaisse.

Soudain, on frappa bruyamment à la porte de la suite. Neeta se leva d'un bond et alla regarder par le judas, tandis que Dave s'approchait derrière elle. La voix familière d'un des agents du *Secret Service* se fit entendre dans le couloir.

— Docteur Patel, Docteur Holmes, j'ai un message arrivé par coursier pour vous.

Neeta ouvrit la porte et croisa le regard bleu acier du chef de la sécurité qui leur avait été assigné. Derrière lui se tenait une femme, les yeux écarquillés, qui serrait contre sa poitrine une sacoche en toile de la taille d'un bloc-notes. Dave se balançant derrière Neeta, l'agent se pencha et expliqua à voix basse :

— Je suis navré de vous déranger, mais le DCS a un message pour vous.

Il désigna la jeune femme du regard. Elle paraissait nerveuse.

— Il s'agit d'un message codé, ajouta-t-il. À ne remettre à personne d'autre. J'ai pensé que c'était sûrement urgent.

— Le DCS ? releva Neeta en se tournant vers la jeune femme.

— Je travaille pour le Service de messagerie du ministère de la Défense, m'dame. Je porte des plis urgents…

— Je comprends, coupa Neeta en tendant la main.

La coursière lui remit la sacoche en toile fermée à clé, mais elle était rattachée au poignet de la jeune femme par une chaîne en métal longue d'un bon mètre.

Neeta regarda les trois agents de sécurité postés devant leur chambre d'hôtel, et remarqua pour la première fois une poignée d'autres agents postés également de chaque côté du couloir. Elle se demanda s'ils étaient là depuis le début, ou si quelque chose était arrivé.

— Rentrons dans la chambre, suggéra Dave.

Neeta tourna les talons et fit signe à la femme de la suivre.

Dave et elle allèrent s'asseoir à la grande table de la suite, qu'ils avaient déjà envahie en y étalant toutes sortes de cartes, de documents logistiques et de notes. La coursière se tenait debout à côté de Neeta, l'air impassible. Un des agents de sécurité observait ce qui se passait, postés, lui, à moins de deux mètres. Neeta récupéra la sacoche ; le nom de l'hôtel et le numéro de leur chambre étaient les seules informations figurant dessus. Elle était scellée par une grosse fermeture à glissière dotée d'une serrure biométrique. Neeta appuya l'empreinte de son pouce sur le scanner ; un petit clic se fit aussitôt entendre.

La femme acquiesça.

— Docteur Patel, maintenant que le scellage interne du sac a été exposé à l'air, je suis censée vous informer que l'encre enflammera le papier dans trente minutes. On m'a demandé de rapporter les restes du document dans le contenant ignifugé prévu à cet effet.

Dave se pencha par-dessus l'épaule de Neeta, pendant qu'elle récupérait l'enveloppe à l'intérieur de la sacoche, ignorant le « Top Secret – INDIGO » imprimé en lettres rouge vif. Elle entreprit aussitôt de lire son contenu.

Docteurs Holmes et Patel,

La présidente a demandé à ce que certaines informations rassemblées par nos services de renseignement vous soient communiquées à tous les deux.

Nous avons multiplié par quatre les effectifs du dispositif de sécurité qui vous a été alloué. D'autres décisions viendront pour assurer le succès de votre mission.

Malheureusement, nous avons été informés de l'existence d'une faille dans la sécurité, qui viendrait, d'après nos renseignements, de l'équipe de maintenance qui travaille à Andrews. Malgré cette probable fuite, nous croyons que votre mission n'est pas compromise.

Nos agents du renseignement ont intercepté une transmission qui indique que le Dr. Holmes est devenu une cible.

N'ayez crainte, tout est fait pour assurer votre sécurité.

Transmission interceptée en date du : 13 juillet 2066
Heure: 13 : 51 GMT

« Un vol militaire non planifié à destination de l'aéroport international de Mariscal Sucre, a été réservé à la demande expresse de la présidente.

Le Dr. David Wendell Holmes se trouve actuellement à bord, en compagnie de plusieurs autres civils non-identifiés. Un important dispositif a été déployé pour assurer leur sécurité. »

Transmission interceptée en date du : 13 juillet 2066
Heure : 15 : 23 GMT
Traduction automatique du : bulgare

. . .

« Gloire à Dieu et à ses fidèles, l'heure d'Armageddon est venue.

Nul ne peut contrarier le Sauveur et Sa volonté ; néanmoins, nous avons reçu la confirmation que le gouvernement équatorien coopère avec les États-Unis autour de quelque chose qui concerne toute la Fraternité.

Un scientifique américain, David Wendell Holmes, doit arriver à bord d'un avion de transport de l'US Army à l'aéroport international de Mariscal Sucre. Son apparition soudaine est troublante, et nous craignons qu'elle ne contribue à perturber le plan divin. Holmes doit être neutralisé à tout prix ; rien ne doit venir entraver la volonté du Seigneur.

Ne reculez devant aucun sacrifice, et n'ayez aucune pitié.

BR. »

Neeta fixa le message et sentit un petit frisson lui glacer l'échine. Si ces cinglés connaissaient leur destination, c'est qu'ils étaient renseignés par quelqu'un de l'intérieur ; il y avait une taupe au sein du gouvernement. L'air inquiet, elle regarda Dave, qui se recala au fond de sa chaise, le regard perdu dans le vide.

L'agent responsable de leur protection rapprochée appuya une main sur son oreillette, et se tourna vers Neeta et Dave.

— L'hôtel a été bouclé, et nous procédons à un ratissage de sécurité en ce moment même. En sécurité, vous l'êtes ici jusqu'à notre départ pour le site d'ancrage. Nous disposerons d'une escorte importante pour nous y rendre.

Neeta laissa échapper un soupir tremblant. Elle remit la feuille de papier dans le sac ignifugé, tendit celui-ci à la coursière, et murmura :

— Dites-leur que nous les remercions de nous avoir prévenus.

***

Comme c'était prévisible, une attaque avait eu lieu contre l'hôtel pendant qu'ils dormaient, mais avec plus d'une centaine de soldats armés gardant les lieux, Neeta et Dave n'en auraient rien su si leur équipe de sécurité ne les en avait pas informés au petit déjeuner.

Elle n'aurait pas cru possible de chasser de son esprit l'angoisse d'être la cible de ces fanatiques de la fin du monde, mais le difficile voyage à travers la jungle accomplit le miracle.

Leur escorte avait réussi à trouver un moyen de transport qu'elle détestait peut-être encore plus que l'avion ; tandis que le véhicule militaire équatorien, lancé dans un parcours de plus de cent cinquante kilomètres au nord-ouest de Quito, rebondissait au gré des nids-de-poule de la route de terre, elle avait l'impression que ses articulations n'allaient pas résister à l'épreuve.

Assis en face d'elle, Dave et Bella ne paraissaient pas affectés par cet environnement chaotique. En fait, Dave n'avait pas cessé de discuter une minute depuis qu'ils avaient quitté l'hôtel. Tandis qu'il revenait sur chaque détail relatif à l'assemblage des ascenseurs spatiaux vers la Lune, Neeta ne pouvait empêcher son esprit de vagabonder.

Entre l'odeur âcre des gaz d'échappement du camion, les émanations puissantes de la végétation en putréfaction de la jungle environnante, et les cahots de la route, elle n'aurait su dire ce qui accentuait le plus ses nausées. La puanteur imprégnait l'air chaud et humide, et tout ce qu'elle pouvait faire pour éviter de vomir, c'était s'agripper fermement au montant du banc soudé au plancher du véhicule militaire. En jetant un coup d'œil au fond du camion, elle vit quatre hommes vêtus de chemises hawaïenne bariolées, qui paraissaient dans un état aussi pitoyable qu'elle. Ils constituaient une petite partie du dispositif de sécurité qui leur avait été assigné par le gouvernement.

D'autres véhicules de transport de troupes identiques suivaient, et il y en avait tout autant devant. Au total, l'armée équatorienne avait dépêché une compagnie entière pour les escorter à travers la jungle jusqu'à leur destination.

Neeta avait du mal à se faire à l'idée qu'elle avait besoin d'être « protégée » – surtout par plus d'une centaine de soldats. Mais bien que la jungle fût un endroit plutôt sûr en l'occurrence, pas plus les gouvernements américain qu'équatorien n'étaient prêts à prendre le moindre risque étant donné les circonstances.

— Docteur Patel, docteur Holmes, notre officier en chef vous fait savoir que nous sommes à moins de dix kilomètres de notre destination, leur annonça un des agents du *Secret Service*, un doigt pressé sur son oreillette. Encore quelques minutes de patience. J'ai également reçu un rapport de situation de l'équipe de surveillance du FIS à Quito. Il y a eu un problème avec la descente du système de guidage d'ascenseur, qui s'est brisé dans l'atmosphère terrestre.

Neeta se tourna vers Dave et le surprit qui jetait un coup d'œil en direction de Bella. Ils échangèrent un regard plein de fascination, sans un mot. Bella toucha délicatement le bras de Dave. Soudain, ce dernier regarda Neeta et dit :

— Timing parfait. Le système de guidage sera à portée de vue pour nous dans vingt minutes.

Il fit un clin d'œil à Neeta et ajouta :

— Je vois bien dans quel état pitoyable vous plonge la chaleur de la jungle. Je pensais qu'avec vos origines indiennes, vous seriez habituée à ce type de chaleur. Je vous promets de régler cette histoire au plus vite, et de repartir tout aussi vite d'ici.

Neeta se redressa, raidit le dos et arqua un sourcil incrédule.

— Je vous rappelle que je suis née à Londres, gros malin. Si je suis habituée à quelque chose, c'est à la clim, au temps froid et au brouillard. Que ma couleur de peau ait pu vous laisser penser autre chose… vous me décevez, Dave Holmes.

Dave éclata de rire et secoua la tête.

— Neeta, j'adore vous voir démarrer au quart de tour. Vous êtes toujours aussi susceptible, à ce que je vois.

Bella balaya une mèche de cheveux roux imbibée de transpiration qui collait à sa joue, l'air perplexe, son regard allant rapidement de Dave à Neeta, et vice versa.

Neeta songea un instant à renvoyer Dave à ses propres origines africaines et au fait qu'il était noir, et donc censé être plus résistant à la chaleur, mais elle ravala sa colère indignée et se contenta de lui lancer un regard furieux ; d'autant que la chaleur paraissait ne lui poser aucun problème ; il transpirait à peine. Par ailleurs, durant les années où elle avait travaillé avec lui, Dave avait été une des rares personnes à ne jamais faire la moindre référence à tous ces stéréotypes raciaux. Sa colère retombant, elle se sentit vaguement embarrassée d'avoir eu cette réaction.

Elle rassembla ses cheveux humides de sueur et se mit à les natter pour avoir l'air plus présentable. Ce faisant, elle décocha à Dave un petit sourire en coin et dit d'un ton grognon :

— Je vous déteste parfois.

Dave se redressa et s'adossa à la paroi du camion, l'air satisfait.

— C'est parce que j'ai toujours raison.

Neeta roula de grands yeux et grogna de frustration.

— *Papa, tu rentres quand à la maison ?* demanda Emma, sa voix résonnant dans le haut-parleur du téléphone de la petite chambre d'hôtel de Stryker.

— Je ne sais pas encore précisément, ma puce. Dès que j'ai terminé mon travail.

— *Hé, tu sais quoi ?* murmura la fillette de six ans.

— Non, quoi ? fit Stryker en terminant de se raser au-dessus du lavabo de la salle de bains.

— Maman dit que l'armée est un endroit caca, mais elle n'a pas dit « caca » ; elle a utilisé le mot en « m ».

Stryker s'essuya le visage avec une serviette en imaginant le visage choqué d'Emma, quand son ex-femme avait dit que l'armée était un « endroit de merde ». Quand Lainie et lui étaient encore mariés, elle avait souvent utilisé un vocabulaire encore plus coloré pour décrire la vie militaire.

— Elle a utilisé le mot en « m », hein ?

Il sourit, tout en priant pour qu'Emma conserve le plus longtemps possible l'innocence de ses six ans.

— Eh bien, ta maman se met parfois en colère, mais tu sais bien, il arrive que les mots dépassent notre pensée.

— *Oui, elle ne le pensait pas vraiment. Je lui ai dit que ce n'était pas gentil de dire ça, et elle a dit qu'elle était désolée.*

La voix de Lainie se fit entendre soudain à l'arrière-plan, et Emma murmura :

— *Bon, je dois y aller maintenant. Maman m'appelle pour l'école.*

— Je t'aime, Emma.

— *J'taime, moi aussi. Bisou.*

La fillette raccrocha, et la chambre fut aussitôt plongée dans un étrange silence.

Stryker fixa son reflet dans le miroir ; les poches sous ses yeux et son air hagard trahissaient sa fatigue du moment.

— Jon, se dit-il à lui-même, t'as vraiment une mine de déterré.

Il jeta un coup d'œil au réveil sur sa table de chevet. Il avait six heures devant lui avant la rencontre prévue avec ses chefs. C'était amplement suffisant pour prendre connaissance des derniers rapports de renseignement que le capitaine lui avait remis.

Soudain, son téléphone portable se mit à vibrer sur la table de chevet. En deux enjambées rapides, il se saisit du portable et le colla à son oreille.

— Allô ?

— *Lieutenant Stryker ?*

C'était Mia. Il y avait deux semaines qu'ils ne s'étaient pas vus, mais il aurait reconnu sa voix entre mille.

— Vous vous rendez compte qu'il n'est même pas 6 heures du matin, pas vrai ?

— *Désolée, mais je viens de parler à mon frère, et il m'a communiquée des infos qui, j'en suis certaine, vous intéresseront. J'allais sortir prendre un petit-déjeuner, ça vous dit ?*

Stryker mit son téléphone sur haut-parleur et bascula sur l'application carte.

— Où voulez-vous que je retrouve ?

— *L'endroit s'appelle The Corner Diner, à l'angle de Leber et de Rainier Lane.*

Stryker sentit son téléphone vibrer.

— *Voilà*, dit Mia, *je viens de vous envoyer un lien GPS.*

— Je l'ai, dit Stryker. Je vous retrouve là-bas.

Il mit fin à l'appel, vérifia que son arme se trouvait bien dans son holster en mode sécurité, et se demanda ce que le frère de la cheffe de la police d'Orting pouvait bien lui avoir dit.

Il attrapa ses clés de voiture sur la table de chevet, et sourit malgré lui à l'idée de revoir Mia Sterud.

Prendre le petit-déjeuner en compagnie d'une femme séduisante n'était jamais une mauvaise manière de commencer la journée.

En dépit de l'heure matinale, le Corner Diner était bondé et bruyant, les clients conversant ouvertement tandis qu'une station de radio diffusait en fond sonore un vieux tube de Taylor Swift.

Plus habitué aux « diners » new-yorkais, Stryker se sentit vaguement désorienté par l'atmosphère du petit restaurant. L'odeur du bacon frappa ses narines.

La plupart des clients étaient apparemment des ouvriers, leurs casques jaunes occupant une place soit sur leur table, soit en-dessous. Stryker, vêtu d'un treillis, détonnait dans le décor.

Tandis qu'il promenait son regard dans la salle à la recherche du shérif de la ville, sa présence attira l'attention d'une dizaine d'ouvriers autour de lui. Le volume sonore des conversations baissa d'un cran.

— Stryker !

La voix de Mia Sterud retentit par-dessus la musique et le brouhaha de la salle.

Stryker tourna la tête sur sa gauche et la vit qui lui faisait signe de la main depuis une des banquettes en alcôve au fond de la salle.

Il se dirigea vers elle, peinant à réprimer un petit sourire. Elle était habillée en civil, les cheveux lâchés, encore humide de la douche.

Elle était superbe.

Comme il s'asseyait en face d'elle, une serveuse aux cheveux gris s'approcha et demanda :

— Qu'est-ce que je vous sers, les enfants ?

— Bonjour, Debbie, dit Mia. Pour moi, ce sera comme d'habitude.

La serveuse appuya plusieurs fois sur l'écran tactile de sa tablette.

— Trois gaufres au sucre brun, deux tranches de bacon bien croustillantes, deux œufs brouillés, des galettes de pomme de terre, et un café noir.

Stryker fixa Mia d'un air hagard.

— Seigneur, quelle liste !

Mia sourit d'un air gêné.

— Le petit-déjeuner, c'est mon truc, dit-elle en haussant les épaules.

— Je vois ça.

La serveuse se tourna vers Stryker.

— Et vous, mon chou ? Qu'est-ce que vous prendrez ?

— Du café et… vous avez des feuilletés au sucre ?

— Non, mais nous avons des scones à la confiture de framboise, si vous voulez.

— Parfait. Je vais prendre ça.

— Le café, comment le voulez-vous ? Avec du lait, du sucre ?

— Noir, sans sucre, merci.

La serveuse tapota de nouveau sur sa tablette et s'éloigna vers une autre table.

— Un scone ? Une simple brioche à la confiture ? s'étonna Mia en arquant un sourcil. Lieutenant, personne ne vous a jamais dit que le petit-déjeuner était le repas le plus important de la journée ?

Une serveuse portant un plateau chargé de boissons déposa sans un mot deux mugs de café sur leur table, et poursuivit son service.

Stryker haussa les épaules.

— J'avoue que je suis plutôt du soir, plutôt dîner. Et, shérif, vous pouvez m'appeler Jon.

— D'accord. Et puisque je ne suis pas en uniforme, vous pouvez m'appeler Mia.

Elle fit glisser une enveloppe blanche sur la table.

— Billy m'a donnée ça. C'est le DD 214 de Raven Miller.

— Comment votre frère a-t-il réussi à mettre la main sur le certificat de libération militaire de ce type ? demanda Stryker en ouvrant l'enveloppe et en examinant le document.

— Je ne lui ai pas posé la question, répondit Mia en haussant les épaules. Billy se procure toujours un tas de trucs auxquels il n'est pas censé avoir accès. Rien d'illégal, en tout cas, mais… parfois, je me dis qu'il vaut mieux que je ne sache pas tout. Une chose est sûre : Billy tient vraiment à ce que nous coincions ce type.

Stryker avala une gorgée de café fort, et secoua la tête en lisant le document de décharge militaire du suspect.

— Raven Blackfeather Miller. Engagé dans l'armée de l'air à Fort Benning, a suivi les cours de qualification des Forces Spéciales et le cours Q à Fort Bragg, avant de passer quatre années dans les Forces Spéciales avec le grade de sergent. Sacrés états de services quand même !

Stryker replia le document et le remit dans l'enveloppe. La serveuse revint au même instant avec leur commande.

Son assiette débordant presque de nourriture, Mia se lança dans son petit-déjeuner.

Croquant dans un morceau de bacon, elle pointa sa fourchette vers Stryker et dit :

— D'après ce que m'a dit Billy, Raven est un spécialiste des explosifs. Il a passé plusieurs années en Europe de l'Est dans les années 2050, à l'époque où la Roumanie subissait des attaques terroristes. Vous vous souvenez, quand chrétiens et musulmans se livraient une véritable guerre.

Stryker s'en souvenait parfaitement. L'espace d'un instant, il revit la mosquée en flammes où il avait perdu plusieurs de ses hommes. C'était à Bucarest, la capitale de la Roumanie, le 3 octobre 2055. L'odeur de la chair brûlée lui revint comme un fantôme. Il déglutit péniblement. Lui et ses hommes avaient été envoyés pour protéger cette vieille mosquée près de Romexpo, n'imaginant pas une seconde que les séparatistes chrétiens exerceraient des représailles contre ce lieu de culte musulman en utilisant la même tactique que leurs ennemis : une attaque-suicide.

— Jon ? Qu'y a-t-il ? lui demanda Mia d'un air inquiet.

Stryker secoua la tête, leva son mug et avala une grosse gorgée de café. Le liquide lui brûla la gorge. Il fixa Mia.

— Ce n'est rien, dit-il.

Il prit une grande inspiration.

— Donc, ce type, ce sergent Miller, a été renvoyé de l'armée pour manquement. Votre frère a-t-il appris autre chose à son sujet ? Où il est allé ensuite, ce genre de choses ?

— Eh bien, un des membres du groupe de Billy est mort d'une intoxication alimentaire, expliqua Mia en fourrant dans sa bouche un morceau de gaufre dégoulinant de sirop.

Elle prit une seconde pour le mâcher, l'avala, se pencha en avant et murmura :

— Tout le monde l'appelait Cuistot. Personne ne connaissait son vrai nom, mais il préparait les repas pour tout le groupe. Il était en train de cuisiner comme d'habitude quand il s'est écroulé brusquement, raide mort. Le même jour, Raven disparaissait. Le type était assez âgé, il avait pu faire une crise cardiaque, mais sans que je sache ce qui a bien pu mettre la puce à l'oreille de Billy, il est allé servir à un des chiens un peu du ragoût que Cuistot était en train de préparer, et le chien est mort lui aussi.

— Autrement dit, Raven Miller a essayé d'empoisonner tout le monde avant de disparaître ?

Stryker serra involontairement les poings en se souvenant de la tentative de son ex-équipier de le droguer.

— C'est ce qu'il semble, en tout cas. Si vous pensez que ça peut être utile, mon frère a proposé de vous mener à l'endroit où il a enterré le chien. Peut-être que le poison est toujours détectable.

Stryker pinça les lèvres, l'air pensif, tandis qu'un vieux tube espagnol des années 20, *Despacito*, résonnait dans la salle de restaurant.

— Je peux passer vous...

Soudain, un bruit parasite suraigu retentit dans les haut-parleurs du plafond, suivi d'un étrange silence, rompu seulement des crachotements dans le système audio du restaurant.

Mia leva les yeux et regarda le plafond.

— Qu'est-ce que c'était que ce truc ?

Elle tapota son téléphone-oreillette.

— Salut, Meredith, qu'y a-t-il ?

Stryker étudia l'expression de son visage tandis qu'elle répondait à Meredith. Il vit les plis de son front se creuser.

— Non, inutile d'envoyer une voiture. Je suis à cinq minutes. Je vais jeter un coup d'œil. Peut-être qu'il s'est juste endormi.

Elle tapota de nouveau son oreillette pour mettre fin à l'appel.

— Meredith ? Votre répartitrice des appels d'urgence ? demanda Stryker.

— Mouais, quelqu'un a appelé le poste pour signaler un incident à la station de radio.

Désignant d'un geste du pouce les haut-parleurs du plafond, Stryker fronça les sourcils.

— Vous voulez dire que le bruit qu'on a entendu, c'était lié ?

Mia Sterud acquiesça d'un hochement de tête.

Pressentant instantanément un problème, un petit frisson fit se dresser les poils du cou de Stryker.

— Conneries, dit-il. Personne n'appelle la police aussi rapidement.

Mia écarquilla les yeux, l'air hésitant.

— La tour de transmission se trouve à moins de deux kilomètres d'ici, expliqua-t-elle tandis qu'il prenait son téléphone.

Deux jours plus tôt, lui et le reste de son bataillon avaient été informés par le chef de la 42ᵉ brigade de police militaire qu'une opération de brouillage des communications civiles allait être lancée à travers le pays. Il n'en avait plus entendu parler depuis, mais peut-être que cela avait commencé.

Il appuya sur une des touches de numérotation rapide de son téléphone, colla l'appareil à son oreille et entendit :

— *Cohen.*

— Cohen, votre équipe quadrille bien la zone située autour de la vallée d'Orting ?

— Oui, monsieur. Nous suivons une piste qui nous a été fournie par le département de police du comté de Pierce. Pourquoi ?

— Je suis en compagnie du chef de la police d'Orting. Je me rends avec elle à une tour de transmission qui se trouve…

Il regarda Mia et tourna le micro du téléphone dans sa direction.

— La tour se trouve juste entre l'écloserie de Trout Spring et la chute d'eau de Canyonfalls Creek, indiqua-t-elle. C'est une grande tour d'une trentaine de mètres de haut, avec un bâtiment de deux étages à sa base et un petit parking. Vous ne pouvez pas la manquer.

— Vous avez entendu, Cohen ?

— Oui, monsieur. Nous y serons dans une dizaine de minutes. Qu'est-ce qu'on cherche ?

— Retrouvez-nous là-bas. On avisera sur place.

Mia inclina la tête, l'air perplexe.

— Vous croyez vraiment que des renforts sont nécessaires pour *ça* ? Ce n'est probablement rien. Un générateur ou autre chose a dû lâcher. À moins que vous ne sachiez quelque chose que j'ignore ?

Stryker éluda la question en levant un doigt et en composant un autre numéro.

— Oui, Stryker, qu'y a-t-il ?

— Capitaine, nous avons une possible activité au niveau d'une tour de transmission locale. Est-ce que le déploiement dont le colonel Gibbons a parlé a commencé ?

— Je n'ai pas connaissance d'une telle activité dans votre secteur, mais peut-être qu'on ne m'a rien dit. Je vérifie ça et je vous tiens informé. En attendant, faites attention à vous là-bas, d'accord ?

— Oui, monsieur. Merci, monsieur.

Stryker mit fin à l'appel, prit une grosse bouchée de son scone à la confiture, déposa quelques billets sur la table et se leva.

— Allons-y, dit-il. Vous avez un gilet ?

Mia s'essuya la bouche et souffla de frustration en se levant à son tour.

— Oui, dans le coffre, ne vous inquiétez pas. Et j'ai toujours mon arme de service sur moi.

Elle déposa elle aussi quelques billets sur la table, fit signe à la serveuse et se dirigea droit vers la sortie.

Stryker inclina la tête sur son épaule droite et entendit son cou craquer tandis que la voiture se faufilait dans la circulation, son système de navigation suivant le véhicule de Mia Sterud lancé à vive allure.

Comme les voitures quittaient la route principale pour s'engager dans un chemin de terre serpentant le long de la rivière Puyallup, son téléphone portable sonna. Stryker se pencha en avant et appuya sur la touche de prise d'appel de l'écran tactile de la vieille Chevrolet.

— *Stryker ?* fit la voix forte du capitaine dans les haut-parleurs de la voiture.

— Oui, monsieur ?

— *Je viens d'avoir des infos officielles pour votre secteur. Il semble que le brouillage ait commencé concernant toutes les fréquences commerciales. Un message général va être diffusé à l'intention de tous les résidents de l'État de Washington à travers tous les canaux d'urgence dans l'heure qui suit.*

Stryker sentit un frisson remonter le long de sa colonne vertébrale.

— Merde ! Désolé, monsieur. Mais s'ils brouillent toutes les fréquences, c'est qu'il ne s'agit pas seulement une affaire terroriste locale. Que se passe-t-il ?

Durant dix secondes, l'unique bruit audible à l'autre bout de la ligne fut celui de la respiration haletante du capitaine. Est-ce qu'il courait ?

— *Stryker, je n'en sais rien. Je me pose les mêmes questions que vous. Je vais tâcher de remonter la chaîne de commandement et d'en apprendre plus. D'ici-là, faites ce que vous avez à faire.*

— Bien reçu. Merci de me tenir au courant.

La communication fut coupée juste au moment où il pénétrait dans le parking situé à l'écart du bâtiment formant la base de l'énorme tour de communication.

Stryker se gara à côté de la voiture de patrouille de Mia Sterud, et descendit rapidement de son véhicule.

Mia se tenait derrière la voiture de patrouille, une main couvrant une de ses oreilles. Il s'approcha et l'entendit maugréer :

— Réponds, nom de Dieu.

Son regard alla du bâtiment à une autre voiture, puis revint se porter sur la base de la tour.

Elle secoua la tête en soupirant et dit :

— Ce vieux schnock s'est probablement endormi une fois de plus. Il ne répond pas au téléphone.

— Ce vieux schnock ? releva Stryker.

— Wendell Litchford. C'est un vieux bonhomme adorable. Il dirige la station de radio.

Mia agita le pouce en direction de la vieille Buick garée sur le parking.

— C'est sa voiture, dit-elle. Ce ne serait pas la première fois qu'il s'endort devant sa console, et que la station de radio est muette. Je vais aller voir ce qui se passe.

— Attendez une seconde, lui demanda Stryker en se dirigeant vers sa voiture. Cohen et l'équipe de la Division d'investigation criminelle n'étaient pas encore arrivés, et il n'était pas censé interférer dans le travail de Mia.

Il ne pouvait pas non plus lui parler du signal de brouillage. Pourtant, quelque chose clochait.

Il ouvrit le coffre de sa voiture et récupéra dans un gros sac de sport un appareil qui ressemblait à une caméra.

— Qu'est-ce que c'est ?

Stryker alluma l'unité FLIR, la pointa en direction du bâtiment et colla son œil contre le viseur.

— C'est une caméra à imagerie thermique.

Il balaya la façade du bâtiment. Dans le viseur, c'était presque comme si les murs extérieurs avaient disparu. L'intérieur lui apparaissait sous la forme d'un dégradé de bleu, avec un objet rouge-orangé.

— On dirait bien que nous avons une personne là-dedans, au deuxième étage apparemment.

— Est-ce qu'elle bouge ? demanda Mia.

Stryker fixa l'image thermique en couleur améliorée durant quelques secondes, et vit la silhouette se déplacer.

— Oui. La personne qui se trouve là-haut, qui que ce soit, n'est pas en train de dormir.

Mia souffla.

— Je doute que nous ayons des raisons d'avoir peur d'un grand-père de plus de soixante-dix ans.

Stryker rangea sa caméra, referma le coffre et courut pour rattraper le shérif, qui avait commencé à marcher vers le bâtiment.

Le vieil homme était probablement occupé à essayer de comprendre ce qui se passait avec le signal radio de la station.

Mia poussa la porte d'entrée du bâtiment ; elle s'ouvrit. Elle entra et appela :

— Monsieur Litchford ?

Stryker entendit un fracas métallique provenant de l'escalier ; il sortit son arme par réflexe.

Mia se dirigea vers le bruit. Il vit qu'elle libérait également la sangle de fermeture du holster de son arme de service.

— Monsieur Litchford ?

Un rire démoniaque résonna dans le couloir en béton, suivi immédiatement par un bruit évoquant des sanglots.

Stryker aperçut un vieil homme chauve assis au pied d'un escalier en métal. Il appuyait ses mains contre les côtés de sa tête, et se balançait d'avant en arrière en marmonnant quelque chose.

Stryker s'avança à hauteur de Mia, lui désigna l'homme d'un geste et murmura :

— Il tient quelque chose dans sa main droite.

Mia se rapprocha, suivie par Stryker, prêt à utiliser son arme.

Le vieil homme sanglotait et n'arrêtait pas de répéter « Je suis désolé », encore et encore.

— Monsieur Litchford, l'appela Mia d'une voix apaisante. Que se passe-t-il ?

Litchford leva vers elle des yeux injectés de sang, puis fixa Stryker.

— Les voix… c'était plus fort que moi. Mais je ne les entends plus, je ne sais plus ce que je dois faire.

Stryker n'arrivait pas à distinguer ce que le vieil homme tenait exactement dans sa main droite, mais son sang se glaça quand il aperçut un fil électrique courant le long de son bras.

Mia s'avança d'un pas, mais Stryker l'agrippa par sa ceinture et siffla :

— Reculez !

Le vieil homme grommela :

— Je suis désolé, shérif. Je n'y arrive plus.

Sans attendre que Mia réagisse, Stryker la tira en arrière. Au même instant, l'onde de choc les souleva tous les deux du sol et les projeta en arrière.

Stryker perdit ses repères en s'écrasant au sol, l'air s'expulsant violemment de sa poitrine quand Mia retomba lourdement sur lui

De la fumée envahit immédiatement le passage, et le goût cuivré du sang imprégna ses lèvres.

Rassemblant ce qu'il lui restait de force, il se redressa douloureusement, ramassa le corps inerte et sanguinolent de Mia, et chercha à gagner la sortie.

Au moment même où il retrouva, titubant, la lumière du jour, il sentit des mains se presser autour de lui pour le soutenir. Il crut reconnaître la voix de Cohen hurlant des ordres à ses hommes.

Il sentit ses jambes se dérober sous lui ; sa vision se brouilla. Il ferma les yeux, en même temps qu'il était pris de nausées.

Il revit mentalement, avec clarté maintenant, le fil rattaché au gilet d'explosifs du vieil homme.

Il avait déjà vu cela… en Roumanie.

Il sentit qu'on l'aidait à s'allonger sur le sol. Son esprit le ramena au shérif.

— Mia, grogna-t-il, tandis que quelqu'un pressait quelque chose sur son front.

Quelqu'un lui pinça le bras, et il entendit Cohen réclamer à grands cris une intraveineuse.

Il chercha à ouvrir les yeux, mais le monde se referma sur lui. Tout devint noir et silencieux.

Neeta grimpa sur le toit du grand bâtiment en béton sis au milieu de la jungle équatorienne, tandis que Dave se tenait au pied d'une petite tour métallique haute de trois mètres au sommet de laquelle clignotait une lumière stroboscopique rouge. Il était concentré sur sa tablette PC, à laquelle était connectée sur le côté une antenne longue d'une trentaine de centimètres dirigée vers le ciel.

Bien qu'ils fussent sur le toit de l'immeuble, haut d'une douzaine de mètres, Neeta sentait et entendait le bourdonnement du poste électrique située juste en-dessous. Elle jeta un coup d'œil en bas depuis le bord du toit, et remarqua que des soldats étaient postés tout autour du bâtiment. Elle secoua la tête et dit :

— Il semble que nous soyons sous bonne protection, si jamais le yéti ou le Chupacabra s'avisaient de nous attaquer.

— Ils ne font qu'obéir aux ordres, sourit Dave en tapotant sur son écran. Si vous levez les yeux, vous devriez le voir apparaître à travers les nuages dans trois… deux… un…

Protégeant ses yeux de l'éblouissement du soleil, Neeta tendit le cou et vit un objet sombre surgir brusquement des nuages brumeux. Son cœur s'accéléra.

— Je le vois ! s'écria-t-elle. Mais il n'est pas tout à fait au-dessus de nous.

— Ne vous inquiétez pas, dit Dave en s'écartant du centre du toit. Les nuages ont peut-être brouillé légèrement le signal de radioralliement, mais le rover devrait s'autocentrer maintenant. Vous allez voir.

Neeta regarda grossir le point gris sombre, le bruit de ses moteurs montant en intensité à mesure qu'il se rapprochait. Elle allait demander à Dave si le ruban de graphène ne s'était pas brisé, quand elle vit finalement briller au soleil le matériau translucide déroulé au-dessus de l'engin en approche.

Elle distingua bientôt un véhicule à quatre roues en descente contrôlée, et se tourna aussitôt vers Dave.

— Vous avez réellement utilisé un rover lunaire pour la descente ?

Dave se couvrit les oreilles et hocha la tête, le vrombissement saccadé des propulseurs horizontaux du rover ralentissant la course de l'engin.

Grimaçant sous le sifflement assourdissant des réacteurs, Neeta regarda le rover terminer lentement sa descente et se poser sans heurt sur le toit de l'immeuble.

— Et voilà ! s'exclama Dave. Ça a fonctionné à merveille.

Neeta contempla le ruban translucide qui se dressait comme par magie dans le ciel. Son esprit avait du mal à intégrer ce qu'elle voyait.

— Incroyable, souffla-t-elle.

Dave fit avancer le rover d'un mètre ou deux, jusqu'au centre du toit. Puis, continuant de tapoter sur l'écran de sa tablette, il commanda l'ouverture d'une fente dans le toit.

— Il est temps de relier le premier rayon de DefenseNet à sa source d'énergie.

— Y a-t-il un danger de choc électrique ? s'inquiéta Bella depuis le coin du toit d'où elle observait la scène, fascinée.

Dave secoua négativement la tête en tripotant quelque chose sur le dessus du rover.

— Non. La connexion électrique ne se fera qu'en actionnant un commutateur manuel depuis le poste électrique. Et même alors, le courant d'énergie sera contrôlé informatiquement. Il n'y a rien à craindre.

Il ouvrit une trappe sur le côté du rover, actionna une manette, et la tige en métal à l'extrémité du ruban sortit à l'arrière du rover. Il souleva le ruban large d'environ un mètre avec la tige en métal, et l'inséra dans l'ouverture prévue sur le toit.

— Nous allons maintenant relier les deux points d'ancrage.

Neeta regarda Dave se remettre à pianoter sur l'écran de sa tablette, et la fente dans le toit se referma lentement, avalant l'extrémité du ruban. Il entra encore quelques commandes sur la tablette, et la partie arrière supérieure du rover s'ouvrit, libérant totalement le ruban du véhicule.

— Bon, et maintenant quoi, Dave ? s'impatienta nerveusement Neeta.

Dave se pencha sur sa tablette.

— Hé, Byron, est-ce que tu me reçois ?

— *Cinq sur cinq. Je suis toujours à ma place, ici, dans la soute de la navette. Je la regarde se vider les tripes en attendant votre signal, chef.*

— D'accord, Byron. Tout est connecté ici. Placez l'ancre en position orbitale et tout sera prêt.

Dave était en communication avec l'ingénieur fret de la navette, chargé de mettre en place le côté opérant du laser de DefenseNet et du système de ciblage.

Tandis qu'ils parlaient, le ruban attaché au toit de l'immeuble se tendit brusquement, et l'ingénieur annonça :

— *L'ancre est en place, entièrement déployée, côté opérant à la verticale de votre position. Je crois que vous avez réussi, chef.*

Dave tambourina du bout des doigts sur le ruban de graphène translucide ; il était si tendu qu'il avait l'impression de faire résonner une surface en bois. Il leva le pouce en se tournant vers Bella et rapprocha de son visage le micro de la tablette.

— Byron, beau boulot. Maintenant, ramenez vos fesses ici, sur le plancher des vaches. On répète la même opération dans deux jours.

— *Bien reçu. Je referme les portes de la soute. On se revoit à Cap Canaveral.*

Dave entra une dernière commande sur sa tablette et leva les yeux vers le ciel, l'air satisfait.

— Tout prend du temps : charger les modules de DefenseNet à bord de la navette, les envoyer dans l'espace, faire descendre les rubans… il ne va pas falloir perdre une journée.

Neeta procéda à un rapide calcul mental et se rendit compte qu'il avait raison. Ils n'avaient aucune marge. Le temps pressait. Les tests devaient commencer au plus tôt.

— Dave, d'autres personnes peuvent se charger de ces opérations. Nous pourrions travailler en parallèle à autre chose.

— Non, répliqua Dave, catégorique. Je ne fais confiance à personne pour…

— Dave, intervint Bella en posant délicatement une main sur son avant-bras. Neeta a raison. L'opération qui prend le plus de temps est la descente contrôlée du ruban. Pourquoi ne pas affréter deux navettes à la fois, et décaler les lancements ? Tu pourrais t'occuper de connecter un rayon de DefenseNet, pendant qu'un autre descend ?

Soulagée que quelqu'un, pour une fois, soit de son avis, Neeta renchérit :

— C'est exactement ce que j'allais suggérer. Vous pourrez toujours vous assurer que le travail est fait comme il doit l'être, tout en parallélisant vos efforts.

Déstabilisé, Dave regarda Neeta, puis Bella, prit une grande inspiration, et capitula.

— D'accord, vous avez probablement raison.

— C'est certain, ajouta tout naturellement Bella.

Neeta chassa d'un geste de la main un moustique dont elle aurait juré qu'il mesurait près de dix centimètres.

— Bon, râla-t-elle, maintenant que les femmes ont obtenu une mini-victoire, est-ce qu'on peut ficher le camp d'ici ?

Bella désigna le rover d'un geste du menton et demanda :

— Dave, comment comptes-tu faire descendre cette chose du toit ?

Dave eut un geste vague en direction du bord du toit, le long duquel Neeta vit courir une sorte de longue poutre en métal.

— Chacune de ces stations a été équipée d'un système de levage, expliqua-t-il.

Il s'approcha du bord du toit et désigna du doigt un camion militaire à plateforme en bas.

— C'est pour cela que nous sommes venus avec un véhicule adapté, pour ramener le rover.

Neeta regarda les véhicules alignés au pied du bâtiment.

— Oh, Seigneur, souffla-t-elle, finissons-en. Plus tôt nous serons partis d'ici, mieux ce sera.

Au même instant, son téléphone portable se mit à sonner, une voix dans son oreillette lui indiquant l'identité de l'appelant.

— Burt ! Nous venons de terminer la mise en place du premier rayon de l'anneau de DefenseNet. Voir quelque chose se dresser dans le ciel comme ça, c'est fantastique. Tu serais épaté.

— *Neeta, c'est génial, mais je ne t'appelais pas à ce sujet. J'ai remué ciel et terre, mais vous devriez avoir vos 1,600 000 kilomètres de graphène pour échafauder les ascenseurs en temps et en heure. Ceci dit, j'ai vraiment besoin que tu retournes à Los Angeles, au JPL, pendant que je suis ici à Washington à me coltiner des politiciens, sans parler de la liste toujours plus longue de crétins qui, parce qu'ils ont été accrédités, croient avoir voix au chapitre pour Indigo.*

Neeta se retourna et vit Dave et Bella qui se dirigeaient vers l'escalier.

— Quand as-tu besoin que je sois là-bas ?

— Euh… si on disait hier ? Je t'ai envoyé un e-mail avec tous les détails, mais il y a un tas de données dont j'ai besoin qui nécessitent des observations astronomiques de première main. Il me faut quelqu'un sur place en qui j'ai confiance et qui sache s'imposer.

Neeta ne put réprimer un petit sourire. Elle accéléra le pas vers l'escalier pour rattraper Dave et Bella.

— Je me rends là-bas au plus vite, dès que je parviens à quitter cette foutue jungle.

— *Cette foutue jungle ? Oh, oui, c'est vrai… Je sais que ces postes électriques se trouvent dans des endroits qui n'ont rien d'idéal. J'imagine la chaleur et l'humidité qui doivent régner là-bas. Courage !*

— Tes encouragements me vont droit au cœur. Je rentre à L.A. dès que possible.

— *Merci ! Je te revaudrai ça.*

— J'espère bien ! J'attends impatiemment ma récompense, lui

renvoya-t-elle d'un ton badin, avant de se figer en prenant la mesure de ce qu'elle venait de dire.

— Bye !

Elle raccrocha et sentit brusquement ses joues s'empourprer.

— Nom de Dieu ! Il va sûrement croire que je le draguais ! Mais qu'est-ce qui me prend ?

CHAPITRE VINGT-ET-UN

Il était presque onze heures du soir quand Stryker, portant un gros sac de sport sur son épaule droite, s'approcha de la porte de son appartement du centre-ville, priant pour ne pas réveiller les gosses. Lainie allait encore tempêter comme un démon parce qu'il n'avait pas prévenu qu'il passait.

Mais les trois derniers jours avaient été un tourbillon d'événements, après qu'il avait failli être réduit en charpie par un vieil homme suicidaire résolu à emporter avec lui dans la mort autant de personnes que possible.

Stryker se souvenait encore de s'être précipité à l'extérieur du bâtiment en portant Mia inconsciente sur son dos. Ensuite, c'était le trou noir, ou presque. Il s'était retrouvé à l'hôpital, le moral à zéro, avec des points de suture sur le haut du front, à la racine des cheveux, à cause de l'explosion.

Les médecins militaires de Madigan, l'un des plus grands hôpitaux militaires de la côte ouest, l'avaient gardé en observation durant vingt-quatre heures. Il avait tellement râlé et supplié pour qu'on le laisse partir qu'ils avaient fini par céder, n'ayant pas de raisons réelles de le garder hospitalisé. Il allait bien.

Il allait même très bien depuis qu'il avait appris que Mia n'était pas morte. La crainte qu'elle ait succombé dans l'explosion l'avait miné. Elle avait reçu de nombreux éclats provenant du gilet d'explosifs, blessures qui avaient nécessité de la chirurgie, mais à part cela et lui dire qu'elle allait bien, personne n'avait voulu lui communiquer d'autres détails.

Après sa sortie de Madigan, il avait présenté son rapport à son commandant, qui lui avait appris qu'il était de nouveau affecté à New York. Il avait moins d'une journée pour se préparer et s'embarquer à bord du premier C-130 s'envolant pour la côte est.

Il était à présent de retour chez lui.

Il glissa la clé dans la serrure et ouvrit lentement la porte.

Il s'attendait à ce que l'appartement soit plongé dans l'obscurité, mais à peine le seuil franchi et la porte refermée, il vit Lainie qui le fixait, les yeux écarquillés.

Merde.

Elle s'approcha de lui, sourcils froncés, et murmura :

— Tu…

— Je sais, je sais. J'aurais dû appeler, mais j'ignorais qu'ils me laisseraient rentrer à New York.

Il fit glisser de son épaule le gros sac de sport, et le déposa à ses pieds.

L'expression de Lainie s'adoucit. Elle tendit le bras et lui toucha la tempe.

— Tu es blessé.

Stryker colla le bout de ses doigts sur la zone meurtrie où un éclat métallique du gilet d'explosifs avait touché son crâne ; il haussa les épaules.

— Ce n'est rien.

Le visage de Lainie s'assombrit sous le coup de l'émotion. Stryker se raidit, se préparant au sermon qui, il n'en doutait pas, allait suivre.

Mais soudain, Lainie glissa ses bras autour de sa poitrine, colla sa tête contre lui et l'étreignit.

— Ils t'ont renvoyé parce que tes blessures sont plus graves que tu ne veux bien le dire, je le sais.

Il soupira et lui caressa le dos, tandis qu'il sentait ses larmes tièdes imbiber le tissu de sa chemise.

— Lainie, je te dis la vérité, tu sais. Je vais bien. Ils m'ont donné trois jours, et puis je reprends du service.

Elle s'écarta et essuya ses larmes.

— Tu repars ?

— Non. Du moins, pas que je sache. Je devrais reprendre les

patrouilles dans le centre, avec une équipe. En gros, ce que je faisais au NYPD. Le boulot habituel. Il n'y a que l'uniforme qui change.

— Ils ont donc décidé de faire appel à l'armée ?

Stryker fixa son ex-femme, s'efforçant de déchiffrer l'expression de son visage. Elle paraissait agitée, peut-être parce qu'il était rentré et qu'elle ne s'y attendait pas… mais non, il y avait autre chose.

— Qu'y a-t-…. ?

— Papa ?

Il leva la tête et sentit une douce chaleur l'envahir.

— Papa ! s'écria Emma en se frottant les yeux comme pour en chasser le sommeil.

Elle descendit l'escalier et sauta dans ses bras.

— Papa est rentré ? entendit-il demander.

C'était la voix endormie d'Isaac à l'étage. Il ne fallut que quelques secondes pour qu'il descende à son tour et qu'ils se prennent tous dans les bras. Pour Stryker, à cet instant, plus rien d'autre n'existait.

S'efforçant d'ignorer la petite armée d'agents du *Secret Service* et de militaires qui ne le quittait plus, Dave se laissa aller contre le dossier du transat en bord de plage, prenant une pause bien méritée en sirotant une piña colada. Le bruit apaisant de l'océan lui avait manqué quand il était sur la Lune. Il tourna un regard vers Bella, qui paraissait détendu malgré le rythme de travail affolant qu'elle avait dû maintenir pour installer et véri-fier les connexions de tous les rayons de DefenseNet. Respirant la brise saline de la Mer de Chine méridionale, elle ferma les yeux, ses lèvres esquissant un petit sourire satisfait.

Puis, sa tête roulant vers lui, elle plissa les yeux dans l'éblouissement du soleil et dit :

— Mon horloge interne est complètement détraquée. C'est l'heure du petit déjeuner ou du dîner ? Je ne sais qu'une chose : j'ai faim.

Dave sourit.

— Eh bien, puisque nous sommes en Indonésie à présent, et qu'il est 7 h 30, je dirais qu'un petit déjeuner s'impose. De toute façon, le rover ne se posera pas avant la fin d'après-midi.

Un agent du *Secret Service* s'approcha et tendit à Dave un téléphone satellitaire.

— Docteur Holmes, c'est le docteur Radcliffe.

Dave se redressa et colla le téléphone à son oreille.

— Salut, Burt. J'allais vous appeler en fin de journée. Je me prélasse en ce moment même sur une magnifique plage de sable blanc sur la côte occidentale de l'Indonésie, au nord du lac Maninjau. On aura bientôt atteint la moitié de nos objectifs.

— *Génial. J'ai même l'impression que vous avez de l'avance sur le calendrier prévu, ce qui est fantastique. Mais si je vous appelle, c'est pour vous faire savoir que la présidente est sur le point de rendre publiques un certain nombre d'informations relatives à Indigo. Je vous suggère de trouver un endroit pour regarder ça à la télé. Elle devrait être en direct dans une trentaine de minutes.*

Son esprit oscillant entre excitation et curiosité, il se dirigea vers un des agents du *Secret Service* et lui demanda en chuchotant :

— Croyez-vous que vous pourriez nous procurer une télé avec un accès aux chaînes américaines dans moins de trente minutes ?

Hésitant une seconde à peine, l'agent acquiesça d'un hochement de tête.

— Je m'en occupe, monsieur. Il y a un hôtel cinq étoiles à cinq minutes d'ici. Il me faut dix minutes pour ouvrir et sécuriser la route jusque-là ; donc c'est jouable.

— *Dave, je me dois de vous avertir de quelque chose...*, reprit Burt, sa voix portant fort dans le téléphone satellitaire. *Disons pour faire simple qu'entre ce que la présidente va dire et la réalité d'Indigo, il y aura quelques différences. Nous autres scientifiques n'aimons pas l'imprécision ; voilà pourquoi je veux juste que vous sachiez qu'elle n'est pas stupide, loin de là, et que c'est à dessein qu'elle va minimiser certains faits, pour des raisons évidentes. Je suis sûr que vous comprendrez, mais je tenais à vous prévenir, afin que vous ne vous fassiez pas d'idées fausses.*

— Ne vous inquiétez pas, Burt, je comprends parfaitement. Je me contenterai de me mordre la langue en la regardant.

Il raccrocha et se leva, tandis que plusieurs véhicules blindés formant une partie de son escorte démarraient pour sécuriser le trajet jusqu'à l'hôtel et préparer son arrivée.

Il s'était habitué depuis plusieurs semaines à toutes ces précautions, qui avaient quelque chose de paranoïaque. Il était conscient de tout ce que les agents faisaient pour lui, et leur en était reconnaissant.

Il prit Bella par la main, et tandis qu'il se dirigeait avec elle vers leur 4 x 4 blindé, il la regarda et ne put s'empêcher de penser que, sans elle, l'avenir du monde aurait sans doute bien moins d'importance à ses yeux.

Quoique situé loin des grandes villes du pays, l'hôtel ressemblait à certains des bâtiments qu'il avait vus à Washington, avec sa façade en pierre polie et ses colonnes de marbre blanc, sans parler des extérieurs de l'établissement, impressionnants. En pénétrant dans le hall de l'hôtel, Dave avait remarqué le plafond en forme de dôme orné de splendides fresques représentant des scènes végétales. Mais pour l'heure, toute son attention était concentrée sur l'image holographique de la Maison Blanche projetée sur une grande table de l'immense salle de réception. Son service de sécurité avait vidé la pièce de ses occupants. La voix désincarnée d'un journaliste résonnait dans les haut-parleurs de la salle : « *Je passe maintenant l'antenne à la Maison Blanche pour l'allocution présidentielle qui est sur le point de commencer... »*

Des officiers en uniforme du NYPD quittèrent le poste de police de Midtown-South, dans le centre-ville de Manhattan, prenant leur service à l'heure du changement d'équipe. Quelques visages familiers saluèrent Stryker, tandis que des collègues plus proches lui donnèrent une tape sur l'épaule en passant.

N'étaient l'uniforme différent et le fusil d'assaut qu'il portait maintenant, il serait parti patrouiller à son tour.

Mais les choses avaient changé.

À présent, il était le chef d'unité de plus de quarante soldats appartenant à la police militaire de Fort Drum, qui se tenaient au garde-à-vous devant lui.

Il prit une grande inspiration et dit d'une voix forte :

« « Il est presque 21 heures, et nous allons aider la police de New York à faire respecter le couvre-feu décrété par le gouverneur de l'État, du coucher du soleil au lever du jour. Souvenez-vous : nul n'est autorisé à se trouver dans les rues hormis les premiers intervenants, et les personnes qui les accompagnent éventuellement. Pas d'autres exceptions. Le NYPD reste l'autorité compétente ; nous sommes là uniquement en renfort. Et je m'adresse aux sergents : veillez à bien coordonner les mouvements de vos brigades respectives avec ceux de vos homologues policiers désignés, et cela afin d'assurer une couverture maximale des rues et du métro. Des questions ?

Stryker marqua un temps de silence en balayant du regard les hommes de son unité, tous en tenue de combat.

— Très bien. Surveillez vos arrières et prenez garde à vous. Rompez !

Les sergents se mirent à aboyer des ordres à leurs escouades respectives.

— Quand vous aurez terminé de déployer vos hommes, il faudra qu'on songe à vous accorder du galon, lança une voix familière.

Stryker sourit, se tourna vers la droite, et reconnut le lieutenant Malacaria qui se tenait devant l'entrée du poste de police.

— Bonjour, lieutenant. La situation ne s'arrange pas, hein ?

Le vétéran du NYPD aux plus de vingt années de service s'approcha et pencha la tête en direction de la 8ᵉ Avenue.

— Jon, marchons un peu.

Stryker se retrouva à cheminer d'un pas tranquille aux côtés de Malacaria. En dépit de la chaleur estivale qui plombait la soirée, il sentit un petit frisson lui glacer l'échine en levant les yeux vers l'artère déserte, comme toutes les rues du centre-ville.

C'était le premier soir du couvre-feu ; il s'était attendu à croiser encore un tas de personnes dans les rues prétendant ne pas être au courant du décret du gouverneur de l'État, et inventant toutes sortes d'excuses pour justifier d'avoir enfreint les règles désormais en vigueur. Mais curieusement, ce n'était pas le cas.

Après quelques minutes de marche dans un silence surnaturel, ils tournèrent dans la 42ᵉ Rue Ouest et se dirigèrent vers Times Square illuminé.

— Lieutenant...

— Appelez-moi Matt.

— Matt, avez-vous une idée du *pourquoi* de ce couvre-feu promulgué par le gouverneur ? Je croyais que toutes les attaques perpétrées ici avaient eu lieu la journée.

Le lieutenant secoua la tête.

— Aucune idée, dit-il. Nous avons tous été surpris quand les ordres sont tombés, et qu'il a fallu rassembler et envoyer tout le monde sur le terrain. Nous sommes au maximum de nos effectifs. Heureusement que l'armée est venue en renfort.

Stryker hocha la tête comme ils passaient devant un petit groupe composé de deux îlotiers du NYPD discutant avec deux « MP » de sa section.

Ils arrivèrent dans le cœur de Times Square et son ballet scintillant d'images holographiques.

— Jon, quand vous et vos hommes ont été déployés dans l'ouest, avez-vous eu affaire à d'autres cinglés, dans le genre de la jeune recrue qui a failli avoir votre peau ici ?

— Vous voulez dire des fanatiques religieux ? demanda Stryker en tournant un regard sombre vers Malacaria.

— Oui. Il se trouve qu'ici, nous avons eu d'autres prophètes apocalyptiques à tendance suicidaire. Ça a été le cas aussi là-bas ?

— Mouais. Je ne sais pas pourquoi ils n'en parlent pas aux infos, mais il se passe un truc pas clair en ce moment, quelque chose à tendance sectaire. Mais je n'en sais pas plus.

Soudain, les projections étincelantes du célèbre quartier de Midtown au-dessus d'eux se mirent à vaciller, et le logo bleu et blanc de la Maison-Blanche apparut sur tous les écrans.

— Mais qu'est-ce que… ? s'exclamèrent simultanément les deux hommes en levant les yeux vers les écrans diffusant l'image fixe de la célèbre résidence présidentielle.

Stryker entendit des « bips » d'alerte provenant des radios de la police et des militaires présents dans le secteur, tandis qu'un message défilait en bas des écrans géants avec un compte à rebours d'une trentaine de secondes.

*** *Message prioritaire de la présidente des États-Unis, diffusé sur l'ensemble des chaînes nationales* ***

Autour d'eux, une dizaine de « MP » levaient pareillement la tête vers les écrans diffusant le « direct » du Bureau ovale.

Tenant la main de Bella, Dave se recala au fond de son fauteuil et fixa l'image claire et nette de Margaret Hager s'asseyant derrière son bureau et s'adressant à ses compatriotes et à l'ensemble du monde.

— *Bonsoir, mes chers compatriotes.*

« *Ce soir, je ne m'adresserai pas à vous uniquement en tant que présidente des États-Unis, mais en tant que citoyenne également. À toutes les personnes qui entendent ma voix, je vous demande de suspendre vos activités durant quelques instants et d'écouter ce que j'ai à vous dire, car cela concerne chacun d'entre nous. À travers le globe, les chefs des différentes nations reprennent en ce moment même, à l'adresse de leurs compatriotes, le message que je suis sur le point de délivrer.*

« *Au cours de son histoire, l'humanité a connu des périodes de conflit. Des périodes où les peuples de différentes nations, se désavouant mutuellement, se sont fait la guerre. Pourtant, même dans ces temps de conflit armé, d'improbables unions ont vu le jour ; d'anciens ennemis sont devenus des alliés, parfois même des amis.*

« *Nous sommes aujourd'hui au bord du gouffre, contraints de faire face à un ennemi qui nous met tous en péril. Pas seulement nous autres, Américains, mais tous les citoyens du monde.*

« *Avec le soutien du Congrès, j'ai signé un accord contraignant entre les États-Unis et l'ensemble des nations du monde. Mettant de côté nos différences, nous avons résolu de faire face ensemble à une menace primordiale – une menace qui, si nous décidions de l'ignorer, pourrait balayer toute vie sur cette planète, de la plus infime bactérie à l'ensemble de l'humanité.*

« *Quelle est cette menace ? me demanderez-vous.*

« *Elle est du même genre que celle qui a déjà causé une extinction de masse à notre monde jadis, une terreur globale telle que nous n'en avons jamais connue.*

« *Dans approximativement cinq mois, un grand nombre d'astéroïdes, dont certains sont plus grands que ceux qui ont causé la disparition des dinosaures voilà soixante millions d'années, sont sur le point de passer si près de notre Terre qu'il y a de grandes chances pour que l'un d'entre eux au moins entre en collision avec elle.*

La caméra suivit la présidente qui s'écartait légèrement de son bureau et se levait en fixant l'objectif d'un regard d'acier.

— *Ainsi que l'a dit Abraham Lincoln dans un discours de 1858 :*

«Une maison divisée contre elle-même ne peut subsister ». Le président Lincoln faisait alors allusion à une division entre les États. Un tel risque de division intérieure n'existe plus aujourd'hui dans notre pays, mais il reste bel et bien une réalité avec d'autres nations du globe dont, historiquement, nous ne sommes pas aussi proches que nous pourrions l'être.

« Je me tiens à présent devant vous, et je vous assure solennellement, en tant que présidente des États-Unis et représentante désignée des chefs des Nations Unies, que les nations du monde ne sont pas divisées. Nous nous dressons ensemble contre cette menace, qui est une menace pour l'ensemble du monde.

L'air sombre et déterminé, Margaret Hager frappa du poing sur son bureau et ajouta :

— *Cette menace prend fin ici ! Elle prend fin aujourd'hui !*

Elle se rassit dans son fauteuil et se pencha en avant, reprenant son allocution au monde avec fermeté et calme à la fois.

— *Grâce à une série d'avancées scientifiques jusqu'à présent classifiées, c'est avec soulagement que j'informe chacun d'entre vous que nous sommes en mesure de contrer cette menace globale ; nous ne connaîtrons pas le même sort que les dinosaures. Nous avons une solution, et nous la devons au travail acharné de quelques-uns des plus grands scientifiques de la planète.*

« Je répète : nous avons une solution pour contrer la menace qui approche.

« Vous êtes nombreux, je n'en doute pas, à connaître la Fondation internationale pour la science, où sont menées des recherches scientifiques de pointe. La FIS a accompli des progrès importants dans de nombreux domaines ; elle est renommée pour avoir découvert notamment de nouveaux traitements à la sclérose en plaques, ainsi qu'à d'autres maladies que l'on croyait incurables. Je m'apprête à dévoiler pour la première fois quelque chose qui fait l'objet d'études depuis presque une décennie.

« Nos scientifiques avaient prévu l'éventualité d'une telle menace ; voilà presque dix ans qu'ils travaillent obstinément à la combattre. À l'heure où je vous parle, nous déployons activement un réseau de satellites, qui vont nous servir de bouclier contre ces objets géocroiseurs qui menacent nos existences.

« Ce bouclier a été baptisé DefenseNet.

« Grâce au déploiement d'un réseau de lasers incroyablement puissants, DefenseNet sera en mesure de détecter et de détruire n'importe quelle menace entrante.

Dave se rapprocha de l'image holographique en écoutant chaque mot de la présidente. Il n'était pas surpris qu'elle omette de mentionner son nom et ceux de toutes les autres personnes impliquées. À ce stade, compter parmi les scientifiques anonymes qui travaillaient sur Indigo lui allait parfaitement.

La voix de la présidente Hager était calme, posée ; on n'y entendait pas la moindre note de panique. Elle parvenait à être crédible sans emphase excessive. S'acquitter d'une pareille tâche avec autant d'assurance n'était pas à la portée de n'importe qui.

— DefenseNet nous permettra d'échapper à une mort presque certaine ; nous en serons éternellement reconnaissants à la communauté scientifique.

« Je tiens néanmoins à souligner une chose.

« Je veux bien sûr rassurer les citoyens de notre monde, mais leur dire aussi que rien n'est jamais infaillible. Certains objets entrants pourraient n'être pas complètement détruits par DefenseNet, et passer au travers des mailles du filet. J'ai donc demandé aux gouverneurs de certains États côtiers d'émettre des ordres d'évacuation concernant leurs résidents vivant le long des côtes.

« Par l'autorité que me confère la Constitution, et en accord avec les dispositions générales de sécurité prévues par les Nations Unies, j'ai ordonné que les mesures suivantes soient mises immédiatement en application :

« Premièrement : tout lieu situé à moins d'un kilomètre d'un océan et à moins de cinq mètres au-dessus du niveau de la mer, devra obligatoirement être évacué vers des zones plus sûres, telles que désignées par les gouverneurs de chacun des États concernés.

« Deuxièmement : d'autres zones d'évacuation sont envisagées et pourront être concernées, si vous habitez à moins de quinze kilomètres d'une côte et à moins de quinze mètres au-dessus du niveau de la mer.

« Troisièmement : j'ai d'ores et déjà demandé à la FEMA, l'Agence

fédérale des situations d'urgence, de mettre en place des services d'urgence dans tous les États côtiers. En outre, des abris seront construits pour accueillir toute personne faisant l'objet d'un déplacement contraint.

« Quatrièmement : je décrète dès à présent la mobilisation de tous nos réservistes militaires pour appuyer cette évacuation coordonnée des régions côtières, ainsi que pour assurer la sécurité des zones évacuées. J'ai ainsi donné l'ordre de rappeler tout le personnel d'active stationné à l'étranger. Les pilleurs et fauteurs de troubles seront traités de la manière la plus intransigeante qui soit.

« Cinquièmement : étant donné que notre Capitole est situé dans une zone d'évacuation, j'ai décidé, en accord avec l'ensemble du gouvernement, de déplacer le siège du pouvoir législatif dans un lieu sécurisé, à l'intérieur des terres.

« Mes chers concitoyens, nous vivons à n'en pas douter un moment douloureux de l'histoire de notre monde. J'ai conscience des difficultés que nous allons tous devoir surmonter au cours des prochains mois. Nul ne peut prédire avec certitude ce qui arrivera, ni quel en sera le coût, mais c'est dans des moments comme celui-là que l'union citoyenne a fait, et fera encore, la différence dans notre pays, et dans les autres.

« Je demande à ceux qui ne sont pas concernés par ces évacuations massives d'ouvrir leurs maisons, s'ils le peuvent, d'essayer d'abriter des proches ou des connaissances, ou encore de faire savoir aux autorités locales qu'ils sont disposés à mettre à disposition de leurs compatriotes réfugiés une chambre ou un abri sûr. C'est le moment pour chacun de faire preuve de solidarité.

« Je tiens à rappeler avec force à chacun d'entre vous qu'il n'est pire danger, en ces temps difficiles, que de ne rien faire du tout.

« Je veux remercier encore personnellement tous les scientifiques qui travaillent nuit et jour au déploiement de DefenseNet. Notre sort repose largement entre les mains de ces hommes et de ces femmes.

« Je songe au discours du président Kennedy : « Nous avons choisi d'aller sur la Lune au cours de cette décennie et d'accomplir d'autres choses encore, non pas parce que c'est facile, mais justement parce que c'est difficile. » Ces paroles ont été prononcées voilà plus de cent ans, mais leur noble objectif est plus que jamais d'actualité.

« Quand nous aurons surmonté cette crise, et que nous pourrons tous, collectivement, pousser un soupir de soulagement, je m'engage à porter

les moyens matériels et financiers de la recherche scientifique à des niveaux jamais atteints. J'entends initier une véritable Renaissance dans tous les domaines de la science, parce que c'est par la science que l'humanité assurera le mieux son avenir.

« Avec l'activation de DefenseNet au cours des prochains mois, nos regards vont désormais être tournés vers le ciel. Ce déploiement sera aussi, je vous le promets, l'occasion d'explorer de nouveaux mondes de notre vivant, de tendre vers les limites de notre système solaire et au-delà. Avec courage et détermination, nous irons là où nul n'est encore allé.

« Mais pour le moment, notre but est plus modeste. Il est de refuser de céder à la panique pour faire preuve de détermination et manifester notre foi en l'avenir. DefenseNet est notre bouclier ; c'est lui qui nous permettra de surmonter cette crise.

« Immédiatement après cette allocution, les gouverneurs de vos États respectifs s'adresseront à vous pour vous donner un certain nombre d'informations vous concernant plus localement.

« Je tiens à vous redire l'absolue confiance que j'ai dans DefenseNet, et dans la capacité de résilience du peuple américain. Je serai parmi nombre d'entre vous très prochainement ; je partagerai les mêmes abris que vous tous, et si Dieu le veut, nous récolterons bientôt les fruits de nos investissements scientifiques actuels et à venir.

« Dieu bénisse les États-Unis d'Amérique, et puissions-nous tous sortir grandis de cette crise.

« Merci de m'avoir écouté. Bonne soirée. »

Hochant sombrement la tête, Dave serra la main de Bella. La présidente Hager avait réussi à laisser de côté les détails les plus critiques, tout en évoquant l'essentiel. Il marmonna, pour lui-même plus qu'à l'attention de qui que ce soit d'autre :

— Elle a foutument raison sur un point au moins : pour aller avec courage là où personne n'est jamais allé avant, nous y allons ! Et le plus tôt sera le mieux.

CHAPITRE VINGT-DEUX

Burt fixa Carol Chance assise à son bureau richement sculpté en acajou, et étudia l'expression de son visage tandis qu'elle lisait le rapport qu'il lui avait remis. Ministre de l'agriculture, les signes extérieurs de sa fonction couvraient les murs de son bureau du siège de l'USDA, le Département de l'agriculture des États-Unis – un ensemble hétéroclite d'images encadrées de tracteurs, de vaches et de champs de blés, mêlées à des diplômes et certificats en tous genres.

Chance, la petite quarantaine, portait ses cheveux bruns ramenés en chignon strict. Juste derrière elle, sur une console, un petit vase en céramique était rempli à ras bord de ce qui ressemblait à des copeaux de bois. Burt se dit que c'était de là, sans doute, que provenait le parfum de cannelle qui imprégnait l'air de la pièce.

Il la vit soudain pousser un grand soupir en reposant le rapport qu'elle venait d'examiner :

— Tant que cela ? Vraiment ? Vous vous rendez compte que prévoir deux ans de nourriture pour chaque homme, chaque femme et chaque enfant de notre pays, revient à épuiser totalement nos réserves ? Et après ?

Elle croisa les mains et demanda avec un tremblement dans la voix :

— Docteur Radcliffe, va-t-on survivre à ce qui arrive ?

Burt se pencha en avant, tendit le bras, plaça sa main sur celles de Chance et les serra doucement.

— Carol, dit-il d'un ton rassurant, croyez-moi : tout va bien se passer.

Il s'interrompit, pinça les lèvres et se recala au fond de sa chaise.

— Je peux vous donner un petit aperçu du scénario qui se prépare, si cela peut vous tranquilliser. Vous devez toutefois comprendre que ce que je vais vous dire est ultra confidentiel, alors pas un mot à qui que ce soit, d'accord ?

— Bien entendu, s'empressa de lui assurer Carol Chance, mais ses mains tremblantes trahissaient l'agitation de son esprit.

— Carol, vous n'avez aucune raison d'être inquiète, d'accord ? Vous étiez présente au briefing, quand le Dr. Holmes a décrit le projet Indigo dans ses grandes lignes. Pour résumer les choses le plus simplement possible, nous voyagerons durant approximativement neuf mois. Au terme de cet extraordinaire voyage, nous stationnerons à un peu plus de douze années-lumière de notre position actuelle, autour d'une nouvelle étoile appelée Tau Ceti.

— Incroyable, souffla Chance, les yeux écarquillés.

C'était comme si elle n'avait pas encore réellement assimilé le fait qu'ils s'apprêtaient à quitter le système solaire.

— M-mais docteur Radcliffe, puisque cela va nous prendre neuf mois, pourquoi faut-il prévoir deux années de vivres ?

Burt observa un court silence, se demandant s'il devait admettre ou non que ses estimations étaient encore incertaines. La ministre était de toute évidence fragile ; il l'imaginait déjà versant des larmes de terreur à la perspective de ce qui les attendait.

Poussant un profond soupir, il admit néanmoins :

— Je dois avouer que mes estimations conservent un certain degré d'imprécision. Oui, nous voyagerons durant neuf mois. Très vite, le soleil n'aura plus d'action sur nous, et nous serons privés de lumière naturelle tout au long du voyage. Néanmoins, une fois activé, DefenseNet nous fournira de la lumière. Quelle sera exactement son intensité, et nous permettra-t-elle par exemple de produire des cultures céréalières, je ne le sais pas encore avec certitude. De la même manière, quand nous arriverons à destination et que nous pourrons bénéficier de la lumière de la nouvelle étoile, il est difficile de dire combien de temps il faudra à nos cultures pour s'y adapter et redémarrer. D'où les deux années. C'est une précaution. Je regrette de ne pas pouvoir être plus précis.

— Merci de votre franchise, soupira Chance en essuyant les larmes qui roulaient sur ses joues. Je suis désolée, c'est juste que j'ai tellement peur de compromettre à mon niveau notre avenir à tous. Il n'y a pas que mes enfants qui comptent sur moi, ni ma petite-fille, encore bébé ; tout le monde dépend indirectement de moi. C'est le fait d'avoir tellement de vies entre mes mains qui génère autant d'angoisse. Ma petite-fille, Alicia, fait ses dents, et commence seulement les aliments solides…

— Carol, tout ira bien pour votre petite-fille, lui assura-t-il, répétant les mots rassurants qu'il avait déjà prononcés devant tant de personnes à Washington. Imaginez toutes les nouvelles choses qu'elle va apprendre en grandissant. Imaginez toutes les opportunités qui l'attendent. Quand nos vies recommenceront autour de Tau Ceti, elle pourra dire qu'elle est née autour d'une autre étoile, qu'elle a voyagé à travers l'espace interstellaire. Notre présidente et les chefs des autres nations du monde donneront à la science une place qu'elle n'a jamais eue, afin de nous assurer un avenir radieux. J'aimerais avoir son âge, pour profiter de tout ce que les cinquante prochaines années, entre autres, nous réservent. J'ai hâte de connaître tout cela ; ce sera incroyable.

Carol Chance essuya ses larmes et son nez dans un mouchoir en papier, se leva et lui tendit la main.

— Docteur Radcliffe, merci pour toutes ces précisions et ces belles paroles. Vous serez dans mes prières. Oui, merci infiniment.

Burt lui serra la main et quitta son bureau, l'esprit troublé. Il avait servi le même discours à tant de politiciens, et même de généraux. Tous lui avaient dit leur impatience à vivre cette aventure unique, moins pour eux-mêmes que pour leurs enfants et leurs petits-enfants. Lui était fils unique, et ses parents n'étaient plus de ce monde. Son grand regret était de ne pas s'être remarié, et de ne pas avoir eu d'enfants.

Il remonta dans sa voiture et entra aussitôt l'adresse de la Maison-Blanche sur son système de navigation : 1600 Pennsylvania Avenue. Ses pensées le ramenèrent à sa prochaine rencontre prévue avec la présidente. Le souvenir du jeune fils de cette dernière gambadant à l'intérieur du Bureau ovale la dernière fois qu'il s'était rendu à la Maison-Blanche, lui procura un sentiment de tristesse et d'amertume. Tandis que la voiture filait au milieu de la circulation, il laissa aller sa tête contre l'appui-tête et soupira, regrettant une fois de plus de n'avoir pas engendré de progéniture, avant de rejeter de nouveau l'idée. *« Si je ne peux pas faire quelque chose de grand pour mes enfants, je peux au moins essayer de faire quelque chose de fantastique pour le monde. Ainsi, je pourrai dire que ma vie a eu un sens, qu'elle a fait une différence. La seule question, c'est : quelle sera cette différence ? »*

Posté à l'intérieur de la zone bouclée, devant la gare routière de Port Authority, Stryker parcourait du regard la foule des personnes évacuées.

L'endroit grouillait d'officiers en uniforme. Dans la foule, certains contestaient bruyamment leurs destinations, ou se plaignaient d'être séparés de leurs familles. D'autres encore pleuraient, inconsolables ; les derniers avaient le regard perdu dans le vide, comme sous le choc.

Malgré le discours de la présidente, beaucoup ne s'attendaient pas à être évacués avant plusieurs mois, tandis que le plus grand nombre espérait tout simplement qu'il n'y aurait pas d'évacuation.

Tous s'étaient trompés.

Plusieurs officiers de police du NYPD faisaient de leur mieux pour canaliser la foule, contraints parfois de recourir à la force. C'était un chaos plus ou moins contrôlé ; tout était fait pour empêcher la panique de se répandre.

Les hommes de Stryker étaient chargés de contenir ceux qui n'avaient pas encore été appelés à évacuer.

Apercevant une chevelure rousse dans la foule, il se précipita au milieu du chaos et s'écria :

— Jessica !

La rousse ne répondit pas, guidée par un officier vers une des files d'attente. La déception envahit Stryker, qui se rendit compte que ce n'était pas elle.

— Jon !

Il se tourna vers sa droite, et cette fois il vit sa sœur qui lui faisait signe, un flic en uniforme la guidant elle, son ex-femme, Isaac et Emma dans sa direction.

Poussant un grand soupir de soulagement, il se précipita vers eux, le flic lui souriant en lui criant au milieu du chaos :

— Stryker, je me suis dit que tu voudrais te charger toi-même de ces personnes.

Stryker le remercia, tandis qu'Emma et Isaac se jetaient contre lui, en larmes.

Repoussant son fusil derrière lui, Stryker s'agenouilla devant ses enfants et essuya leurs larmes.

— Ne pleurez pas. Ça va être une grande aventure.

— Mais, papa, renifla Isaac, son menton tremblant, peinant à contenir son émotion, Peter à l'école dit que nous allons tous mourir, comme les dinosaures autrefois.

Stryker pinça les lèvres, secoua la tête et soupira en s'efforçant de dissimuler son inquiétude.

— Eh bien, Peter est un idiot, dit-il. Je peux vous dire un secret à tous les deux ? Vous devez me promettre de ne le répéter à personne, d'accord ?

Les deux enfants promirent d'un hochement de tête hésitant, tandis que Lainie et Jessica s'approchaient, jusqu'à se tenir juste derrière eux.

— Vous avez entendu la présidente parler de quelque chose qui s'appelle DefenseNet ? Eh bien, il se trouve que cette chose a été mise au point par quelques-uns des meilleurs scientifiques du monde afin d'assurer notre sécurité à tous. Je les ai entendus dire que c'était une sorte de bouclier magique, qui allait tenir éloigné de nous tout ce qui pourrait s'avérer dangereux. Nous ne risquons rien. Nous serons tous sains et saufs.

Emma fronça les sourcils en se mordant la lèvre inférieure.

— Papa, ça n'existe pas la magie. DefenseNet est une invention scientifique.

— Tu as raison.

Il les serra dans ses bras tous les deux, et colla son front contre le leur en respirant leur doux parfum savonneux.

— Je vous promets que vous ne risquez rien, leur assura-t-il encore en s'écartant légèrement. N'ayez aucune crainte. Dites-vous que c'est un peu comme si vous alliez camper ; vous aimez camper, pas vrai ?

Les deux enfants essuyèrent leurs visages et hochèrent la tête en esquissant un sourire.

— Papa, tu viens avec nous ?

Stryker leva les yeux vers Lainie et demanda :

— Vous allez bien au même endroit, tous les quatre ?

Lainie essuya le coin de ses yeux sans répondre.

Jessica tapota les épaules des enfants et répondit :

— Oui, nous sommes tous affectés au centre d'évacuation des Poconos.

Stryker se tourna vers Emma et déposa un baiser sur son front.

— Je ne peux pas vous accompagner pour le moment, lui dit-il. J'ai un travail à terminer avant. Mais dès que ce sera fait, je vous rejoindrai. D'accord ?

— Promis ? demanda Emma d'un air inquiet.

— Je te le promets, dit-il.

Mais, ce faisant, il ressentit une pointe de culpabilité. Il ignorait totalement s'il serait autorisé à se rendre sur leur site d'évacuation.

Un des officiers en uniforme s'approcha et dit :

— L'embarquement commence à bord des premiers cars. Il faut y aller à présent.

Stryker opina du chef et se tourna vers sa famille.

— D'accord. Allez, un dernier câlin.

Les enfants et Jessica le serrèrent dans leurs bras, mais Lainie n'arrivait pas à croiser son regard, en larmes.

Avant qu'il ait le temps de comprendre quel était le problème, ils se retrouvèrent entourés d'officiers qui guidaient les évacués vers les cars.

Stryker sentit sa gorge se serrer en regardant sa famille embarquer.

Il prit une grande inspiration tremblante et pria pour que tout se passe bien.

Assis à côté de la présidente à l'intérieur du Bureau ovale, Burt regardait l'image du chaos « sous contrôle » projetée au centre de la pièce. Un journaliste d'une télévision floridienne survolait ce qui ressemblait à un immense embouteillage dans le sud de l'État.

« Ici, Jose Luis Ballart, en direct de l'hélico météo de WSVN, qui survole en ce moment même l'autoroute I-95. L'exode de masse de 2066 a officiellement commencé. Comme vous pouvez le voir, l'autoroute et ses corridors de sécurité sont saturés dans le sens nord-sud, mais la circulation est dans l'ensemble encore fluide. Pour l'heure, les îles périphériques des Keys et la pointe sud du comté de Miami-Dade ont été évacuées. Contrairement à ce que nous avons pu voir à Los Angeles et dans certains autres grands centres de population, nous assistons ici à une évacuation

dans les règles et plutôt réussie, grâce notamment à une récente mise à jour du système de routage automatisé des véhicules. Sans cela, je suppose que la Floride connaîtrait les mêmes difficultés que les autres États... »

La présidente soupira.

— Il y a tant à faire...

Elle balaya l'image d'un geste de la main, et une autre apparut, que Burt reconnut aussitôt comme provenant d'une des navettes de fret en orbite dans l'espace. Un ingénieur en combinaison spatiale s'activait en tirant un long ruban de graphène d'une bobine géante, qu'il attachait à un rover. La présidente se tourna vers Burt et dit :

— C'est un des flux vidéo provenant de la surface lunaire. Je sais bien que j'ai raconté à tout le monde que nous risquions d'être frappé par un astéroïde géant, qu'il y aurait des tsunamis et je ne sais quoi encore, mais réexpliquez-moi s'il vous plaît pourquoi la Lune est si importante. Pourquoi consacrons-nous autant de ressources à l'emmener avec nous ?

Burt tenta d'effacer les plis de son front et déglutit péniblement. Il détestait donner des réponses dont il n'était pas absolument certain, a fortiori à la présidente de son pays.

— Madame la Présidente, je...

— Nom de Dieu, Burt ! rouspéta Margaret Hager en grimaçant. Vous m'agacez, à la fin. Je vous l'ai dit cent fois : vous pouvez m'appeler Margaret quand nous sommes seuls.

Burt jeta un coup d'œil par-dessus son épaule à l'agent du *Secret Service* qui se tenait devant la porte ; il se dit qu'il valait mieux ne pas contredire Margaret Hager. Elle commençait de toute évidence à perdre patience ; elle avait suffisamment de raisons d'être stressée, sans qu'il n'en rajoute lui-même.

— Eh bien, Margaret, comme je vous l'ai expliqué je crois, la Lune a un effet sur nos marées. Tout ce que je peux vous dire, c'est que dès les premières secondes où nous activerons la bulle de gravité, son influence sur nous cessera, et il y aura une sorte d'effet de ballotement, un peu comme lorsque l'on bouge dans une baignoire.

— J'ai compris. C'est pour cette raison que nous évacuons tout le monde. Mais si c'est inévitable, pourquoi s'ennuyer à l'emmener avec nous ? Je ne comprends pas.

S'efforçant d'ignorer le regard intense de l'ancien béret vert, Burt désigna du pouce le flux vidéo qui continuait d'être diffusé depuis la surface de la Lune.

— Si nous faisons cela, c'est pour deux raisons. Nous savons que la Lune permet d'assurer une relative stabilité de notre angle de rotation. Nos hivers et nos étés, par exemple, sont ce qu'ils sont en raison de l'inclinaison régulière de la Terre, et cela ne varie pas tandis que nous tournons autour du soleil. Sans la Lune, l'inclinaison de la Terre pourrait connaître d'importantes variations, avec des conséquences encore difficilement mesurables. Imaginez que tout notre hémisphère nord, par exemple, pourrait connaître un ensoleillement continu durant des mois, tandis que l'hémisphère sud connaîtrait des hivers extrêmes.

Voyant Margaret Hager froncer les sourcils, il secoua la tête et ajouta :

— Je précise tout de même que ce n'est pas quelque chose qui est susceptible de se produire avant des centaines de milliers d'années. Je trouve bien plus crédibles et inquiétants à court terme les avertissements des biologistes marins, qui alertent sur un possible dérèglement des marées assurées par la Lune, lequel pourrait causer une brusque, et peut-être irréversible, extinction de toute vie ou presque dans les océans. Leur inquiétude se base sur le fait que les marées contribuent à brasser les éléments nutritifs présents en surface, lesquels constituent la base de la chaîne alimentaire en mer. Sans les marées, leur quantité pourrait s'effondrer, avec les conséquences que l'on peut imaginer. C'est un risque que l'on ne peut pas prendre, surtout que le Dr Holmes a déjà fait l'essentiel du travail à la surface de la Lune.

— Je comprends, dit Margaret Hager, préoccupée par ce qu'elle venait d'entendre.

Elle agita plusieurs fois la main vers la gauche, modifiant le flux vidéo, faisant apparaître différentes images. Burt ne parvenait pas à situer la plupart d'entre elles.

— Burt, où en sommes-nous justement avec le travail de Dave Holmes ?

Le flux vidéo passa soudain à ce qui était manifestement un signal militaire provenant de quelque part au milieu de l'océan. Certains des chiffres défilant en bas de la vidéo étaient clairement des nombres relatifs à une recherche de position par GPS. Avant que Burt n'ait le temps de poser la question, Margaret Hager expliqua :

— Il s'agit d'un flux vidéo diffusé par un des membres de la sécurité rapprochée du Dr Holmes.

Burt entra rapidement les données chiffrées sur son téléphone, et l'image du globe apparut sur l'écran de son PC portable.

— Eh bien, on dirait qu'il se trouve à quelque quatre mille quatre cents kilomètres au sud-est l'île d'Hawaï, au milieu de l'océan Pacifique.

Il tapota sur la carte pour afficher la longitude et la latitude et hocha la tête.

— Il se trouve toujours sur l'équateur, comme je m'y attendais. Il approche du 120e méridien ouest. Cela signifie qu'à ce rythme, il aura terminé dans deux semaines. Nous devrions voir apparaître…

— Une structure en béton géante sortant de l'océan, termina Margaret Hager en désignant du doigt l'image qui flottait juste devant eux.

Burt reconnut le bâtiment d'un des postes électriques construits par la FIS le long de l'équateur.

— Oui, m'dame. En fait, il s'agit d'une des plus grandes structures jamais construites sur l'eau. Ses fondations s'appuient sur le plancher océanique, par plus de quatre mille cinq cents mètres de fond.

Son attention fut immédiatement attirée par l'imposante flotte de contre-torpilleurs et de croiseurs militaires de différents pays présente sur zone ; on reconnaissait même un porte-avions américain.

— On dirait une zone de guerre, commenta-t-il.

— C'en est une, confirma la présidente.

Burt croisa le regard sombre de cette dernière, et sentit un petit frisson lui électriser le bas du dos. Il était sans voix. Il aurait juré que toutes les nations du monde avaient signé un traité de non-agression. Il n'était plus sûr de rien à présent.

— Nous recevons des menaces crédibles visant chacun de ces sites servant de station d'ancrage. De plus en plus d'informations fuitent concernant Indigo. Nous avons déjà eu des attaques contre certaines des stations les plus éloignées. Il n'y a pas eu de dégâts, mais nous avons préféré poster de véritables petites armées autour de chacune de ces stations.

Burt la fixait, les yeux écarquillés.

— Certaines personnes ne veulent manifestement pas que nous réussissions à combattre ce qui menace notre planète. Voilà pourquoi nous protégeons ces sites.

L'air incrédule, Burt bredouilla :

— Je… je ne comprends pas. Pourquoi attaquerait-on ces postes électriques ? S'agit-il de ce groupe, cette Fraternité ?

— Ce sont des fanatiques, répondit Margaret Hager d'une voix cassée, l'air grave. Ils sont dans un culte de la mort. D'après nos services de renseignement, ils assimilent Indigo à l'Armageddon du récit biblique. Ils attendent le retour du Messie, et considèrent qu'il ne faut surtout pas interférer avec le plan divin.

Burt se remémora les mises en garde du Premier ministre britannique.

— Je n'arrive pas à croire qu'ils commettent des attentats-suicide !

Margaret Hager haussa les épaules ; son regard glacial fit frissonner Burt encore plus que les images qui traversaient son esprit.

— J'ai cru qu'en m'éloignant de la vie militaire, que je m'éloignerais du même coup de la mort. Mais j'ai bien peur qu'elle ne fasse que commencer à se rappeler à moi.

CHAPITRE VINGT-TROIS

Après la chaleur de l'équateur, Dave frissonna en traversant d'un pas rapide le couloir climatisé du Centre spatial Kennedy ; mais ce qui retint surtout son attention, tandis qu'il se dirigeait vers le bâtiment abritant le centre de contrôle des missions, ce furent les photographies accrochées sur les murs du couloir qui reliait les bâtiments du campus.

Tandis que les photographies encadrées défilaient dans son champ de vision, il saisit des fragments du message sonore diffusé dans les haut-parleurs du couloir :

« *Le Centre spatial Kennedy et la base aérienne adjacente de Cap Canaveral, ont joué un rôle déterminant dans l'histoire de la conquête spatiale au cours du siècle dernier...*

« *Qu'il s'agisse du projet Mercure ou du programme de vols spatiaux Gemini marquant les premières missions orbitales humaines...*

« *Le programme Apollo conduisit les astronautes sur la Lune...*

« *La navette spatiale américaine, dont le vol inaugural eut lieu à la fin du XXe siècle, vit son programme réactivé en 2045, afin de contribuer à l'établissement des premières colonies lunaires permanentes...*

Tandis qu'il passait devant un modèle réduit de la dernière-née de la série des navettes spatiales, il laissa courir le bout de ses doigts contre le fuselage et sourit.

— Sans toi, rien de tout ceci n'aurait été possible.

Il regarda Bella, remarqua qu'elle frissonnait elle aussi, et murmura :

— Je vais nous procurer des vestes à tous les deux en arrivant à la salle de contrôle.

— Vous y êtes presque. Vous devez vous dire que ce n'est pas trop tôt, j'imagine ?

La voix de Neeta, qui venait d'apparaître au bout du couloir et leur tenait la porte, le surprit.

Dave haussa les épaules.

— Ce n'est pas si loin que ça à pied.

— Non, je ne parlais pas de la marche depuis le parking…

Dave ne put s'empêcher de sourire.

— Vous vous moquez de moi ! comprit Neeta en fronçant les sourcils, les poings vissés sur ses hanches, rechignant à sourire à son tour. Vous n'êtes qu'un idiot, David Holmes !

Elle regarda Bella et ajouta en soufflant :

— J'ignore comment vous arrivez à le supporter parfois. Allez, venez, suivez-moi. Je vous guide jusqu'à la salle de contrôle.

———

Dave mit un coupe-vent autour de ses épaules et promena son regard dans la salle d'une quinzaine de mètres de large aux allures d'auditorium. Il s'assit dans un des confortables fauteuils pivotants, et regarda l'infatigable Neeta mener les opérations.

Elle pointa un doigt vers un des écrans, qui ne retransmettait pas de signal. Sa voix résonna dans les haut-parleurs de la salle :

— *Poste électrique 23, où êtes-vous, bon sang ? Signalez-vous !*

Elle tapa sur son micro, le coupa, et se tourna vers un des ingénieurs de contrôle de mission, visiblement tendu.

— Que se passe-t-il avec le 23 ? lui demanda-t-elle.

— Docteur Patel, je suis en communication avec l'ingénieur de la station. D'après lui, le poste 23 connaît des problèmes de flux vidéo en raison d'une tempête de sable qui souffle le long de la côte somalienne. Pour le reste, ils sont prêts. Je m'efforce d'afficher le flux de données test à l'écran.

Quelques secondes plus tard, le dernier écran noir s'anima, et afficha le pourcentage d'énergie circulant vers le poste électrique, et le degré de puissance dirigé vers le satellite associé en orbite.

Neeta se tourna vers Dave et hocha la tête.

— Les alertes ont été diffusées. Tous les pays ont réduit drastiquement leur consommation énergétique. Toutes les postes électriques sont connectés et prêts.

Elle désigna le micro portable fixé à la chemise de Dave.

— Vous n'avez qu'à tapoter dessus pour activer le micro, et tout le monde ici et dans les postes électriques vous entendra.

Dave se remémora quasi instantanément les visages de ces ingénieurs qu'il avait rencontrés dans les différents postes, ces hommes et ces femmes auxquels il avait serré la main, et dont il avait même parfois partagé la vie et les repas, au cours des derniers mois. Quand il songeait à DefenseNet, c'étaient leurs visages qu'il voyait ; il y avait lu autant d'inquiétude que de sérieux ; ils savaient l'importance de la tâche qu'on leur avait confiée. Ils avaient remis sans discuter leur destin entre les mains de Dave. C'est à tout cela qu'il pensait quand il tapota sur son micro et donna son premier ordre :

— *Ici, Dave Holmes, depuis la salle de contrôle. Quand j'appellerai le numéro de votre poste de transformation, je veux que vous dirigiez dix pour cent de votre puissance électrique disponible vers votre connexion satellite.*

« *Un...*

Il s'interrompit en visualisant une partie du flux électrique du poste dirigé vers l'espace à travers la liaison en graphène, avant d'être aiguillé vers le long ruban reliant l'anneau de satellite qui entourait la Terre.

L'écran central afficha une vue panoramique du ciel nocturne au-dessus du centre de la Floride, ainsi que les informations provenant des capteurs de l'anneau reliant chacun des trente-six satellites répartis autour du globe.

— *Deux... trois... quatre...*

Dave continua d'ajouter de la puissance à partir des différents postes électriques terrestres, veillant à procéder dans l'ordre et progressivement. Il avait beau avoir tout vérifié et revérifié, il savait que la plus petite erreur pourrait s'avérer catastrophique.

Quand le dernier poste eut envoyé une petite partie de sa puissance disponible dans l'anneau de DefenseNet, Dave poussa un soupir de soulagement.

Il y avait presque cinquante ingénieurs autour de lui dans la salle de contrôle, vérifiant chacun les différents signaux. Sans savoir lesquels d'entre eux exactement surveillaient la télémétrie et les communications, il demanda :

— *T-Com, quelle est la qualité du signal provenant de l'anneau ?*

Une femme à l'autre bout de la salle se pencha en avant, et répondit dans son micro :

— *Nous avons une onde sinusoïdale claire ; aucune indication d'une altération du signal. 3015 térawatts circulent actuellement à travers l'anneau satellitaire. Tous les systèmes sont au vert pour une augmentation de la puissance.*

Dave se sentit délester d'un certain poids d'angoisse ; les choses se mettaient en place comme il l'espérait pour le moment.

Il échangea un regard avec Bella, assise à deux mètres de lui, à côté de Neeta. Elle lui sourit, complice. Il l'entendit, ou crut l'entendre, l'encourager muettement.

— *Salle de contrôle, bien reçu. À tous les postes électriques, commencez à présent une séquence de montée en puissance progressive jusqu'à quatre-vingt pour cent de la capacité maximale, puis marquez un palier.*

Les chiffres sur les différents écrans de contrôle changèrent rapidement. Dave concentra son attention sur l'écran principal, qui relayait l'image du ciel au-dessus du centre de la Floride.

Soudain le ciel de minuit commença à s'éclaircir ; Dave ne put s'empêcher de sourire.

Au même instant, son téléphone-oreillette se mit à bourdonner. Il donna une petite tape sur son micro pour couper le son, et prit l'appel.

— Allô ?

— *Hé, Dave, c'est Burt. Je tenais à vous féliciter. Je suis sur le toit de mon hôtel, et vous ne croiriez pas ce que j'ai devant les yeux. C'est la chose la plus incroyable qu'il m'ait été donné de voir. Vous imaginiez que ce serait aussi lumineux ?*

Dave se mit à rire.

— Pour être honnête, je n'en étais pas certain. Pour le moment, je suis coincé dans un bâtiment en béton, et je ne vois qu'une image vidéo déformée. Vous êtes à Washington, c'est ça ? Dites-moi ce que vous voyez.

— *C'est réellement splendide. Je suis là, sur ce toit, à respirer l'air du soir et l'odeur du gazon fraîchement tondu, mais il ne fait pas nuit ; il y a assez de lumière pour lire un bouquin. Je vois un ruban de lumière d'un bleu presque blanc, tendu en travers du ciel. Dave, tout ça paraît assez irréel... Je me demande quelle intensité aura cette lumière quand nous serons à pleine puissance ! Vous le savez ? Ces images vont faire le tour de la planète. Mon téléphone ne va pas arrêter de sonner dans les heures qui viennent.*

Dave tapota son micro et demanda aux ingénieurs chargés de la télémétrie quelle intensité de lumière sera visible à l'équateur dans leur fuseau horaire, et à d'autres distances de l'équateur.

La même voix féminine que précédemment expliqua :

— *Monsieur le directeur de mission, le poste électrique situé en Équateur – je parle de la république d'Équateur – fait état d'une puissance lumineuse de 20 150 lux, tandis qu'on signale 1450 lux autour de Cap Canaveral, et 200 lux au-dessus d'une station météo de Toronto, au Canada.*

Burt, qui avait entendu la réponse de l'ingénieur, réagit tout excité dans l'oreillette de Dave :

— *Nom de Dieu, plus de 20 000 lux ? C'est pratiquement comme en plein jour, en plein soleil.*

Dave coupa son micro une fois de plus et répondit :

— Oui, mais je crois qu'il faut préparer le monde à ce qu'il fasse plus sombre que cela ; la lumière va chuter rapidement. Souvenez-vous qu'il n'y aura pas de coucher ni de lever de soleil pendant que nous nous déplacerons. Notre rythme circadien devrait en prendre un sacré coup, mais ça, je n'y peux rien.

— *Dave, je me charge d'expliquer tout ça, mais à partir du moment où les gens comprendront qu'ils ne mourront pas de faim – et qu'ils ne mourront pas tout court – tout ira bien. Je veux bien leur expliquer qu'ils devront avaler des pilules de mélatonine ou je ne sais quoi pour les aider à dormir. Je voulais juste vous appeler pour vous féliciter. Nous sommes à l'aube d'une nouvelle ère pour l'humanité, et c'est grâce à vous.*

Dave grimaça et répondit d'un air grognon :

— Oh, taisez-vous, Burt ! Vous savez très bien que tout ça est un travail d'équipe. Bon, je vais sortir d'ici, prendre un peu l'air et me reposer pendant que l'anneau de distorsion entre en période de rodage. Il nous reste cinq semaines avant le grand départ ; tout est en place. Je suis confiant.

— *Bonsoir, Dave. Oh, ne soyez pas surpris si la présidente vous appelle pour vous féliciter. Essayez de ne pas l'envoyer bouler si elle vous réveille !*

L'appel terminé, Dave fit un petit signe à Neeta, qui comprit aussitôt que c'était à elle de prendre la suite des opérations.

Et tandis qu'elle s'adressait au personnel de la salle de contrôle à propos de la période de rodage de dix jours prévue pour DefenseNet, il se leva, sortit avec Bella, et se dirigea vers l'équipe de sécurité qui allait le reconduire à son hôtel pour un repos bien mérité.

Comme ils traversaient le couloir vitré qui reliait le bâtiment de la salle de contrôle au reste du complexe spatial, il s'arrêta pour contempler le pâle ruban de lumière qui illuminait le ciel floridien. Il prit une grande inspiration, inhalant l'air climatisé stérile, et sentit Bella soudain qui lui serrait le bras.

— Il y a quelque chose qui ne va pas, annonça-t-elle.

Presque aussitôt, Dave vit la lumière dans le ciel vaciller et s'assombrir.

Le cœur battant, il tourna les talons et repartit en courant vers la salle de contrôle, Bella lui emboîtant le pas. Des lumières rouges clignotèrent le long du couloir, tandis qu'une sirène se déclenchait.

La double-porte de la salle de contrôle s'ouvrit automatiquement devant lui, au moment même où Neeta, les yeux écarquillés, l'air effrayé, hurlait :

— Nous avons perdu quarante pour cent de la puissance électrique !

— Quoi, aussi brusquement ? C'est impossible !

Dave se précipita à son poste d'observation et fixa le mur d'écrans. Il se tourna vers Neeta et s'écria :

— Pourquoi six des postes électriques signalent-ils zéro degré d'énergie ? Bon sang, mais qu'est-ce qui…

Son service de sécurité entra avec fracas dans la salle à l'instant même où il sentit son oreillette vibrer.

— Neeta ! cria-t-il par-dessus son épaule, tandis que les agents chargés de sa sécurité l'escortaient hors de la pièce. Trouvez ce qui se passe !

Le bourdonnement continuait dans son oreille. Il tapota son oreillette et grogna :

— Burt, ce n'est vraiment pas le moment !

— *Dave, écoutez-moi. On a un problème...*

— Sans blague ! Je vais vous dire quel est le problème : on a des pertes de puissance électrique multiples, et il faut que je...

— *Écoutez-moi : vous n'y pouvez rien pour l'instant. Nous avons une alerte sécurité provenant de six des principales sources d'alimentation électrique. On est en train de me conduire auprès de la présidente ; votre équipe de sécurité va s'occuper de vous escorter jusqu'ici, Bella et vous, pour une réunion de crise. Un jet vous attend tout près du centre spatial, prêt à décoller.*

Dave eut l'impression d'avoir l'esprit paralysé, tandis qu'il se laissait pousser à l'intérieur d'un SUV.

— Burt, qu'entendez-vous par « alerte sécurité » ? On a une brusque panne de courant. Je dois juste trouver pourquoi, et...

Il s'interrompit, prenant brusquement conscience qu'une catastrophe avait dû survenir. Il n'y avait aucune raison pour que des baisses de courant multiples se produisent en même temps.

— Que se passe-t-il ? Je ne comprends pas.

Burt se tut un instant ; avant de répondre d'un ton sinistre :

— *Dave, disons seulement qu'il y a des gens en ce bas monde qui préféreraient nous voir tous mourir plutôt que de laisser DefenseNet remplir sa mission. Le rapport que je viens de recevoir indique que le réseau électrique a subi une attaque terroriste coordonnée.*

Dave sentit un frisson lui glacer l'échine, tandis que le SUV franchissait à toute allure les grilles de la base aérienne, fonçant vers la piste d'envol toute proche.

— Burt, je croyais que le ministère de la Défense avait veillé à ce que ces sites soient inattaquables ! Comment cela a-t-il pu arriver ? Les postes sources... ils sont réparables, pas vrai ?

— *Chacun de ces sites est gardé par une véritable petite armée ; donc, j'ignore encore ce qui a pu se passer, mais nous le saurons bientôt. Les images que j'ai reçues en tout cas sont assez alarmantes.*

Dave appuya sa tête contre le dossier en cuir de son siège et murmura d'un ton accablé :

— C'est foutu.

CHAPITRE VINGT-QUATRE

Margaret Hager écoutait attentivement son ministre de la Défense lui faire son rapport à propos des attaques contre les postes électriques.

— En résumé, dit-il, au total six des postes collecteurs ont été détruits par ce que nos services de renseignements ont désigné comme étant des valises piégées de type RA-115S datant de l'ère soviétique. Avec un rendement nominal d'un kilotonne chaque, les sites sont irréparables. Un septième poste a été attaqué également, mais contrairement aux six autres, l'explosion n'a pas entraîné une réaction nucléaire ; elle a détruit à la place le réseau électrique environnant, tout en contaminant le site avec des matières fissiles.

La voix grave et rauque de Walter Keane baissa brusquement d'une octave. L'ancien général termina de lire le rapport de sécurité et le reposa sur la table.

Margaret Hager scruta les visages des membres de son Conseil de sécurité. Tous étaient pâles et avaient l'air hagard, sous le choc du bilan des dernières attaques.

Chassant de son esprit toute tentation de se laisser aller au désespoir, la présidente brisa le silence qui s'était installé dans la salle de crise :

— Général Keane, êtes-vous certain que ces postes collecteurs ont été totalement détruits. Je sais qu'ils récupéraient le courant électrique de la région environnante, pour alimenter ensuite DefenseNet. Ne pouvons-nous au moins récupérer la puissance électrique qui les alimentait pour la rediriger autrement ?

— J'ai bien peur que ce ne soit pas possible, Madame la Présidente, répondit Walter Keane. Chacune de ces bombes a tout détruit dans un rayon de cinq cents mètres, soit à peu près la taille du relais électrique lui-même. Pour ne rien arranger, l'impulsion électromagnétique que l'explosion a générée, a causé une surtension générale, qui a détruit le fonctionnement interne des installations mises en place par le Dr. Holmes.

Margaret Hager se tourna vers Dave et, s'efforçant de dissimuler son angoisse, lui demanda :

— Docteur Holmes, j'aimerais vous entendre. Que pouvons-nous faire maintenant ?

Dave se recala au fond de son fauteuil, passa ses mains sur ses cheveux coupés ras et prit une grande inspiration.

— Madame la Présidente, j'ai toujours gardé à l'esprit que nous risquions de connaître des problèmes. En fait, je les ai même anticipés. Même avec une baisse de quinze pour cent – voire vingt pour cent – de la puissance électrique prévue, nous pouvions encore faire face ; mais s'il faut en croire le rapport du général Keane, nous avons perdu plus de cinquante pour cent de la capacité électrique nécessaire.

Il haussa les épaules et ajouta d'un ton lugubre :

— Même si tous les pays se retrouvaient brusquement plongés dans le noir et que nous vivions tous dans des cavernes, ça ne suffirait pas. Je suis navré ; je n'ai aucune bonne réponse à votre question.

— Comme ça c'est parfait ! ironisa, sarcastique, Doug Fisher, le chef de cabinet de la présidente, en ôtant ses lunettes et en ratissant du bout des doigts ses cheveux gris clairsemés. Il ne nous reste plus qu'à attendre la mort d'ici… quoi, un mois ou deux ?

Karen Fultondale, la directrice du FBI, fondit brusquement en larmes et dissimula son visage derrière son bloc-notes, supporter les dernières nouvelles étant manifestement au-dessus de ses forces.

Dave la regarda et grimaça, aussi mal à l'aise que la plupart des autres personnes présentes dans la salle.

— Je redoutais de devoir dire ça un jour, mais je crois qu'il va falloir accepter notre destin.

Margaret Hager sentit son estomac se serrer et le souffle lui manquer brusquement. Pour la première fois de sa vie, elle se sentit submergée par le désarroi et un sentiment d'impuissance.

Walter Keane s'essuya le visage et, le regard perdu dans le vide, ses épaules s'affaissèrent légèrement.

Kevin Baker, le directeur de la CIA, plissa les yeux en tambourinant sur la table du bout des doigts. Puis, se penchant brusquement en avant, il demanda :

— Docteur Holmes, le courant électrique est-il l'unique problème ? Si un seul des postes de transformation était capable de générer assez d'énergie pour compenser la perte, votre plan fonctionnerait-il toujours ?

Margaret Hager regarda le chef de l'Agence centrale de renseignement, qu'il dirigeait depuis trente ans, et fronça les sourcils, se demandant où il voulait en venir. Elle se tourna vers Dave, et le vit pincer les lèvres ; de toute évidence, il prenait le temps de considérer la question.

Il y eut un moment de silence d'une grande intensité, tous les regards convergeant vers Dave.

Il jeta un coup d'œil à Bella, fronça les sourcils à son tour, puis revint à Kevin Baker, à qui il répondit en hochant la tête :

— Oui, la connexion suffirait amplement, mais de quoi parlez-vous ? Nous n'avons plus de quoi faire ce que vous suggérez. Impossible de générer une telle énergie.

Le directeur de la CIA laissa tomber une pièce sur la table qui occupait le centre de la salle. Elle rebondit bruyamment sur la surface en bois et se mit à rouler, mais Baker l'arrêta en plaquant une main dessus.

Margaret Hager, ainsi que tous ceux qui étaient présents dans la pièce, le fixèrent sans comprendre. Baker était plutôt du genre discret et silencieux, pour ne pas dire ténébreux, d'ordinaire. Elle allait lui demander pour quelle raison il avait posé la question, quand il ouvrit brusquement la main et lança doucement sur la table, en direction de Dave, ce qui ressemblait à du métal fondu.

Margaret Hager se dressa d'un bond, mais Dave leva la main et dit :

— Attendez !

— Bon sang, mais qu'est-ce qui vous prend, Baker ? lança la présidente au directeur de la CIA.

— Attendez, répéta Dave en se penchant sur la table de conférence et en soufflant sur les gouttes de métal qui se trouvaient juste devant lui.

Sans hésiter, il ramassa le métal de nouveau solidifié et ouvrit la main, son visage s'animant soudain et affichant une expression de curiosité.

— Je connais ce tour.

Il serra à son tour le métal dans le creux de sa paume durant quelques secondes, puis ouvrit lentement le poing et inclina la main.

Des gouttes de métal fondu tombèrent sur la table. Dave regarda le directeur de la CIA.

— C'est du gallium, pas vrai ?

L'air impassible, Kevin Baker acquiesça d'un hochement de tête.

— C'est exact, docteur Holmes. Il semble que vos connaissances dépassent votre seule spécialité. La plupart des gens n'auraient pas la moindre idée de la manière dont j'ai fait ça. Ce qui me donne quelque espoir. Peut-être pourrez-vous percer un mystère vieux d'un siècle, que nous dissimulions.

Margaret Hager se rassit dans son fauteuil, son regard oscillant de l'un à l'autre.

— De quoi est-ce que vous parlez, tous les deux ? ronchonna-t-elle.

Dave se tourna vers elle et répondit, en désignant le directeur de la CIA d'un geste du pouce :

— Je n'ai pas la moindre idée de ce dont *il* est en train de parler. Quant à cette pièce, elle est faite du seul métal que je connaisse qui est solide à température ambiante, mais qui fond dès qu'il est exposé à la moindre source de chaleur supérieure à trente degrés. Il suffit donc de le réchauffer dans sa main par exemple pour qu'il devienne liquide.

La présidente se tourna vers Baker, prête à saisir n'importe quelle planche de salut, étant donné les circonstances.

— Bon, dites ce que vous avez à dire, Baker, sans tourner autour du pot. Quel rapport entre ce métal et notre situation ?

Durant une fraction de seconde, l'expression inquiète du directeur de la CIA jeta une ombre sur ses espoirs, mais ce dernier répondit :

— Madame la Présidente, je suis certain que vous n'ignorez pas que la CIA possède depuis longtemps certaines ressources, ou certains matériaux, sensibles faisant l'objet de ce qu'on appelle des restrictions compartimentées. Ce n'est que lorsque j'ai été nommé directeur que j'ai appris que certaines de ces ressources ne faisaient plus l'objet d'aucune autorisation d'accès depuis plus de quatre-vingts ans. J'ai lu d'anciens rapports sur la chose qui nous intéresse, et tout ce que je puis dire, c'est qu'elle est extrêmement dangereuse. Elle est actuellement conservée sous terre, à très grande profondeur, et en dépit de toutes les précautions qui ont pu être prises, elle libérerait spontanément une débauche d'énergie suffisante pour couper le courant de plusieurs villes alentour. En 1981, l'État de l'Utah a vu son réseau électrique totalement désactivé quand cette chose a provoqué une surtension dévastatrice. Après le black-out, les tests ont cessé. Nous n'avions aucun moyen d'analyser l'objet en toute sécurité sans mettre en danger toute la région. Il est donc confiné depuis plus de quatre-vingts ans.

— De quoi s'agit-il, au juste ? demanda le général Keane. D'où tenons-nous cette… *chose ?*

Kevin Baker haussa les épaules.

— Je n'en sais rien. Nous n'avons ni la technologie ni le personnel pour pouvoir l'étudier en toute sécurité ; elle a donc été enterrée, si je puis dire.

Il se tourna vers Dave et ajouta :

— J'espérais que le Dr. Holmes pourrait se pencher sur la question et découvrir de quoi il s'agit. Nous pourrions tenir là une formidable source d'énergie.

Il regarda Margaret Hager d'un air désemparé et admit :

— Je manque cruellement d'informations sur ce mystérieux objet, je le reconnais volontiers, mais compte tenu de la situation désastreuse dans laquelle nous sommes, je me devais d'en parler.

Dave se leva et se tourna à son tour vers la présidente.

— La situation est telle que nous n'avons pas grand-chose à perdre à aller voir de quoi il s'agit. Pour être franc, ce qu'il nous faut à présent, c'est un miracle. Mais qui sait, peut-être que le directeur Baker en a un dans sa manche.

Margaret Hager se tourna vers Burt, qui était resté silencieux depuis le début de la rencontre.

— Votre avis ?

Burt secoua la tête et haussa les épaules.

— Je n'en ai pas. Pas vraiment. Je n'ai aucune idée de ce que le directeur Baker cache au fond de ses tiroirs, mais si je devais choisir quelqu'un pour résoudre un problème resté jusqu'à présent insoluble, le Dr. Holmes serait mon premier choix. Qui plus est, il ne sera pas d'une grande aide pour tenter de réparer ce qui a été endommagé. Pendant qu'il se penchera sur ce que la CIA a conservé secrètement, je travaillerai avec les autres scientifiques pour voir quelle possibilité nous avons d'acheminer plus de courant électrique. Nous sommes peut-être passés à côté de quelque chose.

— Walter, dit Margaret Hager en s'avançant vers son ministre, pouvez-vous faire ce qu'il faut pour que le Dr. Holmes et sa femme puissent se rendre à…

Elle se tourna vers Kevin Baker.

— L'aéroport d'Homey, dans le Nevada, précisa le directeur de la CIA.

La présidente se leva et s'approcha de Dave. Elle le prit dans ses bras et lui murmura à l'oreille :

— Bonne chance, et que Dieu vous garde.

Puis elle se tourna vers Bella, qui eut un léger mouvement de recul en la voyant s'approcher. Consciente de l'embarras de la jeune femme, la présidente se contenta de lui adresser un petit salut de la tête, et de lui dire, en désignant Dave :

— Prenez soin de lui.

D'abord étonnée, Bella lui sourit et hocha la tête à son tour.

Margaret Hager se retourna et annonça d'une voix ferme :

— Kevin et Burt, je veux que vous restiez. Walter, prenez toutes les dispositions pour que le Dr. Holmes et sa femme soient conduits à destination, et revenez tout de suite. Nous avons d'autres affaires pressantes à régler. Les autres, merci de votre présence. Vous pouvez disposer.

La salle se vida en quelques secondes. Margaret fit signe à Kevin Baker de se rapprocher et de s'asseoir près d'elle.

— Burt, puisque les questions que nous allons aborder ont déjà été portées à votre connaissance, au moins en partie, rien ne s'oppose à ce que vous entendiez ceci. Attendons juste que Walter revienne.

Baker s'assit à côté de la présidente, qui pressa un bouton de commande sur la table. Aussitôt, la voix désincarnée d'une opératrice de la Maison-Blanche se fit entendre dans un haut-parleur dissimulé :

— *Opérateur sécurisé 54391 j'écoute.*

— Margaret Laura Hager, 128-45-8934.

— *Margaret Laura Hager, confirmé. Que puis-je pour vous, Madame la Présidente ?*

— C'est pour une demande prioritaire Omega. Une audioconférence immédiate avec le N35 est nécessaire. Prévenez-moi quand tout le monde sera connecté, s'il vous plaît.

— Audioconférence prioritaire Omega avec le N35 confirmée. Dès que les différentes parties seront en ligne, un opérateur contactera la salle de crise pour confirmer l'autorisation présidentielle avant la mise en communication. Déconnexion.

Burt se tourna vers Margaret.

— Le N35 ? Qu'est-ce que c'est ?

Walter Keane revint dans la salle de crise tandis que Margaret Hager répondait :

— Oh, le terme désigne les trente-cinq nations qui possèdent l'arme nucléaire. Ce sont les mêmes personnes que vous avez déjà rencontrées.

Elle lui sourit et ajouta d'un ton ironique :

— Je suis certaine que vous vous en souvenez.

Burt haussa les sourcils.

— Oh, ces personnes-là. Oui…

Au même instant, une sonnerie retentit dans la pièce. Un appel entrant.

— Ils ne peuvent pas avoir réuni tout le monde aussi vite, s'étonna Margaret Hager.

Elle pressa de nouveau le bouton sur la table.

— Ici, l'opérateur sécurisé 54374. Nous avons un appel prioritaire Omega d'un chef d'État.

La présidente fronça les sourcils.

— Quel État ?

— La République populaire démocratique de Corée. Dois-je vous mettre en communication ?

Margaret Hager mit l'appel en mode « muet », et regarda Keane et Baker.

— L'un de vous attend un appel de la Corée du Nord ? J'ai rencontré ce petit…

Elle ravala le qualificatif qu'elle allait utiliser et reformula sa phrase.

— Il est aussi cinglé que ses prédécesseurs.

Les deux hommes secouèrent négativement la tête, mais Burt précisa :

— Je l'ai rencontré, moi aussi. Vous vous souvenez, je vous ai dit qu'il connaît le Dr Holmes. Ils se sont connus pendant leurs études. Il tenait absolument à lui parler.

Margaret Hager se tourna vers le directeur de la CIA.

— Kevin, Pouvez-vous tenter de rattraper le Dr. Holmes et de le ramener ici rapidement ? Je ne veux pas envoyer paître ce maboul, mais je n'ai rien d'agréable à lui dire non plus.

Kevin Baker se leva d'un bond et courut rattraper Dave, qui revint avec lui quelques instants plus tard, suivi comme son ombre par Bella.

— Docteur Holmes, êtes-vous d'accord pour parler au chef de la Corée du Nord ? lui demanda Margaret Hager.

— Quoi, vous voulez dire Frank ? fit Dave, les yeux écarquillés, un petit sourire relevant le coin de ses lèvres. Le même Frank, qui était avec moi au Caltech ? C'est une blague ?

La présidente secoua la tête et désigna du doigt le haut-parleur au-dessus de la table de conférence.

— Il est en ligne, en attente. S'il a appelé, ce n'est certainement pas pour me parler personnellement. Nous ne sommes pas dans les meilleurs termes, si vous voyez ce que je veux dire. Acceptez-vous de lui parler ?

— Bien sûr, répondit Dave. Ça fait des années, mais je veux bien lui parler, oui.

Comme Dave s'asseyait dans un des fauteuils, Margaret Hager désactiva la touche « muet» et dit :

— Opérateur, faite suivre l'appel, s'il vous plaît.

— *Bien reçu. Redirection d'appel confirmée...*

— *Allô ?* fit une voix forte à l'accent étranger dans le haut-parleur. *Allô ?*

Un bruit étouffé, comme si quelqu'un couvrait le micro avec la main, se fit entendre, suivi de la voix de la personne qui appelait criant quelque chose en coréen.

Dave tendit le cou et demanda :

— Salut, Frank... c'est toi ?

La voix étouffée se fit entendre de nouveau, puis Frank s'écria soudain :

— *Dave ! Ah, te voilà ! J'ai essayé de convaincre ce connard de me donner ton numéro, mais il a refusé. Il faut qu'on se voie.*

Margaret Hager allait dire quelque chose, quand Dave leva la main et secoua la tête pour la dissuader d'intervenir.

— Frank, je suis totalement débordé en ce moment. Dis-moi juste de quoi tu as besoin, et je te dirai si je peux t'aider.

— *Oh, attend, excuse-moi... juste une seconde.*

De nouveau, une main parut couvrir le micro. Le bruit fut aussitôt suivi d'un cri assourdi en coréen. Margaret Hager, Baker, Keane, tous secouèrent la tête d'un air navré.

— *Tu te souviens que nous avions parlé des explosions, et de la manière de les contrôler ? Le concept d'un moteur basé sur ce type de combustion, et qui serait bénéfique pour la Terre... J'ai un prototype ! Mais j'ai du mal à déterminer encore quel intérêt pratique il pourrait avoir. Il faut que tu y jettes un coup d'œil. Tu as toujours été bon pour synthétiser des applications pratiques justement. Je suis convaincu qu'il s'agit d'une avancée majeure ; ce que je ne sais pas, c'est quoi en faire. J'ai besoin de toi.*

L'air à la fois amusé et dérouté, Dave grimaça.

— Je ne peux m'occuper de ça, là, comme ça, tout de suite. Est-ce que tu as des plans ?

— *Oui ! J'ai tout dessiné moi-même. Personne ne m'a aidé. J'ai tout fait tout seul,* répondit-il aussitôt, le ton de sa voix indiquant qu'il devenait de plus en plus agité. *Mais comment t'envoyer ça ? Tu as un e-mail ? Je peux tout t'envoyer tout de suite.*

Dave se pencha vers Margaret Hager et murmura :

— Je n'ai plus d'e-mail depuis plus de quatre ans. Puis-je...

Burt griffonna quelque chose sur un bout de papier, et le lui tendit.

— Frank, reprit Dave. Tu peux tout m'envoyer à l'adresse suivante : BR13829@fis.gouv, et j'y jetterai un coup d'œil dès que je serai devant mon ordinateur.

— *D'accord, d'accord. Je t'envoie ça tout de suite. On pourra se voir et je te montrerai tout. Comme je te l'ai dit, on a construit un prototype. Ça a été très, très difficile, mais on y est arrivés ! On se voit très vite, d'accord ?*

— Frank, laisse-moi le temps de regarder ces plans. Je te promets de te recontacter, comme je l'ai toujours fait autrefois. D'accord ?

— *Oh... oui, désolé. Je te tombe dessus, comme ça. Désolé.*

La voix jusque-là surexcitée devint soudain plus posée.

— *Le moteur est prêt dès que tu le seras. Très bien, je t'envoie les plans.*

Le signal de tonalité retentit dans le haut-parleur. Margaret appuya sur la touche de déconnexion. Elle regarda Dave, et lui sourit en secouant la tête.

— C'est un drôle d'ami que vous avez là, dit-elle.

Dave se leva et afficha à son tour un air amusé.

— Oh, c'est un enthousiaste. On ne dirait pas comme ça, mais il est loin d'être aussi fou qu'il le paraît. Certaines de ses idées sont tout simplement brillantes ; et d'autres fois...

Il haussa les épaules et se mit à rire.

— Si nous en avons terminé ici, je vais aller voir ce que le directeur Baker cache encore dans sa manche, là-bas, dans le Nevada.

Margaret Hager le laissa partir en lui adressant un petit salut de la main. Au même instant, une nouvelle sonnerie se fit entendre dans le haut-parleur.

Alors que la présidente prenait l'appel, Dave, à la porte de la salle de crise, hésita.

— *Ici l'opérateur sécurisé 54393. Nous avons un appel prioritaire Omega soumis à l'autorisation présidentielle.*

Margaret mit une nouvelle fois l'appel en mode « muet » et fit signe à Dave qu'il pouvait partir.

— Tout va bien. C'est l'appel que j'attendais. Merci encore, docteur Holmes. Je prierai pour votre réussite.

Aussitôt que Dave et Bella furent sortis, Margaret Hager désactiva le mode muet.

— Margaret Laura Hager, 128-45-8934.

— *Margaret Laura Hager, confirmé. L'audioconférence est prête avec le N35. 34 des 35 membres sont connectés. Le représentant de la Corée du Nord n'est pas disponible. Dois-je diriger l'appel vers la salle de crise, Madame la Présidente ?*

— Oui, allez-y.

Une sonnerie téléphonique remplaça la voix de l'opérateur, et une série de bips se fit entendre au fil des connexions.

— Très bien, mes amis. Ainsi que nombre d'entre vous le savent déjà, nous avons connu un nouvel incident avec la Fraternité ; un très grave incident cette fois. Je puis néanmoins vous assurer que nous travaillons d'ores et déjà à mettre en place un plan de secours, mais pendant ce temps, nous devons nous assurer qu'une telle agression ne puisse plus survenir de nouveau.

— *Margaret,* fit une voix qu'il était facile de reconnaître comme étant celle du Premier ministre britannique, nous avons réussi à géolocaliser certaines des cellules terroristes, *mais il va falloir agir de manière bien plus drastique, vous ne croyez pas ?*

— Percy, il est temps de semer la mort parmi ces fanatiques. Ils ont coordonné leurs attaques ? Nous allons faire la même chose. Débarrassons-nous d'eux !

CHAPITRE VINGT-CINQ

Burt regarda le ministre de la Défense et le directeur de la CIA quitter la salle de crise, le laissant assis seul avec la présidente.

Margaret Hager fit cliqueter le bout de ses ongles sur la table de conférence et le fixa d'un air absorbé.

Il n'aurait su dire à quoi elle pensait, mais si elle lui avait demandé de rester, il y avait forcément une raison, dont il pressentait qu'elle allait de nouveau exiger de lui qu'il *s'implique* de manière significative.

— Burt, vous l'avez compris, nous allons avoir du sang sur les mains, dit-elle finalement. Les tueurs du KGB autrefois appelaient ça tremper dans des affaires « humides ». Cela ne me réjouit pas, mais ces salopards veulent notre mort à tous et ils pourraient bien finir par l'obtenir. Je ne leur donnerai pas une deuxième chance. J'espère que vous comprenez pourquoi j'ai convoqué le N35, et que nous avons pris ces décisions.

Burt détestait l'idée de devoir tuer des gens inutilement. Il y avait de quoi en perdre le sommeil ; mais il comprenait également que c'était parfois nécessaire. Ces cinglés s'appliquaient à précipiter la fin du monde avec la même force qu'il mettait, lui, à tenter de le sauver.

— Madame… euh, Margaret. Je n'ai pas l'expérience du combat que vous pouvez avoir, mais je comprends parfaitement vos décisions. Je ne peux qu'imaginer le bain de sang qui va en découler. Il y aura des dommages collatéraux, je le sais aussi, mais je comprends la nécessité de ce qui va être fait.

Margaret Hager pinça les lèvres et ajouta :

— Je voulais également vous parler d'une chose avant de prendre une quelconque décision. J'ai fait quelques vérifications, et j'ai appris que vous aviez de la famille en Californie. Ils ne sont pas dans une zone d'évacuation, mais si ça peut vous tranquilliser, je peux m'arranger pour qu'ils nous rejoignent au complexe de Cheyenne Mountain. C'est là que la plupart des membres de notre gouvernement doivent finalement se retrouver.

Décontenancé, Burt s'imagina les jumeaux avec son frère et sa belle-sœur. Il dévisagea Margaret Hager, et l'espace d'un instant, il ne vit ni l'ex-soldat ni la présidente impitoyable, mais une mère de famille bienveillante, et une amie. Il cligna rapidement des yeux en prenant conscience qu'en dépit de la situation et de ses obligations, elle avait trouvé le temps de se préoccuper des personnes qui lui étaient chères.

Il prit une grande inspiration et lui sourit.

— Merci, ne serait-ce que d'avoir pensé à eux. Si vous le voulez bien, je poserai la question à mon frère. Je vous tiens au courant. Je le laisserai décider ce qu'il pense être le mieux pour eux.

Margaret Hager hocha la tête d'un air sombre. Puis :

— Burt... je dois vous demander de faire une chose qui va vous déplaire, je le sais.

Elle plongea son regard dans le sien. Il sentit toute la tension et la gravité qui émanaient d'elle.

— Je suis sur le point d'ordonner une évacuation de toutes les bases lunaires. Je dépêche sur place une compagnie de soldats des Forces spéciales pour veiller à ce que tous les mineurs, le personnel de maintenance, et quiconque se trouve là-haut, embarquent à bord des navettes et reviennent sur Terre. Je voudrais que vous vous rendiez sur place avec les soldats.

Bouche bée, Burt sentit son cœur battre plus fort. Il avait l'impression d'entendre grincer les rouages de son cerveau.

— Je... je ne suis pas un soldat, et je ne suis jamais allé sur la Lune, plaida-t-il. Qu'est-ce qui peut bien vous faire penser que je serai utile là-haut ?

— Je ne vous y envoie pas en tant que soldat, mais parce que vous êtes l'un de nos meilleurs informaticiens. J'ai lu votre dossier, et j'ai parlé au Dr. Patel. Il semble que la Lune soit opérationnelle et qu'elle puisse être manœuvrée selon la même méthode que celle que le Dr. Holmes a prévu pour la Terre. Burt, nous ne pouvons pas risquer que ces fanatiques trouvent un moyen d'accéder aux systèmes de contrôle lunaires. Nous ne savons pas s'ils ont ou non déjà infiltré une ou plusieurs des bases ; c'est pour cette raison que je veux qu'il n'y ait plus personne là-haut. Bref, je veux que vous vous rendiez sur place avec deux objectifs principaux.

Elle pointa un doigt vers lui pour souligner son propos.

— Premièrement, je veux que vous renforciez l'accès à distance des systèmes de commande, afin qu'il soit impossible de modifier les paramètres des systèmes depuis la Terre. Je sais que votre spécialité, c'était l'intelligence artificielle, mais vous avez écrit des dizaines d'articles sur la sécurité informatique après cette grande panne à Los Angeles. D'après le Dr. Patel, si vous vous en étiez tenu au domaine informatique, vous auriez révolutionné la manière dont nous interagissons avec les ordinateurs. J'ai tendance à la croire.

Burt ouvrit la bouche pour élever une objection, mais Margaret Hager lui intima le silence d'un simple regard en secouant négativement la tête.

— Je ne veux rien entendre. Si par miracle le Dr. Holmes réussit à résoudre notre problème de puissance électrique, nous ne pouvons pas risquer qu'un cinglé de hacker fanatisé prenne le contrôle de la Lune à distance et l'envoie se crasher sur nous. Et s'il devait advenir que le Dr. Holmes échoue et que la Terre soit condamnée, je veux que la Lune soit disponible pour servir de capsule de sauvetage, si toutefois une telle chose est possible. Tout cela dépasse largement ma responsabilité en tant que présidente des États-Unis ; nous ne pouvons permettre que l'humanité disparaisse. Pas s'il y a la moindre chance d'empêcher son extinction. Il y a assez de place là-haut pour que plusieurs centaines de personnes vivent en totale autonomie. Vous serez l'une d'elles.

— Pourquoi moi ? Il vaudrait mieux quelqu'un de plus jeune, ou qui a des enfants, ou bien…

— Non, coupa la présidente, catégorique. J'ai besoin de vous là-bas, parce que je n'y serai pas. Je dois assumer jusqu'au bout mes responsabilités ici. Vous serez mon représentant.

Elle se pencha en avant et leva un doigt.

— Les personnes qui seront là-haut… elles auront besoin de quelqu'un pour les guider, et ce quelqu'un, ce sera vous, parce que vous avez l'étoffe d'un chef. Je vous ai bien observé tous ces derniers mois. Il n'y a aucun doute : vous êtes fait pour diriger. Vous avez l'art de ne pas vous faire d'ennemis ; vous êtes prévenant, tout en sachant imposer vos idées quand il le faut. Burt, si les choses tournent mal, je tiens à vous savoir là-haut, aux commandes, conclut-elle, le ton de sa voix s'adoucissant.

Elle parut même inquiète.

— S'il vous plaît, dites-moi que je peux compter sur vous.

Burt la fixa longuement, sans trop savoir quoi dire. L'idée d'être responsable du dernier échantillon de la population terrestre, était presque inconcevable.

— Vous pouvez compter sur moi, lui assura-t-il néanmoins.

Il était cinq heures du matin quand Stryker rejoignit les soldats de garde en haut de l'enceinte en béton, haute d'une dizaine de mètres, qui entourait la centrale nucléaire d'Indian Point.

Un vent froid soufflait le long du fleuve Hudson en provenance du Sud, charriant avec lui les parfums du large.

Stryker contempla l'obscurité qui précédait l'aube, et, levant les yeux, il éprouva un sentiment d'émerveillement en distinguant le ruban de lumière bleu-blanchâtre qui s'étendait au-dessus de l'horizon méridional. Un signe visible de DefenseNet.

Le sergent Gutierrez, un des hommes qui montaient la garde à côté de lui, dit :

— C'est fantastique, non ? Ça ne paraît pas réel.

Stryker hocha la tête, la vue irréelle faisant ressurgir dans son esprit de vieux souvenirs.

— Quand j'étais gosse, j'ai assisté à une éclipse totale. C'était pendant l'été 45. Je m'en souviens comme si c'était hier. J'ai levé les yeux vers le ciel ; tout était sombre. La Lune avait complètement masqué le soleil, et il y avait ce halo de lumière tout autour. Je me suis demandé ce que les premiers hommes avaient bien pu penser en voyant ce phénomène. Ils avaient dû être totalement bluffés.

Le sergent approuva d'un petit grognement amusé dans la pénombre matinale.

— Bon sang, lieutenant, je regarde ce ruban de lumière qui s'étend d'un bout à l'autre de l'horizon, et j'ai beau savoir ce que c'est, je ne m'y fais pas.

Les yeux collés aux oculaires de ses jumelles de vision nocturne, Stryker balaya du regard le périmètre de quatre kilomètres, notant le léger rougeoiement le long de l'horizon – le signe, conjugué au fait que l'on n'entendait plus le chant des cigales, que l'aube était imminente.

Le sergent à côté de lui, scrutant lui aussi l'horizon dans ses jumelles, s'agita nerveusement.

— Monsieur, a-t-on terminé d'évacuer tout le monde sur la côte ?

Stryker se tourna vers lui et fronça les sourcils.

— Vous avez repéré du mouvement ?

— Je n'en suis pas sûr. C'était peut-être un cerf longeant l'orée du bois, de l'autre côté du fleuve.

— Tous les civils jusqu'à quatre-vingts kilomètres de la côte ont normalement été déplacés vers l'intérieur des terres. Il ne devrait plus y avoir personne là-bas, mais gardez les yeux bien ouverts.

— Compris.

La section de Stryker, composée de soldats de la police militaire, stationnait à la centrale nucléaire, et était épaulée par deux escouades de rangers. Des techniciens du Corps du génie de l'armée de terre des États-Unis avaient été appelés assurer le fonctionnement de la centrale.

Il ignorait pourquoi exactement cet endroit grouillait de soldats, hormis le fait qu'ils se trouvaient dans l'une des centrales qui alimentait en énergie le réseau électrique de DefenseNet.

Soudain, un des détecteurs de mouvement s'activa, et un projecteur mural s'alluma, illuminant les environs côté ouest.

Un daim apparut dans la lumière ; l'animal détala aussitôt en direction des bois d'où il venait.

La radio de Stryker se mit à biper. Un appel entrant. Il tapota son oreillette.

— *Indian Point, ici le major Carl Simpson du Soutien aérien du secteur nord-est. Nous avons détecté du mouvement mécanisé dans votre périmètre. Des camions, semble-t-il. Nombreux. À quatre kilomètres au sud-ouest de votre position. Ils se dirigent dans votre direction. Terminé.*

Stryker sentit ses poils se dresser dans son cou tandis qu'il braquait ses jumelles en direction du sud-ouest. Une zone forestière, coupée en son milieu par une route.

— Bien reçu, major. Merci pour le renseignement.

Il changea de canal, et sa voix se diffusa à plusieurs endroits stratégiques à travers la centrale :

— *Alerte, alerte. Véhicules non-identifiés en approche par le sud-ouest.*

Il regarda le sergent Gutierrez, et lui ordonna :

— Allumez tous les projecteurs, et ouvrez l'œil. Rien de doit passer inaperçu, d'accord ?

Sans laisser le temps à Gutierrez de répondre, il descendit précipitamment l'escalier et courut en direction de l'entrée sud-ouest.

Des lumières rouges se mirent à clignoter à travers les bâtiments du site, tandis que les soldats qui n'étaient pas de garde couraient prendre leur poste.

Stryker tapota son oreillette et s'écria :

— Entrée sud-ouest, au rapport.

Pour seule réponse, il y eut un silence, tandis qu'il continuait sa course à travers la centrale.

— Entrée sud-ouest, rapport de situation !

Des coups de feu se firent entendre au loin.

Stryker tressaillit, avant d'accélérer sa course.

Une voix s'écria sur le canal d'urgence :

— *Nom de Dieu, qui est en train d'ouvrir la porte sud-ouest ?*

Il dépassa un des bâtiments contenant un réacteur, et vit la grande porte métallique blindée s'ouvrir lentement.

Quelque chose siffla à son oreille. Aussitôt, il plongea derrière une benne à ordures, cherchant à se mettre à l'abri.

Trois autres coups de feu le visèrent, les balles résonnant bruyamment contre le container en acier qui lui servait de bouclier.

Il chargea son arme et chercha à repérer le tireur ; les tirs provenaient du haut du mur d'enceinte. Il regarda dans la lunette de visée de son fusil, et ressentit un brusque accès de colère.

C'était un de ses hommes.

Un « MP » était étendu à ses pieds, inerte. Stryker grimaça en voyant le soldat braquer son arme dans une autre direction et tirer.

La porte sécurisée se bloqua en position ouverte.

Son cœur cognant dans sa poitrine, Stryker pointa son fusil sur le tireur. Il positionna sur lui le réticule de sa lunette, et tenta de contrôler sa respiration.

Son pouls s'accélérant sous l'effet de l'adrénaline, il prit une grande inspiration, bloqua son souffle, et pressa la détente.

Il expira en même temps que la balle atteignait sa cible.

La tête de l'homme fut brutalement projetée en arrière.

Stryker se releva, courut vers l'escalier qui se trouvait au pied de la porte.

— Il nous faut des MANPATS à la porte sud-ouest, maintenant ! hurlat-il dans sa radio, réclamant d'urgence des systèmes antichars portables.

Le souffle court, il monta les marches deux par deux jusqu'au panneau de contrôle de la porte, mais il sentit son estomac se serrer en voyant les dégâts causés à la console de commande.

Quelqu'un avait logé une balle dedans.

Un autre soldat grimpa les marches, le rejoignit et dit :

— Monsieur, la porte… oh, merde. Laissez-moi voir ça… je peux peut-être bricoler quelque chose pour reprendre les commandes en main.

Stryker s'écarta. Le soldat força l'ouverture de la console et ôta le panneau supérieur, exposant un enchevêtrement de fils électriques.

Derrière eux gisaient les corps sans vie des deux « MP » en uniforme. L'un était un patriote ; l'autre un traître.

Stryker s'agenouilla à côté de l'homme qu'il avait été forcé d'abattre, tira un couteau qu'il portait à sa ceinture et découpa la veste et le tee-shirt du soldat.

Il eut une moue écœurée en découvrant un tatouage représentant un sablier sur le côté gauche de sa poitrine.

Le même motif qu'il avait déjà vu dans l'État de Washington.

Fronçant les sourcils d'un air préoccupé, il regarda les soldats autour de lui.

Y avait-il des complices parmi eux ?

Au même instant, un homme sur le mur d'enceinte s'écria, les yeux rivés à ses jumelles :

— Monsieur, on a de la visite !

Quelqu'un tira une fusée éclairante en direction du sud-ouest, éclairant le champ et la route comme un soir de pleine lune.

Un message d'avertissement retentit alors dans les haut-parleurs installés le long du périmètre extérieur de la centrale :

— Vous avez pénétré une zone militaire interdite. N'approchez plus, ou nous devrons faire feu.

Deux rangers arrivèrent, criant pour qu'on leur dégage le passage. Ils grimpèrent précipitamment les marches, portant deux longs tubes que Stryker reconnut aussitôt comme étant des « Carl Gustav », des canons sans recul antichars portatifs.

Il leva son fusil et regarda dans la lunette de visée. En vision agrandie, il vit un gros camion foncer droit dans leur direction.

Un des rangers armé d'un Gustav se tourna vers lui :

— Monsieur, nous avons plusieurs véhicules en approche.

Une grosse étincelle jaillit du panneau de contrôle de la porte. Le « MP » s'écria :

— C'est bon ! J'ai bidouillé le circuit de commande.

La lourde porte en métal commença à se refermer en grinçant bruyamment.

— Excellent, caporal.

— Monsieur, intervint le ranger qui se trouvait le plus près de lui. Les cibles sont verrouillées. Je demande la permission de réclamer une frappe aérienne.

— Permission accordée.

Stryker changea le canal de sa radio et entendit un des rangers de l'autre côté de la porte appeler le DASC, le Centre de soutien aérien direct.

— *À tous les postes, à tous les postes, ici Indian 5, réclamons assistance. Terminé.*

La radio crachota durant quelques secondes, puis une voix retentit dans l'oreillette de Stryker.

— *Indian 5, ici Œil de Faucon 8. À vous.*

— *Œil de faucon 8, nous réclamons soutien aérien. Possédons MANPATS en nombre limités. Cibles trop nombreuses. Assistance appréciée.*

— *Bien reçu, Indian 5. Nous vous envoyons des jets. Heures d'arrivée prévue : onze minutes.*

Juste au moment où la porte se refermait dans un grand bruit métallique, Stryker changea de canal.

— Feu à volonté.

Une autre fusée éclairante monta dans le ciel. Quand Stryker regarda dans sa lunette de visée, les détails du camion lui apparurent clairement.

C'était un semi-remorque. Personne ne semblait être au volant.

Radiocommandé ?

La nervosité s'empara de lui quand il vit le camion dépasser la borne du dernier kilomètre indiqué sur le côté de la route.

Il régla la mise au point de sa lunette, et repéra d'autres véhicules plus loin. Il glissa un regard oblique au ranger à côté de lui et dit :

— Ne ratez pas le semi-remorque. Les autres camions semblent reculer, je ne sais pas pourquoi.

— Oui, monsieur.

Le ranger ajusta son micro et s'écria :

— Attendez que la première cible soit à moins de cinq cents mètres avant de tirer. Quiñones pour le premier tir. Si c'est raté, Jenkins. Et s'il reste quelque chose, je ferais feu à mon tour.

Presque aussitôt, à une dizaine de mètres de Stryker, le premier Gustav vomit une flamme orangée.

Une explosion projeta une gerbe de terre derrière le camion.

Raté.

— Feu, cria quelqu'un.

À cinq mètres sur la droite de Stryker, un deuxième Gustav fit feu.

La concussion due au tir se répercuta comme une onde jusque dans sa poitrine, tandis que le projectile filait droit vers sa cible.

Le camion explosa dans un éclat de lumière blanche.

Bien qu'il eût les yeux fermés, l'illumination aveugla Stryker.

L'instant d'après, il se sentit traverser par le souffle déflagrant de l'explosion, et se retrouva projeté au sol.

Surpris, il grogna en sentant la chaleur lui roussir les sourcils. Durant une fraction de seconde, il se demanda si le camion ne transportait pas une tête nucléaire.

Les oreilles bourdonnantes, il vit les sergents hurler des ordres à leurs hommes. Il se releva, secoua la tête, et regarda en direction de la route en même temps que des débris pleuvaient sur la centrale.

Un des ranger se releva à son tour et dit, en titubant :

— Nom de Dieu ! Ce truc devait être bourré de C4, ou de je ne sais quoi.

Stryker cligna des yeux, s'efforçant de dissiper l'image de la boule de feu qui emplissait encore son champ de vision. Le flash lumineux avait été si intense qu'il se demandait s'il n'avait pas provoqué chez lui des lésions oculaires.

Il dirigea de nouveau son arme vers l'endroit où se trouvait le camion, regarda dans la lunette de visée et resta bouché-bée face à ce qu'il voyait.

Un cratère profond d'au moins cinq mètres était apparu à l'endroit où le camion avait explosé.

— Monsieur, un des camions en retrait s'est détaché du groupe et accélère dans notre direction. Nous n'avons plus que cinq roquettes disponibles.

Stryker se concentra pour essayer de distinguer plus clairement le véhicule en approche.

— Un autre semi-remorque ?

— Oui, monsieur. Et il semble qu'il y en ait encore trois autres.

— Merde, qu'est-ce qu'ils cherchent à faire, au juste ? marmonna Stryker.

Il tourna la tête et regarda par-dessus son épaule le bâtiment réacteur le plus proche.

Si la porte avait été ouverte et que le premier camion s'était crashé dessus…

Il changea de canal sur sa radio.

— Œil de faucon 8, ici Indian 5. Nous sommes attaqués. Je répète : la centrale *nucléaire* d'Indian Point est attaquée. Il nous faut ces jets immédiatement.

Quelques secondes s'écoulèrent, tandis que les hommes se remettaient en position après avoir rechargé les armes antichars.

— *Bien reçu Indian 5. Les jets sont en mode supersonique. Ils seront sur cible dans cinq minutes. Terminé.*

Stryker expira bruyamment par le nez, concentré. Cinq minutes…

Il revint sur le canal précédent et annonça :

— Les gars, nous avons cinq minutes avant l'arrivée du soutien aérien. Rangers, faites que chaque munition touche une cible.

Puis :

— Gutierrez, est-ce qu'on a des lance-grenades de type RPG sur site?

— *Je vérifie tout de suite, monsieur.*

Stryker reprit sa surveillance du périmètre à travers sa lunette de visée.

Il vit un autre camion franchir la borne du dernier kilomètre, suivi cinq ou six cents mètres plus loin par un autre encore.

— Dépêchez-vous, parce qu'on va en avoir besoin.

CHAPITRE VINGT-SIX

Comme l'avion amorçait sa descente, Dave sentit claquer ses oreilles. Il se pencha vers Bella et lui montra l'écran de son ordinateur.

— Tu y comprends quelque chose ? lui demanda-t-il.

Rejetant en arrière une mèche de cheveux qui lui barrait les yeux, elle se pencha plus près et fixa le schéma envoyé par Frank. Cela ressemblait à une balle anti-stress hérissées de connexions au sommet.

— On dirait une cage de Faraday, dit Bella, mais pourquoi est-ce qu'il en sort des fils ? Est-ce que ce ne serait pas pour une mise à la terre, ou quelque chose comme ça ?

— C'est ce que je me suis dit aussi, mais ça n'a pas de sens. Une cage de Faraday sert à garder quelque chose protégé de l'extérieur. Ce machin a l'air d'avoir été conçu pour contenir quelque chose, et libérer de l'électricité par le dessus.

Bella pointa du doigt les fils au-dessus.

— Il a parlé d'un « moteur », non ? Peut-être qu'effectivement, il y a un *contenu*, qui libère de l'énergie par le haut. Est-ce qu'il précise de quoi est fait cette chose dans son e-mail ?

— Pas dans son e-mail, mais attends une seconde.

Dave fit défiler plusieurs pages de dessins détaillés en balayant l'écran de sa tablette du bout du doigt, jusqu'à ce qu'il trouve les schémas pour l'unité de commande, reliée à un engin ressemblant à une cage. Il pointa du doigt des fils d'entrée et remarqua :

— Ça dit que le fil conducteur provient de quelque chose qu'on appelle un « wrapper ». Peut-être un alliage de magnésium ? Je n'en ai aucune idée. Je me souviens d'avoir discuté avec Frank de la possibilité de piéger l'énergie produite par une explosion, mais ça ne nous aiderait pas beaucoup en ce moment. On a eu un formidable pic d'énergie, et puis plus rien. Peut-être que si nous parlions d'une augmentation significative de la capacité de chargement, alors…

Les lumières clignotèrent dans la cabine du jet privé, et la voix du pilote résonna dans les haut-parleurs :

— *Docteur et madame Holmes, veuillez s'il vous plaît vous préparer à l'atterrissage. Nous arriverons à l'aéroport de Homey dans cinq minutes. Je tiens également à vous prévenir qu'il s'agit d'une base secrète, et que notre procédure d'approche sera quelque peu inhabituelle. Nous roulerons ensuite directement jusque dans un hangar. Des agents seront là pour vous escorter dès que le hangar sera fermé et sécurisé.*

Dave attacha sa ceinture, agrippa les bras de son siège et avertit Bella :

— Assure-toi que ta ceinture est bien serrée. Si ce type prévient que l'atterrissage ne sera pas habituel, ce sera certainement le cas.

Les réacteurs du jet se mirent à siffler, comme l'avion s'inclinait fortement et descendait à grande vitesse. Dave laissa échapper un petit grognement. L'espace d'un instant, il se vit s'écraser sur un lac salé désert au beau milieu de l'Utah, mais à la dernière seconde, l'avion redressa le nez et il se sentit plaqué contre son siège. Les roues crissèrent au contact de la piste. En moins d'une minute, ils se retrouvèrent à l'intérieur d'un hangar en métal gris anonyme au milieu de nulle part.

Dave poussa un profond soupir de soulagement en débouclant maladroitement sa ceinture de sécurité.

— Nom de Dieu ! fit-il en regardant Bella. Ça va ?

La jeune femme acquiesça d'un hochement de tête. Au même instant, le pilote sortit de sa cabine en souriant.

— J'adore ces approches, dit-il.

— La prochaine fois, appréciez-les seul, marmonna Dave en se levant, les jambes faibles.

Il aida Bella à s'extraire de son siège. Le pilote appuya sur un bouton à l'entrée de la cabine, et la porte avant de l'appareil s'ouvrit lentement, tandis qu'on approchait du fuselage un escalier mobile.

Le pilote salua le personnel présent dans le hangar, puis se tourna vers ses passagers.

— On dirait que votre comité d'accueil vous attend, dit-il.

Après avoir été accueillis à leur descente d'avion par deux personnes se présentant comme des officiers de liaison, Dave et Bella se retrouvèrent dans ce qui ressemblait à une salle d'attente. De toute évidence, quelqu'un était censé prendre le relais pour les conduire à leur destination finale, qui, Dave l'espérait, serait aussi celle où se trouvait le mystérieux objet.

Les murs en parpaings de la salle d'attente avaient été peints dans un jaune pisseux. Le canapé et les chaises étaient robustes, mais dataient du siècle précédent. Bella, assise au fond du canapé, était calme ; elle attendait patiemment, tandis que Dave faisait les cent pas, de plus en plus nerveux.

Il allait laisser éclater son impatience et sa colère d'attendre quand la porte en métal s'ouvrit. Un homme en blouse blanche à l'air agacé lui aussi, apparut sur le seuil.

— Docteur Holmes ? Madame Holmes ? bredouilla-t-il. Je suis désolé qu'on vous ait fait attendre, mais ces idiots viennent seulement de me prévenir que vous étiez là.

— Ne vous inquiétez pas pour ça. Et je vous en prie, appelez-moi Dave.

Il serra la main de l'homme aux cheveux bruns et au fort accent du sud.

— Et vous êtes ?

— Chris Wilkinson. Je suis ce qu'on appelle officiellement, et un peu trop largement, un agent d'opérations techniques. Concrètement, je suis surtout un spécialiste du traitement du signal. Vous savez, les signaux analogiques ou par radiofréquence.

Il sourit chaleureusement.

— Oh, et je suis aussi le type qui répare les robots télécommandés neutralisateurs de bombes ; je veux dire, quand ils ont avalé l'explosif de trop.

— Si je comprends bien, c'est vous qui allez nous montrer le mystérieux objet que nous sommes venus voir ?

— Absolument. Allons-y.

Wilkinson pivota sur ses talons et leur fit signe de le suivre.

— Je n'ai découvert cet endroit qu'il y a quelques heures, et pour être franc, j'ai l'impression que les gars de Langley ne m'ont envoyé ici que parce que je me trouvais en vacances à un peu plus de cent kilomètres. Je ne suis pas certain de pouvoir vous être d'une grande aide sur ce coup-là.

En plus d'avoir l'accent du sud, Wilkinson parlait très vite, au point que Dave avait du mal à le suivre.

— Je vous avoue qu'être embarqué comme je l'ai été et traîné ici, au milieu de nulle part, était une expérience très bizarre, ajouta-t-il.

Il zigzagua à travers une série de couloirs, comptant sur ses doigts chaque virage à gauche ou à droite qu'il prenait.

— Cet endroit est un vrai labyrinthe. J'ignore ce qu'il y a d'autre ici, mais j'ai réussi à trouver l'entrée de l'endroit où ils gardent cette chose.

Bella toucha le bras de Dave tandis qu'ils s'efforçaient de suivre le pas rapide de l'ingénieur.

— Je la sens, murmura-t-elle.

Wilkinson s'arrêta devant la porte fermée d'un bureau qui ne comportait pas de poignée apparente. Il appuya un doigt dans un petit évidement sur le côté de la porte, et l'y laissa.

Dave s'était tourné vers Bella.

— Qu'est-ce que tu sens ? lui demanda-t-il.

Elle fronça les sourcils et haussa les épaules.

— C'est comme une vibration, presque un bourdonnement.

Elle pointa un doigt vers le sol.

— Quelque part là-dessous.

La porte s'ouvrit lentement en coulissant. Wilkinson la franchit ; Dave le suivit et se rendit compte qu'il s'agissait d'un ascenseur.

La porte se referma et ils descendirent. Wilkinson se tourna vers Dave et Bella, et comme s'il n'y tenait plus, il expliqua :

— J'ai lu les notes laissées par les scientifiques qui ont étudié cette chose, et croyez-moi… (il agita un doigt en l'air) difficile de faire plus étrange. Elle a été conçue dans le cadre manifestement de ce qu'on appelle un « skunkwork », un projet de recherche indépendant, dans l'ancienne base de l'Air Force à Roswell en 1947. C'est à ce moment-là que les emmerdes ont commencé.

L'ascenseur s'arrêta brusquement et la porte s'ouvrit, donnant sur un long couloir taillé à même la roche. Le long des murs se trouvaient de minuscules lanternes à la lumière vacillante.

— Pas d'électricité ici ? demanda Dave. Pas de batteries ?

— Non, rien, répondit Wilkinson. Vous allez tout comprendre en lisant les rapports, mais quand cette chose est active, elle a tendance à absorber toute l'électricité environnante. Les scientifiques qui ont travaillé ici se sont rendu compte que ce type de lanterne était ce qu'il y avait de plus adapté, et tant mieux qu'il y ait au moins ça ! Vous vous imaginez vous retrouver dans le noir complet ici ?

Ils s'engagèrent dans le couloir. Dave remarqua une double-porte en métal mal alignée, au-dessus de laquelle on apercevait un espace béant. Des portes d'ascenseur qui ne servaient plus depuis des décennies. Rouillées, elles ne dissimulaient plus que partiellement la cage d'ascenseur qui se trouvait derrière.

— Quand je vous dis que les emmerdes ont commencé avec cet objet à Roswell en 1947, vous voyez à quoi je fais allusion ?

Ce n'est qu'à cet instant que les paroles de Wilkinson firent leur chemin dans l'esprit de Dave, en même temps qu'il aperçut le nombre « 51 »peint au pochoir en jaune et noir sur les portes d'ascenseur rouillées. Soudain, tout se mit en place, et il sentit son cœur s'accélérer.

Les yeux écarquillés, il dit d'une voix entrecoupée :

— Vous vous foutez de moi. Ne me dites pas que nous sommes… si ? C'est d'ici que les rumeurs sur Roswell et les extraterrestres sont parties ?

— Je sais. C'est difficile à croire, souffla Wilkinson en se balançant, tout excité, d'une jambe sur l'autre. Je ne croyais même pas qu'il existait réellement ne serait-ce qu'une Zone 51. Pour moi, Roswell, tout ça, c'étaient juste des bobards. Mais à présent…

Il montra du doigt la cage d'ascenseur.

— On y est ! Alors, je ne sais pas, il ne s'agit peut-être pas d'extraterrestres, mais il y a bien quelque chose.

— Est-ce qu'il y a un autre ascenseur ? demanda Dave.

— Non, suivez-moi, dit Wilkinson en se remettant en marche le long de l'interminable couloir rocheux. Il y a une réserve un peu plus loin où j'ai rassemblé pas mal d'équipement, dont des combinaisons stériles. C'est à environ huit cents mètres, alors pendant qu'on marche, je vais vous résumer ce que j'ai appris.

« Comme je l'ai dit, il y a eu cet incident majeur en 1947, mais il faut planter un peu le décor pour comprendre. Je suis certain que vous avez déjà entendu parler du Projet Manhattan, qui a produit la première bombe atomique. À l'époque, évidemment, tout cela était top secret. C'est très peu connu, mais deux gamins originaires de l'Alabama, Kyle et Peter Wilkinson – oui, on a le même nom – âgés d'à peine vingt-trois ans, ont joué un rôle important en aidant à résoudre les équations qui ont servi à élaborer la bombe. Le fait est qu'à l'époque ils n'avaient pas d'ordinateurs dignes de ce nom. À la place, c'étaient des salles pleines de femmes qui se livraient à toutes sortes de calculs mathématiques ; on utilisait les fameuses cartes perforées. Tout ça prenait un temps fou. D'après ce que j'ai lu, ces deux garçons, les Wilkinson, étaient des espèces de petits génies. « Psychologiquement inadaptés, mais hyper doués » : c'est ce qui est écrit dans leur dossier médical. On est dans les années 1940. Peut-être autistes ; des idiots savants, vous voyez le genre ? Pas capables de faire grand-chose, sauf une ou deux, mais ces une ou deux choses-là, ils les font mieux que n'importe qui dans le monde.

« Bref, le gouvernement a eu la riche idée de mettre leur talent à profit, et en un rien temps ils avaient résolu les dernières équations manquantes. Après la guerre, le même gouvernement a fait en sorte qu'ils aient leur propre laboratoire à Roswell, et en gros on les a laissés faire. Plus personne ne supervisait réellement leur travail. Deux ans plus tard, en 1947, il s'est produit une sorte d'explosion électrique.

« Les gamins se sont volatilisés. Personne ne les a jamais plus revus. Alors, sans vouloir verser dans des thèses conspirationnistes fumeuses, il n'est pas difficile d'imaginer pourquoi le Projet Manhattan a été abandonné après que ces gosses ont disparu.

La curiosité de Dave était piquée au vif.

— Bon, qu'est-ce que vous savez de cette chose ?

— Eh bien, leur labo a été largement saccagé ; tout ce qu'il restait était une sphère en métal de la taille d'un ballon de plage, qui se mettait à scintiller follement dès qu'on la manipulait. Malheureusement, les gamins n'ont pas laissé d'écrits, ou trois fois rien. Il n'y avait d'ailleurs quasiment rien à récupérer dans le labo, à part cette chose qu'on s'apprête à aller voir.

« Bref, peu de temps après, l'objet a été transporté ici, à Groom Lake, pour être étudié de manière plus approfondie. À l'époque, tout ce qu'ils ont pu dire, c'est que cette sphère en métal était hautement réactive à n'importe quel stimuli, et qu'il en sortait parfois des arcs électriques.

« S'agissant de son aspect extérieur, elle paraissait carbonisée, mais pas endommagée pour autant.

« Les scientifiques de l'époque ont conclu qu'ils avaient affaire à quelque chose que personne n'était capable d'expliquer.

Précédant toujours Dave et Bella le long du couloir, Wilkinson tourna la tête et les regarda par-dessus son épaule.

— Ils ont pris toutes les mesures possibles ; ils ont même tenté de déterminer la puissance qui se dégageait de cette chose. Si un connard n'avait pas tout foutu en l'air en 1981, nous ne serions probablement pas sur générateurs de secours, ou presque, pour continuer de faire fonctionner ce truc, DefenseNet.

Il laissa échapper un soupir de frustration.

— Tout ce que j'espère, reprit-il, c'est que ce bobard de DefenseNet inventé par la NASA en vaut la peine, parce que celui qui en a eu l'idée aura des comptes à rendre à pas mal de personnes si ça ne marche pas.

Dave sourit, prenant soudain conscience que Chris Wilkinson ignorait totalement qui il était ; et, sans qu'il sache trop pourquoi, cet anonymat lui plaisait.

— Que s'est-il passé exactement en 1981 ?

Wilkinson soupira.

— Un scientifique à la ramasse, manifestement sous-qualifié, et qui a cru savoir ce qu'il faisait, a réussi à déchaîner complètement cette chose. Il faudra que vous jetiez un coup d'œil aux détails de ce qu'il a essayé de faire ; pour ma part, je n'y comprends rien. Le peu d'informations qu'on a se termine d'ailleurs là-dessus. Ensuite, tout le projet a été classifié.

Dave sentit la main de Bella se resserrer autour de son bras. Elle demanda :

— Qu'est-ce que vous entendez par « déchaîner » ? Et qu'est-il arrivé à ce scientifique ?

— Oh, je ne sais pas ce que ce type a trafiqué au juste, mais cette chose a généré brusquement une telle énergie que cela a créé une mons-trueuse surtension qui a coupé l'électricité dans tout l'Utah. On a raconté ensuite que tout était parti d'un incendie à la prison d'État, qui s'était produit le même jour. Quant à ce qu'il est advenu de ce scientifique, eh bien… le rapport officiel dit qu'il est mort, mais que l'on n'a jamais retrouvé son corps. Exactement comme ces deux frères. Disparus. Volatilisés. Ça donne la chair de poule, non ?

Wilkinson s'arrêta soudain et pointa un doigt droit devant lui, dans le couloir obscur.

— Bon, très bien, voilà l'escalier.

Il tourna à droite et entra dans une pièce d'une trentaine de mètres carrés, dont le centre était occupé par une longue table, sur laquelle se trouvait un carton rempli de dossiers suspendus, eux-mêmes bourrés de documents. Plusieurs autres grands cartons fermés s'étalaient sur le sol.

— Mais avant même de penser à descendre, mieux vaut se conformer au protocole de sécurité déjà utilisé à l'époque, et enfiler des costumes de lapins.

— Des costumes de lapins ? releva Bella sans comprendre.

— Oh, désolé, dit Wilkinson en souriant. Je veux dire une combinaison de salle blanche ; enfin, une combinaison stérile, quoi. Vous savez, bottes, masques, gants…

Prudemment, Dave s'approcha de la table et jeta un coup d'œil aux dossiers suspendus entassés dans le carton.

— Ce sont les dossiers qui concernent cette chose ?

— Mouais, fit Wilkinson. De 1947 à 1981. Il s'agit de copies, donc ne vous inquiétez pas ; vous pouvez les manipuler sans risque.

Dave s'assit sur une des chaises pliantes en bois et ouvrit le premier dossier qu'il sortit du carton.

— Ha-ha, voilà pourquoi ils insistaient pour que l'on respecte un protocole de « salle blanche », dit Dave en donnant une chiquenaude à une des feuilles glissées dans une pochette à anneaux.

Il lut à voix haute :

— *19 mars 1953. Cette chose laisse échapper de l'électricité à intervalles réguliers de quarante-cinq minutes depuis sa découverte. Frank Burton, paix à son âme, ne prêtait pas attention au temps ; il s'est ainsi fait surprendre quand ce satané machin s'est mis à faire des étincelles. Par chance, personne d'autre ne se trouvait sur place, mais le moteur de l'ascenseur s'est retrouvé HS, et des exploitants d'une mine de tungstène ont signalé quelque chose qui ressemblait à une aurore boréale au-dessus de Groom Lake. Nous sommes pratiquement certains que ce qu'ils ont vu, c'était l'éclair de la charge électromagnétique, qui a probablement chargé les nuages de particules et créé un phénomène de fluorescence.*

« 5 Septembre 1953. Hier, Carl Watkins a laissé par inadvertance le cache-poussière en lin de l'appareil de radiographie dans la chambre. Il n'a pas eu le temps de le récupérer. L'objet a explosé.

« 9 septembre 1953. Nous sommes maintenant certains que tout ce qui est abandonné dans la chambre finit par entraîner une onde de choc électrique au bout de quarante-cinq minutes, qu'il s'agisse d'un homme, d'un tournevis ou même de quelque chose d'aussi infime qu'un cil ; cela suffit à affoler cette chose.

« 10 septembre 1953. Aucune analyse ne pourra dorénavant être faite autrement qu'en portant une tenue stérile complète. Même un bout de peau morte ne devra pas rester derrière soi dans la chambre d'analyse, sous peine de révocation.

— Waouh, fit Wilkinson. J'ai dû sauter cette partie-là.

Il connecta des sondes métalliques à ce qui ressemblait à un voltmètre, frissonna et pointa une des sondes en direction de Dave.

— J'avais bien lu l'avertissement concernant la combinaison stérile dans le résumé de première page, mais bon sang, quand cette chose est de mauvais poil, ça ne rigole pas.

Dave regarda Wilkinson régler le capteur de proximité de champ électrique, et vit une ligne épaisse s'étendre lentement en travers de l'écran de contrôle.

— C'est bizarre, commenta l'ingénieur. Je ne m'attendais pas à ce que l'appareil détecte un champ électrique, là, maintenant. Il faut croire que cette chose en bas dégage de l'énergie en continu.

— Pourquoi la ligne reste-t-elle comme ça ? demanda Dave. On devrait avoir une onde sinusoïdale, non ?

— Attendez, laissez-moi régler la fréquence... bizarre, la ligne ne change pas.

Bella se pencha vers l'écran et suggéra :

— Montez le plus haut possible.

— Oui, m'dame.

Wilkinson se mit à tourner un des boutons dans le sens des aiguilles d'une montre, mais même à très haute fréquence, la ligne resta identique.

— Bon sang de bon sang, marmonna Wilkinson. Je ne sais pas ce que fait cette chose, mais elle le fait à une fréquence que je ne peux même pas capter.

Il regarda Dave, qui enfilait déjà une combinaison stérile.

— Vous êtes sûr que la feuille de plomb à l'intérieur de cette combinaison offre une protection suffisante ? demanda ce dernier. Parce qu'on dirait bien que nous sommes bombardés de rayons gamma.

Soudain, l'écran du voltmètre devint blanc du fait d'une surcharge du signal, avant de revenir à l'affichage précédent.

— Notre bébé a fait son rot ? plaisanta-t-il en enfilant la capuche de la combinaison et en l'ajustant pour y voir clair. Il jeta un regard à Bella, qui avait fait de même ; puis, il se tourna vers Wilkinson et lui fit un clin d'œil.

— Hé oui ! C'est pour ça qu'on nous paie aussi cher, non ?

Dave garda un œil sur sa montre, alluma sa frontale et commença à descendre les marches du long escalier.

Il ressentit bientôt la vibration que Bella avait capté depuis un bon moment déjà.

Il la sentait, mais pour lui elle avait surtout un son – quelque chose qui s'apparentait à des ongles cliquetant sur un tableau noir. Ou encore un bruit de moteur qui aurait des ratés, et qui serait sur le point de lâcher complètement.

Au bout de cinq minutes, il atteignit enfin la dernière marche et orienta sa frontale vers le haut.

La lumière révéla une vaste caverne large d'une quinzaine de mètres, et dont le plafond culminait à plus de cinq mètres. Au centre se trouvait un objet noirci qui ressemblait à un gros ballon de plage argenté et noir.

Dave s'approcha et inclina la tête. Aussitôt, quelque chose frappa son esprit et lui causa un frisson qui lui glaça le sang, en même temps que Bella retenait son souffle.

— Nom de Dieu, ce truc ressemble exactement aux dessins de Frank !

CHAPITRE VINGT-SEPT

— Oh, Dieu merci, nous réussissons à te joindre ! Princesse, les autorités nous déplacent, ta mère et moi, à Corsham. Nous ne sommes pourtant pas près de la côte, mais ils disent que nous figurons sur une liste spéciale, que c'est par mesure de sécurité. Ils ne nous laissent pas beaucoup le choix, mais apparemment le Premier ministre a réouvert un gigantesque abri souterrain où nous serons en sécurité. Et toi, Neeta, tu es dans un endroit sûr ?

— Tout va bien, ne t'inquiète pas.

Neeta se leva de sa chaise et fixa d'un air absent la porte de son bureau, abasourdi par ce que son père venait de lui expliquer.

Burt lui avait dit quelque chose à propos des gouvernements de différents pays qui mobilisaient toute leur énergie pour rendre opérationnels tous les abris souterrains disponibles. Il avait parlé également du bunker Burlington, un gigantesque abri désaffecté situé dans le Wiltshire, qui était destiné à servir de QG au gouvernement britannique. Neeta ne voyait pas pourquoi ses parents avaient droit à un traitement spécial, à moins que… quelqu'un n'ait tiré des ficelles. Elle sentit des larmes couler sur ses joues, et l'émotion lui serra la gorge.

— Neeta, c'est moi, dit sa mère. Ils disent que nous n'aurons plus de signal une fois dans l'abri. Je t'aime, mon bébé. Prends soin de toi.

— Je vous aime, moi aussi, dit Neeta, son cœur tambourinant dans sa poitrine.

Le signal fut interrompu, et la conversation du même coup. Neeta se laissa glisser contre le mur de son bureau, et termina assise sur le sol. Elle enroula ses bras autour de ses genoux, enfouit sa tête entre ses jambes et se mit à pleurer comme cela ne lui était plus arrivé depuis qu'elle était enfant.

Avec une détermination retrouvée, Neeta entra dans la salle de contrôle du JPL, et réclama l'attention de tous en frappant des mains.

— Tout le monde m'écoute ? J'irai droit au but. Nous n'avons plus que vingt-quatre jours avant que la première vague de roches spatiales nous arrive. Notre boulot est d'essayer de gagner du temps. Qui a réalisé le dernier recensement des débris entrant ?

Debout au milieu de la salle d'une soixantaine de mètres carrés, elle jeta un regard circulaire sur la dizaine de tables où une poignée de scientifiques avaient les yeux rivés sur leurs écrans d'ordinateur. Une blonde leva la tête par-dessus son moniteur et répondit :

— Docteur Patel, j'ai une étude complète qui date d'hier. J'ai entré les données sur l'écran numéro trois.

Neeta se tourna vers la série de moniteurs muraux installés à sa droite. La plupart affichaient les niveaux de puissance constamment réactualisés de DefenseNet, mais l'écran numéro trois clignota brièvement et afficha une large image blanche constellée d'un nuage de points de différentes épaisseurs.

Autour de la plupart des points, on pouvait distinguer un cercle rouge en pointillés. Neeta savait que tout ce qui se trouvait à l'intérieur du cercle se dirigeait directement vers la Terre.

Les yeux fixés sur l'écran, elle demanda :

— Combien de cibles se trouvent dans une zone rouge, et quel est le plus gros objet entrant recensé ?

Un ingénieur à côté d'elle répondit :

— Le recensement fait état de 13 517 objets mesurant au moins quinze mètres, et qui ont une densité moyenne de trois tonnes par mètre cube.

Neeta en déduisit qu'il s'agissait d'objets pierreux, susceptibles de se désagréger dans l'atmosphère. Elle grimaça en songeant à l'absurdité de se soucier de questions de densité, en l'occurrence. C'était comme de demander si vous vouliez être frappé avec une batte en bois ou en métal. Les deux avaient toutes les chances de vous tuer.

Elle se rapprocha de l'écran et pointa du doigt certains des points les plus gros.

— Bon, et maintenant dites-moi, quel est le plus costaud de la bande ?

— Docteur Patel, nous n'avons pas pu déterminer avec précision la taille de chacun des objets qui forment cet amas très dense au centre, mais nous n'avons rien trouvé qui fasse plus d'un kilomètre de large dans cette première vague.

Neeta fit un pas en arrière et réfléchit à la situation.

— Montrez-moi où se trouvent les plus gros, disons ceux de cinq cents mètres et plus, et masquez le reste.

Puis, d'une voix plus forte :

— Je veux que quelqu'un me dise à quoi ressemble le profil des dégâts occasionnés par l'impact d'un astéroïde pierreux qui nous percuterait en suivant un angle de quarante-cinq degrés, et à la vitesse de trente-cinq kilomètres par seconde.

Les claviers crépitèrent. Un des ingénieurs demanda :

— Impact terrestre ou marin ?

— Voyons les deux, en tablant sur une profondeur de quatre mille mètres pour le deuxième.

Un autre ingénieur derrière elle se lança :

— Docteur Patel, un astéroïde pierreux large de cinquante mètres qui entrerait dans l'atmosphère selon l'angle et à la vitesse que vous avez indiqués, commencerait à se désagréger à une altitude de dix mille mètres. Je ne pense pas qu'il créerait un cratère, mais il y aurait une puissante onde de choc. Les maisons à ossature bois subiraient très probablement des dégâts structurels. En cas d'impact dans l'eau, on ne devrait pas avoir de tsunami, ni dégâts réellement importants.

Neeta promena un regard circulaire dans la salle.

— Quelqu'un confirme ?

— Oui, m'dame, annonça quelqu'un d'autre, au fond de la salle. J'obtiens quasiment les mêmes données.

— Et qu'en est-il pour un objet de la même matière, large de cent mètres, avec les mêmes paramètres que précédemment ? poursuivit Neeta.

Quelques secondes s'écoulèrent, et quelqu'un répondit :

— Cet objet se désagrégerait bien certainement plus haut dans l'atmosphère, disons à une altitude d'approximativement soixante mille mètres, mais l'onde de choc serait énorme. Presque deux cent trente mégatonnes dans l'air, et pour l'impact terrestre, on serait à trente-deux mégatonnes. L'explosion dévasterait tout dans un rayon de deux kilomètres. Dans l'eau, il pourrait se produire un tsunami, mais très limité.

— J'ai les mêmes chiffres, confirma un des ingénieurs.

Sa détermination intacte, Neeta claqua des doigts cette fois pour obtenir l'attention générale.

— Très bien, tout le monde, voilà ce que nous allons faire. Nous allons préparer les lasers de DefenseNet, et commencer par cibler les plus gros objets. Comme au billard, nous n'allons pas viser « pleine bille », ou le centre de masse, mais les bords de ces monstres. L'idée n'est pas de causer des dégâts importants, ça ne marcherait pas ; mais une violente explosion sur leur bord devrait permettre de les dévier dans la direction voulue. Et avec un peu de chance, par ricochet, nous toucherons également d'autres débris plus petits dans la zone rouge.

Elle promena de nouveau un regard circulaire dans la pièce, cherchant le contact visuel avec chacun des ingénieurs présents.

— Vous savez tous ce qui s'est passé, et dans quelle urgence nous sommes à présent. Cette action peut nous faire gagner le temps dont nous avons besoin ; autrement dit, chacun d'entre nous tient le destin de l'humanité dans la paume de sa main. Ne bousillons pas cette chance, d'accord ? Tout le monde a bien conscience de l'importance de ce que nous allons faire ?

— Oui ! répondirent les ingénieurs d'une même voix.

— Parfait. Alors, c'est parti : on lance la synchronisation informatique du laser. On va balancer la dose, tout ce qu'on a, à ces débris. Je doute qu'un observatoire voit les effets des tirs de laser, mais dans l'éventualité où ce serait le cas, je vais prévenir le ministère de la Défense qu'un feu d'artifice se prépare.

CHAPITRE VINGT-HUIT

Burt agrippa la ceinture qui lui enserrait les épaules, grimaçant tandis que la navette tremblait sous l'action des rétro-propulseurs freinant leur descente vers la surface lunaire. Étonnamment, sa nausée passa légèrement à mesure que la décélération le plaquait contre son siège. N'ayant jamais fait l'expérience de la gravité zéro, le voyage vers la Lune l'avait perturbé physiquement.

Il jeta un coup d'œil aux cinquante soldats serrés avec lui dans le compartiment passagers. Aucun d'eux ne paraissait gêné par les trépidations bruyantes de la navette. En fait, certains dormaient même, attachés à leurs sièges.

L'officier de com' assis à la gauche de Burt lui tapota l'épaule et lui tendit quelque chose qui ressemblait à une tablette PC dotée d'une antenne surdimensionnée connectée sur le côté.

— Docteur Radcliffe, nous venons de recevoir une alerte sécurité. Vous devriez y jeter un coup d'œil.

Burt prit la tablette robuste et appuya sur l'icône d'alerte qui clignotait à l'écran.

*** Alerte sécurité ***

. . .

Transmission interceptée en date du : 19 nov. 2066
Heure: 13 : 51 GMT

« *Gloire à toi, mon frère. Puisse Dieu te bénir pour la foi que tu as en Lui. Ainsi qu'il a été prophétisé, Armageddon est imminent.*

Ce n'est que par l'accomplissement du grand dessein divin que le sauveur nous apparaîtra ; or, nombre de ceux qui travaillent avec toi interfèrent dans Son plan.

L'heure est venue.

Fais le nécessaire, et tu compteras à jamais parmi les justes aux yeux de Dieu.

Gloire à Lui ! Puisse-t-il guider ta main dans l'accomplissement de Sa mission.

-BR »

Burt jeta un coup d'œil à l'heure affichée sur la paroi devant lui, et soupira : le message venait tout juste d'être envoyé. Il sentit son estomac gargouiller, et un peu de bile lui remonta jusque dans la gorge tandis qu'il rendait la tablette à l'officier de com'.

La navette tangua en touchant la surface lunaire, et les lumières clignotèrent dans l'habitacle. Déglutissant péniblement, Burt rassembla ses esprits, déboucla sa ceinture et se tourna vers le capitaine assis à sa droite.

— C'est la merde, lui dit-il. Il va falloir accélérer le mouvement.

— Êtes-vous Jeff Hostetler ? demanda Burt à l'homme aux cheveux gris qui regardait d'un œil inquiet les soldats armés franchir en nombre le sas, et envahir peu à peu la zone de transit de la base lunaire.

— Oui, je suis Jeff Hostetler, le chef des opérations de la base lunaire Crockett, ainsi que le directeur des opérations minières.

Il promena un regard à travers la salle qui se remplissait de soldats et demanda :

— Que se passe-t-il ? J'ai juste reçu un message d'alerte du chef de la sécurité de la FIS me demandant de me préparer à l'arrivée de soldats, et aussi de ne parler de ça à personne.

— Eh bien, je suppose que c'est à moi qu'il revient d'expliquer la situation, dit Burt. Je vais être très honnête avec vous : nous avons des raisons de croire que la compagnie minière a engagé des personnes dont le but est de détruire cette base lunaire. La présidente a donc envoyé ces hommes pour sécuriser l'ensemble du site.

Hostetler allait répondre quelque chose, quand un soldat s'approcha de Burt et dit :

— Docteur Radcliffe, nous avons les plans de la base. Si vous êtes d'accord, je reste ici en zone de transit avec quelques soldats pour coordonner le déchargement. J'envoie les autres procéder au « nettoyage » en commençant par les limites de la base. À mesure que nous rassemblerons les civils, nous les ferons monter à bord des navettes.

Hostetler se pencha sur le côté et regarda par-delà l'aire de déchargement. Il ouvrit de grands yeux et pointa du doigt les navettes en approche.

— Vous évacuez tout le monde ?

Burt donna une tape sur l'épaule du capitaine et acquiesça d'un hochement de tête.

— Allez-y, capitaine Peron. J'emmène M. Hostetler avec moi. Il va me servir de guide.

— Compris.

Le capitaine se retourna, leva un bras et fit un geste de la main. Presque aussitôt, plusieurs des lieutenants de la compagnie apparurent devant lui. Il s'adressa à l'un d'eux en particulier et lui ordonna :

— Peters, votre section suivra comme son ombre le Dr Radcliffe. Je me fous de savoir si c'est aux gogues qu'il a envie d'aller ; vous me sécurisez l'endroit en vous assurant qu'il n'y a pas un rouleau de PQ qui ne paraît pas à sa place. Il ne doit rien lui arriver ; c'est un ordre, et il vient d'en haut.

Il se tourna vers les autres lieutenants et dit :

— Les autres, vous rassemblez vos hommes et vous les envoyez par groupes dans toutes les directions. Dès qu'ils croisent quelqu'un, ils font en sorte qu'il vienne directement ici pour évacuer. Compris ?

— Oui, chef ! rugirent d'une même voix déterminée les officiers.

Ils saluèrent brièvement le capitaine et se mirent aussitôt à aboyer des ordres. Durant quelques minutes, la zone de transit fut le théâtre d'une activité intense, les troupes se séparant finalement dans les quatre directions.

Le capitaine se tourna vers Burt et désigna d'un geste du pouce le lieutenant, qui se tenait toujours à côté de lui.

— Le lieutenant Peters va diriger votre escorte. Vous l'avez entendu, le général Keane veut que les soldats, par précaution, vous précèdent et sécurisent les lieux où vous allez. Quand tout le monde sera évacué, nous sortirons nos combinaisons pressurisées et nous inspecterons l'extérieur de la base, ainsi que le site minier. Nous devons nous assurer qu'il n'y a plus personne, ni dans la base, ni en dehors.

— Merci, capitaine.

Burt ramassa une valise qu'il avait emportée avec lui, avant de se tourner vers le directeur de la base lunaire.

— J'aurai besoin de pouvoir accéder à l'endroit où arrivent les signaux satellite, ainsi qu'aux terminaux administrateur du serveur principal du site.

Le lieutenant sortit une carte et la présenta à Hostetler.

— Monsieur, pouvez-vous me montrer sur la carte où se trouvent les endroits en question ?

— Les liaisons satellite arrivent très exactement là, dans cette salle de réception des signaux, répondit le directeur de la base en pointant du doigt l'endroit en question sur la carte.

Toujours avec le doigt, il traça une ligne jusqu'à une autre pièce, et ajouta :

— Et le terminal principal où le Dr Radcliffe veut se rendre se trouve ici.

Le lieutenant se tourna vers deux de ses sergents, désigna la carte d'un geste, et ordonna :

— Vérifiez ces deux endroits. Quand ce sera fait, envoyez un message radio. Allez-y.

Les sergents transmirent aussitôt les ordres à leur escouade, et vingt soldats se mirent en route. Quelques secondes plus tard, le lieutenant se dirigea dans la même direction et dit :

— Suivons-les lentement. Avec un peu de chance, nous aurons leur feu vert avant d'arriver sur place.

Burt s'agenouilla devant un embrouillamini de câbles réseau, trouva ceux qui servaient aux liaisons montantes et les connecta à son PC de débogage. À l'aide d'un téléphone satellitaire militaire, il composa le numéro de Neeta et attendit la connexion.

— *Allô ?* fit Neeta au milieu des interférences électriques qui brouillaient la communication.

Burt devina au ton de sa voix qu'elle était de mauvaise humeur.

— *Qui est en ligne, et pourquoi m'appelez-vous à trois heures du matin, nom de Dieu ?*

— Je suis désolé, Neeta. Je n'ai pas fait attention au décalage horaire, s'excusa Burt en riant.

— *Oh, Burt, c'est toi.*

Le ton de sa voix s'adoucit.

— *Tu es sur la Lune, c'est ça ? Qu'est-ce que je peux faire pour toi ?*

— Neeta, j'essaie de contrôler les signaux de tout ce qui arrive sur les systèmes informatiques ici, mais j'ai besoin d'être certain d'être sur le bon réseau. Est-ce que tu peux vérifier la connectivité en faisant un « Ping » de l'ordinateur de la base lunaire ? Et me donner du même coup l'adresse IP que tu vas utiliser ?

— *Bien sûr, donne-moi une minute.*

Il y eut un bruit assourdi de porte qui s'ouvre et se ferme ; puis quelqu'un salua Neeta quand elle passa dans la salle de contrôle.

Burt activa son « analyseur de paquets » et commença à enregistrer les datagrammes qui arrivaient par la connexion satellite.

— *Burt, je me connecte… Bon, très bien, j'ai l'adresse IPv6 de mon poste de travail. Je te l'envoie par SMS sur ton téléphone. Et j'envoie un « ping » sur le serveur de la base lunaire Crockett.*

Le téléphone de Burt vibra à la réception du message. Il jeta un coup d'œil au texto et sourit en voyant que l'adresse IP de Neeta arrivait également sur le réseau d'acheminement des « paquets » de la base lunaire.

— Je vois ton ping, dit-il.

Il ajusta une série de paramètres sur le pilote de filtre réseau, sauvegarda les changements, et redémarra le système.

— Neeta, si ce que j'ai fait fonctionne, le gestionnaire de filtre sur cette machine ne devrait plus transmettre de paquets réseau sur le serveur principal. Peux-tu essayer d'envoyer un ping, et voir si tu peux te connecter à distance au serveur du site ?

Burt entendit pianoter sur un clavier au milieu de bruits parasites.

— Je t'envoie le ping… voilà, c'est fait… J'essaie maintenant de me connecter au serveur. Ouah, ça prend plus de temps que je ne m'y attendais… non, rien. J'ai juste une erreur d'expiration. Je ne sais pas exactement ce que tu as fait, mais ça semble fonctionner.

Burt éprouva un sentiment de satisfaction presque physique.

— Eh bien, on dirait que je sais encore bidouiller. Merci, Neeta. Et le recensement des débris rocheux, comment ça se passe ? Est-ce qu'on va pouvoir gagner un peu de temps ?

— *Oui, j'espère réussir à gagner du temps, mais je n'en ai pas encore la certitude. Pour le moment, on a fait le tri dans le premier nuage de débris qui nous arrive, et on a réussi à identifier les objets dont la taille est la plus critique. J'essaie actuellement d'utiliser les lasers de DefenseNet pour dévier ceux qui se trouvent au centre des nuages ; l'idée, c'est de créer une poche vide au milieu. Si tout se passe comme prévu, et que ces objets nous évitent, ça pourrait nous faire gagner une semaine ou deux. Le risque de collision ne concernerait que les plus petits. Je n'ai pas beaucoup dormi ces dernières trente-six heures ; je ne fais que surveiller et attendre. Les blocs rocheux ont déjà modifié leur trajectoire, donc on commence à avoir des résultats positifs, mais pas de quoi relâcher encore notre attention.*

— Ce sont de bonnes nouvelles. Tiens-moi au courant. Je te connais, je sais que tu es la dernière à essayer de tirer au flanc, mais évite le surmenage, d'accord. Dors un peu.

Réprimant un bâillement, Neeta répondit :

— *Tout va bien, ne t'inquiète pas. Prends soin de toi. D'accord ?*

— Oui. Je termine juste deux ou trois choses ici. Bonne nuit.

Il raccrocha et rendit le téléphone satellitaire au lieutenant. Il remit lentement une partie de son équipement dans sa valise, jeta un regard par-dessus son épaule et dit, en s'adressant au directeur de la base lunaire :

— Maintenant, je vais avoir besoin d'accéder au terminal du serveur principal. Il faut encore que je verrouille un certain nombre de choses.

***

Après quatre heures passées dans la salle de contrôle de la base lunaire, Burt réussit finalement à localiser et à télécharger le microprogramme de démarrage du serveur, afin d'y opérer quelques modifications.

— Docteur Radcliffe, dit doucement le lieutenant en s'accroupissant à côté de lui. Tous les civils, y compris M. Hostetler, sont maintenant en route pour Cap Canaveral. Nous n'avons rien trouvé de suspect jusqu'à présent.

Il leva un petit écran vidéo et ajouta ;

— Nous avons six équipes à l'extérieur de la base. Deux se trouvent près du site d'exploitation minière. Toutes recherchent quelque chose qui sorte de l'ordinaire. Voulez-vous une vue d'ensemble de ce que retransmettent les caméras installées sur les casques des sergents ?

Burt regarda le mini-moniteur vidéo sur lequel s'affichait une mosaïque d'images.

— Oui, bien sûr, dit-il. Est-ce qu'on a le son ?

Le lieutenant posa l'appareil sur la table qui se trouvait juste à côté du serveur. Au même instant, la voix d'un soldat se fit entendre dans le haut-parleur du moniteur.

— *Écoutez-moi tous. On fait comme à la maison : on progresse en cinq et vingt-cinq. On ne sait pas à quoi on a affaire. Et n'oubliez pas : nous sommes dans l'espace. Une blessure ici peut être fatale.*

— En cinq et en vingt-cinq ? releva Burt sans comprendre.

— Monsieur, ce sont les distances en mètres qu'un soldat doit garder quand il inspecte une zone. Il y a une raison à cela : si vous vous déplacez dans un véhicule blindé, une explosion peut vous tuer dans un rayon de cinq mètres, même avec le blindage. Si vous progressez à pied, alors la zone potentiellement mortelle se trouve jusqu'à vingt-cinq mètres à la ronde. Pour être franc, je n'ai jamais suivi d'entraînement dans l'espace ; Les procédures habituelles ne sont pas du tout les mêmes ici.

Le lieutenant pointa du doigt l'ordinateur portable sur lequel Burt était en train d'éditer le code, et demanda :

— Monsieur, je ne veux pas être indiscret, mais j'ai une question qui me brûle les lèvres… Êtes-vous le même Dr Radcliffe qui a reçu le Prix Turing pour, si je me souviens bien, votre « Contribution fondamentale à l'intelligence artificielle et à la conception des microprocesseurs » en 2055 ?

La stupeur le disputa à l'amusement dans l'esprit de Burt, tandis qu'il se tournait lentement vers le soldat en tenue de combat à l'allure imposante. Il lui décocha un petit sourire en coin et dit :

— Comment diable pouvez-vous être au courant de ça, lieutenant Peters ?

Le lieutenant ouvrit de grands yeux et répondit d'un ton humble :

— Oh, je suis désolé, monsieur. C'est juste que j'ai fait un master en informatique, et que je suivais vos travaux à l'époque. Je me souviens avoir été bluffé par la manière dont vous avez associé intelligence artificielle et unité centrale de traitement.

Mais le soldat parut brusquement revenir à la réalité. Il recula et dit :

— Pardon, je suis désolé, je ne voulais pas vous distraire.

Burt lui fit signe d'approcher au contraire.

— Ne soyez pas idiot. Je vais vous expliquer ce que je suis en train de faire.

Il pointa du doigt le code de redémarrage qu'il était en train de modifier.

— J'essaie d'intervenir sur le système d'initialisation de la plateforme, afin que quiconque essaie d'y accéder, et surtout de modifier les paramètres du serveur, soit d'abord obligé de se soumettre à un scan biométrique pour confirmer son identité.

Le lieutenant opina du chef.

— Si je comprends bien, vous ajoutez une détection de présence physique, pour que seule une personne à une console de commande, et dont l'identité aura été vérifiée, puisse modifier quoi que ce soit.

— C'est exactement ça, acquiesça Burt en regardant le lieutenant sous un nouveau jour.

— Mais, monsieur, pourquoi intervenir au niveau du code d'initialisation ? Est-ce qu'il n'aurait pas été plus simple d'agir au niveau du système d'exploitation ?

Burt ne put réprimer un petit sourire.

— Peters, c'est une excellente question. Mon but ici est d'empêcher d'accéder aux paramètres de commande. Je le fais surtout par paranoïa.

J'admets qu'il serait plus facile de procéder à un changement au niveau du logiciel de pilotage, comme je l'ai fait pour ce filtre réseau en salle de réception des signaux. Mais imaginons que, par je ne sais quel miracle, quelqu'un réussisse à venir sur cette base et à contourner les paramètres de contrôle par une méthode quelconque. Le plus dangereux serait alors que ce hacker injecte de nouvelles commandes en réussissant à attaquer la mémoire à double points d'accès. Voilà pourquoi j'ai ajouté une vérification biométrique par scan rétinal dans le code XIP.

Le lieutenant secoua la tête.

— Le code XIP ?

— C'est l'abréviation de « *Execute in place* ». C'est une petite partie du code d'initialisation, qui permet l'exécution d'un programme directement depuis la mémoire ROM – qui ne dépend donc pas de la mémoire vive de l'ordinateur.

Soudain, la voix d'un des soldats se fit entendre dans le moniteur vidéo.

— Nous avons quelque chose en visuel ! s'écria-t-il.

— Et merde ! grommela le lieutenant.

Les autres soldats, qui avaient établi un périmètre de surveillance autour de la salle de contrôle, se mirent à échanger entre eux à voix basse quand les images vidéo de toutes les caméras vacillèrent, et que des interférences se firent entendre.

— Hé, s'exclama Burt, brusquement inquiet. Qu'est-ce qui arrive à la vidéo ? Quelque chose a explosé ?

— Non, monsieur, répondit le lieutenant. Ils ont juste mis en place un dispositif de brouillage, afin de bloquer tout signal entrant susceptible de déclencher ce qu'ils ont trouvé. Nous devrions pouvoir continuer d'entendre ce qui se passe.

Il monta le volume. Et quoique incapable de voir ce qui se passait, Burt entendit un chef de section prendre la situation en main et donner des ordres.

— *Dégagez la zone. Donnez-moi deux cent cinquante mètres, grouillez-vous !*

— *Heller, Smith et Woods, bouclez le secteur. Rothfuss, prévenez les autres équipes que nous avons quelque chose, et appelez les gars de l'EOD.*

Le lieutenant traduisit pour Burt :

— Ils vont faire appel à l'équipe de neutralisation des explosifs.

Burt commença à compiler les mises à jour, tout en surveillant du coin de l'œil le moniteur vidéo.

La tension était perceptible, tandis que leur parvenaient les échanges des soldats en patrouille.

Le lieutenant monta de nouveau le volume d'une des images brouillées par des parasites, et commenta :

— C'est le signal audio de l'équipe de l'EOD.

— *Hé, Zimmer, qu'est-ce qui se passe ? Qu'est-ce qu'indique le Talon ?*

Burt se tourna vers le lieutenant :

— Le Talon ? releva-t-il.

— C'est le nom du robot neutralisateur de bombe.

— *Sergent, on dirait qu'on a une floppée d'EEI empilés dans une caisse. L'analyse spectrale semble suggérer que nous avons affaire à du Cyclotol, un mélange à soixante-dix/trente, mais je ne vois pas de comman... Ah si, attendez. J'ai trouvé. Monsieur, je vois un sac de mécanismes d'allumage piézoélectrique, mais ils n'ont pas l'air d'avoir été raccordés encore aux explosifs.*

Un autre soldat intervint :

— *Zimmer, est-ce que le Talon peut transporter la caisse sans danger ? Si c'est le cas, il y a un cratère à environ deux kilomètres au nord-est de votre position.*

— Reçu. Oui, nous procédons à l'opération en ce moment même. Je vais suivre cinq cents mètres derrière.

Burt continua d'écouter attentivement les échanges radio, tandis que l'équipe de l'EOD transportait les explosifs. Il remplaça le microprogramme de la carte mère du serveur, puis remit tout en place.

— *Sergent, la pente du cratère est trop raide pour être praticable... que fait-on ?*

— *Zimmer, reculez autant que le signal de votre commande à distance le permet, et balancez le Talon et son chargement dans le cratère. Tant pis pour le matériel.*

— *Bien reçu. On recule.*

Quelques secondes plus tard, l'image vidéo réapparut, et Burt vit une escouade de soldats revenir de loin, en terrain dégagé, à bord d'un des véhicules lunaires. Il se tourna vers le lieutenant et demanda :

— Pourquoi tout balancer dans le cratère ?

Le soldat fronça les sourcils.

— Sur Terre, normalement, ils font tout sauter en se tenant à bonne distance, mais sur la Lune, il n'y a pas de bonne distance de sécurité ; n'importe quelle explosion ici peut faire voler des éclats sur des kilomètres. Les parois du cratère sont raides ; elles feront office de bouclier protecteur.

Burt hocha la tête tandis que le serveur se réinitialisait, avant de devoir se soumettre au scan rétinien qu'il avait installé, et d'appuyer son pouce gauche sur le lecteur d'empreintes digitales. Son identité fut confirmée en moins d'une seconde. Le serveur était prêt.

Il reprit le téléphone du lieutenant et composa le numéro de Neeta. Il écouta craquer les interférences tandis que retentissait une sonnerie à près de quatre cent mille kilomètres de là.

— *Allô ?*

— Neeta, je m'apprête à régler des paramètres de navigation pour la Lune. J'ai besoin de tes estimations basées sur l'étude que tu es en train de mener pour le moment où nous partirons. J'ai besoin de connaître l'angle de déploiement exact.

— *Ne quitte pas, donne-moi une minute. Certains des débris qui arrivent ont commencé à dévier de leur trajectoire, et nous assistons aux premières collisions. Les dominos commencent à tomber, et ça c'est plutôt une bonne nouvelle. Je t'envoie sur ton téléphone les coordonnées SRCI pour le grand départ, les points d'étapes, le timing, et cetera. En supposant que nous ayons la puissance nécessaire, on devrait pouvoir se frayer un chemin à travers cette première vague de débris, et ensuite foncer directement vers notre destination finale. Je t'envoie les différents points de traçage pour la navigation.*

Burt sentit le téléphone vibrer comme le message arrivait. Il l'écarta de son oreille, regarda l'écran et hocha la tête.

— Bien reçu, Neeta. Merci encore. Qu'est-ce que je ferais sans toi ?

— *Je me le demande*, répliqua-t-elle d'un ton inhabituellement jovial. *J'espère juste que tu sauras te souvenir de tout ça quand viendra le moment de rédiger mon évaluation annuelle.*

Burt laissa échapper un petit rire.

— Neeta, si tu n'existais pas, il faudrait t'inventer. Je verrai ce que je peux faire. Merci encore. On se rappelle.

La communication prit fin. Avec la satisfaction du devoir presque accompli, Burt entra l'heure de lancement préprogrammée, la direction et les coefficients d'accélération, verrouillant le tout dans le système de contrôle du système de navigation.

Le serveur accepta les données saisies. Burt entra une dernière série de commandes au clavier, verrouilla l'accès du poste de travail, et se frotta les mains.

— Voilà, dit-il, tout est en place. Le problème des accès non autorisés est réglé.

Le lieutenant hocha la tête d'un air approbateur et fit signe aux autres soldats.

— Très bien, les gars, le Dr Radcliffe a terminé ici. Plus vite nous aurons ramené nos fesses en zone de transit, plus vite vous pourrez tous faire un break et prendre un peu de bon temps.

Burt tapota le dessus du serveur et murmura une petite prière.

— J'espère que je n'aurais plus à m'occuper de toi avant neuf ou dix mois.

CHAPITRE VINGT-NEUF

Bill Jacobs, le secrétaire d'État adjoint pour l'Asie de l'Est et le Pacifique, s'accroupit à côté du siège de Dave et avertit :

— Nous allons bientôt atterrir. Je tiens à m'assurer que vous êtes au courant des protocoles qui s'appliquent dans le cadre de rencontres avec des représentants des États-nations. Vous serez accueilli à l'aéroport par des officiels chinois, et il est probable qu'ils aient prévu un dîner de bienvenue en votre honneur. Ils se montreront certainement cordiaux, mais je vous suggère de n'aborder avec eux que les sujets déjà évoqués publiquement par la présidente.

« Toutefois, demain vous rencontrerez les responsables du gouvernement nord-coréen. Je ne peux qu'insister, en l'occurrence, sur le fait que vous ne devez en aucun cas leur dévoiler le moindre détail concernant ce sur quoi nous travaillons. Si la Corée du Nord est considérée comme un État paria, ce n'est pas pour rien. Même moi, je suis incapable de prédire ce qu'ils vont faire demain.

Dave opina du chef et sourit poliment, tandis que l'homme continuait de lui expliquer sur un ton monocorde ce qu'il était censé faire et ne pas faire. L'avion virant légèrement sur l'aile et Bill Jacobs marquant un temps de pause, Dave prit la parole d'une voix calme, mais d'un ton ferme :

— Écoutez-moi, Bill, et mettons les choses au clair. Je sais que vous essayez de faire votre travail, mais il n'est pas question que l'on me dise – du moins, que *vous* me disiez – ce dont je dois parler ou non. Je suis parfaitement capable de gérer la situation par moi-même. Ce n'est pas quelqu'un qui ne sait même pas ce qui se passe vraiment qui va me dire quoi faire.

Jacobs ouvrit la bouche pour répondre, mais Dave lui intima le silence en joignant le bout de ses doigts.

— Non, je suis sérieux. Quand tout ça sera terminé, comptez sur moi pour dire que vous avez fait du bon boulot et que votre aide a été précieuse, mais n'essayez pas de vous fourrer dans mes pattes ou nous aurons de sérieux problèmes, vous et moi. Je compte sur vous pour m'aider à ne pas commettre de bévues d'ordre culturel avec les officiels chinois, mais rien d'autre. Est-ce que je me suis bien fait comprendre ?

L'air préoccupé, Jacobs tenta de protester :

— Mais…

— Est-ce que je me suis bien fait comprendre ? l'interrompit Dave en répétant sa question d'un ton plus ferme.

Le secrétaire adjoint relâcha les épaules en signe de reddition.

— Oui, répondit-il. Je ferai de mon mieux pour que cette rencontre se déroule sans difficultés.

Affichant son visage le plus avenant, Dave tapota l'épaule de Jacobs et dit :

— Je n'en doute pas, mais sachez que quand j'aurai rencontré le Chef Suprême, je ne veux pas vous entendre. Pas un mot. En fait, je ne veux même pas que vous soyez dans la pièce. Je connais ce type ; il lui arrive d'être… comment dire ?… nerveux.

Les lumières clignotèrent dans l'avion. Le pilote fit une annonce :

« La tour de l'aéroport de Shanghai-Pudong vient de nous donner son feu vert. Le ciel est dégagé, et nous devrions atterrir sur la piste 17L dans approximativement douze minutes. Veuillez s'il vous plaît attacher vos ceintures. »

Bill Jacobs eut un petit hochement de tête et se leva.

— Compris. Je retourne à ma place.

Comme il s'en retournait vers l'arrière de l'imposant appareil, Dave aperçut Bella qui revenait des toilettes. Il lui fit un clin d'œil.

— Tu reviens à point nommé, ma chérie. On dirait qu'on va bientôt pouvoir découvrir ce que ce bon Frank cache dans sa manche.

Bella se laissa choir dans le confortable fauteuil en cuir, en face de Dave, et boucla sa ceinture.

— Je ne comprends toujours pas comment il a pu créer quelque chose qui ressemble autant à ce qu'on a vu, dit-elle.

Son coude appuyé sur le bras de son fauteuil, soutenant son menton avec la paume de sa main, Dave tapota doucement sa joue.

— Je t'avouerais que c'est exactement la question que je me pose depuis trois jours, répondit-il.

Avant d'ajouter, en la regardant :

— Frank est un type curieux. Il est brillant, ou pour dire les choses autrement, il a des idées qui sont tout simplement géniales parfois ; mais il y a chez lui aussi un petit côté « savant fou ». S'il était un homme des cavernes à l'époque de l'Âge de pierre, il aurait peut-être inventé une télécommande de téléviseur, convaincu d'avoir imaginé un objet révolutionnaire, ce qui serait le cas, sauf qu'il n'aurait pas la moindre idée de la manière de s'en servir. Quant à savoir où il puise ses idées, et comment il réussit à les concrétiser, je n'en sais pas plus que toi. Tout ce que je sais, c'est qu'il est impossible d'ignorer certaines de ces idées, à commencer par celle qui nous vaut d'être ici.

Bella jeta un coup d'œil par le hublot tandis que l'avion s'inclinait pour virer en direction des pistes de l'aéroport.

— Il fait si noir en bas. Normalement, nous devrions déjà voir les lumières de la ville.

— Presque tout Shanghai se situe à peine au-dessus du niveau de la mer. Toute la ville a dû être évacuée, et probablement que le courant a été coupé presque partout, à part à l'Hôtel de Ville de Shanghai probablement, et à l'hôtel Renaissance où nous allons descendre . »

Dave jeta un coup d'œil au reste de la cabine de l'appareil, où une petite centaine d'hommes lourdement armés s'étaient répartis sur les sièges. Tous étaient là pour lui servir d'escorte et de protection. La plupart parlaient couramment le mandarin et le dialecte de Shanghai.

— Est-ce que Frank doit loger dans le même hôtel ? demanda Bella.

— Je n'en sais absolument rien, répondit Dave en haussant les épaules, le regard perdu dans les ténèbres du ciel nocturne, où il aperçut l'anneau de DefenseNet partiellement activé. Il est prévu que nous le rencontrions demain matin à l'Hôtel de Ville. J'ai l'impression qu'on nous ménage ; ils veulent sans doute qu'on prenne une bonne nuit de repos, mais je ne crois pas qu'ils se rendent compte du peu de temps qu'il nous reste.

Il entendit le train d'atterrissage qui sortait, et ne put s'empêcher de ressentir un creux à l'estomac. Il n'avait jamais vu une telle obscurité lors d'un atterrissage ; il aurait été incapable de dire s'il restait mille mètres ou deux avant de toucher le sol.

Les seules lumières visibles étaient celles qui clignotaient au bout des ailes de l'appareil. Mais soudain il surprit un reflet – de l'eau – sans doute causé par les feux d'atterrissage de l'avion.

Son cœur s'accéléra brutalement; il crut un instant que l'appareil allait toucher la surface de l'eau. Les mains crispées sur les accoudoirs de son fauteuil, retenant son souffle, il vit la surface de l'océan éclairée de manière intermittente se rapprocher de plus en plus. Et au moment où il fut certain que l'avion allait s'enfoncer dans l'eau, les roues arrières touchèrent la terre ferme.

Il poussa un grand soupir, ses épaules se relâchèrent et il se laissa aller contre le dossier de son siège. Bella, parfaitement détendue, eut un sourire. Il n'avait pas besoin qu'elle lui dise à quoi elle pensait. La présidente et les chefs d'état du monde entier avaient remis leur sort et celui de l'humanité toute entière entre ses mains – à lui, Dave ; ce n'était pas pour lui faire prendre un avion qui courait le risque de se crasher.

L'appareil roula jusqu'à l'aérogare ; certains des agents en civil se tenaient déjà prêts à débarquer. Dave se mit à prier en silence pour que Frank, par il ne savait quel miracle, ait la solution à leurs problèmes.

Malgré la présence d'au moins une dizaine de déshumidificateurs répartis à l'intérieur de la grande salle de réunion, Dave détecta une odeur de renfermé caractéristique des bâtiments restés sans aération durant une période assez longue.

La salle faisait une trentaine de mètres de long sur une dizaine de large. Au centre, dominant l'espace, se trouvait une gigantesque table flanquée d'innombrables chaises ; de quoi asseoir au moins quatre-vingts personnes.

Dave tendit un bras et tapota la jambe de Bella, assise à côté de lui à la table encore vide. Il fronça les sourcils au souvenir de l'étrange trajet qui les avait menés de leur hôtel au bâtiment gouvernemental principal de Shanghai.

— C'est assez bizarre d'être dans l'une des plus grandes mégalopoles du monde, et pourtant de traverser une ville fantôme, dit-il. Je me rends compte que nous avons été tellement occupés jusqu'à présent que nous n'avons pas pris la mesure des évacuations qui ont eu lieu.

Bella glissa une main dans son cou et lui caressa la nuque.

— C'est pour le bien du monde que tu fais tout cela. L'humanité t'en sera à jamais reconnaissante.

Dave secoua la tête et soupira.

— Je ne recherche pas la gratitude. J'espère seulement qu'on ne me rendra pas responsable du fait que c'en est terminé de la vie telle que nous la connaissons.

Une double-porte s'ouvrit au fond de la salle, et la voix de quelqu'un criant quelque chose en coréen résonna à travers la pièce.

Dave se leva, tandis qu'un petit homme rondouillard entrait à reculons sans cesser de hurler après un groupe d'hommes – des Asiatiques, visiblement stressés – poussant dans la salle une grosse caisse en bois montée sur roulettes.

Quand la caisse fut juste à côté de la table de conférence, les hommes l'ouvrirent, révélant un objet recouvert de milliers de particules de calage en polystyrène.

Le petit homme s'approcha de l'objet et balaya avec la main les particules de polystyrène, tandis que les ouvriers quittaient la salle à reculons et en s'inclinant révérencieusement. Ce n'est que lorsque les portes se refermèrent que le petit homme se retourna. Dave ne put réprimer un sourire à la vue du Chef Suprême de la Corée du Nord.

Frank lui aussi sourit jusqu'aux oreilles. Il s'approcha allègrement de Dave.

— Mon ami, dit-il, cela fait tellement d'années !

Les deux hommes se serrèrent chaleureusement la main. Dave se retourna pour présenter Bella. Frank fixa la jeune femme d'un air abasourdi.

— Frank, je te présente Bella, ma femme.

Tout en le prononçant, le mot « femme » sonna étrangement aux oreilles de Dave, puisqu'ils n'étaient pas officiellement mariés, mais rien n'aurait pu être plus près de la vérité. Il n'imaginait pas la vie sans elle.

Bella garda ses distances, une attitude parfaitement normale chez elle, mais pour une raison qui échappait à Dave, Frank paraissait réellement stupéfait de la voir. Peut-être n'avait-il jamais vu une rousse d'aussi près ?

Dave haussa les épaules et changea de sujet.

— Frank, j'ai étudié tout ce que tu m'as envoyé, et j'ai des tas de questions. Mais avant ça, peux-tu me montrer ce que tu as apporté ? Ça ressemble exactement à tes dessins.

Frank détacha son regard de Bella et se mit à hocher la tête avec enthousiasme.

— Oui, oui. Je vais te montrer ça. Viens.

Dave le suivit à l'autre bout de la table. Frank pointa du doigt l'imposante boule en métal et dit :

— Je vais tout t'expliquer, tu vas voir.

Dave scruta la chose tandis que Frank lui décrivait rapidement certaines de ses caractéristiques.

L'objet était large d'environ un mètre. La base de la caisse en bois et l'anneau en polystyrène sur lequel il reposait l'empêchaient de rouler. Il ressemblait étonnamment à la sphère qu'ils avaient vue récemment dans la Zone 51, en plus grand voilà tout.

Frank montra le panneau de commande situé sur le côté de la boule et appuya sur une touche. La sphère s'ouvrit, révélant ses composants internes.

— Comme tu peux le voir, ce panneau de commandes te permet d'ouvrir et de fermer l'engin.

Il plongea la main à l'intérieur et montra les câbles plats installés sur toute la circonférence de la paroi intérieure de la sphère.

— Ce que tu vois là, plaquées à l'intérieur, ce sont deux couches de ruban supraconducteur. La première sert à acheminer la puissance du moteur vers le haut de la sphère, l'autre à garder le champ électrique sous contrôle.

— Du ruban supraconducteur ? À température ambiante ? De quoi est-il fait ?

Frank sourit. Il gonfla légèrement la poitrine et répondit :

— C'est du stanène, mais dans une version améliorée, sans les effets magnétiques qui tuent la supraconductivité à haute intensité. Ces rubans sont capables de transmettre plus d'énergie que toutes nos centrales électriques réunies.

Dave fixa Frank d'un air incrédule. Si ce que son vieil ami disait était vrai, ce serait une avancée inédite, révolutionnaire, dans les sciences des matériaux.

Il se pencha pour y voir mieux à l'intérieur de la sphère. Il ne put s'empêcher de se dire à cet instant qu'une telle puissance générée à travers la boucle intérieure du ruban, pourrait certainement créer une bulle de gravité tout à fait semblable à celle qu'il avait expérimentée à la FIS.

— Frank, c'est fascinant. J'ai déjà fait quelques expériences qui se rapprochent de ça, mais là, on est au-delà. Avec autant d'énergie potentiellement produite, la première couche pourrait servir d'agent stabilisateur, tandis que la seconde drainerait l'énergie de la première.

— Exactement ! sourit Frank en pointant du doigt le haut de la sphère, d'où sortaient une dizaine de câbles semblables à des doigts. Ce que tu vois ici, ce sont les câbles de sortie de l'engin. Bien que chaque câble soit capable d'acheminer une quantité d'énergie presque illimitée, j'ai choisi de les séparer, de manière à pouvoir, en cas de besoin, répartir l'énergie à travers une dizaine de ligne de transmission.

Il désigna d'un petit mouvement du menton le revêtement métallique qui tapissait l'intérieur de la sphère.

— Tu remarqueras que j'ai plaqué un revêtement à l'intérieur. Il est là pour contenir les effets magnétiques, les empêcher de sortir de l'engin.

Bella, qui n'avait rien manqué du petit échange depuis le début, demanda :

— Mais est-ce que ce revêtement justement ne risque pas de produire une sorte « d'effet bouteille » à l'intérieur de l'engin ?

Frank se retourna et la fixa sans ciller. L'espace d'un instant, ce fut comme s'il s'était changé en statue de Bouddha obèse. Puis il regarda Dave avec un sourire et, désignant Bella, il dit :

— Hé, elle est *très* intelligente !

S'efforçant de ne pas rire devant l'incrédulité de son vieil ami, Dave approuva d'un hochement de tête.

— C'est vrai, dit-il, tu as conçu cet engin de telle sorte qu'on se dit forcément, puisque la source d'énergie provient de l'intérieur, que cet effet bouteille magnétique va s'intensifier à mesure que l'énergie produite sera plus grande ? On se dit qu'on court tout droit à la fusion par confinement magnétique, non ?

— Oui, justement ! acquiesça Frank en hochant vigoureusement la tête, ses bajoues oscillant du même coup. Il se produit une conversion masse-énergie presque parfaite quand le processus de fusion commence.

Dave s'assit et se laissa aller contre le dossier de sa chaise, laissant tout ce que Frank venait d'expliquer faire son chemin dans son esprit. Son vieil ami avait peut-être résolu ce contre quoi butaient les physiciens nucléaire depuis plus d'un siècle. Non seulement il lui présentait la possibilité de supraconducteurs à température ambiante, mais il serait de surcroît le premier à faire la démonstration d'une réaction par fusion efficace. Si tout ceci était bien réel, alors…

Il se tourna vers Bella et demanda :

— Si nous réussissions la conversion parfaite d'un gramme de ce matériau, quelle quantité d'énergie est-ce que nous produirions ?

Sans hésitation, elle répondit :

— Approximativement 89 876 gigajoules.

Frank arqua un sourcil et acquiesça.

— Ça me paraît correct, dit-il.

— C'est plus d'énergie que n'en a produit la bombe lâchée sur Hiroshima au siècle dernier, fit remarquer Dave, stupéfait. Et tout ça à partir de quelque chose qui ne pèse pas plus qu'un trombone. Mais comment fais-tu pour réguler le flux énergétique produit ?

Frank désigna à nouveau le panneau de contrôle sur la côté de la sphère et expliqua :

— J'ai créé des commandes on ne peut plus simples. Un rhéostat numérique permet d'ajuster le courant électrique par paliers selon la quantité d'énergie restante dans la chambre d'allumage. Pour le moment, je l'ai réglée de telle sorte qu'en demandant dix pour cent de puissance, tu obtiennes dix pour cent de flux électrique jusqu'à épuisement de l'énergie disponible. Comme disait Einstein, masse et énergie sont interchangeables. Tu peux stocker dans cette machine une quantité d'énergie inimaginable. C'est à la fois un moteur et une batterie.

Il agita un doigt, avant d'ajouter :

— Surtout, il ne faut pas régler le rhéostat sur cent pour cent, ou la quantité d'énergie disponible s'échapperait intégralement et instantanément de l'enceinte de confinement.

— En réglant ce rhéostat au plus bas, à combien de temps évalues-tu la durée du flux d'énergie ? demanda Dave.

— C'est très variable et ajustable. Pour le moment, on est sur une heure au rhéostat le plus bas, mais on peut imaginer produire de l'énergie sur une très longue période, une dizaine d'années peut-être.

Dave fronça les sourcils en tentant de se représenter la quantité d'énergie nécessaire pour un voyage de neuf mois. Il savait que même en disposant de toutes les armes nucléaires du monde – ce qui était en soi une gageure – il n'obtiendrait même pas la quantité d'énergie indispensable pour ce voyage.

— Dave, dit Bella en lui tapotant le bras.

Elle se pencha vers lui et murmura :

— Ce conteneur magnétique pourrait être utile pour…

— Oh !

La vision de la sphère de la Zone 51 fusa dans son esprit, et il entrevit brusquement ce qu'il pourrait faire.

Il se leva d'un bond, agrippa Frank par les épaules à la façon d'un ours, et murmura :

— Tu viens peut-être de nous sauver tous.

Les yeux de Frank clignèrent rapidement. Dave relâcha son étreinte

— Frank, discutons de la manière dont nous allons pouvoir utiliser cet engin.

*** Trois jours plus tard – Zone 51 ***

Le tunnel souterrain dégageait une vague odeur de moisi, semblable à celle d'un vieux livre. Tandis que la demi-douzaine d'agents se rassemblait autour de lui, Dave inclina la tête sur le côté et fit craquer son cou, réduisant quelque peu la raideur qui s'était emparée de ses muscles. Il concentra son attention sur chacun des visages réunis devant l'escalier qui menait à la sphère carbonisée.

— Vous êtes tous bien conscients de l'importance de cette mission, dit-il. Bon, je répète une dernière fois la tâche assignée à chacun.

Désignant les quatre grands costauds vêtus d'une combinaison de treillis métallique intégrale, il reprit :

— D'abord, parlons sécurité. Grâce au département du génie mécanique de l'Université du Nevada, nous portons tous une combinaison de

Faraday. Je sais que ce n'est pas pratique, et que vous avez l'impression de regarder à travers les mailles d'un grillage anti-rongeur, mais je n'ai pas la moindre idée de ce qui se passera quand nous essaierons de déplacer cette chose. Selon toute probabilité, elle est très instable et devrait balancer des arcs électriques dans toutes les directions. Mais nos combinaisons nous protègent. L'électricité devrait juste passer autour de nous et se perdre dans le sol. Que personne n'ait l'idée d'enlever sa combinaison avant que nous ne soyons à des kilomètres d'ici. Compris ?

Les hommes, des officiers de la CIA rompus au terrain, acquiescèrent. Dave posa la main sur la machine soigneusement emballée qu'ils avaient rapportée de Shanghai.

— À mon signal, deux d'entre vous soulèveront l'avant de cette caisse ; deux autres l'arrière. J'ouvre la voie. Je vous guide dans l'escalier. Une fois en bas, vous ouvrez rapidement, mais avec précaution, la caisse. Quand je vous le dis, vous déposez son contenu sur le sol. Soyez attentifs ; faites exactement ce que je vous dis, rien de plus, rien de moins, et tout se passera bien.

« À mon signal, vous récupérez le matériel d'emballage et vous remontez aussi vite que possible. Une fois revenus ici, nous allons courir – pas marcher – courir jusqu'aux ascenseurs, remonter, et évacuer vers la zone sécurisée. Est-ce que j'ai été assez clair pour tout le monde ?

Tous les hommes hochèrent simultanément la tête. Dave se tourna vers Belle et Chris Wilkinson.

— Combien de temps avons-nous avant la prochaine onde de choc électrique ?

Wilkinson jeta un coup d'œil à sa montre et répondit, avec son fort accent du Sud :

— Je dirais quatre minutes, docteur Holmes.

Dave acquiesça et regarda Bella, qui s'occupait de régler l'équipement de visualisation.

— Bella, est-ce qu'on pourra voir ce moniteur d'en haut ?

Bella lui tendit une caméra vidéo.

— Oui, je l'ai testé. J'ai installé une caméra qui va filmer l'écran de ce capteur de proximité de champ électrique. J'ai également placé un répéteur de signal près des ascenseurs, et un autre là-haut. Si tu peux installer cette caméra en bas, l'image sera transmise sur une fréquence que le répéteur peut capter. Comme ça, quand nous serons sur le site d'évacuation, nous pourrons voir tout ce qui se passe, ici et en bas.

S'adressant à la fois à Bella et à Wilkinson, Dave reprit :

— Dès que nous serons en bas, vous filez d'ici. Quand on remontera, ce sera en prenant nos jambes à notre cou.

Bella hocha la tête. Wilkinson leva une main et claqua des doigts.

— Docteur Holmes… trente secondes.

— Que tout le monde allume sa lampe, commanda Dave.

Il s'approcha du haut de l'escalier, et alluma sa frontale.

Wilkinson égrenait le compte à rebours d'une voix claire :

— Trois… deux… un… onde de choc ! La voix est libre, allez-y !

Dave descendit précipitamment, conscient qu'ils avaient beaucoup à faire avant que le mystérieux objet ne se remette à faire des siennes. Il ne voulait surtout pas se trouver dans les parages quand la prochaine onde de choc surviendrait.

En moins de deux minutes, il se retrouva dans la sombre caverne au centre de laquelle trônait la sphère carbonisée. Les agents entreprirent aussitôt de sortir de sa caisse en bois la machine de Frank. Des éclats se mirent à voler tandis qu'ils s'attaquaient aux parois clouées, mais Dave n'y pouvait rien. Il espérait seulement que cela n'avait pas d'importance.

Il fixa la sphère en songeant aux rubans de stanène amélioré plaqués à l'intérieur de la machine de Frank. Durant le trajet de retour de Shanghai, il avait formulé une théorie concernant la manière dont l'échange allait fonctionner, mais il n'avait aucune certitude que cela allait réussir.

Il supposait que lorsque la sphère déclencherait son onde de choc électrique, elle fournirait assez d'énergie pour créer instantanément la bulle de gravité. Si la « bouteille magnétique » ne parvenait pas à contenir le flux d'énergie, ils seraient probablement tout incinérés avant même de s'être rendu compte de ce qui se passait.

Les agents terminèrent de séparer les parois de la caisse. Dave, qui se tenait à côté de la sphère carbonisée, leur fit signe.

— Laissez la machine sur sa base. Rapprochez-la simplement.

Pendant que les hommes s'exécutaient, Dave plaça la caméra vidéo à l'intérieur d'un treillis métallique en priant pour que la protection soit suffisante.

Les hommes placèrent l'engin de Frank à côté de la sphère carbonisée.

Dave pianota rapidement sur le panneau de contrôle, et la sphère de Frank s'ouvrit, révélant ses composants intérieurs.

— Très bien, les gars. C'est maintenant que ça se corse. Avec précaution – je dis bien *avec précaution* – soulevez la petite sphère et déposez-la à l'intérieur de cette jolie machine étincelante.

Il s'écarta légèrement, et grimaça en regardant les quatre hommes s'accroupir et tendre les mains. Il n'avait aucune idée de ce qui pouvait se passer, mais d'après tous les rapports qu'il avait lus, plusieurs personnes avaient déjà touché cette chose par le passé. Et bon sang, de toute façon, il avait bien fallu la déplacer pour qu'elle arrive jusque-là.

Retenant son souffle, il regarda les mains des agents se poser presque simultanément sur la sphère, et il poussa un soupir de soulagement en constatant que rien de catastrophique ne survenait.

Lentement, les hommes soulevèrent la sphère et l'approchèrent de la machine de Frank. Ils allaient la déposer à l'intérieur quand Dave avertit :

— Il n'y a presque pas de pla…

Un éclair éblouissant illumina la grotte, aveuglant Dave et le faisant tomber à la renverse dans une cacophonie de cris, de crépitements d'arcs électriques et de fracas métallique.

Son cœur tambourinant dans sa poitrine, il se redressa et cligna rapidement des yeux, s'efforçant de se débarrasser des taches de lumière qui voilaient sa vision.

— Tout le monde va bien ?

Il entendit les hommes répondre « oui » d'une même voix, mais un grognement attira son attention ; il provenait d'un des hommes en combinaison métallique. Il tenait sa main droite pressée sous son bras gauche.

— Qu'est-ce qui se p…. ?

Il s'interrompit et blêmit en voyant du sang couler sur le côté de la combinaison. Il s'approcha de l'homme et dit :

— Montrez-moi ça.

L'homme serrait les dents, le souffle court. Il montra sa main à Dave : il lui manquait deux doigts à droite, l'annulaire et l'auriculaire. Dave grimaça et jeta un regard à la machine de Frank, qui s'était refermée d'elle-même autour de la sphère carbonisée.

Les pensées se bousculèrent dans son esprit., Il tapa sur l'épaule d'un des agents qui n'était pas blessé, et désigna l'homme aux doigts sectionnés d'un signe de tête.

— Emmenez-le se faire soigner ! Les autres, évacuez. Je vous suis.

Les hommes quittèrent précipitamment la chambre souterraine. Dave s'approcha de l'engin de Frank et marmonna :

— Ce foutu machin a dû se refermer automatiquement quand il y a eu cet arc électrique.

Il se sentit envahi par la culpabilité en scrutant le sol et en comprenant que les doigts de l'homme se trouvaient certainement à l'intérieur de l'engin.

Il vérifia par deux fois sa combinaison pour s'assurer qu'elle n'était pas endommagée, puis, s'approchant du panneau de contrôle, il appuya sur le bouton « Ouvrir/Fermer ».

Rien ne se passa.

— Bordel de merde !

Il appuya de nouveau sur le bouton, plusieurs fois, et maudit le sort qui ne lui laissait guère d'options, à ce stade. Les verrous magnétiques étaient actionnés. Il ne voyait pas ce qu'il pouvait faire de plus.

Il s'assura que le bouton qui contrôlait la puissance de l'engin était bien sur zéro ; puis il ôta le grillage qui protégeait la caméra et la remit sur son trépied. Il rassembla rapidement le matériel d'emballage et quitta la chambre.

Conscient qu'il y avait déjà passé trop de temps, il remonta en courant, la gorge serrée en remarquant les éclaboussures de sang sur les marches.

Le cœur lourd, Dave regarda l'infirmier suturer la main de l'agent et placer un pack de glace autour de ses doigts sectionnés.

— Docteur Holmes, lui dit l'agent blessé en s'efforçant de lui sourire. Ne vous sentez pas coupable de ce qui est arrivé. Il paraît qu'on va pouvoir arranger ça.

Bella murmura :

— D'après l'infirmier, la conduction de l'influx nerveux est bonne. L'agent Michaels devrait pouvoir bénéficier de doigts artificiels opérationnels.

Dave soupira, réprimant un accès de nausée. Si seulement il avait pu empêcher cette blessure !

— Tant mieux. C'est juste que c'est la première fois que quelqu'un que je supervise directement se blesse.

Il fronça les sourcils.

Bella lui caressa la nuque.

— Dis-toi que ça aurait pu être plus grave…

Dave laissa échapper un souffle tremblant, avant de s'accroupir près de la retransmission vidéo, tandis que les autres agents attendaient patiemment un signal de fin d'alerte. Ils se trouvaient à présent à quinze kilomètres de l'artéfact de la Zone 51, abrités derrière un affleurement rocheux. Tous se tenaient sur des tapis en caoutchouc dans l'éventualité où l'onde de choc électrique aurait les proportions décrites dans les rapports. Dave pria en silence pour qu'il n'arrive rien.

D'un mouvement du menton, Bella désigna l'image du capteur de proximité de champ électrique.

— Tu as remarqué qu'on n'entend plus l'espèce de bourdonnement qui s'échappait de la sphère ? Tu ne trouves pas ça bizarre ?

— Bah, je dirais que c'est plutôt bon signe, non ? réagit Dave. Ça veut peut-être dire que tout se passe comme prévu justement, et que la machine est bien hermétique.

Wilkinson s'approcha en traînant son tapis en caoutchouc.

— Il reste une minute normalement avant le feu d'artifice, annonça-t-il.

Dave pria pour que l'onde de choc électrique soit contenue. Si tout se passait comme prévu, non seulement elle serait contenue, mais elle aurait de surcroît pour effet de renforcer le scellement magnétique de la machine de Frank.

Dans le cas contraire, l'énergie qui s'en échapperait serait telle que la question de savoir s'ils étaient trop près ne se poserait même plus. Si cette chose explosait, il n'y aurait sans doute pas un seul endroit sur Terre où être en sécurité. Il secoua la tête et leva les yeux vers le ciel. Il faisait nuit.

— Prions pour qu'il ne se passe rien, dit-il.

Bella lui prit la main. Ils avaient les yeux rivés sur le moniteur à présent.

Dave avait l'impression de sentir sur sa peau un courant électrique à basse tension qui lui donnait la chair de poule. Il sentit son rythme cardiaque augmenter à mesure que l'instant critique approchait.

Il ferma les yeux et murmura :

— Seigneur, fais que cette chose ne nous tue pas tous.

Il retint son souffle, tandis que Bella décomptait les dernières secondes :

— Cinq… quatre… trois… deux… un…

Dave s'absorba dans la vision du moniteur, leva les yeux pour regarder en direction de la Zone 51, puis revint au moniteur et à l'image de la machine de Frank, immobile.

Rien.

Bella resserra brièvement l'étreinte de sa main sur la sienne.

— On dirait qu'on a réussi ! s'exclama Wilkinson.

Dave fronça les sourcils, comme s'il ne parvenait pas à croire à l'absence de signes électro-magnétiques.

— Le flux vidéo en provenance de la chambre est normal. Attendons encore quarante-cinq minutes, et voyons ce qui se passe. Je ne veux prendre aucun risque supplémentaire.

Il essuya la sueur qui perlait sur son front, incapable encore de se détendre. Il n'avait aucune idée de ce qui se trouvait réellement à l'intérieur de la mystérieuse sphère. Tout ce qu'il savait, c'est qu'il restait encore beaucoup à faire avant de parvenir à lui faire produire de façon maîtrisée l'énergie dont ils avaient besoin.

— J'espère seulement que ça va marcher, dit-il.

CHAPITRE TRENTE

La présidente avait convoqué Burt, le général Keane et Kevin Baker en salle de crise. Ailleurs, dans la Maison Blanche, c'était le chaos le plus complet, les procédures d'évacuation s'accélérant. Margaret Hager savait que c'était peut-être la dernière fois qu'elle y tenait une réunion d'urgence.

— Madame la Présidente, dit le général Keane d'un ton solennel mais calme, le complexe du Mont Cheyenne est prêt. Dans les deux jours qui viennent, nous allons déplacer là-bas toutes les opérations importantes, ainsi que le personnel gouvernemental et celui de la Maison-Blanche.

Margaret Hager approuva d'un hochement de tête. Elle se recala au fond de son fauteuil et se demanda en silence si elle reverrait jamais cette pièce, ou même Washington.

— Compris, général, soupira-t-elle.

Elle se tourna vers Kevin Baker, le directeur de la CIA, et demanda :

— Où en sommes-nous concernant la réponse du N35 à l'attaque terroriste ? Y a-t-il une ou plusieurs opérations de représailles ?

— Éliminer les personnes liées à cette secte suicidaire s'avère plus difficile que nous ne l'imaginions. Comme vous le savez, ils ont infiltré la plupart des grands groupes religieux, mais nous avons le soutien total et la coopération du Vatican, ainsi que des plus grands imams et rabbins. Même le Dalaï-lama a découvert parmi ses fidèles plusieurs de ces illuminés qui attendent la fin du monde. Au total, les services de renseignement du N35 ont mis hors d'état de nuire plus de deux cent mille membres de cette secte, parmi les plus virulents.

— Je ne vous ai pas entendu dire qu'ils étaient plusieurs millions ? demanda Burt. Est-ce qu'il n'y a pas toujours un risque ?

Le général hocha la tête.

— Le risque existe toujours, bien sûr, mais nous maîtrisons la situation. Nous avons subi une trentaine d'attaque contre des postes électriques, que nos forces armées ont réussi à repousser. Nous avons également abattu deux navettes ennemies qui se dirigeaient vers la Lune. L'une lancée depuis l'Ukraine ; l'autre depuis le Sri Lanka. Mais la menace est toujours présente ; ils attendent juste que nous ayons tourné la tête.

Margaret Hager tambourina sur la table du bout des doigts et se tourna vers Burt.

— Vous êtes certain qu'il n'y a aucun moyen de transférer jusqu'ici les réserves d'énergie que nous avons sur la Lune, sans se soucier de phénomènes de marée ou je ne sais quoi ?

Burt secoua la tête.

— Je crains bien que non, répondit-il. Contrairement à nous, ici, où nous pouvons générer activement de l'énergie et l'envoyer dans l'anneau de DefenseNet, ce n'est pas possible sur la Lune. Pendant des années, là-haut, ils ont capté l'énergie thermique dans les profondeurs du sol lunaire, qui leur a servi de batterie en quelque sorte. Mais il n'y aucun moyen de faire la même chose ici. Du moins, nous n'avons plus le temps de mettre en place des forages qui nous permettraient d'utiliser la chaleur terrestre. Et même si nous l'avions, ce temps, il nous manquerait la technologie nécessaire pour exploiter les températures extrêmes de la roche en fusion.

Un sentiment de résignation fataliste s'empara de l'esprit de la présidente ; jamais un chef d'État n'avait eu à s'incliner face à un destin aussi inéluctable. Elle regarda un à un les trois hommes assis autour de la table et dit :

— Il nous reste très peu de temps, messieurs. La prochaine réunion aura lieu au complexe militaire du mont Cheyenne.

Elle fixa Burt et ajouta d'un air sombre :

— Tenez-vous prêt. À moins d'un événement inattendu, une autre destination vous attend.

Margaret Hager jeta un coup d'œil à l'altimètre qui indiquait 35 000 pieds. Voler à bord d'Air Force One n'était comparable à rien de ce qu'elle avait pu imaginer avant d'en faire véritablement l'expérience. C'était littéralement l'équivalent d'un bureau volant, avec les mêmes possibilités en termes de communication.

Elle ignorait ce que l'avenir immédiat leur réservait, et c'était une situation difficile à vivre ; stress et brûlures d'estomac étaient désormais son lot quotidien. Elle pianotait du bout des ongles sur le plateau de la table qui lui servait de bureau, quand un voyant rouge d'alerte se mit à clignoter.

Elle appuya sur une touche du panneau de commandes virtuel qui s'affichait sous ses yeux ; aussitôt, une voix résonna dans le bureau :

— *Madame la Présidente, ici le commandement du NORAD. Nous venons de détecter un autre lancement non-autorisé. Nous attendons votre ordre pour lancer une procédure d'interception.*

Margaret Hager fronça les sourcils. Tous les grands dirigeants du monde s'étaient mis d'accord sur un moratoire complet – sauf autorisation très exceptionnelle – concernant les voyages orbitaux.

— Bien reçu, commandement du NORAD. Nous sommes toujours en interdiction de lancement. Est-ce qu'on a l'identité du vaisseau, et sa trajectoire probable ?

— *Nous avons détecté une fusée à étages multiples partie du cosmodrome de Baïkonour, en Asie centrale. Sa trajectoire ne laisse nullement présager un vol suborbital. La fusée se trouve à présent à une altitude de 30 000 mètres et continue de grimper rapidement. »*

— NORAD, vous avez mon feu vert. Interceptez cet engin. Terminé.

— *Lasers de visée activés... séquence de tir autorisée... feu !... La cible a été détruite. Terminé. »*

— Bien reçu, NORAD. Tout vol dépassant l'altitude de 30 000 mètres devra être intercepté, sauf autorisation explicite communiquée en amont. Est-ce que c'est compris ?

— *Parfaitement, madame la Présidente.*

Margaret Hager mit fin à la communication, et grommela pour elle-même :

— Je n'arrive pas à croire qu'ils continuent de vouloir nous tuer tous.

— Je pense que les évacuations vers le mont Cheyenne sont prématurées, insista Burt, assis face à la présidente, de l'autre côté de son bureau du complexe militaire. Je suis confiant : Dave va trouver une solution. D'après les dernières nouvelles qu'il a données de Shanghai, sa rencontre avec le dirigeant de la Corée du Nord a porté ses fruits. Il a retrouvé espoir.

Margaret Hager luttait contre le manque de sommeil, sa tête dodelinant malgré elle. Burt, qui l'appelait à faire preuve d'encore un peu de patience, ne l'aidait pas.

— Écoutez-moi, Burt. Il faut au minimum une journée complète pour faire en sorte que les gens aient rejoint Cap Canaveral, et soient prêts à décoller. Et encore une journée supplémentaire pour envoyer vos fesses à tous sur la Lune. Au total, il ne nous reste que dix jours. On ne peut plus se permettre d'attendre. Oui, nous sommes protégés ici sous six cents mètres de granit, mais ce n'est pas ça qui va aider tous ces gens qui doivent se contenter d'abris de fortune. Les premiers débris spatiaux vont commencer à tomber ; ce n'est qu'une affaire de semaines avant que nous soyons tous morts. Nous ne pouvons pas prendre le risque que la Lune soit frappée elle aussi, et que disparaisse avec elle notre dernière chance de sauver ce qui restera de l'humanité.

La frustration se lisait sur le visage de Burt. La présidente en prit la mesure, mais elle frappa du plat de la main sur la table et répéta :

— Trêve de discussions. Deux jours, Burt. Si nous n'avons pas une solution dans deux jours, je veux que vous fassiez ce que vous vous êtes solennellement engagé à faire : sauver notre humanité, ou ce qu'il en restera.

Burt pinça les lèvres. Il détestait rendre les armes, d'une manière générale, et Margaret Hager le savait parfaitement. Elle l'admirait pour cela, mais elle savait aussi que tout ne se passait pas toujours comme on le voudrait.

Burt soupira et grommela :

— Nous avons deux jours. Dans deux jours, si nous n'avons pas trouvé de solution, je ferai ce qu'il faut.

Il fixa Margaret Hager ; elle ressentit sa profonde émotion, en dépit de son calme apparent.

— Quand l'heure viendra, reprit-il, qui dois-je emmener avec toi ? J'ai du mal à voir tout cela autrement que comme une version dévoyée de l'arche de Noé.

Une veine palpita sur le front de Margaret Hager, tandis qu'elle envisageait l'horreur des choix qu'il y aurait à faire. Burt n'avait pas tort quand il parlait d'arche de Noé. Le cœur battant, elle prit une grande inspiration et se risqua à demander :

— Et votre famille ? Dois-je comprendre, étant donné que vous ne m'en avez pas reparlé, qu'ils ne souhaitent pas venir ici, au mont Cheyenne ? Il reste encore assez temps pour les faire venir. Ils pourraient partir avec vous, si vous le voulez.

Burt resta un silencieux un instant, avant de secouer lentement la tête.

— Merci de vous en préoccuper, mais malheureusement… ils ne veulent pas bouger. Mon frère et sa femme préfèrent attendre et faire face à ce qui doit arriver.

Margaret Hager tendit le bras par-dessus son bureau et serra la main de Burt, dont les yeux brillaient de larmes contenues. Elle murmura :

— Je suis désolée de vous imposer une si lourde responsabilité, mais je ne prendrais pas une telle décision si je n'étais pas persuadée que c'est la seule possible.

— Je sais. Gardons espoir ; il nous reste deux jours.

La présidente s'adossa au fond de son fauteuil et se massa les tempes du bout des doigts.

— Ça va ? demanda Burt.

Elle grimaça sous l'effet de la migraine, mais éluda la question.

— Faisons le point de la situation demain matin. Nous déciderons alors, s'il le faut, qui doit embarquer sur l'arche. Je serai ouverte à toutes les suggestions à ce moment-là, mais pour l'instant, j'ai besoin de dormir un peu.

Margaret Hager avait réussi à prendre cinq heures de repos, mais, l'esprit miné par l'inquiétude, son sommeil avait été entrecoupé par de brusques réveils. Comment en aurait-il pu en être autrement quand sa famille, le peuple américain… et le monde entier en fait, paraissaient voués à court terme à un aussi sombre destin ?

C'était le matin ; du moins, à en croire son réveil. Les concepts de matin, de soir, de journée ou de nuit, ici, dans le monde souterrain du mont Cheyenne, n'avaient plus grand sens. Assise à son bureau, elle examinait la liste des évacués qui se trouvaient actuellement à l'intérieur du complexe militaire. Des centaines de visages lui retournaient son regard tandis qu'elle feuilletait, page virtuelle après page virtuelle sur son plateau tactile, la liste qu'on lui avait établie.

— Selon quels critères voulez-vous que nous choisissions ? demanda Burt en peinant à dissimuler son amertume. Par classe d'âge ? Les femmes en âge de procréer ? Plus jeunes ?

Margaret Hager secoua la tête.

— J'ai bien peur que l'analogie que vous avez faite hier avec l'arche de Noé ne soit on ne peut plus de circonstance, admit-elle. Les personnes que nous choisirons devront s'être soumises à un test de fertilité ; les envoyer autrement n'aurait pas de sens.

Elle détestait s'entendre dire cela ; cela lui serrait la gorge.

— Nous ne pouvons pas non plus admettre des personnes qui auraient des antécédents judiciaires. Certains devront également se soumettre à une évaluation psychologique.

Il regarda Margaret Hager dans les yeux, et soupira :

— Je n'arrive pas à croire que nous en soyons là. Il va falloir sélectionner plus de candidats que nécessaire, alors que seuls les premiers deux cent cinquante pourront partir.

Margaret Hager affichait un air résigné ; elle paraissait complètement abattue.

Soudain, une lumière clignota sur son bureau. Un appel entrant.

Elle appuya sur la touche de prise d'appel. Une voix demanda aussitôt :

— *Présidente Hager ? Burt ?*

Burt écarquilla les yeux.

— Dave ? C'est vous ?

— *Oui, c'est moi. Je viens de terminer de tester le « monstre ». J'ai une bonne et une mauvaise nouvelle. Par laquelle voulez-vous que je commence ?*

— Donnez-moi la mauvaise, répondit aussitôt Margaret Hager. Les bonnes nouvelles peuvent attendre.

— *Eh bien, je suis incapable de mesurer réellement quelle puissance cette chose est capable de générer. J'ai essayé avec tout ce que j'avais à ma disposition sur place ; j'ai même fait appel à des universités locales, mais je n'ai rien obtenu de plus.*

— Comment ça vous ne pouvez pas mesurer réellement la puissance de ce truc ? demanda Burt. Vous n'avez pas pu évaluer le champ magnétique autour de l'alimentation, et obtenir un chiffre ?

— *Non, j'ai essayé. Cette chose que Frank a développée agit comme un supraconducteur à température ambiante. C'est bluffant. On ne peut rien lire, il n'y a pas de champ magnétique, et pourtant même en la réglant au plus bas, le niveau de sortie en mégawatts est impressionnant.*

— Est-ce que ça suffira à nos besoins ? demanda la présidente.

— *Je l'ignore. C'est pour ça que je parle de mauvaise nouvelle ; je ne sais pas si ce sera suffisant. Je ne peux pas mesurer directement la puissance dont est capable cette chose ; c'est dire, en un sens, si elle est puissante ! Alors, c'est un peu aussi la bonne nouvelle. La prochaine étape, de mon côté, consiste à la conduire jusqu'à un des points d'ancrage, et à la connecter. À ce stade, de toute façon, on ne risque plus grand-chose à essayer.*

Margaret Hager échangea un regard avec Burt. Elle le vit croiser les doigts et fermer les yeux un instant. Il se pencha au-dessus de la table et dit :

— Dave, ce sont des nouvelles absolument fantastiques.

La présidente se leva mécaniquement, comme mue par une soudaine vague d'espoir.

— Docteur Holmes, je prends toutes les dispositions pour que l'on vous envoie un jet militaire. Où voulez-vous conduire cette chose ?

— *Le poste électrique dans la jungle équatorienne, à l'ouest de Quito. C'est l'endroit le plus proche d'où je me trouve.*

— Très bien. Je m'occupe de tout. Je vous envoie une entière brigade de soldats qui s'assurera qu'il n'y a pas de complications. Assurer votre sécurité, c'est le moins que je puisse faire. Donnez-moi deux heures. Nos militaires seront sur site et vous escorteront où vous le souhaitez.

— *Merci, Madame la Présidente. Je vais être franc avec vous : j'ai hâte que tout ça soit terminé pour pouvoir dormir disons deux ans.*

Margaret Hager sourit et hocha la tête.

— Dans ce cas, nous sommes deux, dit-elle.

La table clignota comme la communication prenait fin. Les visages des personnes destinées à évacuer s'affichèrent de nouveau.

La présidente appuya sur l'icône d'appel, et, en quelques secondes, eut le général Keane en ligne.

— Général, dit-elle, le Dr Holmes va peut-être pouvoir nous sauver la mise à tous, pour de bon cette fois, mais il est indispensable qu'il soit conduit, lui et son matériel, en Équateur, et cela dans les plus brefs délais. Walter, je vais être claire avec vous : il n'y a rien de plus important à l'heure qu'il est que de le conduire là-bas en un seul morceau *avec* son matériel. Qu'est-ce que vous proposez ?

— *Compris. Je peux réunir cinq mille soldats d'élite des forces spéciales pour escorter et protéger le Dr Holmes. Donnez-moi trente-six heures, et j'aurai une division de cinq mille hommes supplémentaires pour boucler toute la zone et empêcher n'importe quelle attaque terrestre. L'Air Force couvrira tout le périmètre, qui deviendra de fait une zone d'exclusion aérienne. Absolument personne ne pourra pénétrer dans le secteur, que ce soit par les airs ou par voie terrestre. Avec votre accord, je lance immédiatement l'Opération... appelons-la Bouclier d'acier, si vous le voulez bien.*

Margaret s'appuya sur la table et répondit :

— Vous avez mon autorisation. Commencez le déploiement de l'opération Bouclier d'acier. Le Dr Holmes a besoin d'être conduit de l'aéroport d'Homey, dans le Nevada, au relais électrique situé dans l'ouest de l'Équateur.

— *Bien reçu, Madame la Présidente. Ce sera fait.*

— Merci, général.

Margaret Hager mit fin à la communication et fixa de nouveau les visages des personnes pressenties pour évacuer. Elle prit une grande inspiration ; elle avait une lueur d'espoir à présent, et peinait à dissimuler le plaisir que cela lui causait. Néanmoins, elle fixa Burt et dit :

— Bien. Revenons à nos listes, si vous le voulez bien.

Burt esquissa un sourire.

— Ce petit poste électrique au milieu de nulle part sera bientôt l'endroit le plus sûr de la Terre, fit-il remarquer.

La présidente acquiesça.

— Espérons seulement que le gadget du Dr Holmes se révélera aussi efficace qu'il veut bien le croire. Allez, en attendant remettons-nous au travail, et essayons de décider qui fera le voyage sur notre petite arche de Noé.

CHAPITRE TRENTE-ET-UN

Sur le toit de la station électrique équatorienne, Dave contempla la plaine alentour en respirant l'air chaud saturé d'humidité. Une odeur de végétation en décomposition imprégnait toujours l'atmosphère, bien que les environs de la station d'ancrage fussent largement dégagés. Il tapota la feuille de graphène tendue qui se dressait à la verticale dans le ciel ; il était impatient de voir arriver la machine de Frank. Des hélicoptères survolaient la zone, et régulièrement, un avion de chasse fendait bruyamment l'azur. Des bulldozers poursuivaient le travail de déforestation entamé dans un rayon de cinq kilomètres autour du poste de transformation électrique.

Dave regarda Bella et désigna d'un geste les milliers de soldats qui avaient créé un périmètre de sécurité sur plusieurs rangs, en cercles concentriques. Ils étaient partout ; aussi loin que l'œil portait, le site était sécurisé.

— On m'aurait dit qu'une chose pareille était possible, je ne l'aurais pas cru, dit-il, littéralement ébahi par l'ampleur du déploiement militaire.

Bella haussa les épaules.

— Ils ne veulent prendre aucun risque. C'est compréhensible, raisonna-t-elle. Tous les espoirs reposent sur ce qu'on va faire ici.

— Je sais bien, mais tout ça me paraît tout de même excessif.

À cet instant, son regard fut attiré sur sa droite. Un impressionnant convoi militaire arrivait ; de nombreux véhicules étaient équipés de tourelles et de mitrailleuses. Son cœur s'accéléra en apercevant, au milieu du convoi, un véhicule de transport tactique blindé. Il se dirigea vers l'escalier en pointant du doigt le convoi et dit :

— C'est sûrement la machine. Allons voir ça.

Il s'engagea dans l'escalier de la station en ruines et sortit, suivi de près par Bella.

— Docteur Holmes ! s'écria un des soldats en accourant vers lui. Veuillez attendre ici l'arrivée de la cargaison. Nous ne devons prendre aucun risque.

Le ton utilisé et l'expression de l'homme ne souffraient aucune contestation. Le regard de Dave se porta sur l'écusson des Forces spéciales que le militaire portait sur la manche gauche. La présidente devait réellement être très inquiète pour avoir envoyé les troupes d'élite de l'armée des États-Unis surveiller le site. Malgré la chaleur, il sentit un petit frisson lui parcourir la nuque. Lui avait-on tout dit concernant les menaces qui planaient sur ce coin de la jungle équatorienne, et sur eux tous ?

Quatre soldats, sous la supervision de Dave, portèrent la caisse à l'intérieur du poste électrique autrement inutilisable. Il faisait partie des relais qui avaient vu leur matériel endommagé par la surtension électrique causée par la bombe qui avait explosé dans un poste collecteur proche.

Tandis que les soldats ouvraient la caisse, Dave regarda le plafond. Son regard suivit le ruban de graphène qui descendait par la fente refermée au niveau du toit. L'extrémité du ruban était reliée à un faisceau de câbles eux-mêmes connectés à un transformateur grillé.

Il tira une clé de sa ceinture à outils, et desserra les boulons de connexion sur le faisceau de câbles pour le débrancher du transformateur. Puis il examina les câbles de près.

— Ils sont endommagés ? demanda Bella.

Dave secoua négativement la tête.

— Non, pas de dégâts liés à une surchauffe.

— Docteur Holmes, l'appela un soldat en agitant la main pour capter son attention. Nous avons terminé de déballer l'engin. Voulez-vous le laisser sur sa base ?

Dave se tourna vers la machine de Frank, recula légèrement et montra du doigt la fente fermée dans le plafond, à environ un mètre cinquante au-dessus de lui.

— Pouvez-vous le rapprocher de façon à ce qu'il soit juste sous ce ruban de graphène ? Je dois le connecter.

Quatre soldats firent glisser précautionneusement la machine jusqu'à ce qu'elle soit exactement sous le ruban de graphène. Dave raccorda le faisceau de câbles à l'une des sorties électriques prévues par Frank.

Un soldat qui avait aidé au déballage s'approcha de lui et demanda :

— Monsieur, y a-t-il autre chose que je puisse faire pour vous aider ? On m'a affecté à ce relais électrique en tant qu'ingénieur de maintenance.

Dave regarda le nom de l'homme imprimé sur son treillis et lui donna une tape sur l'épaule :

— Sergent Vasquez, j'apprécie la proposition, mais pour le moment je m'en sors, je vous remercie.

— Bien, monsieur !

Dave s'assura que la machine de Frank était bien connectée au ruban de graphène ; puis il décrocha un téléphone satellitaire de sa ceinture et composa le numéro du commandement du NORAD. Il y eut une sonnerie, deux… un craquement, puis la voix d'un opérateur se fit entendre :

— *Opérateur 1543, standard du Mont Cheyenne. Quel numéro demandez-vous ?*

— Opérateur, ici le Dr. David Holmes, ID 591-92-2847, mettez-moi en contact avec quelqu'un du Centre de contrôle des missions.

— *Empreinte vocale et identité confirmées. Je vous passe la spécialiste des missions Karen Weisskopf.*

Presque aussitôt, une voix de femme se fit entendre.

— *Ici, la spécialiste des missions Weisskopf. En quoi puis-je vous aider, docteur Holmes ?*

— Je m'apprête à reconnecter le relais électrique situé en Équateur, mais j'ai besoin que vous m'indiquiez l'intensité du flux énergétique qui alimente actuellement l'anneau de distorsion.

— *Compris. On est actuellement à 39,3 % du niveau requis, tel que vous l'avez spécifié.*

Dave appuya sur la touche « silence » de son téléphone et s'agenouilla à côté de la machine de Frank. Il sortit de sa ceinture à outils une petite clé Allen, et vérifia les réglages du panneau de commande.

Agenouillée à côté de lui, Bella demanda :

— Je croyais que nous avions déjà réglé la sensibilité du rhéostat au maximum ?

Il se pencha vers elle et déposa un petit baiser sur sa joue.

— On l'a fait, mais je ne veux prendre aucun risque : le réglage a pu changer pendant le transport.

Il donna un petit tour de clé dans le sens inverse des aiguilles d'une montre et vérifia que la sensibilité de la machine était bien au maximum. Puis :

— Weisskopf, je suis sur le point d'activer le poste électrique équatorien. Tenez-moi informé de ce qui se passe de votre côté.

— *Compris. Je vous préviens dès que je détecte un changement.*

Dave sentit son cœur battre plus fort dans sa poitrine. Il frotta la paume de ses mains moites sur ses cuisses. En vision périphérique, il remarqua que cinq ou six soldats s'étaient regroupés pour le regarder faire, tandis qu'il vérifiait et revérifiait le réglage de la machine.

Sa crainte était que la sphère carbonisée ne soit tout simplement inerte à l'intérieur de la machine de Frank, et qu'en activant cette dernière, elle libère uniquement l'énergie contenue grâce au scellement magnétique. Elle se bornerait alors à s'ouvrir, et tout serait à refaire.

Bella posa une main sur son épaule et murmura :

— Tu as fait tout ce qu'il fallait. Voyons maintenant ce qui se passe.

Dave inspira profondément, prit entre ses doigts le bouton de commande de puissance de la machine, et lentement, très lentement, il quitta la position « 0 ».

Il sentit aussitôt comme une vibration dans l'air. Il n'aurait su dire si c'était le fruit de son imagination ou autre chose, mais il eut la sensation d'une sorte de picotement sur sa peau, tandis que la voix au téléphone alertait :

— *Poste électrique équatorien, nos appareils indiquent un pic d'énergie provenant de chez vous. Le flux électrique de l'anneau augmente considérablement. Nous sommes maintenant à... 63,5 % des contraintes opérationnelles.*

Un mélange de stupéfaction et de soulagement s'empara de l'esprit de Dave. Bella lui serra l'épaule et murmura :

— Ouah...

Le souffle court, Dave augmenta d'un cran la puissance demandée, et attendit patiemment une indication au téléphone.

— *Poste électrique équatorien, nous détectons un nouveau pic. Nous sommes à présent à 87,7 % du niveau de puissance requis.*

Dave rapprocha le téléphone de son oreille et dit :

— *Weisskopf, quelle est la situation dans l'ensemble du réseau DefenseNet ?*

— Docteur Holmes, le signal est bon. Tous les systèmes sont opérationnels, et les paramètres normaux. Pardon si je sors un peu de mon rôle, mais permettez-moi de vous remercier.

Dave remarqua deux soldats qui se faisaient un « check », poing contre poing, en souriant.

— Weisskopf, inutile de me remercier, mais j'apprécie l'intention.

Il fit signe au soldat qui l'avait approché peu avant.

— Je passe le relais au sergent Vasquez. Quant à moi, ce sera tout pour le moment.

Il tendit le téléphone au sergent et sourit.

— Le site est désormais sous votre responsabilité. Protégez-le bien.

<hr>

Stryker avait quitté le site d'Indian Point, et atterri sur la base McGuire de l'US Air Force vingt minutes plus tôt. Plusieurs centaines de « MP » de différents corps d'armée étaient également arrivés en provenance d'autres régions du nord-est.

Il faisait nuit. Une brise glaciale soufflait sur le tarmac. Stryker ne paraissait pas y prêter attention ; il écoutait le général Harold McCallister faire le point de la situation.

La voix monocorde du général résonnait dans les haut-parleurs alentour. Stryker laissa son esprit vagabonder et le ramener à sa famille, à ses enfants en particulier. Il n'avait pas pu leur parler depuis presque deux mois ; il en était malade. Le dernier contact qu'il avait eu avec eux remontait au moment où ils avaient embarqué à bord des cars à la gare routière de Port Authority. Il jeta un regard aux hommes et aux femmes qui se trouvaient autour de lui ; il savait qu'il n'était pas le seul à se languir de ses proches.

« Comme vous le savez déjà, les évacuations sont terminées. L'été et la

douceur de l'automne ont été de notre côté, les sites d'évacuation étant largement ce qu'on appelle des « villes de tentes ». Mais le Corps du génie de l'armée de terre, ainsi que l'Agence fédérale des situations d'urgence, ont travaillé dur pour créer des abris plus solides, mieux adaptés aux nouvelles conditions météorologiques, et qui sont maintenant prêts.

« Avant d'y transférer les évacués, nous avons besoin de personnes sur les quelques dizaines de sites créés pour aider à coordonner et à gérer les questions de sécurité notamment.

« Vous serez tous déployés sur un de ces sites. Il est probable que la durée de votre mission excédera les six mois. »

Stryker sentit sa gorge se nouer à la pensée qu'il n'allait peut-être pas revoir ses enfants durant des mois encore, si ce n'était un an et plus.

« Je me rends compte, poursuivit le général, que vous vivez tous une période difficile. Pour ceux d'entre vous dont la famille est concernée par ces évacuations, je me suis arrangé autant que possible pour que vous soyez affectés au plus près du site où se trouveront vos proches. »

Une lueur d'espoir s'alluma dans le regard de Stryker.

Plusieurs soldats allaient et venaient au milieu des « MP » rassemblés pour écouter le général. L'un d'eux s'approcha de lui, regarda son uniforme et lui remit une enveloppe, avant de poursuivre sa distribution et d'en remettre une autre au « MP » suivant.

Stryker jeta un coup d'œil à l'enveloppe sur laquelle était imprimé son nom : « Lieutenant Jonathan Stryker. »

« Voilà, ce briefing est presque terminé. Chacun d'entre vous trouvera d'autres détails dans son assignation. Des moyens de transport ont été prévus ; ils se trouvent au bout de la piste. Suivez les indications sur vos convocations, et prenez la file correspondante. N'oubliez pas : nous dépendons tous les uns des autres jusqu'à ce que tout cela soit terminé.

« Rompez ! »

Stryker ouvrit aussitôt l'enveloppe, en sortit la feuille qui se trouvait à l'intérieur, et prit connaissance de ses ordres.

Il ne put retenir un petit sourire en découvrant le lieu où on l'envoyait : le centre d'évacuation des Poconos.

— Bon sang, mais qu'est-ce qui se passe ? s'écria quelqu'un.

Stryker se retourna et vit le ciel gris s'illuminer au sud ; ce qui n'était qu'un sombre ruban de lumière s'intensifia brusquement.

La ligne qui s'étendait en arc d'un horizon à l'autre devint soudain si éclatante qu'il était impossible de la regarder directement.

La voix du général répéta dans les haut-parleurs :

« J'ai dit : rompez ! Les véhicules de transport vous attendent. »

Avec une énergie retrouvée, Stryker se mit à courir vers l'autre bout de la piste.

Il ignorait pourquoi DefenseNet s'était illuminé aussi brusquement, mais cela n'avait pas d'importance.

Il sourit de nouveau à l'idée de pouvoir enfin revoir ses enfants.

À cet instant, rien n'était plus important.

— Formez un périmètre. Éloignez-les des murs !

Dave bondit hors de son lit, tandis que des soldats lourdement armés faisaient irruption dans leur bâtiment sécurisé, en bordure de l'aéroport international de Mariscal Sucre. Bella poussa un cri ; les soldats la tirèrent du lit, et les éloignèrent tous deux de force des fenêtres.

Dégageant son bras de l'étreinte d'un des soldats, Dave attrapa la main de Bella et s'écria :

— Bon Dieu, mais qu'est-ce qui se passe ?

Des soldats soulevèrent le matelas, le relevèrent et le placèrent contre les fenêtres.

Un des soldats agrippa le bras de Dave, se pencha vers lui et expliqua :

— Docteur Holmes, le relais électrique vient d'être attaqué. Nous avons reçu l'ordre de vous évacuer d'urg…

Soudain, Dave fut violemment projeté à terre par le souffle d'une explosion.

Le monde parut se mettre au ralenti, tandis que des débris de verre et de béton volaient dans la pièce.

Dave se retrouva allongé, fixant un trou dans le plafond sans pouvoir bouger. Ses oreilles bourdonnaient ; la douleur était intense.

Un soldat se pencha sur lui. Il avait une entaille au front ; son sang dégoulinait sur Dave tandis qu'il lui criait quelque chose d'inaudible, sa voix couverte par le bourdonnement d'oreille.

L'homme exerça une pression au niveau de son cou, de ses épaules, de ses bras ; il vérifiait s'il était blessé.

Soudain, un regain de douleur l'assaillit en même temps que ses oreilles claquaient ; les bruits lui parvinrent de nouveau. Partout, c'était le chaos. Des hommes criaient à l'aide, et on entendait le *chop-chop* des hélicoptères qui survolaient la zone.

Dans un brusque accès de panique, Dave se redressa en position assise et hurla frénétiquement :

— Bella !

Il chercha à y voir au milieu de la poussière et des gravats, et repéra soudain une masse de cheveux roux ; son sang se glaça dans ses veines.

Il se débattit, repoussa les hommes qui essayaient de l'aider, et se mit à ramper jusqu'à Bella. Sa gorge se serra en voyant qu'elle avait le visage couvert de sang. Ses beaux yeux verts étaient fixes, sans vie.

La moitié inférieure de son corps avait été écrasée sous une dalle de béton dans l'effondrement du plafond.

Dave sentit les larmes lui brouiller la vue ; elles coulaient sur Bella. Il lui ferma délicatement les yeux, et essuya le sang de son visage.

Puis il se pencha, enfouit sa tête dans le creux de son cou, et laissa échapper un cri de souffrance guttural, presque animal, repoussant les bras qui se tendaient vers lui et tentaient de l'emmener à l'écart.

Il déposa un dernier baiser sur le front de Bella, tremblant de douleur et de désespoir en songeant à tout ce qu'il voulait encore partager avec elle. Il n'avait pas les mots. Les mots étaient dénués de sens ; ils étaient inutiles.

Il se redressa, s'assit sur ses talons et essuya le sang de ses mains.

Un soldat s'agenouilla à côté de lui, mais Dave ne lui laissa pas le temps de parler. Il se tourna vers lui et dit :

— Je veux qu'on l'emmène avec nous. Pas question de l'abandonner ici, dans ce merdier.

Le soldat lui désigna deux infirmiers qui se trouvaient à proximité.

— Ils sont là pour vous aider. Ils vont l'emmener avec nous. Nous n'abandonnons personne. Mais, monsieur, il faut partir. Nous risquons une nouvelle frappe de mortier sur cette position.

Avec l'aide du soldat, Dave se leva et fixa le corps brisé de la seule personne qu'il avait jamais aimée. Elle avait l'air simplement endormie, mais il savait que quelque chose l'avait quittée, cette étincelle de vie dont il allait si cruellement ressentir l'absence.

Mais déjà le chagrin dans son esprit cédait la place à un sentiment de rage, à un brûlant, violent, désir de vengeance.

Le goût du sang dans la bouche, il serra les dents et les poings, et jura :

— Je veux que ceux qui ont fait ça en paient le prix. J'irai les chercher, où qu'ils se cachent. Je veux les voir morts.

CHAPITRE TRENTE-DEUX

— Ce sont dix-neuf missiles à longue portée qui ont été envoyés sur le poste électrique en Équateur, annonça d'un air sombre le général Keane. Nos installations laser Patriot ont neutralisé ces missiles, mais il y a malgré tout eu douze morts et vingt-trois blessés dans des attaques au mortier qui ont visé à la fois le poste électrique, et la caserne située en bordure de l'aéroport de Quito. Parmi les morts confirmés se trouve Bella Holmes, la femme du D Holmes. Le poste électrique n'a pas été touché, et aucun autre incident n'a eu lieu au cours des dernières huit heures. J'envoie là-bas d'autres troupes et des batteries de défense anti-aérienne.

Margaret Hager renversa le buste contre le dossier de son fauteuil, sidérée par les dernières nouvelles. Elle jeta un coup d'œil à l'horloge murale de son bureau et demanda :

— Où est le Dr. Holmes en ce moment ?

— Il a demandé à ce que sa femme soit inhumée en mer ; alors, j'ai autorisé un détour par une base de l'Air Force située le long de la côte.

Le général regarda sa montre.

— Ils ont atterri sur la base de MacDill il y a une trentaine de minutes. C'est l'installation la plus proche de la mer, et qui présente les meilleures garanties de sécurité, que j'ai pu trouver. On m'informera dès que les obsèques sont terminées et qu'ils reprennent les airs.

Soudain, l'icône d'appel téléphonique sur le plateau tactile du bureau de la présidente se mit à clignoter. Margaret Hager prit l'appel.

— Oui ?

— *Madame la Présidente, ici Karen Fultondale. Nous avons localisé notre taupe.*

La présidente se raidit soudain et serra les poings.

— Karen, dites-moi que le FBI connaît l'identité du ou des responsables. Je veux voir ces ignobles traîtres châtiés impitoyablement.

— *Nous avons pu confirmer l'identité de la taupe grâce à des enregistrements vidéo. Ça vient de la CIA. Permettez-moi de vous faire suivre la preuve de la première « fuite », avec l'adresse IP de l'expéditeur.*

Le document s'afficha presque aussitôt sur le plateau du bureau de la présidente.

Transmission interceptée en date du : 13 juillet 2066
  Heure: 13 : 51 GMT

« Un vol militaire non planifié à destination de l'aéroport international de Mariscal Sucre, a été réservé à la demande expresse de la présidente.

Le Dr David Wendell Holmes se trouve actuellement à bord, en compagnie de plusieurs autres civils non-identifiés. Un important dispositif a été déployé pour assurer leur sécurité. »

— *Ça, c'est le premier message que nous avons intercepté quand le Dr Holmes s'est rendu pour la première fois au poste électrique de Quito. Et voilà ce que nous avons intercepté hier :*

. . .

Transmission interceptée en date du : 20 décembre 2066
   Heure : 07 : 26 GMT

« Sous escorte importante, le Dr. David Wendell Holmes est en route pour l'aéroport international de Mariscal Sucre.

C'est peut-être notre dernière chance de l'arrêter. L'arrivée de notre Sauveur est imminente. Je prie pour que nous réussissions à mettre un terme aux agissements de Holmes. »

Le caractère religieux du message et les précisions qu'il apportait ne laissait aucun doute sur son lien direct avec la récente attaque.

— Karen, vous dites que nous avons une preuve vidéo ?

— *Oui, il a fallu malheureusement ce deuxième incident pour que nous réussissions à déterminer l'identité de la taupe. Le terminal qui a été utilisé se trouve dans une des annexes de la CIA. La personne s'est servie de mots de passe volés, mais cela n'a pas suffi à nous tromper. Je vous envoie la séquence vidéo.*

Une image en 3D se matérialisa au-dessus du bureau de Margaret Hager. Quelqu'un portant une capuche était assis à un terminal et pianotait sur le clavier. Quelques secondes plus tard, la personne essuya le clavier avec ce qui ressemblait à une lingette alcoolisée, et se leva. Ce n'est que lorsqu'elle sortit du bâtiment qu'une caméra extérieure saisit son visage.

— Espèce de salopard ! s'écria Margaret Hager.

— *Madame la Présidente, nous avons mis aux arrêts Greg Hildebrand pour soupçon d'espionnage, de trahison et de multiples atteintes à la sécurité nationale.*

— Bon sang, comment a-t-il pu continuer d'avoir accès aux bâtiments gouvernementaux ? Je croyais qu'on avait fait ce qu'il fallait après qu'on l'ait relevé de son commandement dans l'avion qui le ramenait avec le D[r.] Holmes.

— C'est ce que nous essayons de comprendre, Madame la Présidente. Pour une raison que nous ignorons encore, ses accréditations ne lui ont pas été retirées. Il a même réussi à obtenir un poste d'analyste à la CIA.

Margaret Hager tremblait de rage. Le général Keane, qui n'avait rien manqué de l'échange, suggéra :

— Nous pourrions l'envoyer à Fort Leavenworth et l'y maintenir sous bonne garde en attendant que la situation s'arrange.

La présidente exhala un souffle trémulant, peinant à se calmer.

— Karen, le général Keane va arranger un transfert vers la prison militaire de Leavenworth. Il s'agit d'isoler Hildebrand pour le moment. Je ne veux pas que ce sale vendu puisse communiquer encore avec qui que ce soit.

— Compris, Madame la Présidente. Y a-t-il autre chose que vous vouliez que je fasse ?

Margaret Hager tambourina du bout des doigts sur le plateau de son bureau ; puis, soudain, elle se figea. Elle venait d'avoir une idée.

— Karen, débrouillez-vous comme vous voulez, mais procurez-moi des images des dernières attaques. Sans vouloir paraître morbide, s'il y a des images des corps, cela pourrait être utile. Ce sera tout pour le moment. Je veux ces images le plus vite possible.

— Compris.

La présidente mit fin à l'appel.

Le général Keane pencha la tête sur le côté et la fixa.

— Que diable comptez-vous faire de ces images ? chercha-t-il à comprendre.

Le regard perdu dans le vide, mais l'œil froid et calculateur, Margaret Hager répondit :

— J'ai l'intention de les rendre publiques. Nous avons essayé d'étouffer tout ça trop longtemps. L'heure est venue de demander l'aide du monde.

Margaret Hager jeta un coup d'œil à l'image vidéo en direct du ciel nocturne au niveau du complexe d'évacuation du mont Cheyenne. Bien que l'objectif de la caméra vidéo ne fût pas suffisamment tourné vers le sud pour distinguer la source de la lumière, il était évident que Dave Holmes avait réussi un petit miracle : la nuit n'avait jamais été aussi claire.

Elle se tourna vers Walter Keane et demanda :

— Le Dr. Holmes est-il déjà arrivé ? Je tiens à lui présenter mes condoléances, et à le remercier pour tout ce qu'il a fait.

Le ministre de la défense jeta un coup d'œil à l'horloge murale et secoua négativement la tête.

— Pas encore. Son avion atterrit dans une quinzaine de minutes. Il devrait arriver ici sous bonne escorte dans moins d'une heure.

— À propos, avant votre arrivée justement, j'ai envoyé Burt prévenir tous les candidats au départ que nous avons sélectionnés, qu'a priori nous allons pouvoir renoncer à l'opération Arche de Noé. Cela devrait ôter un grand stress à beaucoup de monde, à commencer par Burt lui-même.

Le voyant d'appel clignota de nouveau sur son bureau.

— Oui ? dit-elle en prenant aussitôt la communication.

— *Madame la Présidente ?*

La voix était paniquée. Margaret Hager sentit aussitôt un frisson lui glacer l'échine.

— Oui, c'est la présidente Hager, qui est à l'appareil ?

— *Oh, Madame la Présidente, je suis désolée de devoir vous contacter directement. J'ai essayé d'avoir Burt, mais il ne répond pas.*

— Docteur Patel ? Les téléphones portables ne marchent pas à l'intérieur du centre. Que se passe-t-il ? Que puis-je faire pour vous ?

— *Madame la Présidente, nous avons un problème. Tout le monde ici essaie de faire ce qu'il peut pour le régler, mais je ne crois pas que... j'ai vraiment besoin de parler à Burt et à Dave. C'est compliqué. Je crois que je peux m'en sortir, mais pas seule ; j'ai besoin de leur aide.*

— Docteur Patel, je n'ai pas la moindre idée de ce dont vous êtes en train de me parler, mais le Dr Holmes sera ici dans une heure environ. En attendant, je peux m'arranger pour trouver Burt. Ne quittez pas.

Elle mit son téléphone en mode silencieux, jeta un regard au plateau de son bureau et ouvrit de nouveau, la gorge serrée, le fichier de l'Arche de Noé. Elle inspira profondément, sauta à la dernière page de la liste de visages et trouva la photo du Dr Neeta Patel. Elle l'avait fait ajouter après avoir dressé la liste définitive avec Burt. Elle savait qu'il aurait besoin d'un commandant en second, de préférence quelqu'un de plus jeune.

Elle regarda Walter Keane et dit :

— Il nous faut un moyen de transport rapide pour faire venir ici immédiatement le Dr Patel.

— Je m'en occupe, dit l'ancien général.

— Docteur Patel, reprit-elle, je prends immédiatement les mesures nécessaires pour que vous vous retrouviez tous ici, au centre de commandement de Cheyenne. Quelqu'un passe vous prendre dans cinq minutes ; soyez prête.

— *Euh... d'accord. Je serai prête. Merci.*

Keane soupira, se pencha sur le bureau et appuya sur la touche d'appel pour donner ses instructions. Tandis qu'il attendait d'avoir correspondant en ligne, il regarda Margaret Hager et grommela :

— C'est reparti, on est une fois de plus dans la merde, c'est ça ?

Prise d'une sourde nausée, la présidente acquiesça.

— J'en ai bien peur, dit-elle.

Le dernier car de la journée venant juste de se vider, Stryker fit signe d'avancer à la première personne dans la queue.

C'était un gosse à l'épaisse tignasse brune. Il pouvait avoir neuf ou dix ans.

Stryker lui tendit la main et dit :

— Montre-moi ta carte.

Le gosse lui tendit la carte plastifiée délivrée par le gouvernement qui lui avait été remise durant la première évacuation.

Stryker la passa au scanner, qui s'alluma en vert, signe que la carte était valide et inaltérée.

Il approcha du visage du gosse son scanner à main.

— Je vais passer cette lumière sur ton œil droit. Ça ne fait pas mal.

Bien qu'il parût inquiet, le gosse hocha bravement la tête. Le scanner rétinien confirma de nouveau son identité.

Stryker examina rapidement les données personnelles du garçon.

— Jeff, je vais te poser quelques questions faciles. Réponds-moi juste du mieux que tu le peux. D'accord ?

— Oui, monsieur, répondit docilement Jeff.

— Combien de sœurs as-tu ?

— Je n'ai pas de sœurs.

Stryker opina du chef.

— Comment s'appelle ta mère ?

— Michelle.

— Est-ce que tu connais le deuxième prénom de ton père ?

Jeff fronça les sourcils, concentré.

— Je crois que c'est Franklin.

— En dehors de ton père et de ta mère, qui d'autre dans ta famille doit venir ici ?

— Ma tante et mon oncle, et mes cousins aussi.

— Leurs noms ?

— Tisha et David ; c'est mon oncle et ma tante. Et mes cousins s'appellent Jeremy, Katie et Brad.

Stryker sourit en hochant de nouveau la tête.

— Très bien. C'est presque terminé.

Il se retourna et indiqua au gosse un chemin qui conduisait à un grand bâtiment derrière lui.

— J'ai besoin que tu retournes en salle d'examen. Un médecin va t'examiner rapidement, juste pour être certain que tout va bien.

Le menton tremblant, Jeff demanda :

— Quand est-ce que je pourrai voir mon père et ma mère ?

Stryker posa une main sur l'épaule du gosse et mit un genou à terre pour être à sa hauteur.

— Dès que les médecins auront terminé leur examen. Tes parents t'attendront de l'autre côté. Je te le promets.

Jeff hocha la tête et suivit le chemin jusqu'à la salle d'examen.

Stryker le suivit du regard jusqu'à ce qu'il entre dans le bâtiment. Très peu de personnes savaient que l'examen visuel des médecins était un simple prétexte pour rechercher des tatouages en forme de sablier. Il ignorait en revanche à quoi servaient réellement les examens radio et IRM.

Il reporta son attention sur les nouveaux arrivés descendus du dernier car, et fit signe d'avancer au suivant dans la file.

Des arômes de hamburgers et de hot-dogs imprégnaient l'atmosphère du réfectoire, où des employés servaient plusieurs milliers de personnes regroupées dans le centre d'évacuation des Poconos.

Il y avait autour de Stryker au moins cinq cents personnes quand il prit place à l'une des tables avec sa famille.

Il s'assit à côté de sa sœur. Emma, Isaac et Lainie s'assirent sur le banc en face de lui.

Sans attendre, les deux gosses attaquèrent leur assiette de macaroni au fromage.

— Alors, les enfants, la nourriture vous plaît ?

Ils hochèrent rapidement la tête en dévorant un de leurs plats préférés.

Stryker donna un petit coup d'épaule à Jessica et demanda :

— Et toi, Jess, comment ça va ?

Sa sœur mordit dans son hamburger et mâcha un moment avant de répondre :

— On fait aller, qu'est-ce que tu veux. J'ai rencontré deux profs ; on a parlé. On s'est dit que ce serait bien de faire classe aux gamins, mais il nous faut du matériel scolaire pour ça. Crois-tu qu'il serait possible de s'en procurer ?

— Je ne sais pas. Je peux toujours demander. L'intendant devrait pouvoir faire quelque chose. Fais-moi une liste précise de ce dont tu as besoin, et je verrai ce qu'on peut faire.

Il se tourna vers Lainie et hésita.

Elle paraissait épuisée, et inquiète. Il n'y avait pas grand-chose dans son assiette. Une tranche de pain grillé, un fruit.

— Lainie, comme ça va ?

Son ex-femme serra les lèvres et secoua presque imperceptiblement la tête.

Elle n'avait pas envie de parler. Il y avait quelque chose de changé chez elle depuis qu'il avait été mobilisé. Était-ce parce qu'il portait de nouveau l'uniforme militaire ?

Il soupira. Il allait poser une question aux enfants quand un signal d'alerte résonna dans les haut-parleurs.

Des images vacillèrent le long des murs, attirant immédiatement son attention.

Le logo du Département de la sécurité intérieure des États-Unis apparut sur les écrans, en même temps qu'un compte à rebours : 5… 4… 3… 2…1…

Un texte se déroula à l'image. Stryker le lut à voix haute pour les enfants :

— « L'alerte qui suit est diffusée au plan national. Les citoyens se trouvant dans les centres d'évacuation peuvent être assurés que leur sécurité est considérée comme étant de la plus haute importance. »

L'image d'un présentateur des actualités télévisées lisant un texte apparut sur les écrans.

— *Ceci est un message du Département de la sécurité intérieure des États-Unis .*

« De très nombreuses personnes ont composé le 911, le numéro des centres de secours d'urgence, en raison d'une luminosité accrue du réseau bouclier DefenseNet. Sachez qu'il est inutile d'essayer de contacter les autorités à ce sujet. Tout est normal.

« Les scientifiques nous informent qu'il s'agit simplement de tests, et que nous devons nous attendre au même degré de luminosité jusqu'à la pleine activation du réseau de défense. »

Le journaliste tourna une page et poursuivit :

— *On nous informe par ailleurs que le gouvernement fédéral a renforcé la sécurité le long de nos frontières en raison d'une recrudescence des activités terroristes.*

« Les frontières sont fermées. Tous les vols nationaux et internationaux ont été suspendus, et un couvre-feu du crépuscule à l'aube a été décrété dans toutes les grandes villes du territoire national.

« Comme beaucoup d'entre vous ont pu le voir et l'entendre sur cette chaîne notamment depuis six mois, les actes terroristes dans notre pays sont largement en augmentation. La plupart de ces actions factieuses ont été perpétrées par une secte apocalyptique baptisée la Fraternité. Nous demandons à tous les citoyens d'être particulièrement vigilants.

« Les membres de cette secte n'ont qu'un but : détruire notre monde.

« Si vous avez le moindre soupçon concernant cette soi-disant Fraternité, contactez immédiatement la police. »

Isaac se détourna de l'image et fixa son père.

— Papa, est-ce qu'on est…

— Nous sommes en parfaite sécurité ici, le rassura Stryker en tendant les mains par-dessus la table pour serrer celles des enfants. Je suis là pour vous protéger, vous et tous ceux qui se trouvent ici.

Emma fronça les sourcils.

— Est-ce que tu vas devoir tirer sur des méchants ?

— Il n'y a pas de méchants ici, intervint Lainie d'un ton apaisant.

— Mais si quelqu'un essayait de faire du mal, tu lui tirerais dessus, pas vrai ?

Striker peina à réprimer un sourire. Il fixa sombrement sa fille et répondit :

— Oui, s'il le fallait, je le ferais.

— Tant mieux, approuva Emma.

Elle se tourna vers sa mère et ajouta :

— Je t'avais dit que papa se débarrasserait des méchants pour nous. Tu vois, on n'a plus besoin de dormir avec toi pour être protégés maintenant.

Le visage de Lainie s'empourpra. Jessica s'éclaircit la gorge et demanda :

— Quelqu'un veut un dessert ? Moi oui, en tout cas.

Margaret Hager s'était attendue à trouver un Dave désespéré, au plus bas psychologiquement et émotionnellement, mais hormis un air plus sombre et une attitude légèrement plus distante, il paraissait le même.

Elle le regarda échanger passionnément avec ses collègues scientifiques.

Neeta venait de dessiner sur le tableau blanc des schémas complexes décrivant des points de navigation et des courbes d'accélération.

— Si nous parvenons à envoyer la Lune vers les débris, elle ira droit dedans, sans même ralentir.

Elle dessina des arcs partant de la Lune et expliqua :

— L'effet gravitationnel attirera les objets les plus proches, qui s'écraseront dessus. Les autres devraient en quelque sorte rebondir et s'en écarter. Nous devrons juste attendre un peu que le trou s'étende, et ce sera comme d'enfiler une aiguille. La Terre pourra se faufiler à travers les débris.

— En perdant la Lune, fit remarquer Dave.

— Probablement, confirma Neeta. Nous perdrons tout contrôle une fois qu'elle sera bombardée.

Dave attrapa un des marqueurs, écrivit plusieurs équations à son tour et dit :

— Notre angle orbital nous mène droit vers les débris. Je ne crois pas que nous puissions agir sur l'inertie terrestre et esquiver ces débris.

— C'est pour ça que je pense que la Lune est notre seule chance, fit valoir Neeta en hochant vigoureusement la tête.

Margaret Hager regarda Burt, qui était resté étrangement silencieux au cours de la discussion. Elle s'éclaircit la gorge et demanda :

— Permettez-moi de m'assurer que je comprends bien, au moins dans les grandes lignes, ce dont vous êtes en train de parler, et de le faire en langage profane. Nous avons donc, il me semble, ce que le Dr Holmes appelle un anneau de distorsion autour à la fois de la Lune et de la Terre. Il nous permet de nous déplacer dans la direction que nous voulons, mais c'est comme piloter un bateau. On ne peut pas changer de direction instantanément, et ce n'est pas non plus comme une voiture de sport, qui peut monter de zéro à cent en un rien de temps.

« Alors, parce que la Terre se déplace dans une direction donnée, et parce que cela demanderait trop d'énergie pour inverser rapidement la tendance et faire marche arrière, le plan serait d'essayer de nous glisser au milieu de la première vague de débris qui se dirige vers nous. Le problème majeur, si j'ai bien compris, c'est qu'au lieu d'avoir un cylindre géant de débris à travers lequel la Terre et Lune pourraient passer, on se retrouve avec une espèce de cône formé d'un côté par une série d'astéroïdes géants, et de l'autre par un nuage de poussière dense. C'est bien cela ?

Dave acquiesça d'un hochement de tête.

— Oui, madame, c'est bien cela. Bien que cette machine – ce moteur, en quelque sorte – dont nous disposons à présent soit capable de produire assez d'énergie pour faire tout ce que nous voulons ou presque, je ne crois pas que l'anneau, tel qu'il est conçu, soit capable de résister à la puissance dégagée par cet engin. Par ailleurs, changer la direction de la Terre rapidement n'est pas une option viable. En gros, nous pouvons nous diriger à gauche ou à droite, vers le haut ou vers le bas, mais pas vers l'arrière. La Lune, quant à elle, possède une importante quantité d'énergie thermique que nous pouvons capter, et elle est suffisamment grande pour que nous puissions la faire accélérer dans la direction qui est la nôtre, et nous servir de bouclier en quelque sorte.

C'est un peu comme de jouer au billard. Si nous parvenons à faire en sorte que la Lune percute les débris spatiaux avec assez de force, la voie sera libre pour nous. Malheureusement, cela ne sera pas sans conséquences, puisqu'il faudra nous adapter au fait que nous n'aurons plus de Lune. Voilà pourquoi nous avons dû évacuer les côtes.

Margaret Hager se tourna vers Burt.

— Qu'en pensez-vous, Burt ? lui demanda-t-elle.

— Je pense que Dave et Neeta ont raison, répondit-il d'un air sombre. J'aurai besoin des coordonnées de navigation précises, ainsi que des courbes d'accélération prévues.

— Je t'ai déjà tout envoyé par email, lui dit Neeta.

— Je suis confiant, dit Dave. Tant que nous parvenons à guider la Lune à distance dans la direction voulue, tout devrait bien se passer. Il nous faudra juste surveiller de près ce qui se passe dans le sillage de la Lune après qu'elle aura percuté ces astéroïdes, parce que cela prendra un jour ou deux pour que nous ayons un passage suffisant.

Burt se tourna vers Margaret Hager et dit à voix basse :

— J'ai besoin de vous parler.

Quand Margaret Hager s'installa à la grande table de réunion du centre de commandement, Neeta demanda :

— Où est Burt ?

— C'est en partie ce que je suis venue vous expliquer, répondit sombrement la présidente.

Après que Burt lui avait fait part de son plan, elle l'avait signé à contrecœur. Quand il avait quitté son bureau, elle avait senti son estomac se nouer et la nausée la reprendre plus violemment que jamais. Elle n'imaginait pas qu'il lui serait aussi difficile d'accepter les conséquences de son plan, mais elle savait qu'il avait raison.

La salle de réunion était bien plus grande que nécessaire. Trente personnes au moins auraient pu y prendre place, alors qu'ils n'étaient que quatre autour de la table : elle-même, Dave, Neeta et Walter Keane.

— Il est presque l'heure, dit-elle. Dans moins de trente-six heures, la

Lune nous ouvrira la voie, et je révèlerai au grand public l'essentiel de ce que nous nous efforcions de taire jusqu'à présent. Nous avons bien fait, mais la dernière chose dont nous avons besoin maintenant, c'est que la panique s'empare des esprits. Alors demain matin, je ferai un discours dans lequel je détaillerai ce que nous allons faire et ce que les gens doivent s'attendre à voir. J'aurai besoin que vous me fournissiez le plus de détails possible concernant l'expérience que nous allons vivre. Moins les gens seront surpris, mieux ce sera.

— Quant au Dr. Burt Radcliffe…

Elle s'interrompit et prit une grande inspiration.

— Vous savez tous que nous avons dû relever notre niveau de sécurité intérieure face aux nombreuses menaces qui pèsent sur notre nation. Attentats suicides, tentatives de détruire notre mode de vie, volonté de voir notre Terre détruite.

La présidente se pencha en avant, tendit les bras et posa ses mains sur le bout des doigts de Dave.

— Malgré la tragédie survenue récemment en Équateur, nous avons pu contrer la plupart de ces attaques. J'ai demandé à Burt se sécuriser la base lunaire pour prévenir d'éventuels projets d'attentat dirigés contre elle. Il y a eu des milliers de cyberattaques contre les serveurs lunaires au cours des deux dernières semaines ; mais tout indique qu'à l'heure actuelle, grâce au travail de Burt, toutes les tentatives de piratage à distance ont échoué.

« Enfin, grâce à nos forces aériennes, nous avons mis un terme à une demi-douzaine de tentatives de voyages non autorisés vers la Lune.

« Vous l'ignorez sans doute, mais nous avons mis en place un plan de secours pour la Lune. Pour le cas où nous ne réussirions pas à surmonter les dégâts causés par la première attaque contre nos postes électriques, j'ai autorisé Burt à utiliser des contre-mesures physiques pour empêcher quelqu'un de prendre le contrôle et de modifier la navigation préprogrammée sur le serveur de la base lunaire. Ce plan B, par chance, n'a pas eu besoin d'être mis en pratique, mais nous avons décidé de mettre en place un nouveau plan de secours.

« J'en prends l'entière responsabilité, et j'emporterai avec moi dans la tombe mes regrets et ma douleur. Néanmoins, je me dois de vous prévenir que Burt est actuellement en route pour la Lune. Les contre-mesures mises en place nécessitent sa présence – la sienne, et uniquement la sienne –

pour débloquer le serveur et orienter la Lune dans la direction que nous voulons.

Neeta en eut le souffle coupé. Elle se couvrit la bouche avec la main, et des larmes coulèrent sur ses joues.

— M-mais… bredouilla Dave.

Il pinça les lèvres, secoua la tête et souffla d'une voix éteinte :

— C'est une tragédie de plus.

Il déglutit péniblement et ajouta :

— Il nous faudra veiller à ce que son acte altruiste reste dans la mémoire de tous.

— Excusez-moi, dit Neeta.

Elle se leva, alla à l'autre bout de la pièce, et enfouit son visage dans le creux de ses mains.

Margaret Hager toussa, luttant pour contenir l'émotion qui lui serrait la gorge. Elle se tourna vers Dave :

— Parlons de ce que nous allons faire. Pour le moment, j'ai besoin que vous m'aidiez à décrire au monde entier ce que nous devons tous nous attendre à voir.

Dave, le visage encore défait par ce qu'il venait d'apprendre, répondit pourtant :

— Bien entendu. Je ferai de mon mieux pour vous aider.

Il regarda Neeta et repoussa sa chaise.

— Permettez-moi d'aller parler à Neeta.

Margaret Hager se recala au fond de son siège et le regarda s'approcher de Neeta et la serrer dans ses bras.

— Je m'en voudrais éternellement d'avoir pris cette décision, murmura pour elle-même la présidente. Je ne reprocherai jamais à Neeta ni à Dave de me détester pour cela.

Elle se tourna enfin vers Keane :

— Général, je sais que nous allons devoir décréter rapidement un confinement, alors si Neeta veut se rendre dans un autre centre d'évacuation, et si le Dr. Holmes juge que cela ne compromet pas notre mission, faites ce qu'il faut pour satisfaire sa demande.

— Compris, Madame la Présidente.

Elle regarda Neeta et Dave échanger avec animation, mais n'entendit pas ce qu'ils se disaient. Finalement, Neeta étreignit brièvement Dave et quitta précipitamment la pièce.

Comme Dave revenait vers la table et reprenait sa place, elle sortit un ordinateur de poche, sélectionna l'application Notes, et reporta son attention sur Dave.

N'ayant pas le cœur de lui demander comment allait Neeta, elle se concentra sur ce qu'elle avait à faire.

— Docteur Holmes, expliquez-moi – chronologiquement, à partir du moment où la Lune commencera à se déplacer – ce que nous verrons depuis la Terre.

CHAPITRE TRENTE-TROIS

Le pas lourd des bottes magnétiques à semelle de caoutchouc de Burt résonna dans les couloirs déserts de la base lunaire Crockett. Le silence qui régnait à l'intérieur du bâtiment était étrange ; il avait l'impression de pénétrer dans un mausolée. C'est ce silence couplé à la fraîcheur de l'air stérile, plus que le changement de gravité, qui donna à Burt une conscience aiguë du fait qu'il n'était plus sur Terre. Durant la longue journée de voyage jusqu'à la base, il s'était préparé à la tâche qui l'attendait sans regret. Il était en paix avec lui-même. Certes, c'était par une bizarrerie du destin qu'il avait été acculé à accomplir cette mission, mais il avait la satisfaction de savoir qu'elle menait à quelque chose qu'il avait toujours appelé de ses vœux.

Il voulait faire une différence dans la vie des gens, fût-ce à ses propres dépens.

— Eh bien, mon vieux Burt, dit-il sur le ton de la plaisanterie, connaissant la présidente Hager, elle fera probablement édifier des statues à l'effigie de ta sale bobine dans chaque État de l'Union.

Il se souvenait bien des couloirs labyrinthiques de l'aile nord de la base lunaire. Il rejoignit la salle de contrôle et s'installa à un poste de travail. Il jeta un coup d'œil à la pendule, et, sans qu'il sache trop pourquoi, les images d'un vieux film lui revinrent en mémoire ; une scène durant laquelle un personnage démarrait au kick une vieille Harley Davidson.

— Dans huit heures, ce sera à mon tour de démarrer les moteurs de ce gros rocher.

Qui sait, songea-t-il, il y a peut-être quelques vieux films archivés quelque part sur cette base…

À cet instant, il se souvint de ce que Margaret Hager avait dit à propos de la liaison satellite qui ne fonctionnait plus.

Il repoussa sa chaise et se leva. Le serveur pouvait attendre.

Il retourna dans la salle où arrivait le flux satellite, et se mit à parler à voix haute :

— Si je réussis à rétablir cette liaison satellite, peut-être que quelqu'un en bas saura me dire où se trouve la salle de détente. Ils ont sûrement de vieux films ici.

Il fallut deux heures à Burt pour trouver le problème, rétablir le flux satellite et le reconnecter au réseau interne. Il récupéra ensuite l'alimentation réseau sur sa tablette et retourna à la console d'administration.

Là, il posa sa tablette à côté de lui, approcha son visage du scanner rétinien qu'il avait installé, et posa son pouce sur le lecteur d'empreintes digitales. Il entendit aussitôt le « click » de validation de l'empreinte de son pouce, mais le scanner rétinien émit un bip sonore négatif.

— Bordel, qu'est-ce qui se passe ? grommela-t-il.

Il essaya de nouveau, mais le même bip se fit entendre.

Son esprit s'emballa ; il ne comprenait pas ce qui clochait. La rétine humaine ne restait-elle pas inchangée tout au long de la vie ? Il essaya une troisième fois, mais de nouveau l'accès à la console de commande administrateur lui fut refusé.

Il ouvrit un tiroir rempli d'outils et jeta un coup d'œil à la pendule.

— Je n'ai pas le temps pour ces conneries !

Par chance, il disposait du micrologiciel de la machine qu'il avait téléchargé ; il pouvait essayer d'annuler, puis de reparamétrer, les mesures de sécurité qu'il avait créées, mais il n'était pas certain d'en avoir le temps.

Alors qu'il commençait à démonter la plateforme, la tablette détecta automatiquement la connexion internet et lança un navigateur.

Il parvint à atteindre la puce qui contenait le microprogramme de la plateforme ; au même instant, la tablette relaya une vidéo figurant un compte à rebours. Il monta le son ; la tablette diffusa une alerte : *« Ceci est un message d'alerte urgent de la présidente des États-Unis, Margaret Hager, à toutes les personnes susceptibles de le capter. »*

Burt hocha la tête, et tandis qu'il cherchait dans une autre fenêtre le code source du micrologiciel, il entendit le message se répéter, jusqu'à ce que, soudain, les chiffres du compte à rebours qui défilaient cèdent la place à la diffusion d'une vidéo en direct. Il reconnut aussitôt l'arrière-plan : le centre de commandement du mont Cheyenne.

La présidente prit place à une table. On apercevait derrière elle le sceau présidentiel. Burt se fit la réflexion que l'aigle à tête blanche, symbole de l'Amérique, n'était pas là la veille encore. Avec cet air parfaitement calme et impassible propre à tous les grands chefs de nation, Margaret Hager prit la parole. Sa voix résonna dans le minuscule haut-parleur de la tablette :

« Bonjour mes chers compatriotes,

« Je m'adresse une nouvelle fois à vous aujourd'hui, non pas seulement en tant que présidente des États-Unis, mais en tant que citoyenne également.

« Je n'avais pas prévu de faire un nouveau discours public avant d'être en mesure d'annoncer que la menace qui pèse sur notre monde est passée, et que nos vies vont pouvoir redevenir normales. Malheureusement, un événement récent m'a contraint à revenir sur cette décision.

« J'ai pris conscience également que ma voix portait bien au-delà des frontières des États-Unis, et qu'elle est de fait traduite automatiquement dans plus de cent langues. Soyez certains que je suis en contact permanent avec les dirigeants de toutes les autres nations du monde ; il y a moins d'une heure encore, je leur ai parlé de ce que je m'apprête à vous dire.

« Ainsi que je vous en ai informés la dernière fois que je me suis adressée à vous, DefenseNet agit comme un bouclier contre la multitude de débris spatiaux qui se dirigent vers nous.

« J'aimerais faire le point là-dessus, afin que vous puissiez comprendre et anticiper ce qui va se produire.

« Bien que vous ne puissiez les voir à l'œuvre, sachez que les plus grands scientifiques et ingénieurs du monde travaillent en se relayant

vingt-quatre heures sur vingt-quatre pour nous défendre contre cette menace imminente.

« À l'heure où je vous parle, DefenseNet a déjà détruit ou détourné plus de treize mille objets entrants qui se dirigeaient directement vers nous.

« Je suis consciente du choc que ce nombre peut causer à beaucoup d'entre vous, mais tous ces objets neutralisés sont autant de petites victoires sur un danger plus global.

« DefenseNet, néanmoins, a ses limites.

« Quand nous avons détecté pour la première fois ces astéroïdes et que j'ai alerté le monde, la communauté scientifique pensait qu'ils avaient été poussés vers nous à la suite d'une collision avec une comète aux confins du système solaire.

« Nous savons maintenant que ce n'était pas le cas.

« Ce qui se dirige vers nous est une force inarrêtable. Une force qui existe depuis l'aube des temps. Cette menace primale, aucun bouclier d'aucune sorte ne saurait empêcher sa progression ; c'est elle qui propulse devant elle les débris spatiaux dont j'ai parlé.

« Alors, me demanderez-vous à juste titre, quelle est cette chose, et que pouvons-nous faire pour nous en protéger ?

« Citoyens du monde, un trou noir est entré dans notre système solaire. Un objet dont la force d'attraction est si grande que la lumière elle-même ne peut échapper à son emprise. Et pourtant, lui échapper, c'est exactement ce que nous nous apprêtons à faire.

« Oui, vous m'avez bien entendue : nous sommes à un tournant de l'histoire de l'humanité.

Tout en écoutant Margaret Hager annoncer au monde à la fois le pire et la perspective du meilleur, Burt, le front couvert de sueur, procédait le plus rapidement possible aux changements qui s'imposaient sur la console, qui n'était pas encore opérationnelle. Le temps filait. Il entendit la présidente reprendre d'un ton à la fois solennel et empreint d'optimisme :

« Nos enfants, et les enfants de nos enfants, pourront ouvrir un jour leur livre d'histoire et découvrir quel bond en avant l'humanité a fait à cette époque qui est la nôtre.

« Je sais quels énormes sacrifices nous avons dû faire pour en arriver là. Nombre d'entre vous ont dû quitter leur foyer. Quant aux autres qui sont toujours chez eux, je sais combien doit leur peser de subir les *mesures drastiques de rationnement mises en place – des mesures comme nous n'en avions plus connu dans ce pays depuis la Seconde Guerre mondiale.*

« Je tiens à présent à parler d'un scientifique en particulier. Un homme extraordinaire dont il est juste que chacun d'entre vous connaisse le nom et l'action. Il incarne à lui seul ce qui est bien et juste en ce monde. Il est un modèle d'altruisme et d'abnégation, un homme dont le principal souci est notre sécurité à tous.

« Le Dr Burt Radcliffe est l'homme qui, le premier, nous a alertés sur la menace à laquelle nous devons faire face aujourd'hui. Depuis lors, il n'a eu qu'une obsession : tout faire pour nous sauver tous de l'inévitable, et il s'y est consacré corps et âme.

« Ronald Reagan a dit un jour que l'avenir appartenait aux braves. Burt Radcliffe incarne cet esprit de bravoure. Récemment, il a dû décider de s'acquitter d'une tâche que lui seul était capable d'accomplir. Cette décision, il en était conscient, signifiait qu'il allait devoir sacrifier sa vie pour sauver la nôtre.

« Il a fait ce choix sans hésitation et sans regret.

« À l'heure où je vous parle, le Dr Radcliffe s'apprête à nous ouvrir la voie, si je puis dire, afin de nous permettre d'avoir un avenir que lui-même ne connaîtra jamais.

« Prions pour le Dr Radcliffe, afin que nos pensées l'accompagnent dans son ultime voyage.

La puce remise en place à l'intérieur de la console, Burt fixa l'écran de sa tablette, peinant à croire ce qu'il était en train de voir. La présidente ferma les yeux, pencha la tête, pria quelques secondes, puis releva la tête, l'air grave.

— Margaret, vous êtes incroyable ! dit-il en s'adressant à l'écran, réellement épaté par ce à quoi il venait d'assister en direct.

« Je suis certaine, reprit Margaret Hager après quelques secondes, que vous avez tous vu ce miraculeux ruban de lumière dans le ciel, et que la plupart d'entre vous ont également remarqué que ce même ruban brille plus fort depuis peu.

« Quand DefenseNet a été construit, le système avait un but avoué : servir de bouclier contre la menace dont j'ai déjà parlé. Mais cette incroyable invention a également été conçue avec un autre objectif : ce

ruban lumineux que nous pouvons tous voir se dresser dans le ciel indique qu'il est prêt à développer une nouvelle capacité, une nouvelle fonctionnalité. Lors de sa conception initiale, nos scientifiques étaient conscients qu'il existait certaines menaces contre lesquelles ce bouclier serait sans effet.

« À l'époque, ils ne pouvaient prédire quelle serait au juste cette menace, et certainement pas qu'elle prendrait la forme la plus terrifiante de toutes peut-être, à savoir celle d'un trou noir.

« Alors, quelle est cette mystérieuse capacité nouvelle dont je viens de parler ?

« Eh bien, c'en est une qui va nous permettre d'échapper à l'inévitable, de nous défendre contre l'inexorable. Un miracle quand tout espoir paraît perdu.

« Grâce à la technologie révolutionnaire de DefenseNet, nos scientifiques ont mis au point un moyen d'éviter non seulement les débris spatiaux qui se dirigent vers la Terre, mais également le trou noir qui menace l'ensemble de notre système solaire. Un moyen de nous échapper, en quelque sorte.

« Je sais ce que vous pensez tous, parce que je me suis fait la même réflexion quand j'ai entendu parler pour la première fois de cette possibilité.

« Absurde !

« Comment ça, s'échapper ?

« S'échapper pour aller où ?

« Je puis vous assurer d'une chose : nous ne courons aucun *danger, mais nous pensons, les autres dirigeants du monde et moi-même, que chacun doit être informé de ce qui se passe. Nous pensons que vous devez connaître la vérité ; elle seule vous permettra d'avoir foi en l'avenir et d'être convaincus que tout se passera bien. »*

En écoutant parler Margaret Hager, à des centaines de milliers de kilomètres de la base lunaire, Burt ressentit toute la confiance et l'enthousiasme qui émanaient de sa voix pleine de chaleur. Elle ne fit qu'aiguillonner l'énergie qui l'animait, et le sentiment que sa vie avait un sens, qu'il allait la donner pour une grande et juste cause.

Il remit en place les derniers éléments de la console, conscient de tenir entre ses mains l'avenir de l'humanité.

« Comme je l'ai dit précédemment, nous sommes à un tournant de

l'histoire humaine, à un moment vers lequel les générations futures se retourneront, et dont elles parleront avec respect.

Burt rebrancha la console administrateur, tandis que la voix de la présidente gagnait en intensité, faisant naître chez lui un nouveau sursaut de fierté.

« Voici donc venu ce moment, où l'humanité comprend que nous tous, sur cette planète, formons un seul et unique peuple, et qu'il est temps d'aller ensemble vers l'avenir.

« Que ce ruban de lumière dans le ciel soit le symbole de notre avenir commun contre les ténèbres de la division. Un avenir lumineux. Efforçons-nous tous de nous en montrer dignes.

— Oui, puissions-nous en être dignes, approuva Burt.

Il se renversa contre le dossier de son fauteuil et soupira de soulagement en voyant la console s'allumer et attendre ses instructions.

La présidente poursuivit son discours en énumérant les différentes phases que chacun devait s'attendre à vivre. Burt sourit et regarda la pendule. Il était presque l'heure.

À cet instant, une odeur de café frais le tira de ses pensées, et une voix de femme dit :

— Je t'ai apporté quelques bonnes choses.

Il vrilla le buste, se retourna et aperçut la dernière personne qu'il s'attendait à voir là. Sa gorge se serra ; les mots n'arrivaient pas à se former dans son esprit.

Neeta sourit et s'approcha de lui. Elle lui tendit un mug de café chaud et dit :

— Il est temps de déplacer ce gros caillou. Et comme tout le monde sait que tu conduis comme un pied...

CHAPITRE TRENTE-QUATRE

Il y avait moins de vingt-quatre heures que l'explosion en Équateur avait pris la vie de Bella. Depuis lors, tous les regards s'étaient braqués sur Dave ; on l'observait. Il avait réussi à contenir ses émotions, à ne rien laisser paraître du déchirement intérieur qui était le sien. Mais à peine s'était-il retrouvé dans l'intimité de ses quartiers, qu'il avait été pris de haut-le-cœur ; la nausée l'avait submergé, et il avait dû à plusieurs reprises soulager son estomac.

Le regard sans vie de Bella, ses beaux yeux verts éteints, le hantaient ; il en avait des frissons.

Il s'efforça de respirer calmement, profondément, mais il avait l'impression qu'une cuirasse d'acier oppressait sa poitrine.

— Bella, je t'ai aimée au premier regard…

Il se laissa glisser sur le côté de son lit et s'effondra sur le sol, son esprit comme engourdi, léthargique.

Plus rien n'avait d'importance. Plus rien ne comptait à présent à ses yeux. Il les ferma, en priant pour que la nuit le prenne. Mais soudain, une voix se fit entendre, lointaine ; un visage se matérialisa derrière ses yeux clos. Un visage merveilleux de beauté, celui de l'être aimé, dont les paroles prononcées des mois plus tôt lui revinrent alors avec force. *« S'il y a une possibilité, tu dois essayer de les sauver. »*

Bella… la chaleur de sa présence l'enveloppait, agissait sur son esprit comme un baume apaisant.

Le monde avait besoin de lui. Bella n'aurait pas voulu qu'il baisse les bras.

Il prit une ample inspiration, et sentit l'étau se desserrer lentement autour de sa poitrine. Il se redressa, appuya sa tête entre ses genoux et imagina Bella assise à côté de lui, posant sa main sur ses épaules, glissant ses doigts sur sa nuque. À cet instant, il se sentit submergé par un flot d'émotions, et il éclata en sanglots.

———

Dave se réveilla en sursaut, grognant en entendant cogner à sa porte et appeler d'une voix forte :

— Docteur Holmes, nous recevons des messages d'alerte du LIGO.

Dave attrapa le bord du lit et se redressa lentement en prenant appui dessus. Il avait dormi à même le sol. Il se leva et se dirigea vers la porte d'un pas titubant, jetant en même temps un coup d'œil à la pendule murale. Il avait dormi deux heures.

Il ouvrit d'un coup sec la porte de son appartement, une des rares chambres privées du site d'évacuation de Cheyenne. Devant lui se tenait un jeune ingénieur au visage pâlot portant un badge du Centre de contrôle des missions. Il avait l'air d'un étudiant fraîchement émoulu de l'université. Dave se retint de lui hurler dessus pour l'avoir dérangé dans son sommeil. Au lieu de cela, il prit une grande inspiration, fronça les sourcils et demanda calmement :

— Qu'est-ce que vous avez dit ?

— Monsieur, le LIGO continue d'enregistrer l'arrivée d'ondes gravitationnelles. C'est un véritable feu roulant, en ce moment même !

Dave poussa un profond soupir, et renvoya d'un geste le jeune ingénieur en disant :

— J'arrive tout de suite.

———

Il régnait une folle agitation eu Centre de commandement du Mont Cheyenne. Des dizaines d'ingénieurs contrôlaient des centaines de signaux satellites provenant du monde entier. Bien que construit sous une montagne, Cheyenne était le plus gros centre de commandement que Dave eût jamais vu. Il renfermait plus d'écrans vidéo et d'ordinateurs que le Centre de contrôle des missions de Cap Canaveral.

Debout au milieu de la salle, Dave surveillait sur un écran les alertes entrantes du LIGO. Il se tourna vers l'ingénieur le plus proche, et pointa du doigt l'écran central.

— Donnez-moi un correctif à partir du satellite Hubble 2. Je veux qu'on le dirige vers la source de ces perturbations, quelle que soit sa nature.

— Oui, monsieur.

L'ingénieur pianota frénétiquement sur son clavier, se leva et cria à travers la salle :

— Quelqu'un peut-il autoriser mes commandes d'ajustement satellitaires ?

Dave avait la bouche sèche et sentait son cœur battre plus fort dans sa poitrine, tandis qu'il scrutait les écrans, attendant qu'ils s'actualisent. Soudain, il sentit une tape sur son épaule gauche ; il se retourna et fut surpris de voir la présidente.

— Que se passe-t-il ? demanda-t-elle.

Dave pointa du doigt l'écran sur sa droite et répondit :

— Nous recevons toute une série d'alertes du LIGO. Je vous parie tout ce que vous voudrez qu'elles proviennent de notre intrus venu des profondeurs de l'espace.

— Monsieur !

L'ingénieur lui désigna l'écran principal.

— J'ai la connexion avec les satellites Hubble 2 et IXO 2. Ils sont en train de faire la mise au point sur une zone située à environ six cent millions de kilomètres, dans les environs proches de Jupiter, semble-t-il.

Dave se mit à surveiller principalement l'écran central, qui affichait pour le moment une image floue, celle d'un fond noir étoilé. Les télescopes étaient en train de modifier leur champ de focalisation.

Margaret Hager montra du doigt une tache blanche qui apparut soudain sur la gauche de l'écran vidéo et demanda :

— Qu'est-ce que c'est ?

— Ça ressemble à l'image floue de Jupiter, répondit Dave, en regardant se préciser les contours de la tache blanche.

Et soudain, ce qu'il eut sous les yeux le laissa bouche bée. Il n'avait jamais vu une chose pareille, hormis dans le cadre de simulations.

De longues traînées gazeuses s'étiraient depuis la surface de Jupiter, et paraissaient irrésistiblement attirées par quelque chose d'invisible.

Sur la droite de l'écran, le flux vidéo fourni par IXO 2 montrait clairement que les traînées gazeuses s'enroulaient autour d'un large centre obscur, formant un halo de lumière éclatant tout autour.

— Mon Dieu, s'exclama Margaret. On dirait que Jupiter se délite comme de la barbe à papa.

Dave hocha la tête.

— Oui, Madame la Présidente, Jupiter est désintégrée par des forces gravitationnelles qui sont au-delà de l'entendement. « L'horizon des évènements », autour du trou noir, tourne pratiquement à la vitesse de la lumière. Les particules à rayon X qui sont produites sont ce qu'on appelle les « derniers souffles » de la matière.

Dave sentit un long frisson lui glacer l'échine, les images à l'écran faisant ressurgir dans son esprit les cauchemars qui l'avaient agité il y avait presque dix ans de cela.

— C'est ce qui nous attend si nous ne parvenons pas à dégager de la trajectoire de ce trou noir.

CHAPITRE TRENTE-CINQ

Secrétaire pour la communication de l'État du Vatican, le Révérend Monseigneur Domingo Adrian Herrera, bien qu'ayant autorité sur toute la communication du Saint-Siège, préféra consulter le Pape après avoir écouté le discours de la présidente des États-Unis tant l'enjeu était important.

Comme il traversait les longs couloirs du Palais apostolique, il commença à ressentir dans chacun de ses membres le poids de ses quatre-vingt-cinq ans ; pourtant, il ne put s'empêcher de songer à l'avenir. La présidente des États-Unis était une excellente oratrice, mais on ne pouvait s'empêcher de déceler dans son message les signes de l'Apocalypse.

Triturant ses doigts ridés, Domingo Adrian Herrera ne put s'empêcher de s'inquiéter en songeant aux foules qui allaient se presser sur la place Saint-Pierre. Dans moins de deux jours, toute la chrétienté allait assister à la messe de minuit pour le réveillon de Noël. La ville attendait cent mille fidèles.

Le secrétaire pour la communication grimpa les marches qui menait aux appartements papaux. Comme il entrait dans le vestibule, il entendit la voix puissante du Pape résonnant dans la cour en contrebas, et radiodiffusée en même temps à l'intention des fidèles du monde entier.

— *Ave Maria, gratia plena ; Dominus tecum : benedicta tu in mulieribus, et benedictus fructus ventris tui Iesus.*

Domingo s'arrêta et s'agenouilla, tandis que le souverain pontife récitait l'Angélus, la traditionnelle prière de 18 heures.

Quand il eut terminé, le Pape salua la foule rassemblée, puis se détourna de la fenêtre. Apercevant son secrétaire qui se redressait difficilement, il se précipita pour l'aider.

— Domingo, mon ami, j'espère que votre arthrite ne vous fait pas trop souffrir, et que la santé est bonne malgré tout.

L'affection sincère du souverain pontife à son égard fit instantanément oublier à Domingo les petites douleurs du grand âge. Le secrétaire pour la communication savait par ailleurs que, le Pape ne regardant pas la télévision, il était de son devoir de l'informer des derniers évènements.

— Votre Éminence, commença-t-il, la présidente américaine a expliqué que notre monde allait connaître un bouleversement majeur, et que ce dernier était imminent. Je crains que tout indique que nous allons vivre la fin de tout ce que nous connaissons. La peur sera dans les esprits de tous ceux qui se rassembleront ici dans deux jours.

Le Pape lui prit le bras, et l'entraîna vers la fenêtre.

— Dites-moi ce qui vous préoccupe exactement, dit-il. Qu'est-ce que cette présidente a bien pu dire pour que vous ayez l'air aussi bouleversé ?

— Saint-Père, c'est juste qu'elle a parlé de rochers descendant du ciel et enflammant tout ce qu'ils touchent. J'ai fait récemment des cauchemars qui ressemblaient exactement à cela. Elle a parlé du soleil sombrant dans les ténèbres. Je crains que la panique ne s'empare des esprits. Il y a déjà des émeutes dans les rues de Rome… et la situation est la même dans tout le pays.

Le Pape posa sa main sur l'épaule de Domingo et la serra doucement.

— Vous oubliez que le Seigneur nous a promis pareilles épreuves, mais il a aussi promis qu'elles annonceraient un jour nouveau et glorieux. L'heure ne doit pas être à la peur ; il est temps au contraire de se réjouir. Domingo, quand vous passerez à tous le message de l'Église, n'oubliez pas les paroles de notre Seigneur. Je vous renvoie aux Actes des Apôtres 2 : 16, au passage disant :

« Il se fera dans les derniers jours, dit le Seigneur, que je répandrai de mon Esprit sur toute chair. Alors vos fils et vos filles prophétiseront, vos jeunes gens auront des visions et vos vieillards des songes.

Et moi, sur mes serviteurs et sur mes servantes je répandrai de mon Esprit.

Et je ferai paraître des prodiges là-haut dans le ciel et des signes ici-bas sur la Terre.

Le soleil se changera en ténèbres et la lune en sang, avant que vienne le Jour du Seigneur, ce grand Jour.

Et quiconque alors invoquera le nom du Seigneur sera sauvé. »

Le Pape sourit à Domingo.

— C'est cela que vous devez dire aux fidèles, car c'est ce message qu'ils ont besoin d'entendre. Ayez foi en ce merveilleux jour, car demain nous apportera un monde plus grand encore.

Domingo prit une grande inspiration, embrassa l'anneau du Saint-Père et promit :

— Je m'en occupe immédiatement, Votre Éminence.

Le secrétaire tourna les talons et s'éloigna en marchant aussi rapidement qu'il en était capable.

Dès qu'il sortit du Palais du Vatican, il essuya une bourrasque de vent glaciale et frissonna. La clarté de la pleine lune attira son regard vers le ciel, et il envoya au Seigneur une brève prière.

Tandis qu'il fixait la Lune, il repensa au texte du Nouveau Testament cité par le Pape : « Le soleil se changera en ténèbres et la lune en sang ».

À cet instant, la lune se mit à briller intensément, rivalisant durant quelques secondes avec la clarté du soleil. Le temps que Domingo lève la main pour faire barrage à l'éblouissement, la lune était devenue rouge foncé, et il lui sembla qu'elle rétrécissait à vue d'œil.

Dans un sursaut d'énergie, il se précipita à travers la cour pour rejoindre son bureau. La seule pensée qui occupait son esprit en proie à la panique était qu'il devait diffuser le plus vite possible le message du Pape au monde.

CHAPITRE TRENTE-SIX

Dave se recala au fond de son fauteuil de commandant de mission, tandis que l'horloge numérique continuait d'égrener son décompte sur le grand écran central. Margaret Hager faisait les cent pas pour tromper son angoisse.

Des dizaines d'ingénieurs étaient à leur poste, concentrés devant leur écran ordinateur. Dave ne connaissait qu'une poignée d'entre eux. La plupart de ceux qu'il connaissait avaient commencé leur carrière à la FIS, avant de la poursuivre dans l'Air Force, au NORAD, le Commandement de la défense aérospatiale de l'Amérique du Nord.

Quand le compte à rebours descendit sous la minute, Dave se raidit. Une image apparut sur l'écran de gauche de la grande salle : une vue de la Lune d'une netteté presque parfaite. L'anneau de distorsion qui en faisait le tour se mit à briller.

Soudain, la voix d'un ingénieur retentit dans les haut-parleurs du centre de commandement.

— *Commandant de mission, nous sommes à H moins 30 secondes de l'activation de l'anneau de distorsion, qui a commencé à se charger. Nous avons un visuel provenant de l'observatoire Palomar. Ils nous confirment que le télescope est verrouillé sur sa cible.*

Dave se pencha en avant. La tension dans la salle était presque palpable, tandis que le directeur de vol décomptait les dernières secondes :

— *Cinq... quatre... trois... deux... un... et activation !*

L'anneau autour de la Lune se mit à briller follement ; c'était comme de fixer du regard le filament d'une ampoule à incandescence.

Dans son micro-cravate, Dave ordonna :

— Holmes à Télécommunications, je veux les données télémétriques du déplacement lunaire. Qu'est-ce que ça donne ?

— *T-COM à commandant de mission : nous enregistrons une déviation latérale de l'orbite lunaire normale. Détection d'une accélération de vingt mètres par seconde carrée... Non, correction : une accélération de quarante mètres... soixante mètres par seconde carrée...*

« *La Lune est sur la bonne voie... Après trente secondes, sa vélocité est de 6 500 kilomètres-heure, et elle a déjà parcouru vingt-cinq kilomètres.*

Dave ressentit une sensation d'euphorie en voyant sa création libérer la Lune de son orbite naturelle. Il avait du mal à dissimuler son excitation.

— Bien reçu, T-COM. Faites-moi un point minute par minute, et immédiatement si vous détectez un imprévu.

Dave regarda la vidéo et écouta les réactualisations chiffrées régulières de l'accélération de la Lune, en augmentation constante.

Brusquement, l'anneau de distorsion dégagea une lumière si éclatante que l'écran devint complètement blanc ; cela ressemblait à une perte de signal.

— Bon sang, mais qu'est-ce qui se passe ? s'écria Dave dans son micro, inutilement car tout le monde dans la salle avait facilement pu l'entendre.

— T-COM, quelle est la situation au Mont Palomar ? La vidéo est hors connexion ? Quelle est la télémétrie ?

L'ingénieur répondit en bredouillant :

— M-monsieur, Palomar réinitialise son imagerie numérique. Un éclat de lumière parasite a mis à mal leurs capteurs. Ils ont besoin de trente secondes pour être de nouveau en ligne.

La présidente s'approcha de Dave d'un pas raide. On pouvait lire sur son visage toute l'angoisse qui était la sienne.

— Est-ce que la Lune vient d'exploser ? demanda-t-elle.

Dave couvrit son micro avec sa main et répondit dans un murmure :

— Je n'en ai aucune idée. On est aveugles ici. Sans instruments, impossible de se prononcer.

À cet instant, l'ingénieur en communications signala :

— *Commandant de mission, nous recevons plusieurs messages provenant de différentes bases aériennes, qui toutes font état d'un même enchaînement de phénomènes : un éclair de lumière, la Lune qui devient rouge, et qui disparaît ensuite.*

La présidente se tourna vers Dave. Une Lune rouge ne pouvait signifier qu'une chose.

— T-COM, il nous faut un visuel. Retrouvez-moi la trace de la Lune. Est-ce qu'on enregistre un changement de vitesse avant, pendant ou après l'incident ?

Le signal vidéo perdu du mont Palomar fut de nouveau actif. L'écran émit une lueur vacillante, puis montra l'espace vide tandis que la voix d'un des ingénieurs en télémétrie résonnait dans les haut-parleurs :

— *Monsieur, le mont Palomar oriente le télescope de manière à suivre le tracé que la Lune aurait dû suivre. Malheureusement, les dernières données télémétriques que nous avons reçues sont faussées, et ne nous permettent pas de savoir avec certitude ce qu'il s'est passé.*

Margaret Hager se tourna vers Dave et désigna d'un petit mouvement du menton l'image vidéo montrant l'espace vide : l'endroit où la Lune aurait dû se trouver.

— Je ne vois rien aucune trace, aucun débris, pas de poussière, dit-elle. Quelqu'un a une théorie ?

— *Commandant de mission, nous avons plus de cent signalements confirmés d'une Lune rouge, et un de nos ingénieurs a vérifié visuellement que la Lune n'est actuellement plus visible dans le ciel nocturne.*

Dave secoua la tête, incrédule. Puis, dans son micro :

— Continuez votre surveillance, T-COM. Dites à Palomar de se concentrer sur le champ de débris spatiaux que la Lune visait. À propos, d'où viennent tous ces signalements ?

Il appuya sur la touche « Silence» de son micro, se tourna vers la présidente et dit :

— Je sais ce qui peut causer la vision d'une Lune rouge. Un feu de forêt peut produire un tel phénomène. Mais honnêtement, je doute que...

— *Commandant de mission, les messages... ils viennent de partout –*

de la base d'Elmendorf en Alaska, de la province de l'Alberta, de McChord Field dans l'État de Washington...

— Bon, grommela Dave. Impossible que nous ayons un feu de forêt au milieu de l'Alaska, au Canada et dans l'État de Washington en même temps. Non, il semblerait plutôt que...

— Commandant de mission, Palomar se concentre maintenant sur le champ de débris.

Dave fixa l'écran de gauche où l'image floue gagnait graduellement en netteté. Peu à peu, un fond gris apparut, qui paraissait encore flou cependant ; sur les bords de l'image, on apercevait des objets gris sombre en suspension : des astéroïdes. Ils apparaissaient clairement, mais Dave comprit instantanément que quelque chose clochait.

Le présidente pointa l'écran du doigt et demanda :

— Est-ce le champ de débris ?

— Je ne sais pas, répondit Dave d'un ton bourru en se levant.

Quelque chose en lui s'agaçait, comme à chaque fois qu'il n'avait pas toutes les informations dont il avait besoin.

— T-COM, quel est le diamètre de cette ouverture centrale ? Est-ce qu'on a fait un trop gros plan ? Et ce fond gris encore flou, comme en retrait, à quelle distance se trouve-t-il ?

— *Commandant de mission, Palomar indique que le champ visuel est de cent quatre-vingt-quinze mille kilomètres, et que le fond gris est en réalité la deuxième vague de débris, située à vingt millions de kilomètres derrière la première.*

Dave se figea, et un petit sourire releva le coin de ses lèvres tandis qu'il se tournait vers la présidente.

— Je crois qu'il est temps d'attacher nos ceintures, dit-il. Je ne sais pas trop comment Burt s'y est pris, mais il a réussi à nous ouvrir la voie à travers ce champ de débris ; l'ouverture est assez large pour que nous puissions nous glisser à travers.

Dave n'avait pas imaginé que la Lune puisse accélérer aussi agressivement qu'elle l'avait fait.

Il ressentit une brusque poussée d'adrénaline, et reprit dans son micro :

— T-COM, mettez-moi en relation avec l'officier chargé des communications du poste électrique équatorien. J'ai besoin de lui parler. Il me faut aussi une connexion avec les systèmes de guidage et les calculateurs de navigation.

« Directeur de vol, procédez à la vérification de tout le système. Je veux engager maintenant une séquence de lancement, avec un compte à rebours réglé à trente minutes.

« Le Dr. Radcliffe nous a ouvert un passage à travers ce champ de débris ; ne gâchons pas cette opportunité.

« Préparez-vous tous à entrer dans l'histoire.

CHAPITRE TRENTE-SEPT

— Comment ça, le Dr. Patel se trouvait sur la Lune ? interrogea Margaret Hager en fixant le général Keane avec des yeux incrédules. Pourquoi diable l'avez-vous laiss…

Elle se mordit la langue de frustration, se souvenant non seulement à quel point la scientifique avait été bouleversée d'apprendre la décision de Burt, mais surtout qu'elle-même, Margaret Hager, avait autorisé Walter Keane à faciliter le déplacement de Neeta sur un autre site, si elle le souhaitait. Elle n'avait pourtant pas imaginé une seule seconde que le Dr. Patel puisse décider de rejoindre Burt sur la Lune.

Dave, qui se tenait tout près, pinça les lèvres et secoua la tête, avant de reporter toute son attention sur le compte à rebours qui avait déjà commencé.

— Je suis navré, Madame la Présidente, mais vous m'av…

— Je sais, coupa Margaret Hager. Ce n'est pas votre faute, Walter. C'est juste que je suis stupéfaite et attristée en même temps par cette nouvelle. De plus, Neeta Patel a fait un tel travail ici, et sa présence nous était tellement utile…

Fronçant les sourcils, la présidente remercia le général et alla s'asseoir sur le fauteuil le plus proche, regrettant ses décisions les plus récentes.

Cela faisait une semaine que Stryker était arrivé au centre d'évacuation des Poconos, et avait pu revoir sa famille, tout en organisant les tâches matérielles des « MP » de son unité.

Le centre des Poconos était gigantesque. Il abritait plus de cinq mille personnes, et les bâtiments, qui servaient principalement à l'hébergement, occupaient une surface de presque six kilomètres carrés.

Marchant le long du chemin de terre qui formait l'artère principale du centre d'évacuation, Stryker entendit des bruits de pas précipités derrière lui.

— Papa !

C'était Isaac qui l'appelait ; sa sœur courait derrière lui.

Les deux gosses foncèrent sur Stryker, qui manqua tomber à la renverse quand ils le tamponnèrent.

— Maman dit qu'on peut te dire bonne nuit avant d'aller au lit ! s'écria Emma de sa petite voix haut perchée.

— Vraiment ? dit Stryker.

Il aperçut Lainie qui marchait dans leur direction au milieu d'une foule éparse ; son visage de lutin affichait une expression amusée.

Elle s'était montrée plutôt agréable avec lui depuis qu'ils s'étaient revus au centre ; mais depuis peu, son humeur sarcastique reprenait parfois le dessus.

Stryker la vit se frictionner les bras.

— Il commence à faire froid, se plaignit-elle.

Il se dirigea vers un tas de bûches de bois et attrapa un fagot de quinze kilos.

— Voilà. Je vais porter ça à votre logement. Ça vous tiendra chaud.

Les gosses jouaient à se courir après. Stryker sourit.

— On dirait qu'ils s'adaptent plutôt bien, fit-il remarquer.

— Oui, admit Lainie. Ça me surprend d'ailleurs, compte tenu de ce que tout le monde traverse ici.

Elle souffla dans ses mains et claqua des dents.

— Je déteste le froid.

Stryker enveloppa ses bras autour de ses épaules. Elle frissonna, mais le laissa faire.

— Ça va ?

— Je gèle.

— Je fais de mon mieux pour qu'il fasse bon là où vous êtes, les gosses et toi, tu le sais ? Et ces chaufferettes chimiques que je vous ai procurées pour les lits sont bien utiles, non ?

— Oui, très utiles, merci. Emma continuait de voler les couvertures d'Isaac, alors je les ai fait dormir dans le même lit pour qu'Isaac ne gèle pas en plein milieu de la nuit.

Elle rit. Stryker soupira, regrettant de ne pouvoir jouer un rôle plus actif auprès d'eux.

Ils marchèrent un moment en silence. De temps à autre, Lainie le tamponnait légèrement, comme autrefois lorsqu'ils se promenaient dans Central Park, songea-t-il tendrement.

Sans même s'en rendre compte, les gosses ayant dévié de l'allée principale, il se retrouva devant la porte de leur maisonnette. Isaac passa son doigt devant la serrure biométrique.

La porte s'ouvrit. Stryker se déchargea de son fagot de bûches.

— Je vais vous allumer un bon feu, dit-il.

Quelques minutes plus tard, devant une belle flambée, il embrassa les enfants en leur souhaitant bonne nuit, puis s'attarda un instant dans l'entrée en les regardant se blottir l'un contre l'autre sous les couvertures.

Lainie l'enveloppa avec ses bras et murmura :

— Tu crois qu'on va réussir ?

Stryker hocha la tête et répondit :

— J'ai toute confiance dans ce que nos scientifiques sont en train de faire. Je veux dire, tu as vu comme moi le…

— Non, espèce de bêta, coupa-t-elle en lui donnant un petit coup de coude dans les côtes. Je veux dire, toi et moi, soupira-t-elle. Tu me manques.

Stryker eut l'impression que son cœur manquait un battement. Il fixa Lainie, plongea son regard dans ses yeux brillants voilés de larmes.

Que voulait-elle dire ? Pourtant, elle détestait ce qu'il faisait, son uniforme…

— Lainie, je croyais que tu ne pouvais pas…

— Les enfants ont besoin de nous deux.

Stryker sentit une douce chaleur irradier dans tout son corps comme Lainie se blotissait contre lui.

— Je veux juste que tu passes plus de temps avec nous… avec moi, ajouta-t-elle.

Il ouvrit la bouche pour lui répondre, mais elle lui intima le silence en posant un doigt sur ses lèvres. Puis elle glissa une main autour de sa nuque et attira son visage contre le sien pour lui donner un baiser, le premier depuis des années.

— Madame la Présidente ?

Margaret Hager s'était calmée et assistait aux dernières minutes du compte à rebours, quand elle reçut une représentante de la FEMA, l'Agence fédérale des situations d'urgence, qui lui fit son premier rapport d'une voix légèrement tremblante :

— C'était marée basse sur la côte Est, expliqua-t-elle, quand brusquement le niveau de la mer s'est élevé. Pour le moment, seule une zone à faible densité de population sur la côte sud de la Floride a été réellement affectée. Néanmoins, d'autres rapports en provenance d'autres parties du monde relatent le même phénomène de brusque montée des eaux.

Dave, qui avait les yeux rivés sur les données qui s'affichaient sur les différents écrans, avait cependant prêté l'oreille à ce qui venait de se dire. Il s'adossa au fond de son fauteuil et dit, sans quitter des yeux les écrans vidéo :

— Prévenez vos homologues à l'étranger que ces phénomènes de marée accélérée vont se répéter encore, mais dites-leur bien que ça va finir par se calmer. Maintenant que la Lune n'est plus là et que le soleil va cesser bientôt d'exercer la moindre influence sur la Terre, le concept même de marée n'aura plus de sens.

Margaret Hager se pencha en avant et lut le nom inscrit sur le badge de la grande blonde dont le regard oscillait nerveusement entre elle et Dave.

— Écoutez, Jennifer, calmez-vous. Faites exactement ce que le Dr. Holmes vous a dit, et tenez-nous informés s'il y a de nouveaux développements. Tout va bien se passer ; ayez confiance.

— Oui, Madame la Présidente, acquiesça rapidement Jennifer, avant de tourner les talons et de repartir comme elle était venue.

Margaret regarda Dave à son poste de commandant de mission. Malgré la perte de l'être aimé et la nouvelle brutale de la mort inattendue de ses collègues, il ne laissait rien paraître de ses émotions ; il était... aux commandes. Elle hocha doucement la tête, impressionnée. L'homme était non seulement l'un des plus brillants scientifiques qui ait jamais existé, mais il était de surcroît d'une force mentale qu'auraient enviée certains des meilleurs militaires qu'elle avait eus sous ses ordres.

La voix du directeur de vol résonna dans l'auditorium du centre de contrôle :

— *Commandement du NORAD, nous sommes à T moins cinq minutes avant activation de l'anneau de distorsion.*

— *PAO*, dit Dave dans son micro en s'adressant à l'officier chargé des communications, *commencez le « simulcast » du compte à rebours. Que tout le monde puisse assister en direct à ce qui se passe, puisque c'est le sort de toute l'humanité qui va se jouer dans les minutes qui viennent.*

Le chargé de communication activa la diffusion externe afin que le monde puisse voir et entendre ce qui se passait à l'intérieur de centre de commandement. Puis il se retourna et leva le pouce pour signifier à Dave qu'ils étaient en direct.

— *À toutes les personnes qui entendent ma voix, ici le commandant de mission David Holmes qui vous parle depuis le complexe du mont Cheyenne dans le Colorado. Nous sommes à présent à quatre minutes de l'activation autour de la Terre de l'anneau de distorsion, qui est une composante de DefenseNet.*

Il tapota son micro, coupa le son, et s'adressa au chargé de communication qui se trouvait une dizaine de mètres plus loin.

— Est-ce qu'ils peuvent voir l'image de l'écran principal ?

L'officier hocha la tête et cria :

— Oui, monsieur, je diffuse l'ensemble des images de tous les écrans.

Dave leva le pouce à son tour, satisfait, et rouvrit son micro pour expliquer que le compte à rebours avait commencé.

— *Quand nous arriverons à zéro, vous verrez presque instantanément l'anneau briller, tandis que nous activerons ce qu'on peut appeler une bulle de gravité. C'est à ce moment-là que nous commencerons à nous déplacer.*

« *Pour information, vous ne ressentirez pas ce déplacement. Nous jouons un tour à la gravité en quelque sorte ; et alors même que nous nous déplacerons à une vitesse en accélération constante, vous ne ressentirez pas non plus cette prise de vitesse parce que nous serons dans cette bulle isolée de la gravité dont je viens de parler.*

« *Pourtant, dix secondes après que nous aurons activé l'anneau de distorsion, notre Terre se déplacera à la vitesse de 2 200 kilomètres-heure.*

« *Au bout de dix minutes, nous voyagerons à plus de 128 000 kilo-mètres-heure ; et après seulement cinq jours, notre vitesse sera de presque un dixième de la vitesse de la lumière.*

« *Beaucoup d'entre vous auront probablement du mal à appréhender de telles vitesse de déplacement. À titre de comparaison, je rappellerais que lorsque la sonde Voyager 1 a été lancée en 1977, il lui a fallu trente-cinq ans pour quitter le système solaire, et pénétrer l'espace interstellaire. Il ne nous faudra que cinq jours par y parvenir.*

« *Au cours des jours qui viennent, vous remarquerez que la lumière du soleil faiblit. Les couleurs également seront différentes de ce qu'elles sont aujourd'hui ; vous les verrez tirer vers le orange, et puis le rouge. D'ici cinq jours, le soleil ne sera plus qu'un gros point rouge dans le ciel, et commencera lentement à disparaître à la vue.*

« *En tant que directeur de mission, je ferai un point quotidien de la situation, jusqu'à ce que nous ayons atteint notre destination – une étoile qui, lorsque nous arriverons, vous paraîtra assez semblable à notre soleil.*

Dave jeta un coup d'œil au compte à rebours. Un des ingénieurs annonça :

— *Contrôle de lancement. Nous sommes à T moins une minute.*

Margaret Hager n'avait encore jamais assisté à une séquence de lancement. Elle regarda, fascinée, Dave qui vérifiait rapidement auprès de chaque ingénieur, que tout était prêt.

— *Directeur de vol ?*

— *Tous les voyants sont au vert.*

— *Contrôle des stations électriques ?*

— *Tous les postes sont opérationnels. Les paramètres normaux.*

— *Navigation ?*

— *Navigation prête pour lancement.*

— *T-COM ?*

— *Toutes les communications sont stables. Les ordinateurs de lance-ment fonctionnent de manière optimale.*

Dave leva le pouce à l'adresse du directeur de vol et dit :

— *Directeur de vol, commencez le décompte.*

La présidente se redressa sur son fauteuil en regardant les dernières secondes s'égrener. Tout le monde dans la salle paraissait retenir son souffle.

— *T moins cinq secondes… quatre… trois… deux… un… activation !*

Margaret Hager ne ressentit rien, mais un des écrans vidéo qui montrait le ciel s'éclaircit brusquement, tandis que l'anneau de distorsion absorbait le flux d'énergie

— Ici le centre de commandement du NORAD, nous venons de faire tous ensemble notre premier pas vers une nouvelle ère... nous pouvons confirmer que nous avons bien un déplacement relatif vers l'avant.

Des applaudissements et des cris de joie retentirent dans la grande salle. Margaret Hager se sentit submergée par un sentiment d'euphorie. Tout le monde était debout pour applaudir Dave. Elle ne pouvait qu'imaginer ce que devaient vivre et ressentir les centaines de millions, si ce n'était les milliards de personnes, qui suivaient les évènements en direct. Le monde entier applaudissait probablement à l'unisson du centre de contrôle.

Elle déglutit péniblement, la gorge serrée par l'émotion, et essuya les larmes qui menaçaient de rouler sur ses joues.

Dave souriait. Il dit dans son micro :

— T-COM, affichez sur l'écran numéro deux notre vitesse et la distance parcourue. Je suis certain que nous n'aurons plus d'yeux que pour ça au cours des neuf prochains mois.

« À toute l'équipe du centre de contrôle, je dis : bien joué ! Mais n'oubliez pas que nous avons une longue route devant nous. Je reviendrai vers chacun d'entre vous régulièrement pour faire le point de la situation.

Margaret Hager s'approcha de Dave, le serra dans ses bras et murmura :

— Vous êtes conscient, j'espère, que vous serez à jamais considéré comme le père d'une nouvelle ère spatiale ?

L'air penaud, Dave s'écarta légèrement, haussa les épaules et dit :

— J'essaierai de ne pas avoir la grosse tête.

La présidente sourit.

— Nous avons encore beaucoup à faire, mais pour le moment, réjouissons-nous.

CHAPITRE TRENTE-HUIT

Dave était assis à l'un des terminaux du centre de contrôle, les yeux rivés sur l'écran vidéo, la gorge serrée. Il ferma les yeux et écouta les voix lugubres des mineurs qui faisaient leurs adieux à leur famille. Il venait d'apprendre le sort de certains retardataires de plusieurs colonies minières qui, pour différentes raisons, n'avaient pu joindre la Terre à temps avant le grand départ. Il ne put s'empêcher de songer à Bella, tout en se demandant si toutes ces morts inutiles auraient pu être évitées.

Il se tourna vers un des ingénieurs et demanda :

— Combien de personnes en tout ?

La femme essuya rapidement les larmes qui roulaient sur ses joues, et répondit :

— Vingt-deux personnes de l'expédition minière sur l'astéroïde, plus cent-vingt-cinq autres restées derrière dans différentes installations.

Dave acquiesça, lèvres pincées. Il porterait à jamais les cicatrices émotionnelles de chacune de ces vies perdues, et dont il se sentait responsable. Des fils, des filles, des maris, des femmes.

— Monsieur ! dit l'ingénieur en pointant du doigt l'écran. Ça vient du vaisseau d'exploration de l'astéroïde. Il se trouve approximativement à l'endroit où la Terre aurait dû se trouver encore, si nous n'étions pas partis.

— Quarante-cinq jours trop tard, malheureusement, soupira Dave, avant de voir brusquement quelque chose qui lui glaça le sang.

La caméra grand angle de la station spatiale retransmettait à travers des millions de kilomètres l'image du début de la fin.

Des traînées serpentines jaunâtres de gaz brûlant s'échappaient du soleil.

La force d'attraction du trou noir tourbillonnant était telle que l'étoile centrale du système solaire elle-même en était visiblement affectée.

Des nuages de gaz traversaient l'obscurité de l'espace et se délitaient à l'approche immédiate du tourbillon fatal.

Soudain, deux immenses jets de gaz surchauffés parurent exploser au sommet et à la base du trou noir.

Dave avait déjà vu la trace de tels phénomènes, mais ils s'étaient produits il y avait des centaines de millions d'années-lumière de cela.

— T-COM, dit-il dans son micro, je veux que vous diffusiez ça ! Je veux que tout le monde puisse voir à quel point nous avons échappé de peu à l'annihilation totale.

Assis à la gauche de Margaret Hager, Dave regardait, sourcils froncés, le reportage vidéo d'un journaliste star de la BBC :

« Ici Nigel Colins pour BBC News, en direct concernant la grande purge de 2066. La vague de chaos qui a frappé la Grande-Bretagne est désormais officiellement terminée, les derniers membres de la secte apocalyptique de la Fraternité des Justes ayant été arrêtés ou tués. Du nord au sud, des Shetland aux îles Scilly, les Britanniques ont éradiqué à la racine le mal qui a sévi et tué tant d'innocents. Des milliers de personnes sont mortes, mais c'est bien peu en comparaison des millions d'autres qui ont été tuées de par le monde. »

Dave grimaça en regardant les scènes macabres filmées aux quatre coins du monde. Bûchers funéraires en Inde, inhumations de masse en Chine, et un véritable bain de sang là où des groupes de fanatiques avaient uni leurs forces, avant d'être détruits par les armées des différents pays du monde.

« J'ai le plaisir d'annoncer, reprit le journaliste, *que le chef charismatique de cette secte, un certain Borislav Rokavsky, est finalement allé*

rejoindre son Créateur au cours d'une sanglante bataille livrée autour de la ville de Pernik, dans l'ouest de la Bulgarie. »

Dave fut interloqué par l'image du visage ensanglanté de l'homme à la peau d'un blanc de craie.

— Un albinos ?

Margaret Hager acquiesça d'un hochement de tête.

— J'aurais dû rendre publique bien plus tôt la menace que représentaient ces salopards…

À cet instant, une sonnerie retentit dans un des haut-parleurs intégrés au bureau de la présidente. Dave baissa les yeux et vit s'inscrire le nom de la directrice du FBI, Karen Fultondale, au moment où Margaret Hager appuya sur l'icône de prise d'appel.

— Oui, Karen, qu'y a-t-il ?

— *Madame la Présidente, j'ai de mauvaises nouvelles. Des incidents ont lieu, semble-t-il, dans toutes les prisons depuis que nous avons rendu publics les agissements de la Fraternité. Des milliers de soi-disant accidents se sont produits, visant des membres de la secte. Greg Hildebrand compte au nombre de ces accidents.*

Le mot « salopard » traversa instantanément l'esprit de Dave à l'évocation du nom d'Hildebrand. Il sentit monter en lui, en même temps que le souvenir de l'ancien conseiller scientifique, toute la rage qu'il avait accumulée contre l'homme.

— *Madame la Présidente, Hildebrand est mort. Nous soupçonnons des gardiens de se rendre complices de ces incidents qui surviennent partout. Je tenais à vous mettre au courant pour Hildebrand, et je voulais savoir quelles mesures vous souhaitiez éventuellement prendre.*

Margaret Hager afficha le même air de dégoût que Dave en entendant parler de son ancien conseiller scientifique.

— Aucune, répondit la présidente. Je vais peut-être même songer à commuer certaines peines pour ceux qui nous auront aidé à nous débarrasser de ces animaux infâmes.

Dave sourit, tandis que la directrice du FBI répondait :

— *Oui, m'dame, c'est compris. Je tenais juste à vous informer de la situation. J'en ai terminé.*

— Merci, Karen.

Margaret Hager mit fin à l'appel. Il y eut un bref silence. Puis, se tournant vers Dave, elle reprit :

— Si je vous ai demandé de venir, Dave, c'est pour une autre raison. Je ne sais pas si vous êtes sorti et si vous l'avez remarqué, mais les températures ont beaucoup baissé. Nous sommes partis depuis quarante-six jours maintenant, et il fait bien plus froid.

Dave n'avait pas réellement mis le nez dehorsq depuis son retour d'Équateur, mais il imaginait assez bien que la chaleur produite par l'anneau de distorsion n'était probablement pas à la hauteur des attentes pour lutter contre le froid lié au voyage interstellaire qu'ils avaient entrepris.

— Des rapports me parviennent, continua la présidente, signalant que les calottes glaciaires s'étendent à une vitesse sans précédent, et que le niveau des océans a considérablement baissé à l'échelle du globe. Il fait moins dix-huit degrés à Cleveland, par exemple, et les grands lacs du pays sont gelés. D'après les climatologues, nous sommes globalement plus de sept degrés en dessous des moyennes de saison.

Dave regarda la présidente. Il comprenait parfaitement ses inquiétudes. Il les partageait.

— J'ai entendu dire que la nourriture au moins n'était pas un problème. Les gens ne souffrent pas de la faim, n'est-ce pas ? Vous me le confirmez ?

— Absolument, le rassura Margaret Hager. Les vivres ne manquent pas. Dave, croyez-vous pouvoir faire quelque chose concernant les températures avant que nous ne parvenions à notre destination ? Je crains que nous ne soyons confrontés à de sérieux problèmes s'il venait à faire encore plus froid.

— Je vais probablement devoir me procurer du matériel de laboratoire, pour tester différentes choses…

— Considérez que vous l'avez.

— Je vais également avoir besoin de relevés de température de toutes les latitudes au nord et au sud de l'équateur, et aussi de parler à un expert en modèles météorologiques.

— Pas de problème, dit la présidente. Je vais passer quelques appels.

— Quand tout ça sera terminé, je prendrai de longues vacances. J'irai hiberner dans une grotte quelque part, dit Dave.

Il grogna et se leva.

— Dès que j'aurai les données et que j'aurai pu les étudier, je déciderai de ce qui est le mieux.

— J'ai une totale confiance en vous, dit Margaret Hager.

Debout face à l'écran d'un des six réfectoires du centre d'évacuation, Stryker et Lainie attendaient l'habituel communiqué du NORAD, ainsi que le faisaient d'ailleurs presque tous les autres déplacés, qui y trouvaient de quoi se réconforter.

Stryker exhala un panache de vapeur en respirant, tandis que Lainie se blottissait contre lui, tremblante.

Les températures avaient chuté si radicalement que certains des sapins alentour avaient littéralement explosé à cause du froid.

Lui et le reste des « MP » faisaient tout leur possible pour maintenir une chaleur acceptable dans les foyers et les lieux de rassemblement. Cela ne suffisait pas, mais chacun tâchait d'accepter au mieux la situation.

Lainie et lui vivaient de nouveau sous le même toit, quoique pas toujours dans le même lit.

Emma et Isaac paraissaient heureux de voir tout le monde réunis.

Il les regarda. Ils jouaient au ballon dans un coin de la salle avec une bande de gosses de leur âge.

Il enlaça Lainie par la taille et l'attira contre lui.

— Ça va ?

— Je gèle. Comme d'habitude.

Emma et Isaac quittèrent la partie de ballon et accoururent vers eux. Emma arriva comme une balle dans les jambes de Stryker, et les serra très fort.

— Alors, les enfants, vous avez entendu la présidente ? demanda-t-il. C'est excitant, non ? Je veux dire, quand j'étais gosse, j'aurais rêvé de visiter une nouvelle étoile. J'ai l'impression que mes rêves deviennent réalité.

L'air pensif, Isaac dit :

— Oui, je trouve ça cool.

— Hum, papa ?

— Oui, Emma ?

— Est-ce que les vampires vont devenir réels aussi ?

Stryker rit et secoua la tête.

— Non ! Qu'est-ce qui peut bien te faire croire ça ?

— Eh ben, c'est parce que tu viens de dire que les rêves deviennent réalité. Tante Jessica nous a lu une histoire de vampires, alors je me demandais.

— Non, les vampires n'existent pas, la rassura Stryker.

— Mais s'ils devenaient réels ? insista Isaac, inquiet lui aussi.

Il tourna la tête, aperçut des tresses d'ail blanc pendues au mur du réfectoire et en détacha deux brins.

— Tenez, dit-il en tendant un brin à chacun des enfants. Si vous voyez un vampire, ce qui m'étonnerait, montrez-lui ça, et il détalera sans demander son reste. Faites-moi confiance ; c'est imparable.

— C'est vrai, dit Emma en serrant le brin dans sa main. C'était dans une des histoires de tante Jessica.

— Tu vois, dit Stryker.

Il ébouriffa les cheveux des deux enfants et regarda Lainie, qui souriait doucement.

Après moult discussions fastidieuses – et souvent stériles – avec des climatologues, mais surtout fort des résultats de ses propres expérimentations, Dave pensait avoir assez d'éléments en sa possession à présent pour tenter quelques changements.

Il accrocha son micro-cravate et jeta un coup d'œil en direction de l'officier chargé de communications, qui leva le pouce en l'air.

— Ici Dave Holmes, qui vous parle depuis le centre de contrôle des missions du NORAD, dit-il dans son micro, assis à son pose de directeur de mission au milieu de la salle. Au cinquante sixième jour de notre voyage, nous avons parcouru presque sept cent vingt-cinq milliards de kilomètres, ce qui équivaut approximativement à la distance que parcourrait la lumière en vingt-huit jours.

Dave ne quittait pas des yeux les données télémétriques qui s'affichaient sur l'écran de gauche de la grande salle.

Il entendit la porte principale s'ouvrir et se refermer derrière lui, et à la façon dont la plupart des ingénieurs présents le regardèrent, il n'eut pas besoin de se retourner pour savoir que c'était Margaret Hager qui venait d'entrer et s'approchait.

La présidente prit un siège à sa droite et demanda :

— Alors, Dave, où en sommes-nous ? Pensez-vous pouvoir faire quelque chose contre ce froid ?

Dave hocha la tête, et répondit :

— J'ai fait de nombreux tests, et si je n'ai pas trouvé de réponse idéale, je crois néanmoins pouvoir augmenter un peu la puissance introduite dans l'anneau de distorsion. Cela aura pour effet d'augmenter sa brillance et, je l'espère, de nous faire gagner par conséquent un degré ou deux. Une chose est sûre : le résultat sera très limité.

— Oh, fit Margaret Hager, déçue.

— La lumière produite par l'anneau de distorsion ne pourra jamais égaler la puissance que dégageait notre soleil. En revanche, j'ai une bonne nouvelle.

Margaret Hager se pencha en avant et le fixa d'un air étonné.

— Une bonne nouvelle ?

— Oui, dit Dave. Le surcroît de puissance que nous allons injecter dans l'anneau de distorsion, va également agir sur notre courbe d'accélération. Cette manœuvre pourrait raccourcir de deux mois la durée de notre voyage.

— Mais c'est une nouvelle fantastique ! s'écria la présidente, qui se laissa aller à sourire soudain.

Dave s'adossa au fond de son fauteuil.

— Disons que ça contrebalancera un peu la mauvaise nouvelle concernant la météo. Le choc sera un peu moins rude.

Margaret Hager fixa les écrans vidéo et demanda :

— Je sais que nous sommes tout près d'atteindre la vitesse de la lumière à présent, et que ce sera une étape considérable, mais que voit-on actuellement à l'écran, au juste ?

— Eh bien, répondit Dave, ce que vous voyez notamment sur l'écran principal n° 3 montre ce qui est derrière nous. On ne voit aucune lumière à l'œil nu, parce qu'il se produit un phénomène qu'en astronomie on appelle décalage spectral vers le rouge.

Margaret Hager secoua la tête d'un air perdu. Dave sourit.

— Docteur Holmes, dit-elle, essayez de m'expliquer tout ça en termes simples, vous voulez bien ? Vous dites « décalage vers le rouge » ?

— Oui, désolé. Ce qu'on voit d'un objet dépend de la lumière qu'il projette ou reflète. Ça vaut pour les étoiles. Maintenant, imaginez que vous tenez une longue ficelle et que vous l'agitez dans un mouvement de va-et-vient. Les vagues que fait la corde sont ce à quoi ressemble véritablement la lumière. Il s'agit simplement d'une série de vagues d'énergie, et ces vagues ont une certaine longueur. Si vous courez en tenant l'extrémité de la ficelle, les vagues s'allongeront. C'est la même chose avec la lumière quand vous vous en éloignez. Plus la vague est longue, plus elle tire vers le rouge, jusqu'à ce que l'œil ne puisse plus la détecter. Les étoiles derrière nous peuvent n'être plus visibles à l'œil nu ; il faut alors un télescope capable de détecter l'infrarouge.

— Est-ce pour cela que la Lune est apparue rouge à beaucoup ? demanda Margaret. Parce qu'elle s'éloignait de nous à grande vitesse ?

— Absolument, répondit Dave, qui ne put s'empêcher d'éprouver une pointe de tristesse en songeant au choix fatal de Neeta.

— Bon, je vous laisse procéder, dit Margaret Hager.

Dave vérifia leur vitesse actuelle et ouvrit son micro.

— T-COM, mettez-moi en liaison avec le poste électrique en Équateur.

— Le poste électrique équatorien est en ligne.

— Nous sommes à 99,5 % de la vitesse de la lumière, et cela continue d'augmenter. Ici, le commandant de mission à poste équatorien : augmenter la puissance de dix pour cent.

Dave regarda la puissance totale injectée dans l'anneau de distorsion augmenter lentement, et leur vitesse suivre proportionnellement.

Il sourit, se tourna vers Margaret Hager et demanda :

— Avez-vous jamais vu cette vieille série télé intitulée *Star Trek* ?

— Si, bien sûr. J'ai toujours eu un faible pour cet officier supérieur asiatique qui pilotait le vaisseau, avoua la présidente d'un air presque gêné. Ce n'est d'ailleurs sûrement pas un hasard si mon mari est Asiatique. L'air grave et silencieux, vous voyez le genre ? Comment s'appelait ce pilote dans la série déjà ?

— Sulu, dit Dave en riant.

— C'est ça, Sulu ! répéta-t-elle, le nom faisant naître un sourire sur ses lèvres.

Dave surveilla la vitesse. Ils venaient d'atteindre 99,9 % de la vitesse de la lumière.

— Il y a une phrase que j'ai toujours voulu prononcer, dit-il.

À l'instant où ils allaient franchir la fameuse constante physique, Dave tendit le bras en avant et dit dans son micro :

— Monsieur Sulu, passez en distorsion 1 !

À la seconde exacte où la vitesse de la Terre dépassa celle de la lumière, on entendit dans les haut-parleurs :

— *Distorsion 1 confirmée, monsieur !*

Dave éclata d'un rire joyeux.

Margaret Hager le regarda et sourit. Puis :

— Nous venons plus que jamais d'entrer dans une nouvelle ère, reprit-elle d'un ton plus grave.

Dave vérifia l'image de l'écran n° 3. Tout était noir.

— Exactement comme je le soupçonnais. Rien. Même le télescope ne voit rien derrière nous. Nous voyageons à présent plus vite que la lumière.

— Oh, fit la présidente. La lumière ne peut plus nous atteindre parce que nous nous déplaçons plus rapidement qu'elle, c'est ça ?

— Exactement, dit Dave. Mais nous pouvons toujours voir les étoiles devant nous ; du moins, à l'aide d'un détecteur d'ultraviolet.

Margaret se leva et demanda :

— À combien sommes-nous de notre destination à présent ?

— GNC, demanda-t-il en s'adressant à l'ingénieur chargé du système de Guidage, Navigation et Contrôle, affichez nos coordonnées ICRS2 en prenant Tau Ceti comme repère, et en vous basant sur notre courbe d'accélération actuelle, donnez-nous une estimation de notre date d'arrivée.

La réponse vint quelques secondes plus tard :

— *D'après les derniers calculs, nous entrerons dans l'orbite de Tau Ceti dans 154,75 jours.*

— Bien reçu, GNC.

Puis :

— À tous ceux qui nous écoutent, reprit Dave en ouvrant de nouveau son micro, nous nous déplaçons actuellement à une vitesse supérieure à la vitesse de la lumière. Nous devrions atteindre notre destination finale avec soixante-trois jours d'avance sur le calendrier prévu initialement. Je continuerai de diffuser depuis le centre de contrôle des missions du NORAD un bulletin aux heures habituelles. C'était Dave Holmes.

Il ôta son micro. Il se sentait étrangement calme. Il se tourna vers Margaret Hager et dit :

— La prochaine grande étape sera celle où nous ralentirons pour nous positionner en orbite autour de notre nouvelle étoile.

CHAPITRE TRENTE-NEUF

Il y avait presque deux mois que Stryker et sa famille avaient quitté le centre d'évacuation. Lainie avait passé une semaine complète a aérer l'appartement, s'efforçant de le débarrasser de l'odeur de renfermé qui s'était installée, comme c'est inévitablement le cas dans les lieux clos où l'air ne circule plus.

Stryker n'aurait jamais pu imaginer que sa vie prendrait un tel tour. Et pourtant, il était là, visitant cette exposition du campus scientifique Burt Radcliffe dans le Bronx, tenant son ex-femme par la main pendant que les gosses regardaient un court film consacré à l'exploration spatiale.

Lainie appuya sa tête contre son épaule.

— Qui aurait pensé que tous ces gosses seraient aussi fascinés par un film scientifique ? lui fit-il remarquer. Ils adorent cet endroit… et je dois dire que ça me plaît bien aussi ce temps que nous passons ensemble.

— Ça me plaît à moi aussi, dit Lainie en resserrant brièvement l'étreinte de sa main sur celle de Stryker. Je ne veux pas que ça change.

— Même à présent que je porte à nouveau l'uniforme ?

Elle soupira et le prit dans ses bras.

— Ça fait partie de toi ; il m'a juste fallu du temps pour le comprendre et l'accepter.

Les mains moites et des papillons dans l'estomac, Stryker appuya sa tête contre la sienne et murmura :

— Tu veux bien m'épouser… une deuxième fois ?

Lainie se raidit. Stryker la fit pivoter pour qu'elle soit face à lui. Il vit des larmes rouler sur ses joues, et les essuya avec son pouce.

— Qu'y a-t-il ?

Elle baissa les yeux et prit les deux mains de Stryker dans les siennes.

— Je dois t'avouer quelque chose.

Stryker écarquilla les yeux. Son cœur se mit à battre plus fort.

— Quoi ?

— Je garde un secret depuis quelques temps ; je ne savais pas comment t'en parler. Je…

— Quel secret ? coupa-t-il, son esprit s'emballant, et l'empêchant de réfléchir clairement.

Elle le regarda dans les yeux, tandis que le film prenait fin et que les enfants commençaient à s'agiter bruyamment.

— Qu'est-ce que tu dirais d'avoir un autre bébé ?

— Eh bien, je n'y ai pas vraiment réflé… Non ! Vraiment ? fit-il, estomaqué.

Un grand sourire illumina son visage. Il l'approcha de celui de Lainie et murmura :

— Tu es enceinte ?

Elle acquiesça d'un hochement de tête, souriant timidement.

Sous le choc, Stryker peinait à réprimer les larmes de joie qui lui brouillaient la vue.

— Je t'aime, Madame Stryker. Dis-moi que tu veux bien te remarier avec moi.

— Oui. Je le veux, dit-elle.

Stryker la serra dans ses bras et la souleva doucement du sol, tandis qu'Isaac et Emma les rejoignaient en courant.

— Papa, maman, je veux devenir astronaute, s'écria Isaac.

— Et moi, physichienne, proclama Emma.

***

Dave entra dans le Bureau ovale, scruta la pièce, et ne put s'empêcher de s'émerveiller de la clarté qui baignait toutes choses. Après sept mois passés à l'intérieur d'une montagne, il lui restait encore à s'habituer à la lumière du monde et de leur nouvelle étoile.

La présidente se leva prestement et vint le saluer les bras grands ouverts.

— Comment allez-vous ?

— Je vais bien, je vous remercie, répondit-il.

Et c'était vrai qu'il ne s'était pas senti aussi bien depuis longtemps. La compagnie de Bella lui manquait cruellement, bien sûr, mais il avait dû gérer tellement de situations critiques au cours des dernières semaines qu'il n'avait pas eu le temps de penser à ses propres problèmes.

— Je vous en prie, asseyez-vous, lui dit Margaret Hager en lui désignant un fauteuil.

Dave jeta un coup d'œil par la fenêtre baignée de soleil et sourit.

— C'est tellement mieux d'être ici que dans cet abri. J'avais presque oublié ce que c'était que de vivre au grand air.

— Ce n'est pas moi qui vous contredirais, mais il y a tant à faire, dit la présidente en s'asseyant en face de lui. Le temps a changé plus vite que je ne le croyais. La météo prévoit 26° C. aujourd'hui à Washington. Et j'ai lu un rapport ce matin expliquant que les calottes glaciaires ont cessé de grandir. D'après les climatologues, nous devrions être revenus aux normales d'avant notre départ d'ici deux ans.

Margaret Hager sourit, avant d'ajouter :

— Et le temps n'est pas la seule chose qui est en train de changer. Le croirez-vous, si je vous dis que votre cinglé d'ami nord-coréen vient d'ouvrir ses frontières ? Pour la première fois depuis des générations, les peuples des deux Corée, Nord et Sud, peuvent se retrouver librement. La rumeur veut que de nombreux généraux du Chef Suprême aient dû être exécutés pour que cela puisse se produire, mais la réalité est bien là… Dave, en tout cas, ce que vous avez réussi à faire inspire le monde entier. Et je vais encore avoir besoin de votre aide pour autre chose.

Dave ouvrit la bouche pour répondre, mais la présidente ne lui laissa pas le temps de prononcer un mot. Elle poursuivit avec enthousiasme :

— J'ai participé hier à une assemblée générale de l'ONU, reprit-elle, et une tendance se dessine nettement en faveur d'un grand plan à long terme qui donnerait plus de contrôle, non pas aux politiques, mais aux scientifiques, ou, plus précisément, à un grand corps scientifique dont les modalités de fonctionnement restent à définir. Et pour diriger cette nouvelle entité, votre nom était évidemment le premier sur la liste.

— Autant vous prévenir : il n'y a pas l'ombre d'une chance que je veuille diriger quoi que ce soit de ce genre, prévint Dave en secouant la tête avec véhémence.

Margaret Hager sourit chaleureusement.

— Ce n'est pas ce que je vous demande. Je veux juste que vous soyez associé à ce projet. Vous n'avez pas idée à quel point les gens parlent de vous. Vous êtes la voix qui les a réconfortés durant ce long voyage qui a été le nôtre. Pour l'immense majorité du monde, vous êtes une espèce de Dieu. Vous comprenez ?

— Je ne veux plus m'engager dans un quelconque projet pour le moment, se justifia Dave. Je veux juste prendre du temps pour moi ; prendre le temps de réfléchir… à ce que je ferai par la suite justement.

— Oh, rien ne presse, évidemment. Mettre en place ce dont je viens de parler va prendre du temps, de toute façon. J'espère seulement que vous souhaiterez y participer, de près ou de loin.

Dave arqua un sourcil et sourit.

— J'y réfléchirai, promit-il.

Puis, changeant rapidement de sujet, il demanda :

— À propos, avez-vous arrêté une décision concernant ce que nous allons faire à présent que nous sommes sur une orbite plus petite ?

— Oui, répondit Margaret Hager d'un air malicieux. J'ai présenté à l'ONU la résolution 12 219, et elle a été approuvée sans que personne ou presque ne s'y oppose.

— Et donc ? fit Dave.

— Je crois que vous allez aimer ce qui a été décidé. Tout le monde a paru trouvé cela évident. Pour la première fois au monde, nous allons avoir un calendrier universel. Et puisque nous orbitons autour d'une nouvelle étoile et que la longueur d'une année n'est plus que de 300 jours, nous sommes tous tombés d'accord pour repartir de zéro avec un nouveau calendrier. Le premier jour de la nouvelle période orbitale est désormais officiellement connu comme étant la Date stellaire 1.0. Le premier chiffre est l'année, et le deuxième le jour, de 0 à 299.

— Date stellaire 1.0… j'adore, se réjouit Dave. Les gens vont mettre un peu de temps à s'y habituer, mais je suis certain que d'ici très peu de temps, quand ils repenseront à notre vieux système jour-mois-année, ils le trouveront ridicule.

Margaret Hager sortit une enveloppe de sa très chic veste de tailleur, et la tendit à Dave.

— C'est pour vous. Pendant que j'étais à l'ONU, une autre résolution, passée presque inaperçue celle-là, a néanmoins été approuvée à l'unanimité. Elle concrétise deux choses : la première, c'est le dépôt sur un compte d'arriérés correspondant à la somme que vous auriez reçue au cours de ces quatre années ridicules durant lesquelles vous avez dû vous cacher. La deuxième vous rétablit à votre poste de directeur de la Fondation internationale pour la science. Votre travail vous attend dès que vous souhaiterez le reprendre.

David fixa l'enveloppe, stupéfait. Les mots lui manquaient. Il s'était imaginé reprendre une activité au sein d'un « think tank », un groupe de réflexion quelconque, à Washington ou ailleurs, mais l'idée qu'il pourrait retrouver son poste à la FIS ne l'avait même pas effleuré.

— Je... je ne vous remercierai jamais assez pour tout ce que vous avez fait, et continuez de faire pour moi, dit-il.

Il déglutit péniblement, sincèrement ému, et répéta :

— Merci.

Assis sur la plage, regardant les vagues se briser sur le sable, Dave attendait le lever du jour. Une brise tiède soufflait de l'est, apportant avec elle des effluves marins ; il se souvint combien Bella aimait l'odeur soufrée de l'eau de mer. Elle lui manquait ; désespérément. Tout comme lui manquaient le visage de Neeta, et son air bougon quand elle agitait dans sa direction un doigt réprobateur. Il regrettait aussi de n'avoir pas eu la chance de mieux connaître Burt.

— Je suis seul, admit-il à voix haute.

Il savait à présent que le meilleur remède à la solitude était encore de s'absorber dans son travail.

Cela faisait tout juste deux mois que le monde s'était installé dans sa nouvelle orbite. Il s'était passé tellement de choses au cours de ces deux mois. Désireux d'associer étroitement la FIS à l'industrie spatiale, Dave avait déménagé le siège de la fondation dans le centre de la Floride, et l'avait intégrée officiellement au complexe de Cap Canaveral.

Il avait fini par s'acheter une jolie maison, et, quoiqu'il ne fût plus associé directement au gouvernement américain, des agents du *Secret Service* n'en assuraient pas moins sa protection, jour et nuit.

Il rapprocha le pied du télescope qu'il avait apporté sur la plage, et dirigea l'objectif vers Epsilon, la cinquième planète qui tournait autour de Tau Ceti. La Terre était désormais la sixième.

Il jeta un coup d'œil par-dessus son épaule et aperçut Tony, un des agents qui lui avaient été assignés. Dave le connaissait suffisamment bien maintenant pour savoir que l'homme était féru d'astronomie, qu'il pratiquait en amateur éclairé.

— La taille d'Epsilon est assez incroyable, dit Dave, l'œil collé à l'oculaire du télescope. Je sais bien qu'elle n'est qu'à trente-sept millions de kilomètres, mais elle est tout de même énorme. Quand on pense que sa masse est quatre fois celle de la Terre. Un jour, nous irons la visiter.

— Docteur Holmes, pourquoi est-ce que cette étoile brille comme ça ? demanda Tony. Je sais bien que ça n'a pas de sens, mais on dirait qu'elle grossit.

Dave suivit du regard l'endroit que Tony pointait du doigt.

— Humm, c'est étrange, oui, dit-il.

Il orienta le télescope vers le point blanc luminescent, colla de nouveau son œil à l'oculaire, et ajusta la distance focale.

— Bordel, mais qu'est-ce que… ? C'est impossible.

— Quoi ? Qu'y a-t-il ?

— Nom de Dieu, Tony, c'est la Lune ! Notre Lune !

Dave sentit son esprit s'emballer. Comment était-ce possible ? Il attrapa le télescope, tourna les talons et se mit à marcher à grands pas en direction de la voiture, réfléchissant à voix haute, sans se soucier de savoir si ce qu'il disait était cohérent.

— S'ils ont pu accélérer de la sorte, c'est que… oui… voilà pourquoi ils ont semblé disparaître ; c'est pour cela que tout le monde a signalé une Lune rouge. En fait, ils ont subi un décalage vers le rouge, et… nom de Dieu, peut-être qu'ils sont toujours en vie !

— Doucement, s'écria Tony, qui lui avait emboîté le pas précipitamment. Je ne comprends rien à ce que vous dites.

— Neeta a probablement programmé le navigateur. La Lune est arrivée jusqu'ici en pilotage automatique. Je ne sais pas s'ils ont survécu au voyage, mais c'est possible.

Ils quittèrent le sable de la plage et arrivèrent à la voiture.

— Nous ne sommes qu'à cinq minutes de la base. Allons vérifier ça tout de suite !

Dave montra son badge et entra dans le Centre de contrôle des missions, où seule une poignée d'ingénieurs travaillait à cette heure matinale. Il claqua des doigts pour avoir l'attention de l'un d'entre eux :

— Nous avons un satellite entrant ! s'écria-t-il. J'ai besoin que vous cherchiez à détecter un éventuel signal.

— Un satellite entrant ? Quel satellite ?

Dave sourit comme un gamin, et traça un grand cercle en ouvrant les bras.

— Un gros satellite rocheux, bien rond. On l'appelait la Lune. Ça vous dit quelque chose ?

L'ingénieur cligna des yeux, interloqué, avant de se précipiter vers le terminal le plus proche.

— Monsieur, je balaie les fréquences, mais je ne vois pas… Oh, attendez, si ! J'ai un signal… très faible…il correspond à celui de la base lunaire Crockett. Je me mets en contact.

— *Base lunaire Crockett, ici le Centre de contrôle des missions, est-ce que vous m'entendez ?*

Dave faisait les cent pas en attendant dans l'angoisse une réponse.

— *Base lunaire Crockett, ici le Centre de contrôle des missions, est-ce que vous m'entendez ?*

Dave se tourna vers l'ingénieur et demanda :

— Est-ce qu'on n'avait pas également un flux vidéo provenant de la base ? Regardez s'il est toujours actif.

— Oui, monsieur.

Les doigts de l'ingénieur pianotèrent à une vitesse folle sur le clavier ; puis :

— Je l'ai. Sur l'écran numéro un, dit-il en pointant du doigt l'écran central.

Dave sentit son cœur s'accélérer en voyant ce qui semblait être le centre de contrôle de la base lunaire. Le flux vidéo était toujours actif.

Et soudain, il y eut du mouvement. Burt entra dans la salle et s'installa à un terminal. Il leva les yeux vers la caméra et sourit.

— *Je vous entends fort et clair, centre de contrôle des missions. C'est bon de pouvoir vous joindre de nouveau.*

— Il me faut un micro ! cria Dave

Un ingénieur accourut et lui tendit un micro portatif.

— Nom de Dieu, vous êtes vivant ! souffla Dave dans le micro.

— *Comment allez-vous, docteur Holmes ? C'est bon d'entendre votre voix. Malheureusement, je n'ai pas de retour vidéo de mon côté, mais je vous entends parfaitement. Nous sommes environ à six heures de vous, mais je vais demander à Neeta de programmer le retour de la Lune dans son orbite terrestre habituelle, si vous n'y voyez pas d'inconvénient.*

Fixant l'écran, Dave ferma les yeux un instant, la gorge serrée.

— Alors, Neeta va bien, elle aussi ? demanda-t-il. Où est-elle ?

Burt hocha la tête.

— Elle va très bien. Elle est juste… Oh, mais la voilà.

Dave vit Burt s'écarter légèrement, et le visage de Neeta apparut à l'image. À la stupéfaction de Dave, elle tenait un nouveau-né dans ses bras, la tête reposant dans le creux de son épaule.

— *Bonjour, Dave. Je vous présente Denise Radcliffe. Elle a deux semaines.*

Dave se leva et dit, d'un ton ému :

— Elle est magnifique. Mais… comment ? Neeta, comment avez-vous tous survécu ?

Neeta sourit, les yeux brillants ; une larme roula sur sa joue.

— Quand j'ai embarqué à bord de la navette pour la Lune, j'avais un plan. L'anneau de distorsion autour de la Lune est bien plus grand qu'autour de la Terre, alors même que la masse lunaire est plus petite que la masse terrestre. Nous avons donc pu suivre une courbe d'accélération bien plus significative que celle qui était possible avec la Terre. Et grâce à la taille de l'anneau de distorsion, il nous a été possible d'accélérer et d'écarter du même coup de notre route tous les débris qui se trouvaient à l'intérieur de l'anneau. Nous avons eu de la chance.

Dave cligna des yeux ; les muscles de ses joues commençaient à s'engourdir à force de sourire.

— C'est génial, vraiment… oh, merde !

— *Quoi ?* fit Neeta.

— Dans tout juste deux heures, le monde entier assistera à une cérémonie commémorant ce que vous avez fait tous les deux… votre sacrifice pour nous sauver. Je sais que des statues doivent être dévoilées dans des parcs ; un tas de trucs a été prévu un peu partout.

Dave se mit à rire.

— Ce qui est certain, c'est que, d'une manière ou d'une autre, vous allez laisser votre empreinte sur ce monde, tous les deux. Je suis juste heureux que vous soyez en vie.

Burt entra dans le champ de la caméra et fit un clin d'œil.

— Pour être franc avec vous, Dave, le monde peut bien se coller où je pense toutes ses statues à mon effigie.

Il se pencha et déposa un baiser sur le front de leur bébé, pendant que Neeta lui prenait la main et l'embrassait.

— La seule empreinte qu'il m'importe de laisser sur ce monde, ce sont ces deux êtres-là, dit-il en désignant Neeta et Denise.

ÉPILOGUE

Dave prit place dans son fauteuil de directeur de mission, et accrocha son micro-cravate.

— T-COM, où en sommes-nous avec Explorer 1 ?

— Explorer 1 a pénétré la troposphère d'Epsilon. Sa vitesse de descente est de 1 200 mètres par minute, et sa cible d'atterrissage se trouve encore à 560 kilomètres. Sa vitesse horizontale actuelle est de 1 528 kilomètres-heure. Il devrait toucher au but dans environ quarante-cinq minutes.

Dave acquiesça d'un hochement de tête. Tout semblait se dérouler comme prévu.

— Bien reçu, T-COM. J'ai besoin des relevés de température. Est-ce qu'il y a un problème avec le flux vidéo en direct ? J'avais demandé à ce qu'on l'active.

— Monsieur, la demande d'activation vidéo a été envoyée il y a trois minutes et quinze secondes. Actuellement, la température à 25 000 mètres est de moins huit degrés Celsius. Quant aux relevés infrarouges, ils suggèrent que la température au niveau de la zone d'atterrissage est de soixante-sept degrés.

Neeta s'approcha depuis un des terminaux et réprimanda Dave :

— Est-ce que vous vous rendez bien compte que les deux planètes sont éloignées de trente-sept millions de kilomètres ? Il ne faudra pas moins de quatre minutes pour qu'un ordre soit envoyé, qu'on y réponde, et que cette réponse parvienne jusqu'à nous.

Elle inclina la tête et afficha cet air qu'elle réservait d'ordinaire aux personnes qui disaient quelque chose de stupide.

— Ces messages que nous envoyons ou recevons sont toujours limités par cette histoire de vitesse de la lumière, ajouta-t-elle.

— Rappelez-moi de reparler de tout ça à Frank dès que possible, dit Dave.

Neeta pointa l'écran du doigt, qui se mit à diffuser les images vidéo provenant du module d'exploration glissant à travers les nuages, et adaptant automatiquement son angle d'approche en raison des brusques vents de travers.

— Bon, en attendant que Frank et vous nous sortiez un lapin de votre chapeau, c'est une chance que les nouveaux systèmes d'IA et d'unité de traitement de Burt se trouvent dans le module Explorer 1. Le pilote automatique semble parfaitement fonctionner.

— Amen, dit Dave.

Cela faisait presque douze heures qu'Explorer 1 avait atterri sur la planète Epsilon et déployé son rover. Dave suivait la progression du véhicule d'exploration sur le chemin sec et rocailleux.

Neeta pointa un doigt vers l'écran. La caméra dévia brutalement quand le rover tourna automatiquement pour éviter une crevasse, avant de continuer sa progression vers ce qui ressemblait vaguement à un amas de gravats à l'horizon.

— C'est quand même bizarre ce chemin qui file tout droit, non ? s'étonna Neeta. Je déteste m'entendre dire ça, mais on dirait presque une route… en piteux état, mais une route quand même.

Dave s'efforça de raisonner de manière cartésienne, mais au fond de lui, il devait bien admettre qu'elle avait peut-être raison, et c'est ce qui faisait qu'à deux heures du matin, il avait l'esprit aussi éveillé.

— C'est peut-être un ancien lit de rivière, suggéra-t-il.

Neeta dirigea le faisceau d'un pointeur laser vers le bord de l'hypothétique lit de rivière, et dit :

— Dave, s'il te plaît. Si c'était un lit de rivière, on n'aurait pas des bords qui tombent comme ça. On voit bien que ce chemin est surélevé d'au moins vingt centimètres par rapport au reste du terrain. Je ne vois pas comment ça pourrait être naturel, pas avec des lignes aussi droites.

— GNC, appela Dave dans son micro. À quelle distance se trouve cet affleurement à l'horizon ?

— *La télémétrie du rover indique qu'il se trouve à 22,5 kilomètres.*

Dave se recala au fond de son fauteuil et réfléchit en silence. Qu'est-ce qui pouvait expliquer *logiquement* l'existence d'un chemin rectiligne et surélevé qui s'étendait sur des kilomètres et des kilomètres ?

Il était trois heures du matin, et le rover continuait sa lente progression le long du chemin rocailleux vers l'étrange affleurement. Dave en avait oublié toute fatigue.

— Je n'arrive pas à y croire, dit-il en fixant, stupéfait, les signes indiscutables de ce qui ressemblait à un bâtiment détruit, dont les décombres se dressaient au milieu de la plaine sableuse couleur rouille qui constituait l'essentiel de la surface de cette planète.

Neeta désigna une partie des gravats grisâtres.

— Regarde tous ces bords droits. Ça semble bien être un mur partiellement effondré, avec ce qui ressemble à une fenêtre au milieu. Nom de Dieu, Dave… Il y a, ou il y a eu, quelqu'un ou quelque chose sur Epsilon qui a construit ça. Je ne vois aucune autre explication !

Un flash lumineux apparut sur l'écran vidéo, et les haut-parleurs de la salle s'activèrent.

— *Commandant de mission, le rover a détecté du mouvement.*

L'angle de vue de la caméra changea brusquement. Dave aperçut au loin une forme floue grisâtre passer rapidement sur l'arrière-plan marron rougeâtre.

— Rover 1 a détecté des manœuvres d'évitement.

Le cœur battant, Dave se leva et regarda, impuissant, le rover essayer de s'éloigner rapidement des décombres. Même s'il actionnait une commande à distance maintenant, elle prendrait une éternité à parvenir au rover ; l'intelligence artificielle du véhicule avait pris le relais.

Alors que le rover progressait chaotiquement en s'éloignant des décombres, l'objectif de la caméra se mit tout à coup à filmer à la verticale, tandis qu'un avertissement s'affichait sur l'écran vidéo : « Traction au sol : 0% »

La caméra filma d'avant en arrière, rapidement, comme si elle était brusquement devenue incontrôlable. Et soudain, un visage en forme de crâne métallique, avec des yeux lumineux, apparut, fixant l'objectif.

— Est-ce que c'est un… un robot ? fit Neeta, le souffle coupé.

Tandis qu'une série d'avertissements défilaient en bas de la vidéo diffusée par le rover, la créature de métal inclina étrangement la tête en scrutant l'objectif de la caméra. Soudain, un doigt métallique tapota le verre de l'objectif et il se fit un grand blanc à l'image.

Dave se renversa contre le dossier de son fauteuil et demanda d'une voix éteinte :

— T-COM ? Qu'est-ce qu'on a ?

— Je-je suis désolé, monsieur. Nous avons perdu le contact avec le rover.

NOTE DE L'AUTEUR

Eh bien voilà, c'est la fin de *Menace primale*. J'espère sincèrement que vous avez apprécié ce premier tome.

J'avoue volontiers que lorsque j'ai commencé à écrire cette histoire, j'ai eu le sentiment que j'allais tourner une page dans ma « carrière » d'écrivain. Pendant longtemps, je n'avais écrit que pour le seul plaisir de mes enfants, surtout ce qu'on appelle de *l'epic fantasy*. Pour autant, je ne prenais pas tout cela très au sérieux. Je ne me suis attelé à ces histoires que parce qu'elles faisaient le bonheur de mes fils.

Et puis, je me suis lié d'amitié avec certains auteurs jouissant d'une belle renommée, et quand je leur ai parlé de mon envie de me mettre plus sérieusement à l'écriture, plusieurs d'entre eux m'ont donné le même conseil : « Écris sur ce que tu connais le mieux. »

Écrire sur ce que je connaissais ? J'ai pensé alors à Michael Crichton. Il était médecin, et il s'est mis à écrire des thrillers médicaux. John Grisham a été avocat durant une dizaine d'années avant de se lancer dans sa série de thrillers juridiques. Ce conseil qu'on me donnait valait peut-être quelque chose, après tout ?

Je me suis mis à réfléchir. « Qu'est-ce que je connais ? » Et soudain, cela m'a paru évident.

Je connais la science. C'est mon métier, et c'est ce que j'aime. En fait, un de mes passe-temps consiste à lire toutes sortes d'articles couvrant la plupart des disciplines scientifiques. Mes centres d'intérêt vont de la physique des particules à la médecine générale, en passant par l'informatique et les sciences militaires (vous savez, cette science qui est derrière tout ce qui fait « boum » !). Il y a chez moi quelque chose du rat de bibliothèque. J'ai également beaucoup voyagé au cours de ma vie, et je continue d'étudier en autodidacte les langues et les cultures étrangères.

Fort, donc, des conseils de plusieurs auteurs de best-sellers consacrés par le New York Times, je me suis mis à écrire des romans. *Menace primordiale* pourrait laisser croire que je m'intéresse uniquement à la science-fiction, mais je tiens à souligner que j'ai toujours eu un faible pour les thrillers dit « mainstream », ou grand public – en particulier ceux qui s'appuient sur de grands enjeux internationaux. Certains de ces éléments figurent sans doute en filigrane dans ce roman, et j'espère qu'ils ont contribué à l'améliorer. On m'a toujours conseillé d'éviter le mélange des genres, mais il m'arrive de ne pas suivre ce conseil.

Alors que j'écrivais ces lignes, ma femme s'est penchée par-dessus mon épaule, et a prétendu que je n'écoutais jamais rien. *Merci, chérie.*

Pour être tout à fait franc, je n'avais pas pour première intention d'autopublier ce roman. Je comptais bien l'envoyer aux principaux grands éditeurs. Après tout, des auteurs publiés dans le circuit traditionnel qui avaient lu le manuscrit ne m'en avaient-ils pas fait d'élogieuses critiques ? Avec le recul, je me rends compte qu'il est très difficile, pour un auteur inconnu, de « percer » dans l'édition traditionnelle, et pour les responsables des acquisitions de ces mêmes maisons d'édition, donner sa chance à un auteur inconnu représente toujours un gros risque. J'ai de tout cela une vision plus claire aujourd'hui.

Je me suis donc trouvé contraint de faire un choix : ou bien remiser mes histoires au fond d'un tiroir, ou bien continuer d'avancer, saisir ma chance et voir si j'étais capable de trouver par moi-même une audience pour mes livres.

Vous l'aurez compris, je suis obstiné ; j'ai choisi la deuxième option.

Je suppose que si vous lisez ces lignes, c'est parce que vous avez lu ce roman dans son intégralité, et que j'ai réussi, je l'espère, à vous divertir jusque-là. Si c'est le cas, cela signifie que je vous ai trouvé ! Vous êtes ce public « insaisissable » que les éditeurs traditionnels m'ont dit ne pas savoir comment atteindre.

Hourrah !

S'il m'est permis de vous demander quelque chose, chers lecteurs, ce serait s'il vous plaît de partager vos impressions/commentaires concernant ce roman sur Amazon, et avec vos amis. Ce n'est que grâce aux commentaires et au bouche-à-oreille que cette histoire trouvera d'autres lecteurs, et la plus grande audience possible, je l'espère.

Encore une fois, merci d'avoir pris le risque de choisir un auteur relativement inconnu, et d'avoir lu son premier roman de science-fiction. Je me dois cependant de vous avertir : ce n'est que le début.

Mon intention est de publier au moins deux livres par an : un premier dans le genre science-fiction/techno-thriller, dans un style semblable à celui de ce livre ; et un autre dans le genre plus large du thriller « mainstream », ou grand public, avec une dimension internationale.

Vous trouverez également à la fin de chacun de mes livres un exposé dans lequel j'évoque ce qui est vrai et ce qui ne l'est pas d'un point de vue scientifique. Si les éléments scientifiques présents dans ce livre vous intéressent, je vous suggère de lire l'addendum.

J'en profite pour vous indiquer que si vous souhaitez être tenu informé de mes dernières parutions, vous pouvez vous inscrire sur mon fichier d'adresses à :

http://mailinglist.michaelrothman.com/new-reader

Ces précisions faites, j'en apporte une dernière : j'ai publié une autre histoire à peu près au même moment que ce livre. Il s'agit d'un thriller grand public intitulé *Perimeter*.

Si vous me le permettez, en voici une brève description :

Levi Yoder est une sorte d'intermédiaire pour la mafia.

La CIA a besoin de son aide. La mafia russe veut sa tête.

Ses ennemis se rapprochant, et n'ayant nulle part où aller, Levi comprend que la seule personne qui peut-être détient toutes les réponses est... sa femme décédée.

« Ave Maria, gratia plena ; Dominus tecum : benedicta tu in mulieribus, et benedictus fructus ventris tui Iesus. »

La récitation de l'Angélus par le pape retransmise depuis la Terre parcourut des millions de kilomètres à travers l'espace, fut reçue par la colonie minière, et résonna dans les bâtiments de l'hôpital psychiatrique La Chrysalide.

Terry Chapper s'arrêta dans le couloir et inclina la tête. Ranger, son berger allemand, imita sa posture révérencielle tout en restant en alerte. Terry, lui aussi, était sur le qui-vive, tous ses sens aiguisés. Compte tenu du fait qu'il remplaçait un des agents de sécurité de l'hôpital dans son tour de garde, il n'avait pas le choix – en particulier ici, en zone verte. C'était la partie de l'hôpital réservée aux patients enclins à la violence. Pas moins de trois verrous biométriques isolaient cette zone du monde extérieur.

La prière prenait fin quand une infirmière entre deux âges se précipita dans sa direction.

— Terry, on a un problème avec Callaway. On dirait qu'il va…

— Je m'en occupe, dit Terry en lui tapotant l'épaule pour la rassurer.

D'un pas rapide, il rejoignit l'aile est et aperçut Josh Callaway dans un couloir. Visage taillé à la serpe et affichant cent trente kilos de muscle à la pesée, l'ancien soldat était habillé comme tous les autres patients – pyjama bleu, socquettes et bracelet médical au poignet. Il paraissait en parfaite santé.

Mais les apparences peuvent être trompeuses.

Callaway marchait lentement, frottant son épaule droite contre le mur, et agitant la main d'une manière qui n'aurait rien évoqué de particulier à la plupart des gens, mais Terry n'était pas la plupart des gens.

— Hé, Josh, mon pote, comment va ? Dis, tu es avec moi ?

Callaway ne répondit pas.

Ranger, aux côtés de Terry, se mit à grogner. Terry claqua des doigts.

— Assis.

Le chien obéit et souffla de frustration, oreilles aplaties.

Callaway se mit à gesticuler de plus belle. Le soldat était ailleurs, dans un autre temps. Soudain, il beugla :

— Œil de Faucon, Treize, à trois quatre. À vous, Hors-la-loi, cinq quatre.

Avec le plus d'autorité possible dans la voix, Terry répondit :

— Bien reçu, Treize. La zone d'atterrissage est libre. Je confirme : ZA libre.

Callaway écarquilla les yeux, fixant un point imaginaire devant lui, voyant quelque chose qui n'était pas là.

— Négatif, Hors-la-Loi. J'ai repéré du Coco sur les hauteurs du massif du Chu Pong. Ils préparent une embuscade. Je suis à quatre kilomètres, est-sud-est. J'ai un visuel. La ZA n'est pas libre. Je répète : la ZA n'est pas libre.

Terry avait étudié les antécédents de Callaway. Le soldat n'avait jamais quitté la colonie. Autrement dit, la scène qu'il était en train de jouer n'avait de réalité que dans son esprit.

— Bien reçu, Treize, dit-il. Je contacte le DASC pour faire décoller la chasse.

Un des infirmiers arriva en renfort au bout du couloir, tenant un pistolet paralysant à la main, mais Terry lui fit signe de reculer.

— Un hélico est déjà sur zone. Les infirmiers sont sur place. Vous me recevez ?

La tension disparut aussitôt de l'énorme visage du soldat.

Terry s'approcha prudemment.

— Sergent Callaway, fin d'alerte. Nous tenons la position.

Le patient exhala un souffle tremblant et se détendit lentement. Des larmes roulèrent sur ses joues. Il cligna des yeux, son regard revenant soudain à l'instant présent.

— Je suis désolé, Terry, dit-il.

Il s'essuya les yeux avec le talon de ses mains.

— J'ai encore eu une absence.

Terry sentit sa gorge se serrer, et lui tapota le bras.

— Tout va bien, Josh. Il n'y a pas de bobo. Allons. Il est temps d'aller prendre tes médicaments.

— Les sédatifs vont faire effet durant quelques heures, dit une infirmière en blouse bleue, en griffonnant quelque chose sur l'image holographique d'une tablette informatique. Je suis impressionnée que vous ayez réussi à entrer dans son délire. D'habitude, quand il est dans cet état, on est obligés de l'étourdir.

Ils se tenaient à l'entrée de la chambre de Josh Callaway. Même dans son sommeil, les tressautements de ses doigts étaient un signe révélateur de lésions cérébrales traumatiques qui n'avaient pas encore guéri. Terry pouvait s'identifier à ce pauvre type aux prises avec ses démons.

— Est-ce que son état s'améliore malgré tout ? demanda-t-il. Quel est son pronostic ?

L'infirmière fit disparaître la tablette d'un rapide mouvement latéral de la main, avant de faire signe à Terry de la suivre jusqu'à la salle de pause des infirmières.

— Eh bien, si l'on considère la violence du coup qu'il a reçu à la tête et qui lui a à moitié défoncé le crâne, on peut dire qu'il se porte plutôt bien. Les nanorobots font leur boulot. Je pense que d'ici un mois, il devrait être redevenu lui-même. Néanmoins, il est peu probable qu'il se souvienne de ce qui s'est passé. C'est ce qu'on n'arrive pas encore à réparer, la mémoire immédiate, ou du moins les souvenirs les plus récents.

En tant que chef de la sécurité de la colonie minière, Terry savait ce qui était arrivé à Callaway, et c'était tout sauf un accident. L'ONU avait envoyé un nouvel espion, qui avait réussi sans qu'on sache comment à déjouer la plupart des contrôles de sécurité. Mais il avait trouvé Callaway sur sa route. Il avait réussi à le piéger et à lui porter un coup qui aurait probablement tué un homme moins costaud.

Terry s'était juré de tout faire pour empêcher qu'un autre de ces salopards de l'ONU ne pénètre à l'intérieur de leur périmètre. Si seulement il savait ce qu'ils cherchaient !

— Hé… salut, Terry.

C'était Candace, une des infirmières, qui lui faisait signe depuis la salle de pause. Un soda, ça te dit ?

Il entra dans la salle.

— Salut, Candace.

Elle regarda Ranger derrière lui. Le chien s'était arrêté sur le seuil de la porte, le museau levé et le regard méfiant.

— Salut, mon chien ! lui lança-t-elle. Tout va bien. Attends, je vais te trouver un petit quelque chose à grignoter.

Ranger remua la queue, se retourna et entra à reculons dans la pièce.

— Mais qu'est-ce que… ?

Terry éclata de rire.

— Quand je l'ai eu, il n'était pas beau à voir. Le véto m'a expliqué qu'on l'avait trouvé au fond d'une des mines, le nez cassé parce qu'il était rentré dans une porte en verre. Je préfère ne même pas te dire combien de crédits ça m'a coûté pour le remettre d'aplomb, mais ça en valait la peine. Le problème avec ce qu'il lui est arrivé, c'est que ça a laissé des traces, et qu'il a encore du mal à franchir les portes.

— Oh, le pauvre chou. Je suis désolée que tu te sois fait bobo sur une porte en verre, dit Candace en s'agenouillant devant Ranger.

Elle lui tendit un biscuit pour chien. Il le mangea dans sa main en remuant follement la queue.

Terry lui tapota gentiment le dos, tandis que l'animal ramassait en les léchant les miettes tombées par terre. Puis il attrapa Ranger par la gueule, l'embrassa sur le bout de la truffe, et dit :

— Nez cassé ou pas, c'est le meilleur chien que j'ai là.

Couchée dans son lit, ses écouteurs dans les oreilles, Priya écoutait l'enregistrement de sa dernière conférence, son réveil bipant sans discontinuer pendant ce temps-là.

« Okay, tout le monde. Pour ceux qui n'était pas réveillés la semaine dernière, je rappelle que nous avons évoqué l'effet Seebeck, et la manière dont il permet de convertir des différences de température en tension électrique via des thermocouples. Comme vous le savez, nous avons à l'intérieur de ces générateurs thermoélectriques, des éléments en décomposition comme le Strontium 90 ; ce sont ces mêmes éléments qui alimentent la plupart des appareils de poche que nous possédons aujourd'hui. Par la force des choses, ces générateurs à énergie longue durée contiennent de puissants émetteurs de particules bêta qui ont besoin d'être protégés. Le simple fait d'arrêter les particules bêta produit un phénomène de bremsstrahlung, *un type de radiations plus pénétrantes.*

Aujourd'hui, nous allons voir comment calculer l'épaisseur de la protection nécessaire, et les différentes options qui s'offrent à nous... »

Chaque fois qu'elle écoutait un enregistrement de sa propre voix, elle était étonnée de constater à quel point son accent britannique s'entendait. Cela l'ennuyait un peu, mais pas au point de vouloir absolument tenter d'y remédier, d'une manière ou d'une autre. Elle était bien plus agacée par le professeur qui lui avait dit qu'il y avait quelque chose d'à la fois hautain et sarcastique dans sa manière d'exposer. Si c'était vrai, elle allait devoir tenter d'arranger cela. Il n'était pas question qu'elle échoue à son doctorat.

La porte de sa chambre s'ouvrit, et tante Jen alluma la lumière.

— Il est presque sept heures ! Tu vas être en retard à l'école.

Priya vivait avec sa tante depuis l'âge de dix-sept ans, depuis la mort prématurée de ses parents sept ans plus tôt. Tante Jen n'avait pas d'enfants ; elle n'en avait jamais voulu, mais elle n'avait pas hésité à proposer de s'occuper de Priya, et la jeune femme lui en était reconnaissante.

— Je suis prête, grommela-t-elle.

Elle écarta les couvertures, révélant qu'elle était déjà complètement habillée.

Tante Jen la regarda par-dessus ses petites lunettes et souffla d'un air désapprobateur.

— N'oublie pas que tu as promis à la gamine de Mme Peete de l'accompagner à la station du Tube ce matin. C'est son premier jour d'école. Je suis sûre qu'elle t'attend impatiemment chez elle.

— J'y vais dans une minute.

Tante Jen battit en retraite, laissant flotter derrière elle les effluves de son parfum à la rose qui donnait vaguement la nausée à Priya.

Elle arrêta l'alarme de son réveil, jeta un coup d'œil à son reflet dans le miroir accroché au-dessus de sa commode, et grimaça. Son épaisse tignasse brune qui lui tombait sur les épaules était hirsute. Il allait lui falloir dix bonnes minutes pour la démêler et la peigner ; dix minutes qu'elle n'avait pas. Elle se décida pour un simple ratissage du bout des doigts ; puis elle attrapa son sac et sortit.

C'était une belle matinée, typique du sud de la Floride. Une brise légère charriait des odeurs de gazon fraîchement coupé, et même une note marine, bien que l'océan se trouvât à une quinzaine de kilomètres de là.

— Priya !

En bas de l'immeuble, elle se retourna et vit Anna Peete qui accourait dans sa direction. Avec ses nattes, son uniforme scolaire impeccable et son sac à dos presque aussi grand qu'elle, la fillette de cinq ans était adorable. Elle sourit à Priya.

— J'ai eu peur que t'aies oublié qu'on faisait le chemin ensemble ce matin, dit-elle.

— Non, sûrement pas, Dragibus.

Priya la prit par la main en bas de l'immeuble et elles se dirigèrent vers le Tube.

— Alors, ce premier jour d'école, tu es contente d'y aller ?

Anna leva vers elle ses grands yeux bleus.

— Assez contente, répondit-elle d'une voix légèrement chevrotante.

Priya exerça une petite pression sur sa main.

— Tu connais bien ce trajet, tu n'as pas de raison d'être inquiète. J'ai une idée : essayons de voir ce que tu sais. Si *réellement* tu es prête pour l'école, tu devrais pouvoir répondre aux questions que je vais te poser. On essaie ?

— D'accord, dit la fillette en s'égayant un peu.

— Où sommes-nous, et où allons-nous ?

Anna pointa du doigt la plaque de la station du Tube.

— C'est facile. Nous sommes à Coral Springs, en Floride, et je vais dans la classe de Mme Robinson à l'École élémentaire de la science et de l'espace David Holmes, à Cap Canaveral.

Priya fronça les sourcils.

— Hmm. Tu as raison. C'était trop facile. Je vais devoir trouver plus difficile.

Anna eut un grand sourire.

Elles montèrent les marches qui menaient à l'entrée de la station, dépassant une femme corpulente, les bras chargés de provisions. Parvenues en haut de l'escalier, un hologramme apparut juste devant elles – un recruteur souriant vêtu d'une blouse de labo portant un logo gouvernemental :

*« Chers voisins, la bienvenue ! Ce sont des personnes comme moi qui assurent la bonne marche et la sécurité du Tube. Tapez *92-8374 sur votre dispositif SMS, et découvrez comment rejoindre notre équipe. »*

— Bon, voyons voir comment tu t'en sors avec cette question, reprit Priya. À quelle distance sommes-nous de notre destination ?

— Pfft. Encore facile. Cap Canaveral se trouve exactement à trois cents kilomètres d'ici.

Elles étaient parvenues aux quais des arrivées et des départs. Anna s'approcha d'un panneau de contrôle. Il s'abaissa à sa hauteur pour lui faciliter l'accès aux commandes. Elle appuya sa main sur l'écran tactile. L'affichage bascula aussitôt sur ses paramètres personnalisés, et une femme s'adressa à elle avec un accent britannique :

« *Bonjour, Anna. Je suis Lexie, ton assistante sur le Tube. Ton compte personnel t'autorise à aller dans quatre directions différentes ? Où souhaites-tu aller ? »*

Anna se tourna vers Priya et lui montra l'écran.

— Tu vois ? On a la distance jusqu'à Cap Canaveral qui est indiquée juste là. Ça dit aussi que ça va nous prendre quinze minutes. Donc, euh…

Elle plissa le front, concentrée, puis :

— Notre vitesse sera de deux mille deux cents kilomètres-heure, calcula-t-elle, et on ressentira une accélération maximum de 3G.

Priya sourit devant la précocité de sa toute jeune voisine.

— C'est incroyable. Qui t'a appris à calculer une accélération comme ça ?

— Bah… ce n'est pas si difficile. C'est juste delta V sur Delta T, et on convertit en G.

La fillette pencha la tête et fronça les sourcils.

— Et c'est *toi* qui m'as appris ça. Il y a longtemps.

Elle se tourna à nouveau vers le panneau de commandes et dit :

— Lexie, je dois aller à l'école. Priya m'accompagne.

— *Deux passagers pour le Campus David Holmes à Cap Canaveral. Confirmez, s'il vous plaît.*

— Je confirme, dit Anna en hochant exagérément la tête.

Un bruit de souffle se fit entendre derrière les portes métalliques du Tube.

« *Soufflerie à dépression activée. Demande de mise en file d'attente pour voie de transport entre Coral Springs-Jonction Nord et le terminal principal du DHEC-Cap Canaveral.*

Priya posa une main sur l'épaule d'Anna.

— Tu vois ? lui dit-elle. Tu te débrouilles très bien toute seule.

— Oui, je suppose. Mais je suis quand même contente de ne pas faire le trajet seule.

« La voiture arrive dans trois… deux… un… »

Dans un grand sifflement, les portes s'ouvrirent, révélant une capsule vide équipée de deux fauteuils rembourrés.

« La voiture est prête. Vous pouvez embarquer.

Elles entrèrent dans la capsule. À peine furent-elles assises que les portes se refermèrent. Aussitôt, Priya sentit un changement au niveau de la pression de l'air.

— Départ imminent.

Les ceintures de sécurité automatiques intégrées aux fauteuils s'activèrent, enveloppant leurs jambes et leurs poitrines d'une sorte de bande de gaze élastique. Priya savait néanmoins que ces ceintures n'offraient qu'une protection illusoire. La vérité, c'était qu'à une vitesse excédant Mach 2, si elles rencontraient le moindre problème, aucune ceinture ne pourrait leur sauver la vie.

C'est de cette manière que les parents de Priya étaient morts.

Dans un silence quasi parfait, elles quittèrent la station de Coral Springs, leur capsule prenant lentement de la vitesse. Leurs sièges pivotèrent automatiquement pour qu'elles soient dans le sens de la marche ; moins d'une minute plus tard, la capsule commença à ralentir.

« Chers passagers, nous arrivons au terminal de commutation de Fort Lauderdale. Restez assis s'il vous plaît. Votre voiture va être automatiquement dirigée dans la bonne file pour un transport à grande vitesse. »

Un hologramme d'un technicien de sécurité apparut dans la voiture.

« Chères voisines, la bienvenue ! Vous vous apprêtez à traverser notre bel État à une vitesse qui excédera celle du son. Certains passagers peuvent connaître des moments d'inconfort, notamment en voyant défiler le paysage à une telle vitesse, mais sachez que toutes nos voitures sont équipées de portails. Et si, pour une raison quelconque, vous sentez que vous devez interrompre ce voyage, veuillez noter je vous prie la présence d'un bouton d'arrêt d'urgence rouge sur chaque fauteuil. Appuyez dessus durant trois secondes pour un éventuel arrêt d'urgence. Y a-t-il des questions ? »

— Non, dit Anna.

L'hologramme tourna son regard vers Priya, qui secoua négativement la tête en souriant.

« Parfait. Dans ce cas, détendez-vous. Le départ aura lieu dans

quarante-cinq secondes. Merci de m'avoir écouté patiemment. Bon voyage. »

Priya regarda par la vitre tous les autres tubes qui convergeaient vers le terminal de commutation. Au loin, des ouvriers en combinaison spéciale utilisaient un découpeur plasma sur une voiture en maintenance. Puis leur capsule se remit à avancer, glissant sur un rail magnétique, avant d'être dirigée dans une nouvelle queue.

— Sais-tu pourquoi c'est toujours aussi silencieux à l'intérieur du Tube ? demanda Priya à Anna.

La fillette fit non de la tête.

— Je n'en suis pas sûre, dit-elle.

— Parce que les sons ne se transmettent pas dans le vide.

— Nous sommes dans le vide ? Je l'ignorais.

— Bien sûr que oui. Ces voitures ne pourraient pas atteindre un tel degré de vélocité si elles se trouvaient dans un environnement impliquant un frottement quelconque.

Anna écarquilla les yeux en prenant la mesure du problème.

— Oui, c'est logique, dit-elle. Pas d'air, donc pas de vent pour nous ralentir. De plus, comme nous glissons sur un rail magnétique, notre voiture n'est en contact avec rien.

— C'est exact. Et sais-tu pourquoi le son ne voyage pas dans le vide ?

— C'est parce que…

La fillette pinça les lèvres, fit un effort de concentration durant quelques secondes, avant de hausser les épaules.

— Non, en fait, je ne sais pas.

— Eh bien, c'est parce que le son est en réalité une onde mécanique. Et les ondes se diffusent en faisant vibrer des particules dans l'air. Mais justement, il se trouve que…

— Qu'il n'y a pas d'air dans le vide ! termina triomphalement Anna, comme si elle venait de faire une grande découverte.

— C'est exactement ça.

« Attention. Votre voiture est la prochaine sur le seuil de départ. Nous quittons le terminal de commutation de Fort Lauderdale dans trois… deux… un… »

Priya se sentit plaquée au fond de son siège comme la capsule accélérait. Un écran devant elles indiquait leur vitesse. En moins d'une minute, il afficha plus de six cent quarante kilomètres-heure.

Anna regarda par la vitre, tandis que Priya se détendait, et repensait à l'étrange e-mail qu'elle avait reçu la veille au soir, se demandant ce qu'il signifiait au juste.

L'e-mail émanait d'un certain Colonel Jenkins, d'une branche militaire dont elle n'avait jamais entendu parler. Il demandait à la rencontrer dans un couloir de son école, à la sortie de son cours de théorie quantique relativiste des champs. Comment savait-il quels cours elle suivait ?

Elle avait commencé par être simplement intriguée, mais maintenant qu'elle avait eu le temps d'y réfléchir, elle était inquiète, et les questions fusaient dans son esprit. Qui était ce type ? Et surtout, qu'attendait-il d'elle ?

⁂

Assise dans une alcôve du *Mama Tina's Diner*, un minuscule restaurant situé à la sortie du campus, Priya sentit son estomac gargouiller tandis qu'elle faisait défiler les plats à la carte sur l'écran tactile. Elle se décida pour un plat que sa mère lui préparait souvent.

— Priya !

Elle appuya sur « valider » pour lancer sa commande, et leva les yeux. Karen Tian, une de ses camarades du cours de physique, quitta la table qu'elle occupait et s'approcha, son assiette à la main. Elle s'affala sur la banquette, en face de Priya.

— Salut, Karen, dit Priya. Je croyais que tu ne venais ici que tard le soir pour réviser, quand tous les distributeurs automatiques se déconnectaient.

Karen secoua la tête, occupée à couper au couteau l'indéterminable morceau de viande en sauce qu'elle avait commandé. Elle en fourra un morceau dans sa bouche et répondit :

— Nan, ces trucs-là sont bons aussi pour la gueule de bois. Et crois-moi, ne laisse personne essayer de te convaincre que l'alcool de prune ne saoule pas.

« *Commande prête* », annonça la voix synthétique du serveur électronique.

Une fente s'ouvrit dans l'appareil, et une assiette fumante d'épinards parsemés de dés de fromage apparut dans l'ouverture.

Priya écarta une mèche de cheveux de son front, se pencha et huma l'odeur du gingembre, du garam masala et de l'ail.

— Qu'est-ce que c'est que ça ? demanda Karen.

— Du *palak paneer*. C'est un plat traditionnel indien. En gros, une purée d'épinards épicée et du fromage.

Elle en prit une cuillérée et mâcha le fromage végétalien caoutchouteux. On était loin du fromage à base de lait de bufflone qu'utilisait sa mère, se prit-elle à regretter.

Elle désigna l'assiette de Karen avec le bout de sa cuillère et demanda à son tour :

— Et ça, qu'est-ce que c'est ?

Karen coupa de nouveau un morceau de ce qui ressemblait à un steak.

— C'est un vieux classique du sud, répondit-elle. Un steak de poulet frit avec un jus de viande. C'est une vraie bombe côté sel et gras, mais c'est parfait pour la migraine dont j'essaie de me débarrasser.

Elle agita le bout de sa fourchette dans la sauce épaisse et ajouta :

— Tu te rends comptes qu'autrefois ils tuaient des vaches et se servaient de vraie crème pour faire ce truc ? C'est un miracle qu'ils ne soient pas tous morts de honte, ou tout simplement d'une crise cardiaque. Quand je pense à ce qu'ils mangeaient à l'époque, fit-elle en frissonnant.

Priya se contenta de sourire. Contrairement à Karen, elle avait gardé le souvenir du goût des vrais aliments, et elle ne désespérait pas de trouver un moyen de s'en procurer de nouveau. Mais pas question d'avouer sa petite hérésie à sa camarade. Elle n'était pas prête à s'entendre sermonner par quelqu'un qui peinait à suivre le programme développé en cours.

— *Réveille-toi.*

Les mots avaient été composés en code morse tactile sur son crâne.

Priya sursauta, leva la tête et regarda autour d'elle. Personne dans l'amphithéâtre ne prêtait attention à elle. Ils étaient tous occupés à prendre en note le cours du professeur Darby, qui n'avait pas son pareil pour brasser de l'air.

Elle murmura dans sa barbe :

— Quoi encore, Harold ?

Elle sentit une pluie de tapotements sur sa tête, imaginant son compagnon inexistant agitant un doigt tout aussi inexistant dans sa direction.

— *Tu ne devrais pas dormir en cours. Et s'il arrivait quelque chose pendant ce temps-là ?*

— Lâche-moi un peu. Ce cours de théorie quantique n'est qu'une resucée de ce que je sais déjà. Darby n'a pas eu une idée originale depuis… sait-on seulement s'il en a jamais eu une ?

En bas de l'amphithéâtre, le professeur continuait de parler sur un ton monocorde de particule N, de bosons identiques, de fonctions d'onde et d'espace de Fock.

— Je suis capable de faire tous ces trucs les yeux fermés, murmura Priya. Alors, si tu me laissais roupiller encore un peu, hein ?

Harold resta silencieux. Soit il n'avait pas la répartie qui convenait, soit il était de mauvaise humeur.

Harold était une intelligence artificielle, d'une forme extraordinairement avancée. Priya n'avait jamais rien rencontré de tel. Il pouvait changer de forme pour imiter physiquement à peu près n'importe quoi, comme il le faisait maintenant, à la racine de ses cheveux, sur sa peau. Il constituait également une sorte d'héritage familial, puisqu'il y avait en lui les souvenirs de tous les Radcliffe, du Grand Exode jusqu'au temps présent.

Sauf que dernièrement, il était particulièrement grincheux, au point que Priya se demandait s'il ne se mettait pas tout simplement à calquer sa personnalité sur la sienne. Malgré cela, ou peut-être *grâce* à cela, elle s'entendait avec Harold mieux qu'avec n'importe qui d'autre.

Le cours magistral prit fin, et l'auditorium commença à se vider de ses étudiants. Priya hésita à suivre le mouvement, repensant à l'étrange rendez-vous qui l'attendait à la sortie, dans le couloir. Elle n'était pas du genre à éviter les confrontations, mais c'était aussi la première fois qu'elle devait faire face à un colonel dont elle ignorait tout, à commencer par le but de sa visite.

— Mademoiselle Radcliffe ?

Priya sursauta, comme électrisée. Un homme de grande taille en uniforme militaire se tenait juste à côté d'elle.

Le colonel Jenkins ? Certainement.

— *Je t'avais bien dit de ne pas dormir en classe,* la blâma Harold, toujours dissimulé quelque part dans sa tignasse.

L'homme lui tendit la main en lui décochant un petit sourire forcé.

— Je me suis faufilé ; vous étiez assoupie. C'est gonflé de faire ça dans un cours de niveau 700. Mais ça correspond assez bien à votre profil.

Priya lui serra la main et fulmina en silence contre Harold qui ne l'avait pas prévenue de la présence de l'homme.

— Je suppose que vous avez reçu mon e-mail hier soir.

— Oui, en effet, mais…

— Venez, je vous explique tout dans une minute.

Le colonel se dirigea vers la sortie en lui faisant signe de le suivre. Priya dut accélérer le pas pour le rejoindre ; les enjambées du militaire faisaient une fois et demi les siennes.

En sortant du bâtiment des arts et des sciences, Jenkins prit la direction du nord du campus.

— Où allons-nous ? demanda Priya.

Le colonel lui désigna d'un geste le grand bâtiment qui se profilait devant eux, et dit :

— Au musée de la science et de l'espace.

Au musée ? Pourquoi ?

Mais Priya avait une question plus pressante.

— À quelle branche de l'armée appartenez-vous exactement ? Votre e-mail portait en signature la mention COSNU. Un acronyme, je suppose, mais je n'ai rien trouvé qui corresponde.

Le colonel lui décocha un regard oblique.

— C'est l'abréviation de Commandement des opérations spéciales des Nations Unies. Nous ne faisons pas de publicité. Disons seulement que nous relevons directement du Premier conseil des Nations Unies.

Priya s'intéressait d'assez loin à la politique, mais elle savait que le Premier conseil se trouvait tout en haut de l'organigramme gouvernemental. Ce qui signifiait que le COSNU était – quoi, au juste, elle n'en savait rien encore, mais quelque chose de sérieux, de toute évidence, qui impliquait des responsables et un financement de première importance. Et s'il y avait bien une chose qu'elle avait apprise au cours des dernières années qu'elle avait passées à fréquenter le monde universitaire, c'était que le financement était la clé de tous les progrès scientifiques.

À l'entrée du musée, le colonel présenta son badge au gardien de service. L'homme acquiesça, leur fit doubler une file de touristes, et franchir un tourniquet réservé.

Priya voulut poser une autre question, mais le colonel Jenkins l'en dissuada d'un geste de la main.

— Attendons d'être dans un endroit sécurisé avant de continuer notre conversation.

Priya pinça les lèvres en suivant l'homme à l'intérieur du musée. À sa grande surprise, elle ne redoutait plus ce qui allait se passer ; elle l'attendait même avec une pointe d'excitation. Elle espérait qu'il s'agissait d'une stratégie de recrutement originale. Elle avait déjà envisagé d'entrer dans l'armée, mais après ses études ; néanmoins, s'il lui demandait de signer maintenant, il se pourrait bien qu'elle dise oui.

Comme ils passaient devant des reproductions des premières navettes spatiales des vingtième et vingt-et-unième siècles, une voix de synthèse se fit entendre dans les haut-parleurs de plafond :

« Le 20 décembre 2019, aujourd'hui 47.354 PE, Donald J. Trump, président des États-Unis, signa une directive marquant la création de la Force spatiale des États-Unis. Cette branche des forces armées fut connue durant des décennies sous le nom d'USSF, ainsi que pendant les quarante-cinq premières années suivant le Grand Exode, ou 45.30 AE, quand la Force Spatiale passa sous l'égide des Nations Unies. »

La date stellaire 45 correspondait au début du XXIIe siècle. Une époque où les nations jusqu'alors indépendantes se décidèrent à se fédérer et à dépendre d'un seul gouvernement, dirigé par les Nations Unies. Ce fut aussi une période de troubles généralisés dans le monde entier. Priya avait étudié cette période en cours d'histoire ; le web regorgeait d'informations sur cette époque. L'avènement d'un gouvernement global avait suscité des résistances, ce qui était compréhensible ; un tel changement ne pouvait se faire que dans la douleur. Selon certaines sources, il avait fallu que les Nations Unies déclarent la loi martiale pour que les esprits finissent par se calmer.

Ils passèrent devant une réplique à échelle réduite, mais encore imposante, d'un vaisseau spatial.

« À la date stellaire 151.23, la secrétaire générale des Nations Unies Natalya Porochenko signa un décret approuvant la construction de Voyager, *le premier croiseur spatial interstellaire de l'humanité. Les détails de sa construction restent classifiés, mais sa conception serait basée sur des plans vieux de presque deux siècles esquissés par le Dr David Holmes lui-même. »*

Jenkins fit entrer Priya par une porte sur laquelle on pouvait lire : « Réservé au personnel militaire ». Ils traversèrent un couloir et s'arrêtèrent devant une porte en métal sans poignée et sans inscription. Un policier militaire en uniforme se tenait juste à côté, le regard noir.

Le colonel lui montra ses papiers. Le policier les contrôla à l'aide d'un scanner, les lui rendit, et lui adressa le salut militaire de rigueur.

Jenkins désigna Priya d'un geste du pouce.

— J'ai préautorisé Priya Radcliffe pour un pass d'une journée. Je serai son accompagnateur.

— Oui, monsieur.

Le sergent, dont la main n'était jamais à plus de quelques centimètres de l'arme de poing rangée dans son holster de ceinture, se tourna vers elle.

— Mademoiselle Radcliffe, je suppose que vous avez une CAC sur vous ?

Tous les étudiants du campus s'étaient vus remettre une carte d'accès commune. Elle permettait de circuler dans les différents bâtiments universitaires. Priya fouilla dans sa poche et présenta la carte au sergent.

Il la passa au scanner. Une lumière LED verte s'alluma sur son appareil. Il lui rendit la carte et appuya sur un des boutons du boîtier noir également fixé à sa ceinture. Un « bip » retentit. Le colonel poussa la porte et fit signe à Priya de le suivre.

Elle pénétra dans un couloir étroit en béton brut. La porte se referma derrière eux. Priya sentit la pression de l'air changer. Ses tympans claquèrent.

Puis une autre porte s'ouvrit au bout du couloir.

Le colonel avança. Elle lui emboîta le pas.

— Obtenir la permission de vous conduire ici a demandé plus de signatures que vous ne sauriez l'imaginer, lui dit-il. Souvenez-vous d'une chose : tout ce que vous verrez ou entendrez ici est classifié et doit le rester.

Ils franchirent la porte et débouchèrent dans une vaste salle aux allures de hangar. Au centre, des dizaines d'opérateurs robot commandés à distance construisaient une imposante structure en métal. Certains soudaient une passerelle à l'intérieur du cadre métallique, tandis que d'autres y mettaient en place toute une série de câbles. Des drones équipés de caméras virevoltaient autour de la structure et prenaient des images sous tous les angles.

— Savez-vous ce que vous avez devant les yeux ? demanda Jenkins.

Priya ne put s'empêcher de sourire. Elle avait déjà vu un tas de navettes et de vaisseaux spatiaux. Elle les avait vus décoller et atterrir, parfois de très près. Mais ça… c'était quelque chose de tout à fait différent. La structure qu'elle avait devant les yeux n'était qu'une petite partie d'un vaisseau beaucoup, beaucoup plus grand. Un vaisseau dont elle venait juste de voir la réplique, à l'intérieur du musée.

— Je croyais qu'ils construisaient ça là-haut, dans l'espace, dit-elle, le cœur battant. Je veux dire, ça ne peut pas être… c'est réellement une partie du vaisseau *Voyager* ?

— Oui, sourit Jenkins.

Il eut un large geste du bras et ajouta, théâtral :

— Priya Radcliffe, bienvenue au SAMER, le Centre d'ingénierie et de recherche métallurgique avancée du Projet Voyager. Nous sommes ici au cœur de l'installation.

Il lui fit signe de le suivre en recroquevillant un doigt.

— Laissez-moi vous présenter quelques membres de l'équipe.

ADDENDUM

Enfant, j'avais une imagination débordante ; je rendais mes parents cinglés avec mes cascades d'interrogations en forme de « et si ». Ils ont fini par m'emmener à la bibliothèque publique du coin, et c'est à ce moment-là que j'ai découvert le monde des livres, et en particulier les romans de science-fiction et de fantasy. Mes premières influences ont été les classiques de J.R.R. Tolkien, ainsi que ceux d'Isaac Asimov. Des romans parfaits pour titiller l'imagination de l'enfant que j'étais, et même bien après, de l'adulte que je suis devenu.

Par ma formation, je suis resté plongé dans le monde des sciences durant plusieurs décennies. Mes études scientifiques m'ayant permis de fréquenter le milieu universitaire et d'y rencontrer des physiciens théoriciens, il n'est pas étonnant que j'aie trouvé le moyen d'emprunter à la fois à ma formation et à la leur pour écrire des histoires qui, d'une manière ou d'une autre, ont trait à la technologie. Beaucoup verront d'ailleurs dans ce roman un conte de « hard S-F », ou science-fiction « dure», et je ne pourrais leur donner tort.

Mais, me demanderez-vous peut-être, « qu'est-ce que la science-fiction « hard » ? Est-ce quelque chose qui le plairait ? »

Pour moi, ce qui différencie la science-fiction «hard» de sa version « soft », c'est que dans la première, la science, plus qu'un simple ingrédient de l'histoire, en est l'élément clé.

Néanmoins, à mon humble avis, cela ne doit pas signifier qu'il faille avoir fait des études scientifiques poussées pour comprendre ce qui se passe. Tout ce qu'il faut, c'est aimer les bonnes histoires qui intègrent de la science et de la technologie. C'est à l'auteur qu'il incombe de faire en sorte que la partie scientifique soit accessible à tous.

Dans *Menace primale*, je me suis efforcé de maintenir un certain degré de véracité scientifique. Bien entendu, dans n'importe quelle fiction de ce type, certains éléments relèvent actuellement de l'impossible. J'ai néanmoins tenté, en m'appuyant sur de solides fondements scientifiques, de m'aventurer à prédire ce qui pourrait être, et à partir de là, à élaborer un conte qui soit à la fois, je l'espère, divertissant et enrichissant.

Dans cet addendum, je tenais à revenir sur certains points que j'ai abordés dans cette histoire, afin de donner à mes lecteurs un aperçu de la manière dont certains éléments de science dite « dure » peuvent les concerner, voire leur servir de source d'inspiration. J'ai créé dans cette histoire une sorte d'engin utilisant la distorsion gravitationnelle. Bien entendu, il n'existe rien de tel aujourd'hui, aucun appareil présentant de telles propriétés. Je plaide coupable. Néanmoins, ce que je décris n'est pas de l'ordre du fantasme absolu ; il y a derrière des fondements de physique qui relèvent, eux, du raisonnable ! J'ai présenté d'étranges concepts associés à ce qu'on appelle la fusion par confinement magnétique, concepts que j'ai appliqués pour créer une sorte de moteur. Seriez-vous surpris si je vous disais que ce que je décris fait bel et bien partie de la recherche actuelle sur la fusion ? J'ai également beaucoup parlé de quelque chose que j'ai appelé DefenseNet ; peut-on imaginer qu'un tel système soit réellement mis au point ? Peut-être bien aussi que le concept d'ascenseur spatial vous paraît relever de l'élucubration la plus pure ? Eh bien, détrompez-vous : ces deux exemples sont des choses qui sont quasiment à notre portée.

Ces exemples s'appuient sur des années de recherche universitaires. Permettez-moi d'essayer de titiller votre imagination en évoquant certaines possibilités qui, loin d'être de pures divagations comme on pourrait être tenté de le croire, reposent en réalité sur des expérimentations scientifiques.

En vous donnant de brèves explications de concepts parfois très complexes, mon intention est de vous permettre de comprendre un sujet sur la base d'informations essentielles et suffisantes. Et pour ceux qui voudraient en savoir plus, j'espère leur fournir assez de mots clés ici justement pour leur permettre d'initier leurs propres recherches, et ainsi d'acquérir une compréhension plus complète de ces sujets.

Cela vous donnera également un aperçu de certaines des choses qui ont influencé l'écriture de ce livre ; et peut-être commencerez-vous alors à vous poser la question que tous les auteurs se posent inévitablement : « Et si ? »

DefenseNet :

Dans cette histoire, j'ai introduit le concept de DefenseNet, une solution futuriste utilisée pour parer au danger éventuel d'astéroïdes pouvant se diriger vers notre Terre. Comme vous l'avez appris, DefenseNet est une solution complexe faite de multiples parties, y compris le concept que David Holmes appelle l'anneau de distorsion. Je reviendrai là-dessus un peu plus loin dans cet addendum.

Concentrons-nous pour commencer sur ce concept consistant à parer à la menace d'astéroïdes entrants.

Dans cette histoire, DefenseNet utilise une série de lasers à très haute puissance qui agissent à la manière d'un bouclier contre la menace des géocroiseurs. Dans certaines histoires populaires, on choisit plutôt de faire exploser l'objet en question, ou encore de lui attacher des fusées pour dévier sa trajectoire – deux solutions difficilement applicables pour un certain nombre de raisons. L'un des plus gros problèmes tient certainement dans le temps qu'il faut pour répondre à la menace, et ensuite atteindre l'objet.

Les statistiques que je donne concernant la menace d'un astéroïde se dirigeant vers la Terre dans le livre sont assez précises.

Si une météorite pierreuse de cent mètres de large pénétrait dans notre atmosphère selon un angle normal de quarante-cinq degrés, et à une vitesse moyenne de trente-cinq kilomètres-seconde, l'impact serait équivalent à une explosion nucléaire de trente-deux mégatonnes. Ça ferait mal, très très mal.

Sachez toutefois que ce genre d'impact n'arrive pas tous les jours. Néanmoins, un objet d'une centaine de mètres frappe la Terre en moyenne tous les six ou sept mille ans. Nous sommes donc en retard.

Ceci étant dit, le concept de DefenseNet est quelque chose qui présente un véritable intérêt pratique, dans la mesure du moins où :

1. Nous sommes informés suffisamment tôt de la menace pour pouvoir faire la différence.
2. Nous disposons de laser(s) assez puissant(s) à diriger vers l'objet.

Nous avons aujourd'hui la technologie qui nous permet d'installer des lasers dans l'espace, et avec suffisamment de temps et d'investissement, il nous sera certainement possible de détecter les menaces entrantes. De nombreux projets visant à éviter une collision avec des objets géocroiseurs sont actuellement en cours. Certains prévoient l'utilisation de lasers, comme l'IDS, l'Initiative de défense stratégique, appelée aussi « guerre des étoiles », ou encore DE-STAR, etc.

Le concept est en fait très simple. Un rayon d'énergie hautement concentrée (un laser, par exemple) serait utilisé afin d'élever la température de surface d'un astéroïde pour la porter à plus de trois mille degrés Kelvin, causant ainsi une réaction violente à l'endroit visé. Des parties de la surface de l'astéroïde seraient éjectées, déviant par là-même très légèrement sa trajectoire. En d'autres mots, on aurait là un énorme objet pierreux impossible à détruire, mais en chauffant ses bords, il deviendrait possible de causer une violente réaction à sa surface.

Je noterais encore que le laser reste le moyen le plus rapide d'opposer une solution ayant un impact réel sur une cible nouvellement découverte. La vitesse de la lumière est encore ce que nous avons de mieux.

Fusion par confinement magique :

Un des éléments clés de cette histoire est le mystérieux engin créé par Frank ; avec lui, c'est toute une variété de nouveaux concepts qui est introduite. Un de ces concepts est un supraconducteur à température ambiante appelé stanène. Bien qu'il s'agisse d'un des Saint-Graal de la recherche scientifique, des chercheurs l'expérimentent réellement.

Dans le moteur de Frank, j'ai introduit un concept qui peut paraître complètement fantaisiste, alors qu'il est basé sur la réalité. Ce concept, c'est celui qui consiste à contenir une réaction de fusion dans un champ magnétique. Les lecteurs qui voudraient en savoir plus sur cette question peuvent faire des recherches en tapant les mots clés « tokamak », « bouteille magnétique » ou « miroir magnétique ».

La difficulté avec la fusion contrôlée tient dans le fait de créer les conditions dans lesquelles deux atomes peuvent être comprimés de manière efficace, de telle sorte que la force de compression excède en intensité la répulsion inhérente au noyau. Une des méthodes de compression repose sur des élévations de température extrêmes du matériau, jusqu'à plus de 10 000 degrés. Dans de telles conditions, la substance se transforme en plasma, et une pression plus forte encore est nécessaire pour que la fusion se produise réellement.

Alors seulement les atomes peuvent être manipulés dans les limites d'un champ magnétique.

Je reconnais volontiers avoir porté le concept bien au-delà des limites connues de la technologie, mais pour autant, il n'y a rien de fantaisiste ici. Avec le moteur de Frank, la fusion peut survenir, l'énergie est libérée, et son stockage permet de renforcer encore le champ. Il se produit dès lors une conversion de matière en énergie d'une bien plus grande efficacité. On a donc un système extrêmement volatile et chaud dans un confinement magnétique d'une puissance inimaginable.

La fusion aujourd'hui n'est pas un procédé très efficace, mais la plupart des scientifiques pensent qu'elle finira par le devenir via quelque nouvelle méthode de confinement magnétique.

Les équations d'Einstein décrivent les relations entre masse et énergie. Elles font apparaître clairement que la plus petite quantité de matière contient d'impressionnantes réserves d'énergie. Par conséquent, on peut imaginer un avenir où la recherche de puissance ne sera pas l'essentiel.

Ce temps n'est peut-être pas si lointain.

Anneau de distorsion :

Dans *Menace primale*, je décris ce que le Dr Holmes appelle un anneau de distorsion, et je nomme souvent « bulle de gravité » le phénomène qu'il crée.

Le concept est assez simple à imaginer, pour autant que vous vous représentiez faire tenir quelque chose (que ce soit, en l'occurrence, un vaisseau spatial ou la Terre) dans une bulle. C'est la bulle qui voyage à des vitesses extraordinaires, tandis que tout ce qui se trouve à l'intérieur ne ressent pas la moindre sensation de mouvement.

Présenté comme cela, cela paraît purement fantaisiste, et pourtant. Et si je vous disais qu'il existe des articles extrêmement sérieux et érudits sur la question ? Je me suis d'ailleurs appuyé sur l'un de ces articles en particulier pour concevoir ce que mon modèle d'anneau de distorsion serait capable de faire.

Je parle là d'un article écrit par Miguel Alcubierre intitulé : *« Le moteur de distorsion : le voyage supraluminique dans la relativité générale. »*

Je me suis également référé aux travaux du docteur Harold « Sonny » White, du Centre spatial Johnson de la NASA. Il a publié un excellent papier basé sur la métrique d'Alcubierre, intitulé « Mécanique du champ de distorsion ».

Beaucoup s'arrêteront probablement ici, mais pour les autres, j'aborderai brièvement quelques points plus complexes.

On notera d'abord que le Dr. Alcubierre mentionne dans son titre le concept de relativité générale, et il le fait pour une raison bien précises : il y a une différence entre la relativité générale et la relativité restreinte.

Pour la relativité restreinte, des observateurs situés à différents points de référence, mesureront la masse et la vitesse différemment, parce que l'espace et le temps se dilateront et se contracteront de telle sorte que la vitesse de la lumière dans un espace vide soit constante pour tous les observateurs.

Un exemple permet souvent de mieux comprendre le problème. Disons que j'allume une lampe-torche : la lumière qu'elle répand va se diffuser à la vitesse de 300 000 kilomètres par seconde, notée généralement « c ». Si je me trouve à bord d'un vaisseau spatial voyageant à 0.5 c. et que j'allume cette même lampe-torche, la lumière qui en sort voyagera également à c.

Je vois certains d'entre vous se gratter la tête et se poser la même question : imaginons que je me tienne sur Terre, et que je puisse voir la lumière du vaisseau spatial se diffuser, est-ce qu'elle voyagera à la vitesse de 1.5 c ? Et dans le cas contraire, pourquoi ?

Pour la personne qui se trouve à bord du vaisseau spatial, tout semble se produire normalement, alors qu'en fait le temps et l'espace se distordent autour d'elle. Le temps ralentit, et les distances se contractent. C'est ce qui permet à cette personne dans le vaisseau et à celle qui l'observe, de voir toutes deux les choses conformément à la relativité restreinte.

Ici, je laisse le lecteur cogiter un peu, et je m'excuse sincèrement auprès de lui si tout cela est difficile à comprendre ; *c'est* un sujet compliqué.

Il se trouve que la relativité restreinte constitue en réalité une sorte de sous-ensemble de la relativité générale, qui décrit l'espace-temps en soi. L'espace-temps est en fait un modèle dans lequel l'espace et le temps sont entremêlés, pour simplifier les discussions concernant les quatre dimensions. Ici, Einstein a déterminé que les grands objets causent une distorsion de l'espace-temps, et que cette distorsion est connue comme étant la gravité.

Toute proposition de voyager à de très grandes vitesses nécessite la prise en compte de cette distorsion de l'espace-temps.

L'anneau de distorsion exploite ce fait de la même manière que l'article d'Alcubierre. Il tire parti de l'expansion et de la contraction de l'espace lui-même et, ce faisant, enveloppe l'objet dans une espèce de bulle. Cet objet (un vaisseau ou la Terre, par exemple) ne bouge pas ; c'est l'espace qui bouge autour.

Dans *Menace primale*, la Terre se déplace sur cette distorsion, un peu comme le surfeur sur une vague.

Je conseillerais également de se renseigner sur la théorie de l'inflation cosmique. Elle fournit une base solide pour en apprendre plus sur le mouvement supraluminique (dont la vitesse est supérieure à celle de la lumière).

J'ajouterais que des effets de la relativité comme la dilatation temporelle ont été vérifiés de manière expérimentale. Je vous renvoie aux expériences menées par Hafele et Keating de l'Observatoire naval des États-Unis, lesquels ont documenté ce qui survient quand quatre horloges atomiques d'une incroyable précision sont synchronisées, et que deux d'entre elles font plusieurs fois le tour du monde en avion, tandis que les deux autres restent à la même place. Quand les horloges sont réunies et les heures indiquées comparées, il est constaté que les horloges qui ont voyagé à grande vitesse présentent un infime décalage.

Les explications que je donne dans ce livre sont conformes au concept de « warp drive », ou propulsion par distorsion, auquel le Dr Alcubierre fait référence.

Les deux seules choses qui empêchent encore que tout ceci relève de la réalité sont l'absence d'une source d'énergie suffisamment puissante (même si nous n'en sommes plus très loin), et le concept toujours théorique de masse négative. Il ne nous restera alors qu'à envelopper les objets dans une bulle, ou quelque chose qui y ressemble, puis d'isoler cette bulle gravitationnellement, pour que tout ce qui s'y trouve ne ressente pas le mouvement.

Cool, non ? J'attends impatiemment la naissance d'un Dr Holmes, qui résoudra concrètement le problème et nous fera entrer dans une nouvelle ère.

Ascenseur spatial :

Il y a longtemps déjà que la science-fiction s'est emparée du concept d'ascenseur spatial, mais aujourd'hui ce concept n'a plus grand-chose de fictionnel.

Qu'est-ce qu'un ascenseur spatial ?

Essayons de faire simple : imaginez que vous puissiez placer un objet très loin dans l'espace qui maintiendrait une orbite géosynchrone. C'est ce que nous faisons régulièrement quand nous lançons des satellites. Un tel objet pourrait servir de point d'ancrage à un ascenseur, ou quelque chose qui y ressemble.

Imaginez maintenant que vous puissiez descendre une corde depuis une telle hauteur et attacher celle-ci à l'endroit où elle tombe sur Terre. Il ne resterait dès lors qu'à faire monter ou descendre des objets dans l'espace.

Pourquoi faire cela ?

Eh bien, pour commencer, parce que la technologie actuelle fait qu'envoyer des fusées dans l'espace coûte très cher en ressources. Et puis, si nous avions une myriade d'ascenseurs spatiaux en place, il serait beaucoup plus facile d'assembler de grands objets (des vaisseaux spatiaux, pourquoi pas ?) dans l'espace.

Bon, alors qu'est-ce qu'on attend pour s'y mettre ? Quel est le problème ?

Le problème ? C'est toujours le même : le matériau dans lequel fabriquer cette « corde » hypothétique.

Prenons quelques exemples pour l'illustrer.

D'abord, pour maintenir une orbite géosynchrone, il faut se trouver environ à trois cent cinquante mille kilomètres de la Terre. C'est la hauteur à laquelle la gravité vous tire vers le bas et la force centrifuge qui vous fait voler s'équilibrent.

Cela signifie que nous avons besoin d'une corde d'une longueur minimale de trois cent cinquante mille kilomètres. Alors, combien pèse une telle chose ?

Prenons l'exemple de la corde la plus légère que je connaisse. Cette corde pèse quarante-huit grammes au mètre linéaire, et a une capacité de charge impressionnante de sept cent cinquante kilos.

Combien pèserait trois cent cinquante mille kilomètres de cette corde ?

D'après ma calculatrice, nous arrivons à un total de 1,699,467 kilos juste pour la corde. Cela signifie en gros que cette corde n'est pas assez solide pour supporter son propre poids, sans même parler d'une charge supplémentaire.

Voilà qui illustre le plus gros problème que posent ces ascenseurs spatiaux : dans quel matériau les concevoir.

Dans *Menace primale*, j'ai longuement parlé du graphène. Je laisse au lecteur qui est intéressé par le sujet le soin d'aller chercher des informations sur ce matériau et ses possibilités, mais disons juste que si nous parvenions à produire massivement du graphène (ce qui n'a rien d'impossible), alors ce concept de l'ascenseur spatial deviendrait quelque chose à la fois de réel et d'extrêmement pratique.

Je noterais enfin que le graphène a des propriétés physiques proprement stupéfiantes, notamment une conductivité électrique et thermique qui surpasse de loin celle de tous les types de « conducteurs » connus.

À PROPOS DE L'AUTEUR

Je suis un fils de militaire, un polyglotte et la première personne de ma famille à être née aux États-Unis. Toute ma jeunesse en a été influencée ; cela a instillé en moi l'amour de la lecture, et une curiosité pour le monde et tout ce qu'il renferme. Adulte, ma passion des voyages et de l'aventure m'a permis d'explorer d'innombrables lieux inimaginables, qui servent parfois de cadre aux histoires que j'écris.

J'espère encore une fois que celle-ci vous a plu.

Mike Rothman

Pour suivre mon actualité ou me contacter, rendez-vous sur mon blog : www.michaelarothman.com, sur ma page Facebook : www.facebook.com/MichaelARothman, ou sur Twitter : @MichaelARothman